IAN RANKIN
Puppenspiel

Roman

Aus dem Englischen
von Christian Quatman

MANHATTAN

Die Originalausgabe erschien 2001
unter dem Titel »The Falls«
bei Orion, London

Umwelthinweis:
Dieses Buch und der Schutzumschlag
wurden auf chlorfrei gebleichtem Papier gedruckt.
Die Einschrumpffolie (zum Schutz vor Verschmutzung)
ist aus umweltschonender und recyclingfähiger PE-Folie.

Manhattan Bücher
erscheinen im Wilhelm Goldmann Verlag, München,
einem Unternehmen der Verlagsgruppe Random House GmbH

1. Auflage
Copyright © der Originalausgabe 2001 by Ian Rankin
Copyright © der deutschsprachigen Ausgabe 2002
by Wilhelm Goldmann Verlag, München,
in der Verlagsgruppe Random House GmbH
Die Nutzung des Labels Manhattan erfolgt mit freundlicher
Genehmigung des Hans-im-Glück-Verlags, München
Satz: Uhl + Massopust, Aalen
Printed in Germany · GGP Media, Pößneck
ISBN 3-442-54546-3
www.manhattan-verlag.de

Für Allan und Euan,
die den Ball ins Rollen gebracht haben.

Es war nicht mein Akzent – den habe ich weniger verloren als mir von den Schuhen gewischt, sobald ich nach England kam –, es war vielmehr mein eigener Gemütszustand, das typisch schottische Erbe meines Charakters, der gereizt war, aggressiv, hinterhältig, morbid und trotz aller Bemühungen unverbesserlich deistisch. Ich war ein trauriger Flüchtling aus dem Museum für Unnaturgeschichte und würde es immer bleiben.

Philip Kerr, *The Unnatural History Museum*

1

»Sie glauben, dass *ich* sie umgebracht habe, stimmt's?«

Er saß mit gesenktem Kopf vorne auf der Sofakante. Sein glattes Haar hing ihm in langen Fransen ins Gesicht. Seine Knie bewegten sich wie Kolben unablässig auf und ab. Trotzdem berührten die Fersen seiner schmuddeligen Turnschuhe nicht ein einziges Mal den Boden.

»Haben Sie was genommen, David?«, fragte Rebus.

Der junge Mann blickte auf. Unter seinen geröteten Augen zeichneten sich dunkle Ringe ab. Ein hageres, kantiges Gesicht, Bartstoppeln auf dem unrasierten Kinn. Er hieß David Costello. Nicht Dave oder Davy, nein: David. Das hatte er sofort klargestellt. Namen, Klassifizierungen, all das schien ihm sehr wichtig zu sein. Auch die Medien hatten dem jungen Mann bereits einige Etiketten verpasst: Mal war er »der Freund«, dann »der tragische Freund« oder auch »der Freund der vermissten Studentin«. In einem Blatt war er lediglich »David Costello, 22«, ein anderes bezeichnete ihn als den »22-jährigen Kommilitonen David Costello«. Mal lebte er »gemeinsam mit Miss Balfour in einer Wohnung«, dann wieder war er nur ein »häufiger Gast in der Wohnung, aus der die Studentin unter mysteriösen Umständen verschwunden ist«.

Obwohl es sich natürlich auch bei der Wohnung nicht einfach um eine normale Wohnung handelte, vielmehr um eine »Wohnung in Edinburghs vornehmer Neustadt« respektive um »das 250 000-Pfund-Domizil, das Miss Balfours Eltern ihrer Tochter spendiert haben«. John und Jacqueline Balfour wiederum traten mal als »die tief getroffenen Eltern«, mal als

»der unter Schock stehende Banker und seine Frau« in Erscheinung. Und bei der vermissten Tochter der beiden schließlich handelte es sich um »Philippa, 20, die an der Universität Edinburgh Kunstgeschichte studiert«. Ein »hübsches«, »lebhaftes«, »unbekümmertes« junges Ding.

Und nun wurde sie also vermisst.

Als Inspektor Rebus die Hände von dem Sims des Marmorkamins hob und ein, zwei Schritte zur Seite trat, folgte ihm David Costello mit den Augen.

»Der Arzt hat mir ein paar Pillen gegeben«, beantwortete er Rebus' Frage.

»Und – haben Sie sie genommen?«, fragte Rebus.

Der junge Mann schüttelte nur langsam den Kopf, ohne Rebus aus den Augen zu lassen.

»Kann ich Ihnen nicht verübeln«, sagte Rebus und schob die Hände in die Hosentaschen. »Verschafft einem ein paar Stunden Ruhe das Zeug, aber ändern tut es natürlich nichts.«

Philippa – oder »Flip«, wie ihre Freunde und Angehörigen sie nannten – war seit zwei Tagen verschollen. Noch nicht sehr lange, trotzdem war ihr Verschwinden rätselhaft. Noch um sieben Uhr abends hatte Flip sich telefonisch für acht Uhr mit Freunden in einer Bar auf der South Side verabredet. Es handelte sich um eines der kleinen trendigen Lokale, die neuerdings in der Uni-Gegend aus dem Boden schossen und ihre betuchte Jung-Klientel bei gedämpfter Beleuchtung mit überteuerten aromatisierten Wodkas versorgten. Rebus kannte das Lokal, schließlich war er auf dem Weg von und zur Arbeit schon mehrmals daran vorbeigekommen. Gleich nebenan war diese altmodische Kneipe, in der ein Wodkacocktail bloß ein Pfund fünfzig kostete. Allerdings fehlten die Designerstühle, und das Personal wusste zwar, was bei einer Schlägerei zu tun war, hatte aber von Cocktails keinen blassen Schimmer.

Folglich musste Flip gegen sieben, viertel nach sieben die Wohnung verlassen haben, während Tina, Trist, Camille und

Albie sich schon die zweite Runde Drinks genehmigt hatten. Aus den Akten wusste Rebus bereits, was es mit diesen Namen auf sich hatte. Trist stand für Tristram und Albie für Albert. Trist war mit Tina liiert und Albie mit Camille. Eigentlich hätte Flip David mitbringen sollen, allerdings hatte sie schon am Telefon gesagt, dass David diesmal nicht dabei sein würde.

»Haben uns mal wieder gestritten«, hatte sie ohne viel Aufhebens erklärt.

Vor dem Verlassen der Wohnung hatte Flip noch die Alarmanlage eingeschaltet. Auch das war Rebus neu: eine Studentenbude mit Alarmanlage. Außerdem hatte sie den Riegel vorgelegt, die Wohnung also optimal gesichert. Dann war sie eine Treppe nach unten gegangen und in die warme Nacht hinausgetreten. Um zur Princes Street zu gelangen, hätte sie jetzt bloß einen steilen Hügel hinaufzugehen brauchen. Dann noch ein Aufstieg, und schon wäre sie in der Altstadt gewesen, genau genommen auf der South Side. Aber natürlich war sie nicht zu Fuß gegangen. Ein Taxi hatte sie allerdings auch nicht gerufen. Das hatte die Überprüfung der von ihr im Festnetz und per Handy angewählten Nummern bereits ergeben. Sollte sie trotzdem ein Taxi genommen haben, dann musste sie es auf der Straße angehalten haben.

Falls sie dazu überhaupt noch Gelegenheit gehabt hatte.

»Also, ich hab es jedenfalls nicht getan«, sagte David Costello.

»Was haben Sie nicht getan, Sir?«

»Ich habe sie nicht umgebracht.«

»Hat doch niemand behauptet.«

»Nein?« Costello blickte auf und sah Rebus direkt ins Gesicht.

»Nein«, beruhigte ihn Rebus, weil das zu seinem Job gehörte.

»Und der Durchsuchungsbefehl...«, fing Costello wieder an.

»Reine Routine«, erklärte Rebus. Was auch stimmte: Bei Vermisstenanzeigen suchte die Polizei zunächst sämtliche Orte auf, an denen der Betreffende sich möglicherweise aufhalten konnte. Das gehörte zur Routine: Man unterschrieb die nötigen Formulare und konnte sofort loslegen. Man sah sich beispielsweise in der Wohnung des Freundes um. Rebus verkniff sich die Bemerkung: *Bewährt hat sich diese Vorgehensweise, weil der Täter in neun von zehn Fällen ein Bekannter oder Angehöriger des Opfers ist.* Weil es sich bei ihm meistens nicht um einen Fremden handelte, der plötzlich aus der Nacht aufgetaucht war. Die meisten Menschen, die einem Mord zum Opfer fielen, wurden von einer ihnen nahe stehenden Person umgebracht: dem Ehepartner, dem Geliebten, dem Sohn, der Tochter. Vielleicht vom Onkel, dem besten Freund, dem einzigen Menschen, dem man vertraut hatte. Das Opfer hatte den Täter betrogen oder der Täter das Opfer. Man wusste etwas oder besaß etwas. Jemand war eifersüchtig, hatte sich eine Abfuhr geholt, brauchte unbedingt Geld.

Falls Flip Balfour wirklich tot war, würde ihre Leiche schon sehr bald gefunden. Wenn sie noch lebte und nicht gefunden werden wollte, stand die Polizei vor einem größeren Problem. Außerdem waren die Eltern des Mädchens ja bereits im Fernsehen aufgetreten und hatten ihre Tochter angefleht, sich bei ihnen zu melden. Ferner waren im Herrenhaus der Balfours ein paar Beamte im Einsatz, die sofort eine Fangschaltung installieren konnten, falls sich ein Entführer telefonisch melden und Lösegeld fordern sollte. Dann hatte sich die Polizei in der Hoffnung, dort vielleicht etwas Interessantes zu entdecken, noch in David Costellos Wohnung am Canongate umgesehen. Und schließlich hatte man ein paar Beamte hier in Flip Balfours Wohnung stationiert, um auf Costello aufzupassen und ihn vor den Medien abzuschirmen. Zumindest hatte man dem jungen Mann die Anwesenheit der Polizisten so erklärt und dabei noch nicht einmal die Unwahrheit gesagt.

Flips Wohnung war bereits am Vortag durchsucht worden.

Costello hatte sämtliche Schlüssel, sogar die für die Alarmanlage. An dem Abend, als Flip verschwunden war, hatte Trist gegen zehn Uhr abends bei Costello angerufen und sich nach Flip erkundigt. Flip sei schon auf dem Weg ins Shapiro's gewesen, erzählte er, war aber dort den ganzen Abend nicht aufgekreuzt.

»Sie ist nicht zufällig bei dir?«

»Bei mir wird sie garantiert nicht aufkreuzen«, hatte Costello nur beleidigt erwidert.

»Ich habe schon gehört, dass ihr euch mal wieder gestritten habt«, sagte Trist und konnte sich einen gewissen ironischen Unterton nicht ganz verkneifen. Doch Costello hatte ihn keiner Antwort gewürdigt, sondern das Gespräch einfach beendet und dann Flip auf ihrem Handy angerufen. Allerdings hatte er nur ihre Mailbox erreicht und sie gebeten, sich bei ihm zu melden. Später hatte die Polizei die Nachricht abgehört und einer genauen Analyse unterzogen. Gegen Mitternacht hatte sich Trist abermals bei Costello gemeldet. Die jungen Leute befanden sich inzwischen unten vor dem Haus, in dem Flip wohnte. Sie hatten überall herumtelefoniert, doch auch Flips übrige Freunde wussten von nichts. Also hatten sie vor dem Haus auf Costello gewartet, damit der ihnen die Tür aufschließen konnte. Flip war nicht da.

In den Augen ihrer Freunde galt Flip bereits zu diesem Zeitpunkt als »vermisst«. Trotzdem hatten sie die Mutter des Mädchens, die auf dem Landsitz der Familie in East Lothian lebte, erst am folgenden Morgen telefonisch benachrichtigt. Mrs. Balfour hatte sofort die 999 gewählt, war bei der Polizei allerdings ziemlich knapp abgefertigt worden. Also hatte sie ihren Mann in seinem Londoner Büro verständigt. John Balfour war Mehrheitseigner einer Privatbank. Ob der Polizeichef persönlich zu den Privatkunden des Instituts zählte, wusste niemand so genau, aber Balfours Einfluss reichte bis weit in die oberen Ränge der Lothian and Borders Police. Und so hatten auf Anweisung aus der Zentrale in der Fettes

Avenue schon eine Stunde später zwei Beamte die Ermittlungen aufgenommen.

David Costello hatte den beiden Kripobeamten die Tür von Flips Wohnung geöffnet. Allerdings konnten die Polizisten in dem Apartment nichts Auffälliges entdecken: weder Kampfspuren noch den geringsten Hinweis auf Philippa Balfours Aufenthaltsort, ihr Schicksal oder ihren Geisteszustand. Im Gegenteil. Die Wohnung befand sich in einem tadellosen Zustand: abgeschliffene Böden, frisch gestrichene Wände. (Sogar den Anstreicher hatte man vernommen.) Ein geräumiges Wohnzimmer mit zwei Fenstern, die vom Boden bis zur Decke reichten. Von den übrigen beiden Räumen diente eines als Arbeitszimmer, das andere als Schlafzimmer. Die Designerküche war etwas kleiner als das mit Pinienholz vertäfelte Bad. Im Schlafzimmer schließlich lagen auf einem Stuhl David Costellos aufgestapelte Kleider, obenauf einige Bücher, CDs und zum krönenden Abschluss ein Waschbeutel.

Costello gab notgedrungen zu, dass Flip die Sachen offenbar dort deponiert hatte. »Ja, wir haben uns gestritten«, sagte er zerknirscht. »Wahrscheinlich hat sie die Sachen auf den Stuhl gelegt, weil sie wütend auf mich war.« Ja, Flip und er hätten öfter Streit, räumte er ein, aber seine Sachen hatte sie bis dahin angeblich noch nie zusammengepackt, jedenfalls nicht, soweit er sich erinnern konnte.

John Balfour war in dem Privatjet eines verständnisvollen Geschäftsfreundes nach Schottland gereist und erschien fast früher in der Wohnung als die Polizei.

»Und?«, lautete seine erste Frage. Was Costello lediglich mit einem »Tut mir Leid« beschied.

Die Kripobeamten, die Zeuge der Begegnung waren, interpretierten in den knappen Wortwechsel hinterher allerlei hinein, nach dem Motto: Junger Mann hat lautstarke Auseinandersetzung mit seiner Freundin. Filmriss. Plötzlich sieht er, dass sie tot neben ihm liegt, versteckt die Leiche und als er dem Vater gegenübersteht, geht seine gute Erziehung mit ihm durch und er platzt mit dem Geständnis heraus.

Tut mir Leid.

Drei Worte, die sich sehr unterschiedlich deuten ließen: Tut mir Leid, dass wir gestritten haben. Tut mir Leid, dass ich Ihnen solche Umstände mache. Tut mir Leid, dass das passiert ist. Tut mir Leid, dass ich nicht besser auf Ihre Tochter aufgepasst habe. Tut mir schrecklich Leid, dass ich Ihre Tochter…

Auch David Costellos Eltern waren inzwischen in der Stadt eingetroffen und hatten in einem der besten Hotels zwei Zimmer gemietet. Zu Hause waren die beiden in einem Vorort von Dublin. Der Vater, Thomas, war nach Auskunft der Unterlagen »vermögend«, während die Mutter, Theresa, als Innenarchitektin arbeitete.

Zwei Zimmer. Natürlich hatten die zuständigen Beamten in der St. Leonard's Street darüber diskutiert, warum die Eheleute unbedingt zwei Zimmer brauchten. Andererseits wohnten die Leute auch in Dublin in einem Haus mit acht Zimmern, obwohl sie nur ein Kind hatten, David.

Weiterhin hatte man gerätselt, wieso das Revier in der St. Leonard's Street in Edinburgh Mitte ausgerechnet mit einem Fall in der New Town betraut wurde. Immerhin lag die Wohnung im Bereich der Kollegen vom Gayfield Square. Doch die dortige Führung hatte nicht nur aus der St. Leonard's Street Verstärkung angefordert, sondern sogar aus Leith und vom Torphichen Place.

Offenbar hatte da jemand ein paar Hebel in Bewegung gesetzt – so die allgemeine Auffassung. »Lasst alles stehen und liegen, irgend so ein verwöhntes Gör ist durchgebrannt.«

Insgeheim teilte Rebus diese Meinung.

»Möchten Sie irgendwas?«, fragte er jetzt. »Tee? Kaffee?« Costello schüttelte den Kopf.

»Was dagegen, wenn ich…?«

Costello sah ihn verwundert an. Dann erst dämmerte es

ihm. »Natürlich nicht – bitte, bedienen Sie sich«, sagte er. »Die Küche ist …«, eine vage Geste mit der Hand.

»Ich weiß schon, danke«, sagte Rebus. Er machte die Tür hinter sich zu und blieb ein paar Sekunden im Gang stehen, froh, der bedrückenden Atmosphäre im Wohnzimmer wenigstens kurzzeitig entronnen zu sein. Er hatte Kopfweh, seine Augen brannten. Dann hörte er nebenan im Arbeitszimmer Geräusche. Rebus schob den Kopf durch die offene Tür.

»Ich wollte gerade Wasser aufsetzen.«

»Gute Idee.« Detective Siobhan Clarke starrte weiter auf den Computerbildschirm.

»Und?«

»Ja – Tee, bitte.«

»Ich meine …«

»Nein, bisher nichts Besonderes. Ein paar Briefe an Freunde, einige Seminararbeiten. Und dann muss ich noch ungefähr tausend E-Mails durchsehen. Wäre nicht schlecht, wenn ich ihr Passwort hätte.«

»Mr. Costello behauptet, sie hätte es ihm nie gesagt.«

Clarke räusperte sich.

»Wie bitte?«, fragte Rebus.

»Nichts, hab nur einen Frosch im Hals«, sagte Clarke. »Für mich bitte ohne Zucker, nur Milch, danke.«

Rebus drehte sich um, ging in die Küche, ließ Wasser in den Wasserkocher laufen und hielt dann nach Tassen und Teebeuteln Ausschau.

»Wann darf ich endlich nach Hause?«

Als Rebus herumfuhr, stand Costello hinter ihm im Gang.

»Da sollten sie lieber gar nicht hin«, sagte Rebus. »Reporter, Kameras, Sie werden keine Sekunde Ruhe haben. Außerdem dürfte Ihr Telefon in den nächsten Tagen durchgehend klingeln.«

»Ich ziehe den Stecker raus.«

»Sie werden sich wie im Gefängnis vorkommen.«

Der junge Mann zuckte bloß mit den Achseln und brummte etwas in seinen Bart.

»Bitte?«

»Ich halt es hier nicht mehr aus«, wiederholte Costello.

»Wieso nicht?«

»Keine Ahnung... also...« Der junge Mann zuckte wieder mit den Achseln und strich sich mit den Händen das Haar aus der Stirn. »Eigentlich sollte Flip jetzt hier sein. Ich halt das einfach nicht aus. Ständig muss ich daran denken, wie wir uns gestritten haben, als wir das letzte Mal zusammen hier in der Wohnung waren.«

»Und worüber?«

Costello lachte hohl. »Kann ich echt nicht mehr sagen.«

»Das war vorgestern, oder?«

»Ja, am Nachmittag. Und dann bin ich einfach abgehauen.«

»Soll das heißen, dass Sie öfter streiten?«, fragte Rebus mit gespielter Beiläufigkeit.

Costello stand wie betäubt da, starrte vor sich auf den Boden und schüttelte langsam den Kopf. Rebus drehte sich wieder um, zog zwei Darjeeling-Teebeutel aus der Packung und gab sie in die Tassen. Ob dieser Costello allmählich die Fassung verlor? Und ob Siobhan Clarke nebenan den kleinen Dialog zwischen dem jungen Mann und ihm mitgehört hatte? Natürlich, sie waren hier, um auf Costello aufzupassen, und zwar rund um die Uhr, in drei Schichten. Allerdings gab es noch einen weiteren Grund für Davids Anwesenheit. Offiziell war sie erforderlich, damit er der Polizei sagen konnte, wer sich hinter den Namen verbarg, die in Philippa Balfours Korrespondenz auftauchten. Aber Rebus hatte ihn auch hergebeten, weil es sich bei der Wohnung womöglich um den Tatort handelte. Denkbar, dass David Costello etwas zu verbergen hatte. Auf dem Revier in der St. Leonard's Street standen die Wetten diesbezüglich unentschieden, am Torphichen Place zwei zu eins, während Costello am Gayfield Square schon fast als überführt galt.

»Ihre Eltern haben gesagt, dass Sie zu ihnen ins Hotel ziehen können«, sagte Rebus. Er drehte sich um und sah Costello an. »Wenigstens haben sie zwei Zimmer gebucht, also dürfte eines davon leer stehen.«

Auf diesen Trick fiel Costello allerdings nicht herein. Er musterte den Polizisten nur ein weiteres Mal, drehte sich dann um und blickte ins Arbeitszimmer.

»Schon was gefunden?«, fragte er.

»Kann noch eine Weile dauern, David«, entgegnete Siobhan. »Am besten, Sie lassen uns einfach unsere Arbeit tun.«

»In der Kiste finden Sie ohnehin nichts, was Ihnen weiterhilft.« Er meinte den Computer. Als sie nicht reagierte, richtete er sich auf und legte den Kopf ein wenig zur Seite. »Aber davon verstehen Sie ja ohnehin mehr als ich.«

»Muss nun mal gemacht werden.« Sie sprach leise, als ob sie nicht wollte, dass man sie außerhalb des Zimmers hören konnte.

Costello wollte schon etwas erwidern, besann sich dann jedoch eines Besseren und ging wieder ins Wohnzimmer. Rebus brachte Siobhan ihren Tee.

»Das nenne ich Stil«, sagte sie und inspizierte den Teebeutel, der in der Tasse schwamm.

»Ich wusste nicht, wie stark Sie ihn mögen«, sagte Rebus zu seiner Rechtfertigung. »Und? Was ist Ihr Eindruck?«

Sie überlegte einen Augenblick. »Möglich, dass er die Wahrheit sagt.«

»Kann aber auch sein, dass Sie auf gut aussehende Jungs stehen.«

Sie schnaubte, angelte den Teebeutel aus der Tasse und beförderte ihn in den Müll. »Schon möglich«, sagte sie. »Und Sie, was glauben Sie?«

»Morgen ist die Pressekonferenz. Glauben Sie, dass wir diesen Costello dazu überreden können, über die Medien an seine Freundin zu appellieren?«

Die Abendschicht übernahmen zwei Kripobeamte vom Gayfield Square. Rebus fuhr nach Hause und ließ sich ein Bad einlaufen. Er hatte das dringende Bedürfnis, ausgiebig zu baden, und gab etwas Spülmittel in das heiße Wasser, wie es bereits seine Eltern getan hatten, als er noch klein war. Immer wenn er abends völlig verdreckt vom Bolzplatz nach Hause gekommen war, hatte dort bereits ein mit Spülmittel angereichertes heißes Bad auf ihn gewartet. Nicht, dass seine Eltern sich kein richtiges Schaumbad hatten leisten können: »Aber das ist schließlich auch nichts anderes als sündteure Flüssigseife«, hatte seine Mutter immer gesagt.

In Philippa Balfours Bad hatte er mehr als ein Dutzend verschiedene »Aromabäder«, Badelotionen und Schaumbäder gesehen. Rebus inspizierte kurz seine eigenen Vorräte: Rasierer, Rasierschaum, Zahnpasta, eine einsame Zahnbürste und ein Stück Seife. Und in dem Medizinschränkchen: Heftpflaster, Schmerztabletten und ein Päckchen Kondome. Er öffnete die Schachtel: ein Gummi. Das Verfallsdatum war im vergangenen Sommer abgelaufen. Als er das Schränkchen wieder zumachte, sah er sich plötzlich im Spiegel: graugesichtig und graue Strähnen im Haar. Und ein leichtes Doppelkinn hatte er auch schon, sogar, wenn er den Unterkiefer etwas vorschob. Er versuchte zu lächeln und erhaschte einen Blick auf seine Zähne. Er müsste dringend mal wieder zum Zahnarzt. Der hatte ohnehin schon gedroht, Rebus aus der Kartei zu werfen.

»Hinten anstellen beim Rausschmeißen ...«, murmelte Rebus und kehrte dem Spiegel den Rücken zu, während er sich auszog.

Die Abschiedsparty, zu der Hauptkommissar »Farmer« Watson anlässlich seines Eintritts in den Ruhestand geladen hatte, war bereits seit sechs Uhr im Gang. Genau genommen handelte es sich bereits um die dritte oder vierte derartige Party, wobei diese allerdings tatsächlich die letzte sein sollte und als einzige einen offiziellen Charakter besaß. Also hatte man den Polizeiclub am Leith Walk mit Girlanden und Luftballons geschmückt und ein großes Banner mit der Aufschrift WER SO VIELE VERBRECHER FAND, GEHT WOHLVERDIENT IN RUHESTAND aufgehängt. Irgendein Witzbold hatte sogar ein Bündel Stroh auf der Tanzfläche deponiert und das ländliche Idyll durch ein aufblasbares Schwein und einige Plastikschafe vervollkommnet. An der Bar herrschte bereits Hochbetrieb, als Rebus hereinkam. Auf dem Weg in das Gebäude waren ihm drei hochrangige Beamte aus der Zentrale entgegengekommen. Ein Blick auf seine Uhr: 18.40. Vierzig Minuten ihrer kostbaren Zeit, um dem scheidenden Hauptkommissar die Ehre zu erweisen.

Erst ein paar Stunden zuvor hatte es auf dem Revier in der St. Leonard's Street eine kleine Feier gegeben, an der Rebus nicht hatte teilnehmen können. Er hatte auf Costello aufpassen müssen. Aber ihm war etwas von einer Rede zu Ohren gekommen, die Colin Carswell, der stellvertretende Polizeichef – auch Vize genannt – bei dieser Gelegenheit gehalten hatte. Außerdem hatten einige, zum Teil bereits pensionierte, Beamte, mit denen der Farmer während der verschiedenen Stationen seines Berufslebens zu tun gehabt hatte, ein paar Worte gesprochen. Anschließend waren die Herren in Erwartung der abendlichen Festivitäten gleich dageblieben und hatten den Nachmittag über, wie es aussah, schon einiges getrunken. Jedenfalls lag ein rötlicher Glanz auf ihren Gesichtern, und auch ihre Krawatten hatten bereits ein Eigenleben begonnen. Einer der Männer gab sich sogar redlich Mühe, mit seinem Gesang die Musik zu übertönen, die aus großen Lautsprechern von der Decke in den Raum hämmerte.

»Was darf ich Ihnen spendieren, John?«, fragte der Farmer und erhob sich von seinem Tisch, um Rebus an der Theke Gesellschaft zu leisten.

»Vielleicht einen kleinen Whisky, Sir.«

»Eine halbe Flasche Malt, wenn's recht ist!«, brüllte der Farmer dem Barmann zu, der gerade ein paar Bier zapfte. Dann sah der Farmer Rebus mit zusammengekniffenen Augen an. »Haben Sie diese Scheißer aus der Zentrale gesehen?«

»Sind mir beim Reinkommen begegnet.«

»Haben die ganze Zeit nur Orangensaft getrunken und sich dann, so schnell es ging, wieder verdrückt.« Der Farmer hatte bereits eine reichlich schwere Zunge und bemühte sich, deutlich zu sprechen. »Ganss feine Pinkel waren das«, schimpfte Watson, »glauben wohl, dass sie was Besseres sind, was?«

Rebus lächelte und bestellte bei dem Barmann einen Ardbeg.

»Geben Sie ihm wenigssens einen Doppelten«, befahl der Farmer.

»Und Sie selbst, Sir? Schon zum Trinken gekommen?«, fragte Rebus.

Der Farmer blies die Backen auf. »Sehen Sie die alten Knaben da drüben an dem Tisch? Sind heute extra hergekommen, um meinen Ausstand mit mir ssu feiern.« Er wies mit dem Kopf zu einem Tisch, an dem sich eine Gruppe Betrunkener an ihren Gläsern festhielt. Dahinter einige weitere Tische mit dem Büfett: Kanapees, Würstchen, Chips und Erdnüsse. Rebus entdeckte außerdem etliche Kollegen, die er aus anderen Lothian-und-Borders-Revieren kannte: Macari, Allder, Shug Davidson, Roy Frazer. Bill Pryde unterhielt sich mit Bobby Hogan. Grant Hood wiederum versuchte, sich möglichst unauffällig bei zwei Kripobeamten anzubiedern: Claverhouse und Ormiston. George »Hi-Ho« Silvers musste zu seinem Leidwesen feststellen, dass sich Phyllida Hawes und Ellen Wylie, zwei junge Kolleginnen, von seinen Sprüchen nur wenig beeindruckt zeigten. Jane Barbour aus der Zentrale wiederum sprach lebhaft mit Siobhan Clarke, mit der sie früher mal zusammengearbeitet hatte.

»Sollte unsere Klientel Wind davon bekommen, was hier heute Abend läuft«, sagte Rebus, »dann dürfte einiges geboten sein. Hält überhaupt noch jemand die Stellung?«

Der Farmer lachte. »Immerhin haben wir in der St. Leonard's Street eine Art Notbesetzung.«

»Rege Beteiligung hier. Wäre bei meinem Abschied wohl anders.«

»Klar – da kämen doppelt so viele.« Der Farmer rückte noch etwas näher. »Ihnen wird die komplette Führungsriege die Ehre erweisen. Schon allein, um sich höchstpersönlich davon zu überzeugen, dass sie nicht träumen.«

Rebus lächelte. Er hob das Glas und prostete seinem Chef zu. Die beiden Männer genossen den Whisky wie wahre Kenner. Der Farmer leckte sich die Lippen.

»Und? Wie lange wollen Sie noch weitermachen?«

Rebus zuckte mit den Schultern. »Bin noch keine dreißig Jahre dabei.«

»Müsste aber bald so weit sein.«

»Hab nicht mitgezählt.« Doch natürlich log Rebus: Fast jede Woche dachte er über seine Pensionierung nach. Nach dreißig Dienstjahren war man nämlich pensionsberechtigt. Und davon träumten viele seiner Kollegen: noch vor dem Sechzigsten in Rente und ein Häuschen irgendwo am Meer.

»Eigentlich erzähle ich die Geschichte nicht so häufig«, sagte der Farmer und räusperte sich. »Aber als ich damals bei der Polizei angefangen habe, hatte ich gleich in der ersten Woche Nachtdienst vorne am Empfang. Und dann kommt dieser Junge herein, höchstens elf oder zwölf, und sagt zu mir: ›Ich hab meine kleine Schwester kaputtgemacht.‹« Der Farmer starrte vor sich hin. »Ich sehe ihn noch wie heute, kann mich an jedes Wort erinnern ... ›Ich hab meine kleine Schwester kaputtgemacht.‹ Ich hatte keinen blassen Schimmer, was er überhaupt meint. Und dann stellt sich raus, dass er seine Schwester die Treppe runtergestoßen hat. War tot, das Mädchen.« Watson hielt inne und nahm einen Schluck Whisky. »Meine erste Woche im Dienst. Wissen Sie, was mein Sergeant damals gesagt hat? ›Kann nur besser werden.‹« Er lächelte wehmütig. »Schwer zu sagen, ob der Mann Recht behalten hat ...« Plötzlich riss er die Arme in die Höhe, und aus dem Lächeln wurde ein breites Grinsen. »Da ist sie ja! Da ist sie ja! Und ich hab schon befürchtet, dass sie mich versetzt.«

Er schloss die neue Hauptkommissarin Gill Templer so fest in die Arme, dass sie kaum mehr zu sehen war, und verpasste ihr dann einen Kuss auf die Wange. »Sie sind nicht zufällig die angekündigte Varietékünstlerin, die wir so sehnsüchtig erwarten?«, fragte er. Dann schlug er sich in gespielter Zerknirschung mit der Hand gegen die Stirn. »Oh mein Gott, eine sexistische Äußerung. Sie werden mich doch nicht etwa anzeigen?«

»Ich drück noch mal ein Auge zu«, sagte Gill, »falls Sie mir einen Drink spendieren.«

»Ich bin dran«, sagte Rebus. »Was möchten Sie denn?«

»Einen verlängerten Wodka.«

Dann brüllte Bobby Hogan dem Farmer was ins Ohr, und Watson wandte sich zum Gehen.

»Die Pflicht ruft«, sagte er entschuldigend, bevor er davonwankte.

»Kommt jetzt sein Auftritt?«, fragte Gill.

Rebus zuckte mit den Schultern. Der Farmer hatte nämlich eine Spezialität: Er konnte sämtliche Bücher der Bibel auswendig herunterrattern. Dabei lag sein Rekord bei etwas unter einer Minute – eine Bestmarke, die er heute kaum unterbieten würde.

»Einen verlängerten Wodka«, sagte Rebus zu dem Barmann. Er hob sein Whiskyglas. »Und noch zwei hiervon.« Er sah Gills Blick. »Einer ist für den Farmer«, sagte er.

»Klar doch.« Obwohl ihre Lippen lächelten, blieben ihre Augen ernst.

»Und? Schon einen Termin für Ihre eigene Party ausgetüftelt?«, fragte Rebus.

»Bitte?«

»Nur so ein Gedanke: erste Hauptkommissarin in Schottland – wäre doch ein Grund zum Feiern.«

»Ich hab einen Piccolo aufgemacht, als ich es erfahren habe.« Sie beobachtete den Barmann, wie er Angostura in ihr Glas tröpfelte. »Gibt es was Neues in dem Fall Balfour?«

Rebus sah sie an. »Spricht da meine neue Vorgesetzte?«

»John...«

Komisch, wie vielsagend so ein kleines Wort manchmal klingen konnte. Rebus war sich nicht ganz sicher, ob er sämtliche Nuancen mitbekommen hatte, trotzdem verstand er ziemlich genau.

John, hören Sie endlich auf mit dem Quatsch.

John, ich weiß, es hat da zwischen uns diese Geschichte gegeben, aber das ist schon lange her.

Gill Templer hatte wie wahnsinnig gearbeitet, um diese Stelle zu bekommen, trotzdem stand sie auch weiterhin unter Beobachtung: Etliche Leute wünschten sich nichts sehnlicher, als dass sie scheitern würde – darunter einige, die sie wahrscheinlich für ihre Freunde hielt.

Rebus nickte bloß, bezahlte die Getränke und schüttete den zweiten Whisky in sein Glas.

»Nur damit der arme Mann nicht zu viel trinkt«, sagte er und wies mit dem Kopf auf den Farmer, der bereits beim neuen Testament angelangt war.

»Ein Beispiel wahrer Selbstaufopferung«, sagte Gill.

Als der Farmer mit seiner Aufzählung fertig war, brach allgemeiner Jubel aus. Irgendwer behauptete sogar, Watson hätte einen neuen Rekord aufgestellt. Eine fromme Lüge, eine Geste wie das Überreichen einer Uhr. Mochte der Malt auch nach Tang und Torf schmecken, Rebus hatte dennoch das untrügliche Gefühl, dass er von nun an bei jedem Glas Ardbeg an einen kleinen Jungen denken würde, der durch die Tür eines Polizeireviers trat...

Siobhan Clarke bahnte sich ihren Weg durch die übrigen Gäste.

»Meinen Glückwunsch«, sagte sie.

Die beiden Frauen schüttelten einander die Hand.

»Danke, Siobhan«, sagte Gill. »Vielleicht werden Sie ja eines Tages meine Nachfolgerin.«

»Wieso eigentlich nicht?«, stimmte Siobhan ihr zu. »Mit dem Gummiknüppel durch die geschlossenen Reihen der männlichen Konkurrenz.« Sie stieß mit der Faust in die Luft.

»Was zu trinken, Siobhan?«, fragte Rebus.

Die beiden Frauen sahen sich an. »Drinks bestellen, das können sie immerhin«, sagte Siobhan augenzwinkernd. Während die beiden Frauen sich köstlich amüsierten, trat Rebus den Rückzug an.

Um neun Uhr begann die Karaokevorstellung. Rebus ging auf die Toilette und spürte, wie der Schweiß auf seinem Rücken kalt wurde. Die Krawatte hatte er bereits abgenommen und in der Tasche verstaut. Seine Jacke hing unweit der Bar über einer Stuhllehne. Auf der Feier herrschte ein ständiges Kommen und Gehen: Etliche Beamte waren bereits verschwunden, entweder, weil sie für die Nachtschicht eingeteilt waren oder weil sie auf ihren Handys irgendwelche Nachrichten vorgefunden hatten. Andere Kollegen, die nach Hause gefahren waren und sich umgezogen hatten, kamen dafür erst jetzt. Eine junge Beamtin aus der St. Leonard's Street erschien sogar im Minirock – das erste Mal, dass Rebus ihre Beine zu sehen bekam. Ein paar schlichte Gemüter, die der Farmer offenbar aus seiner Zeit im West Lothian kannte, hatten Fotos mitgebracht, auf denen das Gesicht eines fünfundzwanzig Jahre jüngeren Watson zu sehen war. Sie hatten den Kopf des Farmers auf Abbildungen irgendwelcher Muskelprotze montiert, die zum Teil in reichlich geschmacklosen Positionen abgelichtet waren.

Rebus wusch sich die Hände und klatschte sich etwas kaltes Wasser ins Gesicht; dann massierte er sich mit der nassen Hand den Nacken. Natürlich gab es nur einen elektrischen Händetrockner. Also musste er sich umständlich mit dem Taschentuch trocken reiben. Und genau in diesem Augenblick kam Bobby Hogan hereinspaziert.

»Sieht ganz so aus, als ob du dich verdrückt hättest«, sagte Hogan und trat an eines der Urinbecken.

»Hast du schon mal gehört, wie ich singe, Bobby?«

»Warum treten wir nicht einfach als Duett auf und singen ›Ein Loch ist im Eimer‹?«

»Das kennt doch außer uns keiner.«

Hogan kicherte. »Weißt du noch, als wir hier die Jungtürken gespielt haben?«

»Schon lange restlos fertig«, sagte Rebus halb zu sich selbst. Hogan glaubte sich verhört zu haben, doch Rebus schüttelte bloß den Kopf.

»Und wer ist der nächste Glückliche, der verabschiedet wird?«, fragte Hogan und wollte schon wieder hinausgehen.

»Ich nicht«, ließ Rebus verlauten.

»Nein?«

Rebus wischte sich abermals mit dem Taschentuch den Nacken. »Ich kann nicht in Pension gehen, Bobby. Das wäre Selbstmord.«

Hogan schnaubte. »Geht mir genauso. Aber der Job ist ebenfalls Selbstmord.« Die beiden Männer sahen sich an. Hogan zwinkerte Rebus zu und stieß die Tür auf. Sie traten wieder in die Hitze und den Lärm hinaus, und Hogan öffnete die Arme, um einen alten Freund zu begrüßen. Einer von Watsons Kumpels schob Rebus ein Glas zu.

»Ardbeg, oder?«

Rebus nickte und leckte sich ein paar Whiskyspritzer vom Handrücken. Dann hob er das Glas und leerte es auf einen Zug, während er im Geist einen kleinen Jungen vor sich sah, der eine schreckliche Nachricht zu überbringen hatte.

Er zog den Schlüsselbund aus der Tasche und sperrte die Eingangstür des Miethauses auf. Die Schlüssel waren nagelneu, erst ein paar Stunden alt. Auf dem Weg zur Treppe stieß er ein paar Mal mit der Schulter gegen die Wand und hielt sich beim Aufstieg sicherheitshalber am Geländer fest. Schließlich öffnete er mit zwei weiteren nagelneuen Schlüsseln die Eingangstür zu Philippa Balfours Wohnung.

Es war niemand da, und auch die Alarmanlage war nicht eingeschaltet. Er machte das Licht an. Der rutschige Teppich, auf dem er stand, schien sich unbedingt um seine Knöchel wickeln zu wollen, deshalb stützte Rebus sich gegen die Wand, um sich davon zu befreien. Die Zimmer befanden sich in demselben Zustand, in dem er sie zurückgelassen hatte, nur dass der Computer nicht mehr auf dem Schreibtisch stand, weil man ihn inzwischen aufs Revier verfrachtet hatte. Siobhan Clarke hoffte nämlich, dass ein Mitarbeiter von Balfours Internet-Provider ihr dabei helfen könnte, das Passwort zu umgehen.

Der Stapel mit David Costellos Kleidern, der sich noch vor ein paar Stunden auf dem Stuhl im Schlafzimmer befunden hatte, war nicht mehr da. Rebus vermutete, dass Costello selbst die Sachen mitgenommen hatte. Offenbar hatte ihm jemand dazu die Erlaubnis gegeben, denn ohne Zustimmung der Polizei durfte nichts aus der Wohnung entfernt werden. Vermutlich hatten die Kriminaltechniker die Kleider vorher inspiziert und sogar Materialproben genommen. Es wurde bereits etwas von Sparmaßnahmen gemunkelt, weil die Kosten in einem Fall wie dem vorliegenden leicht explodieren konnten.

In der Küche füllte Rebus ein großes Glas mit Wasser und ging dann ins Wohnzimmer und setzte sich etwa an dieselbe Stelle, wo zuvor David Costello gesessen hatte. An seinem Kinn liefen ein paar Wassertropfen herunter. Die Bilder an den Wänden – gerahmte abstrakte Gemälde – fingen an zu tanzen, sobald er die Augen bewegte. Er beugte sich vor, um das leere Glas auf den Boden zu stellen, und landete dabei auf allen vieren. Irgendwer musste ihm etwas in die Drinks getan haben – einzig mögliche Erklärung. Er drehte sich um und saß einen Moment mit geschlossenen Augen da. Häufig war die Fahndung nach einer als vermisst gemeldeten Person völliger Unsinn. Denn entweder tauchten die Leute von allein wieder auf, oder aber sie wollten gar nicht gefunden werden. Es waren so viele... Fotos und Personenbeschreibungen gingen kontinuierlich über seinen Schreibtisch, die Gesichter auf den Bildern waren nur unscharf zu erkennen, so als ob die verschwundenen Personen sich bereits in Gespenster verwandelt hätten. Er öffnete die Augen und blickte zur Decke mit dem reich verzierten Gesims hinauf. Große Wohnungen gab es hier in der Neustadt, doch Rebus zog sein eigenes Viertel vor: mehr Läden und nicht so schick...

Der Ardbeg... irgendwer musste ihm etwas hineingetan haben. Gut möglich, dass er das Zeug in Zukunft nicht mehr anrühren würde. Dieser Whisky würde von nun an ein eigenes Gespenst heraufbeschwören. Er überlegte, was aus dem Jungen geworden sein mochte: War es ein Unfall oder Absicht gewesen? Der Junge könnte inzwischen eigene Kinder haben – oder sogar schon Enkel. Ob er wohl noch von der Schwester träumte, die er damals umgebracht hatte? Ob er sich noch an den nervösen jungen Uniformierten erinnerte, mit dem er auf dem Revier zuerst gesprochen hatte? Rebus strich mit den Händen über den Boden, nacktes abgeschliffenes und lackiertes Holz. Wenigstens hatte die Spurensicherung die Dielen nicht herausgebrochen – noch nicht. Er befingerte den Ritz zwischen zwei Brettern, schob die Fingernägel hinein, fand jedoch keinen Halt. Irgendwie stieß er dabei das Glas um, das mit lautem Getöse über den Boden rollte. Rebus verfolgte es mit den Augen, bis es nahe der Tür liegen blieb, wo plötzlich zwei Füße erschienen.

»Was, zum Teufel, ist hier los?«

Rebus rappelte sich auf. Der Mann, der vor ihm stand, war etwa Mitte vierzig und hatte die Hände in den Taschen eines dreiviertellangen schwarzen Wollmantels vergraben. Er richtete sich auf, sodass er fast die gesamte Tür ausfüllte.

»Wer sind Sie?«, fragte Rebus.

Der Mann zog eine Hand aus der Tasche und brachte ein Handy zum Vorschein. »Ich ruf die Polizei«, sagte er.

»Ich bin von der Polizei.« Rebus gab dem Fremden seine Kennmarke. »Inspektor Rebus.«

Der Mann inspizierte die Marke und gab sie dann zurück. »John Balfour«, sagte er, und seine Stimme verlor ein wenig von ihrer Schärfe. Rebus nickte. So viel hatte er schon kapiert.

»Tut mir Leid, wenn ich...« Rebus sprach den Satz nicht zu Ende. Als er die Kennmarke wieder in die Tasche schob, knickte er kurz im linken Knie ein.

»Sie haben getrunken«, sagte Balfour.

»Ja, tut mir Leid. Abschiedsparty. Aber ich bin nicht im Dienst, falls Sie das meinen.«

»Dann darf ich vielleicht fragen, was Sie in der Wohnung meiner Tochter zu suchen haben?«

»Sie dürfen«, räumte Rebus ein. Er blickte um sich. »Ich wollte nur... also, ich glaube, ich...« Doch ihm fielen einfach nicht die richtigen Worte ein.

»Würden Sie bitte gehen?«

Rebus nickte dem Mann zu. »Klar.« Balfour trat leicht angewidert beiseite, um jede Berührung mit dem betrunkenen Polizisten zu vermeiden. Draußen im Gang blieb Rebus stehen, drehte sich halb um, um sich nochmals zu entschuldigen, doch Philippa Balfours Vater war bereits drüben im Salon ans Fenster getreten und starrte in die Nacht hinaus, während er sich rechts und links an den Fensterläden festhielt.

Rebus ging – inzwischen wieder halbwegs nüchtern – die Treppe hinunter, zog die Eingangstür hinter sich zu und verzichtete darauf, noch einmal zu dem Fenster im ersten Stock hinaufzublicken. Die Straßen lagen verlassen da. Es hatte geregnet, und auf dem Pflaster stand an manchen Stellen noch Wasser, in dem sich die Straßenlaternen spiegelten. Als Rebus jetzt wieder den Hang hinaufstieg, war außer seinen Schritten weit und breit nichts zu hören: Queen Street, George Street,

Princes Street und dann North Bridge. Unterwegs sah er Kneipenbesucher, die nach einem Taxi oder abhanden gekommenen Freunden Ausschau hielten. An der Kirche Tron Kirk bog er schließlich nach links in die Canongate. Am Randstein stand ein Streifenwagen, in dem zwei Zivilbeamte hockten, der eine war wach, der andere schlief. Die beiden Polizisten arbeiteten auf dem Revier am Gayfield Square und hatten entweder reichlich Pech gehabt, oder aber sie erfreuten sich der uneingeschränkten Abneigung ihres Vorgesetzten: Anders ließ sich eine derart undankbare Nachtschicht kaum erklären. In den Augen des Beamten, der sich mühsam wach hielt, war Rebus nur ein zufälliger Passant. Der Mann las in einer Zeitung, die er so positioniert hatte, dass sie vom Licht einer Straßenlaterne notdürftig beleuchtet wurde. Als Rebus auf das Dach des Steifenwagens klopfte, flog die Zeitung durch die Luft und landete auf dem Kopf des schlafenden Beamten, der wie von der Tarantel gestochen auffuhr und nach den Blättern griff.

Dann ging auf der Beifahrerseite das Fenster herunter, und Rebus beugte sich herab. »Der Einuhrweckdienst, meine Herren.«

»Ich hätte mir fast in die Hose gemacht«, sagte der Beamte auf dem Beifahrersitz und klaubte seine Zeitung zusammen. Der Mann hieß Pat Connolly und hatte während der ersten Dienstjahre vor allem damit zu tun gehabt, sich gegen den Beinamen »Paddy« zur Wehr zu setzen. Sein Kollege war Tommy Daniels, der wie mit allen Dingen mit seinem Spitznamen – Ferne – keine Probleme zu haben schien. Von Tommy zu Tom – Tom zu Trommeln aus der Ferne zu Ferne – so war es zu dem Spitznamen gekommen, der allerdings auch viel über den Charakter des jungen Mannes verriet. Er verdrehte bloß die Augen, als er begriff, dass es Rebus war, der ihn so unsanft aus dem Schlaf gerissen hatte.

»Wenigstens einen Kaffee hätten Sie uns mitbringen können«, maulte Connolly.

»Ja, hätte ich«, sagte Rebus. »Oder vielleicht ein Lexikon?«

Er blickte auf das Kreuzworträtsel in der Zeitung. Höchstens ein Drittel der Felder war ausgefüllt, während das Papier neben dem Gitter mit Buchstabensalat vollgekritzelt war. »Ruhige Nacht?«

»Nur ein paar Ausländer, die nach dem Weg fragen«, sagte Connolly. Rebus lächelte und blickte nach links und rechts die Straße hinunter: Ja, dieser Teil von Edinburgh gehörte fast ausschließlich den Touristen: ein Stück weiter an der Ampel ein Hotel, gegenüber ein Laden für Strickwaren. Ausgefallene Geschenke, Shortbread und Whiskykaraffen. Nur knapp fünfzig Meter weiter ein Kiltschneider. John Knox' Haus, das schief an den Nachbarhäusern lehnte und düster halb im Schatten lag. Früher einmal hatte es in Edinburgh nur die Altstadt gegeben: ein schmaler Grat, der sich von der Burg zum Holyrood-Palast hinzog, während seitlich wie krumme Rippen steil abfallende Gassen abzweigten. Als die Bevölkerung immer mehr zunahm und die sanitären Verhältnisse unerträglich wurden, hatte man die Neustadt mit ihrer georgianischen Eleganz ganz bewusst so angelegt, dass sich die Altstadt und jene Bürger, die sich einen Umzug nicht leisten konnten, brüskiert fühlen mussten. Rebus fand es interessant, dass Philippa Balfour in der Neustadt wohnte, während David Costello sich für das Herz der Altstadt entschieden hatte.

»Ist er zu Hause?«, fragte er.

»Wären wir sonst hier?« Connolly blickte Ferne an, der gerade aus eine Thermoskanne Tomatensuppe in einen Becher goss, skeptisch daran schnupperte und dann rasch einen Schluck nahm. »Möglich, dass Sie genau der Mann sind, auf den wir die ganze Zeit gewartet haben.«

Rebus sah ihn an. »Ach, tatsächlich?«

»Um einen Streit zu schlichten. Deacon Blue, *Wages Day*: War das das erste oder das zweite Album der Gruppe?«

Rebus lächelte. »Muss echt 'ne *verdammt* ruhige Nacht gewesen sein.« Dann nach einigen Sekunden Bedenkzeit: »Das zweite.«

»Dann schuldest du mir zehn Piepen«, sagte Connolly zu seinem Kollegen Ferne.

»Eine Frage«, sagte Rebus, dessen Knie vernehmlich knackten, als er jetzt neben dem Auto in die Hocke ging.

»Nur los«, sagte Connolly.

»Was macht ihr eigentlich, wenn einer von euch mal pinkeln muss?«

Connolly lächelte. »Wenn Ferne schläft, nehme ich natürlich seine Thermoskanne.«

Ferne konnte die Suppe, die er gerade im Mund hatte, kaum bei sich behalten. Als Rebus sich wieder aufrichtete, hörte er das Blut in seinen Ohren rauschen. Sturmwarnung. Sah ganz so aus, als ob sich in ihm ein mächtiger Kater zusammenbraute.

»Wollen Sie da reingehen?«, fragte Connolly. Rebus blickte zu dem Haus hinüber.

»Weiß nicht recht.«

»Wir müssten das notieren.«

Rebus nickte. »Ja, sicher.«

»Kommen Sie gerade von Watsons Abschiedsparty?«

Rebus sah Connolly an. »Was soll das heißen?«

»Na ja, Sie haben doch sicher was getrunken. Vielleicht nicht unbedingt der beste Zeitpunkt für einen Besuch... Sir.«

»Vermutlich haben Sie Recht... Paddy«, sagte Rebus und marschierte Richtung Haustür.

»Wissen Sie noch, wonach Sie mich gefragt haben?«

Rebus hielt eine Tasse mit schwarzem Kaffee in der Hand, den Costello ihm angeboten hatte. Er drückte zwei Paracetamol aus der Verpackung und spülte sie hinunter. Obwohl es schon spät – ja bereits nach Mitternacht – war, hatte er Costello noch wach angetroffen. Der junge Mann trug ein schwarzes T-Shirt und eine schwarze Jeans und war barfuß. Offenbar hatte er sich in einem Spirituosenladen etwas zu trinken besorgt. Jedenfalls lag die Plastiktüte auf dem Boden, daneben eine aufgeschraubte und fast noch volle Flasche Bell's. Also kein Trinker, dachte Rebus. Typisch Nichttrinker: diese Art der Krisenbewältigung. Solche Leute tranken zwar Whisky, doch sie mussten erst mal eine Flasche besorgen, und dann leerten sie sie noch nicht einmal zur Hälfte. Ein paar Gläschen reichten schon.

Das Wohnzimmer war klein. Man erreichte die Wohnung durch ein Treppenhaus, dessen Steinstufen bereits tief ausgetreten waren. Winzige Fenster. Das Gebäude stammte aus einer Zeit, als das Heizen einer Wohnung noch sehr kostspielig gewesen war. Je kleiner die Fenster, umso weniger Hitze konnte entweichen.

Vom Wohnzimmer aus führte ein breiter Durchgang in die Küche. Die an Schlachterhaken aufgehängten Töpfe und Pfannen legten den Schluss nahe, dass Costello gerne kochte. Im Wohnzimmer überall Bücher und CDs, von denen Rebus einige kannte: John Martyn, Nick Drake, Joni Mitchell – entspannte, aber etwas kopflastige Musik. Die Bücher benötigte Costello offenbar für sein Literaturstudium.

Costello hockte auf einem roten Futon, während Rebus auf einem der beiden schlichten Holzstühle Platz genommen hatte. Solche Stühle hatte er schon gelegentlich vor Läden in der Causewayside gesehen, die selbst Schulmöbel aus den Sechzigerjahren und grüne Metallaktenschränke aus den Fünfzigern als Antiquitäten anboten.

Costello strich sich schweigend mit der Hand über den Kopf.

»Sie wollten von mir wissen, ob ich glaube, dass Sie es getan haben«, sagte Rebus und beantwortete damit seine eigene Frage.

»Dass ich was getan habe?«

»Dass Sie Flip umgebracht haben. Ja, genauso haben Sie sich ausgedrückt: Sie glauben, dass *ich* sie umgebracht habe, oder?«

Costello nickte. »Ist doch ein nahe liegender Verdacht.

Schließlich haben wir uns vorher gestritten. Ja, seh ich sogar ein, dass ich aus Ihrer Sicht zum Kreis der Verdächtigen zähle.«

»David, im Augenblick sind Sie sogar der *einzige* Verdächtige.«

»Dann glauben Sie also wirklich, dass ihr was zugestoßen ist?«

»Was meinen Sie?«

Costello schüttelte den Kopf. »Darüber grüble ich schon die ganze Zeit nach.«

Sie saßen einige Sekunden schweigend da.

»Was haben Sie eigentlich um diese Uhrzeit hier zu suchen?«, fragte Costello plötzlich.

»Hab ich doch schon gesagt, ich bin auf dem Heimweg. Mögen Sie die Altstadt?«

»Ja.«

»Ist schon was anderes als die Neustadt. Und haben Sie nie daran gedacht, in Flips Nähe zu ziehen?«

»Was soll das heißen?«

Rebus zuckte mit den Achseln. »Womöglich kann man aus dem von Ihnen bevorzugten Teil der Stadt Rückschlüsse auf Ihren Charakter ziehen. Und das Gleiche gilt natürlich auch für Flip.«

Costello lachte trocken. »Ihr Schotten macht es euch manchmal verdammt leicht.«

»Wieso?«

»Altstadt gegen Neustadt, katholisch/protestantisch, Ostküste/West. Aber meistens sind die Dinge ein kleines bisschen komplizierter.«

»Gegensätze ziehen sich an, das ist alles, worauf ich hinauswollte.« Wieder saßen beide schweigend da. Rebus sah sich in dem Zimmer um.

»Wenigstens haben die Ihnen nicht die ganze Bude auf den Kopf gestellt?«

»Wer?«

»Die Spurensicherung.«

»Ach so. Nein, hätte schlimmer kommen können.«

Rebus nahm einen Schluck Kaffee. »Natürlich hätten Sie die Leiche ohnehin nicht hier versteckt, ist doch klar. Ich meine: So was machen doch nur Perverse.« Costello sah ihn an. »Tut mir Leid, dass ich... Natürlich ist das alles reine Theorie. Ich wollte damit nichts behaupten. Aber nach einer Leiche haben unsere Spezialisten hier ohnehin nicht gesucht. Die interessieren sich nämlich für Sachen, die Sie oder ich nicht mal sehen können: kleinste Blutspritzer, Textilfasern, einzelne Haare.« Rebus schüttelte langsam den Kopf. »Heutzutage sind die Geschworenen ganz wild auf solche Sachen. Die kommen doch ohne klassische Ermittlungsarbeit aus.« Er stellte die schwarz glänzende Tasse beiseite und fingerte in der Jackentasche nach seinen Zigaretten. »Was dagegen, wenn ich...?«

Costello zögerte. »Ich würde sogar eine mitrauchen, wenn das okay ist.«

»Aber bitte sehr.« Rebus zog eine Zigarette aus der Schachtel, zündete sie an und reichte dann dem jungen Mann die Packung samt Feuerzeug. »Von mir aus können Sie sich auch einen Joint machen«, sagte er.

»Nein, ist nicht mein Ding.«

»Scheint so, als ob das Studentenleben auch nicht mehr das ist, was es mal war.«

Costello ließ den Rauch aus der Lunge entweichen und inspizierte die Zigarette mit einem merkwürdig distanzierten Blick. »Schon möglich«, sagte er.

Rebus lächelte. Zwei erwachsene Männer, die in den frühen Morgenstunden zusammenhockten, gemeinsam rauchten und plauderten. Genau die richtige Zeit, um offen miteinander zu reden, die Welt ringsum in Schlaf versunken und niemand, der heimlich lauschte. Er stand auf und ging zum Bücherregal hinüber. »Wie haben Sie Flip eigentlich kennen gelernt?«, fragte er, zog irgendein Buch heraus und blätterte darin.

»Bei einem Abendessen. Hat sofort gefunkt. Als wir am nächsten Morgen nach dem Frühstück auf dem Warriston-Friedhof spazieren gegangen sind, hab ich zum ersten Mal gespürt, dass ich in sie verliebt bin... Ich meine, dass es nicht bei dieser einen Nacht bleiben würde...«

»Interessieren Sie sich für Filme?«, fragte Rebus. Ihm war aufgefallen, dass eines der Regale fast ausschließlich mit Filmliteratur bestückt war.

Costello blickte in seine Richtung. »Ja, ich möchte später mal ein Drehbuch schreiben.«

»Schöne Idee.« Rebus hatte inzwischen ein anderes Buch aufgeschlagen – offenbar ein Gedichtzyklus über Alfred Hitchcock. »Sie haben also nicht im Hotel übernachtet?«, fragte er nach einer Weile.

»Nein.«

»Aber Sie haben doch sicher Ihre Eltern gesehen?«

»Ja.« Costello zog an seiner Zigarette. Erst jetzt bemerkte er, dass er keinen Aschenbecher hatte, deshalb hielt er nach etwas Geeignetem Ausschau: zwei Kerzenhalter, einen für Rebus und einen für sich selbst. Als Rebus sich wieder vom Bücherregal abwandte, stieß er mit dem Fuß gegen etwas: einen winzigen Zinnsoldaten. Er bückte sich, um die Figur aufzuheben. Die Muskete war abgebrochen, der Kopf zur Seite verdreht. Trotzdem war er sich sicher, dass nicht er die Figur beschädigt hatte. Er stellte sie schweigend ins Regal, bevor er sich wieder setzte.

»Heißt das, dass Ihre Eltern das andere Zimmer wieder abbestellt haben?«, fragte er.

»Die beiden haben getrennte Schlafzimmer, Inspektor.« Costello blickte von dem Kerzenhalter auf, in dem er gerade die Asche seiner Zigarette abstreifte. »Oder ist das vielleicht verboten?«

»Da dürfen Sie mich nicht fragen. Meine Frau hat mich schon vor so langer Zeit verlassen, dass ich mich kaum noch daran erinnern kann.«

»Das nehme ich Ihnen nicht ab.«

Rebus lächelte. »Kluges Kerlchen.«

Costello lehnte sich mit dem Rücken gegen das Kopfende seines Futons und unterdrückte ein Gähnen.

»Ich sollte jetzt wohl besser gehen«, sagte Rebus.

»Trinken Sie vorher wenigstens noch den Kaffee aus.«

Rebus hatte die Tasse zwar schon geleert, nickte aber trotzdem. Er hatte nicht die Absicht zu gehen, solange Costello ihn nicht rauswarf. »Vielleicht taucht sie ja schon bald wieder auf. Manche Leute kommen auf die merkwürdigsten Ideen und haben plötzlich das dringende Bedürfnis, eine Bergwanderung in den Highlands zu unternehmen.«

»Da kennen Sie Flip aber schlecht.«

»Oder sie wollte einfach mal irgendwo hinfahren.«

Costello schüttelte den Kopf. »Quatsch. Sie hat doch gewusst, dass ihre Freunde in dieser Bar auf sie warten. So eine Verabredung hätte sie nie vergessen.«

»Nein? Und wenn sie nun jemand anderen kennen gelernt hätte, so eine spontane Sache wie in diesem Werbespot?«

»Einen anderen?«

»Wäre doch denkbar.«

Costellos Augen verfinsterten sich. »Keine Ahnung. Hab auch schon darüber nachgedacht.«

»Aber Sie scheinen das nicht ernsthaft in Betracht zu ziehen?«

»Nein.«

»Und wieso nicht?«

»Weil sie mir davon erzählt hätte. So ist Flip nun mal. Egal, ob sie sich für tausend Pfund einen neuen Designerfummel kauft oder ob ihre Eltern ihr einen Concorde-Flug spendieren, sie kann einfach nichts für sich behalten.«

»Steht sie gern im Mittelpunkt?«

»Geht uns das nicht allen manchmal so?«

»Aber sie würde doch so etwas nicht inszenieren, um sich wichtig zu machen?«

»Sie meinen, ob sie einfach abhauen würde, um sich in Szene zu setzen?« Costello schüttelte den Kopf und unterdrückte wieder ein Gähnen. »Ich glaube, ich muss ins Bett.«

»Wann ist noch mal die Pressekonferenz?«

»Am frühen Nachmittag. Damit sie in den Abendnachrichten noch darüber berichten können.«

Rebus nickte. »Lassen Sie sich bloß nicht verrückt machen. Verhalten Sie sich ganz normal.«

Costello drückte seine Zigarette aus. »Wie denn sonst?« Er machte Anstalten, Rebus die Zigarettenschachtel und das Feuerzeug zurückzugeben.

»Können Sie behalten. Vielleicht brauchen Sie sie noch.« Rebus rappelte sich auf. Das Blut dröhnte jetzt in seinem Kopf – trotz des Paracetamols. *So ist Flip nun mal:* Costello hatte im Präsens von ihr gesprochen. War das nun eine spontane oder eine kalkulierte Bemerkung gewesen? Auch Costello war inzwischen aufgestanden, ein freudloses Lächeln auf dem Gesicht.

»Sie haben meine Frage noch immer nicht beantwortet«, sagte er.

»Ich bin stets bemüht, unvoreingenommen zu sein, Mr. Costello.«

»Tatsächlich?« Costello schob die Hände in die Hosentaschen. »Sie kommen doch auch zu dieser Pressekonferenz, nicht wahr?«

»Schon möglich.«

»Damit Ihnen nicht die kleinste Silbe entgeht? Sie sind nämlich genauso penibel wie Ihre Kollegen von der Spurensicherung.« Costello kniff die Augen zusammen. »Möglich, dass ich der einzige Verdächtige bin, aber blöde bin ich jedenfalls nicht.«

»Dann herrscht ja zwischen uns ein hohes Maß an Übereinstimmung.«

»Wieso sind Sie eigentlich heute Abend hier aufgekreuzt? Sie haben doch dienstfrei.«

Rebus stand jetzt direkt vor dem jungen Mann. »Wissen Sie, was die Leute früher geglaubt haben, Mr. Costello? Sie haben geglaubt, dass ein Mörder in den Augen seines Opfers einen Abdruck hinterlässt, weil der Mörder ja das Letzte ist, was diese Augen sehen. Deshalb haben manche Mörder ihren Opfern früher die Augen ausgestochen.«

»Aber so naiv sind wir doch heutzutage nicht mehr, Inspektor. Genauso wenig wie wir glauben, dass man in den Augen eines anderen Menschen dessen Gedanken und Gefühle lesen kann.« Costello sah Rebus aus nächster Nähe mit weit geöffneten Augen an. »Schauen Sie genau hin – weil ich diese Beweisstücke nämlich gleich zu schließen gedenke.«

Rebus hielt dem Blick des jungen Mannes stand und starrte ihn so lange an, bis Costello den Kopf abwandte und ihn zum Gehen aufforderte. Rebus hatte die Tür schon fast erreicht, als Costello seinen Namen rief. Der junge Mann wischte die Zigarettenschachtel und das Feuerzeug mit einem Taschentuch sorgfältig ab und warf sie dann in Rebus' Richtung, sodass sie vor dessen Füßen landeten.

»Ich nehme an, dass Sie das Zeug dringender brauchen als ich.«

Rebus bückte sich und hob die Sachen auf. »Und wozu das Taschentuch?«

»Nur für alle Fälle«, sagte Costello. »Man weiß ja nie, wo solche Sachen am Ende wieder auftauchen.«

Rebus richtete sich schweigend wieder auf und trat auf den Treppenabsatz hinaus. Hinter ihm in der Tür stand Costello und wünschte ihm eine gute Nacht. Rebus ging einige Stufen nach unten, bevor er den Abschiedsgruß erwiderte. Er dachte darüber nach, wie Costello das Feuerzeug und die Zigarettenschachtel abgewischt hatte. In seinem ganzen Berufsleben hatte er noch nie einen Verdächtigen so etwas tun sehen. Offenbar befürchtete Costello tatsächlich, dass man ihn hereinlegen wollte.

Oder aber er wollte bloß diesen Eindruck erwecken. Jedenfalls hatte der junge Mann eine kühl kalkulierende Seite. Und sein Verhalten bewies, dass Costello vorauszudenken verstand…

2

Es war einer dieser kühlen, dämmerigen Tage, die es in Schottland in mindestens drei Jahreszeiten geben kann: der Himmel, ein schiefergraues Dach, dazu ein Wind, den Rebus' Vater »snell« genannt hätte. Rebus' Vater hatte früher bisweilen erzählt, wie er als junger Mensch an einem bitterkalten Wintermorgen in Lochgelly in einen Lebensmittelladen getreten war. Der Besitzer hatte vor dem Elektroheizer gestanden. Rebus' Vater hatte auf die Kühltheke gezeigt und gefragt: »Ist das Euer Ayrshire-Speck?« Woraufhin der Lebensmittelhändler erwidert hatte: »Nein, das sind meine Hände, die ich wärme.« Rebus' Vater hatte geschworen, dass die Geschichte wahr sei, und sein damals vielleicht sieben-, achtjähriger Sohn hatte ihm natürlich geglaubt. Inzwischen war Rebus allerdings davon überzeugt, dass sein Vater die Geschichte nur irgendwo aufgeschnappt und für seine eigenen Zwecke zurechtgebogen hatte.

»Erste Mal, dass ich Sie sehe lächeln«, sagte Rebus' *barista*, als sie ihm einen doppelten *caffèlatte* machte. *Caffèlatte, barista*, das waren ihre Worte. Als sie das erste Mal von ihrem Job erzählte, sprach sie es wie »barrister«, Rechtsanwalt aus, sodass ein verwirrter Rebus fragte, ob sie in der Bar denn schwarz arbeite. Die Kaffeebar befand sich am Rand des Meadow-Parks in einem umgebauten Polizeihäuschen. Rebus machte morgens auf dem Weg zur Arbeit meist bei ihr Station. Er bestellte einen »Milchkaffee«, und sie korrigierte ihn immer: *caffèlatte*. Dann fügte er noch hinzu: »einen doppelten«, was gar nicht nötig war, da sie wusste, was er wollte, aber er mochte die Atmosphäre dieser Wörter.

»Lächeln ist doch nicht verboten«, sagte er, während sie Milchschaum auf den Kaffee löffelte.

»Das müssten Sie besser wissen als ich.«

»Und Ihr Chef müsste es noch besser wissen als wir beide zusammen«, sagte er, reichte ihr eine Banknote, ließ das Wechselgeld in dem bereitstehenden Schälchen liegen und fuhr dann weiter Richtung St. Leonard's. Nein, sie konnte nicht wissen, dass er Polizist war. *Das müssten Sie besser wissen* ... Ach, das war nur Geplänkel gewesen. Seine Bemerkung wiederum hatte er gemacht, weil der Besitzer der Kaffeebar-Kette einmal Anwalt gewesen war. Aber das hatte sie offenbar nicht verstanden.

Vor dem Revier blieb Rebus noch ein paar Minuten im Auto sitzen, schlürfte seinen Kaffee und rauchte eine Zigarette. Auf der Rückseite des Gebäudes standen bereits einige Kleinbusse bereit, um die Festgenommenen der Nacht zum Gericht zu bringen. War erst ein paar Tage her, seit Rebus zuletzt vor Gericht ausgesagt hatte. Allerdings hatte er seither vergessen, sich nach dem Ausgang des Verfahrens zu erkundigen. Dann ging die Eingangstür auf, und er erwartete eigentlich, dass die Uniformierten erschienen, die die Delinquenten zu den Autos begleiteten, doch stattdessen trat Siobhan Clarke ins Freie. Als sie seinen Wagen sah, kam sie lächelnd näher und schüttelte den Kopf über sein unvermeidliches Morgenritual. Rebus ließ das Fenster herunter.

»Vor der Exekution nahm der Verurteilte zum letzten Mal ein herzhaftes Frühstück zu sich«, sagte sie.

»Und Ihnen auch einen schönen Morgen.«

»Die Chefin möchte Sie sehen.«

»Ach ja – die *Chefin*. Hat sie ja gleich den richtigen Spürhund losgeschickt.«

Siobhan lächelte schweigend in sich hinein, während Rebus aus dem Wagen stieg. Dann gingen beide über den Parkplatz.

»Übrigens – wie geht es Ihrem Kater denn so? Ist es Ihnen

wenigstens gelungen, ein paar unangenehme Gedanken zu ertränken?«

Als sie ihm die Tür aufhielt, kam er sich vor wie ein Wild, das sehenden Auges in die Falle tappt.

Die Fotos und die Kaffeemaschine des Farmers waren bereits verschwunden, und oben auf dem Aktenschrank standen ein paar Glückwunschkarten. Ansonsten war der Raum völlig unverändert – inklusive der Papiere im Posteingangskasten und des einsamen Kaktus auf der Fensterbank. Gill Templer fühlte sich in Watsons Stuhl sichtlich unwohl. Der Mann hatte das Sitzmöbel mit seinem massigen Körper derart verformt, dass sie mit ihren zierlicheren Proportionen fast darin versank.

»Bitte, setzen Sie sich, John.« Und als er gerade im Begriff war, Platz zu nehmen: »Und erklären Sie mir doch mal bitte, was da gestern Abend los gewesen ist.« Sie stützte die Ellbogen auf die Schreibtischplatte und legte die Finger zusammen. Genauso hatte auch der Farmer häufig dagesessen, wenn er seine Gereiztheit oder Ungeduld hatte verbergen wollen. Entweder hatte sie die Haltung von ihm übernommen, oder aber es handelte sich um ein Vorrecht ihres neuen Amtes.

»Gestern Abend?«

»In Philippa Balfours Wohnung. Der Vater des Mädchens hat Sie doch dort angetroffen.« Sie sah ihn an. »Und wie es scheint, hatten Sie getrunken.«

»Hatten wir das nicht alle?«

»Die Frage ist nur, wie viel.« Sie richtete den Blick wieder auf das Blatt Papier, das vor ihr auf dem Schreibtisch lag. »Mr. Balfour würde gerne wissen, was Sie dort zu suchen hatten. Offen gestanden – ich selbst bin nicht minder gespannt.«

»Ich war auf dem Heimweg.«

»Vom Leith Walk nach Marchmont? Durch die Neustadt? Klingt ganz so, als ob Sie sich gründlich verlaufen hätten.«

Erst jetzt bemerkte Rebus, dass er noch immer den Kaffeebecher in der Hand hielt. Er stellte ihn umständlich neben sich auf den Boden. »Ist nun mal meine Art«, sagte er schließlich. »Ich seh mich gerne noch ein wenig um, wenn alles ruhig ist.«

»Und warum?«

»Ist doch möglich, dass wir vorher in der Hektik was übersehen haben.«

Immerhin schien sie diese Antwort für bedenkenswert zu halten. »Trotzdem glaube ich nicht, dass das die ganze Wahrheit ist.«

Er saß bloß achselzuckend da und sagte nichts. Wieder richtete sie den Blick auf das Blatt vor sich auf dem Schreibtisch.

»Und dann haben Sie auch noch beschlossen, Miss Balfours Freund einen Besuch abzustatten. Finden Sie das besonders klug?«

»Das war nun wirklich auf dem Heimweg. Ich bin bloß stehen geblieben, um mich mit Connolly und Daniels zu unterhalten. Da hab ich gesehen, dass bei Mr. Costello noch Licht brennt. Ich dachte, dass ich mal kurz nachschaue, ob bei ihm alles in Ordnung ist.«

»Der Polizist, dein Freund und Helfer.« Sie hielt inne. »Und deswegen hat Mr. Costello es vermutlich für nötig befunden, sich wegen Ihres Besuches über seinen Anwalt bei uns zu beschweren?«

»Keine Ahnung, warum er das getan hat.« Rebus rutschte auf dem harten Stuhl hin und her und versuchte seine Unruhe zu überspielen, indem er nach seinem Kaffeebecher griff.

»Jedenfalls wirft sein Anwalt Ihnen Hausfriedensbruch vor. Durchaus möglich, dass wir sogar unsere Leute von dort abziehen müssen.« Sie fixierte ihn.

»Wissen Sie, Gill«, sagte er, »wir zwei kennen uns doch schon 'ne halbe Ewigkeit. Ist doch kein Geheimnis, wie ich arbeite. Sicher hat auch Watson Ihnen darüber Vorträge gehalten.«

»Das ist jetzt vorbei, John.«

»Und was heißt das?«

»Wie viel haben Sie gestern Abend getrunken?«

»Mehr als gut war, aber das war nicht mein Fehler.« Er sah, wie Gill eine Augenbraue anhob. »Ich bin mir absolut sicher, dass mir gestern Abend jemand etwas in den Whisky getan hat.«

»Ich möchte, dass Sie einen Arzt konsultieren.«

»Herrgott noch mal ...«

»Ihr Alkoholkonsum, Ihre Ernährung, Ihr Allgemeinzustand. Ich möchte, dass Sie sich untersuchen lassen und den Anweisungen des Arztes genau Folge leisten.«

»Sie meinen Alfalfa und Karottensaft?«

»Sie werden einen Arzt aufsuchen, John.« Das war eine dienstliche Anweisung. Rebus schnaubte nur verächtlich, trank seinen Kaffee aus und hielt schließlich den Becher in die Höhe.

»Fettarme Milch.«

Sie unterdrückte ein Lächeln. »Das ist ja schon mal was.«

»Also, Gill ...« Er stand auf und warf den Becher in den unbenutzten Papierkorb. »Mein Alkoholkonsum ist kein Problem. Er beeinträchtigt mich nicht in meiner Arbeit.«

»Aber gestern Abend schon.«

Er schüttelte den Kopf, doch ihr Gesichtsausdruck blieb unerbittlich. Schließlich holte sie tief Luft. »Kurz bevor Sie gestern Abend gegangen sind ... wissen Sie noch, was Sie da gemacht haben?«

»Klar doch.« Er stand jetzt vor ihrem Schreibtisch und hatte die Hände in die Hüften gestützt.

»Wissen Sie noch, was Sie zu mir gesagt haben?« Sein Gesicht verriet ihr alles, was sie wissen musste. »Sie haben mich gefragt, ob ich mit zu Ihnen nach Hause komme.«

»Oh, tut mir Leid.« Er dachte krampfhaft nach, konnte sich aber beim besten Willen an nichts erinnern. Ja, er wusste nicht mal mehr, wann er die Party verlassen hatte.

»Sehen Sie, John. Ich vereinbare jetzt sofort einen Termin für Sie.«

Er drehte sich um und öffnete die Tür. Als er schon halb draußen war, rief sie ihn noch mal zurück.

»Ich habe Sie angelogen«, sagte sie lächelnd. »Sie haben gar nichts gesagt. Wünschen Sie mir denn wenigstens alles Gute für den neuen Job?«

Rebus versuchte höhnisch zu grinsen, brachte aber nichts Rechtes zu Stande. Gill lächelte ihm hinterher, bis er die Tür hinter sich zugemacht hatte. Dann wurde ihr Gesicht wieder ernst. Natürlich hatte Watson sie en detail informiert, ihr damit allerdings nichts wirklich Neues erzählt: *Trinkt vielleicht ein bisschen zu viel, Gill, ist aber trotzdem ein guter Polizist. Er tut halt gerne so, als ob er auf uns verzichten könnte.* Möglich, dass es damit sogar seine Richtigkeit hatte, aber vielleicht musste sich John Rebus schon bald mit dem Gedanken vertraut machen, dass die anderen ganz gut auch ohne *ihn* zurechtkamen.

Es war leicht zu erkennen, wer am Vorabend auf Watsons Abschiedsparty gewesen war: In den Drogerien und Apotheken der Umgebung waren vermutlich sämtliche Vitamin C-, Aspirin- und sonstige Präparate ausverkauft, die sich zur Linderung eines Katers verwenden ließen. Alles litt an Nachdurst. Rebus hatte an seinem Arbeitsplatz bis dahin nur selten so viele Flaschen Irn-Bru, Lucozade und Coke in Reichweite so vieler bleicher Hände gesehen. Die Stocknüchternen – also jene Kollegen, die auf der Party entweder erst gar nicht erschienen waren oder aber nur alkoholfreie Getränke konsumiert hatten – freuten sich diebisch. Sie gingen pfeifend zwischen den Schreibtischen umher und knallten, so oft es eben ging, irgendwelche Schubladen oder Schranktüren zu. Das Hauptfahndungszentrum hatte man zwar am Gayfield Square eingerichtet, in der Nähe von Philippa Balfours Wohnung, aber da so viele Beamte an den Ermittlungen beteiligt waren, hatte man außerdem auf dem Revier in der St. Leonard's Street eine kleine Ecke für diesen Fall bereitgestellt. Und dort hockte jetzt Siobhan Clarke vor einem Schreibtisch und starrte auf einen Monitor. Eine Ersatzfestplatte lag auf dem Boden. Erst als er näher hinsah, bemerkte Rebus, dass Siobhan Philippa Balfours Computer vor sich hatte. Sie hatte sich den Telefonhörer zwischen Schulter und Wange geklemmt und tippte etwas, während sie sprach.

»Nein, das hat auch nicht funktioniert«, hörte Rebus sie sagen.

Da er sich einen Schreibtisch mit drei weiteren Beamten teilte, musste er zunächst mal ein paar Kuchenkrümel von der Platte wischen und zwei leere Fanta-Dosen in den nächsten Abfalleimer befördern. Dann läutete das Telefon, und er hob ab. Am anderen Ende war allerdings bloß ein Journalist des örtlichen Abendblattes, der einen ahnungslosen Kripobeamten suchte, aus dem sich vielleicht ein paar Informationen herauskitzeln ließen.

»Für solche Zwecke haben wir hier extra eine Pressesprecherin«, sagte Rebus zu dem Mann.

»Was Sie nicht sagen.«

Rebus dachte nach. Die Pressearbeit war Gill Templers Spezialgebiet gewesen. Er blickte zu Siobhan Clarke hinüber. »Wer ist denn jetzt eigentlich für die Presse zuständig?«

»Sergeant Ellen Wylie«, sagte der Journalist.

Rebus bedankte sich bei dem Mann und beendete das Gespräch. Der Job der Pressesprecherin wäre für Siobhan ein Karrieresprung gewesen – besonders in einem so spektakulären Fall. Ellen Wylie war eine gute Polizistin, die normalerweise auf dem Revier am Torphichen Place im West End arbeitete. Da Gill Templer von der Pressearbeit wirklich etwas verstand, hatte man sie vor der Ernennung gewiss um Rat gefragt – falls sie die Entscheidung nicht sogar persönlich getroffen hatte. Sie hatte Ellen Wylie den Vorzug gegeben. Rebus überlegte, ob das etwas zu bedeuten hatte.

Er stand von seinem Schreibtisch auf und inspizierte die Papiere, die hinter ihm an der Pinnwand befestigt waren: Dienstpläne, Faxe, Listen mit Telefonnummern und Adressen. Außerdem zwei Fotos der vermissten Frau. Eines davon hatte man an die Presse weitergeleitet, und es war in dutzenden Zeitungsartikeln veröffentlicht worden, die alle ausgeschnitten an der Wand hingen. Wenn Philippa nicht bald wohlbehalten und gesund aufgefunden werden sollte, würde der Platz an der Pinnwand rar und diese Artikel ausrangiert werden. Sie wiederholten sich, waren ungenau und sensationslüstern. Rebus blieb an einer Passage hängen: *der trauernde Verlobte*. Er sah auf die Uhr: noch fünf Stunden bis zur Pressekonferenz.

Seit Gill Templers Beförderung war in der St. Leonard's Street die Position eines Chefinspektors neu zu besetzen. Und weil Inspektor Bill Pryde diesen Posten unbedingt haben wollte, gab er sich alle Mühe, den Ermittlungen im Fall Balfour seinen Stempel aufzudrücken. Rebus, der gerade erst auf dem Revier am Gayfield Square eingetroffen war, rieb sich vor Staunen die Augen. Pryde hatte sich voll in Schale geworfen und trug einen nagelneuen Anzug, ein frisch gebügeltes Hemd und eine teure Krawatte. Seine schwarzen Halbschuhe waren spiegelblank, und falls Rebus sich nicht täuschte, war Pryde sogar beim Friseur gewesen. Nicht dass es da viel zu schneiden gab, aber er hatte versucht, das Beste daraus zu machen. Pryde war für die Einteilung der Zivilbeamten zuständig, die im Umkreis von Philippa Balfours Wohnung die Tür-zu-Tür-Befragungen durchzuführen hatten. Etliche der Nachbarn wurden inzwischen bereits zum zweiten oder dritten Mal vernommen. Das Gleiche galt für die Freunde der Vermissten, ihre Kommilitonen und diverse Uni-Mitarbeiter. Außerdem wurden sämtliche Flug- und Schifffahrtslinien überprüft. Ferner hatte man das offizielle Suchfoto noch an diverse Bahnbetreiber, Busunternehmen und Polizeieinrichtungen außerhalb des eigenen Zuständigkeitsbereiches gefaxt. Ein Team war ausschließlich damit befasst, möglichst vollständige Informationen über alle in den vergangenen Tagen in Schottland aufgefundenen Leichen zusammenzutragen, während ein anderes sich in sämtlichen Krankenhäusern nach den Neuzugängen erkundigte. Und dann waren da natürlich noch die Taxibetreiber und Autoverleihe der Stadt... Das alles kostete Zeit und Mühe und betraf zudem nur die offizielle Seite der Ermittlungen, während hinter den Kulissen die unmittelbaren Angehörigen und Freunde der Vermissten vernommen wurden. Rebus glaubte allerdings nicht daran, dass von diesen Hintergrundrecherchen zum gegenwärtigen Zeitpunkt etwas zu erwarten war.

Nachdem Pryde seine Beamten schließlich eingeteilt und losgeschickt hatte, sah er Rebus, zwinkerte ihm fröhlich zu und kam ihm lächelnd entgegen.

»Vorsicht, Vorsicht«, sagte Rebus. »Macht korrumpiert und so weiter.«

»Ich hoffe, du verzeihst mir noch mal«, sagte Pryde und senkte die Stimme, »aber der Job turnt mich voll an.«

»Tja, weil du genau der richtige Mann dafür bist, Bill. Nur dass sie das in der Zentrale erst nach zwanzig Jahren gerafft haben.«

Pryde nickte. »Es gibt Gerüchte, dass sie dir den Job früher auch schon mal angeboten haben – dass du aber nicht wolltest.«

Rebus schnaubte. »Gerüchte, Bill, rumours. Wie das gleich lautende Fleetwood-Mac-Album – am besten im Schrank lassen und nicht abspielen.«

Die übrigen Polizisten im Raum bewegten sich, als wären sie Teil einer Choreografie, jeder arbeitete jetzt an der ihm zugeteilten Aufgabe. Einige zogen sich den Mantel an und schoben ihren Schlüsselbund und ihr Notizbuch in die Tasche. Andere rollten die Ärmel auf, während sie sich vor ihrem Computer oder Telefon in Stellung brachten. Sogar für ein paar neue Stühle hatte das Budget noch gereicht: hellblaue Drehstühle. Wem es gelungen war, einen davon zu ergattern, der verteidigte das Beutestück mit Zähnen und Klauen und bewegte sich lieber auf Rollen fort anstatt aufzustehen, damit kein anderer Gelegenheit bekam, sich eine der kostbaren Sitzgelegenheiten anzueignen.

»Leider mussten wir den Einsatzwagen abziehen, den wir vor der Wohnung des Freundes postiert hatten«, sagte Pryde. »Anweisung von oben.«

»Hab schon gehört.«

»Auf Druck der Familie«, erklärte Pryde.

»Dem Budget schadet es nicht«, sagte Rebus und richtete sich auf. »Gibt es heute was für mich zu tun, Bill?«

Pryde blätterte in den Papieren auf seinem Klemmbrett. »Wir haben bislang siebenunddreißig Anrufe erhalten«, sagte er dann.

Rebus hob abwehrend die Hände. »Bitte nicht. Die Durchgeknallten überlasse ich gerne dem Nachwuchs.«

Pryde lächelte. »Hab schon entsprechende Anweisungen erteilt.« Er wies mit dem Kopf auf zwei junge Beamte, die erst seit kurzem nicht mehr Streife liefen und ihn griesgrämig ansahen. Die Beantwortung solcher Anrufe galt als eine der undankbarsten Aufgaben überhaupt. Jeder spektakuläre Fall rief irgendwelche Leute auf den Plan, die sich entweder selbst anschwärzten oder aber die Polizei auf die falsche Spur führten. Manche Menschen sehnten sich so sehr nach ein wenig Aufmerksamkeit, dass sie sich selbst der schlimmsten Verbrechen bezichtigten. Rebus kannte in Edinburgh mehrere solcher Kandidaten.

»Craw Shand?«, riet er.

Pryde wies mit dem Finger auf eines der Blätter. »Bisher dreimal – ist sogar bereit, sich als Mörder zu bekennen.«

»Dann musst du ihn vorladen«, sagte Rebus. »Ist die einzige Möglichkeit, ihn loszuwerden.«

Pryde fingerte mit der freien Hand etwas unsicher an seinem Krawattenknoten herum. »Und dann die Nachbarn?«, fragte er.

Rebus nickte. »Die Nachbarn – glänzende Idee«, sagte er.

Er schnappte sich die Protokolle, die die Kollegen von den Erstvernehmungen gemacht hatten. Für die Häuser auf der anderen Straßenseite waren schon ein paar andere Beamte eingeteilt worden, sodass für Rebus und die drei Kollegen, die in Zweierteams arbeiteten, nur die Häuser unmittelbar neben Philippa Balfours Wohnung blieben: insgesamt fünfunddreißig Wohnungen, drei davon leer, also tatsächlich zweiunddreißig. Machte sechzehn Wohnungen pro Team – jede einzelne davon wohl fünfzehn Minuten. Alles in allem also rund vier Stunden.

Rebus' Partnerin an diesem Tag war Detective Phyllida Hawes. Noch während die beiden Polizisten in dem ersten Mietshaus die Treppe hinaufgingen, hatte Phyllida diese Rechnung aufgemacht. Rebus wusste nicht recht, ob man angesichts der reichen Architektur im georgianischen Stil, der Kunstgalerien und der Antiquitätengeschäfte der Neustadt bei diesen Gebäuden überhaupt von »Mietshäusern« sprechen konnte. Also fragte er Hawes um Rat.

»Vielleicht sollte man eher von Etagenhäusern sprechen«, schlug sie vor und sah ihn lächelnd an. Auf den einzelnen Stockwerken gab es je ein oder zwei Wohnungen mit Namensschildern aus Messing oder Keramik. Einige der Bewohner hatten sich allerdings damit begnügt, ihren Namen auf ein Stück Pappe oder Papier zu schreiben und mit Tesafilm neben die Tür zu kleben.

»Die Damen und Herren des Denkmalamtes wären über diese Nachlässigkeit gewiss nicht amüsiert«, bemerkte Hawes.

Auf einem Stück Pappe waren drei oder vier Namen vermerkt: Studenten, vermutete Rebus, und zwar aus weniger wohlhabenden Familien als Philippa Balfour.

Das Treppenhaus war lichtdurchflutet und sorgfältig gepflegt: auf sämtlichen Etagen Fußmatten und Blumenkübel. Vor einigen Wohnungen war das Geländer sogar mit Blumenkörben geschmückt. Die Wände waren frisch gestrichen, die Stufen blitzeblank. Im ersten Treppenhaus waren sie sehr rasch fertig. An zwei Wohnungen läuteten sie vergebens, weil niemand zu Hause war, und warfen lediglich ihre Karten durch den Briefschlitz. Ansonsten brauchten sie pro Wohnung eine Viertelstunde: »Nur ein paar Fragen noch. Vielleicht ist Ihnen ja noch etwas aufgefallen, seit die Kollegen hier waren.« Doch die Leute hatten nur den Kopf geschüttelt und ihre weiterhin unverminderte Bestürzung zum Ausdruck gebracht. So eine ruhige kleine Straße.

Unten im Erdgeschoss gab es eine riesige Wohnung mit schwarzweiß gemustertem Marmorboden in der Eingangshalle und dorischen Säulen zu beiden Seiten der Tür. Der Mieter hatte einen langfristigen Vertrag und war angeblich im »Finanzsektor« tätig. Vor Rebus' innerem Auge zeichnete sich allmählich ein Muster ab: Grafikdesigner, Motivationstrainer, Event-Manager und jetzt jemand aus dem Finanzsektor.

»Hat denn heutzutage niemand mehr einen normalen Beruf?«, fragte er Hawes.

»Das sind die normalen Berufe«, erwiderte sie. Die beiden standen wieder draußen auf dem Gehsteig, und Rebus genehmigte sich eine Zigarette. Er bemerkte, dass Hawes seinen Glimmstängel anstarrte.

»Wollen Sie auch eine?«

Sie schüttelte den Kopf. »Nein, ich bin seit drei Jahren weg davon.«

»Umso besser für Sie.« Rebus blickte nach rechts und links die Straße hinunter. »Wenn die Leute in den umliegenden Häusern Netzgardinen hätten, dann würden jetzt sicher die ersten Gestalten am Fenster erscheinen.«

»Aber wenn die Mieter Netzgardinen hätten, könnte man gar nicht sehen, was für tolle Sachen sie in der Wohnung haben.«

Rebus hielt den Rauch in der Lunge fest und ließ ihn dann

langsam durch die Nase entweichen. »Wissen Sie – in meiner Jugend war die Neustadt noch wesentlich heruntergekommener als heute: Orientalen, ausgeflippte Typen, Abgestürzte und Partys.«

»Ja, für solche Leute dürfte es hier heute eng werden«, stimmte Hawes ihm zu. »Wo wohnen Sie eigentlich?«

»Marchmont«, sagte er. »Und Sie?«

»Livingston. Was Besseres konnte ich mir zu der Zeit nicht leisten.«

»Hab meine Wohnung vor etlichen Jahren gekauft. Damals waren wir Doppelverdiener.«

Sie sah ihn an. »Sie brauchen sich deswegen doch nicht zu rechtfertigen.«

»Damals waren die Preise noch nicht so idiotisch hoch wie heute, mehr wollte ich damit gar nicht sagen.« Er gab sich Mühe, nicht allzu kleinlaut zu klingen. Das Gespräch mit Gill hatte ihn ziemlich verunsichert: besonders ihr kleiner Scherz. Und außerdem hatte er Costello durch seinen Besuch einen willkommenen Anlass dafür geliefert, den Abzug der Polizisten zu verlangen, die das Haus bewachten. Vielleicht war es tatsächlich an der Zeit, mal mit jemandem über seine Trinkerei zu sprechen. Er schnipste den Zigarettenstummel auf die Straße.

»Sollten uns die Leute, die wir als Nächstes beehren, einen Tee anbieten, willigen wir ein«, sagte er dann.

Hawes nickte. Sie war Ende dreißig oder Anfang vierzig und hatte schulterlanges braunes Haar. Ihr fleischiges Gesicht war mit Sommersprossen übersät und sah aus, als ob es ihr nie so recht gelungen wäre, den Babyspeck loszuwerden. Sie trug einen grauen Hosenanzug, dazu eine smaragdgrüne Bluse, die oben von einer silbernen, keltisch aussehenden Brosche zusammengehalten wurde. Rebus konnte sich gut vorstellen, wie sie mit demselben konzentrierten Gesichtsausdruck, den sie im Beruf an den Tag legte, auf einem schottischen Abend an einem Volkstanz mitwirkte.

In der Eingangshalle des Hauses, das sie als Nächstes betraten, konnte man über einige abwärts führende Stufen auf der Rückseite des Gebäudes ins Freie gelangen und stand dann vor dem Eingang einer Wohnung, an die sich ein Garten anschloss. Auf den Steinplatten vor der Tür waren ein paar schön bepflanzte Blumenkübel aufgestellt. Ferner gab es zwei Fenster in Kopfhöhe und zwei weitere zu ebener Erde, da die Wohnung auch im Souterrain über einige Zimmer verfügte. In der vom Eingang aus gesehen gegenüberliegenden Mauer war eine weitere zweiflügelige Tür zu sehen, die in die Kellerräume unterhalb des Pflasters führen musste. Obwohl die Kollegen die Tür gewiss schon überprüft hatten, versuchte Rebus, sie zu öffnen, fand sie aber verschlossen. Hawes inspizierte währenddessen ihre Notizen.

»Grant Hood und George Silvers sind schon hier gewesen«, sagte sie.

»Und, war die Tür zu dem Zeitpunkt abgeschlossen oder nicht?«

»Ich hab sie aufgesperrt«, rief jetzt eine Stimme. Als die beiden sich umdrehten, sahen sie eine ältere Frau, die in der Wohnungstür stand. »Soll ich Ihnen die Schlüssel holen?«

»Oh ja, bitte«, sagte Phyllida Hawes. Als die Frau sich umgedreht hatte und wieder in der Wohnung verschwunden war, drehte sich Phyllida zu Rebus um und formte mit beiden Zeigefingern ein »T«. Rebus reckte als Antwort beide Daumen in die Höhe.

Mrs. Jardines Wohnung war der reinste Nippesladen und beherbergte eine wahrhaft beeindruckende Porzellansammlung. In dem Überwurf, den sie über die Rücklehne ihres Sofas drapiert hatte, steckten etliche Wochen Häkelarbeit. Sie entschuldigte sich für das Sammelsurium an Dosen und Töpfen, die fast den gesamten Boden ihres Gewächshauses bedeckten: »Ich komme einfach nicht dazu, das Dach reparieren zu lassen.« Rebus hatte vorgeschlagen, den Tee im Gewächshaus einzunehmen. Er mochte sich nämlich im Wohnzimmer kaum bewegen, da er befürchtete, dass andernfalls Mrs. Jardines Nippessammlung Schaden nehmen könnte. Dann fing es zu allem Überfluss auch noch an zu regnen, und jetzt saßen sie in dem Gewächshaus, und ihre Unterhaltung wurde von dem endlosen Plitsch-Platsch der Tropfen untermalt. Direkt neben Rebus stand ein Topf, aus dem unentwegt kleine Wassertröpfchen emporspritzten. Nach einiger Zeit war sein Hosenbein so durchnässt, als ob er draußen vor der Tür gestanden hätte.

»Leider kenne ich das Mädchen überhaupt nicht«, sagte Mrs. Jardine reumütig. »Möglich, dass ich sie mal gesehen hätte, wenn ich öfter aus dem Haus käme.«

Hawes starrte aus dem Fenster. »Wirklich ein sehr gepflegter Garten«, sagte sie. Doch das war untertrieben. Der schmale lang gestreckte Garten, durch den sich ein seitlich von kleinen Rasenflächen und Blumenbeeten gesäumter Pfad wand, befand sich in einem absolut makellosen Zustand.

»Mein Gärtner«, sagte Mrs. Jardine.

Hawes studierte die Aufzeichnungen, die die Kollegen von dem ersten Gespräch mit der Dame gemacht hatten, und schüttelte dann fast unmerklich den Kopf: Von einem Gärtner hatten Silvers und Hood dort nichts vermerkt.

»Könnten Sie uns vielleicht seinen Namen nennen, Mrs. Jardine?«, fragte Rebus leise. Die alte Frau sah ihn besorgt an. Rebus schenkte ihr ein beruhigendes Lächeln und bot ihr außerdem den Teller mit den Plätzchen an, die sie für ihre Gäste bereitgestellt hatte. »Könnte nämlich sein, dass ich selbst mal einen Gärtner brauche«, log er.

Zum Abschluss sahen sie sich noch unten im Keller um. In einem der Räume war ein uralter Warmwassertank installiert, während sonst lediglich von Schimmel überzogene Wände zu bestaunen waren. Dann winkten die beiden Mrs. Jardine zum Abschied zu und bedankten sich für ihre Gastfreundschaft.

»Glück muss der Mensch haben«, sagte Grant Hood, der

bereits draußen auf dem Trottoir auf sie wartete. Er hatte den Mantelkragen hochgeschlagen, um sich vor dem Regen zu schützen. »Uns hat natürlich niemand etwas angeboten.« Sein Partner war Ferne Daniels. Rebus nickte zur Begrüßung.

»Was ist los, Tommy? Schieben Sie heute 'ne Doppelschicht?«

Daniels zuckte mit den Achseln. »Ja, ich hab getauscht.« Er versuchte ein Gähnen zu unterdrücken. Hawes klopfte auf den Stapel mit den Notizen, die sie in der Hand hielt.

»Sie«, verkündete sie und sah Hood an, »haben hier keine gute Arbeit geleistet.«

»Was?«

»Mrs. Jardine hat nämlich einen Gärtner«, erklärte Rebus.

»Sollen wir vielleicht auch noch sämtliche Müllmänner befragen?«, fragte Hood.

»Schon erledigt«, sagte Hawes. »Und die Mülltonnen haben wir auch schon inspiziert.«

Die beiden sahen einander böse an. Rebus überlegte schon, ob er sich einschalten sollte. Schließlich war Hood ein Kollege aus der St. Leonard's Street, deshalb hätte er sich eigentlich mit ihm solidarisieren müssen. Doch stattdessen zündete er sich bloß eine weitere Zigarette an. Hood hatte einen hochroten Kopf. Er war einfacher Detective – wie Hawes auch, allerdings hatte er weniger Dienstjahre. Und Erfahrung ließ sich nun mal nicht so einfach wegdiskutieren, trotzdem wollte er zunächst nicht klein beigeben.

»Euer Gekeife hilft Philippa Balfour auch nicht weiter«, sagte Ferne Daniels nach einer Weile und setzte dem Streit damit ein Ende.

»Das ist wahr«, sagte Rebus. Und es stimmte tatsächlich: Ein spektakulärer Fall ließ einen manchmal das Nächstliegende aus den Augen verlieren. Der einzelne Beamte war nämlich unter solchen Bedingungen meist nur ein Rädchen im Getriebe. Deshalb stellten die Leute plötzlich die absurdesten Forderungen, um sich der eigenen Bedeutung zu vergewissern. Sie stritten zum Beispiel darüber, wer ein Anrecht auf einen bestimmten Stuhl hatte. Solche Auseinandersetzungen ließen sich nämlich meist rasch beilegen. Die eigentliche Ermittlungsarbeit dagegen wuchs einem immer mehr über den Kopf, und man fühlte sich von Tag zu Tag kleiner. Das führte dann dazu, dass man am Ende sogar die *eine* entscheidende Wahrheit aus den Augen verlor – das »A und O unserer Arbeit«, wie Rebus' Mentor Lawson Geddes immer gesagt hatte –, nämlich, dass man dazu da war, anderen Menschen zu helfen. Es ging darum, Verbrechen aufzuklären und die Schuldigen ihrer gerechten Strafe zuzuführen: Konnte nicht schaden, wenn man bisweilen daran erinnert wurde.

Am Ende gingen die beiden Teams dann doch noch freundschaftlich auseinander. Hood notierte sich die Angaben über den Gärtner und versprach, mit dem Mann zu sprechen. Danach blieb Rebus und Hawes nichts anderes übrig, als wieder Treppen zu steigen. Sie hatten fast eine halbe Stunde bei Mrs. Jardine zugebracht, deshalb war Hawes' Zeitplan bereits hinfällig, was nur eine weitere schlichte Wahrheit belegte: Polizeiliche Ermittlungsarbeit konnte äußerst zeitraubend sein. Ja, nicht selten kam es einem vor, als ob die Tage nur so dahinrasten, und obwohl man kaum wusste, wie die Stunden vergangen waren, fühlte man sich gedrängt, für die eigene Erschöpfung eine Rechtfertigung zu finden, und war trotzdem völlig frustriert, weil man die Dinge wieder einmal nicht zu einem Abschluss gebracht hatte.

Zwei weitere Niemand-zu-Hause-Wohnungen, dann öffnete im ersten Stock jemand die Tür, dessen Gesicht Rebus zwar kannte, aber nicht gleich einzuordnen wusste.

»Mein Kollege und ich stellen Nachforschungen im Fall Philippa Balfour an«, sagte Hawes zur Begrüßung. »Ich nehme an, dass zwei unserer Kollegen hier bei Ihnen vorgesprochen haben. Allerdings hätten wir noch einige Fragen.«

»Ja, natürlich, gerne.« Die schwarz lackierte Tür wurde nun etwas weiter geöffnet. Der Mann sah Rebus an und lächelte.

»Sie wissen nicht, woher Sie mich kennen, nicht wahr – aber ich kann mich noch sehr gut an Sie erinnern.« Das Lächeln wurde jetzt immer breiter. »Das erste Mal vergisst man nicht so leicht.«

Als der Mann die beiden Beamten hereinbat und sich als Donald Devlin vorstellte, wusste Rebus sofort wieder, wer er war. Devlin hatte die erste Autopsie durchgeführt, der Rebus in seinem Berufsleben beigewohnt hatte. Er war damals an der Universität Professor für forensische Medizin und städtischer Chefpathologie gewesen. Und Sandy Gates hatte Devlin als Assistent gedient. Inzwischen war Gates selbst Professor für forensische Medizin und ließ sich von Dr. Curt assistieren. Die Wände im Eingangsbereich waren mit gerahmten Fotos geschmückt, auf denen Devlin die verschiedensten Preise und Auszeichnungen entgegennahm.

»Allerdings ist mir Ihr Name entfallen«, sagte Devlin und komplimentierte die beiden Beamten in das reichlich chaotische Wohnzimmer.

»Inspektor Rebus.«

»Dann waren Sie damals vermutlich noch Detective, nicht wahr?«, sagte Devlin. Rebus nickte.

»Wollen Sie die Wohnung auflösen, Sir?«, fragte Hawes und betrachtete die zahlreichen Kisten und schwarzen Mülltüten ringsum. Auch Rebus war erstaunt. Überall Papierstapel und übereinander geschichtete Schubladen, die jeden Augenblick umzustürzen drohten. Devlin kicherte. Er war ein kleiner beleibter Mann von etwa Mitte siebzig. Seine graue Strickjacke hatte jegliche Form und dazu noch die Hälfte ihrer Knöpfe eingebüßt, und seine schwarze Hose wurde von Hosenträgern gehalten. In seinem pausbäckigen Gesicht erschienen die Augen hinter den Gläsern der Metallbrille wie zwei kleine blaue Punkte.

»So könnte man es vielleicht ausdrücken«, sagte er und brachte ein paar Haarsträhnen, die sich von seinem weithin kahlen Schädel gelöst hatten, wieder in Position. »Sagen wir es einmal so: Falls man sich die Freiheit nimmt, den Sensenmann als den ultimativen Umzugsunternehmer zu bezeichnen, dann fungiere ich hier gewissermaßen als sein unbezahlter Gehilfe.«

Plötzlich fiel Rebus wieder ein, dass Devlin schon immer so geschwollen dahergeredet und sich niemals kurz gefasst hatte, wenn sich ein Sachverhalt oder eine Meinung auch umständlich ausdrücken ließen. Schon damals war es ein Albtraum gewesen, Notizen zu machen, wenn Devlin eine Autopsie durchführte.

»Dann ziehen Sie also in ein Heim?«, fragte Hawes. Wieder fing der alte Mann an zu kichern.

»Nein, ganz so weit ist es noch nicht. Im Augenblick beschäftige ich mich lediglich damit, diverse überflüssige Dinge auszusortieren, um jenen lieben Verwandten das Leben zu erleichtern, die sich in hoffentlich noch relativ ferner Zukunft einmal der Mühe unterziehen werden, meine kümmerlichen irdischen Hinterlassenschaften in Augenschein zu nehmen.«

»Um ihnen die Mühe zu ersparen, diese Dinge wegzuwerfen?«

Devlin blickte Rebus an. »Eine ebenso knappe wie korrekte Beschreibung der Situation«, konstatierte er zustimmend.

Hawes hatte inzwischen aus einer Kiste ein in Leder gebundenes Buch hervorgezogen. »Wollen Sie das vielleicht auch wegwerfen?«

»Unter gar keinen Umständen«, protestierte Devlin. »Bei dem Band in Ihrer Hand handelt es sich nämlich um eine frühe Ausgabe von Donaldsons anatomischen Zeichnungen, die ich dem chirurgischen Kolleg zu überlassen gedenke.«

»Treffen Sie noch manchmal Professor Gates?«, fragte Rebus.

»Oh, Sandy und ich genehmigen uns noch gelegentlich ein kleines Elixier. Er tritt demnächst selbst in den Ruhestand und macht Platz für die Jugend. Wir möchten uns zwar gerne einreden, dass sich auf diese Weise alles zu einer Art Lebenszyklus fügt, doch natürlich ist das ganz und gar nicht der Fall, es sei denn, man wäre praktizierender Buddhist.« Nach seinem Lächeln zu urteilen war er offenbar der Meinung, einen relativ geistreichen Witz gemacht zu haben.

»Aber laut den Lehren des Buddhismus müssen Sie nicht unbedingt in Ihrer jetzigen Gestalt wiedergeboren werden«, sagte Rebus zum Entzücken des alten Herrn. Dann entdeckte er rechts neben dem Kamin an der Wand einen gerahmten Zeitungsbericht. Es ging darin um einen Mord aus dem Jahr 1957. »Ihr erster Fall?«, fragte er.

»Ja, ganz recht. Eine junge Frau, die damals von ihrem Ehemann erschlagen worden ist. Die beiden waren auf Hochzeitsreise in Edinburgh.«

»Sehr dekorativ«, war Hawes' Kommentar.

»Meine Frau fand die Geschichte auch nicht besonders witzig«, räumte Devlin ein. »Deshalb hab ich den Zeitungsausschnitt auch erst nach ihrem Tod wieder aufgehängt.«

»Also gut«, sagte Hawes, legte das Buch wieder in die Kiste und hielt vergeblich nach einer Sitzgelegenheit Ausschau, »je schneller wir fertig sind, umso eher können Sie sich wieder Ihren Aufräumarbeiten zuwenden.«

»Schau, schau – eine echte Pragmatikerin.« Devlin fand es offenbar völlig normal, dass sie zu dritt mitten auf einem großen abgetretenen Perserteppich standen und sich kaum zu rühren wagten, weil sie Angst hatten, durch eine falsche Bewegung einen wahren Dominoeffekt auszulösen.

»Haben die Dinge hier eine bestimmte Ordnung, Sir?«, fragte Rebus. »Oder können wir ein paar von den Kartons auf den Boden stellen?«

»Am besten, wir verlegen unser kleines Tête-à-tête nach nebenan ins Esszimmer.«

Rebus nickte und folgte dem alten Herrn. Dabei fiel sein Blick flüchtig auf eine Einladungskarte auf dem Kaminsims. Absender des Schreibens war das Königliche Institut für Chirurgie, das den Adressaten zu einem Abendessen in der

Surgeon's Hall bat. »Abendgarderobe und Ehrenzeichen erwünscht«, hieß es unten auf der Karte. Die einzigen Ehrenzeichen, die Rebus besaß, verwahrte er in einer Schachtel im Garderobenschrank in seiner Diele. Manchmal verwendete er sie sogar als Weihnachtsschmuck, falls er zufällig daran dachte.

Das Esszimmer wurde von einem langen Holztisch und sechs spartanisch schlichten ungepolsterten Stühlen dominiert. Eine Durchreiche verband es mit der Küche. Ferner gab es ein Büfett aus dunklem Holz, das mit diversen verstaubten Kristallkaraffen, Gläsern und Silberschalen bestückt war. Die wenigen gerahmten Bilder erinnerten an frühe Fotografien: inszenierte Studioaufnahmen vor der Kulisse des Canale Grande oder Szenen aus irgendwelchen Shakespeare-Stücken. Das großformatige Schiebefenster ging auf den Garten auf der Rückseite des Gebäudes hinaus. Erst jetzt erkannte Rebus, dass der Gärtner Mrs. Jardines Parzelle – zufällig oder absichtlich – in Gestalt eines Fragezeichens angelegt hatte.

Auf dem Tisch lag ein halb fertiges Puzzle: das Zentrum von Edinburgh aus der Luft fotografiert. Devlin wies mit der Hand auf sein unfertiges Werk und erklärte salbungsvoll: »Sollte einer von Ihnen beiden den Wunsch verspüren, mir bei der Vollendung dieser Arbeit zu helfen, wäre Ihnen mein ewiger Dank gewiss.«

»Ziemlich viele Teile«, sagte Rebus.

»Ach, nur rund zweitausend.«

Hawes, die sich Devlin endlich ebenfalls vorgestellt hatte, rutschte unruhig auf dem Stuhl hin und her und wollte wissen, wie lange er schon das Leben eines Ruheständlers führte.

»Zwölf..., nein, vierzehn Jahre. Ja genau, vierzehn Jahre.« Er schüttelte den Kopf und schien sich darüber zu wundern, dass die Zeit sich auch dann noch zu beschleunigen vermochte, wenn der Herzschlag sich bereits verlangsamte.

Hawes warf einen Blick auf ihre Notizen. »Gegenüber den

Kollegen, die gestern hier waren, haben Sie ausgesagt, dass Sie an dem fraglichen Abend zu Hause waren.«

»Ja, das stimmt.«

»Trotzdem haben Sie Philippa Balfour nicht gesehen?«

»Auch diese Information ist so weit richtig.«

Statt sich zu setzen, lehnte Rebus sich rückwärts gegen die Fensterbank und verschränkte die Arme.

»Aber Sie haben Miss Balfour gekannt?«, fragte er.

»Na ja, ich würde sagen, zwischen uns bestand so eine Art Grußbekanntschaft.«

»Aber sie wohnt doch schon seit fast einem Jahr hier im Haus«, sagte Rebus.

»Darf ich Sie daran erinnern, dass wir uns in Edinburgh befinden, Inspektor Rebus. Ich wohne jetzt seit fast dreißig Jahren hier im Haus – genau genommen seit dem Tod meiner Frau. Es dauert eine Weile, bis man die Mitbewohner in so einem Haus kennen lernt. Häufig ziehen sie sogar wieder aus, bevor es überhaupt dazu kommt.« Er zuckte mit den Achseln. »Und irgendwann gibt man es dann einfach auf.«

»Klingt ziemlich traurig«, sagte Hawes.

»Und wo wohnen Sie...?«

»Wenn Sie gestatten«, unterbrach ihn Rebus, »würde ich jetzt gern wieder auf den Anlass unseres Besuches zu sprechen kommen.« Er ging ein paar Schritte in das Zimmer hinein, stützte sich mit den Händen auf die Tischplatte und ließ den Blick auf einigen herumliegenden Puzzleteilen ruhen.

»Ja, natürlich«, sagte Devlin.

»Sie waren also den ganzen Abend zu Hause und haben nichts Auffälliges gehört?«

Devlin sah ihn nachdenklich an. »Nein, nichts«, sagte er nach einer Weile.

»Oder gesehen?«

»Nein.«

Hawes fühlte sich jetzt offenbar nicht nur mehr unwohl, sondern diese Antworten irritierten sie merklich. Rebus nahm ihr gegenüber auf einem Stuhl Platz und sah sie an, während sie eine Frage formulierte.

»Haben Sie mit Miss Balfour je Streit gehabt, Sir?«

»Worüber sollte ich mich denn mit ihr streiten?«

»Nun wohl über nichts mehr«, entgegnete Hawes kühl.

Devlin sah zuerst sie und dann Rebus an. »Interessiert Sie der Tisch, Inspektor?«

Erst jetzt bemerkte Rebus, dass er mit den Fingern die Maserung des Holzes betastete.

»Neunzehntes Jahrhundert«, fuhr Devlin fort, »das Werk eines Kollegen, eines Anatomen.« Er blickte zunächst Hawes und dann wieder Rebus an. »Genau genommen habe ich *doch* etwas gesehen, ist jedoch vermutlich völlig belanglos.«

»Wie bitte, Sir?«

»Ja, einen Mann, der vor dem Haus stand.«

Rebus spürte, dass Hawes etwas sagen wollte, und kam ihr rasch zuvor: »Und wann war das?«

»Ein paar Tage, bevor sie verschwunden ist, und dann noch einmal: am Vortag.« Offenbar war er sich der Wirkung seiner Worte durchaus bewusst. Hawes war das Blut zu Kopf gestiegen. Am liebsten hätte sie gebrüllt: *Und das erzählen Sie uns erst jetzt?* Rebus versuchte sich nichts anmerken zu lassen.

»Draußen auf der Straße?«

»Genau.«

»Und, haben Sie ihn deutlich gesehen?«

Wieder ein Achselzucken. »Anfang zwanzig, kurzes dunkles Haar, aber nicht kurz geschoren, nur gepflegt.«

»Niemand aus der Nachbarschaft?«

»Kann ich nicht genau sagen. Ich berichte Ihnen nur, was ich gesehen habe. Er schien auf etwas oder jemanden zu warten. Ich weiß noch, dass er auf die Uhr gesehen hat.«

»Vielleicht ihr Freund?«

»Oh nein, David kenne ich.«

»Tatsächlich?«, sagte Rebus. Er ließ den Blick noch immer über das Puzzle schweifen.

»Ja, oberflächlich. Wir haben uns ein paar Mal auf der Treppe unterhalten. Netter junger Bursche.«

»Was hatte er an?«, fragte Hawes.

»Wer? David?«

»Nein, der Mann, den Sie gesehen haben.«

Devlin schien über den wutsprühenden Blick, mit dem sie ihre Worte begleitete, geradezu beglückt. »Jackett und Hose«, sagte er und warf einen Blick auf seine Strickjacke. »Genauer kann ich es Ihnen leider nicht sagen, da ich mich nie für Mode interessiert habe.«

Und das entsprach der Wahrheit: Bereits vor vierzehn Jahren hatte er unter seiner grünen Chirurgenkluft eine ganz ähnliche Strickjacke getragen wie heute, mitsamt der unvermeidlichen Fliege in Schräglage. Die erste Autopsie, der man beiwohnte, prägte sich einem einfach unauslöschlich ein: Was man sah, roch und hörte und woran man sich im Laufe der Zeit dann allmählich gewöhnte. Das Kratzen, wenn ein Knochen freigelegt wurde, das Wispern des Skalpells, wenn es in das Gewebe eindrang. Es gab auch Pathologen mit einem unbarmherzigen Sinn für Humor, die Neulinge mit einer besonders drastischen Darbietung schockierten. Nicht so Devlin, der sich immer ganz auf die Leiche konzentriert hatte, als ob er mit ihr allein im Raum gewesen wäre. Er führte diesen letzten, intimen Akt des Filetierens mit einem Anstand aus, der fast etwas Rituelles hatte.

»Halten Sie es für denkbar, dass Sie uns eine etwas präzisere Beschreibung liefern könnten, wenn Sie sich die Situation noch einmal in Ruhe durch den Kopf gehen lassen?«, fragte Rebus.

»Das bezweifle ich. Falls Sie es allerdings für besonders wichtig halten...«

»Natürlich stehen wir mit den Ermittlungen erst am Anfang, Sir. Sie wissen ja selbst, dass man in dieser Phase keine Möglichkeit ausschließen darf.«

»Völlig richtig, natürlich.«

Rebus verfiel nun gegenüber Devlin in einen kollegialen Ton... und hatte damit Erfolg.

»Vielleicht sollten wir sogar ein Phantombild anfertigen«, fuhr Rebus fort. »Falls es sich bei dem Mann um einen Nachbarn oder um jemand handelt, den man hier kennt, dann können wir ihn gleich wieder von unserer Liste streichen.«

»Klingt plausibel«, pflichtete Devlin ihm bei.

Rebus setzte sich per Handy mit dem Gayfield Square in Verbindung und vereinbarte für den folgenden Morgen einen Termin. Hinterher fragte er Devlin, ob er ihm einen Wagen vorbeischicken solle.

»Ich glaube, ich finde den Weg noch allein. So gebrechlich bin ich nun auch wieder nicht.« Doch als er sich dann erhob und die beiden Polizisten zur Tür begleitete, schienen ihm das Aufstehen und Gehen doch einige Mühe zu bereiten.

»Nochmals vielen Dank, Sir«, sagte Rebus und schüttelte Devlin die Hand.

Der emeritierte Pathologe nickte nur und vermied es, Hawes anzusehen, die ihrerseits auf ein dankendes Wort verzichtete. Auf dem Weg in den nächsten Stock murmelte sie etwas, was Rebus nicht verstand.

»Wie bitte?«

»Ich hab gesagt: diese blöden Männer.« Sie unterbrach sich. »Anwesende natürlich ausgenommen.« Rebus schwieg, damit sie sich ihren Frust von der Seele reden konnte. »Glauben Sie, dass der Mensch auch nur eine Silbe gesagt hätte«, schimpfte sie, »wenn er es mit zwei Polizistinnen zu tun gehabt hätte?«

»Würde vermutlich davon abhängen, wie man mit ihm umgeht.«

Hawes sah ihn wütend an. Obwohl sie sich Mühe gab, souverän zu erscheinen, war ihr ihre Gekränktheit deutlich anzumerken.

»Gehört nun mal zu unserem Job«, fuhr Rebus fort, »dass wir so tun müssen, als ob wir jeden mögen und uns für alles interessieren, was uns die Leute erzählen.«

»Der Mann hat mich...«

»...genervt? Mich auch. Dieses aufgeblasene Geschwätz. Aber so ist er nun mal. Trotzdem darf man sich nichts anmerken lassen. Gut möglich, dass er ursprünglich gar nichts sagen wollte, weil er seine Beobachtung für unwichtig gehalten hat. Doch dann hat er es sich plötzlich anders überlegt, und zwar um es *Ihnen* zu zeigen.« Rebus lächelte. »Gut gemacht. Kommt nicht allzu häufig vor, dass ausgerechnet ich den ›netten Bullen‹ spiele.«

»Aber der Mann hat mich nicht nur genervt«, gestand Hawes.

»Sondern?«

»Er war mir irgendwie unheimlich.«

Rebus sah sie an. »Wie meinen Sie das?«

»Na ja – dieses Alter-Kumpel-Getue mit Ihnen hat mich zwar geärgert, weil ich die ganze Zeit außen vor war. Aber dieser Zeitungsausschnitt...«

»Sie meinen den Zeitungsbericht an der Wand?«

Sie nickte. »*Den* fand ich unheimlich.«

»Na ja, immerhin ist er Pathologe«, sagte Rebus. »Die haben ein dickeres Fell als unsereins.«

Sie überlegte kurz und lächelte dann.

»Was ist denn?«, fragte Rebus.

»Ach, nichts«, sagte sie. »Als wir uns von Devlin verabschiedet haben, ist mir aufgefallen, dass in seinem Esszimmer unter dem Tisch ein Puzzleteil lag.«

»Und Sie haben nichts gesagt?«, führte Rebus ihren Gedanken lächelnd zu Ende. »Ausgezeichnetes Auge, aus ihnen wird noch mal...«

Dann drückte er auf den Klingelknopf, und die beiden brachten wieder ihr Dienstgesicht in Stellung.

Die Pressekonferenz fand in der Zentrale statt – mitsamt einer Liveschaltung zum Garfield Square. Irgendwer versuchte mit einem Taschentuch Fingerabdrücke und Fettflecken vom

Fernsehbildschirm abzuwischen, während andere die Jalousien herunterließen, weil plötzlich die Wolkendecke aufgerissen und die Sonne zum Vorschein gekommen war. Alle Stühle waren besetzt, und die Beamten hockten in Zweier- und Dreierformationen an den Schreibtischen. Einige genehmigten sich einen verspäteten Mittagsimbiss und aßen belegte Brote und Bananen. Tee- und Kaffeetassen sowie Getränkedosen standen auf den Schreibtischen. Alle sprachen mit gedämpfter Stimme. Allerdings konnte sich der Mensch, der in der Zentrale die Polizeikamera bediente, auf einiges gefasst machen.

»Ungefähr wie mein Achtjähriger mit der Videokamera...«

»Hat wahrscheinlich zu oft *Blair Witch Project* gesehen...«

Tatsächlich vollführte die Kamera die merkwürdigsten Schwenks, zeigte mal die Füße der versammelten Polizeiprominenz und Medienleute, dann plötzlich irgendwelche Stuhllehnen oder lediglich die Beine oder Oberkörper.

»Hat noch gar nicht angefangen«, ließ sich eine besonnenere Stimme vernehmen. Tatsächlich: Die Fernsehanstalten bauten ihre Kameras gerade erst auf, und das geladene Publikum – hauptsächlich Journalisten mit Handy am Ohr – nahm eben erst die Plätze ein. In dem allgemeinen Stimmengewirr war kaum ein Wort zu verstehen. Rebus stand im hinteren Teil des Zimmers, eigentlich zu weit weg vom Fernseher, trotzdem blieb er, wo er war. Neben ihm stand ein sichtlich erschöpfter Bill Pryde, der sich alle Mühe gab, nicht so auszusehen. Trost suchend hielt er sein Klemmbrett gegen die Brust gepresst und warf nur hier und da einen wirren Blick darauf, als ob neue Anweisungen wie von Zauberhand auf ihm erscheinen würden. Durch die geschlossenen Jalousien drangen einzelne Sonnenstrahlen in den Raum, sodass plötzlich – sonst unsichtbare – Staubpartikel in der Luft tanzten. Rebus fühlte sich seltsam an die Kinobesuche seiner Kindheit erinnert – jene erwartungsvolle Spannung, die von ihm Besitz ergriffen hatte, wenn der Filmprojektor zu surren begann und der Film anfing.

Auf dem Fernsehschirm war jetzt zu sehen, wie das Publikum in der Zentrale allmählich zur Ruhe kam. Rebus kannte den seelenlosen Raum, der ausschließlich für Seminare und Pressekonferenzen genutzt wurde. An der Stirnseite stand ein lang gestreckter Tisch, und an der Wand dahinter sah man ein behelfsmäßig montiertes Logo der Lothian and Borders Police. Als dann eine Tür aufging und mehrere Gestalten den Raum betraten, machte die Kamera einen harten Schwenk, und das Gemurmel erstarb. Rebus hörte das plötzliche Surren der Kameras. Scheinwerfer flammten auf. Vorneweg gingen Ellen Wylie und Gill Templer, gefolgt von David Costello und John Balfour.

»Schuldig!«, rief eine Stimme ein paar Reihen vor Rebus, als die Kamera Costellos Gesicht in Großaufnahme zeigte.

Die Gruppe nahm vor einem jäh aufragenden Wald von Mikrofonen Platz. Die Kamera blieb auf Costello gerichtet, doch der Bildausschnitt wurde so verändert, dass der ganze Oberkörper des jungen Mannes zu sehen war. Über die Lautsprecher hörte man die Stimme von Ellen Wylie, die sich nervös räusperte, bevor sie zu sprechen begann.

»Guten Tag, meine Damen und Herren – herzlichen Dank für Ihr zahlreiches Erscheinen. Bevor wir anfangen, möchte ich nur kurz ein paar Bemerkungen über die Regeln vorausschicken...«

Siobhan befand sich ein Stück links von Rebus. Sie saß neben Grant Hood an einem Schreibtisch. Hood starrte zu Boden. Möglich, dass er sich auf Wylies Worte konzentrierte: Rebus wusste noch, dass die beiden einige Monate zuvor in der Mordsache Grieve eng zusammengearbeitet hatten. Siobhans Gesicht wies zwar Richtung Bildschirm, doch ihr Blick schweifte im Zimmer umher. Sie hielt eine Wasserflasche in der Hand und machte sich mit den Fingern an dem Etikett zu schaffen.

Den Job hätte sie selbst gerne gehabt, dachte Rebus. Und jetzt leidet sie. Er hoffte, dass sie in seine Richtung schauen würde, damit er sie anlächeln oder ihr zuzwinkern oder verständnisvoll zunicken konnte. Doch sie blickte wieder auf den Bildschirm. Wylie war mit ihrer Einführung fertig, und Gill Templer war an der Reihe. Sie fasste noch einmal zusammen, was bis zu diesem Zeitpunkt über den Fall bekannt war. Ihre Stimme klang völlig entspannt, für sie waren Pressekonferenzen Routine. Rebus hörte, wie Wylie sich im Hintergrund abermals räusperte. Gill schien das etwas zu irritieren.

Allerdings zeigte die Kamera nicht das geringste Interesse an den beiden Kripobeamtinnen. Sie war vielmehr fast ausschließlich auf David Costello gerichtet, nur hin und wieder auch einmal auf Philippa Balfours Vater. Die beiden Männer saßen nebeneinander, und die Kamera schwenkte langsam zwischen ihnen hin und her. Hier und da verharrte sie kurz auf Balfours Gesicht, doch dann erschien sogleich wieder Costello im Bild. Der Autofokus arbeitete völlig korrekt, solange der Kameramann nicht von sich aus den Bildausschnitt veränderte. Dann dauerte es einige Sekunden, bis das Bild wieder scharf war.

»Schuldig«, wiederholte die Stimme.

»Würdest du darauf wetten?«, rief ein anderer Beamter.

»Ruhe, bitte!«, fauchte Bill Pryde. Es wurde mucksmäuschenstill im Raum. Rebus warf ihm einen anerkennenden Blick zu, doch Pryde starrte nur kurz auf sein Klemmbrett und dann wieder auf den Bildschirm, wo David Costello gerade zu sprechen anfing. Der junge Mann war unrasiert und trug noch dieselben Kleider wie am Vorabend. Vor ihm auf dem Tisch lag ein Blatt Papier. Allerdings sah er während seiner Ausführungen nicht ein einziges Mal auf seine Notizen. Sein Blick irrte vielmehr zwischen den verschiedenen Kameras hin und her, da er nicht wusste, wohin genau er schauen musste. Er sprach mit trockener dünner Stimme.

»Wir wissen nicht, was mit Flip passiert ist, und wir möchten es dringend herausfinden. Wir alle, ihre Freunde und Angehörigen...« Er blickte in John Balfours Richtung. »Alle, die sie kennen und lieben, wir alle wollen wissen, wo sie ist. Flip, falls du mir jetzt zusiehst, bitte melde dich. Nur, damit wir wissen, dass... also – dass dir nichts zugestoßen ist. Wir machen uns große Sorgen.« In seinen Augen standen Tränen. Er hielt kurz inne, senkte den Kopf und richtete sich dann wieder auf. Er blickte auf das Blatt Papier vor sich, schien dort aber nichts zu entdecken, was er nicht schon gesagt hatte. Nun wandte er sich fragend seinen Begleitern zu. John Balfour streckte die Hand aus und drückte dem jungen Mann die Schulter, dann fing er mit dröhnender Stimme so laut an zu sprechen, dass man auf die Mikrofone leicht hätte verzichten können.

»Falls irgendwer meine Tochter festhält, bitte melden Sie sich bei mir. Flip hat die Nummer meines privaten Mobiltelefons. Sie können mich zu jeder Zeit – Tag und Nacht – erreichen. Ich würde mich gerne mit Ihnen unterhalten: Wer Sie auch sein mögen und von welchen Motiven Sie sich auch leiten lassen. Falls jemand etwas über Flips Verbleiben weiß – am Ende dieser Sendung wird eine Telefonnummer eingeblendet. Ich will nur wissen, ob es ihr gut geht. Außerdem möchte ich die Zuschauer daheim vor den Fernsehgeräten bitten, sich Flip auf diesem Foto anzuschauen.« Wieder klickten die Kameras, als er jetzt ein Foto in die Luft hielt. Er bewegte das Bild langsam vor sich hin und her, damit es aus allen Perspektiven gut zu erkennen war. »Meine Tochter heißt Philippa Balfour, und sie ist gerade erst zwanzig. Falls Sie sie gesehen haben oder das auch nur für denkbar halten – bitte rufen Sie uns an. Vielen Dank.«

Einige Reporter brüllten irgendwelche Fragen in den Raum, doch David Costello war bereits aufgestanden und bewegte sich in Richtung Ausgang.

Abermals erklang Wylies Stimme: »Zu gegebener Zeit mehr... Ich danke Ihnen für Ihr Verständnis...« Aber die Reporter ließen sich nicht abwimmeln. Dann erschien wieder John Balfour im Bild. Er wirkte relativ gefasst und hatte seine gefalteten Hände vor sich auf den Tisch gelegt. So saß er völlig starr an seinem Platz, während im Blitzlichtgewitter an der rückwärtigen Wand immer wieder sein Schatten erschien.

»Nein, ich kann Ihnen wirklich nicht...«

»Mr. Costello!«, brüllten die Journalisten. »Könnten Sie uns wenigstens...?«

»Detective Wylie!«, bellte eine andere Stimme, »können Sie uns etwas über mögliche Motive der Entführung sagen?«

»Noch wissen wir nichts über Motive.« Wylie klang nervös.

»Aber Sie gehen davon aus, dass es sich *tatsächlich* um eine Entführung handelt?«

»Nein, das... *so* habe ich das nicht gemeint.«

Auf dem Monitor war zu sehen, wie John Balfour die Fragen eines Reporters zu beantworten versuchte. Die Journalisten waren jetzt völlig außer Rand und Band.

»Und wie haben Sie es *dann* gemeint, Detective Wylie?«

»Also ich... also – ich habe nichts von einer Entführung...«

Und dann löste Gill Templers Stimme die von Ellen Wylie ab. Es war die Stimme der Autorität. Die Journalisten kannten sie schon lange, so wie sie ihrerseits die Journalisten kannte.

»Steve«, sagte sie, »Sie wissen doch ganz genau, dass wir über derartige Details keine Spekulationen anstellen. Falls Sie irgendwelche Unwahrheiten in die Welt setzen möchten, um die Auflage zu steigern, so ist das Ihre Sache, auch wenn es nicht eben von Mitgefühl für Philippa Balfours Angehörige und Freunde zeugt.«

Die nachfolgenden Fragen beantwortete ebenfalls Gill, die sich vorher Ruhe ausbat. Obwohl Wylie nicht im Bild zu sehen war, konnte Rebus sich lebhaft vorstellen, wie sie immer kleiner wurde. Siobhan zappelte wie nach einem Adrenalinstoß unruhig mit den Beinen. Balfour unterbrach Gill Templer und erklärte, dass er gern persönlich auf einige der angesprochenen Punkte eingehen wolle. Das tat er, ruhig und sachlich, und anschließend löste sich die Konferenz auf.

»Der Mann hat Nerven«, sagte Pryde, bevor er daranging, seine Truppe neu zu formieren. Es war höchste Zeit, die konkrete Ermittlungsarbeit wieder aufzunehmen.

Grant Hood kam auf Rebus zu. »Auf welchem Revier haben die Kollegen noch mal mehrheitlich auf Costello gewettet?«, fragte er.

»Torphichen Place«, entgegnete Rebus.

»Dann setze ich da auch drauf.« Er sah Rebus erwartungsvoll an, der keine Miene verzog. »Ach, Sie können mir doch nichts vormachen, Sir«, sprudelte es aus ihm heraus, »stand ihm doch ins Gesicht geschrieben.«

Rebus musste an sein nächtliches Gespräch mit Costello denken, an die Geschichte mit den Augen und wie Costello ihm direkt ins Gesicht gesehen hatte. *Schauen Sie genau hin...*

Hood drängte sich kopfschüttelnd an Rebus vorbei. Die Jalousien waren inzwischen wieder geöffnet und das kurze Sonnenintermezzo durch schwere graue Wolken beendet, die sich über die Stadt legten. Jetzt mussten sich die Psychologen mit der Videoaufzeichnung von Costellos Auftritt beschäftigen und nach versteckten Hinweisen Ausschau halten, nach einem kurzen Aufflackern der Wahrheit. Doch Rebus betrachtete ihre Bemühungen mit erheblicher Skepsis. Plötzlich stand Siobhan vor ihm.

»Interessante Veranstaltung, was?«, sagte sie.

»Also nach meinem Empfinden ist Wylie nicht unbedingt die geborene Pressesprecherin«, erwiderte Rebus.

»Man hätte sie doch gar nicht erst da hinsetzen dürfen. Ihr erster öffentlicher Auftritt und dann gleich ein solcher Fall. Kommt mir fast so vor, als ob man sie absichtlich den Löwen zum Fraß vorgeworfen hat.«

»Dann hat Ihnen Wylies Auftritt also nicht gefallen?«, fragte er hinterhältig.

Sie starrte ihn an. »Für blutrünstige Sportarten hab ich nichts übrig.« Sie wollte schon gehen, überlegte es sich dann aber anders. »Mal ehrlich – wie fanden Sie denn den Auftritt?«

»Sie haben völlig Recht: interessante Veranstaltung. Sehr interessant sogar.«

Sie lächelte. »Dann ist es Ihnen also auch aufgefallen?«

Er nickte. »Costello hat ständig ›wir‹ gesagt, der Vater dagegen immer nur ›ich‹.«

»Als ob Flips Mutter mit der ganzen Sache überhaupt nichts zu tun hätte.«

Rebus sah sie nachdenklich an. »Vielleicht lässt sich daraus aber auch nur schließen, dass Mr. Balfour mit einem etwas übersteigerten Selbstwertgefühl ausgestattet ist.« Er hielt inne. »Wäre doch eigentlich nichts Ungewöhnliches bei einem Investmentbanker? Und – was macht der Computerkram?«

Sie lächelte – der Ausdruck »Computerkram« verriet ziemlich genau, wie wenig Rebus von Festplatten und Ähnlichem verstand. »Hab mich an ihrem Passwort vorbeigemogelt.«

»Und was heißt das?«

»Das heißt, dass ich mir ihre neuesten E-Mails ansehen kann, wenn ich erst mal wieder an meinem Schreibtisch sitze.«

»Und die älteren?«

»Schon erledigt. Obwohl wir natürlich nicht feststellen können, was sie alles gelöscht hat.« Sie sah ihn nachdenklich an. »Wenigstens nicht, soweit ich weiß.«

»Aber werden denn solche E-Mails nicht in irgendeinem… Zentralcomputer gespeichert?«

Sie lachte. »Sie meinen einen von diesen Riesencomputern, die ein ganzes Zimmer ausfüllen. Die gibt es schon lange nicht mehr – das war mal in den Spionagefilmen der Sechzigerjahre.«

»Tut mir Leid.«

»Macht doch nichts. Für jemanden, der FAQ für eine schottische Freimaurerloge hält, schlagen Sie sich ganz gut.«

Sie traten in den Gang hinaus. »Ich fahr jetzt wieder in die St. Leonard's Street. Soll ich Sie mitnehmen?«, fragte er.

Sie schüttelte den Kopf. »Bin selbst mit dem Wagen da.«

»Na gut.«

»Scheint übrigens so, als ob wir HOLMES bei den Ermittlungen in Anspruch nehmen können.«

Von dieser neuen Technik hatte Rebus schon mal gehört: die HOcheffiziente-Lothian-MEta-Suchmaschine. Es ging dabei um ein Softwaresystem, das man mit Informationen füttern konnte, die unter allen nur denkbaren Gesichtspunkten mit bereits gespeichertem Material verglichen wurden. Durch dieses Verfahren ließ sich der Prozess der Datensammlung und -auswertung erheblich beschleunigen. Offenbar genoss der Fall Philippa Balfour inzwischen höchste Priorität in Edinburgh, anders ließ sich der Einsatz des Computersystems nicht erklären.

»Stellen Sie sich mal vor, das Mädchen taucht plötzlich wieder auf, und es zeigt sich, dass sie nur eine kleine Einkaufsorgie veranstaltet hat«, sagte Rebus nachdenklich.

»Das wäre eine große Erleichterung«, sagte Siobhan ernst. »Nur, dass ich nicht daran glaube – Sie etwa?«

»Nein«, sagte Rebus leise. Dann zog er los, um sich noch etwas zu essen zu besorgen, bevor er erneut aufs Revier fuhr.

Wieder an seinem Schreibtisch, blätterte er in den Akten und konzentrierte sich dabei vor allem auf den familiären Hintergrund. John Balfour war Inhaber einer Privatbank, die sich seit inzwischen drei Generationen im Familienbesitz befand. Bereits seit der Gründung Anfang des 20. Jahrhunderts war das Unternehmen am Charlotte Square in Edinburgh ansässig. In den Vierzigerjahren hatte Philippas Urgroßvater die Bank an den Großvater des jungen Mädchens übergeben, der die Leitung des Instituts seinerseits erst in den Achtzigerjahren in die Hände seines Sohnes John Balfour gelegt hatte. Philippas Vater hatte sofort eine Dependance in London eröffnet und sich fortan geschäftlich vornehmlich in der britischen Hauptstadt engagiert. Deshalb hatte Philippa zunächst eine Privatschule in Chelsea besucht. Erst nach dem Tod ihres

Großvaters Ende der Achtzigerjahre war die Familie wieder nach Edinburgh gezogen, wo das Mädchen dann auch die Schule abschloss. Das Familienanwesen Junipers lag ungefähr in der Mitte zwischen Gullane und Haddington. Es handelte sich um ein herrschaftliches Haus mit einem vier Hektar großen Park. Rebus überlegte, wie Balfours Ehefrau Jacqueline sich dort fühlen mochte. Elf Schlafzimmer, fünf Salons... und ein Ehemann, der sich pro Woche mindestens vier Tage in London aufhielt. Das weiterhin am Charlotte Square ansässige Edinburgher Büro der Bank wurde von einem gewissen Ranald Marr geleitet, mit dem John Balfour schon seit vielen Jahren befreundet war. Die beiden Männer kannten sich bereits aus Edinburgher Universitätstagen und hatten anschließend in den USA gemeinsam ein Aufbaustudium in Ökonomie absolviert. Rebus hatte Balfour einen Investmentbanker genannt, aber bei dessen Finanzinstitut handelte es sich in Wahrheit um eine kleine, feine Privatbank, die für ihre ebenso vermögende wie statusbewusste Klientel die Geld- und Aktiengeschäfte abwickelte und die erlesene Kundschaft mit prestigeträchtigen in Leder gebundenen Scheckheften ausstattete.

In dem ersten Gespräch, das die Polizei mit Balfour geführt hatte, war man davon ausgegangen, dass jemand seine Tochter entführt hatte, um Lösegeld zu erpressen. Deshalb wurden nicht nur im Privatdomizil der Familie, sondern außerdem in den Büros der Bank in Edinburgh und London sämtliche Telefonanschlüsse überwacht. Auch die Post wurde von der Polizei in Empfang genommen. Falls es sich um eine Entführung handelte, konnten etwaige Lösegeldforderungen eben auch auf diesem Weg eingehen. Und je weniger Fingerabdrücke sich auf einem solchen Kuvert befanden, umso besser. Doch bisher hatte man lediglich ein paar Schreiben irgendwelcher Spinner abgefangen. Es kamen natürlich auch noch andere Motive infrage: zum Beispiel Rache wegen schief gelaufener Finanztransaktionen. Doch Balfour behauptete steif und fest, keine Feinde zu haben. Dennoch hatte er der Polizei jeden Einblick in seine Kundenkartei verwehrt.

»Diese Leute bringen mir ihr Vertrauen entgegen. Ohne dieses Vertrauen ist unsere Bank erledigt.«

»Sir, mit Verlaub, aber möglicherweise hängt das Wohlergehen Ihrer Tochter davon ab.«

»Darüber bin ich mir völlig im Klaren.«

Danach hatte der ermittelnde Beamte das Gespräch mit Balfour in einer spürbar gereizten Atmosphäre fortgesetzt.

Tatsache war, dass die Balfour-Bank konservativen Schätzungen zufolge einen Marktwert von hundertdreißig Millionen Pfund hatte, wobei sich John Balfours persönlicher Anteil auf rund fünf Prozent dieser Summe belief. Genug Gründe also für eine professionelle Entführung. Aber hätte sich ein Entführer nicht inzwischen gemeldet? Rebus war sich nicht sicher.

Jacqueline Balfour war eine geborene Gil-Martin. Ihr Vater war früher im diplomatischen Dienst tätig gewesen, und die Familie nannte außerdem einen rund 2500 Hektar großen Besitz in Perthshire ihr Eigen. Der Vater war bereits gestorben, und die Mutter wohnte in einem kleinen Haus auf dem Landgut. Das Gut selbst war der Verwaltung der Balfour-Bank unterstellt, und Laverock Lodge – der eigentliche Herrensitz – erfreute sich seit einiger Zeit als Konferenzzentrum außerordentlicher Beliebtheit. Außerdem war dort eine Fernsehserie entstanden, deren Titel Rebus allerdings nichts sagte. Ein Universitätsstudium hatte Jacqueline nicht absolviert, vor ihrer Heirat hatte sie verschiedene Jobs gehabt, zumeist als persönliche Assistentin etlicher Geschäftsleute. Als sie John Balfour kennen lernte, auf einer Reise nach Edinburgh, zur Bank ihres Vaters, verwaltete sie das Laverock-Landgut. Ein Jahr später hatten die beiden geheiratet, und wieder zwei Jahre später war Philippa zur Welt gekommen.

Nur dies eine Kind. Auch John Balfour selbst war Einzelkind, während Jacqueline noch zwei Schwestern und einen

Bruder hatte, die allerdings nicht in Schottland lebten. Der Bruder war in die Fußstapfen seines Vaters getreten und zurzeit an der britischen Botschaft in Washington akkreditiert. Plötzlich drängte sich Rebus der Gedanke auf, dass es um die Zukunft der Balfour-Dynastie nicht sehr rosig bestellt war. Jedenfalls sprach kaum etwas dafür, dass Philippa es darauf abgesehen hatte, möglichst bald in Papis Bank einzusteigen. Deshalb begriff Rebus nicht recht, wieso ihre Eltern nicht alles daran gesetzt hatten, einen Sohn zu zeugen.

Mit den laufenden Ermittlungen hatten diese Erwägungen allerdings wahrscheinlich gar nichts zu tun. Doch gerade das faszinierte Rebus so an seinem Job: dass er im Geiste immer wieder neue Verbindungen herstellen, sich in das Leben anderer Menschen vertiefen musste und sich mit derartigen Fragen beschäftigen konnte…

Dann ging er die Unterlagen über David Costello durch. Der junge Mann war in Dublin geboren und zur Schule gegangen. Anfang der Neunzigerjahre war die Familie nach Dalkey, einen südlichen Vorort der Stadt, gezogen. Davids Vater – Thomas Costello – hatte offenbar in seinem ganzen Leben keinen Tag gearbeitet und lebte ausschließlich von dem Vermögen, das sein eigener Vater in der Immobilienbranche gemacht hatte. Davids Großvater besaß eine Reihe erstklassiger Immobilien im Zentrum von Dublin, die ihm einen sorgenfreien und höchst komfortablen Lebensstil ermöglichten. Außerdem nannte er ein halbes Dutzend Rennpferde sein Eigen und konnte es sich leisten, seine Zeit ausschließlich den angenehmen Seiten des Daseins zu widmen.

Bei Davids Mutter Theresa lag die Sache ganz anders. Sie entstammte bestenfalls der unteren Mittelschicht: Die Mutter war Krankenschwester, der Vater Lehrer gewesen. Theresa hatte die Kunstakademie besucht, das Studium jedoch abgebrochen, um sich selbst und ihre Eltern durchzubringen, als die Mutter an Krebs erkrankt und ihr Vater am Leben verzweifelt war. Anfangs hatte sie als Verkäuferin in einem Kaufhaus gearbeitet und war dann Dekorateurin und später Innenarchitektin geworden. In diesem Beruf hatte sie zunächst Läden und dann immer häufiger auch die Häuser und Wohnungen vermögender Privatkunden eingerichtet. So hatte sie auch Thomas Costello kennen gelernt. Als die beiden schließlich geheiratet hatten, waren Theresas Eltern bereits tot gewesen. Obwohl sie seit ihrer Eheschließung auf einen Gelderwerb wohl nicht mehr angewiesen war, übte Theresa weiterhin ihren Beruf aus: zunächst allein, dann – als die Umsätze langsam den unteren Millionenbereich erreichten – mit fünf weiteren Mitarbeitern. Sie hatte sogar Kunden im Ausland, und ihr Auftragsbuch war gut gefüllt. Trotz ihrer inzwischen einundfünfzig Jahre war ihr Elan ungebrochen, während ihr um ein Jahr jüngerer Mann auch in seinen fortgeschritteneren Jahren noch den Lebemann spielte. Man konnte ihn in den Klatschspalten der irischen Presse ziemlich häufig bei Pferderennen, Gartenpartys oder ähnlichen Anlässen bewundern. Theresa hingegen kam auf diesen Fotos prinzipiell nicht vor. Getrennte Zimmer in ihrem Edinburgher Hotel... In der Tat nicht verboten, wie der Sohn gesagt hatte.

David selbst hatte erst mit einjähriger Verspätung mit dem Studium begonnen und war vorher in der Welt herumgereist. Inzwischen studierte er im sechsten Semester englische Sprach- und Literaturwissenschaft. Rebus musste an die Bücher im Wohnzimmer des jungen Mannes denken: Milton, Wordsworth, Hardy...

»Na, genießt du die Aussicht, John?«

Rebus öffnete die Augen. »Ich hab nur nachgedacht, George.«

»Kein kleines Nickerchen?«

Rebus warf ihm einen wütenden Blick zu. »Wie kommst du denn darauf?«

Nachdem Hi-Ho Silvers sich wieder getrollt hatte, erschien Siobhan auf der Bildfläche und lehnte sich an Rebus' Schreibtisch.

»Und worüber denken Sie so angestrengt nach?«

»Ach, ich hab nur überlegt, ob unser geliebter Nationaldichter Robert Burns es fertig gebracht hätte, eine seiner zahlreichen Geliebten umzubringen.« Sie starrte ihn verständnislos an. »Oder ob einem jungen Menschen, der Gedichte liest, ein Mord zuzutrauen ist.«

»Wieso denn nicht? Wenn selbst KZ-Kommandanten nach Feierabend Mozart hören.«

»Angenehme Vorstellung.«

»Ist mir stets ein Vergnügen, Sie seelisch aufzubauen. Und jetzt könnten Sie zur Abwechslung mal *mir* einen Gefallen tun.«

»Wenn es gar nicht anders geht.«

Sie reichte ihm ein Blatt Papier. Sagen Sie mir bitte, was das da zu bedeuten hat.«

    Betreff: Hellbank
    Datum: 9.5.
    Von: Quizmaster@PaganOmerta.com
    An: Flipside1223@HXRmail.com

Haben Sie Hellbank überlebt? Die Zeit wird knapp. Stricture erwartet Ihr Signal.

QuiM

Rebus sah sie an. »Können Sie mir *irgendwie* auf die Sprünge helfen?«

Sie nahm ihm das Blatt aus der Hand. »Das ist der Ausdruck einer E-Mail. Ich habe in Philippas elektronischem Briefkasten ein paar Dutzend solcher Nachrichten gefunden, eben alles, was sich seit dem Tag ihres Verschwindens dort angesammelt hat. Bis auf diese eine waren die E-Mails ausnahmslos an ihre andere Adresse gerichtet.«

»Ihre andere Adresse?«

»Also die meisten Internet-Provider gestatten es ihren Kunden, bis zu fünf oder sogar sechs verschiedene Adressen zu verwenden.«

»Und wieso?«

»Damit man unter verschiedenen Identitäten auftreten kann, nehm ich mal an. Flipside 1223 ist eine Art Deckname. Die übrigen E-Mails waren allesamt an Flip-Punkt-Balfour gerichtet.«

»Und was hat das zu bedeuten?«

Siobhan atmete hörbar aus. »Das ist ja gerade das Problem. Vielleicht heißt es, dass sie eine Seite hatte, von der wir bisher noch nichts wissen. Sie hat nämlich keine einzige der Mails gespeichert, die sie unter der Adresse Flipside 1223 empfangen oder versandt hat. Das heißt also, dass sie solche Nachrichten normalerweise gelöscht oder diese Mail hier nur versehentlich erhalten hat.«

»Hm, sieht nicht nach einem Zufall aus«, sagte Rebus. »Ihr Spitzname ist doch Flip.«

Siobhan nickte. »Hellbank, Stricture, PaganOmerta...«

»Omertà ist das Wort für das Schweigegebot der Mafia«, sagte Rebus.

»Und dieser Quizmaster«, sagte Siobhan. »Verwendet QuiM als Kürzel. Kommt mir etwas pubertär vor.«

Rebus inspizierte abermals die Mail. »Da bin ich leider überfragt, Siobhan. Und was haben Sie jetzt vor?«

»Ich muss unbedingt herausfinden, von wem diese E-Mail stammt, obwohl das nicht ganz einfach sein dürfte. Wahrscheinlich gibt es nur eine Möglichkeit: Ich muss dem Absender der Mail antworten.«

»Um ihm mitzuteilen, dass Philippa als vermisst gilt?«

Siobhan senkte die Stimme. »Also, ich hatte eher daran gedacht, in Flips Namen zu antworten.«

Rebus saß nachdenklich da. »Glauben Sie, dass das funktioniert? Und was wollen Sie schreiben?«

»Weiß ich noch nicht genau.« Als sie jetzt mit verschränkten Armen vor ihm stand, wusste Rebus instinktiv, dass sie sich schon dafür entschieden hatte, die Nachricht zu beantworten.

»Das würde ich mir allerdings vorher von unserer neuen Chefin absegnen lassen«, ermahnte er sie. Siobhan nickte und wandte sich zum Gehen, doch er hatte noch eine Frage. »Sie waren doch auf der Uni. Haben Sie dort je mit Leuten wie Philippa Balfour zu tun gehabt?«

Sie schnaubte. »Das ist eine Welt für sich. Diese Leute bekommt man in den üblichen Veranstaltungen gar nicht zu Gesicht. Zu den Prüfungen müssen sie allerdings erscheinen. Und wissen Sie was?«

»Nein?«

»Von denen fällt nie einer durchs Examen...«

Abends hatte Gill Templer aus Anlass ihrer Beförderung zu einem Empfang im Palmenhof des Balmoral Hotels geladen. In einer Ecke des Raumes sorgte ein Pianist im Smoking für unaufdringliche Hintergrundmusik. In einem Eiskübel stand eine Flasche Champagner bereit, und etliche Schälchen mit Fingerfood waren serviert worden.

»Und vergesst nicht: Das eigentliche Essen kommt noch«, erinnerte Gill ihre Gäste. Sie hatte nämlich für halb neun im Hadrian's einen Tisch reserviert. Es war gerade halb acht vorbei, als der letzte Gast durch die Tür trat.

Während sie noch ihren Mantel abstreifte, entschuldigte sich Siobhan für ihre leichte Verspätung. Ein Ober erschien und nahm ihre Garderobe entgegen, während ein zweiter Kellner bereits Champagner in ihr Glas füllte.

»Auf Ihr Wohl«, sagte sie, nahm Platz und hob das Glas. »Meinen Glückwunsch.«

Gill Templer hob ebenfalls das Glas und gestattete sich ein Lächeln. »Ja, ich glaube, ich habe den Job wirklich verdient«, sagte sie und stieß mit dieser Feststellung auf die begeisterte Zustimmung ihrer Freundinnen.

Zwei der übrigen Gäste kannte Siobhan bereits. Beide waren von der Staatsanwaltschaft, und Siobhan hatte schon beruflich mit ihnen zu tun gehabt. Harriett Brough war Ende vierzig. Sie hatte (womöglich gefärbtes) tiefschwarzes Haar und eine Dauerwelle, und sie verbarg ihre Figur hinter mehreren Schichten Tweed und Baumwolle. Diana Metcalf war Anfang vierzig und hatte kurzes aschblondes Haar und tief liegende Augen, die sie jedoch nicht zu verbergen versuchte, sondern vielmehr durch den dunklen Lidschatten noch betonte. Die knalligen Farben ihrer Kleider ließen sie noch verlorener und ausgemergelter erscheinen als sie ohnehin schon war.

»Und das hier ist Siobhan Clarke«, sagte Gill zu einer Dame mittleren Alters. »Sie arbeitet als Ermittlungsbeamtin auf meinem Revier.« Die Art und Weise, wie sie von »ihrem Revier« sprach, erweckte fast den Eindruck, als ob St. Leonard's Street gänzlich in ihren Besitz übergegangen wäre, und das – vermutete wenigstens Siobhan – war vermutlich gar nicht mal so weit von der Wahrheit entfernt. »Siobhan, und das ist Jean Burchill. Jean arbeitet im Museum.«

»Ach? Und in welchem?«

»Im Schottischen Nationalmuseum«, antwortete Burchill. »Schon mal dort gewesen?«

»Ich bin einmal in dem Restaurant oben im Turm gewesen«, sagte Siobhan.

»Na ja, das ist natürlich nicht ganz dasselbe«, sagte Burchill.

»Nein, so war das nicht gemeint.« Siobhan suchte nach einer diplomatischen Formulierung. »Das war damals kurz nach der Eröffnung. Der Mann, der mich eingeladen hatte ... na ja – jedenfalls war es ein ziemlich unerfreulicher Abend. Deshalb bin ich nie mehr dort gewesen.«

»Verständlich«, sagte Harriet Brough, als ob sich durch den Verweis auf das andere Geschlecht jedes Missgeschick im Leben erklären ließe.

»Na«, sagte Gill, »wenigstens sind wir heute ganz unter uns: nur Frauen. Es gibt also keinen Grund zu Beunruhigung.«

»Es sei denn, wir gehen später noch in einen Nachtclub«, sagte Diana Metcalf mit unternehmungslustig funkelnden Augen.

Gill sah Siobhan an. »Haben Sie inzwischen diese E-Mail weggeschickt?«, fragte sie.

Jean Burchill machte mit der Zunge ein missbilligendes Geräusch. »Bitte nichts Berufliches heute Abend.«

Die Staatsanwältinnen pflichteten ihr lautstark bei. Trotzdem teilte Siobhan Gill durch ein Nicken mit, dass sie die Mail verschickt hatte. Ob allerdings jemand darauf hereinfallen würde, war eine andere Frage. Jedenfalls war sie zu der Einladung erst so spät erschienen, weil sie vorher noch Philippas E-Mails studiert hatte, um sich einen Eindruck davon zu verschaffen, welche Art Sprache und welches Vokabular das junge Mädchen verwendete. Anschließend hatte sie mehr als ein Dutzend Entwürfe verfasst und sich schließlich dafür entschieden, in einem ganz einfachen Stil zu schreiben. Allerdings gab es unter Philippas E-Mails auch einige, die eher an langatmige klatschsüchtige Briefe erinnerten. Und wenn sie ihre bisherigen Mails an Quizmaster nun in diesem Stil verfasst hatte? Wie würde er oder sie dann auf eine völlig untypisch knapp gehaltene Antwort reagieren? *Hab da ein Problem. Wir sollten miteinander reden. Flipside.* Und dann eine Telefonnummer, und zwar Siobhans Handynummer.

»Ich hab heute Abend im Fernsehen die Pressekonferenz gesehen«, sagte Diana Metcalf.

Jean Burchill stöhnte. »Bitte – Diana, wir wollten doch nicht über berufliche Dinge reden«, sagte sie.

Metcalf blickte sie mit ihren großen dunklen Augen an. »Das ist doch nichts Berufliches, Jean. Über die Geschichte zerreißt sich doch die ganze Stadt das Maul.« Dann sah sie Gill an. »Ich glaube nicht, dass der Freund es gewesen ist – du etwa?«

Gill zuckte bloß mit den Achseln.

»Siehst du?«, sagte Burchill. »Gill möchte nicht darüber reden.«

»Dann schon eher der Vater«, sagte Harriet Brough. »Mein Bruder war mit ihm zusammen auf der Schule. Ein eiskalter Bursche.« Aus dem Selbstbewusstsein und der Autorität, mit der sie sprach, ließ sich unmittelbar auf ihren familiären Hintergrund schließen. Wahrscheinlich hatte sie schon im Kindergarten gewusst, dass sie später mal Jura studieren wollte, vermutete Siobhan. »Und wo war die Mutter?«, wollte Brough jetzt von Gill wissen.

»Fühlt sich durch die Situation offenbar überfordert«, antwortete Gill. »Jedenfalls hatten wir sie eingeladen.«

»Einen schlechteren Eindruck als die beiden Männer hätte sie sicher auch nicht gemacht«, erklärte Brough und entnahm einem der Schälchen vor sich auf dem Tisch ein paar Cashewnüsse.

Gill wirkte plötzlich müde. Deshalb beschloss Siobhan, das Thema zu wechseln, und fragte Jean Burchill, was genau ihre Aufgabe im Museum sei.

»Ich bin dort als Ausstellungsleiterin tätig. Meine Spezialgebiete sind das achtzehnte und neunzehnte Jahrhundert«, erklärte Burchill.

»Ihr eigentliches Spezialgebiet«, mischte Harriet Brough sich ein, »ist der Tod.«

Burchill lächelte. »Ja, ganz recht. Ich habe zum Beispiel die Exponate in der Abteilung ›Glauben und...‹«

Wieder fiel Brough ihr ins Wort und sah Siobhan an. »Genau genommen sammelt sie nämlich alte Särge und Bilder von toten viktorianischen Babys. Mir wird immer ganz mulmig, wenn ich mal zufällig auf ihre Etage gerate. In welchem Stockwerk bist du noch mal?«

»Im vierten«, sagte Burchill leise. Nach Siobhans Empfinden war sie sehr hübsch. Zierlich und schlank: mit glattem braunem Haar und Pagenschnitt. Sie hatte Grübchen und schön gezeichnete Wangen, deren zartrosa Schimmer sogar im gedämpften Licht des Palmenhofes zu erkennen war. Auf Make-up konnte sie offenbar verzichten. Sie trug einen taupefarbenen Hosenanzug, einen grauen Kaschmirpullover und dazu ein rostbraunes Kaschmirtuch, das an der Schulter mit einer Rennie-Mackintosh-Brosche befestigt war. Auch sie war etwa Ende vierzig. Plötzlich wurde Siobhan bewusst, dass sie selbst etwa fünfzehn Jahre jünger war als die übrigen Frauen.

»Jean und ich kennen uns schon seit der Schulzeit«, erklärte Gill. »Dann haben wir uns eine Weile aus den Augen verloren und sind uns vor vier oder fünf Jahren zufällig wieder über den Weg gelaufen.«

Burchill lächelte, als sie daran zurückdachte.

»Von meinen ehemaligen Mitschülern möchte ich niemanden wiedersehen«, sagte Harriet Brough, die sich gerade eine Hand voll Nüsse in den Mund geschoben hatte. »Lauter Arschlöcher – der ganze Verein.«

»Noch Champagner, meine Damen?«, fragte der Ober und nahm die Flasche aus dem Eiskübel.

»Na, wurde aber auch Zeit«, schnauzte Brough ihn an.

Zwischen Dessert und Kaffee suchte Siobhan die Toilette auf. Als sie gerade wieder ins Restaurant gehen wollte, kam Gill ihr entgegen.

»Kluge Köpfe«, sagte Gill lächelnd.

»Ein sehr schönes Essen, Gill. Sind Sie sicher, dass ich nicht...«

Gill legte ihr die Hand auf den Arm. »Nein, das übernehme ich. Schließlich habe ich nicht jeden Tag einen Grund zum Feiern.« Dann sah sie Siobhan ernst an. »Glauben Sie, dass das mit Ihrer E-Mail funktioniert?« Siobhan zuckte bloß mit den Achseln, und Gill nahm diese skeptische Reaktion nickend zur Kenntnis. »Und wie fanden Sie die Pressekonferenz?«

»Das übliche Haifischbecken.«

»Manchmal funktioniert es einfach«, sagte Gill nachdenklich, »und manchmal...« Sie hatte außer dem Champagner noch drei Gläser Wein getrunken. Trotzdem deuteten lediglich ihr leicht seitlich geneigter Kopf und ihre schweren Augenlider darauf hin, dass sie nicht stocknüchtern war.

»Darf ich mal was fragen?«, fragte Siobhan.

»Wir sind nicht im Dienst, Siobhan. Sie können offen sprechen.«

»Sie hätten Ellen Wylie nicht für den Job nehmen sollen.«

Gill fixierte sie mit einem starren Blick. »Sie meinen, ich hätte lieber *Sie* nehmen sollen, was?«

»Nein, das meine ich nicht. Ich finde es nur ziemlich heikel, jemanden, der so etwas noch nie gemacht hat, gleich mit einer solchen Situation zu konfrontieren...«

»Sie glauben also, *Sie* hätten es besser gemacht?«

»*Das* habe ich nicht gesagt.«

»Worauf wollen Sie *dann* hinaus?«

»Es war ein Haifischbecken, und Sie haben Ellen da reingeworfen.«

»Vorsicht, Siobhan.« Aus Gills Stimme war plötzlich jede Wärme gewichen. Sie dachte kurz nach, rümpfte die Nase, inspizierte die Eingangshalle und erklärte: »Ellen Wylie hat mir seit Monaten in den Ohren gelegen. Sie wollte unbedingt Pressesprecherin werden. Und sobald ich konnte, hab ich ihr den Job gegeben, weil ich wissen wollte, ob sie wirklich so gut ist, wie sie selbst glaubt.« Dann sah sie Siobhan an. Die beiden standen jetzt so nahe beieinander, dass Siobhan den Wein in Gills Atem riechen konnte. »Sie ist es nicht.«

»Und wie sind Sie sich dabei vorgekommen?«

Gill hob den Finger. »Lassen Sie's gut sein, Siobhan. Ich hab schon genug am Hals.« Zunächst schien es so, als ob sie noch etwas sagen wollte, doch dann schüttelte sie bloß den Kopf und lächelte gezwungen. »Wir bereden das später«, sagte sie, schob sich an Siobhan vorbei und stieß die Tür zu den Toiletten auf. Dann blieb sie stehen. »Jedenfalls ist Ellen nicht mehr unsere Pressesprecherin. Eigentlich wollte ich *Sie* fragen...« Dann fiel die Tür hinter ihr zu.

»Keine Gunstbeweise bitte«, sagte Siobhan zu der geschlossenen Tür. Sie hatte plötzlich das Gefühl, dass in Gill über Nacht eine ganz neue Seite zum Vorschein gekommen war. Offenbar hatte ihre neue Chefin Ellen Wylie bewusst gedemütigt, um einen Beweis ihrer neu gewonnenen Macht zu liefern. *Natürlich* wollte Siobhan den Pressejob, doch zugleich ekelte sie sich vor sich selbst, weil sie die Pressekonferenz mit hämischer Genugtuung verfolgt hatte. Sie hatte sich über Ellen Wylies Demütigung gefreut.

Als Gill von der Toilette zurückkam, hockte Siobhan auf einem Stuhl im Gang. Gill blieb vor ihr stehen und blickte zu ihr herab.

»Spielen Sie hier vielleicht den Banquo beim Festbankett?«, fragte sie und ging weiter.

3

»Eigentlich hatte ich ja eine Art Straßenkünstler erwartet«, sagte Donald Devlin. Nach Rebus' Empfinden trug der Mann noch dieselben Sachen wie bei ihrer letzten Begegnung. Der pensionierte Pathologe saß an einem der Schreibtische: daneben ein Computer und der einzige Beamte am Gayfield Square, der sich mit dem Facemaker-Programm auskannte, einer Datei mit einer großen Auswahl an Augen, Ohren, Nasen und Lippen, die sich auf dem Bildschirm zu einem Gesamtbild arrangieren und modifizieren ließen. Plötzlich verstand Rebus auch, wie die Exkollegen des Farmers es geschafft hatten, dessen Kopf auf die Muskelmännertorsi zu montieren.

»Die Zeiten ändern sich«, kommentierte Rebus Devlins Bemerkung. Er nippte an dem Kaffee, den er sich gerade in einem Café um die Ecke besorgt hatte. Mit dem seiner *Barista* konnte dieser zwar nicht mithalten – aber immer noch besser als das Zeug, das der Automat draußen auf dem Gang ausspuckte. Rebus hatte eine unruhige Nacht hinter sich.

Mehrmals war er in dem Sessel in seinem Wohnzimmer schwitzend und zitternd aufgewacht. Schlechte Träume und nächtliche Schweißausbrüche. Konnten ihm viel erzählen die Ärzte: Er wusste genau, dass sein Herz in Ordnung war, dazu spürte er zu deutlich, wie es pumpte und seine Arbeit verrichtete.

Trotz des Kaffees musste er ein Gähnen unterdrücken. Inzwischen hatte der Beamte am Computer einen ersten Entwurf des Phantombilds fertig gestellt und ließ das Ergebnis ausdrucken.

»Also, *irgendwas* stimmt mit dem Gesicht nicht ganz«, sagte Devlin zum wiederholten Male. Rebus betrachtete das Bild. Ein völlig anonymes austauschbares Gesicht. »Sieht ja fast aus wie eine Frau«, fuhr Devlin fort, »aber ich habe einen *Mann* gesehen und keine Frau.«

»Und wie wär's hiermit?«, fragte der Beamte und klickte mit der Maus. Dem Gesicht auf dem Bildschirm spross augenblicklich ein üppiger Bart.

»Ach, so ein Unsinn«, beschwerte sich Devlin.

»Das ist nun mal Detective Tibbets Vorstellung von Humor, Professor«, entschuldigte sich Rebus.

»Ich gebe mir nämlich redlich Mühe, wissen Sie.«

»Aber natürlich, Sir, wir wissen das außerordentlich zu schätzen. Los, weg mit dem Bart, Tibbet.«

Tibbet entfernte den Bart.

»Und Sie sind sich ganz sicher, dass es nicht David Costello gewesen sein könnte?«, fragte Rebus.

»*David* kenne ich doch. Nein, der war es nicht.«

»Wie gut kennen Sie ihn?«

Devlin blinzelte. »Wir haben uns schon mehrmals unterhalten. Sind uns vor einiger Zeit mal auf der Treppe begegnet, und da hab ich ihn nach dem Buch gefragt, das er unter dem Arm trug. Miltons *Verlorenes Paradies,* glaub ich. Und so sind wir ins Gespräch gekommen.«

»Hochinteressant, Sir.«

»Ja, das war es in der Tat. Der Bursche ist blitzgescheit.«

Rebus überlegte. »Trauen Sie ihm zu, dass er jemanden umbringt, Professor?«

»Jemanden umbringt? *David?*« Devlin lachte. »Das wäre ihm vermutlich nicht intellektuell genug, Inspektor.« Er hielt kurz inne. »Gehört er immer noch zu den Verdächtigen?«

»Sie wissen doch, wie die Polizei arbeitet, Professor. Alle Welt ist schuldig, solange nicht das Gegenteil bewiesen ist.«

»Und ich war der Meinung, dass in diesem Land zunächst die Unschuldsvermutung gilt.«

»Ich glaube, da verwechseln Sie uns mit den Anwälten, Sir. Sie sagen also, dass Sie Philippa nicht gut gekannt haben?«

»Auch wir sind uns ein paar Mal auf der Treppe begegnet, doch im Unterschied zu David schien sie an einem Gespräch nicht interessiert.«

»Würden Sie sie als arrogant bezeichnen?«

»Das würde ich so nun auch nicht sagen. Natürlich entstammt sie einem ziemlich elitären Milieu.« Er machte ein nachdenkliches Gesicht. »Übrigens, ich bin Kunde bei der Balfour Bank.«

»Und kennen Sie zufällig den Vater des Mädchens?«

Devlin lächelte. »Gott bewahre, nein. Ich bin nur ein völlig unbedeutender Kunde des Hauses.«

»Was ich noch fragen wollte, Sir«, sagte Rebus, »wie kommen Sie eigentlich mit Ihrem Puzzle vorwärts?«

»Nur sehr mühsam. Aber das ist ja wohl auch der Sinn der Sache.«

»Ich hab für so was nie die nötige Geduld gehabt.«

»Aber Rätsel scheinen Sie trotzdem zu lieben. Ich hab nämlich gestern Abend mit Sandy Gates gesprochen, und der hat mir einiges über Sie erzählt.«

»Da wird sich die britische Telefongesellschaft aber freuen.«

Sie sahen einander lächelnd an und kamen wieder auf ihr eigentliches Thema zu sprechen.

Nach rund einer Stunde entschied sich Devlin plötzlich für

eine frühere Version des Phantombildes. Gott sei Dank hatte Tibbet sämtliche Varianten abgespeichert.

»Ja, ungefähr so«, sagte Devlin. »Irgendwas ist zwar immer noch nicht ganz richtig, aber kommt der Sache schon ziemlich nahe.« Dann erhob er sich von seinem Stuhl.

»Da Sie gerade hier sind, Sir...« Rebus griff in eine Schublade und zog einen dicken Stapel Fotos heraus. »Wir haben hier noch ein paar Bilder, die Sie sich anschauen sollten.«

»Bilder?«

»Fotos, auf denen Leute zu sehen sind, die in Miss Balfours Nähe wohnen beziehungsweise gemeinsam mit ihr studieren.«

Devlin nickte bedächtig, schien aber alles andere als begeistert. »Sie meinen nach dem Ausschlussverfahren?«

»Falls Sie sich dadurch nicht überfordert fühlen.«

Devlin seufzte. »Wäre es vielleicht möglich, zur Unterstützung der Konzentration eine Tasse nicht allzu starken Tees...?«

»Das kriegen wir hin.« Rebus sah zu Tibbet hinüber, der mit seiner Maus beschäftigt war. Als er sich ein wenig weiter nach vorne beugte, sah er auf dem Bildschirm ein Gesicht, das – mit Ausnahme der Hörner – ziemlich deutlich an Devlins erinnerte. »Detective Tibbet kümmert sich gleich darum«, sagte Rebus.

Bevor er sich von seinem Stuhl erhob, drückte Tibbet extra noch einmal auf »Speichern«.

Als Rebus auf dem Revier in der St. Leonard's Street eintraf, lagen bereits ein paar weitere dürftige Ermittlungsergebnisse vor. Es ging dabei um die Garage in der Calton Road, in der David Costello seinen MG-Sportwagen untergestellt hatte. Obwohl sich die Kriminaltechniker aus Howdenhall dort umgesehen hatten, war ihnen nichts Besonderes aufgefallen. Dass sich an und in dem Wagen überall Flip Balfours Fingerabdrücke nachweisen ließen, war in der Tat nicht sonderlich überraschend. Ebenso wenig, dass man im Handschuhfach einige Dinge fand, die ihr gehörten: einen Lippenstift, eine Sonnenbrille. Darüber hinaus hatte man in der Garage nicht *eine* verwertbare Spur gefunden.

»Nicht mal eine Gefriertruhe mit Vorhängeschloss?«, fragte Rebus. »Und auch keine Falltür, die zu einem Folterkeller führt?«

Ferne Daniels schüttelte den Kopf. Er spielte den Botenjungen und transportierte zwischen den Revieren am Gayfield Square und in der St. Leonard's Street ständig die neuesten Unterlagen hin und her. »Ein Student mit einem MG-Flitzer«, sagte er und schüttelte wieder den Kopf.

»Ach, vergessen Sie den Wagen«, sagte Rebus. »Allein die Garage kostet doch im Monat mehr als Ihre Wohnung.«

»Mein Gott, Sie könnten Recht haben.« Die beiden lächelten einander säuerlich an. Auf dem Revier war der Teufel los: Seit die Medien am Vorabend in den Nachrichten Ausschnitte von der Pressekonferenz – allerdings ohne Ellen Wylies Auftritt – gebracht hatten, gingen ständig neue Hinweise aus der Bevölkerung ein.

»Inspektor Rebus?« Rebus drehte sich nach der Stimme um. »Bitte in mein Büro.«

Tatsächlich war es ihr bereits gelungen, dem Büro *ihren* Stempel aufzudrücken. Der Duft in dem Zimmer war entweder auf den Blumenstrauß oben auf dem Aktenschrank zurückzuführen oder aber auf ein Spray, das sie versprüht hatte. Sogar den Stuhl des Farmers hatte sie schon durch ein praktischeres Modell ersetzt. Anders als der Farmer, der sich gerne in seinem Stuhl herumgelümmelt hatte, saß Gill kerzengerade da, als ob sie jeden Augenblick aufstehen wollte. Sie streckte Rebus einen Zettel entgegen, und er musste sich wohl oder übel vom Besucherstuhl erheben, um das Papier in Empfang zu nehmen.

»Ein Ort namens Falls«, sagte sie. »Schon mal davon gehört?« Er schüttelte langsam den Kopf. »Ich auch nicht«, gab sie zu.

Rebus überflog die Notiz. Es handelte sich um einen telefonischen Hinweis: Jemand hatte in Falls eine Puppe gefunden.

»Eine Puppe?«, sagte er.

Sie nickte. »Ich möchte, dass Sie der Sache nachgehen.«

Rebus lachte laut. »Wollen Sie mich auf den Arm nehmen?« Ihr Gesicht blieb völlig ausdruckslos. »Oder haben Sie die Absicht, mich zu bestrafen?«

»Weshalb?«

»Keine Ahnung. Vielleicht, weil John Balfour mich betrunken in der Wohnung seiner Tochter angetroffen hat.«

»So kleinlich bin ich nun auch wieder nicht.«

»Nein?«

Sie starrte ihn an. »Was gibt's? Ich höre.«

»Ellen Wylie.«

»Was ist mit ihr?«

»Sie hat das nicht verdient.«

»Dann gehören Sie also auch zu ihren Fans?«

»Sie hat das nicht verdient.«

Gill Templer legte die Hand an das Ohr. »Ist hier irgendwas mit der Akustik nicht in Ordnung?«

»Ich wiederhole das so oft, bis Sie mir endlich zuhören.«

Die beiden starrten einander schweigend an. Als dann das Telefon läutete, schien Gill zunächst nicht abheben zu wollen. Schließlich griff sie – den Blick noch immer fest auf Rebus gerichtet – nach dem Hörer.

»Ja bitte?« Sie lauschte einen Augenblick. »Ja, Sir. Ich komme.« Sie wandte den Blick von Rebus ab, hängte den Hörer wieder ein und stieß einen Seufzer aus. »Ich muss los«, sagte sie zu Rebus. »Hab gleich einen Termin beim Vize. Bitte fahren Sie nach Falls, okay?«

»Wenn Sie meinen.«

»Diese Puppe hat in einem Sarg gelegen, John.« Plötzlich klang sie müde.

»Irgendein Kinderstreich«, sagte er.

»Möglich.«

Er blickte abermals auf den Zettel. »Hier steht, dass Falls in East Lothian liegt. Wieso schicken Sie nicht jemand aus Haddington hin?«

»Nein, ich möchte, dass *Sie* dort hinfahren.«

»Das kann doch nicht Ihr Ernst sein. Sie machen sich über mich lustig. Genau wie vor einigen Tagen, als Sie mir weismachen wollten, dass ich Sie angequatscht habe. Oder als Sie gesagt haben, dass ich einen Arzt konsultieren soll.«

Sie schüttelte den Kopf. »Falls liegt nicht nur in East Lothian, John. In dem Ort wohnen auch die Balfours.« Sie wartete kurz die Wirkung ihrer Worte ab und sagte dann: »Und den Arzttermin vereinbaren wir gleich in den nächsten Tagen.«

Er fuhr auf der A1 aus der Stadt heraus. Auf der Straße waren kaum Autos unterwegs, und die tief stehende Sonne tauchte die Landschaft in ein gleißendes Licht. Rebus assoziierte mit East Lothian eigentlich nur Golfplätze und Felsenbuchten, flaches Farmland und eifersüchtig auf ihre Identität bedachte Pendlerstädtchen. Mochte die Gegend auch ihre Geheimnisse bergen, zum Beispiel Wohnwagenkolonien, in denen sich Glasgower Kriminelle versteckt hielten, alles in allem handelte es sich um einen eher ruhigen Landstrich. Die einzigen Fremden, die man hier antreffen konnte, waren Tagesausflügler und Leute, die auf dem Weg nach England eigens einen kleinen Umweg eingelegt hatten. In Rebus' Augen waren Orte wie Haddington, Gullane und North Berwick nichts als abweisende Wohlstandsenklaven, die mit ihrer noch intakten Einzelhandelsstruktur verächtlich auf die Großmarktkultur der nahen Hauptstadt herabblickten. Trotzdem war auch hier der Edinburgher Einfluss spürbar: So zwangen die hohen Immobilienpreise in der Stadt mehr und mehr Menschen in das zusehends zersiedelte und immer stärker durch Einkaufszentren verschandelte Umland hinaus. Das

Polizeirevier, in dem Rebus arbeitete, lag an einer der großen Ausfallstraßen, die von Süden und Osten her in die Stadt führten, und ihm fiel schon seit rund zehn Jahren auf, dass der erbarmungslose Strom des morgendlichen und abendlichen Pendlerverkehrs immer zäher wurde.

Falls war nicht leicht zu finden. Da er sich lieber auf seinen Instinkt als auf die Straßenkarte verließ, verpasste er eine Abzweigung und landete irgendwann in Drem, wo er sich erst mal zwei Tüten Chips und eine Dose Irn-Bru besorgte. Dann saß er bei geöffnetem Fenster im Wagen und aß. Noch immer war er felsenfest davon überzeugt, dass er bloß hier war, weil seine neue Chefin ihn ein bisschen schikanieren wollte. Deswegen hatte sie ihn in diese gottverdammte Gegend geschickt. Als er mit dem Essen fertig war, pfiff er eine Melodie vor sich hin, die er nur noch halb im Kopf hatte. In dem Lied ging es um einen Wasserfall. Irgendwie hatte er das Gefühl, dass es sich um eines der Stücke handelte, die Siobhan für ihn aufgenommen hatte, um ihn über die musikalischen Entwicklungen der letzten zwanzig Jahre auf dem Laufenden zu halten. Drem bestand lediglich aus einer kaum befahrenen Durchgangsstraße. Nur hie und da fuhren ein Auto oder ein Lkw vorbei, doch Fußgänger waren weit und breit nirgends zu sehen. Allerdings hatte die Frau in dem Lebensmittelladen versucht, Rebus in ein Gespräch zu verwickeln. Doch nach dem üblichen Gerede über das Wetter war ihm beim besten Willen nichts mehr eingefallen, und er hatte es bewusst vermieden, sie nach dem Weg nach Falls zu fragen. Schließlich wollte er nicht wie ein bedepperter Tourist dastehen.

Also sah er in seinem Autoatlas nach. Falls war dort kaum als Punkt vermerkt. Er überlegte, wie der Ort wohl zu seinem Namen gekommen war. Er wäre nicht weiter überrascht gewesen, wenn die Einheimischen den Namen ganz merkwürdig aussprächen, Fails oder Fallis oder so ähnlich. Während der nächsten zehn Minuten fuhr er auf einer kurvenreichen Landstraße wie in einer gemächlichen Achterbahn hügelauf und -ab, bis er schließlich den kleinen Ort erreichte. Dabei hätten eigentlich fünf Minuten gereicht, wäre er auf der unübersichtlichen Strecke nicht hinter einen Traktor geraten, der ihn dazu zwang, im zweiten Gang dahinzukriechen.

Eigentlich hatte er sich Falls etwas anders vorgestellt. Die Ortsmitte bestand aus einer kurzen Hauptstraße: links und rechts davon hübsche Landhäuser mit gepflegten Vorgärten und einige kleinere Einfamilienhäuser, die unmittelbar an einen schmalen Gehweg angrenzten. An einem der Häuser war außen ein sorgfältig bemaltes Holzschild mit der Aufschrift »Töpferei« angebracht. Am Ende des Dorfes, das eher ein Weiler war, sah er dann eine Siedlung, die verdächtig an den sozialen Wohnungsbau der Dreißigerjahre erinnerte: graue Doppelhaushälften mit kaputten Zäunen und Dreirädern, die einfach mitten auf der Straße standen. Von der Hauptstraße getrennt wurden diese Häuser durch einen breiten Grasstreifen, auf dem zwei Kinder lustlos einen Fußball hin- und herkickten. Als Rebus an ihnen vorbeifuhr, starrten sie ihn an wie ein Wesen von einem anderen Stern.

Genauso unvermittelt wie das Dorf begonnen hatte, hörte es auch auf, sodass er sich unversehens wieder in der offenen Landschaft befand. Er hielt am Straßenrand an. Ein Stück weiter vorne sah er etwas, das an eine Tankstelle erinnerte. Allerdings ließ sich aus der Ferne nicht beurteilen, ob sie in Betrieb war. Der Traktor, den er bereits vor einer Weile überholt hatte, fuhr jetzt an ihm vorbei, drosselte dann das Tempo und bog auf ein halb gepflügtes Feld ein. Der Fahrer würdigte Rebus keines Blickes. Schließlich blieb die schwere Maschine stehen, und als der Mann die Tür öffnete und aus der Kabine stieg, hörte Rebus laute Musik aus dem Radio.

Rebus öffnete ebenfalls die Wagentür und schlug sie hinter sich zu. Doch der Landarbeiter nahm ihn weiterhin nicht zur Kenntnis. Rebus stützte sich mit den Händen auf die hüfthohe Steinmauer.

»Morgen«, sagte er.

»Morgen.« Der Mann machte sich am hinteren Ende seines Traktors an einem Gestell zu schaffen.

»Ich bin von der Polizei. Können Sie mir vielleicht sagen, wo ich Beverly Dodds finde?«

»Zu Hause, nehm ich an.«

»Und wo ist das?«

»In dem Haus mit dem Töpfereischild.«

»Ach so.«

»Da wohnt sie.« Die Stimme des Mannes verriet nicht einen Hauch von Neugier. Er hatte bisher kein einziges Mal in Rebus' Richtung geblickt und beschäftigte sich weiterhin aufmerksam mit seinen Pflugscharen. Er war stämmig, hatte schwarzes krauses Haar und einen schwarzen Bart, der ein aus Rundungen und Furchen komponiertes Gesicht umrahmte. Im ersten Augenblick fühlte sich Rebus an gewisse Comic-Zeichnungen aus seiner Kindheit erinnert. Die Gesichter in diesen Heftchen waren selbst dann noch als solche zu erkennen gewesen, wenn man sie auf den Kopf hielt. »Ist es wegen dieser blöden Puppe?«

»Ja.«

»So ein Blödsinn, deswegen extra die Polizei einzuschalten.«

»Dann glauben Sie also nicht, dass die Puppe etwas mit Miss Balfours Verschwinden zu tun hat?«

»Natürlich nicht. Das waren doch bloß die Kinder aus Meadowside.«

»Vielleicht haben Sie Recht. Meadowside, das ist die Siedlung dort drüben, nicht wahr?« Rebus wies mit dem Kopf in Richtung Dorf. Wie der ganze Ort befanden sich jetzt auch die Fußball spielenden Jungen jenseits einer Kurve außerhalb seines Blickfelds. Trotzdem meinte er in der Ferne das dumpfe Klatschen des Fußballs zu hören.

Der Landarbeiter nickte zustimmend. »Sag ich doch, reine Zeitverschwendung. Aber müssen Sie natürlich selbst entscheiden, auch wenn ich Ihren Zeitaufwand mit meinen Steuergeldern bezahlen muss.«

»Kennen Sie die Familie?«

»Welche Familie?«

»Die Balfours.«

Wieder nickte der Landarbeiter. »Denen gehört das Land dort drüben oder wenigstens ein Teil davon.«

Rebus blickte um sich und bemerkte erst jetzt, dass außer der Tankstelle weit und breit kein einziges Haus oder Gebäude zu sehen war. »Und ich dachte, dass die Familie hier draußen bloß das Haus und den zugehörigen Park besitzt.«

Diesmal schüttelte der Landarbeiter den Kopf.

»Wo genau liegt eigentlich das Haus der Balfours?«

Zum ersten Mal sah der Mann Rebus direkt an. Offenbar zufrieden mit dem Ergebnis, wischte er sich die Hände an seiner ausgewaschenen Jeans ab. »Drüben auf der anderen Seite des Ortes«, sagte er. »Ungefähr anderthalb Kilometer in *die* Richtung. Dann sehen Sie schon die Zufahrt mit dem großen Tor. Können Sie gar nicht verfehlen. Und der Wasserfall – der ist auch dort drüben, ungefähr auf halber Strecke.«

»Der Wasserfall?«

»Ja, oder wollen Sie sich den vielleicht nicht anschauen?«

Hinter dem Mann stieg das Land sanft an. Schwer vorzustellen, dass es ganz in der Nähe einen Punkt geben sollte, der hoch genug war für einen Wasserfall.

»Aber ich möchte mir doch nicht auf Ihre Kosten die Gegend hier anschauen«, sagte Rebus lächelnd.

»Bleibt Ihnen gar nichts anderes übrig.«

»Wieso?«

»Weil die Frau dort den Sarg gefunden hat.« Die Stimme des Mannes klang fast empört. »Herrgott, was hat man Ihnen denn in Edinburgh nur erzählt?«

Rebus fuhr vom Dorf aus auf einem schmalen Feldweg hügelaufwärts. Anfangs glaubte er, dass die Piste entweder einfach mitten in der Landschaft aufhören oder aber in einen Privatweg einmünden würde. Doch dann wurde der Weg wieder etwas breiter, und Rebus brachte den Saab auf dem Randstreifen zum Stehen. Seitlich des Weges sah er jetzt das Gatter, von dem der Landmann gesprochen hatte. In typischer Großstadtmanier schloss Rebus den Wagen ab, stieg über das Gatter und stand auf einer Weide mit ein paar Kühen, die seiner Person etwa dasselbe Interesse entgegenbrachten wie zuvor der Landarbeiter. Er konnte sie riechen und hörte, wie sie leise schnaubten und mit dem Maul frisches Gras abrupften. Rebus marschierte zu einigen nicht weit entfernt stehenden Bäumen hinüber und gab unterwegs darauf Acht, dass er nicht versehentlich in einen Kuhfladen trat. Die Bäume folgten einem Bachlauf, der zu dem Wasserfall führte. Und genau dort hatte Beverly Dodds am Morgen zuvor einen winzigen Sarg mit einer Puppe gefunden. Als Rebus den Wasserfall erreichte, dem Falls seinen Namen verdankte, musste er laut lachen, denn das Wasser stürzte an dieser Stelle kaum einen Meter in die Tiefe.

»Nicht gerade die Niagarafälle«, sagte er. Dann ließ er sich neben dem Wasserfall in die Hocke nieder. Obwohl er nicht genau wusste, wo die Frau den Sarg gefunden hatte, sah er sich ein wenig an der Stelle um, die sich bei den Einheimischen anscheinend großer Beliebtheit erfreute. Dafür sprachen wenigstens etliche Bierdosen und Verpackungen, die ringsum am Boden lagen. Dann richtete er sich wieder auf und inspizierte die Umgebung: wirklich malerisch und weit und breit keine menschliche Behausung. Also hatte vermutlich niemand gesehen, wer die Puppe dort deponiert hatte, falls sie nicht einfach mit der Strömung hier angelandet war. Weiter oben war nichts Auffälliges zu erkennen, bis auf den Bach, der sich durch die hügelige Landschaft schlängelte. Vermutlich nichts als Gestrüpp dort oben. Auf Rebus' Karte war der Bach nicht einmal verzeichnet, und Häuser gab es hangaufwärts sicher auch keine, nur eine fast unberührte Hügellandschaft, in der man tagelang unherwandern konnte, ohne auch nur einem Menschen zu begegnen. Er überlegte, wo genau das Haus der Balfours liegen mochte, schüttelte dann aber den Kopf. Was ging ihn das an? Schließlich hatte Gill Templer ihn gewiss nicht in diese Einöde geschickt, weil sie sich davon neue Erkenntnisse versprochen hatte, sie wollte ihm bloß zeigen, wo der Hammer hing.

Wieder ging er in die Hocke und tauchte die Hand ins Wasser. Es war kalt und klar. Er hob die hohle Hand und beobachtete, wie das Wasser durch seine Finger rann.

»Ich an Ihrer Stelle würde lieber nichts davon trinken«, rief eine Stimme. Als er aufblickte, sah er eine Frau, die gerade zwischen den Bäumen hervortrat. Ihre dürre Gestalt wurde von einem wallenden Musselinkleid verhüllt. Da die Sonne hinter ihr am Himmel stand, zeichneten sich unter dem Kleid die Umrisse ihres Körpers ab. Als sie näher kam, strich sie sich das lange, gekräuselte Blondhaar aus dem Gesicht. »Wegen der Landwirtschaft«, erklärte sie, »verstehen Sie ... Die Bauern leiten doch ihren ganzen chemischen Dreck in das Grundwasser ein: Phosphate und was weiß ich sonst noch alles.« Die Vorstellung ließ sie offenbar erschaudern.

»Ich trinke nie klares Wasser«, sagte Rebus und trocknete sich die Hand am Ärmel ab, während er sich erhob. »Sind Sie zufällig Miss Dodds?«

»Die Leute hier nennen mich Bev.« Sie streckte ihm an einem knochigen Arm eine ebenso dürre Hand entgegen. Wie Hühnerknochen, dachte Rebus und gab sich Mühe, nicht allzu kräftig zu drücken.

»Inspektor Rebus«, sagte er. »Woher wussten Sie, dass ich hier bin?«

»Ich hab Ihren Wagen vom Fenster aus gesehen. Und als Sie dann diesen Weg hinaufgefahren sind, habe ich mir gleich so was gedacht.« Sie stand kerzengerade da, wippte auf den Zehen und war sichtlich stolz, dass sie sich nicht getäuscht hatte. Irgendetwas an der Frau erinnerte Rebus an einen

Teenager, obwohl ihr Gesicht eine andere Sprache sprach: Lachfalten um die Augen und deutlich erkennbare Tränensäcke. Sie musste etwa Anfang fünfzig sein, schien sich jedoch über einen Mangel an Energie nicht beklagen zu können.

»Sind Sie zu Fuß hergekommen?«

»Oh ja«, sagte sie und blickte auf ihre offenen Sandalen hinab. »Hat mich überrascht, dass Sie nicht zuerst zu mir gekommen sind.«

»Ich wollte mich vorher noch ein bisschen umsehen. Wo genau haben Sie diese Puppe eigentlich gefunden?«

Sie zeigte auf den Wasserfall. »Direkt dort drüben am Ufer. Sie war ganz trocken.«

»Warum betonen Sie das so?«

»Weil Sie sich gewiss gefragt haben, ob der Bach die Puppe dort angeschwemmt hat.«

Rebus schwieg sich darüber aus, was genau er gedacht hatte, doch sie schien ihn ohnehin zu durchschauen und stand jetzt wieder wippend da.

»Außerdem lag sie ein ganzes Stück vom Wasser entfernt im Gras«, fuhr sie fort. »Unwahrscheinlich, dass jemand sie zufällig dort verloren hat. Hätte doch auffallen müssen, und dann wäre der Betreffende sicher zurückgekommen, um die Puppe zu holen.«

»Schon mal daran gedacht, in den Polizeidienst einzutreten, Miss Dodds?«

Sie schnalzte vorwurfsvoll mit der Zunge. »Also bitte, ich heiße Bev.« Auch wenn sie auf seine Frage nicht einging, war deutlich zu erkennen, dass sie sich geschmeichelt fühlte.

»Sie haben die Puppe nicht zufällig dabei?«

Sie schüttelte den Kopf so heftig, dass ihr das Haar wieder ins Gesicht fiel und sie es abermals zurückstreichen musste. »Nein, die hab ich unten im Haus.«

Er nickte. »Wohnen Sie schon lange in der Gegend, Bev?«

Sie lächelte. »Hört man gleich an meinem Akzent, nicht wahr?«

»Richtig, Sie sprechen etwas anders als die Leute hier«, pflichtete er ihr bei.

»Eigentlich komme ich aus Bristol, und dann habe ich viel zu lange in London gelebt. Nach der Scheidung bin ich mehrmals umgezogen, bis ich schließlich hier gelandet bin.«

»Und wie lange wohnen Sie schon hier?«

»Fünf, sechs Jahre. Aber für die Einheimischen ist mein Häuschen bis heute die ›Swanston-Hütte‹.«

»Ist das der Name der Leute, die früher dort gewohnt haben?«

Sie nickte. »Ja, so ist das hier in Falls, Inspektor. Wieso lächeln Sie?«

»Weil ich nicht sicher war, wie man den Namen ausspricht.«

Sie begriff sofort, was er meinte. »Ja, wirklich merkwürdig. So ein mickriger Wasserfall – und dann der Name ›Falls‹. Kann niemand so recht erklären.« Sie hielt inne. »Früher hat es hier mal Bergbau gegeben.«

»Kohlebergbau? Hier in der Gegend?«

Sie wies mit dem Arm Richtung Norden. »Ungefähr ein, zwei Kilometer weiter dort drüben. Aber anscheinend waren die Minen nicht sehr ergiebig. Das muss so in den Dreißigern gewesen sein.«

»Und in der Zeit ist auch der Ortsteil Meadowside entstanden.«

Sie nickte.

»Aber jetzt gibt es hier keinen Bergbau mehr?«

»Nein, schon seit vierzig Jahren nicht mehr. Ich glaube, die meisten Leute in Meadowside sind arbeitslos. Das kleine Stückchen Rasen da, das ist nicht die Wiese, nach der Meadowside benannt wurde, wissen Sie. Als die ersten Häuser gebaut wurden, gab es da eine richtig schöne, große Wiese, aber dann brauchte man mehr Wohnungen, und sie haben die Wiese einfach zugebaut.« Wieder erschauderte sie und wechselte rasch das Thema. »Meinen Sie, Sie können Ihren Wagen hier oben wenden?«

Er nickte.

»Lassen Sie sich ruhig Zeit«, sagte sie, während sie bereits den Rückzug antrat. »Ich mach mich schon mal auf den Heimweg und koch uns einen Tee. Also, ich erwarte Sie bei mir zu Hause, Inspektor.«

»Ja, die Töpferei betreibe ich schon eine ganze Weile«, sagte sie und goss Wasser in die Teekanne.

»Anfangs hab ich das als Therapie gesehen«, fuhr sie fort. »Nach der Trennung.« Sie hielt kurz inne. »Doch dann hat sich gezeigt, dass ich ziemlich begabt bin. Das hat wohl einige meiner alten Freunde enorm überrascht.« Die Verbitterung, die aus ihren Worten sprach, gab Anlass zu der Vermutung, dass diese Freunde in Bevs Leben inzwischen keine Rolle mehr spielten. »Natürlich lässt sich die Töpferscheibe auch als Rad des Lebens deuten«, sagte sie dann, nahm das Tablett vom Tisch und komplimentierte Rebus nach nebenan in ein Zimmer, das sie als »Salon« bezeichnete.

Die Wände des niedrigen kleinen Raumes waren mit hellen Mustern verziert. Außerdem waren dort diverse Töpferwaren ausgestellt, die nur von Beverly Dodds selbst stammen konnten: glasierte blaue Gefäße und Schalen. Rebus gab seiner Gastgeberin zu verstehen, dass er die Arbeiten registriert hatte.

»Überwiegend frühe Sachen«, sagte sie in einem bemüht abschätzigen Ton. »Eigentlich hebe ich die Arbeiten nur noch aus sentimentalen Gründen auf.« Als sie erneut ihr Haar zurückstrich, klirrten an ihren Handgelenken zahlreiche Armreife und -bänder.

»Sie sind sehr schön«, sagte er. Dann kredenzte sie ihm in einer schweren Tasse aus der blauen Serie den angekündigten Tee, während er sich im Zimmer umsah, jedoch nirgends einen Sarg oder eine Puppe entdecken konnte.

»In der Werkstatt«, sagte sie, als ob sie abermals seine Gedanken gelesen hätte. »Wenn Sie möchten, kann ich die Sachen holen.«

»Oh ja, bitte«, sagte er. Also stand sie auf und ging aus dem Zimmer. Rebus fühlte sich irgendwie eingesperrt. Der Tee verdiente seinen Namen nicht – offenbar irgendeine Öko-Kräutermischung. Rebus war schon fast entschlossen, den Inhalt seiner Tasse in eine der Vasen zu kippen, doch dann kramte er sein Handy hervor und schaute nach, ob er eine Nachricht erhalten hatte. Das Display war völlig tot, kein einziges Symbol. Vielleicht die dicken Steinwände. Entweder das, oder aber Falls lag in einem Funkloch. Er hatte schon mal gehört, dass es so etwas in East Lothian noch geben sollte. In dem Zimmer gab es nur ein kleines Bücherregal: hauptsächlich Kunst und Kunsthandwerk, außerdem ein paar Bände zum Thema Hexenkult. Rebus griff sich eines der Bücher und blätterte darin.

»Weiße Magie«, sagte die Stimme hinter ihm. »Hat was mit dem Glauben an die Kraft der Natur zu tun.«

Rebus stellte das Buch zurück und drehte sich um.

»Da wären wir«, sagte Bev. Sie trug den Sarg wie bei einer feierlichen Prozession. Rebus tat einen Schritt nach vorne, und sie streckte ihm den Sarg entgegen. So behutsam, wie er spürte, dass sie es von ihm erwartete, nahm er das Objekt. Gleichzeitig schoss es ihm durch den Kopf: *Die ist nicht ganz dicht. Das ist doch alles ihr Werk!* Doch dann richtete er sein Augenmerk auf den Sarg aus dunklem Holz, altes Eichenholz vielleicht, der von einigen schwarzen Nägeln zusammengehalten wurde. Rebus fühlte sich an Teppichstifte erinnert. Der Erbauer der Kiste hatte die kleinen Bretter zwar sorgfältig ausgemessen und gesägt, sie an den Rändern sogar mit Schmirgelpapier geglättet, doch sonst völlig unbehandelt gelassen. Das ganze Ding war etwa zwanzig Zentimeter lang. Um die Arbeit eines professionellen Schreiners konnte es sich allerdings keinesfalls handeln. Das sah sogar Rebus, der eine Feile nicht von einem Hobel unterscheiden konnte. Und dann nahm sie den Deckel ab, blickte ihn mit weit aufgerissenen starren Augen an und wartete auf seine Reaktion.

»Ursprünglich war der Sarg zugenagelt«, erklärte sie. »Ich habe ihn aufgestemmt.«

In dem Behältnis lag eine mit Musslinfetzen bekleidete kleine Holzpuppe mit einem runden ausdruckslosen Gesicht und seitlich angelegten Armen. Jemand hatte dilettantisch daran herumgeschnitzt und an manchen Stellen mit dem Stechbeitel tiefe Furchen in das Holz gegraben. Rebus versuchte, die kleine Figur aus der Kiste zu nehmen, konnte sie allerdings in dem engen Behältnis mit seinen ungeschickten Fingern nicht richtig zu fassen bekommen. Deshalb drehte er den Sarg einfach um und ließ die Puppe in seine geöffnete Hand fallen. Sein erster Impuls war, das Musselinkleidchen der Puppe mit den übrigen Textilien in dem Salon zu vergleichen, aber er musste feststellen, dass es keine offenkundige Übereinstimmung gab.

»Der Stoff ist noch ganz neu und sauber«, flüsterte sie. Er nickte. Richtig: Der Sarg konnte sich unmöglich sehr lange draußen befunden haben. Jedenfalls nicht lange genug, um Feuchtigkeit oder Schmutz aufzunehmen.

»Ich hab ja schon so einiges gesehen, Bev...«, sagte Rebus gedankenverloren. »Ist Ihnen an dem Wasserfall sonst noch was aufgefallen?«

Sie schüttelte langsam den Kopf. »Ich komme jeden Tag auf meinem Spaziergang dort oben vorbei.« Sie berührte den Sarg. »Aber außer dem kleinen Sarg habe ich nichts bemerkt...«

»Vielleicht Fußspuren?«, fing Rebus an, verfiel jedoch wieder in Schweigen. Darauf hatte sie bestimmt nicht geachtet. Doch sie hatte schon eine Antwort parat.

»Jedenfalls hab ich keine gesehen.« Sie riss den Blick von dem Sarg los und sah Rebus an. »Ich hab nämlich *extra* darauf geachtet, weil mir sofort klar war, dass der Sarg nicht aus dem Nichts dort hingekommen sein konnte.«

»Gibt es hier im Dorf jemanden, der sich auf Holzarbeiten versteht? Vielleicht einen Schreiner?«

»Nein. Der nächste Schreiner ist in Haddington. Übrigens: Ich kenne niemand, dem ich ... Also, ich meine, *so etwas* macht doch kein normaler Mensch.«

Rebus lächelte. »Trotzdem haben Sie sicher darüber nachgedacht, wer es gewesen sein könnte.«

Sie erwiderte sein Lächeln. »Natürlich: sogar pausenlos, Inspektor. Na ja. Normalerweise würde ich mir über so einen absurden Fund vermutlich nicht weiter den Kopf zerbrechen, aber nach dem, was der Balfour-Tochter zugestoßen ist ...«

»Wir wissen noch nicht, ob ihr etwas zugestoßen ist«, fühlte sich Rebus zu sagen verpflichtet.

»Aber es gibt da eine Verbindung – oder glauben Sie nicht?«

»Wer weiß. Kann genauso gut ein Spinner gewesen sein.« Er sah sie intensiv an. »Meiner Erfahrung nach gibt es nämlich in jedem Dorf eine Person, die nicht ganz richtig tickt.«

»Wollen Sie vielleicht damit sagen, dass *ich* ...? Sie brach mitten im Satz ab, weil draußen ein Auto vorfuhr. »Oh«, sagte sie und stand auf, »das wird dieser Journalist sein.«

Rebus trat neben sie ans Fenster. Draußen entstieg ein junger Mann einem roten Ford Focus, während ein Fotograf auf dem Beifahrersitz damit beschäftigt war, ein Objektiv auf seine Kamera zu schrauben. Der Fahrer streckte und dehnte sich, als ob er eine lange Fahrt hinter sich hätte.

»Waren schon mal da, die beiden«, erklärte Bev, »als bekannt geworden ist, dass die Balfour-Tochter vermisst wird. Haben mir ihre Karte dagelassen. Und dann hab ich diesen Sarg gefunden und ...« Sie trat in den engen Hausflur hinaus, um die Tür zu öffnen, und Rebus folgte ihr.

»Keine sehr kluge Entscheidung, Miss Dodds.« Rebus versuchte seine Verärgerung zu verbergen.

Bereits mit der Hand auf dem Türknauf, wandte sie sich halb nach ihm um: »Wenigstens haben *die beiden* mir nicht unterstellt, dass ich nicht ganz richtig ticke, Inspektor.«

Er wollte schon sagen: *Alles nur eine Frage der Zeit*, doch dann hielt er sich zurück.

Der Journalist draußen vor der Tür hieß Steve Holly und arbeitete für das Edinburgher Büro eines Glasgower Boulevardblattes. Er war noch jung, vielleicht Anfang zwanzig, und das war gut so: möglich, dass so einer sich noch was sagen ließ. Hätten sie einen dieser ausgefuchsten alten Profis geschickt, wäre Rebus nicht auf die Idee gekommen, so etwas auch nur in Erwägung zu ziehen.

Holly war klein und etwas übergewichtig und hatte das Haar zu einer Zackenlinie hochgegelt. Rebus fühlte sich unwillkürlich an die Sorte Stacheldraht erinnert, mit der man Felder einzäunt. In der einen Hand hielt der Journalist Notizbuch und Stift, während er Rebus die andere zur Begrüßung entgegenstreckte.

»Glaube nicht, dass wir uns schon mal begegnet sind«, sagte er in einem Ton, aus dem Rebus schloss, dass der Reporter seinen Namen sehr wohl kannte. »Das ist Tony, mein wundervoller Assistent.« Der Fotograf gab eine Art Schnauben von sich und hängte sich die Kameratasche über die Schulter. »Also, wir haben gedacht, dass wir vielleicht mit Ihnen zu diesem Wasserfall gehen könnten, Bev – und dass Sie dort noch mal den Sarg vom Boden aufheben.«

»Ja, natürlich.«

»Dann können wir uns nämlich den Aufwand sparen, eine Innenaufnahme zu machen«, fuhr Holly fort. »Nicht, dass Tony was dagegen hätte. Aber kaum steckt man ihn in einen geschlossenen Raum, kriegt er plötzlich einen Kreativschub und ist ganz Künstler.«

»Oh?« Bev sah den Fotografen ebenso verständnisvoll wie fragend an. Rebus unterdrückte ein Lächeln: Die Wörter »kreativ« und »Künstler« bedeuteten für den Reporter und für Bev jeweils etwas völlig anderes. Doch auch diesen Umstand wusste Holly sich zu Nutze zu machen. »Wenn Sie möchten, schicke ich Ihnen Tony später noch mal vorbei. Er kann ja in Ihrem Atelier ein Porträtfoto von Ihnen machen.«

»Atelier ist etwas übertrieben«, entgegnete Bev und strich

sich geschmeichelt mit dem Finger am Hals entlang. »Das ist nur ein Zimmer mit meiner Töpferscheibe und ein paar Zeichnungen. Und dann hab ich noch weiße Betttücher an die Wände gehängt, um dem Raum mehr Licht zu geben.«

»Da Sie gerade von ›Licht‹ sprechen...«, fiel Holly ihr ins Wort und blickte vielsagend zum Himmel hinauf. »Eigentlich müssen wir uns ein bisschen beeilen.«

»Optimale Lichtverhältnisse«, sagte der Fotograf zu Bev. »Aber sieht nicht gut aus da oben.«

Bev blickte jetzt ebenfalls zum Himmel und signalisierte dem Fotografen durch ein kollegiales Nicken ihre rückhaltlose Zustimmung. Rebus musste zugeben: Holly verstand etwas von seinem Geschäft.

»Wollen Sie solange hier warten und die Stellung halten?«, wollte der Reporter jetzt von Rebus wissen. »Dauert höchstens 'ne Viertelstunde.«

»Nein, ich muss wieder nach Edinburgh. Könnten Sie mir vielleicht Ihre Nummer geben, Mr. Holly?«

»Wo sind denn nur wieder meine Karten?« Der Journalist betastete seine Taschen, brachte schließlich ein Portemonnaie zum Vorschein und zog ein Kärtchen heraus.

»Danke«, sagte Rebus und steckte es sein. »Könnte ich noch kurz mit Ihnen sprechen?«

Während er mit Holly ein paar Schritte zur Seite ging, sah er, wie Bev dicht neben dem Fotografen stand und ihn fragte, ob sie sich noch rasch etwas anderes anziehen solle. Offenbar war sie froh, endlich mal wieder auf einen künstlerischen Menschen zu stoßen. Rebus wandte den beiden den Rücken zu, damit sie nicht hören konnten, was er sagen wollte.

»Haben Sie die Puppe schon gesehen?«, fragte Holly. Rebus nickte. Holly rümpfte die Nase. »Sieht ganz so aus, als ob wir hier unsere Zeit vertun, was?«, sagte er anbiedernd.

»Ja, wahrscheinlich«, entgegnete Rebus, ohne selbst daran zu glauben. Ja, er war sogar felsenfest davon überzeugt, dass Holly beim ersten Blick auf die bizarre Schnitzarbeit augenblicklich seine Meinung ändern würde. »Wenigstens kommt man auf diese Weise mal wieder in den Genuss einer kleinen Landpartie«, fuhr er dann fort und gab sich redlich Mühe, möglichst unbeteiligt zu erscheinen.

»Ich kann das Land nicht ausstehen«, gab Holly unumwunden zu. »Einfach zu wenig Kohlenmonoxid hier draußen für meinen Geschmack. Komisch, dass eure Leute extra einen Inspektor rausgeschickt haben...«

»Wir müssen jeder Spur nachgehen.«

»Sicher doch, versteh ich ja. Trotzdem hätte ich maximal einen Sergeant aktiviert.«

»Wie gesagt...« Doch Holly hatte sich schon wieder von ihm abgewandt und wollte offenbar mit der Arbeit anfangen. Rebus hielt ihn am Arm fest. »Sie werden sich denken können, dass wir keinen Wert darauf legen, diese Geschichte hier an die große Glocke zu hängen – falls sich herausstellt, dass wir es hier wider Erwarten *doch* mit Beweismaterial zu tun haben?«

Holly nickte gleichgültig und ließ in bester Ami-Manier verlauten: »Am besten, Sie sagen Ihren Leuten, sie sollen sich mit meinen Leuten in Verbindung setzen.« Dann entzog er Rebus seinen Arm und wandte sich wieder Bev und dem Fotografen zu: »Übrigens, Bev, das Kleid, das Sie da anhaben. Ich hab nur gedacht, dass Sie sich an einem so herrlichen Tag vielleicht in einem etwas kürzeren Rock *noch* wohler fühlen würden...«

Rebus fuhr wieder den Feldweg hinauf, diesmal allerdings ohne an dem Gatter anzuhalten. Er fuhr einfach immer weiter und war gespannt, was ihn noch erwarten mochte. Nach knapp einem Kilometer gelangte er an ein schweres schmiedeeisernes Doppeltor, auf dessen Innenseite ein breiter mit blassrosa Kies befestigter Fahrweg in einen Wald hineinführte. Rebus parkte auf dem Seitenstreifen und stieg aus. Das Tor war mit einem Vorhängeschloss verriegelt. Auf der anderen Seite konnte er sehen, wie der Kiesweg weiter hinten im Wald eine Kurve machte, sodass die Sicht auf das zugehörige Haus durch die Bäume versperrt wurde. Auch ohne Beschilderung wusste er sofort, dass es sich nur um das Anwesen der Familie Balfour handeln konnte. Rechts und links des Tors wurde das Grundstück von hohen Mauern eingefasst, die jedoch in der Ferne allmählich etwas niedriger wurden. Rebus ließ den Wagen stehen, ging etwa hundert Meter an der Mauer entlang, zog sich dann hinauf und sprang zwischen die Bäume.

Um sich auf der Suche nach einer Abkürzung nicht im Wald zu verlaufen, ging er zurück zu dem Kiesweg und hoffte, hinter der ersten nicht noch eine zweite und danach womöglich eine dritte Kurve zu entdecken.

Doch genauso kam es. Rebus überlegte, was das für Lieferanten oder für den Postboten bedeuten mochte, doch einem Mann wie John Balfour waren solche Erwägungen vermutlich völlig fremd. So schritt er gut fünf Minuten dahin, bis schließlich weiter vorne ein Haus in Sicht kam: ein lang gestrecktes schiefergraues zweistöckiges Gebäude im gotischen Stil, das auf beiden Seiten jeweils von einem Turm begrenzt wurde. Rebus blieb stehen. Eigentlich hatte er bereits genug gesehen. Wahrscheinlich war ohnehin niemand zu Hause. Obwohl die Kollegen in irgendeiner Form präsent sein mussten, und sei es nur, dass ein Beamter neben dem Telefon hockte. Von außen war eine solche Polizeipräsenz allerdings nicht zu erkennen. Das Haus ging auf einen, beiderseits von Blumenbeeten eingefassten, gepflegten Rasen hinaus. Auf der Rückseite des Hauptgebäudes schien sich eine Pferdekoppel anzuschließen. Autos oder Garagen waren nirgends zu sehen. Offenbar waren sie ebenfalls auf der Rückseite des Gebäudes untergebracht. Rebus konnte sich nicht vorstellen, wie irgendjemand in einer derart abweisenden Umgebung ein glückliches Leben führen konnte. Fast schien es ihm, als ob das Haus potenziellen Gästen mit vorwurfsvoll gefurchter

Stirn entgegenblickte, um sie von vornherein zu warnen, dass allzu große Ausgelassenheit oder gar schlechte Manieren hier unerwünscht seien. Rebus fragte sich, ob Philippas Mutter sich in dem Gemäuer nicht wie ein Ausstellungsstück in einem verrammelten Museum vorkam. Plötzlich erschien an einem Fenster im oberen Stock ein Gesicht, das jedoch sofort wieder verschwand. Er glaubte schon fast an Einbildung. Doch kurz darauf wurde die Eingangstür aufgerissen. Eine Frau eilte die Treppe herunter und rannte ihm auf dem Kiesweg entgegen. Wegen ihrer wild flatternden Haare konnte er ihr Gesicht nicht erkennen. Als sie plötzlich stolperte und zu Boden stürzte, lief er ihr entgegen, um ihr behilflich zu sein. Doch sie rappelte sich sofort wieder auf, ohne ihre aufgeschürften Knie, an denen noch kleine Kieselsteine hafteten, auch nur eines Blickes zu würdigen. Vor ihr auf dem Weg lag ein schnurloses Telefon. Sie hob es auf.

»Verschwinden Sie!«, kreischte sie. Als sie sich das Haar aus dem Gesicht strich, sah er, dass es Jacqueline Balfour war. Kaum hatte sie die abweisenden Worte hervorgestoßen, als sie ihren Ausbruch offenbar schon wieder bereute und Rebus besänftigend die Hände entgegenstreckte. »Verzeihen Sie, tut mir Leid... Sagen Sie uns doch bitte nur, was Sie von uns wollen.«

Jetzt erst begriff er, verstand, dass die zutiefst verzweifelte Frau ihn für den Entführer ihrer Tochter hielt.

»Mrs. Balfour«, sagte er und streckte ihr seinerseits die geöffneten Hände entgegen, »ich bin von der Polizei.«

Irgendwann hörte sie schließlich auf zu weinen. Die beiden saßen draußen auf den Stufen, so als ob sie vermeiden wollte, dass das Haus erneut Besitz von ihr ergriff. Sie erging sich pausenlos in Entschuldigungen, und Rebus wiederholte ein ums andere Mal, dass es an ihm sei, sich bei ihr zu entschuldigen.

»Das war gedankenlos von mir«, sagte er, »ich habe nicht daran gedacht, dass vielleicht jemand zu Hause ist.«

Dabei war sie nicht einmal allein zu Hause. Als eine uniformierte Polizistin oben in der Tür erschien, schickte Jacqueline Balfour die Frau entschlossen weg: »Gehen Sie.« Rebus' Frage, ob er sich ebenfalls entfernen solle, beschied sie hingegen bloß mit einem Kopfschütteln.

»Sind Sie gekommen, um mir etwas mitzuteilen?«, fragte sie und wollte ihm schon sein völlig durchnässtes Taschentuch zurückgeben: Tränen: Tränen, die er verursacht hatte. Als er erklärte, dass sie das Taschentuch behalten könne, faltete sie es sorgfältig zusammen, entfaltete es dann wieder und begann die ganze Prozedur dann wieder von vorn. Offenbar hatte sie die Schürfwunden an ihren Knien noch immer nicht bemerkt. Sie saß einfach da, den Rock zwischen die Beine geklemmt.

»Nein, nichts Neues«, sagte er leise. Als er alle Hoffnung aus ihrem Blick schwinden sah, fügte er noch hinzu: »Möglich, dass wir unten im Dorf auf eine Spur gestoßen sind.«

»Im Dorf?«

»Ja, in Falls.«

»Was für eine Spur?«

Plötzlich wünschte er, dass er erst gar nicht davon angefangen hätte. »Kann ich im Augenblick noch nicht genau sagen.« Eine Standardausrede, die in diesem Fall bestimmt nicht helfen konnte. Wenn sie die Sache auch nur mit einem Wort ihrem Mann gegenüber erwähnte, wäre der natürlich sofort am Telefon und würde von der Polizei eine Auskunft verlangen. Und sollte ihr Mann – ganz wider Erwarten – auf einen solchen Anruf verzichten oder Rebus ihr den merkwürdigen Fund verschweigen, dann gab es ja schließlich noch die Medien ...

»Hat Philippa Puppen gesammelt?«, fragte Rebus.

»Puppen?« Jacqueline machte sich wieder an dem schnurlosen Telefon zu schaffen und drehte es in der Hand hin und her.

»Da hat jemand unten am Wasserfall eine Puppe gefunden.« Sie schüttelte den Kopf. »Nein, keine Puppen«, sagte sie leise, als ob sie plötzlich wünschte, dass Puppen in Philippas Leben eine Rolle gespielt hätten. Ja, sie schien sogar zu befürchten, dass das Nicht-Vorhanden-Sein solcher Puppen sie, Jacqueline, in ihrer Mutterrolle in ein schlechtes Licht rückte.

»Wahrscheinlich ist das ohnehin völlig belanglos«, sagte Rebus.

»Ja, vermutlich«, pflichtete sie ihm bei, um das Schweigen zu überbrücken.

»Ist Mr. Balfour zu Hause?«

»Der kommt erst später zurück. Er ist in Edinburgh.« Sie starrte auf das Telefon. »Hier ruft ohnehin niemand an. Die Polizei hat Johns Geschäftsfreunde und unsere Verwandtschaft gebeten, möglichst nicht bei uns anzurufen. Damit die Leitung frei ist, falls *diese* Leute anrufen wollen. Aber es ruft sowieso niemand an.«

»Dann glauben Sie also nicht, dass Ihre Tochter entführt worden ist, Mrs. Balfour?«

Sie schüttelte den Kopf.

»Und was dann?«

Sie starrte ihn aus ihren vom Weinen roten Augen an. »Sie ist tot.« Sie sprach fast flüsternd. »Das glauben Sie doch auch, oder?«

»Für solche Annahmen ist es noch viel zu früh. Ich habe schon erlebt, dass als vermisst gemeldete Personen erst Wochen oder gar Monate später wieder aufgetaucht sind.«

»Wochen oder Monate? Den Gedanken kann ich nicht ertragen. Ich will wissen, was los ist... so oder so.«

»Wann haben Sie Ihre Tochter zuletzt gesehen?«

»Ungefähr vor zehn Tagen. Wir haben einen Einkaufsbummel in Edinburgh gemacht, waren in den üblichen Läden. Wir wollten nicht groß was kaufen. Und dann sind wir noch eine Kleinigkeit essen gegangen.«

»Ist sie häufig nach Hause gekommen?«

Jacqueline Balfour schüttelte den Kopf. »Nein, *er* hat sie völlig vergiftet.«

»Wie bitte?«

»David Costello. Er hat ihre Erinnerung vergiftet, hat ihr eingeredet, dass sie sich an Dinge erinnert, die niemals passiert sind. Auch bei unserer letzten Begegnung... hat Flip mich wieder nach ihrer Kindheit gefragt. Immer wieder hat sie gesagt, wie schrecklich ihre Kindheit gewesen sei, dass wir sie vernachlässigt hätten und sie gar nicht hätten haben wollen. Was für ein Unsinn!«

»Und diese Ideen hat ihr David Costello in den Kopf gesetzt?«

Sie richtete sich im Sitzen gerade auf, atmete tief ein und ließ die Luft dann hörbar aus ihrer Lunge entweichen. »Ja, davon bin ich überzeugt.«

Rebus saß nachdenklich da. »Und wieso sollte er so etwas tun?«

»Weil er nun mal so ist.« Sie ließ diese Feststellung ohne weitere Erläuterung so stehen. Plötzlich schrillte das Telefon, und die beiden zuckten zusammen. Jacqueline tastete verzweifelt nach dem grünen Knopf.

»Hallo?«

Dann entspannte sich ihr Gesicht ein wenig. »Hallo, Liebling, wann kommst du nach Hause...?«

Rebus wartete, während sie sprach. Ihm fiel wieder ein, dass John Balfour auf der Pressekonferenz immer nur »ich« und niemals »wir« gesagt hatte, als ob ihm die Gefühle, ja, die gesamte Existenz seiner Frau völlig gleichgültig wären.

»Das war John«, sagte sie. Rebus nickte.

»Ihr Mann hält sich häufig in London auf, nicht wahr? Fühlen Sie sich da nicht manchmal etwas einsam hier draußen?«

Sie sah ihn an. »Wissen Sie, ich habe Freunde.«

»Das wollte ich gar nicht in Abrede stellen. Ich nehme an, Sie fahren häufig nach Edinburgh?«

»Ein- oder zweimal pro Woche, ja.«

»Und diesen Geschäftspartner Ihres Mannes – sehen Sie den manchmal?«

Wieder sah sie ihn fragend an. »Ranald? Er und seine Frau sind wohl unsere besten Freunde. Wieso fragen Sie?«

Rebus kratzte sich umständlich am Hinterkopf. »Keine Ahnung. Ist mir nur gerade so eingefallen.«

»Bitte unterlassen Sie derartige Fragen. Ich mag solche Gespräche nicht, weil ich das Gefühl habe, dass man mich hereinlegen will. Ungefähr wie auf diesen Geschäftspartys. John hat mir tausendmal eingebläut, dass ich in Gesellschaft auf keinen Fall zu offen reden darf. Schließlich weiß man nie genau, ob die Leute nicht lediglich auf Bankinterna aus sind.«

»Nur dass ich nicht von der Konkurrenz bin, Mrs. Balfour.«

Sie neigte den Kopf ein wenig zur Seite. »Natürlich nicht. Entschuldigen Sie bitte. Ich bin nur ...«

»Keine Ursache«, sagte Rebus und stand auf. »Das hier ist Ihr Zuhause. Hier gelten Ihre Regeln, oder?«

»Na ja, wenn Sie meinen.« Ihre Stimmung schien sich plötzlich etwas aufzuhellen. Trotzdem hegte Rebus nicht den geringsten Zweifel daran, dass, sobald ihr Mann nach Hause kam, er es war, nach dessen Regeln gespielt wurde.

Im Haus traf er zwei Kollegen an, die es sich im Salon bequem gemacht hatten: eine Polizistin in Uniform, die sich als Nicola Campbell vorstellte, und einen Zivilbeamten aus der Zentrale in der Fettes Avenue. Der Mann hieß Eric Bain und hatte den Spitznamen Grips. Vor sich auf dem Schreibtisch hatte er ein Festnetztelefon, ein Notizbuch samt Kuli, ein Aufnahmegerät und einen mit einem Handy gekoppelten Laptop aufgebaut. Nachdem Bain Mr. Balfour als Anrufer identifiziert hatte, schob er sich das Gestell mit den Kopfhörern wieder ins Genick. Er trank seinen Erdbeerjogurt direkt aus dem Becher und nickte Rebus zur Begrüßung zu.

»Echt gemütlich hier, wie?«, sagte Rebus und sah sich anerkennend in dem luxuriösen Raum um.

»Sofern man gegen tödliche Langeweile immun ist, ja«, sagte Campbell.

»Was hat es mit dem Laptop da drüben auf sich?«

»Mit dem Ding hält Grips den Kontakt zu seinen vertrottelten Freunden.«

Bain drohte ihr mit dem Zeigefinger. »Das gehört zu unserer V-F-Technik, verfolgen und fahnden.« Dann wandte er sich wieder seinem Jogurt zu und bekam deshalb nicht mit, dass Campbell das Wort »Trottel« in Rebus' Richtung flüsterte.

»Wäre toll, wenn es was zu verfolgen und zu fahnden gäbe«, sagte Rebus.

Bain nickte. »Zunächst mal jede Menge Sympathie-Anrufe von Freunden und Verwandten. Bemerkenswert wenig Durchgeknallte. Offenbar doch ganz hilfreich, wenn man nicht im Telefonbuch steht.«

»Aber vergessen Sie nicht«, sagte Rebus warnend, »dass die Person, die wir suchen, möglicherweise eben genauso durchgeknallt ist.«

»Von der Sorte gibt es hier wahrscheinlich genug«, sagte Campbell und schlug die Beine übereinander. Sie saß auf einem der drei Sofas, mit denen der Raum möbliert war – vor sich mehrere aufgeschlagene Zeitschriften: *Caledonia* und *Scottish Field*. Auf einem Tisch hinter dem Sofa lagen noch weitere Illustrierten. Offenbar gehörten die Zeitschriften zum Haus, und Campbell hatte schon jede mindestens einmal durchgelesen, wie es Rebus schien.

»Wie meinen Sie das?«, fragte er.

»Sind Sie schon unten im Dorf gewesen? Da hockt fast in jedem Baum ein Albino, der an einem Banjo herumzupft.«

Rebus lächelte. Bain wusste nicht recht, woran er war. »Hab ich aber nicht gesehen«, sagte er.

Campbells Blick sagte alles: *Das liegt daran, weil du in einem gottverdammten Paralleluniversum zusammen mit diesen bekloppten Gestalten auf demselben Ast hockst – du Depp.*

»Sagen Sie mal«, erkundigte sich Rebus, »auf der Pressekonferenz hat Mr. Balfour doch seine Handynummer erwähnt.«

»Hätte er besser unterlassen«, sagte Bain und schüttelte den Kopf. »Zumal wir ihn extra darum gebeten hatten.«

»Relativ schwierig, einen Mobilfunkanruf zurückzuverfolgen, oder?«

»Heißt ja nicht umsonst Mobilfunk.«

»Aber möglich ist es schon?«

»Bis zu einem gewissen Grad, ja. Aber natürlich sind 'ne Menge unkoschere Handys unterwegs. Und wenn wir den Netzbetreiber und den Teilnehmer dann herausfinden, stellen wir häufig fest, dass das betreffende Gerät gerade ein paar Tage vorher geklaut worden ist.«

Campbell unterdrückte ein Gähnen. »Da sehen Sie mal«, sagte sie zu Rebus. »So geht das hier die ganze Zeit: Eine Sensation jagt die nächste.«

Er fuhr gemächlich in die Stadt zurück. Unterwegs fiel ihm auf, dass der Verkehr in der Gegenrichtung immer dichter wurde: Autos von Führungskräften, die auf dem Land eine neue Heimat gefunden hatten. Er wusste von Leuten, die neuerdings täglich zwischen Glasgow oder Fife und Edinburgh hin- und herfuhren. Der Grund waren angeblich die unbezahlbaren Immobilienpreise. Für eine Doppelhaushälfte mit drei Schlafzimmern in guter Lage waren in Edinburgh mittlerweile zweihundertfünfzigtausend Pfund oder mehr fällig. Für so viel Geld bekam man in West Lothian ein geräumiges Einfamilienhaus oder in Cowdenbeath sogar eine halbe Straße. Andererseits hatten schon mehrfach wildfremde Menschen an Rebus' Wohnungstür in Marchmont geläutet. Oder er hatte in seinem Briefkasten an den »Besitzer« gerichtete Schreiben kaufwilliger Wohnungssuchender vorgefunden. Denn auch das war Edinburgh: Egal, wie hoch die Preise hinaufschossen, einen Kaufinteressenten fand man immer. In Marchmont waren das häufig reiche Leute, die zur Abrundung ihres Immobilienbesitzes noch ein paar gut gelegene Miethäuser oder -wohnungen brauchten, oder aber vermögende Eltern, deren Kinder sich von Papi eine Wohnung in Uni-Nähe wünschten. Rebus lebte jetzt schon seit über zwanzig Jahren in seiner Wohnung und hatte verfolgen können, wie die Gegend sich allmählich verändert hatte. Weniger Familien und alte Leute, dafür mehr Studenten und junge kinderlose Paare. Im Übrigen gingen sich die Alteingesessenen und die neuen Bewohner des Viertels tunlichst aus dem Weg. Leute, die ihr ganzes Leben in Marchmont verbracht hatten, mussten zusehen, wie ihre Kinder wegzogen, weil sie sich die Gegend nicht mehr leisten konnten. Rebus kannte neuerdings in seinem Haus keinen einzigen Menschen mehr, nicht einmal seine Etagennachbarn. Seines Wissens war er dort jetzt der einzige Bewohner, der zugleich auch Eigentümer war. Und noch bedrückender: Augenscheinlich war er jetzt dort auch der älteste Bewohner. Aber trotz der horrenden Immobilienpreise fand er in seinem Briefkasten immer wieder Kaufgesuche fremder Leute, und so drehte sich die Spirale unaufhörlich weiter.

Deshalb wollte er dort ausziehen. Nicht, dass er schon ein neues Kaufobjekt gefunden hatte. Sicher: Natürlich konnte er auch was mieten, dann war er sogar flexibler: ein Jahr in einem kleinen Landhaus, dann ein Jahr am Meer und danach vielleicht ein oder zwei Jahre über einer Kneipe... Die Wohnung war ohnehin zu groß für ihn, das war völlig klar. Kein Mensch übernachtete je in einem der Gästezimmer, und er selbst verbrachte die Nacht oft genug in dem Sessel im Wohnzimmer. Eigentlich wäre eine Zweizimmerwohnung völlig ausreichend für ihn – alles andere war irgendwie übertrieben.

Auf der Gegenfahrbahn Volvos, BMWs und schnittige Audis... Rebus überlegte, ob er sich ein Leben als Pendler vorstellen mochte. Von Marchmont aus konnte er wenigstens zu Fuß zur Arbeit gehen, und zwar in einer Viertelstunde – die einzige körperliche Aktivität, die er sich zumutete. Nein, das war nichts für ihn: jeden Tag zwischen Falls und der Stadt hin- und herzugurken. Als er dort gewesen war, hatte er im Ort zwar kaum Autos gesehen, aber schon in ein, zwei Stunden würden die Autos auf der engen Hauptstraße vermutlich dicht an dicht stehen.

Als er dann in Marchmont nach einem Parkplatz Ausschau hielt, fiel ihm noch ein Grund dafür ein, weshalb er dort nicht mehr wohnen wollte. Am Ende stellte er den Saab einfach im Parkverbot ab und besorgte sich im nächstgelegenen Laden eine Abendzeitung, Milch, Brötchen und Speck. Er hatte sich telefonisch auf dem Revier erkundigt, ob er dort gebraucht würde – was nicht der Fall war. Oben in der Wohnung holte er sich eine Dose Bier aus dem Kühlschrank und machte es sich im Wohnzimmer in dem Sessel am Fenster bequem. Drüben in der Küche war das Chaos noch größer als gewöhnlich, weil er dort während der Elektroarbeiten nämlich einige der Sachen verstaut hatte, die sonst im Gang standen. Wann die Leitungen zuletzt neu verlegt worden waren, wusste er nicht mehr. Wahrscheinlich bevor er die Wohnung gekauft hatte. Auch den Maler, der den Wänden nach Abschluss der Elektroinstallationen einen blassrosa Anstrich verpassen sollte, hatte er schon bestellt. Man hatte ihm gesagt, dass es sinnlos sei, allzu viel Geld in etwaige Verschönerungsmaßnahmen zu stecken, da ein potenzieller Käufer die Wohnung mit hoher Wahrscheinlichkeit ohnehin ein weiteres Mal komplett renovieren lassen werde. Also beließ er es bei den neuen Elektroleitungen und dem frischen Anstrich. Selbst im Baureferat hatte niemand gewusst, welchen Preis er – Rebus – für seine Wohnung verlangen konnte. Wer in Edinburgh eine Wohnimmobilie auf den Markt brachte, nannte zunächst einen Mindestpreis, konnte jedoch vielfach einen um dreißig bis vierzig Prozent höheren Erlös erzielen. Einer konservativen Schätzung zufolge hatte Rebus' Refugium in der Arden Street etwa einen Wert von hundertfünfundzwanzig- bis hundertvierzigtausend Pfund. Außerdem war die Wohnung nicht belastet. Sie war bares Geld wert.

»Damit können Sie sich doch bequem zur Ruhe setzen«, hatte Siobhan mal gesagt. Na ja, vielleicht. Allerdings musste er seiner Exfrau von dem Geld wahrscheinlich die Hälfte abgeben, obwohl er ihr schon damals unmittelbar nach der Trennung per Scheck ihren Anteil an der Kaufsumme zurückerstattet hatte. Und seine Tochter Sammy konnte sicher auch ganz gut ein bisschen Geld gebrauchen. Ja, Sammy war ein weiterer Grund, weshalb er verkaufen wollte – jedenfalls redete er sich das ein. Immerhin war sie endlich nicht mehr an den Rollstuhl gebunden und konnte wieder an zwei Krücken gehen. Aber über die Treppe in den zweiten Stock hinauf, das überstieg bei weitem ihre Kräfte, obwohl sie ihn vor ihrem Unfall auch nur äußerst selten besucht hatte.

Besuch hatte er ohnehin fast nie, und ein guter Gastgeber war er gewiss auch nicht. Bereits seit dem Auszug seiner Exfrau Rhona war es ihm nie mehr so richtig gelungen, die Lücken zu schließen, die sie hinterlassen hatte. Jemand hatte die Wohnung mal als »Höhle« bezeichnet, und das war gar nicht so falsch. Ja, er fühlte sich dort irgendwie behütet, und mehr erwartete er auch gar nicht. Nebenan hatten die Studenten gerade eine CD eingelegt, die an eine – ziemlich schwache – Hawkwind-Nummer von vor zwanzig Jahren erinnerte. Woraus Rebus schloss, dass es sich nur um die Musik einer extrem angesagten neuen Band handeln konnte. Er durchwühlte seinen eigenen Fundus und förderte schließlich die Kassette zu Tage, die Siobhan für ihn aufgenommen hatte: die Mutton Birds – drei Lieder von einem ihrer Alben. Die Jungs kamen aus Neuseeland oder so was, und eines der Instrumente war in einem Tonstudio in Edinburgh aufgezeichnet worden. Mehr hatte sie ihm auch nicht über die Band sagen können. Der zweite Song hieß »The Falls«.

Er ließ sich wieder in den Sessel fallen. Auf dem Boden stand eine Flasche: Talisker, ein klarer, fein ausgetüftelter Geschmack. Daneben ein Glas, also goss er sich einen Schluck ein, prostete seinem Spiegelbild im Fenster zu, lehnte sich zurück und schloss die Augen. Das Wohnzimmer konnte so bleiben, wie es war. Das hatte er doch erst vor nicht allzu langer

Zeit gemeinsam mit seinem alten Freund und Kumpel Jack Morton renoviert. Jetzt war Jack tot, war einer von zu vielen Geistern, die Rebus' Gedanken bevölkerten. Rebus überlegte, ob ein Umzug ihm dabei helfen würde, sie abzuschütteln. Irgendwie hatte er seine Zweifel, und im tiefsten Innern würden sie ihm jedenfalls fehlen.

Die Musik kreiste um die Themen Verlust und Erlösung. Alles war ständig in Bewegung, und in der Ferne verflüchtigten sich die Träume immer mehr. Rebus hatte das Gefühl, dass er auch ohne die Arden Street ganz gut würde leben können. Es war an der Zeit, etwas Neues zu beginnen.

4

Am folgenden Morgen musste Siobhan auf dem Weg zur Arbeit pausenlos an Quizmaster denken. Da er sie auf ihrem Handy nicht angerufen hatte, formulierte sie im Geiste bereits eine weitere Nachricht, die sie ihm schicken wollte. Ihm oder ihr. Natürlich musste man überstürzte Urteile tunlichst vermeiden, trotzdem war Quizmaster für sie ein Mann. »Stricture«, »Hellbank«... für sie klangen diese Begriffe eindeutig männlich. Und auch die Idee, per E-Mail so ein abgedrehtes Spiel zu veranstalten, erinnerte sie verdammt an einen verklemmten Kerl, der allein zu Hause in seinem Schlafzimmer hockte. Sah im Übrigen ganz so aus, als ob sie mit ihrer ersten Nachricht – *Hab da ein Problem. Wir sollten miteinander reden. Flipside* – nichts erreicht hätte. Also musste sie – Siobhan – in ihrem eigenen Namen auftreten und in der nächsten E-Mail ganz offen Flips Verschwinden ansprechen und diesen Quizmaster darum bitten, Kontakt mit ihr aufzunehmen. Das Handy hatte die ganze Nacht neben ihr gelegen, und Siobhan war fast stündlich aufgeschreckt, um nachzusehen, ob ein Anruf eingegangen war. Doch nichts war passiert. Als es draußen hell geworden war, hatte sie sich dann angezogen und war spazieren gegangen. Ihre Wohnung lag unweit der Broughton Street in einem Viertel, das gerade mit Hochdruck saniert wurde: Zwar waren die Wohnungen bislang noch etwas preiswerter als in der benachbarten Neustadt, aber dafür lag die Gegend näher am Stadtzentrum. Jedenfalls stand in Siobhans Straße fast vor jedem zweiten Haus ein Schuttcontainer, und ab sieben Uhr früh war die ganze Gegend mit den Fahrzeugen der Baufirmen zugeparkt.

Sie unterbrach ihren Spaziergang mit einem Frühstück in einem Lokal, das zu dieser Zeit bereits geöffnet hatte: Bohnen auf Toast und dazu einen Becher Tee, der so stark war, dass sie schon eine Tanninvergiftung fürchtete. Anschließend blieb sie eine Weile oben auf dem Calton Hill stehen und blickte auf die Stadt hinunter, die sich gerade für einen neuen Tag wappnete. Jenseits von Leith vor der Küste lag ein Containerschiff. Im Süden hing eine niedrige Wolkendecke wie ein wärmendes Federbett über den Pentland Hills. Auf der Princes Street war fast noch nichts los: hauptsächlich Busse und Taxis. Siobhan mochte Edinburgh am liebsten um diese Tageszeit, bevor das übliche Treiben einsetzte. Von ihrem Standort aus gehörte das Balmoral Hotel zu den nächstgelegenen markanten Gebäuden, und ihr fiel plötzlich wieder die kleine Party ein, zu der Gill Templer dort geladen hatte. Wie sie davon gesprochen hatte, schon genug am Hals zu haben. Siobhan fragte sich, ob sie den aktuellen Fall oder ihre Beförderung gemeint hatte. Die Beförderung brachte es mit sich, dass es nun an Gill war, sich mit John Rebus herumzuschlagen. Im Büro ging das Gerücht, dass John wieder mal Mist gebaut hatte: Offenbar hatte Flips Vater ihn betrunken in der Wohnung seiner Tochter angetroffen. Siobhan hatte von Kollegen schon öfter zu hören bekommen, dass sie Rebus angeblich immer ähnlicher werde, dass sie sich seine Stärken ebenso zu Eigen machte wie seine Schwächen. Doch das stimmte ihrer Ansicht nach nicht.

Nein, das stimmte nicht.

Als sie dann weiter hügelabwärts spazierte, gelangte sie zum Waterloo Place. Wenn sie jetzt nach rechts abbog, waren es bloß fünf Minuten bis zu ihrer Wohnung, wenn sie sich nach links wandte, konnte sie in zehn Minuten auf dem Revier sein. Sie wandte sich nach links und überquerte die North Bridge.

Auf dem Revier war noch nichts los. In dem Großraumbüro mit den vielen Schreibtischen war die Luft zum Schneiden: einfach zu viele Leute, die dort jeden Tag zusammengepfercht waren. Siobhan öffnete ein paar Fenster, machte sich einen schwachen Kaffee und setzte sich an ihren Schreibtisch. Sie schaltete Flips Computer ein, fand dort aber keine neue Nachricht. Als sie gerade an einer neuen E-Mail herumtüftelte, erschien auf dem Bildschirm das Postsymbol. Es war eine E-Mail von Quizmaster, ein schlichtes *Guten Morgen*. Sie klickte auf »Antworten« und fragte: *Woher wissen Sie, dass ich schon hier bin?* Die Antwort erfolgte prompt.

Diese Frage hätte Flipside so nie gestellt. Wer sind Sie?

Siobhan tippte so schnell, dass sie nicht einmal ihre Fehler korrigierte. *Ich bin von der Kripo in Edinburgh. Wir untersuchen das geheimnisvolle Verschwinden von Philippa Balfour.* Sie wartete eine volle Minute auf seine Antwort.

Wer ist das?

Flipside, tippte sie.

Sie hat mir ihren richtigen Namen nie genannt. Das ist eine der Regeln.

Eine der Spielregeln?, tippte Siobhan.

Ja. Hat sie in Edinburgh gewohnt?

Ja, sie hat hier studiert. Warum können wir nicht persönlich miteinander sprechen? Sie haben doch meine Handynummer.

Wieder ließ die Antwort endlos auf sich warten.

Ist mir lieber so.

Okay, tippte Siobhan, *was hat es mit Hellbank auf sich?*

Dazu müssten Sie sich auf das Spiel einlassen. Sagen Sie mir, mit welchem Namen ich Sie ansprechen soll.

Ich heiße Siobhan Clarke. Ich bin Kriminalbeamtin bei der Lothian und Borderspolizei.

Kommt mir vor, als ob das Ihr echter Name sei, Siobhan. Damit haben Sie gegen eine der wichtigsten Regeln verstoßen. Und wie spricht man das aus?

Siobhan spürte, wie ihr das Blut in den Kopf stieg. *Hier geht es nicht um ein Spiel, Quizmaster.*

Doch, genau darum geht es. Wie spricht man Ihren Namen aus?

Shi-waan.

Es entstand eine lange Pause, und sie wollte schon nachhaken, als er sich schließlich meldete.

Um Ihre Frage zu beantworten: Hellbank ist ein Schwierigkeitsgrad des Spiels.

Dann hat Flipside an einem Spiel teilgenommen?

Ja. Und die nächste Ebene heißt Stricture.

Was für ein Spiel? Könnte es sie in Schwierigkeiten gebracht haben?

Später.

Siobhan starrte verständnislos auf das Wort vor sich auf dem Bildschirm. *Was soll das heißen?*

Darüber reden wir später.

Ich brauche Ihre Unterstützung.

Dann üben Sie sich in Geduld. Ich könnte jetzt einfach abbrechen, und Sie würden mich niemals finden, ist Ihnen das klar?

Ja. Am liebsten hätte Siobhan den Computer gegen die Wand geknallt.

Später.

Ja, später, tippte sie.

Und das war auch schon alles. Keine weitere Nachricht. Entweder war Quizmaster nicht mehr online, oder aber er hatte beschlossen, nicht mehr zu reagieren. Also blieb ihr nichts übrig, als zu warten. Wirklich? Um nicht einfach untätig herumzusitzen, sah sie im Internet nach und ließ sich alles zeigen, was die diversen Suchmaschinen unter den Begriffen »Quizmaster« und »PaganOmerta« anzubieten hatten. Dabei stieß sie auf ungefähr ein Dutzend Quizmaster, hatte aber das Gefühl, dass keiner davon der richtige war. Mit »PaganOmerta« wussten die Maschinen überhaupt nichts anzufangen. Sobald sie die Wörter jedoch getrennt schrieb, wurden ihr hunderte von Websites präsentiert, die fast alle eine mehr oder weniger abstruse Newage-Religion verhökern wollten. Als sie dann Pagan-Omerta.com eingab, fand sie wieder nichts. Offenbar keine Website, vermutlich eher eine E-Mail-Adresse. Sie stand auf und machte sich noch einen Kaffee. Allmählich trudelten auch die Kollegen von der Frühschicht ein. Einige sagten Hallo, doch Siobhan war völlig in ihre Gedanken vertieft. Ihr war nämlich gerade etwas eingefallen. Sie saß mit dem Telefonbuch und einem Exemplar der *Gelben Seiten* vor sich am Schreibtisch, legte sich ihr Notizbuch zurecht und schnappte sich einen Stift.

Zunächst versuchte sie es bei diversen Computerhändlern, bis jemand sie schließlich zu einem Comic-Laden an der South Bridge schickte. Unter einem Comic stellte sich Siobhan Sachen wie *Beano* oder *Dandy* vor, obwohl sie mal einen Freund gehabt hatte, dessen Obsession für die Comic-Zeitschrift 2000 AD zumindestens ein Trennungsgrund gewesen war. Aber der Laden hier war eine echte Offenbarung. Es gab tausende von Titeln sowie Sciencefictionbücher, T-Shirts und anderen Schnickschnack. An der Ladentheke diskutierte ein vielleicht fünfzehnjähriger Verkäufer mit zwei Schuljungen über einen gewissen John Constantine. Siobhan hatte keinen Schimmer, wer dieser Constantine sein mochte: eine Comic-Figur, ein Autor oder ein Zeichner? Schließlich bemerkten die Jungen, dass Siobhan direkt hinter ihnen stand. Urplötzlich war es vorbei mit ihrem großspurigen Gehabe, und sie verwandelten sich wieder in verlegene, zu groß geratene Zwölfjährige. Möglich, dass sie nicht daran gewöhnt waren, sich in Gegenwart von Frauen zu unterhalten. Ja, Siobhan hatte das Gefühl, dass sie überhaupt nicht an den Umgang mit Frauen gewöhnt waren.

»Ich hab euch gerade zugehört«, sagte sie. »Vielleicht könnt ihr mir ja weiterhelfen.« Keiner der drei sagte ein Wort. Der Verkäufer befummelte eine Aknestelle an seiner Wange. »Habt ihr 'ne Ahnung von den Spielen, die so im Internet gespielt werden?«

»Sie meinen solche Sachen wie *Dreamcast*?« Siobhan stand ratlos da. »Ist von Sony«, klärte der Verkäufer sie auf.

»Ich meine Spiele, bei denen jemand den Chef macht, die Mitspieler per E-Mail kontaktiert und ihnen Aufgaben stellt.«

»Rollenspiel.« Einer der Schuljungen nickte und blickte die beiden anderen an, auf der Suche nach Bestätigung.

»Hast du so was schon mal gemacht?«, fragte Siobhan.

»Nein«, gestand er. Keiner der drei kannte sich mit dieser Art von Spielen aus.

»Ungefähr in der Mitte des Leith Walk gibt es einen Game Shop«, sagte der Verkäufer. »Die haben fast nur D & D, aber vielleicht wissen die ja was.«

»D & D?«

»Ja, Drachen und Degen, Spiele mit Zauberern und Drachen und so was.«

»Und hat der Laden auch einen Namen?«

»Gandalf's«, entgegneten die Jungen im Chor.

Gandalf's war ein handtuchbreiter Laden, der sich wenig viel versprechend zwischen einem Tätowiersalon und einer Frittenbude präsentierte. Noch bedenklicher: Das verschmierte Schaufenster war durch ein mit mehreren Vorhängeschlössern fixiertes Metallgitter geschützt. Doch als Siobhan die Klinke herunterdrückte, ging die Tür tatsächlich auf und brachte mehrere Glöckchen zum Klingen. Sah ganz so aus, als ob Gandalf's früher mal was anderes gewesen war, vielleicht ein Secondhandbuchladen, doch der neue Besitzer hatte es offenbar nicht für nötig befunden, die Räume nach der Übernahme zu renovieren. In den Regalen war ein buntes Sortiment an Brettspielen und Spielfiguren ausgestellt – die Figuren erinnerten irgendwie an unbemalte Zinnsoldaten. Die Plakate an den Wänden zeigten vor allem Comic-Katastrophenszenarien. Des Weiteren gab es diverse zerfledderte Handbücher, und in der Mitte des Raumes standen vier Stühle und ein Klapptisch, auf dem ein Spielbrett lag. Ein Verkaufstresen oder eine Kasse waren nirgends zu sehen. Schließlich wurde auf der Rückseite des Ladens eine quietschende Tür geöffnet, und ein Mann von Anfang fünfzig kam herein. Er hatte einen grauen Bart, einen Pferdeschwanz und einen mächtig gewölbten Bauch, über den sich ein Greatful-Dead-T-Shirt spannte.

»Sie sehen aus wie eine Amtsperson«, brummte er.

»Kriminalpolizei«, sagte Siobhan und zeigte ihm ihren Ausweis.

»Was wollen Sie – bloß weil ich mit der Miete acht Wochen im Rückstand bin?«, schimpfte er. Dann schlurfte er zu dem Tisch hinüber, und Siobhan sah, dass die Sandalen, die er an den Füßen trug, schon einige Meilen auf dem Buckel haben mussten, genau wie ihr Besitzer. Der Mann studierte aufmerksam die Anordnung der Figuren auf dem Brett. »Haben Sie was bewegt?«, fragte er plötzlich.

»Nein.«

»Bestimmt nicht?«

»Nein, bestimmt nicht.«

Er lächelte. »Dann ist Anthony aber verdammt beschissen dran, entschuldigen Sie meine Ausdrucksweise.« Er sah auf die Uhr. »Müssten ungefähr in einer Stunde hier aufkreuzen.«

»Wer?«

»Die Spieler. Als ich gestern Abend zugesperrt habe, waren die noch nicht fertig mit dem Spiel. Sieht so aus, als ob Anthony nervös geworden wäre, als er Will den Rest geben wollte.«

Siobhan warf ebenfalls einen Blick auf das Brett. Allerdings verriet ihr die Anordnung der Figuren kaum etwas über die Verteilung der Chancen. Der absonderliche Rauschebart klopfte mit dem Finger auf die Karten neben dem Brett.

»Auf die Dinger kommt es an«, sagte er gereizt.

»Oh«, sagte Siobhan. »Leider verstehe ich nichts davon.«

»Das ist mir klar.«

»Wie meinen Sie das?«

»Ach nichts. Schon gut.«

Doch sie wusste ziemlich genau, was er meinte. Der Laden war eine Art Privatclub – nur Männer erwünscht – und genauso exklusiv wie jede andere Männerdomäne.

»Sieht übrigens nicht so aus, als ob Sie mir helfen können«, sagte sie und blickte in dem Raum umher. Sie unterdrückte den Impuls, sich zu kratzen. »Was mich interessiert, geht nämlich mehr in die High-Tech-Richtung.«

Er sah sie mit zusammengekniffenen Augen an. »Was soll das heißen?«

»Rollenspiele per Computer.«

»Interaktiv?« Seine Augen wurden wieder größer. Sie nickte, und er sah auf die Uhr, schlurfte an ihr vorbei und sperrte die Tür ab. Sie machte sich schon auf das Schlimmste gefasst, doch er ging nur schlurfend an ihr vorbei zu der rückwärtigen Tür. »Hier geht's lang«, sagte er, und Siobhan, die sich ein bisschen wie Alice im Wunderland am Eingang des Tunnels vorkam, folgte ihm schließlich.

Vier, fünf Stufen weiter unten stand sie in einem nur dürftig beleuchteten, fensterlosen Raum. An der Wand hoch aufgestapelte Schachteln: Wahrscheinlich weitere Spiele und Utensilien, schätzte sie. Und dann gab es noch eine Spüle samt Teekessel und ein paar Tassen auf der Abtropffläche. Auf einem Tisch in der Ecke aber stand ein hochmoderner Computer mit einem großen Bildschirm, der so flach war wie bei einem Laptop. Siobhan fragte ihren unfreiwilligen Gastgeber nach seinem Namen.

»Gandalf«, erwiderte er gleichgültig.

»Ich meine, wie Sie *wirklich* heißen.«

»Weiß schon, was Sie meinen. Aber in dem Schuppen hier heiße ich *wirklich* so.« Dann setzte er sich, machte sich an dem

Computer zu schaffen und hantierte mit der Maus herum, während er mit Siobhan sprach. Erst nach einigen Sekunden begriff sie, dass es sich um eine schnurlose Maus handelte.

»Im Netz gibt es jede Menge Spiele«, sagte er. »Wer mitmachen will, schließt sich einfach einer Gruppe von Leuten an, die gemeinsam entweder gegen ein Programm oder gegen andere Teams kämpfen. Wie beim Fußball gibt es regelrechte Ligen.« Er zeigte auf den Bildschirm. »Sehen Sie das hier? Das nennt man Doom-Liga.« Er blickte sie an. »Wissen Sie, was Doom ist?«

»Wahrscheinlich ein Computerspiel.«

Er nickte. »Dabei tritt man zusammen mit anderen gegen einen gemeinsamen Feind an und kämpft bis zur Vernichtung.«

Sie überflog die Namen der Teams. »Und die Mitspieler bleiben völlig anonym?«, fragte sie.

»Wie meinen Sie das?«

»Ich meine, wissen die einzelnen Teilnehmer, wer ihre Mitspieler sind und gegen wen genau sie spielen?«

Er strich sich über den Bart. »Die treten meistens unter einem Pseudonym auf.«

Siobhan dachte an Philippa und ihren geheimen E-Mail-Namen. »Wenn man möchte, kann man sogar verschiedene Namen haben, nicht wahr?«

»Oh ja«, sagte er. »Man kann dutzende von Namen führen. Leute, mit denen man schon hundertmal zu tun hatte, kommen plötzlich unter einem neuen Namen daher, und man weiß überhaupt nicht, dass man sie schon kennt.«

»Dann können die Mitspieler also Lügen über ihre Identität verbreiten?«

»Wenn Sie es so nennen wollen. Wir haben es hier mit der *virtuellen* Welt zu tun. Nichts ist hier real im eigentlichen Sinn. Und deshalb steht es jedem frei, sich eine virtuelle Identität zu verpassen.«

»Ich ermittle gerade in einem Fall, in dem ein solches Spiel eine Rolle spielt.«

»Welches Spiel?«

»Weiß ich nicht. Aber es hat Schwierigkeitsgrade, die als Hellbank und Stricture bezeichnet werden. Und die Fäden hält offenbar ein so genannter Quizmaster in der Hand.«

Wieder strich Gandalf sich über den Bart. Seit er am Computer saß, trug er eine Nickelbrille auf der Nase, in deren Gläsern sich der Monitor spiegelte. Seine Augen waren also nicht zu erkennen. »Sagt mir nichts«, brummte er schließlich.

»Wonach klingt es denn Ihrer Ansicht nach?«

»Scheint sich um ein einfaches Rollenspiel zu handeln. Quizmaster stellt den Mitspielern Fragen oder Aufgaben. Möglich, dass dutzende von Mitspielern an dem Spiel beteiligt sind – können aber auch nur ganz wenige sein.«

»Sie meinen ganze Teams?«

Er zuckte mit den Achseln. »Schwer zu sagen. Und die Adresse der Website?«

»Keine Ahnung.«

Er sah sie an. »Sie wissen aber echt verdammt wenig.«

»Stimmt«, räumte sie ein.

Er seufzte. »Und – handelt es sich um einen gravierenden Fall?«

»Eine junge Frau, die vermisst wird. Sie hat an dem Spiel teilgenommen.«

»Aber Sie wissen nicht, ob das eine was mit dem anderen zu tun hat?«

»Richtig.«

Er legte seine gefalteten Hände auf den Bauch. »Ich hör mich mal um«, sagte er dann. »Mal sehen, ob wir diesen Quizmaster für Sie auskundschaften können.«

»Danke«, sagte sie. »Auch wenn ich nur wüsste, worum es in dem Spiel geht...«

Er nickte bloß, und Siobhan musste an ihren Dialog mit Quizmaster denken. Auf ihre Frage nach Hellbank hatte er bloß erwidert: *Dazu müssten Sie sich auf das Spiel einlassen.*

Sie wusste, dass sie lediglich wertvolle Zeit verlieren würde, wenn sie einen Laptop anforderte. Und bis der dann wieder ans Internet angeschlossen war... Also schaute sie auf dem Rückweg zum Revier noch kurz in einem Computerladen vorbei.

»Das billigste Gerät, das wir zurzeit im Angebot haben, kostet neunhundert Pfund«, erklärte die Verkäuferin.

Siobhan war über diesen Preis einigermaßen überrascht. »Und wann könnte ich damit online sein?«

Die Verkäuferin zuckte mit den Achseln. »Hängt von Ihrem Provider ab«, sagte sie.

Siobhan bedankte sich und verließ das Geschäft. Im Notfall konnte sie natürlich auf Philippa Balfours Computer zurückgreifen, doch das wollte sie aus mehreren Gründen tunlichst vermeiden. Doch dann fiel ihr plötzlich etwas ein, und sie kramte ihr Handy hervor. »Grant? Hier spricht Siobhan. Ich möchte Sie um einen Gefallen bitten...«

Den Laptop hatte sich Detective Grant Hood aus demselben Grund zugelegt wie den Mini-Disc-Player, das DVD-Gerät und die Digitalkamera. Er wollte Eindruck schinden – dazu waren solche Sachen schließlich da. Wann immer er mit einem neuen Spielzeug auf dem Revier aufkreuzte, war ihm – beziehungsweise seiner Neuerwerbung – für fünf oder zehn Minuten die allgemeine Aufmerksamkeit sicher. Doch eines musste man Grant lassen: Er lieh seine High-Tech-Geräte stets bereitwillig an jeden aus, der danach fragte. Schließlich hatte er selbst kaum Verwendung für die Sachen oder war ihrer meist schon nach wenigen Wochen überdrüssig. Möglich, dass er nie über die Lektüre der Handbücher hinauskam: das der Digitalkamera war jedenfalls wesentlich klotziger gewesen als das Gerät selbst.

Also war Grant, nachdem Siobhan ihm ihr Anliegen unterbreitet hatte, bereitwillig noch einmal nach Hause gefahren und nach einer Weile mit dem Laptop zurückgekehrt. Siobhan hatte ihm bereits erklärt, dass sie den Computer hauptsächlich für den Austausch von E-Mails verwenden wollte.

»Steht zu Ihren Diensten«, hatte Grant erwidert.

»Und dann brauche ich noch Ihre E-Mail-Adresse und Ihr Kennwort.«

»Aber das heißt ja, dass Sie *meine* E-Mails einsehen können«, wurde ihm plötzlich klar.

»Und wie viele E-Mails bekommen Sie pro Woche so, Grant?«

»Einige«, entgegnete er patzig.

»Keine Sorge... Die bewahr ich für Sie auf... Außerdem verspreche ich Ihnen, nicht darin herumzuschnüffeln.«

»Und dann wäre da noch mein Honorar«, sagte Grant.

Sie sah ihn verwundert an. »Ihr Honorar?«

»Ja, das müssen wir noch aushandeln.« Er verzog das Gesicht zu einem breiten Grinsen.

Sie stand mit verschränkten Armen da. »Und woran hatten Sie so gedacht?«

»Kann ich noch nicht genau sagen«, erwiderte er. »Ich muss noch mal überlegen.«

Siobhan ließ sich wieder an ihrem Schreibtisch nieder. Ein Verbindungskabel, mit dem sie den Laptop an ihr Handy anschließen konnte, hatte sie ebenfalls bereits besorgt. Trotzdem überprüfte sie zunächst, ob auf Philippas Computer in der Zwischenzeit neue E-Mails eingegangen waren. Nein, keine Nachricht: nichts Neues von Quizmaster. Dann startete sie Grants Laptop, ging online und schickte eine kurze Mitteilung – samt Grants E-Mail-Adresse – an Quizmaster.

Ich bin nicht abgeneigt, das Spiel zu spielen. Liegt ganz bei Ihnen. Siobhan.

Nachdem sie die Nachricht gemailt hatte, blieb sie auf Empfang. An die nächste Handyrechnung mochte sie gar nicht denken. Schließlich war das Spiel im Augenblick die einzig halbwegs konkrete Spur, die sie verfolgen konnte. Auch wenn sie nicht wirklich vorhatte, sich auf das Spiel einzulassen, so wollte sie doch mehr darüber erfahren. Sie sah, wie Grant auf der anderen Seite des Zimmers mit ein paar männlichen Kollegen sprach. Immer wieder blickten sie in ihre Richtung.

Ach, sollen sie doch, dachte sie.

Rebus saß auf dem Revier am Gayfield Square herum, und nichts passierte. Das heißt, um ihn her war alles in Aufruhr, doch vermochte die gespielte Betriebsamkeit nicht darüber hinwegzutäuschen, dass die Fahndung nach Philippa Balfour bisher völlig ergebnislos verlaufen war. Der Vize hatte sich sogar persönlich blicken und von Gill Templer und Bill Pryde über den Stand der Ermittlungen informieren lassen. Dabei hatte er deutlich gemacht, dass »schnelle Fahndungserfolge« vonnöten seien. Templer und Pryde hatten die Formulierung später mehrmals wiederholt, deshalb kannte Rebus den genauen Wortlaut.

»Inspektor Rebus?« Vor ihm stand ein Uniformierter. »Die Chefin möchte Sie sprechen.«

Als er Templers Büro betrat, forderte sie ihn auf, die Tür zu schließen. In dem Raum sah es chaotisch aus, und die Luft war zum Schneiden. Außer Gill gab es noch zwei andere Beamte, die das Zimmer aus akutem Platzmangel während der übrigen beiden Schichten mit benutzten.

»Vielleicht sollten wir anfangen, die Zellen zu beschlagnahmen«, sagte sie und räumte einige Tassen von der Schreibtischplatte, ohne recht zu wissen, wohin damit. »Schlimmer als hier kann es dort auch nicht aussehen.«

»Meinetwegen brauchen Sie nicht aufzuräumen«, sagte Rebus. »Ich geh gleich wieder.«

»Wohl war.« Sie stellte die Tassen auf den Boden und stieß sofort mit dem Fuß eine davon um. Ohne die Kaffeelache neben ihrem Schreibtisch zu beachten, ließ sie sich in ihren Stuhl fallen. Rebus blieb stehen, notgedrungen, es gab keinen zweiten Stuhl in dem Raum. »Und wie war's in Falls?«

»Ich hatte schnelle Fahndungserfolge.«

Sie sah ihn funkelnd an. »Was heißt das?«

»Dass es sich bei der Geschichte um ein gefundenes Fressen für die Boulevardpresse handelt.«

Gill nickte. »Ich habe es gestern Abend in der Zeitung gelesen.«

»Die Frau, die diese Puppe tatsächlich – oder angeblich – gefunden hat, hat ausgepackt.«

»›Angeblich‹?«

Er beschied die Frage mit einem Achselzucken.

»Glauben Sie etwa, dass sie selbst dahinter steckt?«

Rebus schob die Hände in die Taschen. »Wer weiß?«

»Ich kenne jemanden, der das vermutlich beurteilen kann. Und zwar Jean Burchill, mit der ich befreundet bin. Mit der sollten Sie sich mal unterhalten, glaube ich.«

»Und wer ist die Dame?«

»Arbeitet im Schottischen Nationalmuseum.«

»Und sie weiß, was es mit dieser Puppe auf sich hat?«

»Möglicherweise.« Gill hielt kurz inne. »Laut Jean ist diese Puppe bei weitem nicht die erste.«

Rebus beichtete der Ausstellungsleiterin, dass er das Museum noch nie zuvor von innen gesehen hatte.

»In dem alten Museum bin ich früher allerdings öfter mit meiner kleinen Tochter gewesen.«

»So, so«, sagte Jean Burchill mit gespielter Empörung. »Aber das hier ist doch etwas völlig anderes, Inspektor – hier geht es schließlich um uns selbst, um unsere Geschichte und Kultur.«

»Also keine ausgestopften Tiere und Totempfähle?«

Sie lächelte. »Nicht dass ich wüsste.« Sie liefen gerade durch die Ausstellungsräume im Erdgeschoss und hatten die riesige weiß getünchte Eingangshalle bereits hinter sich gelassen. Dann blieben sie vor einem schmalen Lift stehen, und Burchill begutachtete ihren Gast mit einem raschen Blick von oben bis unten. »Gill hat mir schon öfter von Ihnen erzählt«, sagte sie. Dann öffneten sich die Lifttüren, und Rebus trat nach Burchill in den Aufzug.

»Ich hoffe, nur das Beste.« Er gab sich Mühe, locker zu erscheinen. Burchill warf ihm einen kurzen Blick zu, und der Anflug eines Lächelns huschte über ihr Gesicht. Trotz ihres durchaus ansehnlichen Alters erinnerte sie ihn irgendwie an ein Schulmädchen: diese Mischung aus scheuer Zurückhaltung und Lebensklugheit, Sprödigkeit und Neugier.

»Vierter Stock«, sagte sie, und als die Lifttüren wieder aufgingen, traten sie in einen engen Gang voller Schatten und Bilder des Todes. »Da wären wir also. Das hier ist die Abteilung Glaube – Aberglaube – Jenseits«, sagte sie mit kaum hörbarer Stimme. »Hexerei und Grabraub und Bestattungsriten.« Ein paar Schritte entfernt stand eine schwarze Kutsche, auf der in Viktorianischen Zeiten bestimmt schon so mancher Sarg dem Grab entgegengerollt war. Direkt neben Rebus befand sich ein schwerer Eisensarg, und er konnte es sich nicht verkneifen, mit den Fingern einmal kurz darüberzustreichen.

»Ein Schutzsarg«, sagte sie und erklärte, als sie sein verständnisloses Gesicht sah: »Im frühen neunzehnten Jahrhundert haben die Angehörigen Verstorbener den Sarg ihrer Lieben während der ersten sechs Monate manchmal in einen solchen Behälter eingeschlossen, um etwaige Wiedererwecker fern zu halten.«

»Sie meinen Leichenräuber?« Mit dem Thema kannte er sich ein wenig aus. »Leute wie Burke und Hare – die Leichen ausgegraben und an die Universität verkauft haben?«

Sie sah ihn wie einen ungezogenen Schüler tadelnd an. »Burke und Hare haben gar nichts ausgegraben. Die beiden haben höchstpersönlich Menschen umgebracht und die Leichen hinterher an Anatomen verkauft.«

»Stimmt«, sagte Rebus.

Sie gingen an Trauergewändern vorbei und an Fotos toter

Kleinkinder und blieben schließlich an der letzten Vitrine stehen.

»Da wären wir«, sagte Burchill. »Die Särge von Arthur's Seat.«

Rebus beäugte die Exponate: insgesamt acht zwölf bis fünfzehn Zentimeter lange, sorgfältig gearbeitete Särge. Die Deckel waren mit Nägeln beschlagen. In den Särgen lagen Holzpuppen, von denen einige bekleidet waren. Rebus starrte auf ein grünweißes Karo.

»Offenbar ein Fan des FC Hibernian«, sagte er.

»Ursprünglich waren sie alle bekleidet, aber bei manchen ist das Gewebe im Lauf der Zeit verfallen.« Sie zeigte auf eine Fotografie in der Vitrine. »Im Jahr 1836 haben spielende Kinder oben auf Arthur's Seat einen versteckten Höhleneingang entdeckt. In der Höhle befanden sich siebzehn kleine Särge, von denen es heute noch diese acht gibt.«

»Die armen Kinder... haben vermutlich einen ganz schönen Schreck gekriegt.« Rebus starrte auf das Foto und versuchte sich vorzustellen, wo genau an den ausgedehnten Hängen des Berges die Aufnahme entstanden sein mochte.

»Die Analyse der Materialien hat ergeben, dass die Särge etwa aus dem Jahr 1830 stammen.«

Rebus nickte. Dieselben Informationen waren auch auf einigen Kärtchen nachzulesen, die an den Exponaten befestigt waren. Laut damaliger Zeitungsberichte hatten Hexen die Puppen dazu benutzt, unliebsame Personen mit einem Todeszauber zu belegen. Aber es gab auch noch eine andere beliebte Theorie, derzufolge die Särge von Seeleuten vor großen Passagen dort oben auf dem Stadtberg als Glücksbringer deponiert worden waren.

»Seeleute oben auf Arthur's Seat«, sagte Rebus nachdenklich. »Reichlich merkwürdige Vorstellung.«

»Haben Sie was gegen Seeleute, Inspektor?«

Er schüttelte den Kopf. »Ist nur ziemlich weit vom Hafen dort hinauf.«

Sie sah ihn an, blickte jedoch nur in sein ausdrucksloses Gesicht.

Rebus wandte sich wieder den Särgen zu. Wäre er ein Spieler, so hätte er gewiss darauf gesetzt, dass es zwischen diesen Museumsstücken und dem Sarg, der in Falls aufgetaucht war, eine Verbindung gab. Wer immer den Sarg zusammengezimmert und neben dem Wasserfall deponiert haben mochte, kannte die Exponate. Rebus ließ seinen Blick über die düstere Zurschaustellung von Vergänglichkeit gleiten.

»Haben *Sie* das alles hier zusammengetragen?«

Sie nickte.

»Da hat man ja immer ein schönes Gesprächsthema auf Partys, was?«

»Sie würden sich wundern«, sagte sie leise. »Sind wir nicht letzten Endes alle ungemein neugierig auf die Dinge, vor denen wir uns am meisten fürchten?«

Unten im alten Museum setzten sie sich auf eine Bank, die wie der Brustkorb eines Wales geformt war. Ein Stück weiter schwammen Fische in einem Aquarium. Davor standen Kinder, die so taten, als ob sie die Hand ins Wasser tauchen und eines der Tiere fangen wollten. Sie zogen die Hand aber jedes Mal wieder im letzten Augenblick zurück: auch hier diese eigenartige Mischung aus Faszination und Angst.

Am Ende der großen Halle war eine riesige Uhr aufgestellt, in deren komplizierten Mechanismus nachgebildete Skelette und Fabelwesen integriert waren. Eine weibliche Holzfigur schien am ganzen Körper mit Stacheldraht umwickelt. Rebus hatte das Gefühl, dass das nicht die einzige grausige Szene war, die diese Uhr aufzubieten hatte.

»Unsere Millenniumsuhr«, erklärte Jean Burchill. Dann schaute sie auf ihre eigene Armbanduhr. »Schlägt das nächste Mal in zehn Minuten.«

»Interessantes Design«, sagte Rebus. »Eine Leidensuhr sozusagen.«

Sie sah ihn an. »Das fällt den meisten Leuten gar nicht auf...«

Rebus zuckte mit den Achseln. »Oben in der Vitrine stand auf einem der Schildchen zu lesen, dass die Puppen etwas mit Burke und Hare zu tun haben.«

Sie nickte. »Ja, stimmt. Eine Art Scheinbestattung für die Opfer. Wir glauben, dass die beiden bis zu siebzehn Leichen zu Obduktionszwecken verkauft haben. Ein grauenhaftes Verbrechen: Denn ein sezierter Leichnam kann sich am Jüngsten Tag nicht aus dem Grab erheben.«

»Es dürfte in der Tat schwierig sein, unter solchen Umständen seine Eingeweide bei sich zu behalten«, pflichtete Rebus ihr bei.

Doch sie ignorierte ihn einfach. »Und dann hat die Polizei Burke und Hare gefasst und eingesperrt. Vor Gericht hat Hare später gegen seinen Freund ausgesagt, und nur William Burke ist am Galgen geendet. Raten Sie mal, was man hinterher mit seiner Leiche angestellt hat?«

Das war nicht schwer zu beantworten. »Seziert?«, fragte Rebus.

Sie nickte. »Ja, man hat seine Leiche auf demselben Weg, den er für den Transport der meisten seiner Opfer benutzt hatte, ins Old College gebracht und dort in einem Anatomiekurs verwendet. Das war im Januar 1829.«

»Und die Särge datieren aus den frühen Dreißigerjahren.« Rebus saß nachdenklich da. Hatte er nicht mal mit jemandem zu tun gehabt, der sich damit gebrüstet hatte, ein aus Burkes Haut gefertigtes Souvenir zu besitzen? »Und was ist hinterher mit der Leiche passiert?«, fragte er.

Jean Burchill sah ihn an. »Im Museum des Chirurgischen Instituts gibt es eine Brieftasche...«

»... die aus Burkes Haut besteht?«

Wieder nickte sie. »Eigentlich kann einem Burke Leid tun. Offenbar ein hochbegabter Mensch. Ein Wirtschaftsflüchtling. Und dann ist ihm der Zufall zur Hilfe gekommen, und er hat aus nackter Not die erste Leiche verkauft. Ein Mann, der ihm noch Geld schuldete, ist in Burkes Wohnung gestorben. Burke wusste, dass es an der Edinburgher Universität ein Problem gab: eine erfolgreiche medizinische Fakultät, der es an Leichen für die Anatomiekurse fehlte.«

»Sind die Leute damals denn so alt geworden?«

»Ganz im Gegenteil. Aber wie gesagt: Ein sezierter Leichnam konnte prinzipiell nicht in den Himmel kommen. Deshalb waren die Studenten auf die Leichen hingerichteter Verbrecher angewiesen. Erst die Novellierung des Anatomiegesetzes von 1832 machte den Leichenraub schließlich überflüssig...«

Ihre Stimme erstarb. Sie starrte ins Leere und war offenbar völlig in der blutrünstigen Geschichte der Stadt Edinburgh gefangen. Auch Rebus hockte grübelnd da: Leichenräuber und Brieftaschen aus Menschenhaut, Hexerei und Hinrichtungen durch den Strang. Oben im vierten Stock waren direkt neben den Särgen verschiedene Hexenutensilien ausgestellt: eigenartige Knöchelchen, eingeschrumpfte Tierherzen, die von Nägeln durchlöchert wurden.

»Schon ein merkwürdiger Ort.«

Obwohl er eigentlich Edinburg meinte, blickte sie in dem großen Raum umher. »Schon als Kind habe ich mich hier wohler gefühlt als an irgendeinem anderen Ort der Stadt. Sicher finden Sie meine berufliche Tätigkeit reichlich morbide, Inspektor, aber *Ihre* Arbeit ist auch nicht gerade von Pappe.«

»Wohl wahr«, stimmte er ihr zu.

»Und die Särge finde ich gerade so faszinierend, weil niemand etwas Genaues über sie weiß. In einem Museum geht es ja vor allem um die Identifizierung und Klassifizierung von Dingen. Mag auch die Datierung oder die Herkunft oftmals zweifelhaft sein – eines wissen wir fast immer: nämlich, *womit* wir es zu tun haben: mit einem Sarg, einem Schlüssel, den Überresten einer römischen Begräbnisstätte.«

»Aber bei den Puppensärgen wissen Sie nicht genau, woran Sie sind?«

Sie lächelte. »Eben. Deshalb ist man natürlich als Museumsmensch zunächst einigermaßen frustriert.«

»Kenn ich, das Gefühl«, sagte er. »Ungefähr so, wie wenn man mit der Ermittlungsarbeit nicht weiterkommt und am liebsten ausrasten möchte.«

»Ja, man grübelt und grübelt, entwickelt immer neue Theorien...«

»Oder stößt unentwegt auf neue Verdächtige.«

Dann sahen sie einander an. »Scheint so, als ob wir doch einiges gemeinsam hätten«, sagte Jean Burchill, »jedenfalls mehr als ich zunächst geglaubt habe.«

»Schon möglich«, sagte er.

Obwohl der Minutenzeiger noch nicht ganz auf zwölf stand, setzte sich die Uhr plötzlich in Bewegung. Inzwischen hatten sich etliche Besucher vor dem Wunderwerk eingefunden, und die Kinder standen mit offenem Mund da, als der Mechanismus mit den abstoßenden Figuren plötzlich zum Leben erwachte. Schellen klingelten, und dann erscholl eine geradezu unheimliche Orgelmusik. Das Pendel bestand aus einem polierten Spiegel. Als Rebus genauer hinsah, entdeckte er, dass sein Spiegelbild und dahinter das ganze Museum in einem bestimmten Rhythmus immer wieder für Sekundenbruchteile aufblitzten. Die Zuschauer waren völlig gebannt.

»Lohnt schon, sich das aus der Nähe anzuschauen«, sagte Jean Burchill. Also standen sie auf und gingen zu den übrigen Gaffern hinüber. Rebus war nicht ganz sicher. Aber er glaubte, einmal kurz gesehen zu haben, wie eine Hitler- und eine Stalinfigur an den beiden Enden einer gezackten Säge zogen.

»Und dann wäre da noch etwas Merkwürdiges«, sagte Jean Burchill neben ihm. »Es gibt nämlich noch weitere Puppen, die an anderen Orten aufgetaucht sind.«

»Was?« Er riss widerstrebend den Blick von der Uhr los.

»Am besten, ich lasse Ihnen einfach mal das ganze Material zukommen, das sich bei mir angesammelt hat...«

Den Rest des Freitags wartete Rebus nur noch darauf, dass seine Schicht endlich zu Ende war. An der Pinnwand hing ein Foto von David Costellos Garage neben all den anderen Hinweisen. Der junge Mann war augenscheinlich Besitzer eines dunkelblauen MG-Kabrios. Die Kriminaltechniker hatten zwar keine Genehmigung gehabt, den Wagen und die Reifen erkennungsdienstlich zu untersuchen, sie hatten allerdings die Augen offen gehalten. Offenbar war der Wagen schon seit einiger Zeit nicht mehr gewaschen worden. Wäre es anders gewesen, hätte man David Costello natürlich nach dem Grund gefragt. Außerdem hatten die Kollegen weitere Fotos von Philippas Freunden und Bekannten gesammelt und Professor Devlin vorgelegt. Dabei hatten sie auch ein paar Abzüge, auf denen David Costello zu sehen war, zwischen die übrigen Fotos geschmuggelt, was Devlin als »unerträgliches Täuschungsmanöver« empfunden hatte.

Inzwischen waren seit jenem Sonntagabend fünf Tage vergangen, fünf Tage seit Philippas Verschwinden. Je intensiver Rebus die Papiere an der Pinnwand inspizierte, umso weniger sah er. Ihm fiel wieder die Millenniumsuhr ein. Bei der Uhr hatte es sich genau umgekehrt verhalten: Je länger er sie angeschaut hatte, umso mehr hatte er gesehen – kleine Figuren, die plötzlich aus dem bewegten Gesamtmechanismus herausgetreten waren. Die Uhr schien ihm jetzt wie ein Monument für alle Verlorenen und Vergessenen. Und auch die Papiere an der Wand – all die Fotos, Faxe, Dienstpläne, Skizzen – waren eine Art Monument. Allerdings eines, das anders als die Uhr am Ende der Ermittlungen in seine Bestandteile zerlegt und in einer Schachtel verstaut in einem Lagerraum verschwinden würde – eine Ansammlung bedeutungsvoller Dinge, deren Wichtigkeit auf die Dauer der Fahndung begrenzt war.

Er hatte schon so oft vor dieser Wand gestanden: andere Zeiten, andere Fälle, die nicht alle zur allgemeinen Zufriedenheit hatten aufgeklärt werden können. Natürlich war man bemüht, sich von den jeweiligen Schicksalen emotional zu distanzieren, objektiv zu bleiben, wie man es in der Ausbildung gelernt hatte, aber das war gar nicht so einfach. Sicher kein Zufall, dass der Farmer sich bis heute an den kleinen Jungen erinnern konnte, mit dem er es bereits in der ersten Woche nach seinem Eintritt in den Polizeidienst zu tun gehabt hatte, auch Rebus hatte da seine Erinnerungen. Und so fuhr er nach Feierabend heim, duschte, zog sich um und saß dann eine gute Stunde mit einem Glas Laphroig in der Hand in seinem Sessel und hörte die Rolling Stones – genau genommen *Beggars Banquet* –, und bei dem einen Glas blieb es natürlich nicht. Neben ihm am Boden lagen die Teppiche aufgerollt, die sonst im Gang und in seinem Schlafzimmer den Boden zierten. Matratzen und Garderobenständer, Schubladen, das Zimmer war eine einzige Müllhalde. Trotzdem gab es eine klar begrenzte Gasse, die von der Tür zu seinem Sessel führte, und eine weitere, die den Sessel mit der Stereoanlage verband, und mehr brauchte er nicht.

Nach den Stones blieb ihm immer noch ein halbes Glas Malt, also noch eine Platte. Bob Dylans *Desire*, der Song »Hurricane«, ein Lied, das von Ungerechtigkeit handelte und von einer falschen Beschuldigung. Klar, so was passierte: manchmal ganz bewusst, manchmal versehentlich. Er hatte Fälle gehabt, in denen sämtliche Beweise auf eine bestimmte Person hindeuteten, bis schließlich jemand völlig anderes aufgekreuzt war und ein Geständnis abgelegt hatte. Und früher – obwohl das ziemlich lange zurücklag – war es auch schon mal vorgekommen, dass die Kollegen besonders hart gesottenen Kriminellen zur Beruhigung der Bevölkerung oder, weil sie sie unbedingt aus dem Verkehr ziehen wollten, einfach irgendwelche belastenden Beweise untergejubelt hatten. Und dann gab es natürlich auch die Situationen, in denen man den Schuldigen zwar ganz genau kannte, aber einfach nicht die Beweise beschaffen konnte, die der Staatsanwalt verlangte. Da hatten über die Jahre ein, zwei Beamte Grenzen überschritten.

Rebus prostete ihnen zu, als er im Wohnzimmerfenster sein Spiegelbild erblickte. Dann prostete er sich selbst zu, schnappte sich das Telefon und bestellte ein Taxi.

Wohin? In die Kneipe.

In der Oxford Bar kam er mit einem anderen Stammgast ins Gespräch und erwähnte seinen kleinen Ausflug nach Falls.

»Hab von dem Kaff vorher noch nie was gehört«, sagte er ganz offen.

»Doch, ich schon«, sagte der andere, »Falls kenn ich irgendwie. Ich glaub, Wee Billy ist dort aufgewachsen.«

Wee Billy gehörte ebenfalls zu den Stammgästen des Lokals. Eine Suche ergab, dass er noch nicht in der Bar eingelaufen war, zwanzig Minuten später jedoch kam er herein. Er war gleich um die Ecke in einem Restaurant Küchenchef und, der Kleidung nach zu urteilen, nur kurz auf ein Bier herübergekommen. Während er sich zwischen den übrigen Gästen hindurch an die Bar drängte, wischte er sich den Schweiß von der Stirn.

»Fertig für heute?«, fragte ihn jemand.

»Nein, nur 'ne kurze Zigarettenpause«, antwortete Billy und sah auf die Uhr. »Margaret, bitte ein schnelles Bier.«

Während die Barfrau das Bier zapfte, bestellte Rebus nach und erklärte, dass beide Getränke auf seine Rechnung gingen.

»Hallo, John«, sagte Billy, der solche Großzügigkeit eigentlich nicht gewöhnt war. »Wie geht's denn so?«

»Ich war gestern draußen in Falls. Sie sind doch dort aufgewachsen, oder?«

»Ja, richtig. Bin allerdings schon ewig nicht mehr dort gewesen.«

»Dann kennen Sie die Balfours also nicht?«

Billy schüttelte den Kopf. »Das war nach meiner Zeit. Ich war schon auf dem College, als die wieder in der Gegend aufgekreuzt sind. Danke, Margaret.« Er hob das Glas. »Auf Ihr Wohl, John.«

Rebus schob das Geld über die Theke, hob ebenfalls das

Glas und war ganz angetan davon, wie Billy das halbe Bier in null Komma nichts in sich hineinschüttete.

»Oh Mann, das tut gut.«

»Anstrengende Schicht heute?«, fragte Rebus.

»Ach, das Übliche. Dann haben Sie also mit der Balfour-Geschichte zu tun?«

»Ja, wie fast alle anderen Polizisten der Stadt.«

»Und – was halten Sie von Falls?«

»Na ja.«

Billy lächelte und kramte ein Heftchen Zigarettenpapier und ein Päckchen Tabak aus der Jackentasche hervor. »Hat sich natürlich seit meiner Zeit völlig verändert.«

»Sind Sie in Meadowside aufgewachsen?«

»Woher wissen Sie das?« Billy zündete seine Selbstgedrehte an.

»Ach, nur ein Glückstreffer.«

»Ja, meine Leute haben dort im Bergwerk gearbeitet. Mein Opa hat sein ganzes Leben unter Tage verbracht – und mein Vater anfangs auch, bis sie den Laden dichtgemacht haben.«

»Ich bin auch in einer Bergarbeiterstadt aufgewachsen«, sagte Rebus.

»Dann wissen Sie ja, wie das ist, wenn eine Grube geschlossen wird. Jedenfalls war bis zu der Zeit in Meadowside alles in Ordnung.« Billy starrte auf die Flaschen in dem Regal hinter der Bar und dachte offenbar an seine Jugend zurück.

»Immerhin hat sich der Ortsteil bis heute gehalten«, sagte Rebus.

»Na ja, aber es ist dort nicht mehr so, wie es früher mal war. Die Mütter haben die Stufen vor den Häusern geschrubbt, bis sie blitzblank waren, und die Väter haben den Rasen gemäht. Ständig ist man auf ein Schwätzchen zu den Nachbarn gegangen oder hat sich bei ihnen irgendwas ausgeliehen.« Er hielt inne und bestellte noch zwei Bier. »Aber in den letzten Jahren haben sich in Falls ja die Yuppies breit gemacht, und die Einheimischen können die Grundstückspreise nicht mehr bezahlen, mal abgesehen von Meadowside. Und die Kinder ziehen von dort weg, so bald sie erwachsen sind – ich bin ja das beste Beispiel dafür. Kennen Sie die Geschichte mit dem Steinbruch?«

Rebus schüttelte schweigend den Kopf.

»Das war vor vielleicht zwei oder drei Jahren. Damals wollte jemand außerhalb des Ortes einen Steinbruch anlegen. Jede Menge Arbeitsplätze und so weiter. Und dann gab es plötzlich diese Petition, nicht dass jemand aus Meadowside sie unterzeichnet hätte oder auch nur darum gebeten worden wäre, nein, das nicht. Und als Nächstes ist dann die Genehmigung für den Steinbruch gekippt worden.«

»Die Yuppies?«

»Egal, wie man die Leute nennt. Jedenfalls haben sie verdammt viel Macht. Und Mr. Balfour hat seine Hand natürlich auch im Spiel gehabt, soweit ich weiß. Falls...« Er stand kopfschüttelnd da. »Ist alles nicht mehr wie früher, John.« Er zog ein letztes Mal an seiner Selbstgedrehten und drückte sie aus. Dann fiel ihm etwas ein. »Also, Sie sind doch 'n großer Musikliebhaber oder?«

»Kommt darauf an.«

»Lou Reed. Er spielt in ein paar Tagen im Playhouse. Ich hab zwei Karten übrig.«

»Lass ich mir durch den Kopf gehen, Billy. Haben Sie für noch eins Zeit?« Er wies mit dem Kopf auf Billys leeres Bierglas.

Der Küchenchef sah wieder auf die Uhr. »Nein, ich muss jetzt gehen. Vielleicht beim nächsten Mal.«

»Okay, dann beim nächsten Mal«, sagte Rebus.

»Und sagen Sie mir wegen der Karten Bescheid.«

Rebus nickte und beobachtete, wie Billy sich zwischen den anderen Gästen seinen Weg bahnte und dann durch die Tür in den Abend hinaustrat. Lou Reed: Das war einer der ganz Großen, und »Walk on the Wild Side« gehörte sogar zu Rebus' absoluten Lieblingssongs. Und den Bass hatte damals derselbe Typ gespielt, der später für die BBC-Kultserie *Dad's Army* den Titel »Grandad« geschrieben hatte. Mein Gott, was du alles in der Birne *gespeichert* hast, dachte er.

»Noch ein Bier, John?«, fragte die Barfrau.

Er schüttelte den Kopf. »Nein, die Wildnis ruft mich«, sagte er, stieg von seinem Hocker und schob sich Richtung Tür.

5

Samstags ging er mit Siobhan zum Fußball. Das Stadion in der Easter Road lag in strahlendem Sonnenschein, und die Spieler unten auf dem Rasen warfen lange Schatten. Rebus konzentrierte sich anfangs mehr auf die Aktivitäten dieser Schatten als auf das eigentliche Spiel: dunkle puppenartige Gebilde auf dem Rasen, die einer Tätigkeit nachgingen, die nur bedingt etwas mit Fußball zu tun hatte. Das Stadion war voll, was nur bei Lokalderbys der Fall war, oder wenn eine der beiden Glasgower Mannschaften zum Auswärtsspiel antrat. An diesem Tag waren es die Rangers. Siobhan hatte eine Jahreskarte, und Rebus saß auf dem Platz neben ihr, weil ein anderer Jahreskartenbesitzer verhindert war.

»Sind Sie mit dem Mann befreundet?«, fragte Rebus.

»Hab ihn nach dem Spiel ein- oder zweimal zufällig in der Kneipe getroffen.«

»Netter Mensch?«

»Netter *Familienvater*.« Sie lachte. »Wann geben Sie es endlich auf, mich verheiraten zu wollen?«

»War doch nur eine Frage«, sagte er grinsend. Dann fiel sein Blick auf die Fernsehkameras, die das Spiel übertrugen. Für die Kameras zählte das Spielgeschehen, während die Zuschauer lediglich den verschwommenen Hintergrund abgaben, beziehungsweise als Halbzeitfüller dienten. Rebus hingegen interessierte sich vor allem für die Fans. Er machte sich Gedanken darüber, was die Leute wohl zu erzählen hatten, was für ein Leben sie bisher geführt haben mochten. Mit dieser Vorliebe war er offenbar nicht allein. Um ihn herum gab es augenscheinlich noch weitere Zuschauer, die sich mehr für die Eskapaden der übrigen Besucher zu interessieren schienen als für das Spiel unten auf dem Platz. Siobhan hingegen hielt die beiden Enden ihres Fanschals umklammert und verfolgte das Geschehen genauso konzentriert, wie sie auch ihre Polizeiarbeit verrichtete. Immer wieder unterstützte sie lautstark ihre Mannschaft und diskutierte jede einzelne Schiedsrichterentscheidung ausführlich mit ihren Tribünennachbarn. Auch der Mann, der auf der anderen Seite neben Rebus stand, war total bei der Sache. Er brachte etliche Pfunde Übergewicht auf die Waage, hatte ein rotes Gesicht und schwitzte aus allen Poren. Bisweilen schien er einem Herzinfarkt nahe. Er maulte immer etwas vor sich hin, wurde plötzlich ungehalten, fing lauthals an zu schimpfen und zu brüllen, blickte anschließend blöde grinsend um sich und fing kurz darauf mit seinem Gemaule von vorne an.

»Ruhig, ganz ruhig, Junge«, ermahnte er gerade einen Spieler.

»Und – mit den Ermittlungen schon weitergekommen?«, fragte Rebus Siobhan.

»Wir sind hier beim Fußball, John.« Sie verfolgte gespannt das Spielgeschehen.

»Weiß ich, war ja nur eine Frage...«

»Los, Junge, mach schon, lauf.« Der schwitzende Schwergewichtler klammerte sich an die Rücklehne seines Vordermanns.

»Wir können ja später noch was trinken gehen«, sagte Siobhan.

»Worauf Sie sich verlassen können«, entgegnete Rebus.

»Ja, gut so, Junge... sehr gut!« Seine Stimme schwoll an wie eine Welle. Rebus schob sich eine weitere Zigarette zwischen die Lippen. Obwohl die Sonne schien, war es relativ kühl. Von der Nordsee her wehte eine steife Brise, und die Möwen über ihren Köpfen hatten sichtlich mit dem Wind zu kämpfen.

»Los Junge, los!«, brüllte der Mann. »Jetzt mach den fetten Scheißer endlich fertig!«

Dann wieder der Blick nach rechts und links und das blöde Grinsen. Rebus war es endlich gelungen, seine Zigarette anzuzünden, und er bot dem Mann eine an, der jedoch den Kopf schüttelte.

»Die beste Methode, sich abzureagieren, wissen Sie – das Schreien«, sagte der Mann.

»Für Sie mag das schon richtig sein«, sagte Rebus, und dann erscholl aus tausenden von Kehlen plötzlich ein empörtes Wutgeheul über einen Regelverstoß, den Rebus – und mit ihm der Schiedsrichter – übersehen hatte.

Siobhans Stammkneipe war brechend voll, trotzdem schoben sich immer neue Gäste herein. Rebus warf einen kurzen Blick in das Lokal und schlug dann eine Alternative vor. »Ist nur ein paar Minuten zu Fuß entfernt und sicher nicht so überfüllt.«

»Na gut«, sagte sie sichtlich enttäuscht. Eigentlich liebte sie es, nach dem Stadionbesuch noch ein wenig mit den anderen Fans in der Kneipe zu fachsimpeln, und sie wusste ganz genau, dass in dieser Hinsicht von Rebus nicht allzu viel zu erwarten war.

»Und nehmen Sie den Schal ab«, sagte er. »Schließlich weiß man nie, ob wir nicht unterwegs ein paar Glasgower Fans treffen.«

»Nicht in dieser Gegend«, sagte sie zuversichtlich und hatte damit wahrscheinlich Recht. Die Polizei hatte vor dem Stadion starke Einsatzkräfte konzentriert und leitete die Hiberman-Fans in die Easter Road, während die Gäste aus Glasgow hügelaufwärts Richtung Bahnhof gelenkt wurden. Siobhan folgte Rebus durch die Lorne Street bis zum Leith Walk, wo sich ein paar müde Gestalten mit Einkaufstaschen heimwärts quälten. Bei der Kneipe, die Rebus ansteuerte, handelte es sich um ein anonymes Lokal mit Fensterscheiben aus geschliffenem Glas und einem dunkelroten Teppichboden, der mit Brandflecken und festgetretenen Kaugummiresten übersät war. In der Glotze lief eine Gameshow, und in einer Ecke hockten zwei alte Männer und fluchten um die Wette.

»Sie haben ein feines Gespür dafür, was eine Dame unter einem angenehmen Lokal versteht«, maulte Siobhan.

»Und – kann ich die Dame vielleicht mit einem Bacardi Breezer versöhnen? Oder mit einem Moscow Mule?«

»Nein, ich möchte ein schlichtes Bier«, sagte Siobhan mürrisch. Rebus orderte zwei Bier und für sich noch einen Malt. Während die beiden es sich an einem Tisch bequem machten, gab Siobhan ihrer Verwunderung darüber Ausdruck, dass Rebus offenbar jedes schlechte Pub in ganz Edinburgh kannte.

»Danke«, sagte er ohne einen Anflug von Ironie. Dann hob er das Glas. »Also, was können Sie mir Neues über Philippa Balfours Computer berichten?«

»Das Mädchen hat bei einem Spiel mitgemacht, über das ich allerdings nicht viel weiß. Die Regie bei dem Spiel führt ein Mensch namens Quizmaster. Ich habe bereits Kontakt zu ihm aufgenommen.«

»Und?«

»Und«, seufzte sie, »ich warte noch immer auf eine Antwort. Bis jetzt habe ich ungefähr ein Dutzend E-Mails an ihn geschickt, aber er meldet sich nicht.«

»Irgendeine andere Möglichkeit, ihm auf die Schliche zu kommen?«

»Nicht dass ich wüsste.«

»Und was ist das für ein Spiel?«

»Ich weiß fast nichts darüber«, gab sie zu und trank einen Schluck Bier. »Gill glaubt ohnehin, dass die Spur zu nichts führt. Deshalb hat sie mich schon beauftragt, irgendwelche Studenten auszuquetschen.«

»Offenbar meint sie, dass Sie das besonders gut können, weil Sie selbst auf dem College waren.«

»Ich weiß. Wenn Gill nur nicht alles so wörtlich nähme.«

»Sie spricht sehr gut von Ihnen«, sagte Rebus schelmisch und erhielt zur Strafe einen kräftigen Stoß in die Rippen.

Als Siobhan das Glas abermals zum Mund führte, änderte sich plötzlich ihr Gesichtsausdruck. »Sie hat mir den Pressejob angetragen.«

»Hab ich mir schon gedacht. Und, nehmen Sie ihn an?« Sie schüttelte den Kopf. »Weil Ellen Wylie so einen Reinfall erlebt hat?«

»Nein, nicht deswegen.«

»Und wieso dann?«

Sie zuckte mit den Achseln. »Vielleicht bin ich einfach noch nicht so weit.«

»Klar sind Sie so weit«, sagte er.

»Nur dass der Job mit polizeilicher Ermittlungsarbeit nichts zu tun hat.«

»Völlig richtig, Siobhan, es wäre aber trotzdem ein großer Karrieresprung.«

Sie starrte in ihr Glas. »Ja, ich weiß.«

»Wer macht denn den Job im Moment?«

»Ich glaube Gill selbst.« Sie hielt inne. »Wir werden dieses Mädchen nur als Leiche finden, oder?«

»Vielleicht.«

Sie sah ihn an. »Dann glauben Sie also, dass Flip noch lebt?«

»Nein«, sagte er rundheraus, »das glaube ich nicht.«

Abends zog er durch einige weitere Bars, zunächst im Umkreis seiner Wohnung, bis er schließlich vor dem Swany's ein Taxi anhielt und sich in die Young Street fahren ließ. Unterwegs wollte er sich gerade eine Zigarette anzünden, als der Fahrer ihn auf die »Bitte-nicht-rauchen«-Schilder aufmerksam machte, die Rebus bis dahin völlig übersehen hatte.

Ein toller Ermittler bist du, sagte er zu sich selbst. Schon seit dem Morgen hielt er sich jetzt tunlichst von zu Hause fern. Denn die Handwerker hatten am Freitag noch schnell die Hälfte der Bodendielen aufgerissen, bevor sie sich nachmittags um fünf ins Wochenende verabschiedet hatten. Außerdem lagen überall in der Wohnung Kabelrollen herum, und die Fußbodenleisten hatten die Männer auch entfernt, sodass unten in den Wänden die Kabelschlitze zu sehen waren. Und dann hatten die Elektriker noch ihr Werkzeug dagelassen. »Sicherer können wir die Sachen doch gar nicht verwahren«, hatten sie unter Verweis auf seine berufliche Tätigkeit gewitzelt. Sie hatten verlauten lassen, dass sie am Samstagvormittag möglicherweise wieder aufkreuzen würden, ohne dieser Ankündigung am folgenden Morgen allerdings Taten folgen zu lassen. Das war jetzt sein Wochenende: Herumstolpern zwischen irgendwelchen Drahtrollen und jede zweite Bodendiele herausgerissen oder gelockert. Also hatte er in einem Café gefrühstückt und das Mittagessen in einer Kneipe eingenommen, und jetzt erging er sich in wollüstigen Gedanken an eine deftige Portion Eintopf, mit der er den Tag zu beschließen gedachte. Aber vorher noch einen kurzen Abstecher in die Oxford Bar.

Er hatte Siobhan gefragt, ob sie den Abend schon verplant habe.

»Ein heißes Bad und ein gutes Buch«, hatte sie bloß erwidert. War natürlich gelogen. Das wusste er, weil Grant Hood der halben Belegschaft verklickert hatte, dass er zum Dank für seinen Laptop mit Siobhan essen gehen durfte. Aber natürlich hatte Rebus nichts gesagt: Wenn sie ihm davon nichts erzählen wollte, war das ihre Sache. Da er jedoch – gewissermaßen hinter ihrem Rücken – in ihre Pläne eingeweiht war, hatte er erst gar nicht versucht, sie zum Essen zu einem Inder oder ins Kino zu schleppen. Erst nachdem sie sich auf dem Leith Walk vor dem Pub verabschiedet hatten, war ihm plötzlich klar geworden, dass er sich womöglich danebenbenommen hatte. Zwei Leute, die an einem Samstagabend beide nichts vorhatten: Wäre es da nicht normal gewesen, ihr irgendwas vorzuschlagen? Ob sie jetzt gekränkt war?

»Das Leben ist zu kurz«, sagte er zu sich selbst und bezahlte das Taxi. Diese Worte klangen noch nach, als er dann in dem Lokal die vertrauten Gesichter sah. Also fragte er Harry, den Barmann, nach dem Telefonbuch.

»Da drüben«, entgegnete Harry in vollendeter Höflichkeit.

Rebus blätterte in dem Buch herum, konnte die gesuchte Nummer aber nicht finden. Dann fiel ihm wieder ein, dass sie ihm ja ihre Visitenkarte gegeben hatte, die er auch tatsächlich in seiner Jackentasche fand. Ihre Privatnummer hatte sie mit Bleistift dazugeschrieben. Er ging wieder vor die Tür und warf sein Handy an. Kein Ehering, das wusste er genau... Tutut, hörte er am anderen Ende. Samstagabend. Vermutlich war sie...

»Hallo?«

»Ms. Burchill? John Rebus. Entschuldigen Sie, dass ich Sie an einem Samstagabend anrufe.«

»Das macht nichts. Ist was passiert?«

»Nein, nein... Also, ich hab mir nur gedacht, ob wir uns vielleicht mal treffen könnten. Reichlich mysteriös, was Sie mir da über diese anderen Puppen erzählt haben.«

Sie lachte. »Und Sie hatten daran gedacht, dass wir uns *jetzt* treffen?«

»Eigentlich hatte ich eher an morgen gedacht. Ich weiß, morgen ist Sonntag und so weiter, aber vielleicht könnten wir ja das Geschäftliche mit dem Angenehmen verbinden.« Er wusste nicht recht, wie er sich ausdrücken sollte. Er hätte sich vorher genau überlegen sollen, was er überhaupt sagen wollte, und wie.

»Und was hatten Sie sich darunter *ungefähr* vorgestellt?«, fragte sie amüsiert. Im Hintergrund lief klassische Musik.

»Zum Beispiel zusammen Mittag essen?«, schlug er vor.

»Und wo?«

Gute Frage. Er wusste schon gar nicht mehr, wann er das letzte Mal jemanden zum Mittagessen eingeladen hatte. Aber was Eindrucksvolles sollte es schon sein, zum Beispiel...

»Ich nehme mal an«, sagte sie, »dass Sie sonntags gerne Bauernfrühstück essen.« Offenbar spürte sie sein Unbehagen und wollte ihm behilflich sein.

»Sieht man mir denn alles an?«

»Ganz im Gegenteil. Aber Sie sind nun mal ein typischer schottischer Mann. Ich wiederum würde etwas Einfaches, Frisches und Gesundes bevorzugen.«

Rebus lachte. »Klingt ziemlich unvereinbar – was?«

»Nicht unbedingt. Wo wohnen Sie denn?«

»In Marchmont.«

»Dann gehen wir doch ins Fenwick's«, sagte sie. »Das ist genau das richtige Lokal.«

»Wunderbar«, sagte er. »Halb eins?«

»Ich freue mich darauf. Gute Nacht, Inspektor.«

»Ich hoffe, dass Sie mich morgen Mittag beim Essen nicht dauernd Inspektor nennen.«

Es folgte ein kurzes Schweigen, und er hatte das Gefühl, dass sie lächelte.

»Also, dann bis morgen, John.«

»Und noch einen schönen…« Doch die Leitung war bereits tot. Er ging wieder in das Lokal und konsultierte abermals das Telefonbuch. Fenwick's: Salisbury Place. Von seiner Wohnung zu Fuß höchstens zwanzig Minuten entfernt. Er musste schon x-mal daran vorbeigefahren sein. Das Lokal war nur fünfzig Meter von der Kreuzung entfernt, an der Sammy damals verunglückt war, fünfzig Meter von der Stelle, wo ein Mörder mal versucht hatte, ihm ein Messer in den Leib zu rammen. Es blieb ihm keine andere Wahl, als diese Erinnerungen morgen möglichst beiseite zu schieben.

»Bitte, noch mal das Gleiche, Harry«, sagte er und wippte auf den Fußballen.

»Sie warten gefälligst, bis Sie an der Reihe sind, wie alle anderen«, giftete Harry ihn an. Doch das war Rebus egal, es war ihm völlig wurscht.

Er war zehn Minuten zu früh dort.

Sie erschien fünf Minuten später, war also ebenfalls zu früh dran. »Nettes Lokal«, sagte er.

»Oder?« Sie trug einen schwarzen Hosenanzug und darunter eine graue Seidenbluse. Direkt über ihrer linken Brust funkelte eine blutrote Brosche.

»Wohnen Sie in der Gegend?«, fragte er.

»Nein, eigentlich nicht: Portobello.«

»Aber das ist ja meilenweit entfernt! Hätten Sie doch sagen können.«

»Wieso? Mir gefällt es hier doch.«

»Gehen Sie oft auswärts essen?« Er versuchte immer noch, die Tatsache zu verdauen, dass sie zum Mittagessen den weiten Weg nach Edinburgh gemacht hatte.

»Wann immer ich Zeit dazu habe. Eines der Privilegien meiner Promotion besteht darin, dass ich mich ›Dr. Burchill‹ nennen kann, wenn ich in einem Restaurant einen Tisch reservieren möchte.«

Rebus sah sich in dem Raum um. Nur einer der übrigen Tische war besetzt: gleich vorne am Eingang – offenbar ein Familienfest. Zwei Kinder, sechs Erwachsene.

»Heute hab ich allerdings auf eine Reservierung verzichtet. Mittags ist es hier nie sehr voll. Und – was nehmen wir?«

Er dachte zunächst an eine Vorspeise und ein Hauptgericht, doch sie schien zu ahnen, dass er in Wahrheit etwas Deftiges bevorzugte, also ermunterte sie ihn, das Bauernfrühstück zu bestellen, was er auch tat. Sie entschied sich für Suppe und Ente. Außerdem beschlossen sie, sich Kaffee und Wein gleichzeitig servieren zu lassen.

»Ein echtes Gabelfrühstück«, sagte sie. »Ziemlich sonntäglich.«

Er konnte ihr nur beipflichten. Im Übrigen gestattete sie ihm ausdrücklich zu rauchen, doch er verzichtete darauf. An dem Familientisch weiter vorne wurde zwar kräftig gequalmt, aber er konnte das Verlangen noch ein wenig unterdrücken.

Dann redeten sie ein bisschen über Gill Templer, um eine gemeinsame Basis zu finden. Ihre Fragen waren klug und treffsicher.

»Gill macht manchmal einen etwas getriebenen Eindruck, finden Sie nicht?«

»Sie tut halt, was sie tun muss.«

»Da war mal was zwischen Ihnen und Gill, vor langer Zeit, oder?«

Er machte große Augen. »Hat sie Ihnen das erzählt?«

»Nein.« Jean hielt inne und glättete die Serviette auf ihrem Schoß. »Aber ich habe es aus der Art und Weise geschlossen, wie sie damals über Sie gesprochen hat.«

»Gesprochen hat?«

Sie lächelte. »Es ist wirklich lange her, nicht wahr?«

»Prähistorisch«, musste er einräumen. »Und was ist mit Ihnen?«

»Als prähistorisch würde ich mich noch nicht bezeichnen.«

Er lächelte. »Ich wollte sagen, erzählen Sie mir was von sich.«

»Ich bin in Elgin geboren, meine Eltern waren beide Lehrer. Studiert habe ich an der Universität Glasgow. Mich in Archäologie versucht. Dann habe ich an der Universität Durham promoviert. Danach hatte ich einige Auslandsstipendien – in den USA und in Kanada – und habe mich dort mit den Einwanderungswellen im 19. Jahrhundert befasst. Später war ich dann als Ausstellungsleiterin in Vancouver tätig und bin schließlich nach Schottland zurückgegangen, als sich die Gelegenheit dazu bot. Nach meiner Rückkehr habe ich fast zwölf Jahre im alten Museum gearbeitet, und jetzt bin ich seit einiger Zeit im neuen tätig.« Sie zuckte mit den Achseln. »Ja, das war's so in etwa.«

»Und woher kennen Sie Gill?«

»Wir waren ein paar Jahre zusammen in der Schule – ganz dicke Freundinnen. Haben uns dann allerdings eine Weile aus den Augen verloren.«

»Sie waren nie verheiratet?«

Sie blickte auf ihren Teller. »Doch eine Zeit lang, in Kanada. Er ist jung gestorben.«

»Oh, das tut mir Leid.«

»Bill hat sich zu Tode getrunken, obwohl seine Familie das nie hat wahrhaben wollen. Ich glaube, das ist auch der Grund, weshalb ich nach Schottland zurückgekommen bin.«

»Weil er gestorben ist?«

Sie schüttelte den Kopf. »Wenn ich dort geblieben wäre, hätte ich an der Ausschmückung der Legende mitwirken müssen, an der seine Familie gestrickt hat.«

Rebus wusste ungefähr, was sie meinte.

»Und Sie haben eine Tochter?«, sagte sie plötzlich und wechselte etwas überstürzt das Thema.

»Ja, Samantha. Sie ist... jetzt auch schon über zwanzig.«

Jean lachte. »Aber Sie wissen nicht genau wie alt?«

Er versuchte zu lächeln. »Nein, doch. Eigentlich wollte ich sagen, dass sie behindert ist, aber das dürfte Sie kaum interessieren.«

»Oh.« Sie saß einen Augenblick schweigend da und sah ihn an. »Scheint so, als ob das für Sie eine große Rolle spielt, sonst wäre es Ihnen nicht als Erstes eingefallen.«

»Richtig. Allerdings kommt sie Gott sei Dank allmählich wieder auf die Beine und kann sogar schon wieder ganz gut laufen, wenn sie sich auf einen dieser Wagen stützt, wie alte Leute sie verwenden.«

»Das ist gut«, sagte sie.

Er nickte und schwieg, weil er nicht die ganze Geschichte vor ihr ausbreiten wollte, aber sie verzichtete ohnehin auf weitere Nachfragen.

»Wie ist die Suppe?«

»Gut.«

Sie saßen ein, zwei Minuten schweigend da, dann erkundigte Jean sich nach der Alltagsroutine eines Polizisten. Ihre Fragen waren jetzt wieder von der Art, wie man sie an einen neuen Bekannten richtet. Normalerweise sprach Rebus nicht gern über seinen Job, da er nicht glaubte, dass andere Leute sich wirklich dafür interessierten. Und selbst wenn das ausnahmsweise einmal der Fall sein sollte, so wollten sie die ungeschönte Wahrheit meist nicht hören: nichts von Selbstmorden und Autopsien, von kleinlichen Zerwürfnissen und Impulshandlungen, die zu den schlimmsten Verbrechen führten. Nichts von Familiendramen, Messerstechereien, missratenen Samstagabenden, professionellen Schlägertypen und Süchtigen. Und wenn er über diese Dinge sprach, hatte er außerdem immer Angst, dass man aus seiner Stimme die Leidenschaft heraushören konnte, mit der er an seinem Job hing. Auch wenn ihm die Methoden und Ermittlungsergebnisse bisweilen nicht in den Kram passten, die Arbeit selbst faszinierte ihn bis auf den heutigen Tag ungemein. Ein Mensch wie Jean Burchill, so sein Eindruck, vermochte das alles zu durchschauen und hinter der Fassade, die er präsentierte, noch ganz andere Dinge zu entdecken. Sie würde sehr rasch bemerken, dass es vor allem seine voyeuristischen Neigungen und seine Feigheit waren, die ihm bei seinem Job so zupass kamen. Schließlich beschäftigte er sich vor allem deswegen bis ins Kleinste mit dem Leben und den Problemen anderer Leute, damit er sich mit seinen eigenen Schwächen und Fehlern nicht befassen musste.

»Wollen Sie das Ding etwa rauchen?« Jean klang amüsiert. Rebus blickte auf seine Hände und sah, dass er eine Zigarette zwischen den Fingern hielt. Er lachte kurz auf, kramte die Packung aus der Tasche und schob die Zigarette wieder hinein.

»Ich hab wirklich nichts dagegen«, sagte Jean.

»Ist mir gar nicht aufgefallen«, sagte er. Und dann, um seine Verlegenheit zu überspielen: »Eigentlich wollten Sie mir doch was über diese anderen Puppen erzählen.«

»Nach dem Essen«, sagte sie bestimmt.

Aber nach dem Essen verlangte sie sofort die Rechnung. Sie teilten sich die Summe, und dann standen sie plötzlich im

Freien, während sich die Nachmittagssonne redlich Mühe gab, die kühle Luft zu vertreiben. »Gehen wir doch ein bisschen spazieren«, sagte sie und hakte sich bei ihm ein.

»Und wohin?«

»In den Meadows-Park?«, schlug sie vor. Und so gingen sie dorthin.

Dank der milden Sonnenstrahlen hatten sich auf der von Bäumen gesäumten Spielwiese inzwischen eine ganze Menge Leute eingefunden. Frisbees flogen hin und her, während Jogger und Radfahrer vorbeieilten. Einige Halbwüchsige lagen mit nacktem Oberkörper im Gras, Apfelwein in Dosen neben sich. Jean erläuterte mit knappen Worten die historische Entwicklung der Gegend.

»Ich glaube, dort drüben war früher mal ein Teich«, sagte sie. »Und in Bruntsfield hat es damals Steinbrüche gegeben, und Marchmont war eine Farm.«

»Kommt mir heutzutage eher vor wie ein Zoo«, sagte er.

Sie warf ihm einen Blick zu. »Sie arbeiten wirklich hart an Ihrem Zynismus, nicht wahr?«

»Ja, damit er keinen Rost ansetzt.«

Am Jawbone Walk schlug sie vor, die Straße zu überqueren und dann die Marchmont Road hinaufzugehen. »Und wo genau wohnen Sie?«, fragte sie.

»Arden Street. Eine Nebenstraße der Warrender Park Road.«

»Also ganz in der Nähe.«

Er lächelte und versuchte ihr in die Augen zu sehen. »Soll ich Sie vielleicht in meine Wohnung einladen?«

»Ehrlich gestanden: Ja.«

»Die Wohnung ist 'ne Müllhalde.«

»Hätte mich auch aufrichtig enttäuscht, wenn es sich anders verhielte. Aber meine Blase stellt keine hohen Ansprüche.«

Er war verzweifelt damit beschäftigt, im Wohnzimmer Ordnung zu schaffen, als er die Toilettenspülung hörte. Er blickte um sich und schüttelte den Kopf. Genauso gut hätte er versuchen können, die Folgen eines Bombenangriffes mit einem Staubwedel zu beseitigen: völlig aussichtsloses Unterfangen. Also ging er wieder in die Küche und löffelte Instantkaffee in zwei große Tassen. Die Milch im Kühlschrank hatte zwar das Verfallsdatum schon überschritten, war aber noch genießbar. Dann erschien sie in der Tür und sah ihm zu.

»Gott sei Dank hab ich 'ne gute Ausrede für das Chaos hier«, sagte er.

»Kenn ich: Ich habe in meiner Wohnung vor ein paar Jahren auch alle Leitungen neu verlegen lassen«, bemitleidete sie ihn. »Eigentlich wollte ich damals verkaufen.« Als er aufblickte, sah sie, dass sie einen Volltreffer gelandet hatte.

»Ja, ich will die Wohnung loswerden«, gab er zu.

»Aus einem bestimmten Grund?«

Gespenster, hätte er sagen können, doch stattdessen zuckte er bloß mit den Achseln.

»Noch mal von vorne anfangen?«, fragte sie.

»Kann schon sein. Nehmen Sie Zucker?« Er reichte ihr die Tasse. Sie inspizierte die milchige Oberfläche des Getränks.

»Eigentlich nehm ich nicht mal Milch«, sagte sie.

»Oh verdammt, Entschuldigung.« Er versuchte ihr die Tasse wieder wegzunehmen, doch vergeblich.

»Schon in Ordnung«, sagte sie lachend. »Sie sind mir ein schöner Detektiv. Ich habe im Restaurant gerade erst zwei Tassen Kaffee getrunken.«

»Ich hab nichts gesehen«, gab er zu.

»Gibt es vielleicht im Wohnzimmer eine Möglichkeit, sich irgendwo hinzusetzen? Jetzt, da wir uns ein bisschen besser kennen, möchte ich Ihnen die Puppen zeigen.«

Er räumte den Esstisch teilweise frei. Sie stellte ihre Umhängetasche auf den Boden und zog daraus eine Mappe hervor.

»Durchaus möglich«, sagte sie, »dass die Geschichte etwas überspannt klingt. Deshalb möchte ich Sie bitten, keine voreiligen Schlussfolgerungen zu ziehen. Das ist vielleicht auch der Grund, weshalb ich Sie vorher etwas besser kennen lernen wollte...«

Sie reichte ihm die Mappe, und er zog einen Stoß Zeitungsausschnitte daraus hervor. Während sie sprach, machte er sich daran, die Ausschnitte vor sich auf dem Tisch auszubreiten.

»Auf den ersten Fall bin ich gestoßen, als jemand einen Brief an das Museum geschrieben hat. Das liegt nun schon ein paar Jahre zurück.« Er hielt den Brief in die Luft, und sie nickte. »Eine Mrs. Anderson aus Perth. Sie hatte von den Särgen auf Arthur's Seat gehört und wollte mich darauf hinweisen, dass in der Nähe von Huntingtower etwas ganz Ähnliches passiert ist.«

Der mit dem Brief zusammengeheftete Artikel war im *Courier* erschienen. »Mysteriöser Fund in einem Wäldchen«: eine sargförmige Holzkiste und nicht weit davon entfernt ein Stofffetzen. Ein Hundebesitzer, der mit seinem Tier spazieren gegangen war, hatte die Kiste unter etwas Laub im Unterholz entdeckt und zu einem nahe gelegenen Hotel gebracht, weil er sie für eine Art Spielzeug gehalten hatte. Allerdings hatte sich niemand zu erklären vermocht, wie die merkwürdige Kiste dort hingekommen war. Das war 1995 gewesen.

»Diese Mrs. Anderson«, fuhr Jean fort, »war an Heimatgeschichte interessiert. Deshalb hat sie den Artikel ausgeschnitten.«

»Keine Puppe?«

Jean schüttelte den Kopf. »Möglich, dass ein Tier sie verschleppt hat.«

»Ja, denkbar«, murmelte Rebus. Dann begutachtete er den zweiten Ausschnitt, der aus dem Jahr 1982 stammte und in einer Glasgower Abendzeitung erschienen war: »Kirche verurteilt blasphemisches Fundstück«.

»Auf diesen Artikel hat mich ebenfalls Mrs. Anderson aufmerksam gemacht«, erklärte Jean. »Auf einem Friedhof direkt neben einem Grabstein. Ein kleiner Holzsarg, diesmal mitsamt einer Puppe darin – eigentlich nur ein Stück Holz, das mit einem Band umwickelt war.«

Rebus betrachtete das Foto auf dem Zeitungsausschnitt. »Ziemlich klobig, Balsaholz oder so was.«

Sie nickte. »Ich hab damals zunächst an einen merkwürdigen Zufall geglaubt, aber die Augen trotzdem weiter offen gehalten.«

Er legte die beiden letzten Zeitungsausschnitte nebeneinander. »Und tatsächlich Erfolg gehabt, wie ich sehe.«

»Ich fahre manchmal über Land, um vor den dortigen historischen Gesellschaften für unser Museum zu werben. Bei diesen Anlässen erkundige ich mich regelmäßig, ob jemand etwas über derartige Kistchen weiß.«

»Sieht so aus, als ob Sie Glück gehabt hätten.«

»Ja, bisher zweimal. 1977 in Nairn und 1972 in Dunfermline.«

Zwei weitere mysteriöse Funde. In Nairn hatte jemand den Sarg am Strand gefunden, in Dunfermline hatte das Kästchen in einer Schlucht gelegen. In einem der Särge hatte sich eine Puppe befunden, in dem anderen nicht. Auch hier könnte wieder ein Tier oder ein Kind den Inhalt verschleppt haben.

»Und was schließen Sie aus alledem?«, fragte er.

»Sollte nicht ich *Sie* das fragen?« Er sah sie schweigend an und überflog dann abermals die beiden Berichte. »Könnte es da eine Verbindung mit ihrem Fund in Falls geben?«

»Keine Ahnung.« Er sah sie an. »Am besten, wir versuchen einfach, es herauszufinden.«

Sie kamen im Sonntagsverkehr nur langsam voran, obwohl die meisten nach einem Tag auf dem Land bereits in die Stadt zurückfuhren.

»Glauben Sie, dass es noch mehr davon gibt?«, fragte er.

»Möglich. Allerdings sind die historischen Gesellschaften

an solchen Sachen brennend interessiert, und sie haben ein langes Gedächtnis. Die sind alle gut miteinander vernetzt. Sie wissen, dass mich diese Sache interessiert.« Sie lehnte den Kopf auf der Beifahrerseite gegen das Seitenfenster. »Deshalb nehme ich an, dass ich davon hätte hören müssen, falls noch mehr von diesen Kistchen aufgetaucht wären.«

Als sie das Ortsschild von Falls passierten, lächelte sie. »Partnerstadt Angoisse«, sagte sie.

»Wie bitte?«

»Auf dem Schild hinter uns war gerade ein Ort namens Angoisse als Partnerstadt von Falls genannt. Muss irgendwo in Frankreich liegen.«

»Und woher wissen Sie das?«

»Ganz einfach: Neben dem Ortsnamen war eine französische Flagge abgebildet.«

»Ach so, dann liegt die Vermutung natürlich nahe.«

»*Angoisse* ist auch ein französisches Wort: Es bedeutet ›Angst‹. Stellen Sie sich das mal vor: eine Stadt, die ›Angst‹ heißt.«

Die Hauptstraße wurde beiderseits von geparkten Autos gesäumt. Da weit und breit kein freier Parkplatz zu sehen war, bog Rebus in eine Seitenstraße ein und stellte den Wagen dort ab. Als sie dann auf der abschüssigen Straße zu Bev Dodds' Haus hinübergingen, kamen sie an zwei Dorfbewohnern vorbei, die ihre Autos wuschen. Die Männer waren mittleren Alters und leger gekleidet – Cordhosen und Pullover mit V-Ausschnitt –, sie trugen ihre Freizeitkluft allerdings wie eine Uniform. Rebus hätte wetten mögen, dass sie wochentags nur selten ohne Anzug und Krawatte anzutreffen waren. Plötzlich fiel ihm wieder ein, was Wee Billy gesagt hatte: »Die Mütter haben die Stufen vor den Häusern geschrubbt…« Und diese Männer hier war die heutige Entsprechung. Einer der Männer sagte »Hallo«, der andere »Guten Tag«. Rebus nickte und klopfte an Bev Dodds' Tür.

»Ich glaube, sie macht gerade ihren Spaziergang«, sagte einer der Männer.

»Dürfte gleich zurück sein«, erklärte der andere.

Keiner der beiden hatte die Arbeit an seinem Wagen unterbrochen. Rebus überlegte, ob sie vielleicht eine Art Wettkampf austrugen. Nicht dass sie es übermäßig eilig gehabt hätten, trotzdem herrschte zwischen ihnen anscheinend eine gewisse Konkurrenz, und beide waren mit großer Konzentration bei der Sache.

»Möchten Sie Töpferwaren kaufen?«, fragte der Erste und machte sich am Kühlergrill seines BMW zu schaffen.

»Eigentlich wollte ich mir die Puppe anschauen«, sagte Rebus und schob die Hände in die Taschen.

»Dürfte schwierig werden, weil Bev nämlich schon mit einem anderen Journalisten eine Art Exklusivvertrag abgeschlossen hat.«

»Ich bin von der Polizei«, ließ Rebus durchblicken.

Der Besitzer des Rover konnte nicht begreifen, wie sein Nachbar sich zu einer solchen Fehleinschätzung hatte hinreißen lassen können und schnaubte verächtlich. »Das ist natürlich etwas anderes«, sagte er dann lachend.

»Merkwürdige Geschichte, finden Sie nicht?«, fragte Rebus.

»Nicht der einzige merkwürdige Vorfall hier.«

»Wie meinen Sie das?«

Der BMW-Fahrer spülte seinen Schwamm aus. »Vor ein paar Monaten hatten wir hier zum Beispiel eine Einbruchsserie, und dann hat noch jemand die Kirchentür beschmiert.«

»Ach, das waren doch nur ein paar Jugendliche«, unterbrach ihn der Roverfahrer.

»Schon möglich«, räumte sein Nachbar ein. »Trotzdem komisch, dass vorher so was nie passiert ist. Und jetzt ist auch noch die Balfour-Tochter verschwunden.«

»Kennt einer von Ihnen zufällig die Familie?«

»Nur vom Sehen«, räumte der Roverfahrer ein.

»Die Balfours haben ungefähr vor zwei Monaten einen Nachmittagsempfang veranstaltet. Offenes Haus. Irgendeine Wohltätigkeitsgeschichte. Also, ich fand John und Jacqueline jedenfalls sehr sympathisch.« Als er die beiden Namen aussprach, warf der BMW-Fahrer seinem Nachbarn einen Seitenblick zu. Anscheinend fochten die beiden eine Art Dauerfehde miteinander aus.

»Und die Tochter?«, fragte Rebus.

»Ziemlich distanzierter Typ«, ließ der Roverfahrer eilends verlauten, um nicht ins Hintertreffen zu geraten. »Eher mühsam, mit ihr ins Gespräch zu kommen.«

»Ich hab mich allerdings mal mit ihr unterhalten«, verkündete sein Rivale. »Wir haben, wenn ich mich recht entsinne, über ihr Studium gesprochen.«

Der Roverfahrer sah ihn wütend an. Rebus rechnete inzwischen schon mit dem Schlimmsten: wie zwei erhitzte Ziegenböcke, die sich auf zwanzig Schritt gegenüberstanden. »Und diese Miss Dodds – was ist das für eine?«, fragte er. »Eine gute Nachbarin?«

»Furchtbar scheußliche Töpferwaren«, war der einzige Kommentar.

»Natürlich nicht schlecht fürs Geschäft die Geschichte mit der Puppe.«

»Ohne Frage«, sagte der BMW-Fahrer. »Wenn sie klug ist, nützt sie das weidlich aus.«

»Was Besseres als diese kostenlose Werbung kann ihr doch gar nicht passieren«, fühlte sich sein Nachbar noch zu sagen gedrängt. Rebus gewann den Eindruck, dass die beiden wussten, worüber sie sprachen.

»Kleine Gefälligkeiten können manchmal Wunder wirken«, sagte der BMW-Mann nachdenklich. »Tee, selbst gebackener Kuchen...« Beide Männer hatten inzwischen die Arbeit unterbrochen und standen grübelnd da.

»Hab ich mir doch gedacht, dass ich Ihr Auto oben an der Straße gesehen habe«, sagte Bev Dodds und gesellte sich zu der kleinen Gruppe.

Während Bev Dodds Tee machte, begutachtete Jean die Töpferwaren. Sie befanden sich im Anbau auf der Rückseite des Hauses, wo sowohl die Küche als auch das Atelier untergebracht waren. Jean lobte diverse Schüsseln und Teller, doch Rebus spürte genau, dass ihr die Sachen nicht wirklich gefielen. Und als Bev Dodds dann ihre zahlreichen Armbänder und -reife an den Armen nach oben schob, fand Jean auch dafür lobende Worte.

»Hab ich auch selbst gemacht«, sagte Bev Dodds.

»Ach, tatsächlich?« Jean klang begeistert.

Dodds streckte beide Arme aus, damit ihre Besucherin sich die Sachen aus der Nähe anschauen konnte. »Die Steine sind hier aus der Gegend. Zuerst wasche ich sie, und dann mache ich einen Lacküberzug. Wirken nach meiner Überzeugung genauso gut wie kleine Kristalle.«

»Positive Energie?«, fragte Jean. Rebus wusste inzwischen nicht mehr, ob ihr Interesse nur geheuchelt oder echt war. »Würden Sie mir einen davon verkaufen?«

»Aber gerne«, sagte Dodds erfreut. Sie hatte noch immer vom Wind zerzaustes Haar, und auch ihr Gesicht war noch vom Spaziergang gerötet. Dann streifte sie einen der Reife über ihre Hand. »Wie wär's mit dem hier? Eins meiner Lieblingsstücke. Kostet bloß zehn Pfund.«

Jean fand Dodds' Preisvorstellungen offenbar etwas übertrieben, lächelte aber und reichte ihr eine Zehnpfundnote, die diese gleich in die Tasche schob.

»Miss Burchill arbeitet in Edinburgh im Museum«, sagte Rebus.

»Tatsächlich?«

»Ja, ich bin Ausstellungsleiterin.« Jean hatte sich den Reif bereits über das Handgelenk geschoben.

»Was für eine wundervolle Aufgabe. Immer wenn ich in der Stadt bin, versuche ich dort vorbeizuschauen.«

»Schon mal was von den Arthur's-Seat-Särgen gehört?«, fragte Rebus.

»Steve hat mir davon erzählt«, erwiderte Dodds. Rebus nahm an, dass sie von dem Reporter Steve Holly sprach.

»Miss Burchill interessiert sich für das Thema«, sagte Rebus. »Deshalb würde sie gern die Puppe sehen, die Sie gefunden haben.«

»Ja, natürlich.« Sie öffnete eine Schublade und brachte den Sarg zum Vorschein. Jean behandelte das Objekt mit großer Sorgfalt und legte es behutsam auf den Küchentisch, bevor sie es genauer in Augenschein nahm.

»Ziemlich gut gemacht«, sagte sie. »Erinnert mehr an die Särge vom Arthur's Seat als an die anderen.«

»›Die anderen‹?«, fragte Bev Dodds.

»Glauben Sie, dass es eine Kopie ist?«, fragte Rebus, ohne auf Dodds' Zwischenfrage einzugehen.

»Nicht unbedingt eine genaue Kopie«, sagte Jean. »Die Nägel sind anders, und auch die Bauweise unterscheidet sich ein wenig.«

»Aber derjenige, der diesen Sarg gemacht hat, kannte die Exponate?«

»Gut möglich. Man kann im Museum ja sogar Postkarten mit dem Motiv kaufen.«

Rebus sah Jean an. »Hat in letzter Zeit jemand ein besonderes Interesse an den Exponaten bekundet?«

»Woher soll ich das wissen?«

»Vielleicht ein Wissenschaftler oder so was.«

Sie schüttelte den Kopf. »Letztes Jahr hatten wir mal eine Doktorandin zu Besuch, aber die ist längst wieder in Toronto.«

»Sehen Sie etwa eine Verbindung?«, fragte Bev Dodds mit großen Augen. »Ich meine zwischen der Entführung und Ihren Ausstellungsstücken?«

»Wir wissen nicht, ob es sich um eine Entführung handelt«, stellte Rebus klar.

»Aber...«

»Miss Dodds..., Bev...« Rebus blickte ihr fest in die Augen.

»Ich muss Sie bitten, diese Unterhaltung vertraulich zu behandeln.«

Als sie verständnisvoll nickte, wusste Rebus sofort, dass Bev auf der Stelle Steve Holly anrufen würde, sobald er und Jean sich verabschiedet hatten. Seinen Tee ließ er stehen.

»Wir müssen jetzt los.« Jean verstand den Wink und stellte ihre Tasse auf die Spüle. »War nett bei Ihnen, vielen Dank.«

»Keine Ursache. Und danke, dass Sie das Armband gekauft haben. Schon die dritte Sache, die ich heute verkaufe.«

Draußen auf der Straße fuhren zwei Autos an ihnen vorbei: Tagesausflügler auf dem Weg zum Wasserfall, vermutete Rebus. Auf dem Rückweg würden die Leute vermutlich einen Zwischenstopp in der Töpferei einlegen und sich den berühmten Sarg zeigen lassen, nahm er an. Und vielleicht sogar etwas kaufen.

»Was denken Sie gerade?«, fragte Jean, als sie wieder neben ihm im Auto saß und ihr neues Armband betrachtete.

»Ach, nichts Besonderes«, log Rebus. Er beschloss, durch das Dorf zu fahren, wo der Rover und der BMW inzwischen frisch poliert im spätnachmittäglichen Sonnenlicht standen. Vor Bev Dodds Häuschen hatte sich ein Ehepaar mit zwei Kindern eingefunden. Der Vater hielt eine Videokamera in der Hand. Und an der Hauptstraße musste Rebus vier oder fünf Autos die Vorfahrt einräumen, bevor er Richtung Meadowside abbiegen konnte, wo auf der Wiese drei Jungen einen Fußball hin- und herschoben. Gut möglich, dass auch die beiden dabei waren, die er bei seinem ersten Besuch gesehen hatte. Rebus hielt an, kurbelte das Fenster herunter und rief den Jungen etwas zu. Sie sahen zwar in seine Richtung, ließen sich aber in ihrem Spiel nicht beirren. Rebus bat Jean um einen Augenblick Geduld und stieg aus dem Wagen.

»Hey, ihr da«, rief er den Jungen zu.

»Wer sind Sie?« Der Frager war ein dürrer Junge mit vorstehenden Rippen, dessen dünne Arme in geballten Fäusten endeten. Er hatte kurz geschorenes Haar und blinzelte gegen das

Licht: anderthalb Meter groß und nichts als Aggression und Misstrauen.

»Ich bin von der Polizei«, sagte Rebus.

»Wir haben nichts verbrochen.«

»Schön für euch.«

Der Junge trat mit voller Kraft gegen den Ball, der einem der beiden anderen Spieler gegen den Oberschenkel klatschte, was wiederum der dritte irrsinnig witzig fand.

»Kannst du mir vielleicht was über die Serieneinbrüche erzählen, die es hier vor einiger Zeit gegeben hat?«

Der Junge sah ihn an. »Sie können mich mal«, sagte er.

»Aber gerne, junger Mann. Wo soll ich anfangen?« Der Junge gab sich Mühe, verächtlich zu grinsen. »Oder hast du zufällig 'ne Ahnung, wer die Kirchentür beschmiert hat?«

»Nein«, sagte der Junge.

»Nein?« Rebus klang überrascht. »Okay, letzter Versuch: Was hat es mit dem kleinen Sarg auf sich, der oben am Wasserfall aufgetaucht ist?«

»Was soll damit sein?«

»Habt ihr das Ding zufällig gesehen?«

Der Junge schüttelte den Kopf. »Sag ihm, er soll sich verpissen, Chick«, riet ihm einer seiner Freunde.

»Chick?«, sagte Rebus, damit der Junge wusste, dass er sich seinen Namen gemerkt hatte.

»Ich hab den Sarg nie gesehen«, sagte Chick. »Ich würde doch nicht zu *der* ins Haus gehen.«

»Und wieso nicht?«

»Ach, die ist doch nicht ganz dicht.« Chick lachte.

»Was soll das heißen – nicht ganz dicht?«

Chick verlor allmählich die Geduld. Ganz gegen seinen Willen hatte er sich auf ein Gespräch eingelassen. »Nicht ganz dicht halt – wie alle Leute drüben im Ort.«

»Arrogante Scheißer«, kam ihm sein Kumpel zur Hilfe. »Komm, wir hauen ab, Chick.« Die beiden rannten davon und sammelten unterwegs noch den dritten Jungen und den Ball ein. Rebus sah ihnen noch ein paar Sekunden hinterher, doch Chick drehte sich nicht um. Als er zum Wagen zurückkam, sah er, dass Jean das Fenster heruntergedreht hatte.

»Na gut«, sagte er, »ich bin wohl nicht gerade der ideale Gesprächspartner für Schulkinder.«

Sie lächelte. »Und wieso waren die so aufgebracht?«

Rebus ließ den Wagen an und sah sie an. »Weil sie die zugeknöpften Schlipsträger drüben im Ort nicht leiden können.«

Spät an diesem Sonntagabend stand Rebus wieder unten vor Philippa Balfours Wohnung auf dem Trottoir. Obwohl er den Schlüsselbund bei sich trug, verzichtete er in Anbetracht des Ärgers, den er durch seinen letzten Besuch verursacht hatte, lieber darauf, Gebrauch davon zu machen. Jemand hatte oben im Salon und im Schlafzimmer die Jalousien heruntergelassen, sodass die Wohnung hermetisch von der Außenwelt abgeschlossen schien.

Inzwischen war seit Philippas Verschwinden eine ganze Woche vergangen, deshalb hatte die Polizei beschlossen, die Situation an dem fraglichen Abend so realistisch wie möglich nachzustellen. Also hatte sich eine junge Polizeibeamtin, die eine flüchtige Ähnlichkeit mit der vermissten Studentin aufwies, ein ähnliches Versace-T-Shirt übergestreift, wie das, was Flip am Abend ihres Verschwindens angeblich getragen hatte. Die junge Frau sollte von den Pressefotografen zunächst dabei abgelichtet werden, wie sie die Wohnung verließ. Anschließend sollte sie zügig bis zum Ende der Straße gehen und dort in ein bereitstehendes Taxi einsteigen. Kurz darauf – so das Szenario – sollte sie dann wieder aus dem Taxi aussteigen und hügelaufwärts Richtung Stadtzentrum marschieren. Auf der gesamten Strecke waren Fotografen und uniformierte Beamte im Einsatz, wobei die Polizisten dafür zuständig waren, Fußgänger und Autofahrer aufzuhalten und zu befragen. Auf diese Weise sollte die junge Polizistin die gesamte Strecke bis zu der Bar auf der South Side zurücklegen...

Zwei Fernsehteams – ein schottisches und eines von der BBC – standen bereit, um die Inszenierung aufzuzeichnen. Abends sollten dann kurze Ausschnitte davon in den Nachrichten gezeigt werden.

Die Inszenierung hatte den Zweck zu beweisen, dass die Polizei *aktiv* war.

Das war aber auch alles.

Gill Templer, die auf der anderen Straßenseite stand, sah Rebus an und bekundete durch ein Achselzucken, dass sie ebenso dachte. Dann setzte sie ihr Gespräch mit dem stellvertretenden Polizeipräsidenten Colin Carswell fort. Offenbar hatte der Vize ihr einiges mitzuteilen. Rebus zweifelte nicht daran, dass dabei mindestens einmal von »schnellen Fahndungserfolgen« die Rede sein würde. Er wusste aus eigener Erfahrung, dass Gill Templer, wenn sie so nervös war, gerne mit der Perlenkette herumspielte, die sie manchmal trug. Und tatsächlich machte sie sich auch jetzt mit den Fingern daran zu schaffen. Rebus musste an Bev Dodds' klimpernde Armbänder und -reife denken und daran, was der kleine Chick gesagt hatte: »Ach, die ist doch nicht ganz dicht«. Bücher über Hexerei in ihrem Wohnzimmer, nur dass sie den Raum als »Salon« bezeichnete. Plötzlich fiel ihm der Stones-Song »Spider and the Fly« ein, die B-Seite von »Satisfaction«. Bev Dodds kam ihm vor wie eine Spinne und ihr Salon wie ein fein gesponnenes Netz. Aus irgendeinem Grund ging ihm dieses bizarre Bild nicht mehr aus dem Kopf.

6

Am Montagmorgen nahm Rebus Jeans Zeitungsausschnitte mit aufs Revier. Auf seinem Schreibtisch erwarteten ihn bereits drei Nachrichten von Steve Holly und eine handschriftliche Notiz von Gill Templer, die ihn darauf hinwies, dass er um elf Uhr einen Arzttermin hatte. Er begab sich sofort zu ihrem Büro, um sie um Aufschub zu bitten, doch an ihrer Tür hing ein Zettel mit der Nachricht, dass sie sich den ganzen Tag am Gayfield Square aufhalten werde. Rebus ging also zu seinem Stuhl zurück, schnappte sich seine Zigaretten und das Feuerzeug und trat auf den Parkplatz hinaus. Er hatte sich kaum eine angesteckt, als Siobhan Clarke ihm entgegenkam.

»Gibt's was Neues?«, fragte er. Siobhan zeigte auf den Laptop, den sie unter dem Arm trug.

»Gestern Abend«, sagte sie.

»Und was ist passiert?«

Sie warf einen Blick auf seine Zigarette. »Sobald Sie mit dem widerlichen Ding fertig sind, kommen Sie nach oben, dann zeig ich es Ihnen.«

Dann fiel die Tür hinter ihr zu. Rebus beäugte seine Zigarette, zog ein letztes Mal daran und schnipste sie dann auf den Asphalt.

Als er wieder oben im Büro erschien, hatte Siobhan den Laptop bereits aufgebaut. Ein Kollege rief ihm entgegen, dass ein gewisser Steve Holly am Telefon sei, doch Rebus schüttelte bloß den Kopf. Er wusste verdammt gut, was Holly wollte: Bev Dodds hatte dem Kerl natürlich von Rebus' und Jeans kleinem Ausflug nach Falls erzählt. Er hob den Finger und bat Siobhan um eine Sekunde Geduld. Dann wählte er die Nummer des Museums.

»Jean Burchill, bitte«, sagte er. Er wartete.

»Hallo?« Es war ihre Stimme.

»Jean? Hier spricht John.«

»John, ich wollte Sie gerade anrufen.«

»Was Sie nicht sagen: Dann haben Sie den Kerl also auch am Hals?«

»Na ja, ›am Hals‹ ist vielleicht etwas übertrieben.«

»Ein Journalist namens Steve Holly, der sich brennend für die Puppen interessiert?«

»Hat er sich bei Ihnen auch schon gemeldet?«

»Ich kann Ihnen nur eines raten, Jean: Sagen Sie nichts.

Weigern Sie sich einfach, seine Gespräche entgegenzunehmen, und falls er Sie direkt erwischt, sagen Sie einfach, dass Sie nichts wissen. Egal, wie sehr der Typ Sie bedrängt...«

»Ja, gut. Hat Bev Dodds geplaudert?«

»Mein Fehler – hätte ich mir denken können.«

»Keine Sorge, John, ich kann schon auf mich aufpassen.«

Die beiden verabschiedeten sich, Rebus legte den Hörer wieder auf, ging dann zu Siobhans Schreibtisch hinüber und las die E-Mail auf ihrem Bildschirm.

Dieses Spiel ist kein Spiel. Es ist eine Suche. Sie brauchen dazu Energie und einen langen Atem und nicht zuletzt Intelligenz. Doch dafür werden Sie am Ende reich belohnt. Möchten Sie immer noch mitmachen?

»Ich habe zurückgemailt, dass ich interessiert bin, und gefragt, wie lange das Spiel ungefähr dauert.« Siobhan tippte auf der Tastatur herum. »Seine Antwort: Vielleicht ein paar Tage, vielleicht aber auch ein paar Wochen. Und dann hab ich gefragt, ob ich mit ›Hellbank‹ beginnen kann. Er hat prompt geantwortet, dass es sich bei ›Hellbank‹ um den Schwierigkeitsgrad vier handelt, und dass ich das Spiel von Anfang an spielen muss. Also hab ich okay gesagt und um Mitternacht dann das hier erhalten.«

Wieder erschien eine Nachricht auf dem Monitor. »Allerdings hat die Mail hier einen anderen Absender«, sagte Siobhan. »Keine Ahnung, wie viele Adressen er verwendet.«

»Damit man ihm nicht so leicht auf die Schliche kommt?«, fragte Rebus und las dann laut:

Woher soll ich wissen, dass Sie wirklich die Person sind, als die Sie sich ausgeben?

»Damit meint er meine E-Mail-Adresse«, erklärte Siobhan. »Zuerst habe ich nämlich Philippas Adresse benutzt und jetzt Grants.«

»Und was haben Sie geantwortet?«

»Dass er mir vertrauen muss. Entweder das – oder, dass ich jederzeit zu einem Treffen bereit bin.«

»Und – war er darauf scharf?«

Sie lächelte. »Nicht wirklich. Und dann hat er mir das hier geschickt.« Sie drückte auf eine andere Taste.

Seven fins high is king. Diese Königin diniert gut vor der Büste.

»Ist das alles?«

Siobhan nickte. »Ich hab ihn um einen Hinweis gebeten. Aber er hat nur denselben Text noch mal gemailt.«

»Vermutlich ist der Text bereits das Rätsel.«

Sie fuhr sich mit der Hand durch das Haar. »Ich hab letzte Nacht kaum ein Auge zugekriegt. Fällt Ihnen zu den beiden Sätzen was ein?«

Er schüttelte den Kopf. »Da müssen Sie schon jemand fragen, der gerne Rätsel löst. Ist Grant nicht der junge Liebhaber anspruchsvoller Kreuzworträtsel?«

»Tatsächlich?« Siobhan blickte zu Grant Hoods Schreibtisch hinüber, wo dieser gerade telefonierte.

»Gehen Sie doch mal rüber und fragen Sie ihn.«

Als Hood den Hörer auflegte, stand Siobhan schon neben ihm. »Wie geht's dem Laptop?«, fragte er.

»Gut.« Sie hielt ihm ein Blatt Papier unter die Nase. »Ich hab gehört, dass Sie eine Schwäche für Rätsel haben.«

Er nahm ihr das Blatt aus der Hand, würdigte es jedoch keines Blickes. »Und – wie fanden Sie den Samstagabend?«

Sie nickte. »War nett.«

Und das war nicht mal gelogen: zuerst ein paar Drinks, und dann waren sie zum Essen in ein angenehmes kleines Restaurant in der Neustadt gegangen. Das Gespräch hatte vor allem um berufliche Dinge gekreist, da sie sich privat ja kaum kannten. Trotzdem ein netter Abend – und ein bisschen Spaß zu Lasten der Kollegen hatten sie auch gehabt. Im Übrigen hatte Grant sich ganz als Gentleman gezeigt und sie hinterher zu Fuß nach Hause begleitet. Von einer Einladung zum Kaffee hatte sie allerdings abgesehen. Er hatte gesagt, dass er sich in der Broughton Street ein Taxi nehmen wollte.

Grant nickte jetzt ebenfalls und lächelte. »Nett« war für

seine Zwecke völlig ausreichend. Dann schaute er auf das Blatt. »Seven fins high is king«, las er laut vor. »Was soll das denn heißen?«

»Ich hatte gehofft, dass Sie mir das vielleicht sagen können.«

Er las den Text nochmals durch. »Vielleicht ein Anagramm. Allerdings eher unwahrscheinlich: nicht genug Vokale, lauter i und e. ›Vor der Büste‹ – um Gottes willen vor welcher Büste denn?« Siobhan zuckte bloß mit den Achseln. »Vielleicht fällt mir ja was ein, wenn Sie mir erklären, wie Sie an dieses komische Rätsel gekommen sind«, sagte Hood.

Siobhan nickte. »Vielleicht bei einer Tasse Kaffee?«, fragte sie.

Von seinem Schreibtisch aus beobachtete Rebus, wie die zwei den Raum verließen. Dann nahm er sich den ersten Zeitungsausschnitt vor. An einem Tisch in der Nähe sprachen einige Kollegen über eine weitere Pressekonferenz. Sie waren einhellig der Meinung: Wen Hauptkommissarin Templer da rausschickte, den hatte sie auf dem Kieker. Rebus kniff die Augen zusammen und las einen Satz, den er beim ersten Mal anscheinend übersehen hatte. Es handelte sich um den Bericht von 1995, in dem es hieß, mysteriöser Fund in einem Wäldchen: Ein Hund hat unweit des Huntingtower Hotels nahe Perth eine sargförmige Holzkiste und nicht weit davon entfernt einen Stofffetzen entdeckt. Im letzten Viertel des Artikels wurde ein ungenannter Mitarbeiter des Hotels mit den Worten zitiert: »Wenn wir nicht auf der Hut sind, könnte der Ruf unseres Hauses Schaden nehmen.« Rebus überlegte, was damit gemeint sein könnte. Er hob den Hörer ab, um Jean Burchill zu fragen, ob ihr dazu etwas einfiel. Doch dann überlegte er es sich anders, weil er nicht wollte, dass sie dachte... ja, was eigentlich? Tatsächlich hatte er den Sonntagnachmittag sehr genossen und glaubte, dass es ihr ähnlich gegangen war. Nach der Rückkehr hatte er sie in Portobello vor ihrer Wohnung abgesetzt, ihre Einladung zum Kaffee allerdings ausgeschlagen.

»Ich hab ihre Zeit schon lange genug in Anspruch genommen«, so seine Worte. Und sie hatte ihm nicht widersprochen. »Vielleicht ein andermal«, hatte sie bloß entgegnet.

Auf dem Heimweg nach Marchmont hatte er dann das Gefühl gehabt, dass es womöglich ein Missverständnis zwischen ihnen gegeben hatte. Deshalb hätte er sie abends beinahe noch mal angerufen, doch dann hatte er sich im Fernsehen einen Tierfilm angeschaut, an den er sich hinterher allerdings kaum noch zu erinnern vermochte. Bis ihm plötzlich wieder eingefallen war, dass ja um halb acht der letzte Abend der vermissten Philippa Balfour nachgestellt werden sollte. Und so war er losgezogen, um dabei zuzusehen...

Immer noch lag seine Hand auf dem Hörer. Schließlich hob er ab, ließ sich die Nummer des Huntingtower Hotels geben und verlangte dort mit dem Geschäftsführer zu sprechen.

»Tut mir Leid«, sagte die Rezeptionistin. »Er ist gerade in einer Besprechung. Kann ich ihm etwas ausrichten?«

Rebus erklärte ihr, wer er sei. »Ich würde gerne mit jemandem sprechen, der schon 1995 in Ihrem Haus tätig war.«

»Könnten Sie mir vielleicht den Namen nennen?«

Er lächelte über das Missverständnis. »Nein, ich meine niemand Bestimmten, sondern nur irgendjemand, der zu der Zeit schon bei Ihnen gearbeitet hat.«

»Ach so. Also ich selbst arbeite zum Beispiel schon seit 1993 hier.«

»Dann können Sie sich vielleicht noch an den kleinen Sarg erinnern, der damals in der Nähe des Hotels aufgetaucht ist?«

»Ja, vage.«

»Ich habe hier einen Zeitungsbericht über den damaligen Vorfall. Dort heißt es, dass der Ruf des Hotels durch den Fund womöglich Schaden nehmen könnte.«

»Ja.«

»Und weshalb?«

»Ganz sicher bin ich mir nicht. Aber vielleicht wegen der amerikanischen Touristin.«

»Welcher Touristin?«

»Na, dieser Frau, die damals verschwunden ist.«

Er saß einige Sekunden sprachlos da und bat die Rezeptionistin dann, zu wiederholen, was sie gerade gesagt hatte.

Rebus stattete dem Erweiterungsbau der Nationalbibliothek an der Causewayside einen Besuch ab. Von der St. Leonard's Street aus waren es bis dorthin zu Fuß gerade einmal fünf Minuten. Als er seinen Ausweis vorzeigte und sein Anliegen vortrug, wurde er zu einem Tisch mit einem Mikrofilmgerät geführt – einem großen beleuchteten Bildschirm mit zwei Spulen. Um das Gerät zu benutzen, musste man den Film auf eine der beiden Spulen stecken und dann auf eine leere Filmrolle wickeln, die auf der zweiten Spule angebracht war. Rebus kannte den Mechanismus bereits aus der Zeit, als sich die Zeitschriftenabteilung noch im Hauptgebäude an der George IV. Bridge befunden hatte. Obwohl er die Bibliotheksangestellten auf die Dringlichkeit seines Anliegens hingewiesen hatte, dauerte es fast zwanzig Minuten, bis ein Bibliothekar mit den Filmbehältern erschien. Eine der Zeitungen, die er bestellt hatte, war der in Dundee erscheinende *Courier*. Rebus' Familie hatte das Blatt früher selbst abonniert. Bis vor kurzem hatte die Zeitung eher den Charakter eines Anzeigenblättchens gehabt und sogar auf der Titelseite spaltenbreite Anzeigen abgedruckt. Keine Nachrichten. Keine Fotos. Ja, es hieß sogar, dass der *Courier* beim Untergang der *Titanic* mit der Schlagzeile »Mann aus Dundee auf See verschollen« erschienen war. Nicht dass die Zeitung provinziell wäre.

Rebus hatte den Bericht über den Fund des kleinen Sarges in der Nähe des Huntingtower Hotels mitgebracht und ging jetzt auf dem Bildschirm die Ausgaben der Zeitung durch, die kurz vor diesem Vorfall erschienen waren. Dabei fand er – rund vier Wochen vor dem fraglichen Termin – auf einer Innenseite des Blattes die Überschrift »Verschwinden amerikanischer Touristin weiter ungeklärt«. Bei der achtunddreißig

Jahre alten verheirateten Frau handelte es sich um eine gewisse Betty-Anne Jesperson. Sie hatte zusammen mit einer US-Reisegruppe die »Mystischen schottischen Highlands« besucht. Das Foto in der Zeitung stammte aus Betty-Annes Reisepass. Auf dem Bild war eine schwergewichtige Frau mit dunklem, dauergewelltem Haar und einer großen Brille zu sehen. Ihr Ehemann Garry hatte ausgesagt, dass sie bereits morgens vor dem Frühstück häufig einen Spaziergang unternahm. Allerdings hatte niemand im Hotel sie weggehen sehen. Die Polizei hatte damals die ganze Gegend systematisch durchkämmt, im Zentrum von Perth sogar Kopien der Fotografie verteilt. Als Rebus den Film eine Woche weiterspulte, war die Geschichte dem Blatt nur mehr einige Absätze wert. Wieder eine Woche später wurde der Fall bereits in einem einzigen Absatz abgehandelt. Und so verschwand die Geschichte genau wie die arme Betty-Anne selbst allmählich vollständig aus dem Bewusstsein der Öffentlichkeit.

Nach Auskunft der Hotelrezeptionistin war Garry Jesperson im selben Jahr noch mehrmals in die Gegend zurückgekehrt und hatte im folgenden Jahr sogar weitere vier Wochen dort verbracht. Zuletzt hatte sie von ihm gehört, dass er eine andere Frau kennen gelernt hatte, mit der er von New Jersey nach Baltimore gezogen war.

Rebus hielt diese Details in seinem Notizbuch fest, saß dann gedankenverloren da und klopfte so lange mit dem Stift auf die Tischplatte, bis ein anderer Benutzer ihn durch ein Räuspern darauf aufmerksam machte, dass er sich durch den Lärm gestört fühlte.

Dann bestellte er vorne an der Ausleihe einige Jahrgänge weiterer Tageszeitungen, darunter die *Dunfermline Press*, den *Glasgow Herald* und den *Inverness Courier*. Da von diesen Blättern einzig der *Herald* auf Mikrofilm gespeichert war, bestellte er den zuerst. 1982: die Puppe auf dem Friedhof... Van Morrison hatte Anfang '82 das Album *Beautiful Vision* herausgebracht. Rebus fing an »Dweller on the Threshold« zu summen und hielt abrupt inne, als ihm bewusst wurde, wo er sich befand. 1982 war er noch ein kleiner Detective gewesen und hatte mit einem Ermittler namens Jack Morton zusammengearbeitet. Sie waren an der Great London Road stationiert gewesen, bevor das Revier dort ausgebrannt war. Als der *Herald*-Film schließlich eintraf, legte er ihn in das Gerät ein und ließ die Tage und Wochen über den Bildschirm rasen. Sämtliche Beamte, die damals in der Great London Road die höheren Positionen bekleidet hatten, waren inzwischen gestorben oder in Pension. Er hatte zu keinem von ihnen mehr Kontakt. Und jetzt war auch noch der Farmer weg. Ob es ihm nun passte oder nicht: Ziemlich bald war die Reihe auch an ihm. Obwohl er sich beim besten Willen nicht vorstellen konnte, dass er freiwillig gehen würde. Man würde ihn schon mehr oder weniger gewaltsam aus dem Dienst entfernen müssen...

Die Puppe auf dem Friedhof war im Mai entdeckt worden. Er begann daher Anfang April mit der Lektüre. Ärgerlich, dass Glasgow eine richtig große Stadt war, dass dort also wesentlich mehr Verbrechen verübt wurden als an einem Ort wie beispielsweise Perth. Deshalb hegte er gewisse Zweifel, ob ihm eine potenziell interessante Meldung überhaupt auffallen würde. Und wenn damals eine Person verschwunden war, ob dann überhaupt etwas darüber in der Zeitung gestanden hatte? Schließlich wurden jedes Jahr tausende von Menschen als vermisst gemeldet. Es gab aber auch welche, die einfach abtauchten, ohne dass jemand etwas davon merkte: Obdachlose zum Beispiel oder Alleinstehende ohne Freunde und Verwandte. Schließlich war es in diesem Land durchaus nicht ungewöhnlich, dass eine Leiche so lange vor dem laufenden Fernseher saß, bis die Nachbarn sich durch den Geruch gestört fühlten.

Allerdings fand er in den Ausgaben der Zeitung, die im April jenes Jahres erschienen waren, nicht einen Bericht über einen vermisst gemeldeten Menschen, dafür jedoch mehrere Meldungen über sechs ungewöhnliche Todesfälle, darunter zwei Frauen. Eine davon war auf einer Party erstochen worden. Angeblich hatte ein Mann die polizeilichen Ermittlungen damals tatkräftig unterstützt. Vermutlich der Freund, dachte Rebus. Er hegte keinen Zweifel daran, dass er irgendwann auf eine Meldung über eine Gerichtsverhandlung stoßen würde, wenn er den Fall nur lange genug weiterverfolgte. Bei dem zweiten Fall handelte es sich um eine Wasserleiche, die jemand am südlichen Ende des Rosshall Parks am Ufer eines Flusses namens White Cart Water gefunden hatte. Rebus hatte den Namen vorher noch nie gehört. Bei dem Opfer handelte es sich um die zweiundzwanzig Jahre alte Hazel Gibbs. Ihr Mann war bloß ein wenig spazieren gegangen, während seine Frau mit den beiden Kindern zu Hause geblieben war. Nach Auskunft ihrer Freunde hatte Hazel unter Depressionen gelitten. Erst am Abend vor ihrem Verschwinden hatte jemand sie betrunken in einer Kneipe gesehen, während sie die Kinder offenbar sich selbst überlassen hatte.

Rebus ging nach draußen und wählte die Nummer von Bobby Hogan von der Kripo in Leith.

»Bobby, hier spricht John. Du kennst dich doch in Glasgow ziemlich gut aus – oder?«

»Ja, ein bisschen.«

»Schon mal den Namen White Cart Water gehört?«

»Eigentlich nicht.«

»Und Rosshall Park?«

»Wie bitte?«

»Wie sieht es mit deinen Kontakten aus drüben im Westen?«

»Ich könnte mal jemand anrufen.«

»Würdest du das bitte tun?« Rebus wiederholte die Namen und beendete dann die Verbindung. Er rauchte eine Zigarette und beäugte ein neues Lokal, das an der Ecke gegenüber aufgemacht hatte. Ein Drink würde ihm nicht schaden. Dann fiel ihm wieder ein, dass er ja zum Arzt gehen sollte. Ach was, verdammt, das konnte warten. Musste er halt einen neuen Termin vereinbaren. Als Hogan nach der Zigarette immer noch nicht zurückgerufen hatte, ging Rebus wieder zu seinem Mikrofilmgerät und sah die Ausgaben vom Mai '82 durch. Als dann plötzlich das Handy klingelte, starrten ihn die Bibliothekare und die übrigen Benutzer entsetzt an. Rebus stieß einen Fluch aus, presste sich das Telefon an das Ohr und stand von seinem Platz auf, um nach draußen zu gehen.

»Hallo, ich bin's«, sagte Hogan.

»Was gibt's?«, flüsterte Rebus, während er zum Ausgang hinüberging.

»Der Rosshall Park liegt in Pollok, also südwestlich des Zentrums. Und am Rand dieses Parks fließt ein kleiner Fluss, und der heißt White Cart Water.«

Rebus blieb wie angewurzelt stehen. »Bist du sicher?« Er sprach jetzt wieder in normaler Lautstärke.

»Hat mein Gewährsmann jedenfalls gesagt.«

Rebus huschte zurück an seinen Tisch. Der *Herald*-Artikel lag unter dem *Courier*-Bericht. Also kramte er ihn noch mal hervor, um auf Nummer sicher zu gehen.

»Danke, Bobby«, sagte er und beendete das Gespräch. Die Leute ringsum gaben aufgebrachte Unmutsäußerungen von sich, doch das war ihm im Augenblick ziemlich egal. »Kirche verurteilt blasphemisches Fundobjekt«: der Sarg, der auf dem Friedhof entdeckt worden war. Und die Kirche lag an der Potterhill Road.

In Pollok.

»Ich vermute mal, dass Sie es für überflüssig halten, mir Ihr Verhalten zu erklären«, sagte Gill Templer.

Rebus war zum Gayfield Square gefahren und hatte sie um eine kurze Unterredung gebeten. Sie befanden sich wieder in dem muffigen Büro.

»Das wollte ich gerade tun«, sagte Rebus. Er legte sich die Hand auf die Stirn. Sein Gesicht fühlte sich glühend heiß an.

»Sie hatten heute früh einen Arzttermin.«

»Ist was dazwischengekommen. Unglaubliche Geschichte.«

Sie zeigte mit dem Finger auf die Boulevardzeitung, die aufgeschlagen vor ihr auf dem Schreibtisch lag. »Wissen Sie, woher Steve Holly diese Informationen hat?«

Rebus schob sich die Zeitung zurecht. Trotz des Zeitdrucks hatte Holly eine Geschichte zusammengeschustert, in der die Särge von Arthur's Seat vorkamen, »eine Expertin des Schottischen Nationalmuseums« erwähnt wurde, außerdem der Sarg, den Bev Dodds in Falls entdeckt hatte, und schließlich »das hartnäckige Gerücht, dass noch weitere Särge existieren«.

»Was soll das heißen – ›weitere Särge‹?«, fragte Gill.

»Das versuche ich Ihnen die ganze Zeit zu erklären.« Und so fing er an, ihr die Sachlage zu schildern. In den verstaubten und in Leder gebundenen Bänden, zu denen die einzelnen Jahrgänge der *Dunfermline Press* und des *Inverness Courier* zusammengefasst waren, hatte er genau gefunden, was er schon die ganze Zeit geahnt und befürchtet hatte. Im Juli 1977, eine knappe Woche bevor Spaziergänger an einem Strand in Nairn einen Sarg entdeckt hatten, war rund sieben Kilometer entfernt die Leiche einer gewissen Paula Gearing angeschwemmt worden. Die Umstände ihres Todes lagen im Dunkeln, deshalb wurde ihr tragisches Schicksal als »Unglücksfall« verbucht. Im Oktober 1972, also drei Wochen bevor ein anderer Spaziergänger in einer Schlucht nahe Dunfermline einen kleinen Sarg gefunden hatte, war ein junges Mädchen namens Caroline Farmer vermisst gemeldet worden. Kurz zuvor hatte der langjährige Freund des Mädchens die Beziehung zu ihr beendet. Man nahm allgemein an, dass sie deshalb von zu Hause ausgerissen war. Ihre Angehörigen wollten angeblich alles unternehmen, um Caroline wiederzufinden. Rebus bezweifelte, dass diese Bemühungen erfolgreich gewesen waren.

Gill Templer hörte sich seinen Bericht kommentarlos an. Als er fertig war, inspizierte sie die Zeitungsausschnitte und die Notizen, die er in der Bibliothek gemacht hatte. Schließlich blickte sie ihn an.

»Ziemlich dünn, John.«

Rebus sprang von seinem Stuhl auf. Er brauchte unbedingt Bewegung, aber in dem Zimmer war nicht genug Platz. »Gill, glauben Sie mir, an der Sache ist was dran.«

»Ein Mörder, der in der Nähe des Tatorts einen Sarg deponiert?« Sie schüttelte langsam den Kopf. »Leuchtet mir einfach nicht ein. Bisher haben Sie zwei Leichen, allerdings keinen Beweis für einen kriminellen Hintergrund, und zwei vermisste Personen. Ich kann da beim besten Willen kein Muster erkennen.«

»Wenn man Philippa Balfour mitrechnet, sind es drei Vermisste.«

»Und dann ist da noch etwas: Zwischen Philippas Verschwinden und dem Auftauchen des Sarges in Falls ist nicht mal *eine* Woche vergangen. Auch dahinter vermag ich kein Muster zu erkennen.«

»Dann glauben Sie also, dass ich Gespenster sehe?«

»Vielleicht.«

»Aber kann ich der Spur nicht wenigstens nachgehen?«

»John...«

»Ich brauche dazu nur einen oder vielleicht zwei Beamte. Geben Sie uns ein paar Tage Zeit, und dann sehen wir weiter.«

»Unsere Ressourcen sind ohnehin schon völlig ausgeschöpft.«

»Und was machen wir dann? Im Walde pfeifen, bis Philippa zurückkommt, sich telefonisch bei ihren Eltern meldet oder tot aufgefunden wird? Geben Sie mir zwei Leute.«

Sie schüttelte langsam den Kopf. »Sie können einen Beamten haben. Und drei oder vier Tage – dann ist Schluss. Klar?«

Rebus nickte.

»Und noch eins, John: Suchen Sie den Arzt auf, sonst bekommen Sie es mit mir zu tun. Verstanden?«

»Ja, verstanden. Und wen geben Sie mir zur Unterstützung?«

Templer machte ein nachdenkliches Gesicht. »Wen möchten Sie denn?«

»Geben Sie mir Ellen Wylie.«

Sie sah ihn ungläubig an. »Gibt es dafür einen bestimmten Grund?«

Er zuckte mit den Achseln. »Fernsehmoderatorin wird sie wohl nicht mehr werden, aber sie ist eine gute Polizistin.«

Templer sah ihn immer noch fragend an. »Okay«, sagte sie schließlich. »Na gut.«

»Und gibt es vielleicht eine Möglichkeit, uns diesen Steve Holly vom Hals zu halten?«

»Ich kann's versuchen.« Sie klopfte mit dem Finger auf die Zeitung. »Ich nehme mal an, dass es sich bei der ›Expertin des Schottischen Nationalmuseums‹ um Jean handelt.« Sie wartete, bis er nickte, und seufzte dann. »Hätte ich mir ja denken können, als ich Sie zwei zusammengebracht habe.« Sie strich sich mit der Hand über die Stirn, wie auch der Farmer es immer getan hatte, wenn Rebus ihm mal wieder großes Kopfzerbrechen bereitet hatte.

»Und wonach genau suchen wir?«, fragte Ellen Wylie. Man hatte sie in die St. Leonard's Street beordert, und die Aussicht, mit Rebus zusammenzuarbeiten, schien sie nicht gerade zu begeistern.

»Zunächst müssen wir uns absichern«, sagte er, »und nachweisen, dass die Vermissten nie mehr aufgetaucht sind.«

»Also mit den Angehörigen sprechen?«, sagte sie und machte sich eine Notiz.

»Genau. Was die beiden Leichen anbelangt, sollten wir die Obduktionsbefunde nochmals durchsehen und feststellen, ob die Pathologen möglicherweise etwas übersehen haben.«

»1977 und 1982? Glauben Sie, dass es die Berichte überhaupt noch gibt?«

»Hoffen wir's. Außerdem haben viele Pathologen ein wahres Elefantengedächtnis.«

Sie machte sich abermals eine Notiz. »Entschuldigen Sie, wenn ich mich wiederhole: Aber wonach suchen wir eigentlich? Geht es Ihnen darum nachzuweisen, dass es einen Zusammenhang zwischen diesen Frauen und den Särgen gibt?«

»Keine Ahnung.« Aber er wusste genau, was sie meinte. Es war eine Sache, eine Vermutung zu haben, eine andere, auch die nötigen Beweise beizubringen – vor allem vor Gericht. »Und wenn es nur meiner Beruhigung dient«, sagte er schließlich.

»Und das Ganze begann mit ein paar Särgen, oben auf dem Arthur's Seat?« Er nickte, ohne sie mit seinem Enthusiasmus anstecken zu können.

»Wissen Sie was«, sagte er schließlich. »Wenn ich mir das alles bloß einbilde, können Sie mich ja später ausführlich kritisieren, aber vorher müssen wir noch ein bisschen Wühlarbeit leisten.«

Sie zuckte mit den Achseln und machte sich umständlich eine weitere Notiz. »Haben *Sie* mich angefordert, oder hat man mich Ihnen aufs Auge gedrückt?«

»Ich habe um Ihre Mitarbeit gebeten.«

»Und Hauptkommissarin Templer war damit einverstanden?«

Rebus nickte. »Sehen Sie da ein Problem?«

»Ich weiß nicht recht.« Sie schien die Frage ernstlich zu überdenken. »Wahrscheinlich nicht.«

»Also gut«, sagte er. »Dann los.«

Er brauchte fast zwei Stunden, um seine bisherigen Erkenntnisse in den Computer einzugeben. Dabei verfolgte er das Ziel, eine Art Gerüst auszuarbeiten, an dem sie sich bei der weiteren Arbeit orientieren konnten. Er notierte, an welchem Tag, in welcher Zeitung und auf welcher Seite die verschiedenen Berichte erschienen waren. Außerdem ließ er von der Bibliothek Kopien anfertigen. Wylie hängte sich währenddessen ans Telefon und ersuchte die zuständigen Reviere in Glasgow, Perth, Dunfermline und Nairn um Unterstützung. Sie forderte sämtliche noch vorhandenen schriftlichen Aufzeichnungen über die verschiedenen Fälle an und ließ sich die Namen der zuständigen Pathologen nennen. Wann immer sie zu lachen anfing, wusste Rebus, was ihr Gesprächspartner gerade gesagt hatte: »Das macht ja wirklich überhaupt keine Arbeit, worum Sie uns da bitten.« Während er auf die Tastatur einhämmerte, hörte er ihr bei der Arbeit zu. Sie wusste ganz genau, wann sie schüchtern und wann sie hartnäckig sein musste. Ihrer Stimme hörte man auch nicht einmal den unbeteiligten Gesichtsausdruck oder die zunehmende Müdigkeit an.

Sie sagte zum x-ten Mal »Danke« und legte den Hörer wieder auf die Gabel. Dann machte sie sich einen Vermerk, sah auf die Uhr und notierte die Zeit. Sie war wirklich sehr gründlich, das musste man ihr lassen. »Versprochen haben sie es jedenfalls«, sagte sie mehrfach auf seine Nachfrage.

»Besser als gar nichts.«

»Falls sie die Sachen wirklich schicken.« Dann schnappte sie sich wieder den Hörer, holte tief Luft und machte den nächsten Anruf.

Rebus konnte sich die langen Abstände zwischen den einzelnen Fällen nicht recht erklären: 1972, 1977, 1982, 1995. Fünf Jahre, fünf Jahre, dreizehn Jahre. Und jetzt möglicherweise abermals ein Fünfjahresabstand. Eigentlich ergäbe die Fünferreihe ja ein recht schönes Muster, wäre da nicht die dreizehnjährige Pause zwischen '82 und '95. Man konnte sich dafür natürlich alle möglichen Erklärungen zurechtlegen: etwa, dass der Täter, wer immer er auch sein mochte, in der Zwischenzeit verschwunden, ja, möglicherweise sogar im Knast gewesen war. Außerdem wusste Rebus ja nicht, ob der Mensch die Särge wirklich nur in Schottland verteilt hatte. Musste er nicht recherchieren, ob es in England beispielsweise ähnliche Vorfälle gegeben hatte? Und wenn der mutmaßliche Täter eine Zeit lang im Knast gewesen war, dann musste das irgendwo dokumentiert sein. Dreizehn Jahre waren kein Pappenstiel: Konnte sich eigentlich nur um Mord handeln.

Und dann gab es natürlich noch eine Möglichkeit: nämlich dass der Täter seinem Hobby zwar die ganze Zeit nachgegangen war, allerdings aus irgendeinem Grund auf die Särge verzichtet hatte. Denkbar war zudem, dass nicht alle Särge gefunden worden waren. Eine kleine Holzkiste... jeder Hund konnte so etwas zernagen. Möglich auch, dass Kinder die Kästchen mit nach Hause genommen hatten, oder dass jemand sie einfach angewidert in die nächste Mülltonne befördert hatte. Natürlich konnte die Polizei in der Hoffnung auf weitere Zeugen auch an die Öffentlichkeit appellieren, obwohl Rebus sich nicht recht vorzustellen vermochte, dass Templer sich auf so etwas einlassen würde. Ohne eine Menge Überzeugungsarbeit war da nichts zu erreichen.

»Niemand da?«, fragte er, als Wylie den Hörer unverrichteter Dinge wieder auflegte.

»Nein – meldet sich niemand. Vielleicht hat sich die Geschichte von der verrückten Polizistin aus Edinburgh bei den Kollegen ja schon rumgesprochen.«

Rebus zerknüllte ein Blatt Papier und warf es in den Papierkorb. »Ich glaube, wir müssen hier mal raus«, sagte er. »Wie wär's mit einer Pause?«

Wylie ging zum Bäcker, um sich einen Krapfen zu holen, während Rebus beschloss, einen Spaziergang zu machen, obwohl die umliegenden Straßen kaum Abwechslung boten: Mietshäuser und Wohnanlagen und dann noch die verkehrsreiche Holyrood Road und im Hintergrund die Salisbury Crags. Rebus entschied sich dafür, in das Passagengewirr zwischen St. Leonard's und Nicolson Street einzubiegen. In einem Zeitschriftenladen besorgte er sich eine Dose Irn-Bru und trank im Gehen davon. Angeblich sollte das Zeug ja gegen Katersymptome helfen, doch er trank es nur, um das Verlangen nach einem richtigen Drink zu unterdrücken: einem

Bier und einem Kurzen in einer verrauchten Kneipe, wo gerade ein Pferderennen über den TV-Monitor flimmerte... Da wäre natürlich der Southsider, aber Rebus überquerte tapfer die Straße, um der Versuchung von vornherein aus dem Weg zu gehen. Auf dem Gehsteig spielten Kinder, fast alle asiatischer Herkunft. Die Schule war für heute aus, und da waren sie nun mit ihrer Energie und ihrer Phantasie. Rebus überlegte, ob mit ihm selbst möglicherweise auch die Phantasie durchgegangen war... Völlig auszuschließen war das jedenfalls nicht: dass er Zusammenhänge sah, wo es keine gab. Er kramte sein Handy und einen Zettel mit einer Telefonnummer hervor.

Als am anderen Ende jemand abhob, ließ er sich mit Jean Burchill verbinden.

»Jean?« Er blieb stehen. »John Rebus. Sieht fast so aus, als ob wir mit unseren kleinen Särgen einen Volltreffer gelandet hätten.« Er hörte einen Augenblick zu. »Kann ich Ihnen jetzt nicht im Detail erklären.« Er blickte sich um. »Ich bin gerade auf dem Weg zu einer Besprechung. Haben Sie heute Abend schon was vor?« Wieder lauschte er. »Hm, schade. Und wie wär's mit einem Absacker?« Seine Miene hellte sich auf. »Also, dann um zehn Uhr? In Portobello oder in der Stadt?« Wieder hielt er inne. »Ja, wenn Sie vorher eine Sitzung haben, treffen wir uns doch lieber in der Stadt. Ich fahr Sie hinterher nach Hause. Also dann um zehn im Museum? Okay. Bis dann.«

Wieder blickte er sich um. Er stand auf dem Hills Square. Direkt neben ihm an einem Geländer war ein Schild angebracht. Plötzlich wusste er wieder, wo er war: auf der Rückseite der Surgeon's Hall. Die unauffällige Tür direkt vor ihm führte in die Sir-Jules-Thorn-Ausstellung, in der die Geschichte der Chirurgie dokumentiert wurde. Er studierte die Öffnungszeiten und sah auf die Uhr. Ihm blieben noch rund zehn Minuten. Was soll's, dachte er, stieß die Tür auf und trat in das Gebäude.

Dann stand er in einem ganz normalen Treppenhaus. Er stieg eine Etage hinauf und fand sich auf einem Treppenabsatz mit zwei Türen wieder: Offenbar Privatwohnungen. Also ging er ein weiteres Stockwerk hinauf. Als er über die Schwelle des Museums trat, schrillte eine Glocke. Augenblicklich erschien eine Museumsangestellte.

»Waren Sie schon einmal hier?«, fragte sie. Er schüttelte den Kopf. »Na gut. Also, die letzten Jahrzehnte sind in den beiden oberen Geschossen dokumentiert, und dort drüben links finden Sie die zahnchirurgische Abteilung.« Er bedankte sich, und die Dame überließ ihn wieder sich selbst. Rebus war offenbar der einzige Besucher. Für die Dentalabteilung brauchte er ungefähr eine halbe Minute. Er hatte nicht den Eindruck, dass die zahnmedizinische Technik in den vergangenen Jahrhunderten bedeutende Fortschritte gemacht hatte. Die übersichtlich gestaltete Hauptausstellung war auf zwei Etagen untergebracht, die meisten Exponate befanden sich in gut ausgeleuchteten Vitrinen. Er stand zunächst vor einem Apothekerladen und ging dann weiter zu einer lebensgroßen Puppe, die den Arzt Joseph Lister darstellte, der sich unter anderem durch die Einführung des Karbolsprays und des sterilen Katguts als Nähmaterial um die Entwicklung der Chirurgie verdient gemacht hatte. Ein paar Meter weiter stand er dann vor der Vitrine mit der Brieftasche, die früher einmal Burkes Haut gewesen war. Irgendwie fühlte er sich durch das Exponat an die kleine in Leder gebundene Bibel erinnert, die er als Kind mal von einem Onkel zum Geburtstag bekommen hatte. Daneben war ein Gipsabguss von Burkes Kopf ausgestellt; am Hals waren sogar noch die Wundmale zu erkennen, die der Strick des Henkers zurückgelassen hatte – dazu noch ein Abguss eines Komplizen namens John Brogan, der beim Transport der Leichen geholfen hatte. Während Burke mit seinem gepflegten Haar und seinem entspannten Gesicht erstaunlich friedlich aussah, waren Brogan die unendlichen Qualen, die er durchlitten hatte, deutlich anzusehen.

Ein Stück weiter hing dann ein Porträt des Anatomen Knox, der damals die noch warmen Leichen in Empfang genommen hatte.

»Armer Knox«, sagte eine Stimme hinter ihm. Rebus drehte sich um: Ein älterer Herr in perfekter Abendgarderobe – Fliege, Kummerbund und Lackschuhe. Rebus brauchte einen Augenblick, bis er ihn erkannte: Natürlich, Professor Devlin, Flips Nachbar. Devlin schlurfte weiter und blieb vor einem anderen Ausstellungsstück stehen. »Man hat immer wieder darüber gestritten, wie viel er tatsächlich gewusst hat.«

»Sie meinen, ob er gewusst hat, dass Burke und Hare Mörder sind?«

Devlin nickte. »Ich persönlich neige der Auffassung zu, dass er es gewusst hat. Damals haben die Anatomen ihre Arbeit nämlich fast ausschließlich an bereits erkalteten Leichen verrichtet. Aus ganz Großbritannien hat man sie nach Edinburgh geschafft, manche sogar per Schiff über den Union Canal. Um die Leichen vor Verwesung zu schützen, haben die Leichenräuber sie während des langen Transports in Whisky eingelegt. Ein lukratives Geschäft war das.«

»Und was ist hinterher aus dem Whisky geworden?«

Devlin kicherte. »Den haben sie verkauft, das ist doch ein schlichtes Diktat der Ökonomie«, sagte er. »Ironischerweise kamen Burke und Hare als Wirtschaftsflüchtlinge nach Schottland. Sie haben beim Bau des Union Canals geholfen.« Rebus erinnerte sich, dass Jean etwas ganz Ähnliches gesagt hatte. Devlin hielt inne und schob sich einen Finger in den Kummerbund. »Aber der arme Knox... zweifellos ein genialer Mann. Beihilfe zum Mord hat man ihm nie nachweisen können. Aber die Kirche war natürlich gegen ihn, das war das Problem. Sie wissen ja, der menschliche Leib galt als eine Art Tempel. Und viele Geistliche wandten sich gegen seine Erforschung – sie sahen darin eine Entweihung. Deshalb haben sie den Mob gegen Knox aufgewiegelt.«

»Und was ist aus ihm geworden?«

»In der Fachliteratur heißt es, dass er an einem Schlaganfall gestorben ist. Hare hingegen, der Kronzeuge war, musste aus Schottland fliehen. Doch selbst das nützte ihm am Ende nichts. Er wurde mit Kalk attackiert und fristete schließlich irgendwo in den Straßen Londons ein kümmerliches Dasein als blinder Bettler. Meines Wissens gibt es in London sogar ein Lokal mit dem Namen *Blind Beggar*, ob da allerdings eine Verbindung besteht...«

»Sechzehn Morde«, sagte Rebus, »und alle in *einem* Stadtviertel, alle in West Port.«

»Heutzutage kann man sich so etwas nicht mehr vorstellen, nicht wahr?«

»Aber heute haben wir ja auch Gerichtsmedizin und Pathologie.«

Devlin zog den Finger aus dem Kummerbund und hielt ihn mahnend hoch. »Genau«, sagte er. »Und die Pathologie hätte sich gar nicht entwickeln können, wenn es nicht Leichenschänder und solche Leute wie Burke und Hare gegeben hätte.«

»Sind Sie etwa deshalb hier – um diesen Herrschaften die Reverenz zu erweisen?«

»Vielleicht«, sagte Devlin. Dann sah er auf die Uhr. »Um sieben findet oben im großen Saal ein Abendessen statt. Ich bin absichtlich etwas früher gekommen, damit ich mich hier noch etwas umsehen kann.«

Rebus fiel plötzlich die Einladung auf Devlins Kaminsims wieder ein: *Abendgarderobe und Ehrenzeichen erwünscht*...

»Tut mir Leid, Herr Professor«, rief die Museumswärterin. »Aber ich muss jetzt schließen.«

»Schon in Ordnung, Maggie«, entgegnete Devlin und sagte dann zu Rebus: »Möchten Sie mal die übrigen Räumlichkeiten sehen?«

Rebus dachte an Ellen Wylie, die wahrscheinlich längst wieder an ihrem Schreibtisch hockte. »Eigentlich sollte ich jetzt...«

»Los, kommen Sie schon«, drängte Devlin. »Sie können doch nicht der Surgeon's Hall einen Besuch abstatten, ohne das Schwarze Museum gesehen zu haben.«

Die Museumsangestellte musste ihnen mehrere abgesperrte Türen aufschließen, bis die beiden Männer schließlich in das Hauptgebäude gelangten. In den langen Gängen, deren Wände mit den Porträts medizinischer Pioniere geschmückt waren, herrschte völlige Stille. Devlin zeigte auf den Eingang zur Bibliothek, blieb dann in einer von einer Kuppel gekrönten Rundhalle mit Marmorboden stehen und wies nach oben. »Sehen Sie, dort oben werden wir uns später zum Essen versammeln. Lauter fein gekleidete Professoren und Doktoren, die sich an zähem Hähnchen gütlich tun.«

Als Rebus nach oben blickte, sah er im ersten Stock eine umlaufende Empore samt Brüstung, in deren rückwärtige Wand eine Tür eingelassen war. »Und was ist der Anlass?«

»Das weiß nur Gott allein. Jedes Mal, wenn eine Einladung kommt, werfe ich denen nur einen Scheck in den Rachen.«

»Haben Gates und Curt auch zugesagt?«

»Wahrscheinlich. Sie wissen ja, dass Sandy Gates kein anständiges Essen ausschlagen kann.«

Rebus inspizierte die Innenseite der großen Eingangstüren. Er hatte sie zwar schon öfter gesehen, allerdings nur von außen, wenn er zu Fuß oder mit dem Auto in der Nicolson Street unterwegs gewesen war. Offen hatte er sie noch nie gesehen, und das sagte er Devlin auch.

»Heute Abend werden sie weit geöffnet sein«, entgegnete dieser. »Die Gäste treten nämlich durch ebendiese Türen ein und gehen dann gleich dort die Treppe hinauf. Und jetzt bitte hier entlang.«

Wieder einige Korridore und dann ein paar Stufen. »Dürfte eigentlich nicht abgesperrt sein«, sagte Devlin, als sie auf eine weitere riesige Flügeltür zugingen. »Nach dem Dinner machen die Gäste gerne einen kleinen Rundgang, der die meisten von ihnen zu dieser Tür führt.« Er drückte die Klinke herunter. Er hatte Recht gehabt, die Tür ging tatsächlich auf, und sie traten in eine große Ausstellungshalle.

»Das Schwarze Museum«, sagte Devlin mit einer ausladenden Geste.

»Hab schon davon gehört«, sagte Rebus. »Allerdings bin ich noch nie hier gewesen.«

»Ist ohnehin für den Publikumsverkehr gesperrt«, erklärte Devlin. »Eigentlich weiß ich gar nicht warum. Schließlich könnte das Institut ein bisschen Geld verdienen, wenn man die Räume als Touristenattraktion zugänglich machen würde.«

Offiziell hieß der Raum Playfair Hall, und er erschien Rebus nicht annähernd so gruselig, wie sein Spitzname suggerierte. Bei den meisten Ausstellungsstücken handelte es sich um alte chirurgische Werkzeuge, die man eher in einer Folterkammer als in einem Operationssaal vermutet hätte. Ferner gab es reichlich Knochen, Körperteile sowie andere merkwürdige Dinge, die in einer trüben Flüssigkeit in Gläsern schwammen. Über eine schmale Treppe gelangten sie auf eine kleine Empore, wo weitere Gläser standen.

»Kann einem aufrichtig Leid tun der Bursche, der das Formaldehyd nachfüllen muss«, sagte Devlin etwas atemlos.

Rebus inspizierte den Inhalt eines Glasbehälters. Aus dem Gefäß starrte ihm das merkwürdig verzerrte Gesicht eines Kleinkindes entgegen. Dann erst bemerke er, dass der Kopf auf zwei getrennten Körpern aufsaß. Am Kopf zusammengewachsene siamesische Zwillinge, deren Gesichter zu einem Ganzen verschmolzen waren. Rebus, der schon eine Menge Scheußlichkeiten gesehen hatte, stand vor Grauen wie gebannt vor dem Behältnis. Aber es gab noch weitere Exponate zu besichtigen, andere missgebildete Föten. Außerdem hingen an den Wänden diverse Zeichnungen und Gemälde, auf denen Soldaten zu sehen waren, denen eine Kanonen- oder Gewehrkugel einen ganzen Körperteil abgerissen hatte.

»Mein Lieblingsexponat«, sagte Devlin. Er stand inmitten

der grauenhaftesten Bilder und betrachtete ruhig das Porträt eines lächelnden jungen Mannes. Rebus las die Bildunterschrift.

»Dr. Kennet Lovell, Februar 1829.«

»Lovell war einer der Anatomen, die William Burke obduziert haben. Wahrscheinlich ist sogar er es gewesen, der Burke nach der Hinrichtung durch den Strick offiziell für tot erklärt hat. Kaum einen Monat später hat er für dieses Porträt gesessen.«

»Der Mann macht auf dem Bild einen überaus zufriedenen Eindruck«, sagte Rebus.

Devlins Augen funkelten vor Begeisterung. »Nicht wahr? Aber Kennet war außerdem ein leidenschaftlicher Handwerker. Sein bevorzugtes Material war Holz, wie es übrigens auch für Diakon William Brodie gilt, von dem Sie vermutlich gehört haben.«

»Gentleman am Tag und Einbrecher in der Nacht«, sagte Rebus.

»Hat Stevenson vermutlich sogar als Vorbild für *Dr. Jekyll and Mr. Hyde* gedient. Stevenson hat nämlich als Kind einen Kleiderschrank in seinem Zimmer gehabt, den Brodie geschreinert hatte.«

Rebus Blick ruhte noch immer auf dem Porträt. Lovell hatte auf dem Bild fast schwarze Augen, ein geteiltes Kinn und einen prächtigen Schopf dunkler Locken. Rebus war sich sicher, dass der Maler dem Mann auf dem Bild geschmeichelt und wohl ein paar Jahre oder Kilo unterschlagen hatte. Trotzdem ein attraktiver Mann, dieser Lovell.

»Interessant, was im Zusammenhang mit dem Balfour-Mädchen alles ans Licht kommt«, sagte Devlin. Rebus sah ihn überrascht an. Der alte Mann, dessen Atem jetzt wieder gleichmäßig ging, hing mit den Augen noch immer an dem Bild.

»Wie meinen Sie das?«, fragte Rebus.

»Die Särge, die man vor langer Zeit oben auf Arthur's Seat

gefunden hat und dann der Wirbel, den die Presse plötzlich darum macht.« Er blickte in Rebus' Richtung. »Es gibt ja eine Theorie, derzufolge die Kisten Burkes und Hares Opfer versinnbildlichen.«

»Stimmt.«

»Und bei dem Sarg, der vor einigen Tagen aufgetaucht ist, würde es sich dann sozusagen um einen Abschiedsgruß für die junge Philippa handeln.«

Rebus richtete die Augen wieder auf das Porträt. »Dann hat Lovell also hauptsächlich mit Holz gearbeitet?«

»Den Tisch in meinem Esszimmer«, sagte Devlin lächelnd, »den hat er gemacht.«

»Und deshalb haben Sie ihn gekauft?«

»Ja, als ein kleines Andenken an die frühen Jahre der Pathologie. Immerhin ist die Geschichte der Chirurgie auf weite Strecken identisch mit der Geschichte Edinburghs, Inspektor.« Devlin schniefte und stieß einen Seufzer aus. »Ich vermisse meine Arbeit nämlich sehr, verstehen Sie?«

»Nein, kann ich nicht ganz nachvollziehen.«

Schließlich wandten sich die beiden Männer von dem Porträt ab und stiegen wieder die Treppe hinunter. »Wirklich ein Privileg, diese Tätigkeit. Unendlich faszinierend, was sich hinter unserer äußeren Hülle alles verbirgt.« Devlin klopfte sich auf die Brust, um seiner Aussage Nachdruck zu verleihen. Rebus fiel zu dem Thema kaum etwas ein. Für ihn war ein Körper nun mal nichts als ein Körper. Und sobald ein Körper nicht mehr lebte, war – nach seinem Empfinden – auch das nicht mehr vorhanden, was zuvor dessen Faszination ausgemacht hatte. Er wollte sich schon in diesem Sinne äußern, aber er wusste, dass er es mit der Eloquenz des alten Pathologen nicht würde aufnehmen können.

Unten in der großen Halle drehte sich Devlin wieder zu ihm um. »Wieso beehren Sie uns heute Abend bei unserem kleinen Essen eigentlich nicht mit Ihrem Besuch? Zeit genug, um nach Hause zu fahren und sich umzuziehen, haben Sie allemal.«

»Nein, lassen Sie nur«, sagte Rebus. »Das ist doch eine reine Insiderveranstaltung, das haben Sie doch vorhin selbst gesagt.« Und außerdem, hätte er noch hinzufügen können, besitze ich nicht mal ein Dinnerjacket, geschweige denn den übrigen Schnickschnack.

»Würde Ihnen sicher gefallen«, sagte Devlin unbeirrt, »das Thema des heutigen Abends schließt nämlich nahtlos an unser kleines Gespräch an.«

»Wieso?«

»Wir haben einen katholischen Priester eingeladen, der über die Leib-Seele-Dichotomie sprechen wird.«

»Oh, das geht ohnehin weit über meinen Horizont«, sagte Rebus.

Devlin sah ihn lächelnd an. »Scheint so, als ob Sie sich gern kleiner machen, als Sie wirklich sind. Aber wahrscheinlich kommt Ihnen das ja in Ihrem Beruf zugute.«

Rebus quittierte diese Feststellung lediglich mit einem Achselzucken. »Handelt es sich bei dem Vortragenden zufällig um Pater Conor Leary?«, sagte er.

Devlin bekam große Augen. »Dann kennen Sie ihn also? Noch ein Grund mehr, unserem Treffen beizuwohnen.«

Rebus dachte einen Augenblick nach. »Vielleicht auf einen kurzen Drink vor dem Essen.«

Auf dem Revier in der St. Leonard's Street empfing Wylie ihn mit einem ziemlich säuerlichen Gesicht.

»Offenbar haben wir doch recht unterschiedliche Auffassungen davon, was unter einer ›Pause‹ zu verstehen ist«, beklagte sie sich.

»Mir ist zufällig jemand über den Weg gelaufen«, sagte er. Obwohl sie diese Auskunft schweigend zur Kenntnis nahm, wusste er genau, dass sie immer noch sauer war. Sie saß mit versteinertem Gesicht an ihrem Schreibtisch und erwartete von ihm offenbar eine ausführlichere Entschuldigung oder wenigstens ein Lob. Er ließ sie eine Weile zappeln und fragte schließlich, als sie gerade zum Telefon griff: »Sind Sie immer noch sauer wegen dieser Pressekonferenz?«

»Was?« Sie knallte den Hörer wieder auf die Gabel.

»Ellen«, sagte er, »es ist ja nicht so, dass...«

»*Sparen* Sie sich Ihr beschissenes gönnerhaftes Getue!«

Er hob besänftigend die Hände. »Okay, keine Vornamen mehr. Tut mir Leid, wenn es gönnerhaft geklungen hat, Detective Wylie.«

Sie sah in finster an, doch dann veränderte sich ihr Gesichtsausdruck, und sie erschien irgendwie lockerer. Ja, sie brachte sogar eine Art Lächeln zu Stande und rieb sich mit den Händen die Wangen.

»Entschuldigung«, sagte sie.

»Gleichfalls.« Sie sah ihn an. »Weil ich so lange weg war. Natürlich hätte ich Sie anrufen sollen.« Er zog schuldbewusst die Schultern nach oben. »Wenigstens kennen Sie jetzt mein größtes Geheimnis.«

»Und das wäre?«

»Wer John Rebus eine Entschuldigung entlocken möchte, muss vorher mindestens ein Telefon zertrümmern.«

Diesmal lachte sie wirklich. Zwar noch nicht aus vollem Herzen und sogar mit einem Anflug hysterischer Übertreibung, trotzdem schien es ihr besser zu gehen. Sie machten sich wieder an die Arbeit.

Als sie schließlich aufhörten, hatten sie allerdings so gut wie nichts zu Stande gebracht. Rebus sprach Wylie Trost zu und verwies darauf, dass bekanntlich aller Anfang schwer sei, während sie achselzuckend die Hände in die Ärmel ihres Mantels schob und ihn fragte, ob er Lust habe, noch auf einen Drink irgendwohin zu gehen.

»Leider schon verabredet«, sagte er. »Aber ein andermal sehr gerne – okay?«

»Sicher doch«, sagte sie. Doch das klang nicht so, als ob sie es glaubte.

Er saß allein an der Bar: nur ein Glas, dann wollte er zur Surgeon's Hall hinübergehen; einen Laphroaig mit ein klein wenig Wasser, um ihm die Schärfe zu nehmen. Er hatte sich für eine Kneipe entschieden, die Ellen Wylie mit hoher Wahrscheinlichkeit nicht kannte, schließlich wollte er ihr nicht direkt in die Arme laufen, nachdem er sie gerade erst abgewimmelt hatte. Ohnehin würde er sich erst nach etlichen Drinks trauen, ihr zu sagen, dass sie sich täuschte, dass eine schief gelaufene Pressekonferenz noch lange nicht das Ende ihrer Karriere bedeutete. Sicher: Gill Templer hatte sie auf dem Kieker, das stand völlig außer Frage, aber Gill war nicht so dumm, das kleine Zerwürfnis in eine regelrechte Fehde ausarten zu lassen. Wylie war eine intelligente und begabte Polizistin. Sie würde schon eine neue Chance bekommen. Falls Templer weiterhin auf sie eindrosch, würde das am Ende nur ihr selbst schaden.

»Noch einen?«, fragte der Barmann.

Rebus sah auf die Uhr. »Okay – einen noch.«

Nicht schlecht die Kneipe: klein und anonym und gut versteckt. Nicht mal ein Name stand draußen an der Tür. Sie lag an einer kleinen Kreuzung in einer Seitenstraße, wo nur Insider hinkamen. In der Ecke saßen kerzengerade zwei alte Stammgäste und starrten zur gegenüberliegenden Wand hinüber. Nur hier und da nuschelte einer von ihnen etwas Unverständliches. Obwohl der Fernseher ohne Ton lief, beäugte der Barmann immer wieder die flackernden Bilder: irgendeine amerikanische Gerichtsserie mit erregt vor der Richterbank auf- und abstolzierenden Anwälten und grauen Wänden. Hier und da erschien in Großaufnahme eine Frau im Bild, die sich aufrichtig Mühe gab, bekümmert zu erscheinen. Da sie sich auf ihre Mimik allein offenbar nicht verlassen wollte, rang sie auch noch verzweifelt die Hände. Rebus schob dem Barmann das Geld über die Theke und kippte dann den Rest seines ersten Glases bis auf den letzten Tropfen in das zweite. Einer der alten Männer hustete und zog die Nase hoch. Sein Nachbar sagte etwas, und er nickte in stummer Zustimmung.

»Worum geht es da eigentlich?«, wollte Rebus von dem Barmann wissen.

»Was?«

»Ich meine in dem Film – worum geht es da überhaupt?«

»Der übliche Schrott«, sagte der Barmann. Offenbar sah jeder seiner Tage völlig gleich aus – mitsamt den banalen Geschehnissen auf dem Bildschirm.

»Und?«, fragte der Barmann plötzlich. »Wie geht's so? Wie war Ihr Tag?« Die Worte kamen im reichlich holprig über die Lippen: Ein kleines Schwätzchen mit der Kundschaft gehörte wohl nicht zu seinem Programm.

Rebus ließ sich kurz die denkbaren Antworten durch den Kopf gehen. Sollte er dem Mann erzählen, dass er womöglich einen Serienmörder auf der Spur war, der bereits seit über zwanzig Jahren sein Unwesen trieb? Oder dass ein junges Mädchen vermisst wurde, das man wahrscheinlich bald tot auffinden würde? Oder dass er vor kurzem in das verzerrte Gesicht eines am Kopf zusammengewachsenen siamesischen Zwillingspaares gestarrt hatte?

»So lala«, sagte er schließlich. Der Barmann nickte zustimmend, als ob er keine Sekunde eine andere Antwort erwartet hätte.

Kurz darauf verließ Rebus das Lokal. Ein kurzer Marsch zur Nicolson Street, wo, wie Professor Devlin es vorhergesagt hatte, die Türen zur Surgeon's Hall weit offen standen. Die ersten Gäste betraten bereits das Gebäude. Obwohl Rebus keine Einladung vorweisen konnte, ließ sich das Aufsichtspersonal durch eine kurze Erklärung und die Dienstmarke erweichen. Auf der Empore im ersten Stock standen bereits einige elegant gekleidete ältere Herren mit Gläsern in der Hand. Rebus ging die Treppe hinauf. Der Bankettsaal war schon für das Dinner eingedeckt, und nur noch ein paar Kellner schwirrten umher und legten letzte Hand an. Direkt am Eingang hatte man einen Klapptisch aufgebaut, ihn mit einem weißen Tuch bedeckt und mit einer Ansammlung von Gläsern und Flaschen bestückt. Das Servicepersonal trug schwarze Westen und darunter weiße Hemden.

»Bitte, Sir?«

Rebus wollte schon noch einen Whisky bestellen. Das Problem war allerdings, wenn er erst einmal drei oder vier davon intus hatte, gab es aller Voraussicht nach kein Halten mehr. Und wenn er dann doch irgendwann aufhörte, hatte er just zu dem Zeitpunkt mit den ersten Katersymptomen zu rechnen, da er mit Jean verabredet war.

»Nur einen Orangensaft, bitte«, sagte er.

»Heilige Mutter Gottes, endlich kann ich in Ruhe sterben.«

Rebus drehte sich lächelnd nach der Stimme um: »Und wieso das?«, fragte er.

»Weil ich jetzt sagen kann, dass mich auf unserem herrlichen Planeten wirklich nichts mehr zu überraschen vermag. Geben Sie dem Mann einen Whisky und nicht zu knapp«, sagte er zu dem Barmann, der schon ein Glas halb mit Orangensaft gefüllt hatte. Der Mann sah Rebus konsterniert an.

»Den Saft, bitte«, sagte der.

»So, so«, murmelte Pater Conor Leary. »Aber ich rieche doch, dass du schon Whisky getrunken hast. Unter die Abstinenzler bist du also noch nicht gegangen. Trotzdem möchtest du, wie es scheint, aus einem mir unerfindlichen Grund nüchtern bleiben...« Er legte nachdenklich die Stirn in Falten. »Ob da vielleicht eine schöne Frau im Spiel ist?«

»Wieso bist *du* eigentlich Geistlicher geworden?«, fragte Rebus.

Pater Leary brüllte vor Lachen. »Hätte ich vielleicht zur Kripo gehen sollen? Mag sein, dass du Recht hast.« Dann sah er wieder den Barmann an. »Irgendwelche Unklarheiten?« Augenscheinlich nicht, denn der Mann füllte gerade reichlich Whisky in ein Glas. Leary nickte zum Dank und nahm das Glas entgegen. »*Slainte!*«, sagte er.

»*Slainte.*« Rebus nippte an dem Saft. Irgendwie sah Conor Leary fast zu gesund aus. Als Rebus ihn zuletzt gesehen hatte, war der alte Priester krank gewesen, und in seinem Eisschrank hatten sich die Guinnes- und Medizinflaschen gegenseitig den Platz streitig gemacht.

»Lange nicht gesehen«, sagte Leary.

»Du weißt ja, wie das ist.«

»Ich weiß, dass ihr jungen Burschen euch für die Kranken und Gebrechlichen wenig Zeit nehmt. Immer nur die Sünden des Fleisches im Kopf.«

»Schon 'ne Weile her, dass mein Fleisch irgendwelche nennenswerten Sünden erlebt hat.«

»Obwohl du inzwischen doch einiges davon auf die Waage bringst.« Der Geistliche berührte scherzhaft Rebus' Bauch.

»Vielleicht ist das das Problem«, gab Rebus zu. »Und wie geht's dir...?«

»Hast wohl damals geglaubt, dass ich bald über den Jordan gehe, was? Aber ganz so eilig hab ich es nicht. Gutes Essen, gut zu trinken – und nach mir die Sintflut.«

Leary trug über seinem Klerikerkragen einen grauen Pullover mit V-Ausschnitt. Ansonsten war er mit einer dunkelblauen Hose und blank polierten schwarzen Schuhen bekleidet. Er hatte in der Tat etwas abgenommen, aber sein Bauch und seine fleischigen Wangen hingen schlaff herab. Sein seidiges silbergraues Haar war in die Stirn gekämmt, und seine Augen lagen tief in den Höhlen. Er hielt das Whiskyglas fest wie ein Arbeiter seine Thermosflasche.

»Wir sind beide nicht dem Anlass entsprechend gekleidet«, sagte er und betrachtete die Smokings ringsum.

»Wenigstens bist du in Uniform«, sagte Rebus.

»Na ja, gerade noch so«, entgegnete Leary. »Ich habe mich aus dem aktiven Dienst verabschiedet.« Dann zwinkerte er Rebus zu. »Neuerdings dürfen wir Geistlichen uns ja pensionieren lassen. Aber immer wenn ich bei einem Anlass wie heute den alten Kragen mal wieder anlege, hab ich Angst, dass hinter jeder Ecke ein päpstlicher Emissär mit gezücktem Dolch auf mich lauert, der mir das Ding vom Hals schlitzen will.«

Rebus lächelte. »Klingt ja fast, als hättest du dich aus der Fremdenlegion verabschiedet.«

»Du sagst es. Ähnliche Praktiken kenn ich sonst nur von den Sumoringern, denen am Ende der aktiven Laufbahn der Pferdeschwanz gestutzt wird.«

Beide Männer lachten, als sich ihnen Donald Devlin hinzugesellte. »Schön, dass Sie sich noch die Zeit genommen haben«, sagte er zu Rebus, bevor er dem Geistlichen die Hand reichte. »Der eigentliche Grund dafür sind Sie, Pater«, sagte er und erklärte Leary, wie es zu der Einladung gekommen war.

»Das Angebot steht«, fuhr er fort. »Sie wollen doch sicher die Rede des Paters hören.« Rebus schüttelte den Kopf.

»Eine Heide wie John ist taub für das, was ich über die Grundfragen des Daseins zu sagen habe«, stichelte Leary.

»So ist es«, pflichtete Rebus ihm bei. »Außerdem dürfte ich das meiste, was du sagen wirst, ohnehin schon mehrfach gehört haben.« Er blickte Leary an, und beide Männer dachten plötzlich an die – lediglich durch kurze Ausflüge zum Eisschrank und zur Hausbar unterbrochenen – endlosen Gespräche zurück, die sie früher in langen Nächten in der Küche des Geistlichen geführt hatten: Gespräche über Calvin und das Verbrechen, über den Glauben und den Unglauben. Selbst wenn Rebus dabei mit Leary einer Meinung gewesen war, so hatte er den Advocatus diaboli gespielt, während der alte Priester sich köstlich über die Sturheit seines jüngeren Freundes amüsiert hatte. Immer wieder und regelmäßig hatten sie endlose Diskussionen geführt, bis Rebus irgendwann Ausreden erfunden hatte, um sich der Situation zu entziehen. Und falls Leary ihn hier und jetzt nach seinen damaligen Motiven befragt hätte, wäre Rebus wahrscheinlich nicht mal in der Lage gewesen, einen konkreten Grund dafür zu nennen.

Möglich, dass es daran lag, dass der Geistliche begonnen hatte, ihm irgendwelche Gewissheiten unterzujubeln, und für so was hatte Rebus keine Zeit. Die beiden hatten damals eine Art Spiel gespielt, und Leary war offenbar davon überzeugt gewesen, dass er es schon schaffen würde, den »Heiden« zu bekehren.

»Mensch, du bist doch ein wandelndes Fragezeichen«, hatte er manchmal zu Rebus gesagt. »Warum sperrst du dich so dagegen, dass dir jemand Antworten gibt?«

»Vielleicht weil ich Fragen interessanter finde als Antworten«, hatte Rebus erwidert. Und der Geistliche hatte verzweifelt die Hände in die Luft geworfen und dem Kühlschrank einen weiteren Besuch abgestattet.

Devlin befragte Leary gerade zum Thema seines Vortrags. Rebus sah, dass Devlin offenbar schon den einen oder anderen Drink intus hatte. Er stand mit rosig glänzendem Gesicht da, die Hände in den Taschen und lächelte zufrieden in sich hinein. Als Rebus sich gerade etwas O-Saft nachschenken ließ, trafen die beiden Pathologen Gates und Curt ein, die in einem so ähnlichen Aufzug daherkamen, dass sie noch mehr wie Zwillinge aussahen als sonst.

»Ach, du Scheiße«, sagte Gates, »da ist ja die ganze Mischpoke.« Er sah den Barmann an. »Also, für mich einen Whisky und für diesen Homo da ein Tonic-Wasser bitte.«

Curt schnaubte. »Ich bin wahrlich nicht der Einzige hier.« Er wies mit dem Kopf auf Rebus.

»Oh Gott, John – bitte sagen Sie, dass da Wodka drin ist«, rief Gates mit dröhnender Stimme. Und dann: »Was zum Teufel haben Sie hier eigentlich zu suchen?« Gates schwitzte aus allen Poren. Offenbar schnürte ihm der Hemdkragen den Hals ab. Sein Gesicht war dunkelrot angelaufen. Curt dagegen wirkte wie stets völlig entspannt. Obwohl er in letzter Zeit ein paar Pfund zugelegt hatte, konnte er noch als schlank durchgehen. Er war so blass wie immer.

»Und wo soll ich die Zeit hernehmen, in der Sonne zu braten?«, lautete die Standardfrage, mit der er jeden abfertigte, der ihn auf seine Blässe ansprach. In der St. Leonard's Street war er bei den Uniformierten schon als Dracula bekannt.

»Genau genommen bin ich Ihretwegen hier«, sagte Rebus.

»Das können Sie sich abschminken«, sagte Gates.

»Aber Sie wissen doch noch gar nicht, was ich sagen wollte.«

»Ach, mir reicht schon der Klang Ihrer Stimme. Natürlich handelt es sich um eine Ihrer Gefälligkeiten. Und natürlich geht alles ganz schnell – aber das geht es eben nicht.«

»Handelt sich nur um ein paar alte Obduktionsbefunde. Ich möchte lediglich eine zweite Meinung hören.«

»Glauben Sie mir: Wir sind *wirklich* völlig überlastet«, sagte Curt und sah Rebus entschuldigend an.

»Und was für Berichte sind das?«, wollte Gates jetzt wissen.

»Ich hab sie noch nicht in den Händen. Wir erwarten sie täglich aus Glasgow und Nairn. Wenn Sie allerdings ein offizielles Gesuch an die dortigen Stellen richteten, würde das die Dinge sicherlich beschleunigen.« Gates sah die Umstehenden an. »Sehen Sie, was ich meine?«

»Die Arbeit an der Uni frisst uns auf, John«, sagte Curt. »Immer mehr Studenten und weniger Dozenten.«

»Weiß ich doch…«, fing Rebus wieder an.

Gates zog seinen Kummerbund etwas nach vorne und zeigte auf den Piepser, den er darunter verstaut hatte. »Kann sogar passieren, dass wir heute Abend noch eine Leiche auf den Tisch bekommen.«

»Sieht nicht danach aus, als ob du die Herren überzeugen könntest«, sagte Leary lachend.

Rebus sah Gates prüfend an. »Ist das Ihr letztes Wort?«, fragte er.

»Ja. Da hat man nach einer halben Ewigkeit mal wieder einen freien Abend, und dann kommen Sie mit einer Ihrer berüchtigten ›Gefälligkeiten‹.«

Rebus wusste, dass es sinnlos war, Gates zu bedrängen, wenn der Mann schlecht gelaunt war. Möglich, dass er einen harten Tag gehabt hatte, aber war nicht jeder Tag auf seine Weise hart?

Devlin räusperte sich. »Könnte ich vielleicht...?«

Leary schlug Devlin auf die Schulter. »Siehst du, John. Und schon hast du ein williges Opfer gefunden!«

»Ich bin natürlich schon ewig nicht mehr im Geschäft, aber so grundlegend dürften sich die Verhältnisse in der Zwischenzeit auch nicht verändert haben.«

Rebus sah ihn an. »Hm«, sagte er, »der aktuellste Fall, um den es geht, datiert aus dem Jahr 1982.«

»Zu der Zeit hat Donald doch noch persönlich das Skalpell geführt«, sagte Gates. Eine Feststellung, deren Richtigkeit Devlin durch eine leichte Verbeugung bestätigte.

Rebus zögerte. Eigentlich wollte er jemanden, der ein bisschen Druck machen konnte – also jemanden wie Gates.

»Dann sind wir uns also einig«, sagte Curt, und damit war die Sache entschieden.

Siobhan Clarke saß in ihrem Wohnzimmer vor dem Fernseher. Eigentlich hatte sie vorgehabt, richtig zu kochen, doch nachdem sie ein paar Paprikaschoten in schmale Streifen geschnitten hatte, legte sie das Gemüse wieder in den Eisschrank und kramte ein Fertiggericht aus dem Tiefkühlfach. Die leere Aluschale stand vor ihr auf dem Fußboden. Sie saß mit hoch gezogenen Beinen auf dem Sofa und hatte den Kopf in die Hand gestützt. Auf dem Tisch stand der Laptop, der allerdings nicht mit dem Handy verbunden war. Sie glaubte nicht daran, dass sich Quizmaster in den nächsten Stunden wieder melden würde. Vor sich auf den Oberschenkeln hatte sie einen Schreibblock, auf dem sie sich den verklausulierten Satz notiert hatte. Mittlerweile hatte sie dutzende von Blättern mit möglichen Anagrammen und Lösungen voll gekritzelt: »Seven fins high is king...« Und dann war in dem Text noch von einer Königin und von »der Büste« die Rede. Klang irgendwie nach einem Kartenspiel. Aber auch das Buch über

Kartenspiele, das sie sich in der Stadtbibliothek besorgt hatte, war zu nichts nütze gewesen. Als sie gerade überlegte, ob sie es noch ein weiteres Mal durchsehen sollte, läutete das Telefon.

»Hallo?«

»Hier spricht Grant.«

Siobhan stellte den Fernseher leiser. »Was gibt's denn?«

»Ich glaube, ich habe das Rätsel geknackt.«

Siobhan stellte die Füße auf den Boden. »Dann raus damit«, sagte sie.

»Wär mir lieber, wenn ich es Ihnen zeigen könnte.«

Im Hintergrund hörte sie Straßenlärm. Sie stand auf. »Sprechen Sie über Handy?«, fragte sie.

»Ja.«

»Und wo sind Sie?«

»Ich stehe direkt vor Ihrer Tür.«

Sie ging zum Fenster und sah hinaus. Und tatsächlich stand ein Alfa unten auf der Straße. Siobhan lächelte. »Dann suchen Sie am besten einen Parkplatz. Meine Klingel ist die Zweite von oben.«

Kaum hatte sie das schmutzige Geschirr zur Spüle getragen, als Grant auch schon läutete. Sie redete kurz mit ihm über die Gegensprechanlage und drückte dann auf den automatischen Türöffner. Als er die letzten Stufen hinaufhechtete, wartete sie bereits in der offenen Tür.

»Tut mir Leid, dass ich so spät noch störe«, sagte er, »aber ich konnte es einfach nicht für mich behalten.«

»Kaffee?«, fragte sie und machte die Tür hinter ihm zu.

»Oh ja – und zwei Stück Zucker, bitte.«

Sie trugen ihre Tassen ins Wohnzimmer hinüber. »Hübsch hier«, sagte er.

»Ja, find ich auch.«

Er nahm neben ihr auf dem Sofa Platz und stellte seine Kaffeetasse auf den Tisch. Dann zog er ein Exemplar von *London A–Z* aus der Jackentasche.

»London?«, sagte sie.

»Ich hab über sämtliche Könige nachgegrübelt, die mir aus der Geschichte bekannt sind. Aber mir ist dazu beim besten Willen nichts eingefallen. Deshalb habe ich nach anderen Assoziationsmöglichkeiten gesucht.« Er drehte das Buch um, sodass die rückwärtige Klappe oben zu liegen kam: ein Plan der Londoner Untergrundbahn.

»King's Cross?«, fragte sie auf gut Glück.

Er nickte. »Schauen Sie mal hier.«

Sie nahm ihm das Buch aus der Hand. Es hielt ihn kaum auf seinem Platz.

»Seven fins high is king«, sagte er.

»Und Sie glauben also, dass es sich bei dem ›King‹ um King's Cross handelt?«

Er beugte sich zu ihr hinüber und zeigte mit dem Finger auf die hellblaue Linie, die durch den Bahnhof führte. »Sehen Sie es jetzt?«, fragte er.

»Nein«, entgegnete sie grimmig. »Los, sagen Sie es mir schon.«

»Fahren Sie mal mit dem Finger von King's Cross aus auf der Linie eine Station nach Norden.«

»Highbury und Islington?«

»Und weiter.«

»Finsbury Park, dann Seven Sisters.«

»Und jetzt umgekehrt«, sagte er und rutschte nervös auf dem Hosenboden hin und her.

»Machen Sie sich mal nicht in die Hose«, sagte sie. Dann starrte sie wieder auf den U-Bahn-Plan: »Seven Sisters... Finsbury Park... Highbury und Islington... King's Cross.« Und dann fiel es ihr wie Schuppen von den Augen. Wenn man die – abgekürzten – Namen der U-Bahn-Stationen in umgekehrter Reihenfolge las, ergab das: »Seven... Fins... High Is... King.« Sie sah Grant an. Er nickte. »Erstklassige Arbeit«, sagte sie, und das Kompliment kam von Herzen. Als Grant sich zur Seite lehnte und sie umarmen wollte, erhob sie sich rasch. Auch Grant sprang vom Sofa auf und klatschte in die Hände.

»Anfangs konnte ich es gar nicht glauben«, sagte er. »Aber plötzlich ist mir durch den Kopf geschossen: Na klar, es geht um die Victoria Line.«

Siobhan nickte und wusste nicht recht, was sie sagen sollte. Tatsächlich lagen sämtliche der genannten U-Bahnhöfe auf einem Stück der Londoner Victoria-Linie.

»Und was hat das zu bedeuten?«, fragte sie schließlich.

Er nahm wieder auf dem Sofa Platz und stützte sich mit den Ellbogen auf die Knie. »Das müssen wir als Nächstes rausfinden.«

Sie ließ sich – in gebührendem Abstand – ebenfalls wieder auf das Sofa sinken. Dann legte sie sich ihren Notizblock auf den Knien zurecht und las: »Diese Königin diniert direkt vor der Büste.« Sie sah ihn an, doch er zuckte bloß mit den Achseln.

»Ob wir die Antwort in London suchen müssen?«, fragte sie.

»Keine Ahnung«, sagte er. »Vielleicht ist ja der Buckingham-Palast gemeint oder unsere werte Königin.« Wieder ein Achselzucken. »Hm. Könnte sich natürlich auf London beziehen.«

»Und die U-Bahn-Stationen, was hat es damit auf sich?«

»Liegen alle an der Victoria-Linie.« Mehr fiel ihm dazu auch nicht ein. Und dann hatten sie gleichzeitig eine Eingebung.

»Königin Victoria«, sagten sie wie aus einem Mund.

Siobhan hatte mal für einen hinterher ins Wasser gefallenen Wochenendtrip einen London-Reiseführer gekauft. Es dauerte eine Weile, bis sie das Buch endlich fand. Grant schaltete währenddessen den Computer ein und startete eine kleine Suchaktion im Internet.

»Vielleicht gibt es dort ja ein Lokal mit dem Namen«, sagte er.

»Ja«, sagte sie und blätterte in dem Buch. »Genauso gut

kann aber auch das Victoria-and-Albert-Museum gemeint sein.«

»Und dann gibt es noch die Victoria Station auf der im Übrigen ebenfalls die Victoria-Linie verkehrt. Und direkt daneben gibt es einen Busbahnhof. Mieseste Cafeteria der Britischen Inseln.«

»Sprechen Sie aus eigener Erfahrung?«

»Mit siebzehn, achtzehn bin ich am Wochenende gelegentlich mit dem Bus gen Süden gefahren. Hat mir aber nicht gefallen.« Er scrollte sich durch einen Text.

»Was hat Ihnen nicht gefallen: die Busfahrt oder London?«

»Beides, wenn ich's recht bedenke. Und was ist mit ›Büste‹ gemeint – die weibliche Brust etwa?«

Siobhan zog die Augenbrauen hoch. »Vielleicht geht es auch nur um eine Schneiderbüste.«

»Also, dann glaube ich eher, dass so was wie 'ne Statue gemeint ist.«

Siebhan nickte.

»Vielleicht eine Königin-Victoria-Statue – mit einem Restaurant davor.« Danach arbeiteten sie eine Weile schweigend weiter, bis Siobhan die Augen wehtaten und sie aufstand, um noch einen Kaffee zu machen.

»Zwei Stück Zucker, bitte«, sagte Grant.

»Weiß ich inzwischen.« Sie beobachtete, wie er sich über den Computer beugte und nervös mit dem Knie wippte. Eigentlich wollte sie noch etwas zu seinem Umarmungsversuch sagen, ihn irgendwie abweisen, doch sie hatte den richtigen Zeitpunkt bereits verpasst.

Als sie dann den Kaffee brachte, fragte sie ihn, ob er schon was gefunden habe.

»Lauter Touristenschrott«, sagte er. Er nahm die Tasse entgegen und nickte ihr dankend zu.

»Wieso eigentlich London?«, fragte sie.

»Wie meinen Sie das?«, sagte er, ohne den Blick vom Monitor abzuwenden.

»Ich meine, warum nicht hier in der Gegend?«

»Kann doch sein, dass dieser Quizmaster in London wohnt. Wissen wir doch nicht, oder?«

»Nein.«

»Wer weiß: Vielleicht ist Flip Balfour gar nicht die einzige Mitspielerin gewesen. Um so was durchzuziehen, braucht man doch 'ne Website. Und wer bei dem Spiel mitmachen wollte, konnte sich dort einklinken. Müssen ja nicht alle Mitspieler aus Schottland gewesen sein.«

Sie nickte. »Allerdings frage ich mich: War Flip wirklich clever genug, um ein solches Spiel zu lösen?«

»Scheint so. Sonst wär sie doch schon nach der ersten Runde ausgeschieden.«

»Wieso? Kann doch sein, dass wir es hier mit einem völlig neuen Spiel zu tun haben«, sagte sie. Er sah sie an. »Vielleicht ist das hier bloß für uns gedacht.«

»Falls wir den Kerl je zu Gesicht bekommen, werd ich ihn gleich fragen.«

Nachdem sie ihren Kaffee ausgetrunken hatten, arbeitete Grant sich durch eine Liste Londoner Restaurants. »Unglaublich, wie viele Victoria Roads und Victoria Streets es in der verdammten Stadt gibt, und in den meisten davon gibt es auch noch ein oder mehrere Restaurants.«

Er richtete sich im Sitzen gerade auf und rieb sich die Augen. Sah ganz danach aus, als ob er mit seiner Energie am Ende war.

»Dabei haben wir nach Kneipen noch gar nicht gesucht.« Siobhan strich sich das Haar zurück. »Das ist einfach zu...«

»Was?«

»Der erste Teil des Rätsel war raffiniert, aber jetzt, jetzt wühlen wir uns nur durch irgendwelche Listen. Ob er tatsächlich von uns erwartet, dass wir extra nach London fahren und dort in jeder Pommesbude und in jedem Café nach einer Königin-Victoria-Büste Ausschau halten?«

»Da kann er lange warten«, sagte Grant und lachte freudlos.

Siobhan betrachtete nachdenklich das Kartenspielbuch. Stundenlang hatte sie darin herumgeblättert und trotzdem die ganze Zeit am falschen Ort nach der falschen Sache gesucht. Dabei hatte sie sich so beeilt, um das Buch noch kurz vor Ende der Öffnungszeit in der Bibliothek zu besorgen – vielleicht fünf Minuten vor Schluss. Sogar den Wagen hatte sie deswegen in der Victoria Street im Halteverbot abgestellt und gebetet, dass sie keinen Strafzettel bekommen würde...

»Victoria Street?«, sagte sie plötzlich.

»Treffen Sie Ihre Wahl. Davon haben wir dutzende im Angebot.«

»Und einige davon befinden sich hier in Edinburgh«, entgegnete sie.

Er sah sie an. »Verdammt noch mal«, sagte er, »das stimmt.«

Er ging zu seinem Auto hinunter, kehrte kurz darauf mit einer Straßenkarte von Ostschottland zurück, schlug den Index auf und fuhr mit dem Finger von oben nach unten an den Einträgen entlang.

»Victoria-Gärten... und da haben wir ein Victoria-Hospital in Kirkcaldy... und die Victoria Street und die Victoria Terrace in Edinburgh.« Er sah sie an. »Was fällt Ihnen dazu ein?«

»Mir fällt dazu ein, dass es an der Victoria Street mehrere Restaurants gibt.«

»Mit Büsten davor?«

»Jedenfalls nicht im Freien.«

Er sah auf die Uhr. »Dürfte jetzt allerdings ein bisschen spät sein.«

Sie nickte. »Also dann gleich morgen früh«, sagte sie. »Und das Frühstück geht natürlich auf meine Rechnung.«

Rebus und Jean saßen im Palmenhof. Sie trank einen verlängerten Wodka, während er sich an einem zehn Jahre alten Macallan festhielt. Die kleine Karaffe Wasser, die der Ober mitgeliefert hatte, stand unberührt neben Rebus auf dem

Tisch. Er war schon seit Jahren nicht mehr im Balmoral Hotel gewesen; er kannte es noch unter dem Namen North British. In dem alten Haus hatte sich seither einiges verändert. Doch Jean achtete nicht auf ihre Umgebung, sie hörte Rebus aufmerksam zu.

»Dann glauben Sie also, dass alle diese Leute ermordet worden sind?«, sagte sie und wurde ganz blass um die Nase. Die Halle war in gedämpftes Licht getaucht, und ein Pianist entlockte dem Klavier sanft-perlende Klänge. Rebus erkannte hier und da ein paar hingeworfene Fetzen einer Melodie, während Jean die Musik überhaupt nicht zur Kenntnis nahm.

»Möglich«, sagte er.

»Und das alles schließen Sie aus den Puppen?«

Sie sah ihm in die Augen, und er nickte. »Möglich, dass ich da zu viel hineininterpretiere«, sagte er. »Trotzdem müssen wir der Sache auf den Grund gehen.«

»Aber wo um Gottes willen wollen Sie denn damit anfangen?«

»Wir erwarten die Ermittlungsberichte von damals.« Er hielt inne. »Was ist denn los?«

In ihren Augen standen Tränen. Sie schniefte und kramte in ihrer Tasche nach einem Taschentuch. »Schreckliche Vorstellung. Mein Gott, jetzt verwahre ich diese Zeitungsausschnitte schon so lange... Vielleicht hätte ich sie der Polizei schon viel früher geben sollen...«

»Jean.« Er nahm ihre Hand. »Alles was Sie hatten, waren Geschichten über Puppen in kleinen Särgen.«

»Vielleicht haben Sie Recht«, sagte sie.

»Aber vielleicht können Sie uns jetzt ja behilflich sein.«

Als sie in ihrer Tasche kein Taschentuch fand, nahm sie einfach die Cocktailserviette und betupfte sich damit die Augen. »Und wie?«, fragte sie.

»Diese ganze Geschichte reicht bis 1972 zurück. Für mich ist es wichtig herauszufinden, wer damals ein auffälliges Interesse an den Särgen vom Arthur's Seat bekundet hat. Könnten Sie vielleicht in dem Zusammenhang ein paar Nachforschungen für mich anstellen?«

»Aber natürlich.«

Wieder drückte er ihr die Hand. »Danke.«

Sie lächelte ihn noch etwas unsicher an und führte ihren Drink zum Mund. Als sie das leere Glas wieder auf den Tisch stellte, klirrte das Eis.

»Noch einen?«, fragte er.

Sie schüttelte den Kopf und blickte um sich. »Ich hab das Gefühl, dass Ihnen die Umgebung nicht sonderlich behagt.«

»Ach so? Und welche würde mir Ihrer Ansicht nach behagen?«

»Na ja. Ich vermute mal, dass Sie sich am ehesten in verrauchten kleinen Bars zu Hause fühlen, wo vom Leben enttäuschte Männer herumsitzen.«

Ein Lächeln huschte über ihr Gesicht. Rebus nickte langsam.

»Sie begreifen schnell«, sagte er.

Das Lächeln verschwand aus ihrem Gesicht, und sie blickte wieder um sich. »Ich war erst letzte Woche hier, sogar aus einem ausgesprochen erfreulichen Anlass... kommt mir vor, als wäre das schon ewig her.«

»Und was war das für ein Anlass?«

»Gills Beförderung. Glauben Sie, dass sie es schafft?«

»Gill ist Gill. Die lässt sich nicht unterkriegen.« Er hielt inne. »Da wir gerade vom Nichtunterkriegenlassen sprechen – haben Sie noch immer diesen Reporter am Hals?«

Sie lächelte gequält. »Wirklich ein zäher Bursche. Er will unbedingt von mir wissen, welche ›anderen‹ Puppen ich in Bev Dodds' Küche gemeint habe. War mein Fehler, tut mir Leid.« Dann gab sie sich einen Ruck. »Ich glaube, ich sollte jetzt lieber gehen. Ich kann natürlich auch ein Taxi bestellen, falls...«

»Aber ich habe Ihnen doch versprochen, dass ich Sie nach Hause fahre.« Er winkte die Bedienung heran und bat um die Rechnung.

Er hatte den Saab an der North Bridge geparkt. Draußen wehte ein kalter Wind, trotzdem blieb Jean stehen, um noch einen Blick auf die Stadt zu werfen: das Scott-Denkmal, die Burg, Ramsay Gardens.

»Was für eine herrliche Stadt«, sagte sie. Rebus gab sich Mühe, ebenso zu empfinden. Die Schönheiten der Stadt fielen ihm kaum mehr ins Auge. Für ihn war Edinburgh eine Art Gemütszustand: ein Herumjonglieren mit den Beweggründen krimineller Machenschaften und mit den niederen Instinkten anderer Leute. Er mochte die kompakte Bauweise der Stadt und ihre Größe. Und er mochte ihre Bars. Doch ihr äußeres Erscheinungsbild beeindruckte ihn schon lange nicht mehr. Jean kuschelte sich etwas enger in ihren Mantel. »Wohin man auch schaut, überall Geschichten und historische Reminiszenzen.« Sie sah ihn an, und er nickte zustimmend. Doch in Wahrheit dachte er nur an die zahllosen Selbstmorde, mit denen er zu tun gehabt hatte, an die Leute, die von der North Bridge gesprungen waren, weil es ihnen offenbar nicht gelungen war, dieselbe Stadt zu sehen wie jetzt Jean.

»Ich kann mich an diesem Ausblick einfach nicht satt sehen«, sagte sie und ging dann weiter Richtung Auto. Wieder nickte er, nicht ganz aufrichtig. Denn für ihn handelte es sich nicht um einen Ausblick, sondern vielmehr um eine Ansammlung potenzieller Tatorte.

Als sie losfuhren, bat sie ihn, etwas Musik anzustellen. Er startete das Kassettengerät, und aus den Boxen dröhnte Hawkwinds *In Search of Space*.

»Entschuldigung«, sagte er und drückte auf »Eject«. Jean entdeckte ein paar Kassetten im Handschuhfach. Hendrix, Cream und die Stones. »Wohl nicht gerade Ihr Geschmack«, sagte er.

Sie hielt ihm die Hendrix-Kassette vor die Nase. »Sie haben nicht zufällig *Electric Ladyland*?«

Rebus sah sie an und lächelte.

Hendrix untermalte ihren Weg nach Portobello.

»Wieso sind Sie eigentlich bei der Polizei gelandet?«, fragte sie ihn unterwegs irgendwann.

»Finden Sie diese Berufswahl so merkwürdig?«

»Das beantwortet meine Frage nicht.«

»Stimmt.« Er sah sie lächelnd an. Sie verstand den Wink und nickte. Dann konzentrierte sie sich auf die Musik.

Für den Fall, dass er tatsächlich aus der Arden Street ausziehen sollte, gehörte Portobello für Rebus zu den bevorzugten Gegenden für einen Neubeginn. Immerhin gab es dort einen Strand und eine Hauptstraße mit kleinen Geschäften. Früher hatten sich dort wegen der angenehm frischen Luft und des kühlen Meerwassers zahlreiche Angehörige der Oberschicht niedergelassen. Portobello war damals ein richtig mondäner Ort gewesen. Allerdings war von diesem Glanz kaum etwas geblieben, und wer heute nach »Porty« zog, tat das vor allem wegen der gerade noch bezahlbaren Immobilienpreise. Immerhin konnte man in dem ehemaligen Seebad noch zu halbwegs erträglichen Preisen große georgianische Häuser kaufen. Jeans Haus befand sich in einer kleinen Straße unweit der Promenade. »Gehört Ihnen etwa der ganze Kasten?«, fragte er und spähte durch die Windschutzscheibe.

»Hab ich schon vor Jahren gekauft. Damals war Porty noch nicht so in.« Sie zögerte. »Und – kann ich sie diesmal zu einem Kaffee überreden?«

Sie sahen einander an: er fragend, sie zögernd. Dann lächelten sie sich plötzlich an.

»Aber gerne«, sagte er. Und als er gerade den Zündschlüssel abzog, läutete sein Handy.

»Ich hab nur gedacht, dass Sie es vielleicht wissen wollten«, sagte Donald Devlin. Er sprach mit bebender Stimme und zitterte am ganzen Körper.

Rebus nickte. Die beiden befanden sich im eindrucksvollen Eingangsbereich der Surgeon's Hall. Im ersten Stock auf der Empore standen einige Leute beisammen, die flüsternd miteinander sprachen. Draußen wartete bereits ein grauer Überführungswagen des Leichenschauhauses, daneben ein Polizeiauto mit zuckendem Blaulicht.

»Wie ist es denn passiert?«, fragte Rebus.

»Sieht nach einem Herzinfarkt aus. Nach dem Essen sind einige der Gäste mit ihren Brandygläsern auf die Empore hinausgetreten, um zu rauchen und zu plaudern. Sie haben sich gegen die Brüstung gelehnt.« Devlin zeigte nach oben. »Und dann ist er plötzlich ganz blass geworden und hat sich über das Geländer gebeugt. Zuerst haben die Umstehenden geglaubt, dass ihm übel sei. Doch dann ist er einfach in sich zusammengesackt und durch das Gewicht seines Oberkörpers nach unten gezogen worden.«

Rebus starrte auf den Marmorboden und sah ein paar Schritte entfernt eine Blutlache. Ein Stück abseits standen einige Herren, andere Gäste hatten sich draußen auf dem Rasen eingefunden. Sie zogen nervös an ihren Zigaretten und sprachen über das schreckliche Ereignis, dessen Zeuge sie soeben geworden waren. Als Rebus sich wieder in Devlins Richtung wandte, hatte er plötzlich das Gefühl, dass der alte Mann ihn wie ein Studienobjekt in einem Einmachglas inspizierte.

»Alles in Ordnung?«, erkundigte sich Devlin. Rebus nickte.

»Sie waren ziemlich eng befreundet mit ihm, nicht wahr?«

Rebus schwieg. Dann erschien Sandy Gates auf der Bildfläche und betupfte sich das Gesicht mit einer Serviette, die er anscheinend aus dem Bankettsaal hatte mitgehen lassen.

»Einfach grauenhaft«, war sein einziger Kommentar. »Und an einer Autopsie dürften wir auch kaum vorbeikommen.«

Dann wurde die mit einer Decke verhüllte Leiche auf einer Bahre davongetragen. Rebus unterdrückte den Impuls, die Sanitäter aufzuhalten, um noch einen letzten Blick auf Conor Leary zu werfen. Er wollte den Geistlichen lieber als jenen fröhlich lachenden Mann in Erinnerung behalten, mit dem er noch wenige Stunden zuvor angestoßen hatte.

»Seine Rede war einfach faszinierend«, sagte Devlin, »so

etwas wie eine umfassende Geschichte des menschlichen Körpers. Das ganze Spektrum: von der heiligen Kommunion bis zu Jack the Ripper als Haruspex.«

»Als was?«

»Als Seher, der aus den Eingeweiden ausgewählter Opfertiere die Zukunft vorhersagt.«

Gates rülpste. »Ich hab ohnehin nur die Hälfte kapiert«, sagte er.

»Und die andere Hälfte hast du verschlafen, Sandy«, sagte Devlin lächelnd. »Er hat die ganze Zeit frei gesprochen, ohne eine einzige Notiz«, fuhr er bewundernd fort. Dann ließ er den Blick wieder zu der Empore im ersten Stock hinaufwandern. »Der Sündenfall des Menschen – damit hat er angefangen.« Er kramte in der Jackentasche nach einem Taschentuch.

»Hier«, sagte Gates und reichte ihm die Serviette. Devlin schnäuzte sich vernehmlich.

»Zuerst der Sündenfall des Menschen und dann sein eigener Sturz von der Empore«, sagte Devlin. »Scheint so, als ob Stevenson wirklich Recht gehabt hätte.«

»Womit?«

»Er hat Edinburgh einmal eine ›Schwindel erregende Stadt‹ genannt. Vielleicht gehört zu diesem Ort tatsächlich ein gewisses Schwindelgefühl…«

Rebus glaubte Devlin zu verstehen. Schwindel erregende Stadt… jeder ihrer Bewohner war im Fallen begriffen, langsam, fast unmerklich…

»Und außerdem war das Essen miserabel«, sagte Gates, als ob er Conor Learys Ableben nach einem opulenten Festmahl weniger traurig gefunden hätte. Rebus hatte keinen Zweifel daran, dass Conor selbst das ähnlich gesehen hätte.

Dr. Curt stand zusammen mit einigen anderen im Freien und rauchte eine Zigarette. Rebus ging zu ihm hinüber.

»Ich hab versucht, Sie anzurufen«, sagte Curt, »aber da waren Sie schon unterwegs.«

»Professor Devlin hat mich benachrichtigt.«

»Ja, ich weiß. Ich glaube, er hat gespürt, dass Sie und Conor sich nahe standen.« Rebus nickte bedächtig. »Der Mann war schwer krank, wissen Sie?«, fuhr Curt dann fort. Er sprach mit derselben monotonen Stimme, mit der er auch seine Berichte diktierte. »Als Sie heute Abend gegangen sind, hat er über Sie gesprochen.«

Rebus räusperte sich. »Und was hat er gesagt?«

»Er hat gesagt, dass er Sie manchmal als Strafe des Himmels empfunden hat.« Curt schnipste die Asche von seiner Zigarette. Für den Bruchteil einer Sekunde lag sein Gesicht im Blaulicht der Rettungswagen. »Aber er hat gelacht, als er das gesagt hat.«

»Ja, er war wirklich ein Freund«, sagte Rebus und fügte innerlich hinzu: *Und ich hab ihn hängen lassen.* Es war nicht die einzige aufrichtige Freundschaft, die er nicht gepflegt hatte, weil er lieber allein in seinem dunklen Wohnzimmer im Sessel hockte. Und bisweilen versuchte er sich sogar selbst davon zu überzeugen, dass es für die anderen ebenfalls besser so gewesen sei. Wenigstens war es den meisten Menschen, die er nahe an sich herangelassen hatte, am Ende nicht sonderlich gut ergangen. Doch natürlich war das keine Rechtfertigung für sein Verhalten. Er dachte an Jean, überlegte, wohin das alles noch führen mochte. War er überhaupt in der Lage, sein Leben wirklich mit jemandem zu teilen? Willens, ihr seine Geheimnisse, seine Abgründe zu offenbaren? Da war er sich nicht sicher. Und die Gespräche, die er früher mit Conor Leary geführt hatte – im Grunde genommen war das eine fortgesetzte Beichte gewesen. Ja, wahrscheinlich hatte er dem Geistlichen mehr von sich erzählt als irgendeinem anderen Menschen: Ehefrau, Tochter, Geliebte. Und jetzt hatte sich Conor – vielleicht sogar himmelwärts – davongemacht... und würde dort oben zweifellos ein Riesenchaos veranstalten, sich mit sämtlichen Engeln anlegen und ein Guinness nach dem anderen in sich hineinschütten.

»Alles in Ordnung, John?« Curt berührte ihn mit der Hand an der Schulter.

Rebus schüttelte langsam den Kopf, kniff die Augen zusammen. Rebus sprach so leise, dass Curt ihn zunächst nicht verstand. »Was haben Sie gesagt?«

»Ich glaube nicht an den Himmel.«

Das war das Entsetzliche. Dass man nur dieses eine Leben hatte. Keine Erlösung, wenn das alles mal vorbei war, und keine Chance, reinen Tisch zu machen und wieder von vorne anzufangen.

»Das wird schon wieder«, sagte Curt, dem die Rolle des Trösters sichtlich peinlich war und dessen jetzt auf Rebus' Arm ruhende Hand normalerweise menschliche Organe aus einer klaffenden Wunde ans Tageslicht beförderte. »Gleich geht es Ihnen wieder besser.«

»Ach, ja?«, sagte Rebus. »Dann ist es in dieser Welt um die Gerechtigkeit allerdings schlecht bestellt.«

»Von diesen Dingen verstehen Sie mehr als ich.«

»Und ob«, sagte Rebus und atmete ein paar Mal tief ein und aus. Trotz der kühlen Nachtluft stand ihm unter seinem Hemd der Schweiß auf der nackten Haut. »Ja, geht schon wieder«, sagte er leise.

»Eben.« Curt nahm einen letzten Zug von seiner Zigarette und trat sie dann im feuchten Gras aus. »Wie Conor gesagt hat, trotz aller gegenteiligen Gerüchte stehen Sie auf der Seite der Engel.« Er nahm die Hand von Rebus' Arm: »Ob es Ihnen passt oder nicht.«

Dann kam Donald Devlin eilig näher. »Was meinen Sie: Soll ich Taxis bestellen?«

Curt sah ihn an. »Was sagt denn Sandy?«

Devlin nahm die Brille ab und putzte sie umständlich. »Also, Sandy hat gesagt, ich soll nicht so ›verdammt pragmatisch‹ sein.« Dann setzte er die Brille wieder auf.

»Ich bin mit dem Wagen da«, sagte Rebus.

»Wollen Sie denn wirklich fahren?«, fragte Devlin.

»Ich hab doch nicht meinen verdammten Vater verloren!«, brüllte Rebus. Dann entschuldigte er sich erschrocken.

»Wir sind alle etwas überdreht«, sagte Devlin und tat Rebus' Entschuldigung mit einer Handbewegung ab. Wieder setzte er die Brille ab und polierte sie so sorgfältig, als ob sich ihm die Welt nie genau genug offenbaren könnte.

7

Dienstagvormittag um elf machten Siobhan Clarke und Grant Hood sich in der Victoria Street an die Arbeit. Auf dem Hinweg fuhren sie zunächst über die George IV. Bridge, weil sie vergessen hatten, dass sie von der Brücke aus nicht in die Victoria Street einbiegen durften. Als er das rote Schild mit dem weißen Querbalken sah, fing Grant an zu fluchen und kroch weiter im Schneckentempo in der Schlange mit, die sich vor der Ampel Ecke Lawnmarket staute.

»Weshalb parken Sie nicht einfach auf dem Seitenstreifen?«, fragte Siobhan. Doch er schüttelte den Kopf. »Und wieso nicht?«

»Sie sehen doch, dass der Verkehr sich vor der Ampel staut. Wenn ich jetzt auch noch den Wagen hier abstelle, mache ich doch alles nur noch schlimmer.«

Sie lachte. »Nehmen Sie es immer so genau mit den Vorschriften, Grant?«

Er sah sie an. »Wie meinen Sie das?«

»Ach, schon gut.«

Er saß schweigend neben ihr und schaltete lediglich auf der linken Seite den Blinker ein, als sie kurz vor der Ampel angekommen waren. Siobhan musste lächeln. Da hatte sich Grant diesen heißen Sportwagen zugelegt, und war doch in Wahrheit das glatte Gegenteil eines Draufgängers.

»Was macht eigentlich die Liebe?«, fragte sie, als die Ampel auf Grün schaltete.

Er überlegte, was er antworten sollte. »Im Augenblick eher ruhig«, sagte er schließlich.

»'ne Zeit lang habe ich gedacht, dass Sie mit Ellen Wylie...«

»Wir haben mal zusammen einen Fall bearbeitet, sonst nichts«, protestierte er.

»Ist ja schon gut. Ich hatte nur das Gefühl, dass Sie sich prächtig mit ihr verstehen.«

»Wir sind ganz gut zurechtgekommen.«

»Sag ich doch. Also, wo liegt das Problem?«

Er errötete. »Wie meinen Sie das?«

»Ich hab mich nur gerade gefragt, ob der Rangunterschied entscheidend gewesen sein könnte. Es gibt nämlich Männer, die damit nicht klarkommen.«

»Sie meinen, weil sie Sergeant ist und ich bloß Detective?«

»Ja.«

»Unsinn. Stand nie zur Debatte.«

Die beiden hatten jetzt das Rondell erreicht, von dem aus rechter Hand die Straße zur Burg hinaufführte, Grant fuhr allerdings nach links.

»Wohin fahren wir?«, fragte Siobhan.

»Wenn wir weiter vorne noch mal links abbiegen, finden wir mit etwas Glück am Grassmarket vielleicht einen Parkplatz.«

»Und dann ziehen Sie natürlich einen Parkschein?«

»Es sei denn, Sie möchten das unbedingt übernehmen.«

Siobhan schnaubte verächtlich. »Ich lebe lieber wild und gefährlich.«

Tatsächlich fanden sie eine Parklücke. Grant warf ein paar Münzen in den Automaten, zog einen Parkschein und deponierte ihn hinter der Windschutzscheibe.

»Ob 'ne halbe Stunde reicht?«, fragte er.

Sie zuckte mit den Achseln. »Kommt darauf an, was wir finden.«

Dann marschierten sie an einem Lokal namens Last Drop vorbei. Ihren Namen verdankte die Kneipe dem Umstand, dass sich auf dem Grassmarket früher einmal eine Richtstätte befunden hatte. Die von Bars und Geschenkeläden gesäumte Victoria Street wand sich in einem steil ansteigenden Bogen wieder zur George IV. Bridge hinauf. Allerdings befanden sich die meisten Pubs und Clubs auf der anderen Straßenseite. Eines der Lokale nannte sich Kuba-Bar und -Restaurant.

»Und – was meinen Sie?«, fragte Siobhan.

»Nicht gerade besonders viele Statuen, so weit ich sehe, es sei denn, es gibt da drüben irgendwo ein Castro-Denkmal.«

Sie schritten die Straße zunächst auf der einen, dann auf der anderen Seite in ihrer ganzen Länge ab. Auf der rechten Seite gab es drei Restaurants, einen Käseladen und ein Geschäft, das nichts als Pinsel und Seile verkaufte. Das erste Lokal, das sie betraten, war das Pierre Victoire. Siobhan hatte zwar schon durchs Fenster gesehen, dass in dem spärlich dekorierten Lokal kaum etwas los war. Trotzdem gingen sie hinein, standen allerdings zehn Sekunden später bereits wieder draußen auf der Straße.

»Bleiben noch zwei«, sagte Grant. Er klang nicht sehr optimistisch.

Das nächste Restaurant trug den Namen Grain Store. Die beiden Polizisten gingen eine Treppe hinauf und standen in einem Raum, der gerade für den Mittagstisch hergerichtet wurde. Weit und breit keine Statue.

Sie gingen wieder nach unten, und Siobhan murmelte zum x-ten Mal den merkwürdigen Satz: »Diese Königin diniert direkt vor der Büste.« Sie schüttelte langsam den Kopf. »Ob wir was missverstanden haben?«

»Keine Ahnung. Aber wir können Quizmaster ja noch eine E-Mail schicken und fragen.«

»Unwahrscheinlich, dass er sich darauf einlässt.«

Grant stand ratlos da und zuckte mit den Achseln. »Können wir nicht wenigstens in dem nächsten Lokal einen Kaffee trinken? Ich hab nämlich noch nicht gefrühstückt.«

Siobhan schnalzte missbilligend mit der Zunge. »Wenn das Ihre Mami wüsste.«

»Meine Mami würde sagen, dass ich zu spät aufgestanden bin. Und dann würde ich ihr sagen, dass ich die halbe Nacht auf den Beinen gewesen bin und versucht habe, dieses verdammte Rätsel zu lösen.« Er hielt inne. »Und dass jemand mir versprochen hat, mich zum Frühstück einzuladen…«

Die letzte Anlaufstation der beiden präsentierte sich unter dem französischen Namen »Restaurant Bleu«. Auf der Karte vorne neben dem Eingang war zwar von »internationaler Küche« die Rede, doch dann standen sie in einem ganz gewöhnlichen Lokal mit Tischen und Stühlen, von denen der Lack abblätterte, und einem winzigen Fenster, das kaum einem Lichtstrahl Einlass in den voll gestopften Raum gewährte. Siobhan blickte umher, vermochte aber nicht mal eine kümmerliche Blumenvase zu entdecken.

Sie sah Grant an, der auf eine Wendeltreppe wies. »Scheint so, als ob es oben noch weitere Räume gibt.«

»Kann ich Ihnen helfen?«, fragte eine Bedienung.

»Im Augenblick noch nicht«, entgegnete Grant. Er ging hinter Siobhan die Treppe hinauf. Oben gab es zwei kleine durch eine Bogenöffnung verbundene Zimmer. Als Siobhan durch den Bogen trat, stöhnte sie auf. Grant, der direkt hinter ihr stand, befürchtete schon das Schlimmste. Dann sagte sie »Bingo«, und im selben Moment sah auch er die Büste: Königin Victoria, etwa achtzig Zentimeter hoch, aus schwarzem Marmor.

»Oh, verdammt«, sagte er grinsend. »Die Nuss hätten wir geknackt.«

Er sah aus, als ob er sie umarmen wollte, doch Siobhan wich ihm aus und ging zu der Büste hinüber. Sie stand auf einem niedrigen Sockel und war seitlich von zwei Säulen eingefasst. Siobhan blickte sich um, konnte aber nichts entdecken.

»Mal sehen, ob was unter der Büste versteckt ist«, sagte Grant. Er fasste Victoria an ihrem Kopfschmuck und kippte sie vorsichtig nach hinten.

»Entschuldigen Sie bitte«, sagte eine Stimme hinter ihnen. »Gibt es irgendwelche Probleme?«

Siobhan schob die Hand unter die Büste und brachte einen gefalteten Zettel zum Vorschein. Sie strahlte Grant an, der sich nach der Bedienung umblickte.

»Zwei Tee, bitte«, sagte er zu der Frau.

»Und für den Herrn bitte zwei Stück Zucker«, fügte Siobhan noch hinzu.

Dann setzten die beiden sich an den nächstbesten Tisch. Siobhan hielt den Zettel an einer Ecke fest. »Möglich, dass sich noch Fingerabdrücke an dem Papier befinden.«

»Einen Versuch wär's jedenfalls wert.«

Siobhan stand auf, ging zu dem Besteckwagen in der Ecke und organisierte dort ein Messer und eine Gabel. Der Kellnerin fiel fast das Tablett aus der Hand, als sie sah, dass die beiden merkwürdigen Gäste offenbar ein Blatt Papier zu essen gedachten.

Grant nahm die Tassen entgegen und bedankte sich bei der Frau. Dann sah er wieder Siobhan an. »Was steht drauf?«

Doch Siobhan blickte die Bedienung an. »Wir haben dieses Papier dort drüben unter der Büste gefunden«, sagte sie und wies mit dem Kopf in die fragliche Richtung. »Haben Sie eine Ahnung, wie das dort hingekommen sein könnte?« Die Bedienung schüttelte bloß den Kopf. Sie erinnerte irgendwie an ein verschrecktes kleines Tier. Grant versuchte sie zu beruhigen.

»Wir sind nämlich von der Polizei«, sagte er.

»Wenn es möglich ist, würden wir gerne den Geschäftsführer sprechen«, sagte Siobhan.

Als die Kellnerin sich entfernt hatte, wiederholte Grant seine Frage.

»Schauen Sie selbst«, sagte Siobhan und schob ihm den Zettel mit dem Besteck zu.

B4 Scots Law sounds dear.

»Ist das alles?«

»Ihre Augen sind auch nicht schlechter als meine.«

Er kratzte sich am Kopf. »Ziemlich dürftig, was?«

»Beim letzten Mal hatten wir am Anfang auch nicht viel mehr.«

»Doch – das war schon deutlich mehr.«

Sie beobachtete, wie er seinen Tee umrührte. »Wenn Quizmaster tatsächlich den Zettel hier deponiert hat...«

»Dann wohnt er in Edinburgh«, sagte er aufs Geratewohl.

»Entweder das, oder aber er hat hier jemand, der ihm hilft.«

»Er muss den Laden hier ziemlich gut kennen«, sagte Grant und blickte um sich. »Nicht jeder, der sich zufällig hierher verirrt, würde gleich in den ersten Stock hinaufgehen.«

»Wollen Sie damit sagen, dass er hier Stammgast ist?«

Grant hob unschlüssig die Schultern. »Was gibt es denn in dieser Gegend für Arbeitsmöglichkeiten – sagen wir im Bereich der George IV. Bridge? Zum Beispiel die Zentral- und die Nationalbibliothek. Und Wissenschaftler und Büchernarren sind doch bekanntlich große Rätselfans.«

»Gute Idee. Und das Museum ist auch ganz in der Nähe.«

»Und die Gerichte... und das Parlament...« Er lächelte. »Ich hatte einen Moment lang gedacht, dass wir dabei wären, die Sache etwas einzugrenzen.«

»Wer weiß«, sagte sie, »vielleicht tun wir's ja.« Sie prostete ihm mit der Tasse zu: »Auf uns – weil wir das erste Rätsel gelöst haben.«

»Wie viele Schwierigkeitsgrade noch bis Hellbank?«

Siobhan saß nachdenklich da. »Das liegt ganz bei Quizmaster, nehm ich an. Nach seiner Auskunft ist Hellbank die vierte Stufe. Wenn wir wieder auf dem Revier sind, schick ich ihm sofort eine E-Mail und informiere ihn über den Stand der Dinge.« Sie schob den Zettel in ein frisches Plastiksäckchen. Grant überflog nochmals den merkwürdigen Text. »Und – schon irgendwelche Vorschläge?«, fragte sie.

»Ich dachte gerade an die Schmierereien, die ich aus meiner Grundschule kenne. Aus der Schultoilette.« Er schrieb sie auf eine Serviette.

LOLO
AQIC
I82Q
B4IP

Siobhan las es sich laut vor: »*Hello, Hello, a queue I see; I hate to queue before I pee.* Meinen Sie, das ist gemeint? B4 soll ›before‹ heißen?«

Er zuckte mit den Schultern. »Könnte auch zu einer Adresse gehören.«

»Oder es ist eine Koordinate.«

Er sah sie an. »Auf einer Landkarte?«

»Aber was für eine?«

»Vielleicht sagt uns das der Rest des Rätsels. Wie gut kennen Sie sich im schottischen Recht aus?«

»Meine Prüfungen sind schon ein Weilchen her.«

»Tja, meine auch. Vielleicht gibt es irgendeinen lateinischen Begriff für *dear*, ›teuer‹, der etwas mit *law*, also mit dem Gesetz zu tun hat.«

»Wir könnten das ja mal in der Bibliothek nachschlagen, außerdem ist da gleich in der Nähe eine Buchhandlung.«

»Keine schlechte Idee.«

Er sah auf die Uhr. »Allerdings ist mein Parkschein in drei Minuten abgelaufen.«

Rebus saß an seinem Schreibtisch – fünf Blatt Papier vor sich ausgebreitet. Alles andere hatte er auf den Fußboden verfrachtet: Akten, Berichte und dergleichen. Im Büro war es ruhig: Die meisten Kollegen waren zum Garfield Square gefahren, wo gerade eine Lagebesprechung stattfand. Wenn sie bei ihrer Rückkehr das Chaos sahen, das er angerichtet hatte, konnte er sich auf einiges gefasst machen. Sogar sein Computerbildschirm stand mitsamt der Tastatur zwischen den Schreibtischen und versperrte den Durchgang, und daneben hatte er noch einen Stapel Ablageschalen deponiert.

Vor sich auf dem Tisch hatte er fünf Schicksale: vielleicht sogar fünf Mordopfer. Die Jüngste dieser Frauen war Caroline Farmer, die mit sechzehn Jahren einfach vom Erdboden verschwunden war. Erst vor wenigen Stunden war es Rebus gelungen, mit ihrer Mutter zu sprechen. Kein einfacher Anruf.

»Oh, mein Gott – gibt es was Neues?« Ein kurzer Hoffnungsschimmer, dann seine ernüchternde Reaktion. Trotzdem hatte er erfahren, was er wissen wollte. Caroline war auch später nie wieder aufgetaucht. Als damals ihr Foto in der Zeitung erschienen war, hatten sich zunächst noch ein paar Leute gemeldet, die sie gesehen haben wollten. Doch seither nichts mehr.

»Wir sind letztes Jahr umgezogen«, sagte ihre Mutter. »Und da mussten wir auch ihr Zimmer ausräumen.«

Aber in dem Vierteljahrhundert zuvor, so vermutete Rebus, war Carolines Zimmer unverändert geblieben: dieselben Poster an den Wänden und die Kleider eines Teenagers aus den frühen Siebzigerjahren ordentlich zusammengelegt in der Kommode.

»Damals haben manche sogar geglaubt, dass *wir* ihr was angetan haben«, fuhr die Mutter fort. »Ich meine: *wir* – ihre eigene *Familie*.«

Rebus verkniff sich die Bemerkung: Leider steckt nur allzu häufig der eigene Vater oder ein Onkel oder Cousin dahinter.

»Und dann sind sie über Ronnie hergefallen.«

»Carolines damaliger Freund?«, fragte Rebus.

»Ja. Der Junge war doch noch ein halbes Kind.«

»Wenn ich es recht weiß, hatten sich die beiden aber doch getrennt.«

»Ach, Sie wissen doch, wie Teenager sind.« Die Frau sprach, als ob ihre Tochter erst vor ein, zwei Wochen verschwunden wäre. Rebus konnte sich lebhaft vorstellen, dass die schrecklichen Erinnerungen sie bis heute verfolgten und jederzeit mit ihrer ganzen Wucht zurückkehren konnte.

»Aber man konnte ihm natürlich nichts nachweisen?«

»Nein, natürlich nicht. Und irgendwann haben sie ihn dann in Ruhe gelassen. Aber der Junge hat sich nie richtig davon erholt. Schließlich ist die Familie weggezogen. Er hat mir sogar noch ein paar Jahre geschrieben...«

»Mrs. Farmer...«

»Ich heiße jetzt wieder Ms. Colquhoun. Joe hat mich verlassen.«

»Oh, das tut mir Leid.«

»Mir überhaupt nicht.«

»Ist es wegen...?« Er hielt inne. »Entschuldigung, geht mich ja nichts an.«

»Er hat nie viel darüber gesprochen«, entgegnete sie nur.

Rebus überlegte, ob Carolines Vater seine Tochter vielleicht eher hatte loslassen können, anders als die Mutter.

»Möglich, dass die Frage völlig absurd klingt, Ms. Colquhoun – aber hatte die Schlucht von Dunfermline für Caroline eine Bedeutung?«

»Ich... also ich versteh nicht ganz, worauf Sie hinauswollen.«

»Nicht so wichtig. Wir bearbeiten zurzeit einen Fall, und da spricht manches dafür, dass die Sache entfernt mit dem Verschwinden Ihrer Tochter zu tun haben könnte.«

»Inwiefern?«

Sicher würde er der armen Frau keine Freude damit machen, wenn er ihr jetzt von dem Sarg in der Schlucht berichtete. Deshalb griff er auf eine alte Standardausrede zurück und sagte bloß: »Leider kann ich Ihnen dazu im Augenblick nichts sagen.«

Am anderen Ende der Leitung war ein paar Sekunden lang Stille. »Sie ist gerne in der Schlucht spazieren gegangen.«

»Allein?«

»Ja – wenn ihr danach war.« Sie sprach plötzlich mit belegter Stimme. »Haben Sie dort etwas entdeckt?«

»Jedenfalls nicht das, was Sie vielleicht denken, Ms. Colquhoun.«

»Sie haben sie dort ausgegraben, nicht wahr?«
»Nein, wirklich nicht.«
»Was dann?«, kreischte sie.
»Leider kann ich Ihnen dazu ...«

Sie hängte einfach ein. Er starrte einige Sekunden die Sprechmuschel an und tat dann das Gleiche.

Auf der Herrentoilette klatschte er sich Wasser ins Gesicht. Er hatte Tränensäcke unter den Augen. Am Vorabend war er nach seinem zweiten Besuch in der Surgeon's Hall noch nach Portobello rausgefahren und hatte vor Jeans Haus angehalten. Doch die Fenster waren bereits dunkel gewesen. Er hatte die Wagentür schon halb geöffnet, es sich dann aber wieder anders überlegt. Was sollte er denn zu ihr sagen? Was wollte er überhaupt von ihr? Also hatte er die Tür vorsichtig wieder ins Schloss gezogen, war bei ausgeschaltetem Motor in seinem dunklen Auto sitzen geblieben und hatte leise Hendrix gehört: »The Burning of the Midnight Lamp«.

Als Rebus jetzt zu seinem Schreibtisch zurückkam, erschien gerade ein Mitarbeiter in Zivil und stellte einen großen Karton mit Akten auf seinen Schreibtisch. Rebus nahm den Deckel ab und beäugte den Inhalt. Der Karton war noch nicht einmal halb voll. Er zog den obersten Ordner heraus und inspizierte die Aufschrift: Paula Jennifer Gearing (geb. Mathieson): geb. 4. 10. 50, gest. 7. 6. 77. Die Wasserleiche in Nairn. Rebus setzte sich an den Schreibtisch und fing an zu lesen. Als etwa zwanzig Minuten später Ellen Wylie auftauchte, machte Rebus sich gerade eine Notiz.

»Tut mir Leid, dass ich zu spät dran bin«, sagte sie und zog ihren Mantel aus.

»Scheint so, als ob wir recht unterschiedliche Auffassungen davon hätten, was unter ›Dienstbeginn‹ zu verstehen ist«, sagte er. Sie musste an ihren Ausspruch vom Vortag denken und errötete, doch dann sah sie, dass er lächelte.

»Was gibt's Neues?«, fragte sie.

»Unsere Freunde oben im Norden sind fleißig gewesen.«

»Die Paula-Gearing-Geschichte?«

Rebus nickte. »Das Mädchen war damals siebenundzwanzig und schon vier Jahre mit einem Mann verheiratet, der auf einer Bohrinsel in der Nordsee gearbeitet hat. Hübscher Bungalow am Stadtrand. Keine Kinder. Hat stundenweise in einem Zeitschriftenladen gearbeitet, aber vermutlich nicht, weil sie Geld gebraucht hätte, sondern vielmehr, um sich die Zeit zu vertreiben.«

Wylie kam zu ihm an den Schreibtisch. »Scheidet ein Verbrechen aus?«

Rebus wies auf seine Aufzeichnungen. »Aus der Akte geht nur hervor, dass die Sache nie richtig aufgeklärt worden ist. Jedenfalls galt die Frau nicht als selbstmordgefährdet. Außerdem ist nicht bekannt, wo genau an der Küste ihr Körper ins Wasser gelangt ist.«

»Und der pathologische Befund?«

»Befindet sich hier bei den Unterlagen. Könnten Sie bitte mal Donald Devlin anrufen und ihn fragen, ob er etwas Zeit für uns hat?«

»Professor Devlin?«

»Ja, ich habe ihn gestern Nachmittag zufällig getroffen. Er hat sich bereit erklärt, die Autopsieberichte für uns durchzusehen.« Allerdings verschwieg er ihr, weshalb augerechnet Devlin diese Aufgabe übernommen hatte, und dass er – Rebus – bei Gates und Curt abgeblitzt war. »Seine Nummer finden Sie in der Ermittlungsakte«, sagte Rebus. »Er wohnt im gleichen Haus wie Philippa Balfour.«

»Ich weiß. Haben Sie schon einen Blick in die Zeitung geworfen?«

»Nein.«

Sie zog ein Exemplar aus der Handtasche und schlug eine Seite im Lokalteil auf. Ein Phantombild: der Mann, den Devlin wenige Tage vor Philippas Verschwinden unten vor dem Haus gesehen haben wollte.

»Könnte jeder sein«, sagte Rebus.

Wylie nickte. Kurzes dunkles Haar, gerade Nase, eng aneinander liegende Augen und dünne Lippen. »So langsam verzweifeln wir, oder?«, fragte sie.

Diesmal nickte Rebus. Dass man ein derart nichts sagendes Phantombild an die Medien weiterleitete, zeugte in der Tat von einem hohen Maß an Verzweiflung. »Rufen Sie jetzt Devlin an«, sagte er.

»Ja, Sir.«

Sie nahm die Zeitung wieder an sich, setzte sich an einen freien Schreibtisch und schüttelte leicht den Kopf, wie um ihn klar zu bekommen. Dann hob sie den Hörer ab, räusperte sich und führte das erste Telefonat des Tages, dem noch zahllose weitere folgen sollten.

Rebus vertiefte sich wieder in die Akten, aber nur kurz. Ein Name sprang ihm ins Auge, der Name eines Beamten, der damals in Nairn an den Ermittlungen beteiligt gewesen war.

Ein Inspektor mit dem Nachnamen Watson.

Der Farmer.

»Entschuldigen Sie die Störung, Sir.«

Der Farmer lächelte und klopfte Rebus auf die Schulter. »Das ›Sir‹ können Sie sich jetzt sparen, John.«

Watson winkte Rebus herein. Er wohnte in einem umgebauten Bauernhaus ein Stück außerhalb von Edinburgh. Die Wände waren hellgrün gestrichen, und das Mobiliar stammte noch aus den Fünfziger-, Sechzigerjahren. Die zum Wohnzimmer hin offene Küche war von dem übrigen Raum lediglich durch eine Frühstücksbar und einen Esstisch mit mehreren Stühlen abgetrennt. Dieser Esstisch erstrahlte in makellosem Glanz, die Arbeitsflächen in der Küche und der Herd waren blitzeblank – nicht ein schmutziger Teller oder Topf in der Spüle.

»Kaffee oder Tee?«, fragte der Farmer.

»Eine Tasse Tee wär nicht schlecht.«

Der Farmer schmunzelte. »Mein Kaffee war nie ganz Ihr Fall, oder?«

»Sagen wir mal so: Sie haben sich im Laufe der Zeit gesteigert.«

»Setzen Sie sich schon mal. Ich bin gleich wieder da.«

Doch Rebus sah sich lieber ein wenig im Wohnzimmer um: Schränke mit Glastüren, hinter denen allerlei Porzellan und Nippes verwahrt wurde. Gerahmte Familienfotos. Rebus kannte einige davon, schließlich hatten sie noch vor kurzem das Büro des Farmers geziert. Der Teppichboden war frisch gesaugt, und auch der Spiegel und der Fernseher waren absolut staubfrei. Rebus ging zur Terrassentür und spähte in den kleinen Garten hinaus, der von einer steilen grasbewachsenen Böschung eingefasst wurde.

»War die Putzfrau heute schon hier?«, rief er.

Wieder schmunzelte der Farmer und stellte ein Tablett mit Teeutensilien auf der Arbeitsfläche ab. »Ach, das mach ich alles selbst«, rief er. »Schon seit Arlene nicht mehr lebt.«

Rebus drehte sich um und betrachtete nochmals die gerahmten Fotos. Der Farmer und seine Frau auf einer Hochzeit; an einem Strand irgendwo im Süden; im Kreis einer ganzen Enkelschar. Der Farmer stets strahlend mit leicht geöffnetem Mund. Seine Frau etwas reservierter, ungefähr einen Kopf kleiner als er und halb so schwer. Sie war vor ein paar Jahren gestorben.

»Vielleicht ist das meine Art, mich an sie zu erinnern«, sagte der Farmer.

Rebus nickte: einfach nicht loslassen. Er fragte sich, ob ihre Sachen wohl noch wie eh und je in ihrem Schrank hingen, ihr Schmuck in einer Schatulle auf dem Toilettentisch bereitlag.

»Und wie kommt Gill so zurecht?«

»Na, sie stürzt sich halt kopfüber rein«, sagte er. »Sie besteht darauf, dass ich mich ärztlich untersuchen lasse, und die arme Ellen Wylie hat sie auch auf dem Kieker.«

»Ich hab die Pressekonferenz gesehen«, sagte der Farmer und vergewisserte sich, dass auf dem Tablett nichts fehlte. »Gill hat Ellen einfach nicht genügend Zeit gelassen, sich in ihre neue Rolle einzufinden.«

»Und zwar ganz bewusst.«

»Möglich.«

»Seltsam, dass Sie plötzlich nicht mehr da sind, *Sir*«, sagte Rebus und betonte absichtlich das letzte Wort. Der Farmer lächelte.

»Danke, John.« Er ging zum Teekessel hinüber, der gerade zu pfeifen anfing. »Trotzdem nehm ich mal an, dass Sie heute nicht nur aus sentimentalen Gründen hergekommen sind.«

»Nein. Es geht um einen Fall, an dem Sie mal in Nairn gearbeitet haben.«

»Nairn?« Der Farmer hob eine Augenbraue. »Das ist jetzt auch schon wieder über zwanzig Jahre her. Die haben mich damals von West Lothian aus dort raufgeschickt. Und stationiert war ich in Inverness.«

»Ja, trotzdem haben Sie in Nairn in einem Fall Nachforschungen angestellt, in dem es um Tod durch Ertrinken ging.«

Der Farmer stand nachdenklich da. »Ach, ja«, sagte er schließlich. »Wie hieß die Frau noch mal?«

»Paula Gearing.«

»Gearing, ja, richtig.« Er schnipste mit den Fingern und dachte angestrengt nach. »Aber das war doch eine reine Routineangelegenheit, wenn ich mich mal so ausdrücken darf.«

»Da bin ich mir nicht ganz so sicher, Sir.« Rebus beobachtete, wie der Farmer Wasser in die Teekanne goss.

»Kommen Sie, wir nehmen das hier mit nach drüben, dann können Sie mir das genauer erzählen.«

Also rollte Rebus die Geschichte noch einmal auf: die Puppen in Falls, die Särge vom Arthur's Seat und die merkwürdige Koinzidenz zwischen dem Auftauchen weiterer Särge und dem Verschwinden von Personen zwischen 1972 und

1995. Er hatte die Zeitungsausschnitte mitgebracht, die der Farmer aufmerksam studierte.

»Von der Puppe am Strand in Nairn habe ich überhaupt nichts gewusst«, gestand er freimütig ein. »Zu dem Zeitpunkt muss ich schon wieder in Inverness gewesen sein. Für mich hatte sich diese Gearing-Geschichte ziemlich schnell erledigt.«

»Niemand hat die beiden Vorfälle damals miteinander in Verbindung gebracht. Paulas Leiche ist etwa sechs Kilometer außerhalb des Ortes angeschwemmt worden. Falls überhaupt jemand zwischen Paulas Tod und dem Sarg einen Zusammenhang gesehen hat, wird er oder sie sich vermutlich gedacht haben, dass es sich um eine Art Abschiedsgruß handelt.« Rebus hielt inne. »Gill glaubt übrigens nicht, dass es zwischen beiden Vorfällen eine Verbindung gibt.«

Der Farmer nickte. »Natürlich denkt sie vor allem an die Gerichtsverhandlung. Sie haben nämlich bisher lediglich Indizien zusammengetragen.«

»Ich weiß.«

»Allerdings...« Der Farmer lehnte sich zurück. »...kommt da einiges zusammen.«

Rebus gab einen Stoßseufzer von sich. Der Farmer sah ihn an und lächelte. »Schlechtes Timing – was, John? Da bin ich gerade erst in den Ruhestand getreten, und schon überzeugen Sie mich davon, dass Sie vielleicht auf eine wichtige Spur gestoßen sind.«

»Vielleicht könnten Sie ja mal mit Gill reden und sie ihrerseits davon überzeugen.«

Der Farmer schüttelte den Kopf. »Ich glaube kaum, dass sie auf mich hören würde. Sie hat jetzt das Sagen... und sie weiß ganz genau, dass ich jetzt zu nichts mehr nütze bin.«

»Klingt ein bisschen sehr hart.«

Der Farmer sah ihn an. »Aber Sie wissen genau, dass es stimmt. Also müssen Sie *Gill* überzeugen und nicht einen alten Mann, der in Pantoffeln zu Hause sitzt.«

»Sie sind doch kaum zehn Jahre älter als ich.«

»Ich hoffe, Sie werden es persönlich erleben: Es ist etwas völlig anderes, ob man zwischen fünfzig und sechzig oder schon jenseits der sechzig ist. Vielleicht wäre es keine schlechte Idee, wenn Sie sich mal ärztlich untersuchen ließen.«

»Ich weiß doch sowieso schon, was ich dort zu hören bekomme.« Rebus führte die Tasse zum Mund und trank seinen Tee aus.

Der Farmer betrachtete wieder die Zeitungsmeldung aus Nairn. »Und was genau erwarten Sie nun von mir?«

»Sie haben zwar schon gesagt, dass es sich bei der Geschichte damals lediglich um eine Routineangelegenheit gehandelt hat. Aber vielleicht könnten Sie trotzdem noch mal darüber nachdenken, ob Ihnen nicht doch noch eine Unstimmigkeit einfällt, wie belanglos sie Ihnen auch erscheinen mag.« Er unterbrach sich. »Außerdem wollte ich Sie fragen, ob Sie wissen, was damals aus der Puppe geworden ist.«

»Aber ich hab Ihnen ja schon gesagt, dass ich über die Existenz dieser Puppe damals nichts wusste.«

Rebus nickte.

»Sie wollen alle fünf Puppen ausfindig machen, nicht wahr?«, fragte der Farmer.

Rebus nickte. »Sonst habe ich gar keine Chance, zu beweisen, dass sie miteinander zu tun haben.«

»Dann glauben Sie also, dass derjenige, der 1972 die erste dieser Puppen in Nairn am Strand deponiert hat, auch die Puppe in Falls neben den Wasserfall gelegt hat?«

Wieder nickte Rebus.

»Wenn jemand es schafft, das nachzuweisen, dann Sie, John. Ich habe schon immer auf Ihre gnadenlose Sturheit vertraut und auf Ihre gegen null tendierende Bereitschaft, sich von einem Vorgesetzten etwas sagen zu lassen.«

Rebus stellte die Tasse wieder auf den Unterteller. »Ich nehme das mal als Kompliment«, sagte er. Als er dann in dem Zimmer umherblickte und Anstalten machte, sich zum Abschied zu erheben, kam ihm plötzlich der Gedanke: Hier in diesem Haus hatte der Farmer noch immer das Sagen, hier sorgte er mit derselben Gründlichkeit für Ordnung wie früher in der St. Leonhard's Street. Und sollte er dafür irgendwann nicht mehr den Willen aufbringen oder dazu im Stande sein, dann würde er sich einfach hinlegen und sterben.

»Völlig hoffnungslos«, sagte Siobhan Clarke.

Sie hatten ungefähr drei Stunden in der Zentralbibliothek verbracht und hinterher in einer Buchhandlung fast fünfzig Pfund für Karten und Reiseführer über Schottland ausgegeben. Jetzt hockten sie im Kaffeeausschank des Elephant House und hielten einen Sechspersonentisch besetzt. Der Tisch stand direkt unter dem Fenster auf der Rückseite des Cafés, und Grant Hood ließ seinen Blick über den Greyfriars-Friedhof und die Burg schweifen.

Siobhan musterte ihn. »Kann es sein, dass Sie nicht ganz bei der Sache sind?«

Grant blickte weiterhin aus dem Fenster. »Das muss manchmal sein.«

»Na, dann besten Dank für Ihre Hilfe«, sagte sie gereizter, als sie eigentlich wollte.

»So eine kleine Unterbrechung wirkt bisweilen Wunder«, sagte er, ohne auf ihren Ton einzugehen. »An manchen Tagen komme ich beispielsweise mit so einem verdammten Kreuzworträtsel einfach nicht weiter. Aber dadurch lass ich mich nicht verrückt machen. Ich leg das Rätsel einfach 'ne Weile beiseite und nehm es mir dann später noch mal vor. Meistens fällt mir dann sofort was ein. Also, die Sache ist doch die…« Er drehte sich zu ihr um. »Wenn man sich in was verbeißt, ist man nicht mehr offen genug für andere Assoziationen.« Er stand auf, ging zu dem Zeitungsständer hinüber und kehrte mit dem *Scotsman* an den Tisch zurück. »Peter Bee«, sagte er und faltete das Blatt so, dass das Kreuzworträtsel auf der letzten Seite oben zu liegen kam. »Was er macht, ist zwar verrätselt, aber im Gegensatz zu vielen seiner Kollegen arbeitet er nicht ausschließlich mit Anagrammen.«

Er schob die Zeitung zu ihr hinüber, und sie sah, das es sich bei Peter Bee um den Kreuzworträtselexperten des Blattes handelte.

»Einmal wollte er den Namen einer römischen Waffe wissen«, sagte Grant, »zwölf waagerecht. Doch am Ende war dann wieder mal ein Anagramm.«

»Hochinteressant«, sagte Siobhan und warf die Zeitung auf den Tisch, sodass die Straßenkarten darunter verschwanden.

»Also, worauf ich hinauswill: Manchmal muss man erst den Kopf freibekommen, und dann kann man unbefangen wieder von vorne loslegen.«

Sie sah ihn wütend an. »Wollen Sie damit vielleicht sagen, dass wir gerade den halben Tag verplempert haben?«

Er zuckte mit den Achseln.

»Na, dann besten Dank.« Sie stemmte sich aus ihrem Stuhl hoch und stolzierte Richtung Toilette. Dort stützte sie sich auf das Waschbecken und starrte auf die blitzend weiße Keramikfläche. Das Problem war: Natürlich hatte Grant Recht. Nur dass sie nicht so leicht abschalten konnte wie er. Sie hatte nun mal beschlossen, sich auf das Spiel einzulassen, und jetzt gab es kein Zurück mehr. Sie überlegte, ob es Flip Balfour vielleicht ähnlich ergangen war. Ob das junge Mädchen möglicherweise ebenfalls am Ende ihres Lateins gewesen war und jemanden um Hilfe gebeten hatte? Siobhan fiel wieder ein, dass sie noch mit Flips Angehörigen und Freunden über das Spiel sprechen musste. In dutzenden von Vernehmungen hatte keiner von ihnen das Spiel auch nur mit einem Wort erwähnt. Aber warum auch? Möglich, dass sie in Flips Vorliebe lediglich eine Zerstreuung gesehen hatten – ein Computerspiel eben. Also, nicht der Rede wert...

Gill Templer hatte ihr – Siobhan – den Pressejob zwar angeboten, allerdings erst, nachdem sie zuvor an Ellen Wylie eine Art ritueller Demütigung vollzogen hatte. Wie gerne hätte sie vor sich selbst behaupten mögen, dass sie den Job aus Solidarität mit Wylie abgelehnt hatte, doch das war nicht der Fall. Siobhan selbst hegte die Befürchtung, dass in gewisser Weise John Rebus' Einfluss dahinter steckte, und sei es auch um noch so viele Ecken. Sie arbeitete nun schon seit mehreren Jahren mit ihm zusammen, kannte seine Stärken und seine Schwächen. Und wenn es darauf ankam, verließ sie sich, wie viele ihrer Kollegen, lieber auf sich selbst und ging ihre eigenen Wege. Was weiter oben allerdings nicht gerne gesehen wurde. Offenbar gab es nur Platz für einen John Rebus. Ja, noch konnte sie die Gelegenheit beim Schopf fassen. Allerdings: Falls sie den Job annahm, war sie Gill Templer zu absoluter Loyalität verpflichtet, musste ihre Anweisungen befolgen, sich jederzeit bedingungslos hinter sie stellen und durfte keine Risiken mehr eingehen. Falls sie sich dazu durchringen konnte, befand sie sich allerdings auf der sicheren Seite: mit eingebauter Aufstiegsgarantie... Zuerst Inspektorin und dann mit ungefähr vierzig vielleicht Hauptkommissarin. Plötzlich begriff sie, dass Gill sie vor allem deshalb zu der kleinen Party eingeladen hatte, um ihr zu zeigen, wie man das machte. Man umgab sich mit den richtigen Freunden und behandelte sie mit der nötigen Zuvorkommenheit. Man übte sich in Geduld und wurde beizeiten dafür belohnt. Eine bittere Lektion für Ellen Wylie und eine ganz andere für sie selbst.

Sie ging wieder in das Café und sah zu, wie Grant Hood das Kreuzworträtsel ausfüllte, die Zeitung dann beiseite legte, sich auf seinem Stuhl zurücklehnte und den Stift in der Brusttasche verschwinden ließ. Dabei gab er sich redlich Mühe, nicht zum Nebentisch hinüberzuschauen, wo eine junge Frau ihn über den Rand eines Taschenbuches hinweg interessiert beobachtet hatte.

Siobhan sah ihn an. »Haben Sie nicht gesagt, dass Sie das Rätsel in der heutigen Ausgabe schon gelöst haben?«, fragte sie und wies mit dem Kopf auf den *Scotsman*.

»Macht ja nichts: Wird von Mal zu Mal leichter«, sagte er

und kicherte wie ein alberner Teenager. »Was gibt es da zu grinsen?«

Die Frau am Nebentisch war jetzt wieder mit ihrem Buch beschäftigt – irgendwas von Muriel Spark. »Ich musste nur gerade an einen alten Song denken.«

Grant sah sie an, doch sie beließ es dabei, also zeigte er auf das Kreuzworträtsel vor sich auf dem Tisch. »Wissen Sie was ein Homonym ist?«

»Nein, aber es klingt ziemlich unanständig.«

»So nennt man es, wenn zwei Worte genau gleich klingen, aber eine ganz unterschiedliche Bedeutung haben. In Kreuzworträtseln wird dauernd mit solchen Begriffen gespielt. Heute auch wieder, und beim zweiten Hinsehen ist bei mir der Groschen gefallen.«

»Welcher Groschen?«

»Es geht um unser neues Rätsel. ›*Sounds dear*‹ – wir dachten die ganze Zeit, dass das ›klingt teuer‹ oder ›klingt wertvoll‹ heißt, oder?«

Siobhan nickte.

»Aber ›*dear*‹ könnte auch ein Homonym sein. Darauf deutet ja schon das ›klingt‹ hin.«

»Da komme ich jetzt leider nicht ganz mit.« Aber sie schlug ein Bein unter und beugte sich interessiert nach vorn.

»Es könnte ein Hinweis sein, dass nicht das Wort ›*dear*‹ gemeint ist, sondern ›*deer*‹, was genauso klingt, aber ›Reh‹ oder manchmal ganz allgemein ›Wild‹ bedeutet.«

Sie runzelte die Stirn. »Das Rätsel heißt also ›*B4 Scots Law sounds deer*‹? Liegt das jetzt an mir, oder ergibt das wirklich noch weniger Sinn als vorher?«

Er zuckte mit den Achseln und blickte wieder aus dem Fenster. »Wenn Sie meinen.«

Sie versetzte ihm einen Stoß gegen das Bein. »Jetzt haben Sie sich doch nicht so.«

»Glauben Sie etwa, dass Sie hier als Einzige ein Recht auf schlechte Laune haben?«

»Entschuldigung.«

Er sah sie an. Immerhin lächelte sie jetzt wieder. »Schon besser«, sagte er. »Warten Sie mal... Gab es nicht eine Geschichte darüber, wie Schloss Holyrood zu seinem Namen gekommen ist? Irgendein König, der mit Pfeil und Bogen auf einen Hirsch geschossen hat?«

»Keine Ahnung.«

»Entschuldigen Sie.« Die Stimme kam vom Nachbartisch. »Ich musste einfach zuhören.« Die Frau legte ihr Buch beiseite. »Das war David I., damals, im zwölften Jahrhundert.«

»Ach, wirklich?«, fragte Siobhan.

Die Frau ging nicht auf ihren Ton ein. »Er war gerade auf Jagd, als ein Hirsch ihn zu Boden warf. Er griff nach dem Geweih des Tieres und hielt plötzlich an dessen Stelle ein Kreuz in der Hand. *Holy rood* bedeutet *holy cross*, heiliges Kreuz. David sah das als ein Zeichen und ließ die Abtei von Holyrood erbauen.«

»Vielen Dank«, sagte Grant. Die Frau nickte und nahm ihre Lektüre wieder auf. »Schön, wenn jemand so gebildet ist«, fügte er extra für Siobhan hinzu. Siobhan kniff die Augen zusammen und rümpfte die Nase in Grants Richtung. »Also könnte es ja etwas mit Schloss Holyrood zu tun haben.«

»Vielleicht heißt eines der Zimmer im Schloss ja B4«, sagte Siobhan. »Wie ein Klassenzimmer in der Schule.«

Er sah, dass sie das nicht ernst meinte. »Es könnte auch sein, dass *Scot Law*, das schottische Recht, in Teilen etwas mit Schloss Holyrood zu tun hat, und dass es da eine Verbindung zu schottischen Königen gibt, analog zu Königin Victoria.«

Siobhan ließ die Arme sinken. »Vielleicht«, räumte sie ein.

»Also müssten wir jetzt nur noch einen uns wohl gesonnenen Juristen finden.«

»Ginge auch ein Staatsanwalt?«, fragte Siobhan. »Wenn ja, wüsste ich da jemanden.«

Das Gericht befand sich in einem Neubau in der Chambers Street, genau gegenüber von den Museumsbauten. Grant raste zurück in die Grassmarket Street, um noch mal Münzen in die Parkuhr zu stecken, trotz Siobhans Beteuerungen, dass der zu erwartende Strafzettel billiger gewesen wäre. Sie ging schon mal vor und fragte sich im Gericht zu Harriet Brough durch. Die Staatsanwältin trug wieder ein Tweedkostüm, diesmal zu grauer Strumpfhose und flachen schwarzen Schuhen. Wohlgeformte Fesseln, musste Siobhan feststellen.

»Mein liebes Kind, wie reizend«, sagte Brough, nahm Siobhans Hand und bewegte dabei ihren Arm, als sei er eine Wasserpumpe. »Einfach reizend.« Siobhan sah, dass das Make-up der älteren Frau ihre Falten und Fältchen noch betonte und sie leichenblass erscheinen ließ.

»Ich hoffe, ich störe gerade nicht.«

»Nein, ganz und gar nicht.« Sie befanden sich in der zentralen Eingangshalle des Gerichtes, wo es vor Gerichtsdienern, Anwälten, Sicherheitsbeamten und besorgt dreinschauenden Familien nur so wimmelte. Anderswo in diesem Gebäude wurde über Schuld und Unschuld verhandelt, oder es ergingen gerade Urteile. »Sind Sie wegen einer Gerichtsverhandlung hier?«

»Nein. Ich habe eine Frage und dachte mir, dass Sie mir vielleicht weiterhelfen könnten.«

»Aber natürlich, gern, wenn ich kann.«

»Es geht um einen Hinweis, den ich gefunden habe. Er könnte in Zusammenhang mit einem Fall stehen, an dem ich gerade arbeite, aber er scheint irgendwie verschlüsselt zu sein.«

Die Anwältin machte große Augen. »Oh, wie aufregend. Wir setzen uns einfach irgendwohin, und dann erzählen Sie mir, worum es geht.«

Sie fanden eine freie Bank und ließen sich nieder. Brough las das Rätsel durch die Klarsichtfolie hindurch. Siobhan beobachtete sie dabei, wie sie die Worte mit den Lippen formte und dann die Stirn runzelte.

»Tut mir Leid, da muss ich passen«, sagte sie schließlich. »In was für einen Zusammenhang steht denn das Ganze?«

»Es geht um eine junge Frau, die spurlos verschwunden ist«, erklärte Siobhan. »Wir glauben, dass sie vielleicht an einem Spiel teilgenommen hat.«

»Und das hier brauchen Sie, um auf die nächste Ebene zu gelangen? Das ist aber merkwürdig.«

Grant Hood kam angelaufen, ganz außer Atem. Siobhan stellte ihm Harriet Brough vor.

»Irgendwas rausgefunden?«, fragte er. Siobhan schüttelte den Kopf. Er wandte sich der Staatsanwältin zu. »Bedeutet B4 vielleicht irgendetwas im schottischen Rechtswesen? Steht es für irgendeinen Paragrafen oder einen Unterabschnitt?«

»Mein lieber Junge«, lachte Brough, »das könnte mehrere hundert verschiedene Paragrafen bezeichnen, obwohl es dann wohl eher 4B als B4 heißen müsste. Die Zahlen kommen bei uns immer zuerst.«

Hood nickte. »Also wäre das Paragraf 4, Abschnitt b?«

»Genau.«

»Das erste Rätsel«, fügte Siobhan hinzu, »hatte was mit einer Königin zu tun. Die Lösung lautete Victoria. Wir haben uns gefragt, ob dieses hier vielleicht etwas mit dem Holyrood-Palast zu tun hat.« Sie erklärte, wie sie darauf gekommen waren, und Brough vertiefte sich noch einmal in den rätselhaften Satz.

»Also, ich glaube, Sie beide zusammen sind klüger als ich«, räumte sie ein. »Vielleicht bin ich als Juristin zu nüchtern.« Sie wollte das Blatt schon Siobhan zurückgeben, doch dann nahm sie es noch einmal an sich. »Ich frage mich, ob die Wendung ›Scots Law‹ dazu dient, Sie auf eine falsche Fährte zu locken.«

»Wie meinen Sie das?«, fragte Siobhan.

»Na ja, wenn der Verfasser absichtlich kryptische Botschaften formuliert, dann hat er vielleicht etwas um die Ecke gedacht.«

Siobhan blickte zu Hood hinüber, doch der hob nur verständnislos die Schultern. Brough wies auf den Zettel.

»In meinen aktiveren Zeiten, als ich noch viel wandern ging, habe ich gelernt, dass ›Law‹ das schottische Wort für Hügel ist.«

Rebus sprach am Telefon mit dem Geschäftsführer des Huntingtower Hotels.

»Dann haben Sie die Puppe also möglicherweise noch irgendwo verwahrt?«

»Kann ich Ihnen nicht genau sagen«, entgegnete der Geschäftsführer.

»Könnten Sie vielleicht mal nachschauen? Oder sich erkundigen, ob in Ihrem Haus jemand etwas darüber weiß?«

»Gut möglich, dass wir die Puppe während unseres Umbaus entsorgt haben.«

»Ihre Haltung ist wirklich äußerst hilfreich, Mr. Ballantine.«

»Vielleicht hat ja die Person, die diese Puppe damals gefunden hat...«

»Der Mann sagt, dass er sie im Hotel abgegeben hat.« Rebus hatte bereits mit dem Reporter des *Courier* telefoniert, der damals über den Vorfall berichtet hatte. Da der Journalist so neugierig gewesen war, hatte ihm Rebus erzählt, dass man in Edinburgh einen weiteren Sarg gefunden hatte. Allerdings hatte er betont, dass »nichts auf einen Zusammenhang zwischen beiden Ereignissen hindeutet«. Das Letzte, was er gebrauchen konnte, waren irgendwelche Medienleute, die auf eigene Faust Nachforschungen anstellten. Schließlich hatte ihm der Reporter den Namen des Mannes genannt, dessen Hund den Sarg damals gefunden hatte. Ein paar Anrufe später erfuhr Rebus dann direkt von diesem Mann, dass er den Sarg damals in dem Hotel abgegeben und danach keinen einzigen Gedanken mehr auf die Geschichte verschwendet hatte.

»Na gut«, sagte der Geschäftsführer jetzt, »versprechen kann ich allerdings nichts...«

»Geben Sie mir bitte Bescheid, sobald Sie etwas finden«, sagte Rebus und nannte dem Mann nochmals seinen Namen und seine Telefonnummer. »Es ist dringend, Mr. Ballantine.«

»Ich werde tun, was ich kann«, sagte der Mann mit einem Seufzer.

Rebus beendete das Gespräch und sah zu Ellen Wylie und Donald Devlin hinüber, die an einem benachbarten Schreibtisch saßen. Auch heute hatte Devlin eine uralte Strickjacke an, die allerdings noch mit fast allen Knöpfen aufwarten konnte. Die beiden waren darum bemüht, etwas über den Verbleib der Berichte herauszufinden, die Devlins Kollegen 1982 über die Wasserleiche in Glasgow verfasst hatten. Nach Wylies Gesichtsausdruck zu urteilen hatten sie dabei allerdings nicht sehr viel Glück. Devlin saß direkt neben Wylie und lehnte sich immer wieder in ihre Richtung, während sie ihre Telefonrecherchen anstellte. Man hätte meinen können, dass er lediglich ihre Gespräche mitverfolgen wollte, allerdings sah es ganz so aus, als ob Wylie sich in ihrer Haut äußerst unwohl fühlte. Immer wieder versuchte sie, ihren Stuhl unauffällig beiseite zu rücken. Außerdem hatte sie den Oberkörper so stark verdreht, dass sie dem Pathologen fast den Rücken zuwandte. Mit Rebus hatte sie bislang jeden Blickkontakt vermieden.

Der hielt in einer kurzen Notiz fest, was er mit dem Hotelmanager abgesprochen hatte, und hob dann wieder den Hörer ab. Etwas über den Sarg in Glasgow in Erfahrung zu bringen, erwies sich als wesentlich schwieriger. Die Reporterin, die damals über den Vorfall berichtet hatte, war inzwischen weggezogen, und sonst gab es bei der Zeitung niemanden mehr, der sich an die Geschichte noch erinnern konnte. Schließlich nannte jemand Rebus die Nummer der zuständigen Pfarrei, wo sich ein Reverend Martine am Telefon meldete.

»Wenn ich mich recht entsinne, hat die Journalistin damals die Puppe mitgenommen«, sagte Reverend Martine.

Rebus bedankte sich bei dem Geistlichen und rief wieder die Zeitung an, wo er zu guter Letzt mit dem Herausgeber verbunden wurde, der zunächst wissen wollte, worum es eigentlich ging. Also berichtete Rebus ihm von dem »Edinburgher Sarg« und wie er in diesem Fall für die Abteilung »Vage Vermutung« arbeitete.

»Und dieser Edinburgher Sarg – wo genau hat man den gefunden?«

»Unweit der Burg«, log Rebus unbekümmert drauflos, und er sah förmlich, wie der Herausgeber sich eine Notiz machte und darüber nachgrübelte, ob es sich lohnte, jemand auf die Geschichte anzusetzen.

Einige Minuten später hatte Rebus schließlich den Personalchef an der Strippe, der ihm die neue Adresse der Journalistin nannte. Sie hieß Jenny Gabriel und lebte inzwischen in London.

»Sie arbeitet bei einer großen Londoner Zeitung«, sagte der Personalchef. »Das war schon immer Jennys Ziel.«

Nach dem Telefonat unternahm Rebus einen kleinen Spaziergang und besorgte Kaffee, Kuchen und vier Zeitungen: die *Times*, den *Daily Telegraph*, den *Guardian* und den *Independent*. Dann setzte er sich wieder an seinen Schreibtisch und sah die vier Blätter auf Verfassernamen hin durch, konnte aber nirgends eine Jenny Gabriel entdecken. Doch so leicht ließ er sich nicht entmutigen, er rief die Zeitungen eine nach der anderen an und erkundigte sich nach der Journalistin. Beim dritten Versuch bat ihn die Zentrale um etwas Geduld. Sein Blick fiel auf Professor Devlin, der Ellen Wylies Schreibtisch gerade unter Kuchenkrümeln begrub.

»Ich verbinde.«

Die zwei schönsten Worte, die Rebus an diesem Tag bis dahin gehört hatte.

»Redaktion.«

»Jenny Gabriel, bitte«, sagte Rebus.

»Am Apparat.«

Und dann musste er zum x-ten Mal seine Geschichte erzählen.

»Mein Gott«, sagte die Reporterin schließlich, »das ist doch schon zwanzig Jahre her!«

»Könnte hinkommen«, sagte Rebus. »Und Sie haben diese Puppe nicht zufällig aufgehoben?«

»Nein, hab ich nicht.« Rebus schluckte enttäuscht. »Bevor ich in den Süden gezogen bin, hab ich sie einem Freund geschenkt, der sich schon immer dafür interessiert hatte.«

»Könnten Sie mir vielleicht sagen, wie ich ihn erreiche?«

»Augenblick mal, ich suche gerade seine Nummer...« Es entstand eine Pause. Rebus vertrieb sich die Zeit damit, seinen Kuli auseinander zu nehmen. Dabei wurde ihm bewusst, dass er keine Ahnung davon hatte, wie so ein Gerät eigentlich funktionierte: Feder, Gehäuse, Mine..., selbst wenn er alles auseinander nahm und wieder zusammensetzte, war er hinterher kein bisschen klüger.

»Der Freund wohnt in Edinburgh«, sagte Jenny Gabriel. Dann gab sie Rebus die Nummer. Der Mann hieß Dominic Mann.

»Vielen Dank«, sagte Rebus und kappte die Verbindung. Besagter Dominic Mann war nicht zu Hause, hatte allerdings auf seinem Anrufbeantworter eine Handynummer hinterlassen. Und tatsächlich meldete er sich, als Rebus die Nummer wählte.

»Hallo?«

»Spreche ich mit Dominic Mann?« Und dann legte Rebus wieder los. Diesmal erzielte er das gewünschte Resultat. Mann besaß den Sarg tatsächlich noch und erklärte sich bereit, ihn im Laufe des Tages in der St. Leonard's Street abzuliefern.

»Da wäre ich Ihnen sehr dankbar«, sagte Rebus. »Warum haben Sie das Ding eigentlich so lange aufbewahrt?«

»Na ja, eigentlich wollte ich es ja für eine meiner Installationen verwenden.«

»Installationen?«

»Ja, ich bin Künstler. Beziehungsweise: Ich war mal einer. Heute betreibe ich eine Galerie.«

»Und malen Sie noch?«

»Eher selten. Wie gut, dass ich den Sarg nicht verwendet habe. Sonst wäre er jetzt höchstwahrscheinlich bemalt und mit Mullbinden umwickelt, und an einen Sammler verkauft.«

Rebus bedankte sich bei dem Künstler und legte den Hörer auf. Devlin hatte sein Stück Kuchen inzwischen verdrückt. Wylie hingegen hatte ihres beiseite geschoben, und der alte Mann beäugte es interessiert. Um den Sarg in Nairn ausfindig zu machen, musste Rebus bloß zweimal telefonieren. Zuerst versprach ihm ein Reporter der dortigen Lokalzeitung, sich ein wenig für ihn umzuhören, und nannte ihm dann die Nummer eines anderen Menschen, der seinerseits durch ein paar Anrufe herausfand, dass der Sarg im Schuppen eines Nachbarn gelandet war.

»Soll ich Ihnen das Ding zuschicken?«

»Das wäre außerordentlich nett«, sagte Rebus. »Und zwar möglichst per Express.« Er dachte kurz daran, einen Wagen zu schicken, doch dazu reichte das Budget nicht aus. Würde nur Ärger geben.

»Und was ist mit dem Porto?«

»Legen Sie die Quittung bei, wir erstatten Ihnen natürlich Ihre Auslagen.«

Der Anrufer ließ sich den Vorschlag durch den Kopf gehen. »Na ja, klingt eigentlich ganz vernünftig. Dann muss ich Ihnen wohl vertrauen.«

»Also, wenn Sie sogar der Polizei misstrauen, auf wen wollen Sie sich denn überhaupt noch verlassen?«

Dann hängte Rebus ein und blinzelte in Wylies Richtung. »Irgendwas Neues«, fragte er.

»Na ja, so langsam kommen wir der Sache etwas näher«,

ließ sie ebenso müde wie gereizt verlauten. Devlin erhob sich von seinem Stuhl und erkundigte sich nach den »sanitären Anlagen«. Vor seinem Stuhl war der Boden mit Krümeln bedeckt. Auf dem Weg zur Toilette blieb der alte Mann nochmals neben Rebus' Schreibtisch stehen.

»Ich kann Ihnen gar nicht sagen, wie viel Freude mir die Arbeit hier bereitet.«

»Dann ist wenigstens einer von uns glücklich, Professor.«

Devlin machte sich mit dem Finger an Rebus' Revers zu schaffen. »Na ja, kommt mir nicht gerade vor, als würden Sie sich hier langweilen.« Der alte Herr strahlte über das ganze Gesicht und schlurfte dann aus dem Zimmer, während Rebus zu Wylie an den Schreibtisch trat.

»Am besten essen Sie das Stück Kuchen schnell auf, falls Sie nicht möchten, dass er Sie pausenlos wie ein bettelnder Hund anglotzt.«

Sie überlegte kurz, brach das Stück dann in zwei Teile und schob sich eines davon in den Mund.

»Wenigstens habe ich jetzt etwas mehr Klarheit über diese Puppen«, sagte er. »Zwei habe ich definitiv aufgespürt und die dritte mit hoher Wahrscheinlichkeit.«

Wylie spülte den Kuchen mit einem Schluck Kaffee hinunter. »Dann haben Sie in der Tat erheblich mehr erreicht als wir.« Sie beäugte die verbliebene Kuchenhälfte und warf sie dann in den Abfall. »Nehmen Sie mir's nicht übel«, sagte sie.

»Professor Devlin wird das gar nicht gefallen.«

»Das hoffe ich.«

»Der Mann ist hier, um uns zu helfen, vergessen Sie das nicht.«

Sie starrte Rebus an. »Er riecht unangenehm.«

»Tatsächlich?«

»Haben Sie das noch nicht bemerkt?«

»Kann ich eigentlich nicht behaupten.«

Sie sah ihn an, als ob diese Auskunft alles über ihn sagte. Dann ließ sie sich auf ihrem Stuhl zusammensacken. »Wieso haben Sie eigentlich mich angefordert? Ich bin doch zu nichts nütze. Hat man doch neulich bei der Pressekonferenz deutlich genug gesehen. Haben Sie vielleicht eine Schwäche für Krüppel, oder was?«

»Meine Tochter ist behindert«, sagte er leise.

Sie errötete. »Oh Gott, so war das nicht gemeint.«

»Aber um Ihre Frage zu beantworten: Die einzige Person weit und breit, die mit Ellen Wylie ein Problem zu haben scheint, ist Ellen Wylie selbst.«

Sie hielt sich noch immer verlegen die Hand vor den Mund. »Sollten Sie vielleicht mal Gill Templer erzählen«, sagte sie schließlich.

»Natürlich: Gill hat da einen ziemlichen Mist gebaut. Aber deshalb bricht doch nicht die ganze Welt zusammen.« Sein Telefon fing an zu läuten. Er ging wieder zu seinem Schreibtisch. »Okay?«, fragte er und sah sie an. Als sie nickte, wandte er sich von ihr ab und nahm den Anruf entgegen: das Huntingtower Hotel. Man hatte den Sarg dort in einem Keller gefunden, in dem Fundsachen verwahrt wurden: ein paar dutzend Schirme, Brillen, Mäntel und Kameras aus mehreren Jahrzehnten.

»Unglaublich, was sich dort alles angesammelt hat«, sagte Mr. Ballantine. Doch Rebus' Interesse galt einzig dem Sarg.

»Könnten Sie ihn bitte per Express schicken – das Porto wird Ihnen natürlich von uns erstattet.«

Als Devlin schlurfenden Schrittes zurückkam, war Rebus schon wieder am Telefon und versuchte etwas über den Sarg in Dunfermline in Erfahrung zu bringen, doch diesmal war seinen Bemühungen kein Erfolg beschieden. Weder bei der Lokalzeitung noch bei der örtlichen Polizei konnte man ihm etwas über den Sarg sagen. Einige der Leute, mit denen er telefonierte, versprachen ihm zwar, sich für ihn umzuhören, allerdings setzte er nur wenig Hoffnung in diese Bemühungen. Schließlich waren seit damals fast dreißig Jahre vergangen – unwahrscheinlich, dass die Kiste mit der Puppe noch mal auftauchen würde. Am Schreibtisch nebenan klatschte Devlin leise in die Hände, als Wylie den Hörer wieder auf die Gabel legte. Sie sah zu Rebus hinüber.

»Hazel Gibbs' Autopsiebefund ist bereits unterwegs«, sagte sie. Rebus erwiderte ihren Blick, nickte dann langsam und sah sie lächelnd an. Wieder läutete das Telefon. Am anderen Ende meldete sich Siobhan.

»Ich werde mir David Costello notfalls alleine vorknöpfen«, sagte sie. »Falls Sie nichts unternehmen.«

»Ich war der Meinung, dass Sie mit Grant zusammenarbeiten.«

»Hauptkommissarin Templer hat ihn sich für ein paar Stunden unter den Nagel gerissen.«

»Ach, tatsächlich? Dann wird sie ihm vermutlich gerade Ihren Pressejob anbieten.«

»Ich habe nicht die Absicht, mich von Ihnen nerven zu lassen. Also kommen Sie jetzt mit oder nicht?«

Costello war zu Hause. Als er ihnen die Tür aufmachte, blickte er sie verschreckt an. Siobhan konnte ihn einigermaßen mit der Auskunft beruhigen, dass sie keine schlechten Nachrichten für ihn hatten. Doch so ganz schien er ihr nicht zu glauben.

»Können wir hereinkommen, David?«, fragte Rebus. Costello hatte ihn bis dahin anscheinend noch gar nicht wahrgenommen und nickte bloß langsam. Nach Rebus' Eindruck trug er noch dieselben Kleider wie vor einigen Tagen, und auch im Wohnzimmer schien seither nicht mehr aufgeräumt worden zu sein. Außerdem hatte sich der junge Mann schon seit Tagen nicht mehr rasiert, was ihm offenbar peinlich war. Jedenfalls strich er sich immer wieder verlegen mit der Hand über die Bartstoppeln.

»Und – *irgendwas* Neues?«, fragte er und ließ sich auf den Futon fallen, während Rebus und Siobhan mitten im Raum stehen blieben.

»Nicht viel«, sagte Rebus.

»Aber über Einzelheiten können Sie natürlich nichts sagen.« Costello rutschte auf der Unterlage hin und her und versuchte eine bequeme Position zu finden.

»Eigentlich, David«, sagte Siobhan, »sind wir wegen ein paar Einzelheiten hier.« Sie reichte ihm ein Blatt Papier.

»Was ist das?«, fragte er.

»Es handelt sich um ein Rätsel aus einem Spiel – einem Spiel, an dem Flip unseres Wissens nach beteiligt war.«

Costello beugte sich vor und las noch einmal, was auf dem Blatt stand. »Was für ein Spiel?«

»Offenbar ist sie im Internet darauf gestoßen. Und die Leitung hat jemand, der sich Quizmaster nennt. Wenn man als Mitspieler ein Rätsel gelöst hat, kann man auf der nächsthöheren Stufe weitermachen. Die Stufe, die Flip zuletzt erreicht hatte, trägt die Bezeichnung Hellbank. Ob sie das entsprechende Rätsel gelöst hat, wissen wir nicht.«

»Flip?« Costello klang skeptisch.

»Haben Sie nie davon gehört?«

Er schüttelte den Kopf. »Mit mir hat sie darüber wenigstens nie gesprochen.« Er sah Rebus an, doch der blätterte gerade in einem Gedichtband, den er aus dem Regal genommen hatte.

»Hat sie sich denn überhaupt für Spiele interessiert?«, fragte Siobhan.

Costello zuckte mit den Achseln. »Gesellschaftsspiele vielleicht: Scharaden und so was, Trivial Pursuit oder Tabu.«

»Aber nicht für Phantasie- oder Rollenspiele?«

Er schüttelte langsam den Kopf.

»Nichts im Internet?«

Wieder strich er sich über den Bart. »Das alles ist mir völlig neu.« Er blickte zuerst Siobhan und dann Rebus an, danach wieder Siobhan. »Und Sie sind sicher, dass es sich hier um Flip handelt?«

»Ziemlich sicher«, entgegnete Siobhan.

»Und Sie glauben, dass dieses Spiel was mit ihrem Verschwinden zu tun hat?«

Siobhan zuckte mit den Achseln und sah fragend in Rebus' Richtung, doch der hing gerade seinen eigenen Gedanken nach. Er dachte daran, was Flip Balfours Mutter über Costello gesagt hatte – über seine Bemühungen, Flip ihren Eltern zu entfremden. Und auf Rebus' Nachfrage hatte sie lediglich entgegnet: *Na, weil er nun mal so ist.*

»Interessantes Gedicht«, sagte er und schwenkte das Buch in der Luft. Es war eigentlich mehr eine Art Heft: rosa Einband mit einer Federzeichnung darauf. Dann rezitierte er ein paar Verse:

»›Nicht weil du schlecht bist, musst du sterben,/
nein, sterben musst du einzig, weil du da bist.‹«

Rebus ließ das Buch sinken und klappte es wieder zu. »So habe ich das noch nie gesehen«, sagte er, »aber es stimmt.« Er zündete sich eine Zigarette an. »Erinnern Sie sich noch an unser Gespräch, David?« Er inhalierte und bot David ebenfalls eine Zigarette an, doch der schüttelte bloß den Kopf. Die vor kurzem noch halb volle Whiskyflasche war inzwischen leer, ebenso wie etliche Bierdosen. Sie standen neben der Küche auf dem Fußboden, außerdem mehrere schmutzige Tassen, Teller und Gabeln und diverse Pizza- und sonstige Verpackungen. Eigentlich hatte er Costello nicht für einen Trinker gehalten; aber vielleicht musste er sein Urteil ja revidieren. »Ich habe Sie bei der Gelegenheit gefragt, ob Sie es für möglich halten, dass Flip vielleicht einen anderen Mann kennen gelernt hat, und Sie haben geantwortet, dass sie Ihnen das ganz sicher erzählt hätte. Ja, Sie haben sogar behauptet, dass Flip nichts für sich behalten könne.«

Costello nickte.

»Und trotzdem hat sie allem Anschein nach bei diesem Spiel mitgemacht. Übrigens ein ziemlich anspruchsvolles Spiel, mit raffinierten Doppeldeutigkeiten und so weiter.

Durchaus denkbar, dass sie sogar auf fremde Hilfe angewiesen war.«

»Ich habe ihr dabei jedenfalls nicht geholfen.«

»Und sie hat Ihnen nie etwas über das Internet oder über einen Quizmaster erzählt?«

Er schüttelte den Kopf. »Wer soll denn das sein, dieser Quizmaster?«

»Wissen wir nicht«, räumte Siobhan ein. Sie stand jetzt vor dem Bücherregal.

»Und der gibt sich nicht zu erkennen, oder wie?«

»Das wäre nicht schlecht. Würde uns die Arbeit sehr erleichtern.« Siobhan nahm den Zinnsoldaten aus dem Regal. »Das hier ist auch eine Spielfigur, oder?«

Costello drehte den Kopf in ihre Richtung. »Echt?«

»Spielen Sie nicht damit?«

»Nein, ich weiß ja nicht mal genau, wo das Ding eigentlich herkommt.«

»Hat aber schon 'ne Menge Schrammen abbekommen«, sagte Siobhan und inspizierte die abgebrochene Muskete.

Während die beiden sprachen, nahm Rebus Costellos Computer – einen Laptop – in Augenschein. Auf der Arbeitsfläche neben dem Gerät lagen diverse Lehrbücher, und unter dem Tisch auf dem Boden stand ein Drucker. »Ich nehme an, dass Sie das Internet ebenfalls nutzen, David«, sagte er.

»Macht doch jeder.«

Siobhan stellte den Zinnsoldaten an seinen Platz zurück und lächelte gequält: »Würde ich so nicht sagen. Inspektor Rebus kann nämlich noch nicht mal 'ne elektrische Schreibmaschine bedienen.«

Rebus begriff sofort, dass Siobhan Costello lediglich in Sicherheit wiegen wollte und ihn selbst deswegen als Witzfigur hinstellte.

»Wenn ich Internet höre, fallen mir zuerst mal die beiden Pfosten ein, zwischen denen der Torwart von Inter Mailand seinem Beruf nachgeht.«

Ein Lächeln huschte über Costellos Gesicht. *Na, weil er nun mal so ist ...* Aber was für ein Mensch war David Costello eigentlich, begann Rebus sich zu fragen.

»Wenn Flip Ihnen von alldem nichts erzählt hat, David«, sagte Siobhan, »könnte es denn dann sein, dass sie Ihnen auch andere Dinge verschwiegen hat?«

Wieder nickte Costello. Auch jetzt rutschte er wieder nervös auf dem Futon hin und her und kam einfach nicht zur Ruhe. »Offenbar hab ich sie wirklich nicht richtig gekannt«, gab er zu. Dann starrte er wieder auf das Blatt. »Wissen Sie, was das Rätsel zu bedeuten hat?«

»Ja, Siobhan hat es aufgedröselt«, sagte Rebus. »Doch zum Lohn hat Quizmaster ihr gleich noch eine Aufgabe gestellt.«

Siobhan reichte Costello den Zettel mit dem zweiten Rätsel. »Klingt ja noch absurder als das erste«, sagte Costello. »Allerdings begreife ich nicht, was das alles mit Flip zu tun haben soll. Das ist doch überhaupt nicht ihre Art.« Er machte Anstalten, Siobhan den Zettel zurückzugeben.

»Und Flips übrige Freunde?«, fragte sie. »Gibt es unter denen vielleicht welche, die gerne spielen oder Rätsel lösen?«

Costello starrte sie an. »Wollen Sie damit etwa sagen, dass einer von denen...?«

»Ich möchte nur wissen, ob Flip einen Helfer gehabt hat.«

Costello dachte nach. »Ich wüsste nicht wen«, sagte er schließlich. »Kann ich Ihnen beim besten Willen nicht sagen.«

Siobhan nahm den Zettel wieder entgegen. »Und was hat es mit *diesem* Rätsel hier auf sich?«, fragte er. »Wissen Sie schon, was es bedeutet?«

Sie überflog den Text wohl zum vierzigsten Mal. »Nein«, gab sie dann zu, »bisher noch nicht.«

Hinterher nahm Siobhan Rebus mit zurück in die St. Leonard's Street. Zunächst fuhren die beiden schweigend dahin. Auf der Straße herrschte dichter Verkehr. Es schien fast so, als ob der abendliche Berufsverkehr von Woche zu Woche früher einsetzte.

»Na, was ist Ihr Eindruck?«, fragte Siobhan.

»Dass wir zu Fuß schneller gewesen wären.«

Mit einer solchen Antwort hatte sie schon gerechnet. »Die Puppen in den Kisten, mit denen Sie sich seit einigen Tagen beschäftigen, die haben irgendwie etwas Verspieltes, finden Sie nicht?«

»Verdammt merkwürdiges Spiel, wenn Sie mich fragen.«

»Allerdings auch nicht merkwürdiger als so ein abgedrehtes Quiz im Internet.«

Rebus nickte, sagte aber nichts.

»Ob es da eine Verbindung gibt?«, fragte Siobhan.

»Fragen Sie mich das, weil ich Ihrer Meinung nach immer gut für abstruse Assoziationen bin? Denkbar ist es jedenfalls.«

Diesmal war es an Siobhan zu nicken. »Allerdings nur, *falls* es zwischen allen Puppen eine Verbindung gibt.«

»Wir brauchen Zeit«, sagte Rebus. »Unterdessen könnten wir vielleicht noch ein paar Nachforschungen über Costello anstellen.«

»Auf mich hat er heute eigentlich ziemlich überzeugend gewirkt. Dieser Ausdruck auf seinem Gesicht, als er uns die Tür aufgemacht hat: Als ob er fürchterliche Angst gehabt hätte, dass es schlechte Nachrichten geben würde, oder?«

»Ach, dabei kann man doch so leicht was übersehen. Außerdem hatten wir, glaube ich, Hi Ho Silvers mit der Aufgabe betraut. Und der Kerl ist so faul, dass er bereits vor Stolz aus allen Nähten platzt, wenn er nur seinen Hintern von seinem Bürostuhl hoch kriegt.« Er sah sie von der Seite an. »Und was ist mit Ihnen?«

»Na ja, ich bemühe mich, wenigstens den Anschein zu erwecken, dass ich etwas tue.«

»Nein, das meine ich nicht. Ich wollte nur wissen, was Sie heute noch so vorhaben.«

»Ich glaube, ich fahr jetzt nach Hause, mach Schluss für heute.«

»Vorsicht. Hauptkommissarin Templer erwartet von uns, dass wir pro Schicht volle acht Stunden Dienst schieben.«

»Dann steht sie allerdings tief in meiner Schuld... in Ihrer wahrscheinlich ebenso. Oder können Sie sich erinnern, wann Sie die letzte normale Achtstundenschicht geschoben haben?«

»Im September 1986, glaube ich«, sagte Rebus und sah sie lächelnd an.

»Und wie geht's mit der Wohnung vorwärts?«

»Die Elektriker sind fast fertig. Als Nächstes sind die Maler dran.«

»Schon was Neues gefunden?«

Er schüttelte den Kopf. »Gibt Ihnen ganz schön zu denken, was?«

»Wieso denn? Wenn Sie Ihre Bude unbedingt verkaufen wollen, tun Sie es doch.«

Er sah sie tadelnd an. »Sie wissen genau, was ich meine.«

»Quizmaster?« Sie überlegte, was sie sagen sollte. »Das Ganze würde mir wahrscheinlich sogar Spaß machen...«

»Wenn?«

»Wenn ich nicht den Eindruck hätte, dass es ihm genauso viel Spaß macht.«

»Sie zu manipulieren?«

Siobhan nickte. »Und wenn der Typ das bei mir versucht, hat er es bei Philippa Balfour auch nicht anders gemacht.«

»Sie gehen also immer noch davon aus, dass Sie es mit einem ›er‹ zu tun haben«, sagte Rebus.

»Nur aus praktischen Gründen.« Dann klingelte ein Handy. »Meins«, sagte Siobhan, als Rebus in die Tasche langte. Sie hatte ihr Mobiltelefon neben der Stereoanlage in die Konsole geschoben. Sie drückte auf einen Knopf und war über die Lautsprecher und ein Mikrofon mit dem Anrufer verbunden.

»Freisprechanlage«, murmelte Rebus tief beeindruckt.

»Hallo?«, sagte Siobhan vernehmlich.

»Spricht dort Detective Clarke?«

Sie erkannte die Stimme sofort. »Mr. Costello? Was kann ich für Sie tun?«

»Ich habe noch mal darüber nachgedacht... was Sie über dieses Spiel gesagt haben.«

»Ja?«

»Also, ich kenne jemanden, der sich ziemlich intensiv mit solchen Sachen beschäftigt. Genau genommen so jemanden kennt Flip.«

»Und wer ist das?«

Siobhan drehte sich zur Seite und sah Rebus an, der sein Notizbuch samt Kuli schon bereithielt.

David Costello nannte den Namen, doch mittendrin versagte ihm die Stimme. »Entschuldigung«, sagte Siobhan. »Könnten Sie das noch mal wiederholen?«

Diesmal verstanden sie beide den Namen klar und deutlich: »Ranald Marr.« Siobhan legte die Stirn in Falten und sprach den Namen nochmals leise aus. Rebus nickte. Er wusste genau, wer Ranald Marr war: John Balfours Geschäftspartner, der Mann, der die Balfour-Bank in Edinburgh leitete.

Im Büro war alles ruhig. Die Beamten waren entweder schon nach Hause gegangen, oder aber sie hockten am Gayfield Square in diversen Besprechungen. Die Polizeiführung hatte sogar Fußpatrouillen losgeschickt, ihre Zahl jedoch inzwischen wieder deutlich reduziert. Denn es gab kaum noch jemanden, den man noch nicht befragt hatte. Wieder ein Tag ohne ein Lebenszeichen von Philippa Balfour. Keine Bewegungen auf ihrem Konto und auch sonst kein Anruf oder Lebenszeichen. Nichts. Außerdem war zu hören, dass Chefinspektor Bill Pryde völlig ausgerastet war und sein Klemmbrett wie ein Frisbee durch das Großraumbüro geschleudert hatte. Angeblich war es den anwesenden Beamten nur durch rasches Abtauchen gelungen, sich vor dem Wurfgeschoss in Sicherheit zu bringen. Ferner machte John Balfour immer mehr Druck und hatte sich in den Medien bereits über mangelnde Fortschritte beklagt. Und der Polizeipräsident hatte beim Vize einen Bericht über den Stand der Ermittlungen angefordert, was natürlich bedeutete, dass der Vize den Druck, den er von oben bekam, gnadenlos an seine Untergebenen weitergab. Da sich keine neue Spur aufgetan hatte, war man sogar schon dazu übergegangen, potenzielle Zeugen zum zweiten oder gar dritten Mal zu vernehmen. Alle waren nervös und gereizt. Rebus versuchte Bill Pryde am Gayfield Square anzurufen, kam aber nicht zu ihm durch. Schließlich wählte er die Nummer der Zentrale und ersuchte darum, mit Claverhouse oder Ormiston von der Kripo verbunden zu werden. Claverhouse hob ab.

»Hier spricht Rebus. Sie müssen mir einen Gefallen tun.«

»Könnte Ihnen so passen.«

»Warum denn so ungehalten?«

»Weil mir jedes Mal die Sicherung durchknallt, wenn ich Ihre Stimme höre, Rebus.«

»Das klingt ja furchtbar. Soll ich Ihnen den Elektriker vorbeischicken?« Bei Claverhouse durfte man nicht zimperlich sein.

»Auf Ihr Mitgefühl kann ich verzichten. Was wollen Sie diesmal?«

»Sagen wir's mal so: Je eher Sie mir meinen Wunsch erfüllen, desto schneller kann ich in die Kneipe gehen und mich bis zur Besinnungslosigkeit besaufen.«

»Mein Gott, warum sagen Sie das denn nicht *gleich*? Schießen Sie los.«

Rebus lächelte in die Muschel. »Ich brauch eine Auskunft.«

»Von wem?«

»Von der Polizei in Dublin.«

»Und worum geht's?«

»Phillipa Balfours Freund. Ich brauche mehr Hintergrundinfo.«

»Auf den Burschen würde ich glatt einen Zehner setzen.«

»Noch ein Grund mehr, mir behilflich zu sein.«

Claverhouse dachte kurz nach. »Geben Sie mir eine Viertelstunde. Und bleiben Sie, wo Sie sind.«

»In Ordnung.«

Rebus legte den Hörer wieder auf und lehnte sich in seinem Stuhl zurück. Dann bemerkte er etwas auf der anderen Seite des Zimmers. Es war der alte Stuhl des Farmers. Offenbar hatte Gill das Stück ausrangiert und zur freien Verfügung dort abgestellt. Rebus schob das Möbel zu seinem Schreibtisch hinüber und ließ sich hineinsinken. Er musste plötzlich daran denken, was er zu Claverhouse gesagt hatte: *... desto schneller kann ich in die Kneipe gehen und mich bis zur Besinnungslosigkeit besaufen.* Klar: In dem Augenblick, als er es gesagt hatte, war das bloß ein Spruch gewesen. Trotzdem gab es in ihm eine Seite, die genauso empfand und nichts dringlicher herbeisehnte als das nebelhafte Vergessen, das einem nur der Alkohol liefern konnte. Vergessen, Oblivion. So hieß eine der Bands von Brian Auger, Oblivion Express. Irgendwo hatte er deren erstes Album, *A Better Land*. Bisschen zu jazzartig für seinen Geschmack. Als dann das Telefon läutete, hob er ab, doch das Klingeln hörte nicht auf: sein Handy. Er fischte es aus der Tasche, presste es sich ans Ohr.

»Hallo?«

»John?«

»Hallo, Jean. Ich wollte Sie auch schon anrufen.«

»Haben Sie gerade Zeit?«

»Ja, klar. Hat sich dieser Schmierfink wieder bei Ihnen gemeldet?« Sein Festnetztelefon fing an zu läuten: wahrscheinlich Claverhouse. Rebus erhob sich aus dem Stuhl des Farmers, ging quer durchs Büro und trat ins Freie hinaus.

»Ach, mit dem komme ich schon zurecht«, sagte Jean. »Ich hab ein paar Erkundigungen für Sie angestellt. Allerdings fürchte ich, dass nicht allzu viel dabei herausgekommen ist.«

»Macht nichts.«

»Hat den ganzen Tag gedauert.«

»Ich schau mir die Sachen morgen mal an, falls es Ihnen passt.«

»Morgen ist okay.«

»Es sei denn, Sie haben heute Abend Zeit?«

»Oh.« Sie machte eine kurze Pause. »Für heute Abend hatte ich mich eigentlich bei einer Freundin angemeldet, die gerade ein Kind bekommen hat.«

»Wie schön.«

»Tut mir Leid.«

»Das muss es nicht. Dann sehen wir uns also morgen. Kann ich Ihnen zumuten, zu uns aufs Revier zu kommen?«

»Ja, können Sie.«

Sie vereinbarten eine Zeit, dann beendete Rebus das Gespräch und kehrte zu seinem Schreibtisch zurück. Er hatte das Gefühl, dass sie zufrieden mit ihm war, dass es richtig gewesen war, ihr noch für denselben Abend ein Treffen vorzuschlagen. Anscheinend hatte sie genau darauf gehofft, auf einen Hinweis, dass er weiterhin an ihr interessiert war und mehr in ihr sah als bloß einen Arbeitskontakt.

Vielleicht interpretierte er aber auch zu viel in ihr Verhalten hinein.

Als er wieder an seinem Schreibtisch saß, rief er Claverhouse an.

»Ich bin schwer enttäuscht«, sagte Claverhouse.

»Ich hab Ihnen versprochen, dass ich mich nicht von meinem Schreibtisch wegrühre, und ich habe Wort gehalten.«

»Und wieso haben Sie dann nicht abgehoben?«

»Weil mich jemand auf dem Handy angerufen hat.«

»Also jemand, der Ihnen wichtiger ist als ich. Jetzt bin ich aber wirklich gekränkt.«

»Der Anruf war von meinem Buchmacher. Ich schulde dem Mann noch zweihundert Piepen.«

Claverhouse war einen Augenblick sprachlos. »Das hebt meine Laune ganz ungemein«, sagte er dann. »Also, der Mann, der Ihnen weiterhelfen kann, heißt Declan Macmanus.«

Rebus runzelte die Stirn. »Das ist doch Elvis Costellos richtiger Name.«

»Möglich. Offenbar hat er ihn einem Menschen vermacht, der den Namen dringender braucht als er selbst.« Claverhouse nannte Rebus eine Nummer in Dublin, mitsamt der internationalen Vorwahl. »Obwohl ich mir nicht vorstellen kann, dass die schäbigen Scheißkerle in der St. Leonard's Street Ihnen so ohne weiteres ein Auslandsgespräch genehmigen.«

»Ich werde einen Antrag stellen müssen«, stimmte Rebus ihm zu. »Danke für Ihre Hilfe, Claverhouse.«

»Und – gehen Sie jetzt gleich in die Kneipe?«

»Sollte ich eigentlich tun. Damit ich schon mal unter dem Tisch liege, wenn mein verdammter Buchmacher aufkreuzt.«

»Klingt plausibel. Also dann: Auf die schlechten Gäule und den guten Whisky.«

»Und umgekehrt«, entgegnete Rebus und beendete das Gespräch. Claverhouse hatte Recht: Die meisten Telefone in der St. Leonard's Street waren für Auslandsgespräche gesperrt, aber Rebus hatte das Gefühl, dass er bei diesem Anlass Gill Templers Telefon würde benutzen können. Nur dass Gill die Tür zu ihrem Büro abgeschlossen hatte. Doch Rebus fiel wieder ein, wo der Farmer den Ersatzschlüssel versteckt hatte. Er ging vor Gills Bürotür in die Knie und zog den Teppichboden ein wenig zur Seite. Na bitte: Der Schlüssel war noch da. Er schob ihn ins Schloss, drängte sich in Gills Büro und machte die Tür rasch hinter sich zu.

Zunächst begutachtete er ihren neuen Stuhl, zog es allerdings vor, stehen zu bleiben und sich lediglich gegen die Kante ihres Schreibtischs zu lehnen. Irgendwie musste er an Schneewittchen und die sieben Zwerge denken: Wer hat auf meinem Stühlchen gesessen? Und wer hat von meinem Telefon aus Auslandsgespräche geführt?

Am anderen Ende der Leitung ertönte ungefähr ein halbes Dutzend Mal das Freizeichen, bevor jemand abhob. »Könnte ich bitte mit...« – plötzlich wurde ihm bewusst, dass er Macmanus' Dienstgrad nicht kannte – »...Declan Macmanus sprechen?«

»Wen darf ich melden?« Die Frau hatte diesen herrlichen irischen Akzent. Rebus sah augenblicklich üppiges schwarzes Haar und einen wohlgeformten Körper vor sich.

»Inspektor John Rebus von der Lothian and Borders Police in Schottland.«

»Augenblick, bitte.«

Während er wartete, verwandelte sich der wohlgeformte Körper der Frau in ein Glas mit frischem, langsam gezapftem Guinness.

»Inspektor Rebus?« Der Mann am anderen Ende hatte eine klare Respekt gebietende Stimme.

»Inspektor Claverhouse von der schottischen Kriminalpolizei hat mir Ihre Nummer gegeben.«

»Das war großzügig von ihm.«

»Manchmal ist er einfach so.«

»Und was kann ich für Sie tun?«

»Ich weiß nicht, ob Sie von dem Fall gehört haben, mit dem wir gerade befasst sind. Es geht um eine vermisste junge Frau namens Philippa Balfour.«

»Die Bankierstochter? Natürlich, das war hier in allen Zeitungen der Aufmacher.«

»Weil das Mädchen mit David Costello liiert ist?«

»Die Costellos sind in Dublin sehr bekannt, Inspektor, sie gehören zur besseren Gesellschaft, wie man so sagt.«

»Das wissen Sie ganz bestimmt besser als ich, und genau deswegen rufe ich an.«

»So, so.«

»Ich würde nämlich gern etwas mehr über die Familie erfahren.« Rebus kritzelte wirre Muster auf ein Blatt Papier. »Sicher haben die Leute eine blütenweiße Weste. Trotzdem würde es mich beruhigen, wenn ich dafür auch noch einige Belege in der Hand hätte.«

»Ich weiß nicht, ob ich das mit der ›blütenweißen Weste‹ so bestätigen kann.«

»Ach.«

»In jeder Familie gibt es schmutzige Wäsche.«

»Wahrscheinlich.«

»Würde es Ihnen weiterhelfen, wenn ich Ihnen eine Wäscheleine der Costellos zusende?«

»Das wäre sehr hilfreich.«

»Haben Sie eine Faxnummer?«

Rebus nannte sie ihm. »Ist allerdings eine Auslandsverbindung.«

»Das schaffe ich schon. Und wie vertraulich würden Sie diese Informationen behandeln?«

»So vertraulich wie es mir nur irgend möglich ist.«

»Dann muss ich mich wohl auf Ihr Wort verlassen. Sind Sie eigentlich an Rugby interessiert, Inspektor?«

Rebus hatte das Gefühl, dass Macmanus ein Ja von ihm erwartete. »Nur als Zuschauer.«

»Ich komme gelegentlich zum Sechsländerwettbewerb nach Edinburgh. Vielleicht können wir uns ja beim nächsten Mal auf einen Drink treffen.«

»Ja, das wäre nett. Ich gebe Ihnen mal meine Nummer.« Dann ratterte er seine Büro- und die Handynummer herunter.

»Sie können sich darauf verlassen, dass ich mich bei Ihnen melde.«

»Tun Sie das. Ich schulde Ihnen nämlich mindestens ein großes Malt.«

»Darauf komme ich gern zurück.« Dann entstand eine kurze Pause. »Sie haben an Rugby nicht das geringste Interesse, oder?«

»Nein«, gab Rebus zu. Der Mann am anderen Ende lachte.

»Jedenfalls lügen Sie nicht, und das ist ein äußerst angenehmer Zug. Wiederhören, Inspektor.«

Rebus legte den Hörer auf. Plötzlich fiel ihm ein, dass er

noch immer nicht wusste, welchen Dienstgrad Macmanus hatte. Als er das Gekritzel vor sich auf dem Blatt betrachtete, stellte er fest, dass er ein halbes dutzend Särge gezeichnet hatte. Dann wartete er zwanzig Minuten auf die versprochenen Informationen aus Irland, doch das Faxgerät gab nicht einen Muckser von sich.

Sein erster Besuch galt dem Maltings, danach schaute er im Royal Oak vorbei, bis er schließlich im Swany's landete. Nur ein Drink in jeder der drei Kneipen, und vorneweg ein Guinness. War schon 'ne Weile her, seit er das Zeug zuletzt probiert hatte: nicht schlecht der Stoff, aber ein bisschen zu mächtig in der Magengegend. Allzu viel davon konnte er nicht trinken, also bestellte er lieber ein helles Bier und zum Schluss noch einen Laphroaig mit einem Tropfen Wasser. Anschließend mit dem Taxi in die Oxford Bar, wo er das letzte Cornedbeef mit roter Beete verdrückte und dann noch eine Portion hart gekochte Eier in Brät. Dazu ein weiteres Bier, um das Essen runterzuspülen. Außer ihm waren noch ein paar andere Stammgäste da. Oben im Hinterzimmer hatte sich eine Gruppe Studenten breit gemacht, und vorne an der Bar herrschte ein fast betretenes Schweigen, als ob das fröhliche Lachen von oben irgendwie gotteslästerlich wäre. Hinter der Bar bediente Harry, der sichtlich froh darüber war, dass wieder ein Kneipenabend sich dem Ende näherte. Als dann ein junger Bursche an der Theke aufkreuzte, um bei Harry eine weitere Runde zu ordern, ließ der Barmann sich in dem Sinne vernehmen, dass die jungen Leute doch gewiss sowieso »bald weiterziehen« würden und »am besten gleich einen Club aufsuchen« sollten und dass »die Nacht doch gerade erst anfängt«. Doch der junge Mann stand nur mit rot glänzendem Gesicht geistlos grinsend vor der Bar und hörte gar nicht zu. Harry schüttelte angewidert den Kopf. Als der Junge schließlich mit einem Tablett voll überlaufender Biergläser wieder abzog, belehrte einer der Stammgäste Harry darüber, dass er wohl dabei sei, sein berühmtes Einfühlungsvermögen zu verlieren. Die Flut von Verwünschungen, die daraufhin über dem Gast niederging, bezeugte allerdings definitiv das Gegenteil.

Rebus hatte mit seinem Besuch in dem Lokal eigentlich das Ziel verfolgt, die kleinen Särge wenigstens vorübergehend aus seinem Gedächtnis zu verbannen. Doch vergeblich. Er sah sie im Geist unentwegt vor sich, war fest davon überzeugt, dass sie ihre Existenz ausnahmslos ein und demselben Mann respektive Mörder verdankten. Und er überlegte verzweifelt, ob es noch weitere solcher Kisten geben mochte, die auf einsamen Anhöhen oder in Felsspalten oder aber in harmlosen Geräteschuppen vor sich hingammelten. Die Särge von Arthur's Seat und der aus Falls sowie Jeans vier Kisten, das war bislang alles, worauf er sich stützen konnte. Aber er vermutete zwischen den verschiedenen Funden einen Zusammenhang, und das machte ihm Angst. Jedenfalls lass ich mich später mal verbrennen, dachte er, oder in einem Baum festbinden, wie es bei den australischen Ureinwohnern Brauch ist. Alles, nur nicht in eine enge Holzkiste gesperrt sein, alles lieber als das.

Als die Tür aufging, drehten sich alle nach dem neuen Gast um. Rebus drückte das Kreuz durch und gab sich Mühe, seine Überraschung zu verbergen. Es war niemand anderer als Gill Templer höchstpersönlich. Natürlich hatte sie ihn sofort entdeckt und kam lächelnd auf ihn zu, während sie den Mantel aufknöpfte und ihren Schal abnahm.

»Hab ich mir doch gedacht, dass ich Sie hier finde«, sagte sie. »Telefonisch sind Sie ja nicht zu erreichen, war nur ihre Mailbox.«

»Was darf ich Ihnen bestellen?«

»Einen Gin-Tonic.«

Harry hatte ihren Wunsch bereits vernommen und griff nach einem Glas. »Eis und Zitrone?«, fragte er.

»Ja, bitte.«

Rebus bemerkte, dass die übrigen Zecher sich ein wenig abgewandt hatten und sich Mühe gaben, ihn und Gill so unbehelligt zu lassen, wie das an einer voll besetzten Bar eben möglich ist. Er bezahlte den Drink und sah zu, wie Gill einen kräftigen Schluck nahm.

»Ah, das hab ich jetzt gebraucht«, sagte sie.

Rebus hob das Glas und prostete ihr zu. »*Slainte.*« Dann nahm er selbst einen Schluck. Gill sah ihn lächelnd an.

»Entschuldigung«, sagte sie, »dass ich das Zeug so herunterkippe.«

»Anstrengender Tag?«

»Kann man wohl sagen.«

»Und was führt Sie hierher?«

»Verschiedenes. Zum einen haben Sie es mal wieder nicht für nötig befunden, mich über ihre neuesten Ermittlungsergebnisse zu informieren.«

»Leider gibt es da nicht viel zu berichten.«

»Das heißt, Sie haben sich mit Ihrer Theorie in eine Sackgasse manövriert?«

»Hab ich nicht gesagt. Ich brauch noch ein paar Tage.« Wieder hob er das Glas.

»Und dann wäre da noch eine Kleinigkeit: Ihr Arzttermin.«

»Ja, ich weiß schon. Darum kümmere ich mich sobald ich Zeit habe, Ehrenwort.« Er wies mit dem Kopf auf sein Glas. »Das ist übrigens mein erster heute Abend.«

»Das stimmt«, murmelte Harry und machte sich mit seinem Trockentuch an einigen frisch gespülten Gläsern zu schaffen.

Gill lächelte, ohne Rebus auch nur eine Sekunde aus den Augen zu lassen. »Und wie läuft's so mit Jean?«

Rebus zuckte mit den Achseln. »Gut. Sie bemüht sich, die historischen Zusammenhänge für uns aufzuklären.«

»Gefällt sie Ihnen?«

Rebus sah Gill an. »Ist die Heiratsvermittlung kostenlos?«

»Ich bin nur neugierig.«

»Und deswegen sind Sie extra hier aufgekreuzt?«

»Es hat schon einmal ein Alkoholiker Jean Schaden zugefügt – ihr Mann hat sich zu Tode getrunken.«

»Hat sie mir schon erzählt. Da machen Sie sich mal keine Sorgen.«

Sie fixierte ihr Glas. »Und wie läuft's so mit Ellen Wylie?«

»Kein Grund zur Klage.«

»Hat sie was über mich gesagt?«

»Nein, eigentlich nicht.« Rebus leerte sein Glas und bestellte gleich nach. Harry legte augenblicklich das Geschirrtuch beiseite und schenkte ihm einen Whisky ein. Rebus fühlte sich nicht sehr wohl in seiner Haut. Es passte ihm überhaupt nicht, dass Gill ihn hier so unvorbereitet angetroffen hatte. Und es passte ihm ebenso wenig, dass die übrigen Stammgäste jedes Wort mitbekamen. Gill schien sein Unbehagen zu spüren.

»Sollen wir lieber ins Büro gehen?«

Wieder reagierte er mit einem Achselzucken. »Und was ist mit Ihnen?«, fragte er. »Macht der neue Job Spaß?«

»Ich krieg das hin, glaube ich.«

»Darauf wette ich.« Er zeigte auf ihr Glas, fragte, ob er ihr noch etwas spendieren dürfe. Doch Gill schüttelte nur den Kopf. »Ich muss jetzt los. Das war nur ein Drink auf dem Weg nach Hause.«

»Bei mir eigentlich auch.« Rebus sah umständlich auf die Uhr.

»Mein Wagen steht direkt vor der Tür.«

Rebus schüttelte den Kopf. »Ich geh lieber zu Fuß, ist gesünder.«

Harry gab hinter der Bar allerlei merkwürdige Geräusche von sich, während Gill sich wieder den Schal um den Hals wickelte.

»Dann vielleicht bis morgen«, sagte sie.

»Sie wissen ja, wo mein Büro ist.«

Sie ließ den Blick in dem Lokal umherschweifen, inspizierte die vergilbten Wände, die verstaubten Robert-Burns-

Stiche und nickte dann. »Ja«, sagte sie, »das weiß ich.« Dann hob sie zum Abschied kurz die Hand, und weg war sie.

»Ihre Chefin?«, fragte Harry. Rebus nickte. »Darf ich mal mit Ihnen tauschen?«, fragte der Barmann, und die übrigen Stammgäste fingen an zu lachen. Von hinten erschien jetzt wieder ein Student und las von einem Zettel seine Bestellung ab.

»Drei helle Bier«, wiederholte Harry, »zwei Lager, ein Gin, ein Bitter Lemon, zwei Becks und einen trockenen Weißwein.«

Der Student schaute auf seine Liste und nickte dann beeindruckt. Harry zwinkerte seinem Stammpublikum zu.

»Das mögen ja Studenten sein«, sagte er. »Sind trotzdem nicht die Einzigen, die was in der Birne haben.«

Siobhan saß in ihrem Wohnzimmer und starrte auf die Nachricht auf ihrem Laptop. Es handelte sich um die Antwort auf eine E-Mail, die sie Quizmaster geschickt hatte. Sie hatte ihm darin mitgeteilt, dass sie nun an dem zweiten Rätsel arbeitete.

Übrigens habe ich zu erwähnen vergessen, dass Sie von nun an gegen die Uhr arbeiten. Sie haben genau vierundzwanzig Stunden.

Siobhan fing an zu tippen: *Ich finde, wir sollten uns mal treffen. Ich habe nämlich ein paar Fragen.* Sie drückte auf »Senden« und wartete. Die Antwort erfolgte umgehend.

Das Spiel wird Ihre Fragen beantworten.

Wieder bearbeitete sie die Tastatur: *Hat Flip einen Helfer gehabt? Ist sonst noch jemand an dem Spiel beteiligt?*

Sie wartete mehrere Minuten. Nichts. Als sie sich in der Küche gerade noch ein halbes Glas von dem chilenischen Rotwein eingoss, meldete der Laptop, dass eine Nachricht eingegangen war. Sie raste ins Wohnzimmer zurück und verschüttete etwas Wein über ihre Hand.

Hallo, Siobhan.

Sie starrte auf den Bildschirm. Als Absender war lediglich eine Reihe von Zahlen vermerkt. Bevor sie noch antworten konnte, signalisierte der Computer ihr, dass sie schon wieder eine Nachricht erhalten hatte.

Sind Sie da? Ihr Licht ist an.

Sie stand starr vor Entsetzen vor dem Computer und sah auf dem Bildschirm nur noch ein Flackern. Dann ist er also *hier*! Direkt vor der Tür! Unten parkte ein Auto mit eingeschaltetem Licht.

Grant Hoods Alfa.

Er winkte zu ihr hinauf. Sie rannte schimpfend aus der Wohnung, die Treppe hinunter und stürzte aus dem Haus.

»Finden Sie das vielleicht witzig?«, fauchte sie.

Hood stieg gerade aus seinem Wagen und schien überrascht über ihre Reaktion.

»Ich hatte eben E-Mail-Kontakt mit Quizmaster«, erklärte sie. »Deshalb hab ich im ersten Augenblick geglaubt, dass Sie *er* sind.« Sie hielt inne und kniff die Augen zusammen. »Wie haben Sie das eigentlich genau angestellt?«

Hood hielt ihr stolz sein Mobiltelefon unter die Nase. »Ein WAP-Handy«, erklärte er verlegen. »Habe ich heute erst bekommen. Hat irrsinnig viele Funktionen das Teil, unter anderem kann man damit auch mailen.«

Sie schnappte ihm das Handy aus der Hand und betrachtete es. »Mein Gott, Grant.«

»Tut mir Leid«, sagte er. »Ich wollte doch bloß...«

Sie gab ihm das Telefon zurück und wusste ganz genau, was er gewollt hatte: mit seinem neuesten Spielzeug angeben.

»Was haben Sie um diese Zeit überhaupt hier zu suchen?«, fragte sie.

»Ich glaube, ich habe das Rätsel geknackt.«

Sie starrte ihn ungläubig an. »Schon wieder?« Er hob die Schultern. »Und wieso fällt Ihnen das immer ausgerechnet mitten in der Nacht ein?«

»Vielleicht weil ich dann am klarsten denken kann.« Er sah zu ihren Fenstern hinauf. »Werden Sie mich hereinbitten, oder möchten Sie den Nachbarn weiterhin eine kostenlose Vorstellung bieten?«

Sie blickte umher. Tatsächlich waren hinter einigen Fenstern schemenhaft neugierige Nachbarn zu erkennen. »Na, dann kommen Sie schon«, sagte sie.

Oben inspizierte sie als Erstes den Laptop, doch Quizmaster hatte noch nicht geantwortet.

»Sieht so aus, als ob Sie ihn verschreckt hätten«, sagte Hood, der gerade auf dem Monitor den Dialog der beiden überflog.

Siobhan ließ sich auf das Sofa fallen und griff sich ihr Glas. »Und was haben Sie mir heute Abend zu bieten, Einstein?«

»Ach ja, die berühmte Edinburgher Gastfreundschaft«, sagte Hood und beäugte ihr Glas.

»Aber müssen Sie denn nicht fahren?«

»Doch, aber ein Glas kann nichts schaden.«

Siobhan stand seufzend auf und ging in die Küche. Hood kramte derweil aus einer Tragetasche diverse Landkarten und Reiseführer hervor.

»Was haben Sie da?«, fragte Siobhan, reichte ihm ein Glas und schenkte ihm etwas Wein ein. Dann setzte sie sich wieder auf das Sofa, leerte ihr eigenes Glas, füllte es wieder nach und stellte die Flasche mit dem restlichen Wein auf den Boden.

»Sind Sie sicher, dass ich Sie nicht störe?« Er versuchte sie auf den Arm zu nehmen. Doch sie war nicht in der richtigen Stimmung.

»Sagen Sie mir einfach, was Sie herausgefunden haben.«

»Also gut, wenn Sie sich wirklich nicht durch mich gestört...« Ihr Blick ließ ihn verstummen. Er starrte auf das Kartenmaterial vor sich auf dem Tisch. »Also, ich hab noch mal in aller Ruhe über das nachgedacht, was diese Anwältin gesagt hat.«

»Harriet?« Siobhan runzelte die Stirn. »Sie sagte, dass *Law* ein schottisches Wort für Hügel ist.«

Hood nickte. »Scots Law«, wiederholte er. »Das heißt, wir suchen nach einem englischen Begriff, der dasselbe bedeutet wie das schottische ›*Law*‹.«

»Und der wäre?«

Hood faltete ein Blatt Papier auseinander und begann laut vorzulesen: »*Hill, heights, bank, brae, ben, fell, tor...*« Er zeigte ihr das Blatt. »Das Wörterbuch ist voll davon.«

Sie nahm ihm das Blatt aus der Hand und las selbst. »Wir haben doch aber schon sämtliche Landkarten durchforstet«, beklagte sie sich.

»Aber wir wussten ja gar nicht, wonach wir suchen sollten. Bei manchen der Reiseführer sind Hügel und Berge hinten im Index verzeichnet. Bei den anderen schauen wir uns auf jeder Seite die Koordinaten B4 an.«

»Und was genau suchen wir?«

»Nach Zusammensetzungen wie *Deer Hill, Stag's Brae, Doe Bank*, bei denen der erste Teil ›Hirsch‹ und der zweite Teil ›Hügel‹ bedeutet.«

Siobhan nickte. »Sie nehmen an, dass *sounds dear* also *deer* bedeuten soll?«

Grant trank einen Schluck Wein. »Ich nehme eine ganze Menge an. Aber es ist besser als nichts.«

»Und das konnte nicht bis morgen warten?«

»Nicht, wenn Quizmaster plötzlich beschließt, dass wir auf Zeit spielen.«

Er nahm den ersten Autoatlas vom Tisch und blätterte im Index.

Siobhan beobachtete ihn über ihr Weinglas hinweg. Allerdings hast du von dieser Frist erst erfahren, nachdem du hier aufgekreuzt bist, dachte sie. Außerdem war sie noch immer durch die beiden E-Mails irritiert, die Grant ihr per Handy geschickt hatte. Sie sann darüber nach, wie mobil Quizmaster wohl sein mochte. Immerhin hatte sie ihm ihren Namen genannt und die Stadt, in der sie arbeitete. Bei den heutigen elektronischen Kommunikationsmitteln konnte es für ihn eigentlich kein Problem sein, ihre Adresse ausfindig zu machen. Wahrscheinlich brauchte er dazu bloß fünf Minuten im Internet zu recherchieren.

Hood schien nicht zu bemerken, dass sie ihn noch immer

anstarrte. *Vielleicht ist Quizmaster dir viel näher, als du bislang geglaubt hast, Mädchen*, dachte Siobhan.

So saß sie eine Weile grübelnd da und legte dann eine Maxisingle von Mogwai auf, die zum Entspannendsten gehörte, was die Band je zu Stande gebracht hatte. Dann fragte sie Hood, ob er einen Kaffee wollte. Er saß gegen das Sofa gelehnt mit ausgestreckten Beinen auf dem Boden und hatte vor sich auf den Oberschenkeln eine Landkarte ausgebreitet, die er aufmerksam studierte. Er blickte zu ihr auf und blinzelte ein paar Mal, als ob sie gerade das Licht angemacht hätte.

Er hob sein Glas und prostete ihr zu.

Als sie einige Minuten später die Tassen hereinbrachte, erzählte sie ihm von Ranald Marr. Plötzlich verfinsterte sich sein Gesicht.

»Und wieso erzählen Sie mir das erst jetzt?«

»Weil ich der Meinung war, dass auch das bis morgen Zeit hat.« Diese Antwort schien ihn allerdings nicht zufrieden zu stellen. Er nahm den Kaffee ohne Dank entgegen und grunzte nur irgendwas Unverständliches. Siobhan spürte, wie plötzlich eine unbändige Wut in ihr aufstieg. Immerhin befanden sie sich in *ihrem* Wohnzimmer. Was hatte der Typ überhaupt hier zu suchen? Für die Arbeit war das Büro da und nicht ihre Wohnung. Wieso hatte er sie denn nicht zu *sich* nach Hause eingeladen? Je länger sie darüber nachdachte, umso deutlicher wurde ihr bewusst, dass sie Grant eigentlich gar nicht kannte. Sicher, sie hatte auch früher schon mit ihm gearbeitet; sie hatten gemeinsam ein paar Partys besucht, waren zusammen was trinken und das eine Mal eben essen gegangen. Sie konnte sich nicht vorstellen, dass er schon mal eine Freundin gehabt hatte. Und wegen seiner Vorliebe für den neuesten technischen Schnickschnack hatte Grant in der St. Leonard's Street in Anlehnung an eine Zeichentrickfigur aus dem Fernsehen sogar den Spitznamen Inspektor Gadget. Er war einerseits ein kompetenter Polizist und andererseits aber machte man sich über ihn lustig.

Jedenfalls war er nicht wie sie. Nein, überhaupt nicht wie sie. Und trotzdem verbrachte sie ihre freie Zeit mit ihm. Ja, sie ließ sogar zu, dass er diese Freizeit in noch mehr Arbeit verwandelte.

Sie schnappte sich eines der Bücher mit den Landkarten, die vor ihr auf dem Tisch lagen: *Handy Road Atlas, Scotland* lautete der Titel. Gleich auf der ersten Seite stieß sie im Planquadrat B 4 auf die Isle of Man. Sie bekam einen regelrechten Wutanfall: Die Isle of Man lag doch überhaupt nicht in Schottland! Auf der nächsten Seite fand sie dann unter B 4 die Yorkshire Dales.

»Verdammt noch mal«, sagte sie laut.

»Was gibt's denn?«

»In dem blöden Straßenatlas ist ja halb England abgebildet.« Sie blätterte weiter. Auf der nächsten Seite war im Quadrat B 4 der Mull-of-Kintyre-Leuchtturm verzeichnet, aber auf der nächsten Seite fiel ihr Blick auf die Worte *Loch Fell*. Sie betrachtete das betreffende Segment genauer: die M-74-Autobahn und die Stadt Moffat lagen auch in diesem Planquadrat. Sie kannte den Ort: ein Bilderbuchstädtchen, in dem es mindestens ein gutes Hotel gab, in dem sie schon mal essen gewesen war. Und dann entdeckte sie oben in dem Quadrat noch ein kleines schwarzes Dreieck, das eine Bodenerhebung markierte und als Hart Fell ausgewiesen war. Die Erhebung war achthundertundacht Meter hoch. Sie sah Hood an.

»*Hart* ist doch auch ein Synonym für *deer*, das bedeutet doch auch Hirsch, oder?«

Hood stand vom Boden auf, kam zu ihr hinüber und setzte sich neben sie. »*Harts* und *hinds*«, sagte er. »*Hart* bezeichnet das männliche Tier.«

»Und was ist dann ein *stag*?«

»*Hart* ist das Wort für ältere Tiere, glaube ich.«

Er beugte sich über die Karte, seine Schulter berührte dabei Siobhans Arm. Sie bemühte sich, nicht zurückzuzucken, aber das war gar nicht so leicht. »Um Gottes willen«, sagte er, »das liegt ja hinterm Mond.«

»Vielleicht ist es nur Zufall.«

Er nickte, aber sie sah, dass Hood vom Gegenteil überzeugt war.

»Planquadrat B 4«, sagte er. »*Fell* ist ein anderes Wort für *law* und *hart* ein anderes für *deer*...« Er sah sie an und schüttelte den Kopf. »Kein Zufall.«

Siobhan schaltete den Fernseher ein und drückte auf die Videotexttaste.

»Was machen Sie denn da?«, fragte Hood.

»Ich schau mir bloß an, wie das Wetter morgen wird. Wenn es draußen stürmt, denke ich nämlich gar nicht daran, auf diesen verdammten Berg zu kraxeln.«

Rebus war noch rasch in der St. Leonard's Street ausgestiegen, um dort die Berichte über die vier Fälle in Glasgow, Dunfermline, Perth und Nairn zusammenzuklauben.

»Alles in Ordnung?«, erkundigte sich einer der Beamten besorgt.

»Ja, wieso denn nicht?«

Er hatte was getrunken, na und? Deshalb war er doch noch lange nicht unfähig. Unten auf der Straße wartete das Taxi. Fünf Minuten später stieg er die Treppe zu seiner Wohnung hinauf. Und weitere fünf Minuten später genehmigte er sich eine Zigarette, trank Tee und öffnete die erste Akte. Er saß in seinem Sessel am Fenster, seiner kleinen Oase inmitten des Chaos. In der Ferne jaulte eine Sirene; offenbar ein Krankenwagen, der auf dem Melville Drive dahinraste. Vor ihm auf den Knien lagen einige Zeitungsfotos der vier Opfer. Die Frauen lächelten ihm schwarz-weiß entgegen. Er musste an die beiden Verse aus dem Gedicht denken, und er wusste, dass alle vier etwas gemeinsam hatten: Sie waren gestorben, weil sie gerade da gewesen waren.

Er steckte die Fotos an eine große Pinnwand. Außerdem

hatte er in dem Museumsladen noch eine Postkarte gekauft; drei der Särge vom Arthur's Seat in Großaufnahme vor einem dunklen Hintergrund. Er drehte die Postkarte um und las: »In Stoffreste eingewickelte geschnitzte Holzfiguren in winzigen Kiefernholzsärgen. Sie gehören zu einer Gruppe gleichartiger Särge, die im Juni 1836 unter einem Felsvorsprung am nordöstlichen Hang des Arthur's Seat gefunden wurden.« Plötzlich fiel ihm ein, dass die Polizei den Fall damals womöglich untersucht hatte, dass es also eventuell noch irgendwo Dokumente gab. Aber, was konnte er sich von seinen damaligen Kollegen in puncto Organisation schon erhoffen? Vermutlich hatten sie noch die Augen von potenziellen Mordopfern untersucht und dort nach einem Abbild des Täters Ausschau gehalten. Nicht so weit entfernt von Hexerei, die ja eine der Theorien in Bezug auf die Puppen war. Ob es früher auf Arthur's Seat tatsächlich mal Hexen gegeben hatte? Heutzutage würde das Arbeitsamt solchen Frauen vermutlich sogar ein Existenzgründungsdarlehen genehmigen.

Er stand auf und schob eine CD in die Anlage. Dr. John: *The Night Tripper*. Dann ging er wieder zum Tisch und zündete sich an der Kippe, die noch im Aschenbecher vor sich hin glomm, die nächste Zigarette an. Der Rauch brannte so stark in seinen Augen, dass er sie schließen musste. Als er sie wieder öffnete, konnte er die vier Fotos anfangs kaum erkennen. Die Frauen auf den Bildern erschienen ihm wie hinter einem Schleier verborgen. Er blinzelte ein paar Mal, bewegte den Kopf hin und her und versuchte verzweifelt gegen die Müdigkeit anzukämpfen.

Als er einige Stunden später wieder aufwachte, saß er immer noch am Tisch und hatte den Kopf auf die Arme gelegt. Auch die Fotos waren noch da, ruhelose Gesichter, die ihn bis in seine Träume verfolgt hatten.

»Ich würde euch ja gerne helfen«, sagte er zu ihnen und rappelte sich auf, um in die Küche zu gehen. Kurz darauf kehrte er mit einer Tasse Tee ins Wohnzimmer zurück und ging wieder zu seinem Sessel am Fenster. Er war wieder mal dabei, eine Nacht zu überstehen. Wieso war ihm dann nicht nach Feiern zu Mute?

8

Rebus und Jean Burchill machten oben auf dem Arthur's Seat einen Spaziergang. Ein strahlend heller Morgen, allerdings wehte vom Meer eine kalte Brise herauf. Manche Leute fühlten sich durch den Edinburgher Stadtberg Arthur's Seat an einen sprungbereiten Löwen erinnert. Rebus hingegen entdeckte ganz andere Ähnlichkeiten: etwa mit einem Elefanten oder einem Mammut mit einem im Nacken etwas eingedrückten riesigen Kopf samt mächtigem Torso.

»In seiner Jugend war der Berg ein Vulkan«, erklärte Jean gerade, »genau wie der Castle Rock. Später gab es dann an seinen Hängen Gehöfte und Steinbrüche und einige Kapellen.«

»Außerdem war der Berg früher mal eine Art Zufluchtsstätte, oder?«, fragte Rebus, um zu zeigen, dass er auch nicht völlig ahnungslos war.

Sie nickte. »Schuldner wurden hierher verbannt, bis sie ihre Verhältnisse wieder geordnet hatten. Viele Leute glauben, dass der Berg nach König Arthur benannt ist.«

»Stimmt das etwa nicht?«

Sie schüttelte den Kopf. »Der Name kommt vermutlich aus dem Gälischen: *Ard-na-Said:* ›Berg der Sorgen‹.«

»Ein sehr heiterer Name.«

Sie lächelte. »Hier im Park gibt es viele davon: *Pulpit Rock*, Kanzelfelsen, oder *Powderhouse Corner*, Schießpulverwinkel.« Sie sah ihn an. »Oder wie finden Sie *Murder Acre*, Mordfeld, und *Hangman's Crag*, Henkersklippe?«

»Wo sind denn die?«

»In der Nähe von Duddingston Loch und der *Innocent Railway*.«

»Die ›unschuldige Eisenbahn‹ – klingt wirklich merkwürdig. Verdankt die Bahn ihren Namen nicht der Tatsache, dass die Wagen von Pferden statt von Dampfloks gezogen wurden?«

Wieder lächelte sie. »Schon möglich. Allerdings gibt es auch andere Theorien.« Sie wies mit der Hand in Richtung des Sees. »Samson's Ribbs«, sagte sie. »Dort hat es mal ein römisches Feld gegeben.« Sie sah ihn vielsagend an. »Hätten Sie nicht gedacht, dass die Römer so weit nach Norden vorgedrungen sind, oder?«

Er zuckte mit den Achseln. »Geschichte war noch nie meine Stärke. Ist eigentlich bekannt, wo genau man die Särge damals gefunden hat?«

»Die Berichte von damals sind sehr vage. ›Am nordöstlichen Hang des Arthur's Seat‹ hat der *Scotsman* geschrieben. Eine kleine Öffnung in einem Felsvorsprung.« Sie sah ihn achselzuckend an. »Ich habe dort alles abgesucht, aber die Stelle nie gefunden. Ferner hat der *Scotsman* damals berichtet, dass die Särge in zwei Ebenen gelagert waren: jeweils acht nebeneinander, und dass eine dritte bereits vorbereitet war.«

»Sie meinen, als ob jemand die Absicht gehabt hätte, dort noch mehr Särge zu deponieren?«

Sie zog ihre Jacke fröstelnd um sich. Rebus hatte das Gefühl, dass nicht allein der kühle Wind sie schaudern machte. Plötzlich fiel ihm wieder die *Innocent Railway* ein, die »unschuldige Eisenbahn«, die natürlich längst außer Betrieb war. Heute war die Strecke für Wanderer und Radfahrer hergerichtet. Ungefähr vor einem Monat war dort jemand überfallen worden. Allerdings hatte Rebus nicht das Gefühl, dass Jean eine solche Geschichte besonders erheiternd finden würde. Genauso gut hätte er ihr Horrorgeschichten über Selbstmörder erzählen oder von den Injektionsnadeln berichten können, die von Zeit zu Zeit im Unterholz seitlich der Straße gefunden wurden, auf der sie gerade spazieren gingen. Mochte der Belag unter ihren Füßen auch derselbe sein, sie schritten dennoch auf völlig verschiedenen Wegen dahin.

»Das Einzige, womit ich dienen kann, sind meine historischen Kenntnisse, fürchte ich«, sagte sie plötzlich. »Ich habe mich überall umgehört: Aber niemand kann sich an jemanden erinnern, der ein spezifisches Interesse an den Särgen bekundet hätte, mit Ausnahme des einen oder anderen Studenten oder Touristen vielleicht. Die Särge waren früher mal eine Weile in einer Privatsammlung untergebracht und sind dann der Historischen Gesellschaft übereignet worden, und die hat sie wiederum dem Museum vermacht.« Sie zuckte mit den Achseln. »Tut mir aufrichtig Leid, dass ich nicht mehr herausgefunden habe.«

»Alles ist von Bedeutung, Jean. Selbst Dinge, die nicht unmittelbar zur Aufklärung beitragen, können dabei helfen, Möglichkeiten auszuschließen.«

»Klingt fast, als ob Sie sich mit diesem Satz schon des Öfteren aus der Affäre gezogen hätten.«

Jetzt musste er lächeln. »Schon möglich. Aber das heißt nicht, dass ich es nicht so meine. Haben Sie eigentlich heute Nachmittag schon etwas vor?«

»Wieso?« Sie spielte mit dem neuen Armband, das sie bei Bev Dodds gekauft hatte.

»Ich wollte nämlich die Särge, die aus dem zwanzigsten Jahrhundert stammen, einem Fachmann vorführen, und da könnte ein bisschen historisches Hintergrundwissen durchaus von Nutzen sein.« Er hielt inne und blickte auf Edinburgh hinunter. »Mein Gott, was für eine schöne Stadt.«

Sie musterte ihn prüfend. »Sagen Sie das bloß, weil Sie glauben, dass ich es hören will?«

»Wieso?«

»Als ich neulich abends auf der North Bridge stehen geblieben bin, hatte ich nicht das Gefühl, dass der Ausblick Sie sonderlich beeindruckt.«

»Manchmal schaue ich hin, ohne wirklich etwas wahrzunehmen. Doch im Augenblick ist das anders.« Sie befanden sich am westlichen Hang des Berges, sodass weiter unten etwa die halbe Stadt zu sehen war. Oben auf dem Gipfel würde sich ihnen ein noch prachtvollerer Rundblick anbieten. Doch auch von ihrem derzeitigen Standort aus hatten sie eine atemberaubende Perspektive: die Kirchturmspitzen und Schornsteine, die Fachwerkgiebel – und nach Süden hin dann die Pentland Hills und in nördlicher Richtung der Firth of Forth mit der Küstenlinie von Fife im Hintergrund.

»Wenn Sie meinen«, sagte sie. Und dann erhob sie sich lächelnd auf die Zehenspitzen, neigte sich ein wenig vor und gab ihm einen flüchtigen Kuss auf die Wange. »Damit das endlich mal erledigt ist«, sagte sie leise. Rebus nickte, doch mehr fiel ihm nicht ein, und dann fing Jean wieder an zu zittern und sagte, dass ihr kalt sei.

»Es gibt in der Nähe des Reviers ein Café«, sagte Rebus. »Und natürlich sind Sie eingeladen. Doch nicht etwa aus reiner Großzügigkeit, sondern weil ich Sie um einen riesigen Gefallen bitten wollte.«

Sie brach in schallendes Gelächter aus, hielt sich jedoch sofort die Hand vor den Mund und entschuldigte sich.

»Was war denn daran so witzig?«

»Ich musste nur so lachen, weil Gill mir genau das prophezeit hat. Sie hat nämlich gesagt: Wenn du weiter seine Nähe suchst, dann musst du darauf gefasst sein, dass er dich um einen ›großen Gefallen‹ bittet.«

»Ach, tatsächlich?«

»Und natürlich hat sie Recht behalten.«

»Nein, das finde ich überhaupt nicht. Es handelt sich nämlich nicht nur um einen großen, sondern um einen riesigen Gefallen...«

Siobhan trug ein Unterhemd, ein Polohemd und einen Wollpullover mit V-Ausschnitt. Dazu hatte sie eine alte Cordhose an, die sie an den Knöcheln in zwei Paar Socken gesteckt hatte. Außerdem hatte sie ihre alten Wanderschuhe wieder ein wenig auf Vordermann gebracht. Sie wusste kaum noch, wann sie die Barbour-Jacke zuletzt getragen hatte, doch eine bessere Gelegenheit als diese gab es nicht. Sie hatte sich eine Wollmütze über den Kopf gezogen, und auf dem Rücken trug sie einen Rucksack, in dem sie einen Schirm, ihr Handy, eine Flasche Wasser und eine Thermosflasche mit gesüßtem Tee verstaut hatte.

»Sind Sie auch sicher, dass Sie alles dabeihaben?« Hood lachte. Er trug Jeans und Turnschuhe, und seine gelbe Regenjacke wirkte nagelneu. Er hatte das Gesicht der Sonne zugewandt, deren Strahlen sich in seiner Sonnenbrille brachen. Den Wagen hatten sie neben der Landstraße in einer Parkbucht abgestellt. Sie mussten zuerst über einen Zaun steigen und dann über ein sanft ansteigendes Feld aufwärts marschieren, das weiter hinten unvermittelt steil bergan führte. Weiter gab es nur noch vereinzelte Heidelbeersträucher und Felsbrocken in der kargen Landschaft.

»Was meinen Sie?«, fragte Hood. »Eine Stunde bis zum Gipfel?«

Siobhan schulterte den Rucksack. »Mit ein bisschen Glück, ja.«

Als sie über den Zaun stiegen, blickten ihnen neugierig ein paar Schafe entgegen. Auf der Innenseite des Zauns führte ein einzelner Stacheldraht entlang, in dem sich in gewissen Abständen graue Wollbüschel verfangen hatten. Hood formte aus seinen gefalteten Händen für Siobhan eine Räuberleiter, stützte sich dann mit der rechten Hand auf einem Pfahl ab und schwang sich selbst über das Hindernis.

»Kein schlechter Tag für einen kleinen Ausflug«, sagte er, als sie schließlich losmarschierten. »Können Sie sich vorstellen, dass Flip sich ganz allein auf so eine Plackerei eingelassen hat?«

»Keine Ahnung«, entgegnete Siobhan.

»Ich glaube kaum, dass sie dafür der Typ ist. Wenn die das

Gelände hier gesehen hätte, wär sie doch sofort wieder in ihren Golf GTi gestiegen.«

»Nur dass sie gar kein Auto hat.«

»Berechtigter Einwand. Und wie ist sie dann hier rausgekommen?«

Und das war wiederum eine berechtigte Frage: Sie befanden sich auf dem platten Land, weit und breit keine Ortschaft und als einziges Zeichen menschlicher Besiedlung hier und da ein Haus oder eine Farm. Obwohl sie kaum siebzig Kilometer von Edinburgh entfernt waren, erschien ihnen die Stadt bereits wie eine ferne Erinnerung. Siobhan konnte sich nicht vorstellen, dass unten auf der Landstraße regelmäßig Busse verkehrten. Falls Flip also hier gewesen war, hatte sie Hilfe gebraucht.

»Und wenn sie nun ein Taxi genommen hat?«, fragte sie.

»Eine derart lukrative Tour dürfte kein Taxifahrer so schnell vergessen.«

»Stimmt auch wieder.« Denn trotz aller polizeilichen Appelle und der zahllosen Flip-Fotos, die in der Presse erschienen waren, hatte sich kein Taxifahrer gemeldet. »Vielleicht hat sie sich ja auch von jemandem rausfahren lassen, von dem wir noch nichts wissen.«

»Denkbar.« Doch Hood klang eher skeptisch. Ihr fiel auf, dass er bereits zu schnaufen anfing. Wenige Minuten später zog er seine Jacke aus und klemmte sie sich zusammengelegt unter den Arm.

»Wie halten Sie das nur aus – mit all den warmen Klamotten?«, fragte er. Sie setzte die Wollmütze ab und öffnete den Reißverschluss der Barbour-Jacke.

»Besser so?«, fragte sie.

Er zuckte lediglich mit den Achseln.

Als das Gelände immer steiler wurde, mussten sie schließlich auf allen vieren aufwärts krabbeln, wobei sich unter ihren Schuhen hier und da Steine aus dem Boden lösten und talwärts abgingen. Dann legte Siobhan eine kurze Verschnaufpause ein, setzte sich mit angezogenen Beinen und dem Rücken zum Hang auf einen Stein und trank einen Schluck Wasser.

»Machen Sie etwa jetzt schon schlapp?«, fragte Hood, der schon einige Meter weiter oben war. Sie bot ihm die Flasche an, doch er schüttelte bloß den Kopf und kletterte weiter. Sie sah, dass sein Haar bereits nass geschwitzt war.

»Wir machen hier kein Wettrennen, Grant«, rief sie ihm zu. Doch er würdigte diese Feststellung nicht einmal einer Antwort. Ungefähr eine halbe Minute später erhob sie sich wieder und stieg hinter ihm her. Inzwischen hatte er einen deutlichen Vorsprung gewonnen. So was nennt man nun Teamwork, dachte sie. Er war eben auch nicht anders als fast alle Männer, die sie bisher kennen gelernt hatte: immer unter Strom, ohne genau zu wissen warum. Offenbar handelte es sich um eine Art Instinkt, ein grundlegendes Bedürfnis, das sich einer rationalen Kontrolle entzog.

Dann wurde das Terrain wieder etwas ebener. Hood richtete sich auf, stützte die Hände in die Hüften und genoss den herrlichen Ausblick. Dann beugte er den Oberkörper tief nach unten und versuchte auszuspucken, was jedoch nicht ging, weil sein Speichel zu einer klebrigen Masse geronnen war. An seiner Unterlippe hing ein langer, zäher Faden, der einfach nicht reißen wollte. Also kramte Hood ein Taschentuch aus der Hosentasche hervor und wischte die Spucke ab. Siobhan hatte ihn inzwischen eingeholt und bot ihm nochmals die Flasche an.

»Hier, bitte«, sagte sie. Zunächst schien es, als ob er ablehnen wollte, doch dann nahm er einen Schluck. »Sehen Sie die Wolken dort drüben?« Siobhan interessierte sich weniger für den Ausblick als für die meteorologischen Verhältnisse. Über ihnen türmten sich immer bedrohlicher dunkle Wolken auf. Eigenartig, wie schnell das Wetter in Schottland manchmal umschlug. Auch die Temperatur war binnen Minuten um mindestens drei, vier Grad gefallen. »Vielleicht nur ein

Schauer«, sagte sie. Hood nickte und gab ihr die Flasche zurück.

Als Siobhan auf die Uhr sah, stellte sie fest, dass sie erst zwanzig Minuten aufgestiegen waren. Das hieß also, dass sie ungefähr in einer Viertelstunde wieder unten beim Auto sein konnten, denn natürlich ging es abwärts schneller als hinauf. Sie schaute nach oben und schätzte, dass sie bis zum Gipfel noch etwa fünfzehn bis zwanzig Minuten brauchen würden. Hood stand schwer atmend neben ihr.

»Alles in Ordnung?«, fragte sie.

»Gut für die Pumpe«, entgegnete er heiser. Dann setzte er den Aufstieg fort. Auf seinem dunkelblauen Sweatshirt zeichneten sich hinten feuchte Flecken ab. Siobhan wusste, dass er sich jeden Augenblick des störenden Kleidungsstücks entledigen würde. Dann blieb ihm allerdings nur mehr ein dünnes T-Shirt, um dem Wetterumschlag zu trotzen. Und tatsächlich blieb er kurz darauf stehen und zog sich das Sweatshirt über den Kopf.

»Ziemlich kalt hier oben«, warnte sie ihn.

»Mir nicht.« Er band sich das Sweatshirt an den Ärmeln um die Taille.

»Dann ziehen Sie wenigstens die Regenjacke wieder an.«

»Dann sterbe ich doch vor Hitze.«

»Nein, stimmt nicht.«

Im ersten Augenblick sah es aus, als ob er streiten wollte, doch dann überlegte er es sich anders. Siobhan hatte den Reißverschluss ihrer Barbour-Jacke wieder hochgezogen. In der Ferne verschwand die Landschaft jetzt mehr und mehr in tief liegenden Nebel- oder Wolkenschwaden. Überall kündigten sich Regengüsse an.

Fünf Minuten später fing es an zu tröpfeln, und kurz darauf goss es in Strömen. Siobhan suchte wieder unter ihrer Mütze Schutz, und auch Hood zog sich die Kapuze über den Kopf. Dann setzten heftige Windböen ein. Grant verlor das Gleichgewicht und landete fluchend auf einem Knie. Auf den nächsten Metern humpelte er und presste sich die Hand gegen das Bein.

»Sollten wir nicht besser stehen bleiben?«, fragte Siobhan und wusste im Voraus, dass er ihre Frage mit Schweigen quittieren würde.

Der Regen wurde immer stärker, während es weiter hinten bereits wieder aufklarte. Siobhans Hose war klatschnass und klebte an den Beinen. Grants Turnschuhe gaben glucksende Geräusche von sich. Es schien, als ob er auf Autopilot geschaltet hätte. Er hatte den Blick stur nach vorne gerichtet und kannte offenbar nur ein Ziel: den Gipfel, koste es, was es wolle.

Als sie den letzten steilen Aufstieg hinter sich gebracht hatten, wurde das Gelände plötzlich eben. Endlich standen sie auf dem Gipfel. Auch der Regen ließ jetzt allmählich nach. Vielleicht sieben, acht Meter entfernt erblickten sie einen Steinhaufen. Siobhan wusste, dass Bergwanderer am Ende eines Aufstiegs manchmal einen Stein auf einen solchen Haufen legen. Möglich, dass der Haufen dort auf ebendiese Weise zu Stande gekommen war.

»Wie – kein Restaurant?«, sagte Grant und ließ sich zum Verschnaufen in die Hocke nieder. Der Regen hatte aufgehört, und die Sonne trat zwischen den Wolken hervor und tauchte die Hügel ringsum in ein fast unwirkliches gelbes Licht. Grant zitterte vor Kälte. Da sein Sweatshirt völlig durchnässt war, konnte er es jetzt allerdings nicht mehr anziehen. Seine Jeans hatten sich in der Nässe dunkelblau verfärbt.

»Das Einzige, was ich Ihnen anbieten kann, ist heißer Tee«, sagte Siobhan. Als er nickte, goss sie ihm einen Becher voll ein. Er nippte daran und starrte nachdenklich auf den Steinhaufen.

»Glauben Sie, dass wir unter dem Haufen eine schreckliche Entdeckung machen?«, fragte er.

»Ich vermute eher, dass wir gar nichts finden.«

Er nickte skeptisch. »Sehen Sie doch mal nach«, sagte er.

Siobhan schraubte den Verschluss wieder auf die Thermoskanne. Dann gab sie sich einen Ruck und ging einmal um den Steinhaufen herum. Nichts als eine Ansammlung größerer und kleinerer Steine. »Da ist nichts«, sagte sie. Dann ließ sie sich in die Hocke nieder, um den Haufen aus der Nähe zu inspizieren.

»Da muss was sein.« Grant erhob sich wieder zu voller Größe und kam zu ihr herüber. »Irgendwas muss hier oben hinterlegt sein.«

»Wenn ja, ist es jedenfalls sehr gut versteckt.«

Er brachte den Haufen mit dem Fuß zum Einsturz, ließ sich dann auf die Knie nieder und durchsuchte die Trümmer mit bloßen Händen. Sein Gesicht war wutverzerrt, die Zähne lagen bloß. Binnen weniger Minuten hatte er den Haufen völlig eingeebnet. Siobhan hatte das Interesse an dem Steinhaufen verloren und hielt Ausschau nach anderen potenziellen Verstecken, konnte jedoch keines entdecken. Grant schob die Hand in die Tasche seiner Regenjacke und brachte zwei Klarsichttüten zum Vorschein, die er eigens zur Verwahrung etwaiger Beweisstücke mitgenommen hatte. Siobhan beobachtete ihn dabei, wie er die Tüten unter den größten Stein stopfte und dann anfing, den Haufen wieder aufzutürmen. Doch er hatte kaum begonnen, als sein Werk bereits wieder in sich zusammenkrachte.

»Hören Sie doch mit dem Unsinn auf, Grant«, sagte Siobhan.

»So ein gottverdammter Dreck!«, schrie er. Sie wusste nicht recht, wen oder was er mit diesen Worten meinte.

»Grant«, sagte sie leise. »Das Wetter schlägt gleich wieder um. Am besten, wir gehen jetzt zurück.«

Aber anscheinend wollte er nicht gehen. Er saß mit ausgestreckten Beinen am Boden und stützte sich mit beiden Händen nach hinten ab.

»Wir haben einen Fehler gemacht«, sagte er und schien den Tränen nahe. Siobhan betrachtete ihn und wusste, dass sie ihre ganze Überredungskunst würde einsetzen müssen, um den Mann zum Abstieg zu bewegen. Grant saß bibbernd am Boden. Er war völlig durchnässt und fix und fertig. Siobhan ließ sich vor ihm in die Hocke nieder.

»Sie müssen sich jetzt zusammenreißen, Grant, mir zuliebe«, sagte sie und legte ihm die Hände auf die Knie. »Los, kommen Sie schon, Grant. Schließlich sind wir ein Team.«

»Ein Team«, sagte er matt. Siobhan nickte.

»Aber dann müssen wir uns auch entsprechend verhalten und zusehen, dass wir von diesem verdammten Berg wieder herunterkommen.«

Er starrte auf ihre Hände und umklammerte sie dann mit seinen eigenen. Siobhan richtete sich langsam auf und zog ihn mit sich in die Vertikale. »Los, kommen Sie schon, Grant.« Sie standen einander jetzt gegenüber. Grant ließ Siobhan keine Sekunde aus den Augen.

»Wissen Sie noch, was Sie gesagt haben?«, fragte er. »Als wir vor ein paar Tagen in der Nähe der Victoria Street einen Parkplatz gesucht haben?«

»Nein, was denn?«

»Sie haben mich gefragt, wieso ich es mit den Regeln immer so genau nehme.«

»Grant…« Sie gab sich Mühe, ihn freundschaftlich und nicht mitleidig anzusehen. »Lassen Sie uns bitte nicht alles verderben«, sagte sie leise und versuchte, ihm die Hände zu entziehen.

»Was denn verderben?«, fragte er mit hohler Stimme.

»Wir sind doch ein Team«, wiederholte sie.

»Und sonst nichts?«

Er blickte sie starr an, als sie den Kopf schüttelte und damit so lange fortfuhr, bis er zögernd ihre Hände losließ. Siobhan drehte sich um und machte sich auf den Rückweg. Sie war kaum fünf Schritte gegangen, als Grant buchstäblich an ihr vorbeiflog und wie ein Besessener den Hang hinunterrannte. Ein- oder zweimal geriet er ins Stolpern, rappelte sich aber sofort wieder auf.

»Wenn das kein Hagel ist!«, brüllte er irgendwann in ihre Richtung. Ja, und was für Hagelkörner, die Siobhan schmerzhaft ins Gesicht prasselten, während sie hinter ihm herrannte. Als Grant unten an der Straße über den Zaun sprang, verfing er sich mit der Regenjacke im Stacheldraht und riss einen großen Winkel in das Plastikmaterial. Sekunden später kam Siobhan angerannt, und er half ihr fluchend und mit hochrotem Kopf über das Hindernis. Dann stiegen sie in den Wagen, saßen vielleicht eine Minute schweigend da und rangen nach Luft. Da die Windschutzscheibe immer stärker beschlug, ließ Siobhan auf ihrer Seite das Fenster herunter. Der Hagel hatte aufgehört, und die Sonne kam wieder zum Vorschein.

»Dieses elende schottische Dreckswetter«, schimpfte Grant. »Kein Wunder, dass wir alle so komplexbeladen sind.«

»Sind wir das? Das wusste ich ja noch gar nicht.«

Er sah sie halb unwillig, halb lächelnd an. Siobhan hoffte, dass zwischen ihnen wieder alles in Ordnung war. Grant tat so, als ob oben auf dem Gipfel überhaupt nichts gewesen wäre. Siobhan zog ihre Barbour-Jacke aus und warf sie auf den Rücksitz. Auch Grant streifte sich die Regenjacke über den Kopf. Sein T-Shirt dampfte. Dann zog Siobhan den Laptop unter dem Sitz hervor, verband ihn mit ihrem Handy und schaltete das Gerät ein. Der Handyempfang war nicht besonders gut, würde aber ausreichen.

»Teilen Sie Quizmaster mit, dass er ein Scheißkerl ist«, schimpfte Grant.

»Er wird entzückt sein, das zu hören.« Dann tippte Siobhan eine Nachricht in den Computer, und Grant lehnte sich zur Seite, um ihr dabei zuzusehen.

Bin gerade auf dem Hart Fell gewesen. Weit und breit kein Hinweis auf das nächste Rätsel. Habe ich etwas falsch gemacht?

Sie drückte auf »Senden«, schenkte sich einen Becher Tee ein und wartete. Grant zog an seinen Jeans, die ihm an den Beinen klebten. »Sobald wir unterwegs sind, dreh ich sofort die Heizung voll auf.« Sie nickte und bot ihm einen Schluck

Tee an, den er sogar akzeptierte. »Wann haben wir noch mal den Termin bei diesem Bankier?«

Sie sah auf die Uhr. »Sind noch ein paar Stunden Zeit bis dahin. Wir könnten vorher noch nach Hause fahren und uns umziehen.«

Grant schielte auf den Monitor. »Scheint so, als ob der Typ nicht da ist.«

Siobhan sah ihn achselzuckend an, und Grant ließ den Alfa an. Dann fuhren sie schweigend auf der Landstraße dahin, während es weiter vorne allmählich aufklarte. Es hatte sich bei dem Regen offenbar lediglich um ein lokales Phänomen gehandelt. Bereits auf der Höhe von Innerleithen war die Straße wieder knochentrocken.

»Vielleicht hätten wir lieber die A701 nehmen sollen«, sagte Grant nachdenklich. »Möglich, dass der Aufstieg über die Westflanke des Berges kürzer gewesen wäre.«

»Ist jetzt ohnehin zu spät«, sagte Siobhan. Sie konnte von seinem Gesicht ablesen, dass er im Geiste noch immer oben auf Hart Fell war. Und dann signalisierte der Laptop plötzlich, dass eine Mail eingegangen war. Doch als Siobhan nachsah, entdeckte sie im Briefkasten lediglich die Offerte einer Porno-Website. »Von den Dingern hab ich schon eine ganze Reihe bekommen«, sagte sie zu Grant. »Was stellen Sie mit Ihrem Computer denn eigentlich die ganze Zeit so an?«

»Reiner Zufall«, sagte er und errötete. »Ich glaube, es gibt Programme, mit denen man feststellen kann, wer gerade online ist.«

»Na, dann will ich Ihnen mal glauben.«

»Es stimmt aber!« Er sprach jetzt lauter.

»Schon gut. Ich glaube Ihnen ja.«

»So was würde ich *nie* machen, Siobhan.«

Sie nickte, sagte aber nichts. Als sie schließlich den Stadtrand von Edinburgh erreicht hatten, wurde die nächste Nachricht gemeldet. Diesmal war es tatsächlich Quizmaster. Grant fuhr auf den Seitenstreifen und hielt an.

»Was hat er geschrieben?«

»Schauen Sie doch selbst.« Siobhan hielt den Laptop in seine Richtung. Schließlich waren sie ja ein Team ...

Mehr als »Hart Fell« wollte ich gar nicht wissen. Den Aufstieg hätten Sie sich sparen können.

»Arschloch«, schimpfte Grant.

»Siobhan fing an zu tippen: *Hat Flip das gewusst?* Während der folgenden Minuten passierte nichts, dann: *Sie sind noch zwei Schritte von Hellbank entfernt. Das nächste Rätsel folgt in zirka zehn Minuten. Sie haben vierundzwanzig Stunden Zeit für die Lösung. Möchten Sie das Spiel fortsetzen?«*

Siobhan sah Grant an. »Sagen Sie Ja«, maulte der.

»Nichts überstürzen.« Sie hielt seinem Blick stand. »Wahrscheinlich ist er genauso auf uns angewiesen wie wir auf ihn.«

»Können wir das riskieren?«

Doch sie tippte bereits wieder: *Zuerst muss ich wissen: Hat Flip Hilfe gehabt? Und wer hat sonst noch an dem Spiel teilgenommen?*

Seine Antwort erfolgte prompt: *Ich frage jetzt zum letzten Mal: Möchten Sie das Spiel fortsetzen?*

»Passen Sie bloß auf, dass er nicht einfach verduftet«, sagte Grant warnend.

»Der Typ hat genau gewusst, dass ich auf diesen Berg steigen würde. Und mit derselben Sicherheit hat er auch vorhergesehen, dass Flip genau das nicht tun würde.« Siobhan kaute auf ihrer Unterlippe. »Ich glaube, wir können ihn noch etwas zappeln lassen.«

»Wir sind noch zwei Schritte von Hellbank entfernt. Genau *so* weit ist Flip auch gekommen.«

Siobhan nickte nachdenklich und fing dann wieder an zu tippen: *Möchte das Spiel fortsetzen, trotzdem wüsste ich gerne, ob Flip einen Helfer gehabt hat.*

Grant lehnte sich zurück und holte tief Luft. Auf dem Bildschirm rührte sich nichts. »Er hat gesagt zehn Minuten.«

»Sie sind eine echte Zockerin – was?«

»Was ist das Leben schon ohne Risiko?«

»Eine wesentlich angenehmere, weniger stressige Geschichte, würde ich mal sagen.«

Sie sah ihn an. »Und das ausgerechnet aus dem Mund eines Sportwagenfahrers.«

Er wischte das Kondenswasser von der Windschutzscheibe. »Also, ich habe mir gerade überlegt: Wenn Quizmaster gar nicht erwartet hat, dass Flip Hart Fell besteigt, musste sie dann überhaupt irgendwohin fahren? Ich meine, diese abgedrehten Rätsel hätte sie doch auch vom Bett aus lösen können.«

»Und was sagt uns das?«

»Das sagt uns, dass sie vermutlich überhaupt keinen Ort aufgesucht hat, an dem sie hätte in Schwierigkeiten kommen können.«

Siobhan nickte. »Vielleicht sind wir nach dem nächsten Rätsel ja klüger.«

»Falls er uns überhaupt noch ein weiteres Rätsel schickt.«

»Davon bin ich über-zeu-eugt«, trällerte sie.

»Na, hoffentlich haben Sie Recht.«

Dann meldete der Laptop, dass eine Nachricht eingetroffen war. Grant lehnte sich wieder in Siobhans Richtung, um den Text mitlesen zu können.

A corny beginning where the mason's dream ended.

Während die beiden noch über die erste Nachricht nachsannen, traf bereits eine weitere Mail ein: *Ich glaube nicht, dass Flipside einen Helfer gehabt hat. Hilft Ihnen jemand, Siobhan?*

Sie tippte »Nein« und drückte auf »Senden«.

»Wieso darf er denn nicht wissen, dass Sie mit jemandem zusammenarbeiten?«, fragte Grant.

»Weil er dann vielleicht die Regeln ändert oder eingeschnappt ist, was weiß ich? Falls Flip sich tatsächlich allein mit diesen Rätseln herumgeschlagen hat, dann soll er ruhig dasselbe von mir denken.« Sie sah ihn an. »Oder haben Sie damit ein Problem?«

Grant dachte kurz nach und schüttelte dann den Kopf. »Und was hat es mit diesem neuen Rätsel auf sich?«

»Keinen Schimmer. *Mason*, Freimaurer. Sie sind bestimmt keiner, oder?«

Wieder schüttelte er den Kopf. »Nein, ich bin nie dazu gekommen, dem Verein beizutreten. Und Sie: Kennen Sie zufällig einen?«

Siobhan lächelte. »Sie meinen bei der Lothian and Borders Police? Das dürfte eines der geringsten Probleme sein.«

Die Särge und die Autopsieberichte waren inzwischen in der St. Leonard's Street eingetroffen. Allerdings gab es noch ein Problem: Der Sarg aus Falls befand sich zurzeit im Besitz von Steve Holly. Bev Dodds hatte ihm die Kiste übergeben, damit er sie in aller Ruhe fotografieren lassen konnte. Also beschloss Rebus, Hollys Büro einen Besuch abzustatten. Er schnappte sich seine Jacke und ging dann zu Ellen Wylie hinüber, die ein Stück weiter an einem Schreibtisch saß und Donald Devlin gelangweilt dabei zusah, wie er sich über den Inhalt eines dünnen Aktenordners beugte.

»Ich muss mal kurz weg«, sagte Rebus.

»Ach, Sie Glücklicher. Brauchen Sie Begleitung?«

»Kümmern Sie sich um den Professor. Ich bin bald zurück.«

Devlin blickte auf. »Und wohin des Weges?«

»Ich hab eine Verabredung mit einem Reporter.«

»Ach – die viel verspottete vierte Gewalt.«

Devlins geschwollene Redeweise ging Rebus allmählich mächtig auf die Nerven. Und falls er Wylies Gesichtsausdruck nicht völlig falsch deutete, erging es ihr genauso. Sooft die Situation es erlaubte, ging sie mit ihrem Stuhl auf Distanz zu dem Professor oder nahm sogar auf der gegenüberliegenden Seite des Schreibtisches Platz.

»Ich komme so schnell wie möglich zurück«, versuchte er sie zu beruhigen, doch als er zur Tür ging, spürte er, wie sie ihn mit den Augen verfolgte.

Und noch etwas anderes ging ihm an Devlin ziemlich auf die Nerven: Der Mann war fast zu eifrig bei der Sache. Seit er das Gefühl hatte, wieder gebraucht zu werden, war er kaum wiederzuerkennen. Ständig las er laut aus den Autopsieberichten vor oder behelligte Rebus mit Fragen, sodass der kaum noch in Ruhe seiner Arbeit nachgehen konnte. Deshalb war Rebus noch immer stinksauer auf Gates und Curt. Wylie hatte das Problem auf den Punkt gebracht: »Sagen Sie mal, was ist eigentlich mit Professor Devlin los?«, hatte sie gefragt. »Ist der Mann nun hier, um uns zu unterstützen, oder macht er bei uns 'ne Art Therapie? Da hätte ich ja gleich in die Altenpflege gehen können.«

Rebus kutschierte seinen Wagen gemächlich durch die Straßen und gab sich Mühe, die Kneipen zu ignorieren, die rechts und links an ihm vorbeizogen.

Die Edinburgher Filiale der Glasgower Boulevardzeitung befand sich unweit der BBC-Dependance im obersten Stock eines repräsentativen Hauses in der Queen Street. Rebus ließ es darauf ankommen und stellte den Wagen direkt vor dem Eingang im Halteverbot ab. Dann schritt er durch die geöffnete Tür in das Gebäude, ging in den dritten Stock hinauf und trat dort durch eine Glastür in eine Art Vorzimmer, wo eine Frau ihm freundlich entgegenlächelte, während sie zugleich die Telefonzentrale bediente und einen Anruf entgegennahm.

»Tut mir Leid, aber der ist unterwegs. Haben Sie seine Handynummer?« Sie hatte ihr kurzes blondes Haar hinter die Ohren gesteckt und trug Kopfhörer samt Mikrofon. »Danke«, sagte sie, beendete das Gespräch und drückte auf einen Knopf, um den nächsten Anruf entgegenzunehmen. Obwohl sie Rebus nicht direkt ansah, signalisierte sie ihm mit einem Finger, dass sie ihn nicht vergessen hatte. Er hielt währenddessen nach einer Sitzgelegenheit Ausschau, konnte allerdings in dem Zimmer nirgends einen Stuhl entdecken. Der einzige Schmuck war eine müde aussehende Zimmerpflanze, die in einem viel zu kleinen Topf ihr kümmerliches Dasein fristete.

»Tut mir Leid, aber der ist unterwegs«, beschied die Frau gerade einem weiteren Anrufer. »Haben Sie seine Handynummer?« Sie nannte die Nummer und beendete das Gespräch.

»Entschuldigung«, sagte sie zu Rebus.

»Keine Ursache. Eigentlich wollte ich mit Steve Holly sprechen, aber ich kenne Ihre Antwort ja schon.«

»Tut mir Leid, aber der ist unterwegs.«

Rebus nickte.

»Haben Sie seine ...«

»Ja, die hab ich.«

»Haben Sie einen Termin?«

»Eigentlich nicht. Ich bin nur hier, um die Puppe abzuholen – falls er sie nicht mehr braucht.«

»Ach, das schräge Teil.« Sie erschauderte demonstrativ. »Als ich heute früh ins Büro gekommen bin, hatte er sie mir auf den Stuhl gelegt. Na ja: Steves Art von Humor.«

»Dann vergeht so ein Arbeitstag hier bei Ihnen ja wie im Fluge, was?«

Sie sah ihn mit einem verschwörerischen Lächeln an. »Die Puppe ist drüben in seiner Kabine.«

Rebus nickte. »Und sind die Fotos schon fertig?«

»Oh, ja.«

»Dann kann ich sie ja ...?« Er wies mit dem Daumen nach oben, wo er Hollys Kabine vermutete.

»Tja, warum eigentlich nicht?« An ihrer Telefonanlage fing jetzt wieder ein Lämpchen an zu blinken.

»Dann störe ich Sie nicht länger«, sagte Rebus und drehte sich um, als ob er genau wüsste, wohin er gehen müsste.

Tatsächlich war es ganz einfach. Es gab nur vier Kabinen, die durch freistehende Trennwände voneinander abgeschirmt wurden. Und keines der Abteile wurde im Augenblick benutzt. Der kleine Sarg stand direkt neben Hollys Tastatur, obenauf ein paar Testpolaroids. Rebus beglückwünschte sich:

Besser hätte es gar nicht laufen können. Wäre Holly nämlich da gewesen, dann hätte Rebus einen Haufen Fragen beantworten müssen – vielleicht sogar Ärger bekommen. Außerdem ließ er sich die Gelegenheit nicht entgehen und sah sich gleich mal ein bisschen an Hollys Arbeitsplatz um. Die Wände waren mit Telefonnummern und Zeitungsausschnitten übersät, oben auf dem Monitor thronte eine Scobby-Doo-Figur. Auf dem Schreibtisch lag ein mit Notizen voll gekritzelter Simpson-Kalender. Allerdings handelte es sich um eine bereits drei Wochen alte Seite. Ferner gab es ein Diktafon, dessen leeres Batteriefach offen stand. Seitlich hatte Holly seinen Monitor mit der Schlagzeile »Celtic rastet voll aus« beklebt. Rebus musste unwillkürlich lächeln. Möglich, dass Holly ein Rangersfan war, vielleicht hatte er aber auch bloß die Schlagzeile witzig gefunden.

Rebus wollte sich schon zum Gehen wenden, als er an der Wand neben dem Schreibtisch Jeans Namen und Telefonnummer entdeckte. Er riss den Zettel ab und schob ihn in die Tasche. Dann sah er, dass noch andere Nummern an dem Brett hingen: seine eigene und Gill Templers. Darunter weitere Namen: Bill Pryde, Siobhan Clarke, Ellen Wylie. Der Reporter hatte sogar Templers und Clarkes Privatnummern. Natürlich wusste Rebus nicht, ob Holly von den Nummer Kopien besaß, trotzdem nahm er die Zettel alle mit.

Wieder im Freien, wählte er Siobhans Handynummer, musste jedoch mit der Auskunft vorlieb nehmen, dass eine Verbindung derzeit nicht möglich sei. An seiner Windschutzscheibe klemmte ein Strafzettel, er vermochte jedoch nirgends eine Politesse zu entdecken. In Edinburgh nannte man die Politessen wegen ihrer blauen Uniform in Anspielung auf die Punk-Ska-Band die *Blue Meanies*. Rebus, der wohl der Einzige war, der den Film *Yellow Submarine* damals gesehen hatte, ohne unter Drogeneinfluss zu stehen, gefiel dieser Spitzname, aber er verfluchte den Strafzettel trotzdem und verstaute ihn schimpfend in seinem Handschuhfach. Dann zündete er sich eine Zigarette an und fuhr im Schritttempo Richtung St. Leonard's Street. Inzwischen gab es in Edinburgh kaum noch Straßen, in denen der Verkehr nicht irgendwelchen Einschränkungen unterworfen war. Da Rebus nicht nach links Richtung Princes Street abbiegen durfte und sich der Verkehr an der Waverley Bridge wegen Bauarbeiten staute, bog er nach rechts in The Mound ein und kurz darauf nach links in die Market Street. Aus den Lautsprechern dröhnte Janis Joplins *Buried Alive in the Blues*. Immer noch besser, als sich wie ein Scheintoter in dem dichten Edinburgher Verkehr vorwärts zu schieben.

Im Büro blickte ihm dann eine Ellen Wylie entgegen, die ihrerseits unter schweren Bluessymptomen zu leiden schien.

»Wie wär's mit einem kleinen Ausflug?«, fragte Rebus.

Sie war plötzlich hellwach. »Und wohin?«

»Sie können auch mitkommen, Professor Devlin.«

»Wie großartig.« Statt der üblichen Strickjacke trug er ausnahmsweise einen Pullover mit V-Ausschnitt, der unter den Achseln zu weit und dafür hinten zu kurz geraten war. »Handelt es sich etwa um eine Fahrt ins Blaue?«

»Nein, das kann man wirklich nicht sagen. Unser Besuch gilt einem Bestattungsunternehmen.«

Wylie starrte ihn an. »Soll das ein Witz sein?«

Doch Rebus schüttelte nur den Kopf und zeigte auf die Särge, die auf seinem Schreibtisch ordentlich nebeneinander aufgestellt waren. »Es gibt nun mal Fragen, über die man sich am besten bei einem Experten Auskunft holt«, sagte er.

»Selbstredend«, pflichtete Devlin ihm bei.

Das Bestattungsunternehmen war nur ein paar Schritte vom Revier entfernt. Das letzte Mal war Rebus beim Tod seines Vaters in einem solchen Institut gewesen. Er war an den Sarg getreten und hatte die Stirn des alten Mannes berührt, wie sein Vater es ihn beim Tod seiner Mutter gelehrt hatte: *Wenn du eine Leiche berührst, brauchst du dich hinterher nicht mehr vor ihr zu fürchten, Johnny.* Irgendwo in der Stadt wurde Conor Leary gerade ebenfalls in eine solche Kiste verfrachtet. Im Tod und vor dem Finanzamt sind alle gleich. Obwohl Rebus schon ziemlich oft an Kriminelle geraten war, die in ihrem ganzen Leben keinen Pfennig Steuern gezahlt hatten. Sei's drum: Aber in die Kiste würde man sie trotzdem eines Tages packen.

Jean Burchill war bereits dort. Sie wartete im Empfangsbereich und erhob sich erleichtert von ihrem Stuhl, als Rebus mit seinen beiden Begleitern hereinkam. Trotz mehrerer Vasen mit frischen Blumen herrschte in dem Raum eine gedrückte Stimmung. Rebus überlegte kurz, ob das Institut mit der Gärtnerei, von der es die Kränze bezog, wohl einen Sonderpreis ausgehandelt hatte. Die Wände waren holzgetäfelt, und es roch nach Möbelpolitur. An den Türen glänzende Messingbeschläge und -klinken. Der Boden war wie ein Schachbrett abwechselnd mit schwarzem und weißem Marmor ausgelegt. Rebus machte die Anwesenden miteinander bekannt. Noch während er Jean die Hand schüttelte, wollte Devlin bereits wissen: »Und was genau ist Ihr Spezialgebiet im Museum?«

»Neunzehntes Jahrhundert«, erwiderte sie. »Religiöse Anschauungen und Praktiken, soziale und gesellschaftliche Fragen.«

»Miss Burchill hilft uns bei der historischen Bewertung von Details«, sagte Rebus.

»Ich verstehe noch immer nicht ganz, fürchte ich.« Devlin sah sie Hilfe suchend an.

»Ich bin im Nationalmuseum für die Särge von Arthur's Seat zuständig.«

Devlins Augenbrauen schossen empor. »Ach, wie überaus faszinierend! Und nun könnte es eine Verbindung zwischen ihren Exponaten und der Flut neuerer Särge geben, mit denen wir es zu tun haben?«

»Von einer ›Flut‹ kann nicht wirklich die Rede sein«, sagte Ellen Wylie. »Fünf Särge in einem Zeitraum von dreißig Jahren.«

Devlin schien einigermaßen verblüfft. Offenbar war er es nicht gewöhnt, dass ihm jemand widersprach. Er warf Wylie einen irritierten Blick zu und sah dann Rebus an: »*Gibt* es nun eine historische Verbindung oder nicht?«

»Wissen wir noch nicht. Um das herauszufinden, sind wir ja gerade hier.«

Dann ging eine Tür auf, und ein Mann kam herein. Er war etwa Mitte fünfzig, trug einen dunklen Anzug, ein blütenweißes Hemd und eine matt glänzende graue Krawatte. Sein kurz geschnittenes Haar war silbergrau und sein längliches Gesicht auffallend blass.

»Mr. Hodges?«, fragte Rebus. Der Mann machte eine leichte Verbeugung, und Rebus schüttelte ihm die Hand. »Wir haben bereits am Telefon miteinander gesprochen. Ich bin Inspektor Rebus.« Dann stellte er die übrigen Anwesenden vor.

»Wirklich ein bemerkenswertes Ersuchen, mit dem Sie sich da an uns gewandt haben«, sagte Hodges mit kaum hörbarer Stimme. »Mr. Patullo erwartet Sie bereits in meinem Büro. Möchten Sie Tee?«

Rebus lehnte das Angebot höflich ab und bat Mr. Hodges, der kleinen Gruppe den Weg zu weisen.

»Wie ich Ihnen bereits am Telefon erklärt habe, Inspektor, werden die meisten Särge in der heutigen Zeit gewissermaßen am Fließband gefertigt. Mr. Patullo ist einer jener äußerst seltenen Schreiner, die noch immer Särge auf Bestellung anfertigen. Wir nehmen seine Dienste bereits seit vielen Jahren in Anspruch – ganz gewiss jedenfalls, seit ich für das Unternehmen tätig bin.« Der Gang, durch den sich der kleine Trupp vorwärts schob, war genau wie der Empfangsbereich mit Holz getäfelt, hatte allerdings keine Fenster. Hodges öffnete eine Tür und führte seine Gäste in sein ebenso spartanisch eingerichtetes wie geräumiges Büro. Rebus wusste selbst nicht recht, was er erwartet hatte: vielleicht ein Riesensortiment an Beileidskarten oder diverse Sargkataloge? Doch das Einzige, was darauf hindeutete, dass man sich im Büro eines Bestattungsunternehmers befand, war der Mangel an einschlägigen Accessoires. Das ging über schlichte Diskretion weit hinaus. Die Kunden, die dieses Zimmer betraten, wollten nicht an den Zweck ihres Besuches erinnert werden, und zweifellos hätte es Mr. Hodges Tätigkeit nicht erleichtert, wenn seine Klienten alle zwei Minuten in Tränen ausgebrochen wären.

»Dann darf ich Sie jetzt allein lassen«, sagte Hodges und schloss die Tür. Er hatte zwar für ausreichend Sitzgelegenheiten gesorgt, doch Patullo stand verlegen neben dem Milchglasfenster und befingerte nervös eine flache Tweedmütze, die er in Schritthöhe vor sich zwischen den Händen hielt. Die Haut an seinen knorrigen Fingern war zäh wie Pergament. Rebus schätzte Patullo auf Mitte siebzig. Der Mann hatte noch immer volles weißes Haar und klare – ein wenig misstrauische – Augen. Allerdings hielt er sich bereits ein wenig gebeugt, und als er Rebus die Hand reichte, zitterte sie leicht.

»Mr. Patullo«, sagte Rebus, »ich bin Ihnen wirklich sehr verbunden, dass Sie sich bereit gefunden haben, mit uns zu sprechen.«

Patullo zuckte bloß mit den Achseln. Rebus machte die Anwesenden miteinander bekannt und forderte sie dann auf, Platz zu nehmen. Er holte die Särge vorsichtig aus einer Tragetasche hervor und legte sie auf Mr. Hodges' makellos gepflegten Schreibtisch. Insgesamt vier: aus Perth, Nairn und Glasgow, dazu noch das neueste Fundstück aus Falls.

»Ich möchte, dass Sie sich diese Kisten einmal anschauen und uns dann sagen, was Sie sehen«, sagte Rebus.

»Ich sehe einige kleine Särge«, erklärte Patullo mit heiserer Stimme.

»Ich meinte Ihr handwerkliches Urteil.«

Patullo suchte in der Brusttasche nach seiner Brille. Dann erhob er sich und stellte sich vor die kleinen Kisten.

»Sie können die Särge ruhig anfassen«, sagte Rebus. Also nahm Patullo sie genau in Augenschein, untersuchte die Deckel und die Puppen und schließlich die Nägel.

»Teppichstifte und kleine Holznägel«, kommentierte er. »Na ja, die Fugen sind etwas grob gearbeitet, aber bei der Größe...«

»Wie bitte?«

»Also bei so einem Format kann man natürlich keinen Schwalbenschwanz erwarten.« Dann setzte er seine Inspektion fort. »Wollen Sie wissen, ob ein Sargschreiner die Kisten gemacht hat?« Rebus nickte. »Eher nicht. Nicht schlecht gearbeitet, aber auch nicht übermäßig professionell. Die Proportionen stimmen nicht, und die Umrisse erinnern zu sehr an einen Diamanten.« Dann drehte er die Särge der Reihe nach um und betrachtete sie von unten. »Sehen Sie dort die Bleistiftmarkierung?« Rebus nickte. »Er hat das Brett ausgemessen und dann zurechtgesägt. Nicht mal 'nen Hobel hat er verwendet, nur die Kanten etwas abgeschmirgelt.« Er sah Rebus über den Rand seiner Brille hinweg an. »Möchten Sie auch wissen, ob sämtliche Kisten von ein und derselben Person stammen?«

Wieder nickte Rebus.

»Diese Arbeit hier ist etwas gröber«, sagte Patullo und hielt den Glasgower Sarg empor. »Auch das Holz ist verschieden. Die anderen sind aus Kiefer, der hier ist aus Balsa. Aber die Fugen sind identisch und die Maße ebenfalls.«

»Dann hat sie also ein und dieselbe Person angefertigt?«

»Wenn ich nicht mein Leben darauf wetten muss – ja.« Dann nahm Patullo einen anderen Sarg in die Hand. »Der hier hat allerdings andere Proportionen. Und auch die Fugen sind nicht so sorgfältig gearbeitet. Entweder ist das Stück in großer Eile gemacht worden, oder es stammt von jemand anderem.«

Rebus betrachtete den Sarg. Es handelte sich um das Exemplar aus Falls.

»Dann stammen die Särge also mindestens von zwei verschiedenen Personen?«, fragte Wylie. Als Patullo nickte, atmete sie hörbar aus und verdrehte die Augen. Zwei Verdächtige: Das bedeutete zum einen doppelt so viel Arbeit und verringerte zum anderen die Chance, dass sie am Ende überhaupt etwas erreichen würden.

»Also eine Kopie?«, fragte Rebus.

»Kann ich nicht genau sagen«, entgegnete Patullo.

»Da wir gerade beim Thema sind...« Jean Burchill ließ die Hand in ihrer Umhängetasche verschwinden, brachte eine Schachtel zum Vorschein und öffnete sie. In dem Behältnis befand sich, in weiches Papier eingeschlagen, einer der Särge vom Arthur's Seat. Rebus hatte Jean gebeten, eines der Exponate mitzubringen, und jetzt bedeutete sie ihm mit einem vielsagenden Blick, worauf sie ihn bereits in dem Café hingewiesen hatte: dass sie ihren Job aufs Spiel setzte. Falls nämlich herauskam, dass sie ein Exponat aus dem Museum entfernt hatte, oder falls der Sarg beschädigt wurde, musste sie mit ihrer fristlosen Kündigung rechnen. Rebus signalisierte ihr durch seinen Gesichtsausdruck, dass er sie verstanden hatte. Dann stand sie auf und legte den Sarg auf den Schreibtisch.

»Ein hoch empfindliches Stück«, sagte sie zu Patullo. Auch Devlin war jetzt aufgestanden, und Wylie hatte sich ebenfalls erhoben, damit sie besser sehen konnte.

»Großer Gott«, flüsterte Devlin, »gehe ich recht in der Annahme...?«

Jean nickte bloß. Patullo rührte den Sarg nicht an, er beugte sich vielmehr so tief herab, dass er das Exponat direkt vor Augen hatte.

»Unsere Frage lautet nun«, sagte Rebus, »ob die Särge die Sie soeben in Augenschein genommen haben, nach diesem Modell gefertigt sein könnten.«

Patullo rieb sich die Wange. »Bei dem Sarg hier handelt es sich um ein sehr schlichtes Modell. Gut gemacht, zweifellos, aber die Seitenwände sind deutlich steiler angesetzt. Auf jeden Fall haben wir es hier nicht mit der heute üblichen Sargform zu tun. Der Deckel ist mit Eisenbeschlägen verziert.« Wieder rieb er sich die Wange, richtete sich auf und stützte sich mit einer Hand auf die Schreibtischkante. »Nein, meiner Ansicht nach sind die übrigen Särge keine Kopien dieser Arbeit. Mehr kann ich dazu nicht sagen.«

»Ich habe noch nie eines der Exponate außerhalb des Museums gesehen«, sagte Devlin und nahm Patullos Platz ein. Dann blickte er mit strahlenden Augen zu Jean Burchill. »Wissen Sie, ich habe nämlich eine Theorie darüber, wer die Särge gemacht hat.«

Jean hob eine Augenbraue. »Und, was glauben Sie, wer es gewesen ist?«

Devlin sah Rebus an. »Erinnern Sie sich noch an das Porträt, das ich Ihnen gezeigt habe? Dr. Kennet Lovell?« Als Rebus nickte, wandte Devlin sich wieder in Jeans Richtung. »Der Anatom, der damals Burke seziert hat. Meiner Meinung nach hat er wegen dieser Geschichte später unter Schuldgefühlen gelitten.«

Jean schien interessiert. »Hatte er denn Leichen von Burke gekauft?«

Devlin schüttelte den Kopf. »Jedenfalls gibt es dafür keinen historischen Beleg. Aber wie die meisten Anatomen seiner Zeit dürfte er etliche Leichen erstanden haben, ohne sich im Einzelnen nach deren Herkunft zu erkundigen. Die Sache ist nämlich die«, sagte Devlin und benetzte sich mit der Zunge die Lippen, »Dr. Lovell war begeisterter Amateurtischler.«

»Professor Devlin besitzt einen Tisch, den Lovell gemacht hat«, setzte Rebus Jean ins Bild.

»Lovell war ein anständiger Mann«, fuhr Devlin fort, »und ein guter Christ.«

»Dann hat er also die Särge zum Andenken an jene Toten geschreinert, die er selbst seziert hatte?«, fragte Jean.

Devlin zuckte mit den Achseln und blickte im Zimmer umher. »Beweise habe ich dafür natürlich keine…« Er hielt mitten im Satz inne, als ob ihm plötzlich bewusst geworden wäre, dass sein Enthusiasmus an diesem Ort ein wenig deplatziert erscheinen mochte.

»Eine interessante Theorie«, räumte Jean ein, doch Devlin schwieg und trat nur von einem Bein aufs andere, weil er Jeans von Herablassung nicht ganz freien Ton bemerkt hatte.

»Hab ich doch gesagt, dass der Sarg gut gemacht ist«, ließ sich jetzt Patullo vernehmen.

»Allerdings gibt es noch andere Theorien«, sagte Jean. »Zum Beispiel, dass Hexen oder Seeleute die Särge gebaut und auf Arthur's Seat deponiert haben.«

Patullo nickte. »Früher haben viele Seeleute was von der Schreinerei verstanden, entweder weil sie sich ein Zubrot verdienen mussten oder um sich während der langen Passagen zu beschäftigen.«

»Also«, sagte Rebus, »vielen Dank noch mal, dass Sie sich Zeit für uns genommen haben, Mr. Patullo. Soll ich Sie nach Hause fahren lassen?«

»Nein, nicht nötig.«

Dann verabschiedete man sich, und Rebus steuerte mit seinem kleinen Trupp das Metropole Café an, wo die Gruppe Kaffee bestellte und sich dann in eine Sitzbucht quetschte.

»Das war ein Schritt vorwärts und zwei zurück«, sagte Wylie.

»Wie meinen Sie das?«, fragte Rebus.

»Wenn es zwischen dem Sarg in Falls und den übrigen Kisten keine Verbindung gibt, tappen wir ziemlich im Dunkeln.«

»Das sehe ich aber anders«, meldete sich Jean Burchill zu Wort. »Vielleicht überschreite ich mit so weitgehenden Schlussfolgerungen meine Kompetenzen: Aber egal, wer den Sarg in Falls deponiert hat, irgendwas muss den Betreffenden ja auf die Idee gebracht haben.«

»Einverstanden«, sagte Wylie, »wobei vieles dafür spricht, dass der oder die Betreffende diese Anregung einem Besuch in Ihrem Museum verdankt, meinen Sie nicht?«

Rebus sah Wylie an. »Wollen Sie damit sagen, dass wir die vier älteren Fälle einfach über Bord werfen sollten?«

»Ich will damit sagen, dass sie nur so lange von Bedeutung

sind, wie sie mit dem Sarg in Falls in Verbindung stehen, vorausgesetzt, der Sarg in Falls hat überhaupt etwas mit dieser Balfour-Geschichte zu tun. Aber selbst *das* wissen wir ja nicht mal genau.« Rebus wollte gerade einen Einwand erheben, doch sie war noch nicht fertig. »Wenn wir Hauptkommissarin Templer über diese neuen Erkenntnisse informieren – was eigentlich unsere Pflicht wäre –, dann wird sie genau dasselbe sagen wie ich. Wir entfernen uns immer weiter von dem Fall, den wir eigentlich aufklären sollen, nämlich Flip Balfours Verschwinden.« Sie führte die Tasse zum Mund und trank einen Schluck von ihrem Kaffee.

Rebus sah Devlin an, der direkt neben ihm saß. »Und was meinen Sie, Professor?«

»Leider Gottes muss ich Miss Wylie beipflichten, so schwer es mir auch fällt, mich aufs Neue in die Isolation und die Einsamkeit des Ruhestands zu begeben.«

»Und in den Obduktionsbefunden haben Sie auch nichts Brauchbares entdeckt?«

»Bisher noch nicht. Allerdings spricht vieles dafür, dass beide Frauen noch gelebt haben, als sie ins Wasser gegangen sind. Man hat an beiden Leichen Verletzungen festgestellt, aber das ist nichts Außergewöhnliches. Denn es hat in dem Fluss vermutlich Steine gegeben, an denen die Frauen sich bei ihrem Sturz den Kopf aufgeschlagen haben. Und was das Opfer in Nairn betrifft, so können die Gezeiten und die Meerestiere mit einer Leiche grässliche Dinge anstellen, besonders wenn diese schon eine Weile im Wasser gewesen ist. Tut mir Leid, dass ich nichts Hilfreicheres beisteuern kann.«

»Alles ist von Bedeutung«, sagte Jean Burchill. »Selbst Dinge, die nicht unmittelbar zur Aufklärung beitragen, können helfen, Möglichkeiten auszuschließen.«

Sie sah Rebus an und hoffte auf ein verschwörerisches Lächeln. Schließlich hatte sie ihn gerade zitiert, doch er war mit den Gedanken woanders. Er befürchtete nämlich, dass Wylie Recht hatte. Vier Särge, die höchstwahrscheinlich von ein und derselben Person stammten, und dann einer, den jemand völlig anderer neben dem Wasserfall deponiert hatte. Außerdem keine erkennbare Verbindung zwischen den früheren Särgen und dem neuesten Fund. Das Problem war nur: Er war trotzdem davon überzeugt, dass es eine solche Verbindung gab. Allerdings würde er das Wylie kaum klar machen können. Es gab Situationen, da musste man sich, unabhängig von dem üblichen kriminalistischen Prozedere, auf seinen Instinkt verlassen. Und Rebus glaubte, dass sie mit ihren Ermittlungen einen solchen Punkt erreicht hatten, zweifelte allerdings daran, dass er Wylie zum Mitziehen überreden konnte.

Und das konnte er ihr noch nicht mal zum Vorwurf machen.

»Würden Sie die Berichte noch ein letztes Mal für mich durchsehen?«, fragte er Devlin.

»Natürlich, gerne«, sagte der alte Mann und nickte.

»Und vielleicht noch einmal mit den Pathologen sprechen, die damals mit beiden Fällen befasst waren. Manchmal haben diese Leute nämlich ein erstaunlich gutes Gedächtnis...«

»Aber selbstverständlich.«

Rebus sah Ellen Wylie an. »Und Sie erstatten am besten Hauptkommissarin Templer Bericht. Erläutern Sie ihr, was wir alles unternommen haben. Und dann können Sie sich sicher bei der Fahndung nützlich machen.«

Wylie richtete sich im Sitzen auf. »Soll das heißen, dass Sie weitermachen?«

Rebus lächelte müde. »Ich bin kurz davor aufzugeben. Nur noch ein paar Tage.«

»Und was versprechen Sie sich davon?«

»Ich möchte mich selbst davon überzeugen, dass ich mich mit meinen Vermutungen getäuscht habe.«

Der Blick, mit dem ihn Jean von der anderen Seite des Tisches aus bedachte, bekundete, dass sie ihn nur zu gerne getröstet, ihm die Hand gedrückt, ein paar nette Worte mit ihm gesprochen hätte. Doch er war froh, dass sie nicht allein am

Tisch saßen. Denn sonst hätte er vielleicht irgendeinen Schwachsinn erzählt und womöglich behauptet, dass er auf diese Art von Trost gut verzichten könnte.

Es sei denn, dass Trost und Vergessen ein und dasselbe waren.

Tagsüber zu trinken, das war was Besonderes. Denn in der Kneipe hörte die Zeit und damit zugleich die Außenwelt auf zu existieren. Solange man in der Kneipe war, fühlte man sich unsterblich und alterslos. Und wenn man dann aus dem Halbdunkel wieder ins gleißende Tageslicht hinausstolperte und dort all die geschäftigen Leute sah, dann legte sich ein merkwürdiger Glanz auf die Welt. Und das ging nun schon seit hunderten von Jahren so: dass die Menschen sich mit Fusel Löcher ins Bewusstsein brannten. Aber heute war Rebus nur auf zwei Drinks hereingekommen. Nach zwei Gläsern hatte er nämlich gerade noch genug Disziplin, um mit dem Trinken wieder aufzuhören. Drei oder vier Gläser dagegen, und er wäre ganz sicher bis zur Sperrstunde oder buchstäblich bis zum Umfallen geblieben. Aber zwei, das war eine überschaubare Größe.

Wodka mit frisch gepresstem Orangensaft: nicht unbedingt sein Lieblingsdrink, aber er hinterließ zumindest keine Fahne. Wenn er sich zwei davon genehmigte, konnte er anschließend einfach wieder ins Büro gehen, und niemand würde was merken. Nur er selbst..., ihm selbst würde die Welt in einem etwas milderen Licht erscheinen. Als sein Handy klingelte, war sein erster Impuls, nicht zu reagieren, doch das Gepiepe störte die anderen Gäste, also drückte er auf Empfang.

»Hallo?«

»Lassen Sie mich mal raten«, sagte die Stimme. Es war Siobhan.

»Also, damit das klar ist: Ich bin nicht in der Kneipe.« Woraufhin der junge Typ am Spielautomaten einen Volltreffer landete und ein ganzer Eimer Münzen geräuschvoll in den Schacht rauschte.

»Wie bitte?«

»Ich habe hier einen beruflichen Termin.«

»Ihre Ausreden werden auch nicht besser.«

»Was wollen Sie eigentlich?«

»Ich muss unbedingt mit einem Freimaurer sprechen.«

Rebus hatte sich verhört. »Mit einem Maurer?«

»Ich meine einen *Freimaurer*. Sie wissen schon, einen von den Leuten, die sich so merkwürdig die Hand geben und die Hosenbeine hochrollen.«

»Sorry, als die in der Schule dran waren, hab ich gefehlt.«

»Aber Sie werden doch ein paar Freimaurer kennen?«

Er dachte kurz nach. »Worum geht es denn eigentlich?«

Sie berichtete ihm von dem neuesten Rätsel.

»Ich muss mal überlegen«, sagte er. »Was ist denn mit dem Farmer?«

»Ist der einer?«

»Nach dem Händedruck zu urteilen schon.«

»Glauben Sie, dass es ihn stört, wenn ich ihn mal anrufe?«

»Ganz im Gegenteil.« Es entstand eine kurze Pause. »Und jetzt wollen Sie wahrscheinlich seine Privatnummer von mir wissen. Kleinen Moment.« Er kramte sein Notizbuch hervor und nannte ihr die Nummer.

»Danke, John.«

»Und wie geht's sonst so?«

»Schon okay.«

Rebus spürte eine gewisse Zurückhaltung. »Alles in Ordnung mit Grant?«

»Ja ja.«

Rebus beäugte die Flaschen in dem Regal hinter der Bar. »Steht er zufällig neben Ihnen?«

»Genau.«

»Verstehe. Dann reden wir später noch mal. Ach so, Moment.«

»Was?«

»Kennen Sie zufällig einen Steve Holly?«

»Wer ist das?«

»Ein so genannter Journalist.«

»Ach, der. Ich glaube, wir haben ein- oder zweimal miteinander gesprochen.«

»Hat er Sie schon mal zu Hause angerufen?«

»Was soll der Quatsch? Die Nummer kennt doch kein Mensch.«

»Umso merkwürdiger, dass sie bei dem Kerl im Büro an der Pinnwand hängt.« Sie schwieg. »Keine Ahnung, wo der Typ die Nummer herhat?«

»Wenn man unbedingt will, kann man sich jede Telefonnummer beschaffen. Aber der Typ hat von mir keine Tipps bekommen, wenn Sie darauf hinauswollen.«

»Ich will lediglich darauf hinaus, dass Sie sich vor dem Schreiberling hüten sollten, Siobhan. Der ist glatt wie ein Aal und riecht auch so.«

»Klingt ja total sympathisch. Aber ich muss jetzt Schluss machen.«

»Ja, ich auch.« Rebus beendete das Gespräch und genehmigte sich noch den zweiten Drink. Eigentlich reichte es jetzt für heute. Obwohl gleich im Fernsehen noch ein Rennen lief, und er hatte auf einen Braunen namens Long Day's Journey gesetzt. Einen konnte er vielleicht schon noch vertragen. Doch dann läutete sein Telefon erneut, und er bahnte sich seinen Weg ins Freie und blinzelte in das grelle Tageslicht.

»Ja?«, sagte er.

»Das war aber gar nicht lieb.«

»Mit wem spreche ich?«

»Steve Holly. Wir sind uns bei Bev begegnet.«

»Komisch, ich habe gerade mit jemandem über Sie gesprochen.«

»Gut, dass wir uns bei Bev mal begegnet sind, sonst hätte ich mit Margots Beschreibung gar nichts anzufangen gewusst.« Margot: die blonde Empfangsdame mit dem Kopfhörer. Tja, das Mädchen hatte ihn offenbar verpetzt...

»Was meinen Sie?«

»Jetzt machen Sie sich nicht lächerlich, Rebus – der Sarg.«

»Ich hatte den Eindruck, dass Sie damit fertig sind.«

»Dann haben Sie die Kiste also als Beweisstück beschlagnahmt?«

»Nein, ich wollte sie nur zu Miss Dodds zurückbringen.«

»Ah, natürlich. Irgendwas geht doch hier vor.«

»Kluges Kerlchen. Was hier vor sich geht, ist eine polizeiliche Großfahndung, falls Sie das meinen. Und ich stecke bis über beide Ohren in Arbeit. Wenn Sie also die Güte hätten...«

»Bev hat gehört, dass es noch mehr Särge gibt...«

»Tatsächlich? Dann muss sie aber irgendwas gründlich missverstanden haben.«

»Glaube ich nicht.« Holly wartete, doch Rebus schwieg. »Na gut«, sagte der Journalist schließlich. »Dann reden wir später noch mal.« *Dann reden wir später noch mal.* Genau das hatte Rebus auch zu Siobhan gesagt. Der Typ hat uns belauscht, schoss es ihm durch den Kopf. Doch das war völlig ausgeschlossen. Als die Verbindung dann plötzlich weg war, drängten sich Rebus zwei Gedanken gleichzeitig auf: Erstens hatte Holly nichts von den Telefonnummern gesagt, die Rebus aus seiner Kabine entwendet hatte. Möglich, dass er das noch gar nicht bemerkt hatte. Und zweitens musste der Kerl Rebus' Handynummer kennen, sonst hätte er ihn ja nicht in der Kneipe anrufen können. Normalerweise gab Rebus eher seine Piepser- als seine Handynummer weiter. Er überlegte, welche der beiden Nummern er Bev Dodds gegeben hatte.

Mit einer normalen Bankfiliale hatte die Balfour Bank rein gar nichts gemein. Sie hatte ihren Sitz am Charlotte Square, also in einer der elegantesten Gegenden der Neustadt. Vor dem Gebäude standen die Leute mit ihren Einkaufstüten Schlange und warteten grimmig auf Busse, die einfach nicht kommen wollten. Innen befand man sich dann plötzlich in einer völlig anderen Welt: dicke Teppiche, ein imposanter Treppenaufgang, ein riesiger Lüster und in leuchtendem Weiß gehaltene Wände. Schalter oder Warteschlangen suchte man hier vergeblich. Wer etwas zu erledigen hatte, wandte sich an einen der drei jungen gut gekleideten Mitarbeiter des Hauses, die – in gebührendem Abstand voneinander – an imposanten Schreibtischen saßen und sich diskret den Anliegen der betuchten Klientel widmeten. Andere Kunden saßen in bequemen Sesseln und blätterten in den auf niedrigen Tischen bereitliegenden Tageszeitungen oder Zeitschriften, während sie darauf warteten, in eines der Besprechungszimmer geführt zu werden. Eine höchst distinguierte Atmosphäre also: An diesem Ort wurde Geld nicht nur geachtet, sondern wie ein Götze verehrt. Siobhan kam sich vor wie in einem Tempel.

»Was hat er gesagt?«, wollte Grant Hood wissen.

Sie schob das Handy wieder in die Tasche. »Er meint, wir sollten mal mit dem Farmer sprechen.«

»Ist das seine Nummer?« Grant wies mit dem Kopf auf Siobhans Notizbuch.

»Ja.« Sie markierte die Nummer mit einem F wie Farmer. Falls ihr Büchlein mal in falsche Hände geriet, sollte nicht gleich jeder wissen, was es mit den diversen Adressen und Telefonnummern auf sich hatte. Sie war erbost darüber, dass ein Journalist, den sie kaum kannte, sich sogar ihre Privatnummer beschafft hatte. Auch wenn er sie noch nie zu Hause angerufen hatte…

»Was glauben Sie: Ob es hier Leute gibt, die ihr Konto überzogen haben?«, fragte Grant.

»Vielleicht die Angestellten. Bei den Kunden bin ich mir nicht sicher.«

Eine Frau mittleren Alters trat aus einer Tür und schloss sie leise hinter sich. Dann kam sie völlig geräuschlos näher.

»Mr. Marr erwartet Sie.«

Im ersten Augenblick glaubten die beiden Ermittler, dass die Frau sie zu der Tür führen wollte, aus der sie selbst herausgetreten war, doch sie steuerte die Treppe an. Sie ging ungefähr in einem Abstand von vier, fünf Schritten eilends vor ihnen her, sodass an ein Gespräch mit ihr überhaupt nicht zu denken war. Auf der weitläufigen Empore im ersten Stock klopfte sie gegen eine stattliche Flügeltür und wartete.

»Herein!«, erscholl es von innen. Die Frau drückte die Flügel der Tür auf und bedeutete den beiden, dass sie eintreten sollten.

Vor den drei wandhohen Fenstern in dem riesigen Raum waren naturfarbene helle Rollos heruntergelassen. In der Mitte stand ein polierter Konferenztisch aus Eiche, der mit Schreibutensilien, Papier und Wasserkaraffen bestückt war. Der Tisch nahm etwa ein Drittel des Zimmers ein. Ferner gab es eine Sitzgruppe – Sessel und Sofa – und gleich daneben einen Monitor, auf dem unablässig die neuesten Aktienkurse erschienen. Randal Marr selbst stand hinter seinem Schreibtisch, einem riesigen antiken Walnussmöbel. Der Teint des Bankers hatte etwa dieselbe Farbe wie sein Schreibtisch, eine Bräune, die ihren Ursprung offenbar in der Karibik und nicht etwa in einem Sonnenstudio in der Nicolson Street hatte. Er war groß gewachsen und hatte sorgfältig frisiertes grau meliertes Haar. Im Übrigen trug er einen, mit hoher Wahrscheinlichkeit maßgeschneiderten, doppelreihigen Nadelstreifenanzug. Und er besaß sogar die Güte, seinen beiden Besuchern entgegenzukommen.

»Ranald Marr«, sagte er überflüssigerweise. Dann zu der Frau: »Danke, Camille.«

Sie zog die Türen hinter sich zu, und Marr zeigte auf das Ledersofa. Die beiden Polizisten machten es sich bequem, während Marr ihnen gegenüber in dem passenden Ledersessel Platz nahm. Er schlug die Beine übereinander.

»Irgendwelche Neuigkeiten?«, fragte er mit besorgter Miene.

»Die Ermittlungen gehen ihren Gang, Sir«, ließ Grant

Hodd sich vernehmen. Siobhan gab sich Mühe, ihren Kollegen nicht von der Seite anzusehen: *Die Ermittlungen gehen ihren Gang*... Sie überlegte, in welcher Fernsehserie Grant das aufgeschnappt mochte.

»Mr. Marr, wir haben Sie um dieses Gespräch gebeten«, sagte Siobhan, »weil vieles dafür spricht, dass Philippa an einer Art Rollenspiel teilgenommen hat, bei dem die Verständigung per E-Mail erfolgte.«

»Tatsächlich?« Marr schien überrascht. »Und was hat das mit mir zu tun?«

»Nun, Sir«, sagte Grant, »uns ist zu Ohren gekommen, dass Sie sich ebenfalls mit solchen Spielen beschäftigen.«

»›Mit solchen Spielen...‹?« Marr schlug die Hände zusammen. »Ach, jetzt weiß ich, worauf Sie hinauswollen: meine Soldaten.« Er legte die Stirn in Falten. »Und bei so etwas soll Flip mitgemacht haben? Sie hat aber nie Interesse gezeigt an...«

»Bei dem Spiel, um das es uns geht, handelt es sich um eine nach Schwierigkeitsgraden gestaffelte Abfolge von Rätselaufgaben, die der Mitspieler der Reihe nach lösen muss.«

»Aber das ist doch etwas völlig anderes.« Marr schlug sich die Hände auf die Knie und stand dann aus dem Sessel auf. »Bitte, kommen Sie«, sagte er, »ich zeige Ihnen, was ich meine.« Er ging zu seinem Schreibtisch und entnahm einer Schublade einen Schlüssel. »Bitte hier entlang«, sagte er brüsk und öffnete die Flügeltür. Dann geleitete er sie über die Empore zu einer schmalen Treppe, die in den zweiten Stock hinaufführte. »Folgen Sie mir bitte.« Da er einige Schritte vor den beiden herging, bemerkte Siobhan ein leichtes Hinken. Auch wenn er es gut zu kaschieren verstand, war es doch da. Eigentlich hätte er einen Stock benutzen sollen, doch das verbot ihm offenbar seine Eitelkeit. Siobhan bemerkte einen Hauch von Eau de Cologne. Einen Ehering konnte sie an Marrs Hand nicht entdecken. Als er den Schlüssel ins Schloss schob, sah sie an seinem Handgelenk eine kunstvoll gearbeitete Uhr, deren Armband farblich genau auf seine Bronzehaut abgestimmt war.

Er öffnete die Tür und trat vor ihnen in einen Raum. Das Fenster war mit schwarzem Filz verhängt, und er schaltete die Deckenbeleuchtung ein. Das Zimmer war vielleicht halb so groß wie sein Büro und beherbergte einen etwa sechs mal drei Meter großen Tisch, auf dem eine Miniaturlandschaft mit grünen Hügeln und einem aufgemalten blauen Fluss angelegt war. Man sah Bäume und zerstörte Häuser sowie zwei Armeen, die über einen Großteil des Geländes verteilt waren: mehrere hundert in Regimenter eingruppierte Soldaten. Die ungefähr zwei Zentimeter hohen Figuren waren bis ins kleinste Detail naturgetreu gestaltet.

»Die meisten hab ich selbst bemalt. Ich wollte jede Figur anders gestalten, sie alle unverwechselbar machen.«

»Dann spielen Sie also historische Schlachten nach?«, fragte Grant und nahm ein Geschütz in die Hand. Marr schien diese Kühnheit nicht sonderlich zu schätzen. Er nickte und nahm Grant das Miniaturgeschütz mit spitzen Fingern vorsichtig aus der Hand.

»Ganz recht. Ich veranstalte hier Kriegsspiele, wenn Sie so wollen.« Er stellte das Geschütz wieder auf die Platte.

»Ich war mal Paintball spielen«, sagte Grant. »Kennen Sie das?«

Marr bedachte den jungen Polizisten mit einem distanzierten Lächeln. »Ja, wir sind mal mit unseren Mitarbeitern beim Paintball gewesen. Nicht ganz mein Fall: zu viel Chaos. Aber John hat sich köstlich amüsiert. Tatsächlich hat er mir schon eine Revanche angedroht.«

»Bei ›John‹ handelt es sich um Mr. Balfour, nehme ich an?«, fragte Siobhan.

An der Wand stand ein Regal, das zum Teil mit Büchern über Modellbau und berühmte Schlachten bestückt war. In anderen Fächern wurden Klarsichtboxen mit weiteren Spielfiguren verwahrt, die auf ihren Einsatz warteten.

»Und manipulieren Sie bisweilen auch den Ausgang historischer Schlachten?«, fragte Siobhan.

»Das ist ja der eigentliche Zweck der Übung«, erklärte Marr. »Man versucht herauszufinden, was die unterlegene Partei falsch gemacht hat, und dann bemüht man sich, die Geschichte gewissermaßen zu korrigieren.« Er sprach plötzlich mit fast jugendlicher Begeisterung. Siobhan ging zu einer Schneiderpuppe hinüber, die mit einer Uniform bekleidet war. Es gab in dem Zimmer noch weitere mehr oder weniger gut erhaltene Uniformen, die an den Wänden hinter Glas ausgestellt waren. Keine einzige Waffe, ausschließlich Uniformen, wie Soldaten sie früher einmal getragen hatten.

»Aus dem Krimkrieg«, sagte Marr und zeigte auf eine der Jacken hinter Glas.

Grant Hood unterbrach ihn mit einer Frage: »Spielen Sie manchmal auch gegen andere Leute?«

»Mitunter.«

»Und kommen diese Mitspieler dann hierher?«

»Nein, nicht hierher. Ich habe zu Hause in der Garage noch eine wesentlich größere Anlage.«

»Und wozu dient dann diese riesige Platte hier?«

Marr lächelte. »Die habe ich aufstellen lassen, weil ich mich bei dem Spiel sehr gut entspannen kann. Das erleichtert das Denken. Und ich habe durchaus auch Arbeitspausen.« Er hielt inne. »Finden Sie mein Hobby kindisch?«

»Nein, ganz und gar nicht«, sagte Siobhan nur halb aufrichtig. »Das Kind im Mann«, musste sie unwillkürlich denken, zumal inzwischen auch Grant die kleinen Spielzeugregimenter mit wachsender Begeisterung musterte. »Und beteiligen Sie sich manchmal auch an anderen Spielen?«

»Wie meinen Sie das?«

Sie sah ihn achselzuckend an, als ob sie die Frage nur so dahingesagt hatte, um das Gespräch in Gang zu halten. »Keine Ahnung«, sagte sie. »Was weiß ich. Ist ja denkbar, dass Sie sich per Post schwierige Konstellationen zuschicken lassen. Ich hab mal gehört, das manche Schachspieler das tun. Oder wie ist es mit dem Internet?«

Grant warf ihr einen verschwörerischen Blick zu.

»Also, ich habe gehört, dass es im Internet Websites gibt, da bekommt man so eine kleine Kamera...«

»Eine Web-Cam?«, half Grant ihm auf die Sprünge.

»Richtig. Und dann kann man über Kontinente hinweg mit anderen Leuten Spiele veranstalten.«

»Aber Sie selbst haben so was noch nie gemacht?«

»Nein, ich bin in technischer Hinsicht ziemlich unbedarft.«

Siobhan richtete ihr Augenmerk jetzt wieder auf das Bücherregal. »Schon mal was von einem Typen namens Gandalf gehört?«

»Welchen meinen Sie?« Sie sah ihn fragend an. »Ich kenne nämlich mindestens zwei: den Zauberer im *Herrn der Ringe* und einen etwas seltsamen Knaben, der am Leith Walk einen Spieleladen betreibt.«

»Sind Sie schon mal in dem Laden gewesen?«

»Ja, ich hab im Laufe der Jahre bei dem Burschen ein paar Mal was gekauft. Normalerweise beziehe ich meine Sachen allerdings per Versand.«

»Auch über das Internet?«

Marr nickte. »Ein- oder zweimal, ja. Sagen Sie: Wer hat Ihnen eigentlich diese Informationen gegeben?«

»Dass Sie sich für Spiele interessieren?«, fragte Grant.

»Ja.«

»Kommt etwas spät, Ihre Frage«, sagte Siobhan.

Er blickte sie finster an. »Trotzdem hätte ich gern eine Antwort.«

»Ich fürchte, dazu dürfen wir nichts sagen.«

Marr war über diese Antwort zwar alles andere als erfreut, verzichtete aber auf einen Kommentar. Vielmehr sagte er: »Aber ich gehe doch recht in der Annahme, dass das Spiel, an dem Flip beteiligt war, mit diesen Dingen nichts zu tun hat?«

Siobhan nickte. »Ja, ganz recht, Sir.«

Marr schien erleichtert. »Alles in Ordnung, Sir?«, fragte Grant.

»Ja, geht schon wieder. Es ist... also, Flips Verschwinden ist für uns alle eine furchtbare Belastung.«

»Das glaube ich Ihnen gerne, Sir«, bekundete Siobhan ihr Mitgefühl. Bevor sie sich zum Gehen wandte, blickte sie sich ein letztes Mal im Zimmer um und sagte dann: »Also nochmals vielen Dank, dass Sie uns ihre Spielzeugfiguren gezeigt haben, Mr. Marr. Ich glaube, wir sollten Sie jetzt nicht länger von der Arbeit abhalten.« Als sie sich schon halb umgedreht hatte, blieb sie nochmals stehen. »Irgendwo habe ich doch schon mal solche Figuren gesehen«, sagte sie wie im Selbstgespräch. »Vielleicht in David Costellos Wohnung?«

»Oh ja, ich glaube, ich hab David mal eine solche Figur geschenkt«, sagte Marr. »Hat er Ihnen...?« Er verstummte und schüttelte lächelnd den Kopf. »Hatte ich schon völlig vergessen: Dazu dürfen Sie ja nichts sagen.«

»Ganz recht, Sir«, entgegnete Hood.

Draußen vor dem Gebäude fing Grant an zu kichern. »Ich glaube, der Mann war etwas beleidigt, weil Sie seine Soldaten als ›Spielzeugfiguren‹ bezeichnet haben.«

»Ich weiß, deshalb habe ich es ja gesagt.«

»Ich könnte mir vorstellen, dass die Balfour Bank keinen gesteigerten Wert mehr darauf legt, Sie als Kundin zu gewinnen.«

Siobhan lächelte. »Der Mann kennt sich mit dem Internet aus, Grant. Und ein Mensch, der solche Schlachten nachspielt, muss einfach über analytische Fähigkeiten verfügen.«

»Quizmaster?«

Sie rümpfte die Nase. »Keine Ahnung. Wieso sollte er so was machen? Was hätte er davon?«

Grant zuckte mit den Achseln. »Vielleicht nicht viel... bis auf die Kontrolle über die Balfour Bank.«

»Tja, das ist ein Aspekt«, sagte Siobhan. Sie musste wieder an die Spielfigur in David Costellos Wohnung denken: ein kleines Geschenk von Ranald Marr... Trotzdem hatte Costello anfangs so getan, als ob er sich beim besten Willen nicht mehr daran erinnern konnte, wie der Soldat mit der verbogenen Muskete und dem verdrehten Kopf in seinen Besitz gelangt war. Und dann hatte er sie plötzlich angerufen und ihr von Marrs Hobby erzählt.

»Und wir sind noch kein Stück weiter mit unserem Rätsel«, sagte Grant.

Sie riss sich aus ihren Gedanken los und sah ihn an. »Versprechen Sie mir bitte eins, Grant.«

»Was denn?«

»Versprechen Sie mir, dass Sie heute um Mitternacht nicht wieder vor meiner Wohnung aufkreuzen.«

»Das geht leider nicht«, sagte Grant grinsend. »Schließlich arbeiten wir gegen die Uhr, haben Sie das vergessen?«

Wieder sah sie ihn an, sah im Geist vor sich, wie er sich oben auf dem Hart Fell aufgeführt und ihre Hände umklammert hatte. Doch im Augenblick hatte er anscheinend wieder Spaß an der Sache, an der Suche, an der Herausforderung – vielleicht ein bisschen zu sehr.

»Versprochen?«, wiederholte sie.

»Okay«, sagte er. »Versprochen.«

Dann drehte er sich um und zwinkerte ihr zu.

Auf dem Revier begab Siobhan sich zur Toilette, setzte sich dort in eine Kabine und starrte auf ihre Hand, die sie sich in Augenhöhe vors Gesicht hielt. Die Hand zitterte leicht. Merkwürdig, wie man zwar innerlich beben, diesen Zustand nach außen hin aber verbergen konnte. Obwohl ihr Körper durchaus etwas von ihren inneren Zuständen preisgab: etwa in Form von Ausschlägen oder, wenn an ihrem Kinn oder Hals mal wieder Akne aufblühte oder durch Ekzeme, die gelegentlich am Daumen oder Zeigefinger ihrer linken Hand auftraten.

Im Augenblick zitterte sie allerdings, weil sie nicht mehr richtig zwischen Wichtigem und Unwichtigem zu unterscheiden vermochte. Wichtig war, dass sie gute Arbeit leistete. Wichtig war ferner, dass sie Gill Templer nicht verprellte. Außerdem hatte sie nicht das dicke Fell eines Rebus. Wichtig waren zudem die Ermittlungen und vielleicht noch Quizmaster. Allerdings fuchste es sie gewaltig, dass sie selbst das nicht genau wusste. Eines allerdings wusste sie: dass dieses Rätselspiel für sie zu einer Obsession zu werden drohte. Ein ums andere Mal versuchte sie, sich in Flip Balfours Situation zu versetzen, sich in die Denkgewohnheiten des Mädchens einzufühlen. Nur dass sie keinen Maßstab dafür hatte, wie gut ihr das gelang. Und dann war da noch Grant, der ihr zusehends zur Last wurde. Trotzdem wäre sie ohne ihn niemals so weit gekommen. Also sprachen trotz allem gute Gründe dafür, ihn sich warm zu halten. Sie wusste ja nicht einmal, ob es sich bei Quizmaster überhaupt um einen Mann handelte. Aus dem Bauch heraus war sie sich zwar sicher, dass es so war, aber auf dieses Gefühl allein konnte man sich nicht verlassen. Schließlich hatte sie schon mehrmals erlebt, wie selbst Rebus mit seinen Intuitionen gründlich danebengelegen und die Schuld oder Unschuld eines Menschen völlig falsch beurteilt hatte.

Sie dachte an den Pressejob, überlegte, ob sie sich in dieser Hinsicht bereits alle Chancen verbaut hatte. Gill verdankte ihren Aufstieg ohne Frage dem Umstand, dass sie sich in ihrem Auftreten den männlichen Kollegen, also Leuten wie Carswell, angepasst hatte. Vermutlich fand sie selbst sogar, dass sie lediglich das System für sich arbeiten ließ. Siobhan hingegen war es immer schon so erschienen, als ob Gill sich an das System anpasste und darauf bedacht war, möglichst nirgends anzuecken. Dieser Denkungsart entsprach es auch, dass man Barrieren errichtete, sich unnahbar zeigte. Und natürlich, dass man anderen Leuten Lektionen erteilte: siehe Ellen Wylie.

Sie hörte, wie quietschend die Tür zu den Toiletten geöffnet wurde. Kurz darauf klopfte jemand leise an ihre Kabinentür.

»Siobhan? Bist du da drin?«

Siobhan erkannte die Stimme: Dilys Gemmill, eine der uniformierten Kolleginnen. »Was gibt's denn, Dilys?«, sagte sie.

»Wegen heute Abend. Ich wollte nur fragen, ob du mitkommst.«

Eine Art Stammtisch: vier oder fünf Polizistinnen und Siobhan. Eine Kneipe mit lauter Musik, dazu etliche Moscow Mules und jede Menge Klatsch. Siobhan war in dem Club fast so etwas wie ein Ehrenmitglied: die einzige Zivilbeamtin, die die anderen Frauen je eingeladen hatten.

»Ich fürchte, ich schaffe es einfach nicht, Dilys.«

»Ach, komm...«

»Beim nächsten Mal ganz sicher, Ehrenwort.«

»Na, dann kann ich ja gleich bis zu deiner Beerdigung warten«, sagte Gemmill und zog sich wieder zurück.

»Das will ich nicht hoffen«, murmelte Siobhan, stand auf und entriegelte die Tür.

Rebus stand gegenüber der Kirche auf der anderen Straßenseite. Obwohl er eigens nach Hause gefahren war, um sich umzuziehen, konnte er sich nicht dazu entschließen, in das Gebäude hineinzugehen. Ein Taxi fuhr vor, und Dr. Curt stieg aus. Als er stehen blieb, um sein Jackett zuzuknöpfen, sah er Rebus. Bei dem Gotteshaus handelte es sich um eine kleine Gemeindekirche, genau wie Leary es sich gewünscht hatte. Jedenfalls hatte er sich Rebus gegenüber in ihren Gesprächen gelegentlich in diesem Sinne geäußert.

»Schnell, anständig und schlicht«, hatte er gesagt. »So möchte ich es haben.«

Wenn die Kirche auch klein war, auf die Trauergemeinde traf das bestimmt nicht zu. Der Trauergottesdienst wurde vom Erzbischof höchstpersönlich zelebriert, der gemeinsam mit Leary in Rom am Collegium Scotium studiert hatte, und in der Kirche hatten sich bereits dutzende von geistlichen Herren und Würdenträgern eingefunden. Mag ja sein, dass sie

Leary einen »anständigen« Abschied bereiten, dachte Rebus, aber von »schnell« oder »schlicht« kann nun wirklich nicht die Rede sein ...

Curt kam über die Straße auf ihn zu. Rebus schnipste den kümmerlichen Rest seiner Zigarette auf den Asphalt und schob die Hände in die Taschen. Er bemerkte, dass an seinem Ärmel noch etwas Asche hing, machte sich aber nicht die Mühe, sie abzubürsten.

»Schöner Tag für einen solchen Anlass«, sagte Curt und inspizierte den Himmel, an dem die schweren dunklen Wolken einem bläulichen Grau gewichen waren. Selbst im Freien kam man sich irgendwie eingesperrt vor. Rebus strich sich mit der Hand über den Kopf und bemerkte erst jetzt, dass seine Haare im Nacken ganz nass geschwitzt waren. An Nachmittagen wie diesem kam man sich in Edinburgh wie im Gefängnis vor – eingemauert.

Curt zupfte an seinen Manschetten und sorgte dafür, dass sie – sowie die silbernen Manschettenknöpfe – rund zwei Zentimeter aus dem Jackettärmel hervorschauten. Er trug einen dunkelblauen Anzug, dazu ein weißes Hemd und eine schwarze Krawatte. Seine ebenfalls schwarzen Schuhe waren frisch poliert. Tadellos gekleidet wie immer. Rebus wusste, dass sich sein eigener Anzug, der beste, den er besaß, im Vergleich zu Curts feinem Tuch reichlich schäbig ausnahm. Rebus hatte diesen Anzug schon seit sechs, sieben Jahren. Er hatte den Bauch einziehen müssen, um die Hose oben zuzuknöpfen. Und bei der Jacke hatte er es gar nicht erst versucht. Erstanden hatte er beides bei Austin Reed. Vielleicht war dort wieder mal ein Besuch fällig. Hochzeits- oder Taufeinladungen erhielt er zwar kaum noch, aber dafür mehrten sich mittlerweile die Beerdigungen: Kollegen oder Trinker, die er kannte, die den Löffel abgaben. Erst vor drei Wochen war er bei einer Feuerbestattung gewesen: ein Beamter aus der St. Leonard's Street, der kaum ein Jahr nach dem Eintritt in den Ruhestand gestorben war. Das weiße Hemd und den schwarzen Schlips hatte Rebus hinterher wieder auf den Bügel gehängt. Bevor er an diesem Nachmittag in das Hemd geschlüpft war, hatte er deshalb für alle Fälle den Kragen genau inspiziert.

»Sollen wir hineingehen?«, fragte Curt.

Rebus nickte. »Gehen Sie schon mal vor.«

»Stimmt was nicht?«

Rebus schüttelte den Kopf. »Doch, doch, alles in Ordnung. Ich weiß nur noch nicht...« Er nahm die Hände aus den Taschen, kramte eine Zigarette aus der Packung und bot auch Curt eine an, der sie dankend entgegennahm.

»Was wissen Sie noch nicht?«, fragte der Pathologe, als Rebus ihm Feuer gab. Doch Rebus ließ sich Zeit mit der Antwort, zündete sich zunächst seine eigene Zigarette an, zog ein paar Mal genüsslich daran und ließ den Rauch dann hörbar aus der Lunge entweichen.

»Ich möchte ihn so in Erinnerung behalten, wie ich ihn gekannt habe«, sagte er. »Wenn ich jetzt dort in die Kirche gehe, muss ich mir bloß die pompösen Reden oder die Erinnerungen anderer Leute anhören. Und das ist dann nicht mehr der Conor, den ich gekannt habe.«

»Sie zwei haben sich mal ziemlich nahe gestanden, nicht wahr?«, sagte Curt. »Ich habe ihn ja im Grunde gar nicht so gut gekannt.«

»Kommt Gates eigentlich?«, fragte Rebus.

Curt schüttelte den Kopf. »Der hat schon einen anderen Termin.«

»Haben Sie zwei die Autopsie vorgenommen?«

»Ja, es war eine Hirnblutung.«

Weitere Trauergäste trafen ein, manche zu Fuß, andere mit dem Auto. Dann fuhr wieder ein Taxi vor, und Donald Devlin stieg aus. Rebus hatte den Eindruck, dass der Mann unter dem Anzugjackett noch eine graue Strickjacke trug. Devlin ging rasch die Stufen hinauf und verschwand in der Kirche.

»Hat er eigentlich was für Sie tun können?«, fragte Curt.

»Wer?«

Curt wies mit dem Kopf auf das Taxi, das gerade wieder wegfuhr. »Der alte Knabe.«

»Ach, eigentlich nicht. Aber er hat sein Bestes getan.«

»Mehr hätten Gates und ich auch nicht machen können.«

»Schon möglich.« Rebus dachte an Devlin, sah ihn wieder vor sich, wie er am Schreibtisch hockte und die Papiere durchforstete, während Ellen Wylie auf Abstand bedacht war. »Er war früher mal verheiratet, oder?«, fragte er.

Curt nickte. »Ja, verwitwet. Wieso fragen Sie?«

»Ach, nur so.«

Curt sah auf die Uhr. »Ich glaube, ich sollte jetzt reingehen.« Er trat die Zigarette auf dem Pflaster aus. »Kommen Sie nun mit?«

»Nein, glaub ich nicht.«

»Und auf den Friedhof?«

»Ich glaube, das spar ich mir ebenfalls.« Rebus sah zum Himmel hinauf. »Dürfte ohnehin bald anfangen zu regnen.«

Curt nickte. »Dann bis bald.«

»Ja, beim nächsten Mordopfer sehen wir uns bestimmt«, entgegnete Rebus. Dann drehte er sich um und ging davon. Dabei sah er im Geist den Seziersaal vor sich, die Holzblöcke, auf die der Kopf der Verstorbenen gelegt wurde. Die kleinen Rinnen, durch die die Körpersäfte abflossen. Die Instrumente und die Glasbehälter für die Gewebeproben... Dann fielen ihm die Glasgefäße wieder ein, die er im Schwarzen Museum gesehen hatte, und diese merkwürdige Mischung aus Horror und Faszination. Eines Tages, vielleicht schon sehr bald, würde er selbst auf diesem Tisch liegen, und vielleicht hatten ja an dem Tag zufällig Curt und Gates Dienst. Und dann würden sie an ihm ihre Dienstpflicht erfüllen, wie es hinter ihm in der Kirche soeben die Geistlichen taten. Im Übrigen konnte er nur hoffen, dass der Gottesdienst wenigstens teilweise auf Latein gehalten wurde: Denn Leary hatte die lateinische Messe geliebt, trug Rebus ganze Passagen auswendig daraus vor, auch wenn dieser davon kein Wort verstand.

»Mensch, zu deiner Zeit hat man in der Schule doch noch Latein gelernt«, hatte Leary einmal gesagt.

»Vielleicht in den besseren Schulen«, hatte Rebus erwidert. »Da, wo ich war, hat man gelernt, wie man richtig mit Holz und Metall umgeht.«

»Dann habt ihr euch im Religionsunterricht also hauptsächlich mit den Grundfragen der Schwerindustrie befasst, was?«, hatte Leary gesagt und sich mit dröhnendem Gelächter köstlich über sein eigenes Bonmot amüsiert. Diese Dinge würde Rebus niemals vergessen. Learys tadelndes Zungenschnalzen, wenn Rebus nach Auffassung des Geistlichen wieder einmal etwas vollständig Idiotisches gesagt hatte; das übertriebene Stöhnen, das der Mann von sich gegeben hatte, wenn er aus seinem Stuhl hatte aufstehen müssen, um noch ein paar Flaschen Guinness aus dem Kühlschrank zu holen.

»Ach, Conor«, sagte Rebus und senkte den Kopf, damit die Passanten seine Tränen nicht sehen konnten.

Siobhan sprach am Telefon mit dem Farmer.

»Schön, mal wieder was von Ihnen zu hören, Siobhan.«

»Eigentlich wollte ich Sie um einen Gefallen bitten, Sir. Tut mir Leid, falls ich Ihre wohlverdiente Ruhe störe.«

»Zu viel Ruhe tut auch nicht gut, wissen Sie«, sagte der Farmer lachend, um sie glauben zu machen, dass er bloß scherzte. Doch ihr entging nicht, dass noch etwas anderes in den Worten mitschwang.

»Tja, man muss halt immer aktiv bleiben.« Sie war über ihre eigenen Worte konsterniert. Klang wie aus dem Kummerkasten einer mittelmäßigen Zeitschrift.

»Ja, so sagt man wohl.« Wieder lachte er; diesmal noch gezwungener. »Und welche neue Freizeitaktivität würden Sie mir vorschlagen?«

»Na, ich weiß nicht recht.« Siobhan rutschte unruhig auf

ihrem Stuhl hin und her. Eigentlich hatte sie sich das Gespräch etwas anders vorgestellt. Grant Hood saß auf der anderen Seite des Schreibtischs. Er hatte sich Rebus' Stuhl ausgeliehen, der auffallend an das ehemalige Sitzmöbel des Farmers erinnerte. »Vielleicht Golf?«

Grant legte skeptisch die Stirn in Falten und überlegte, worüber zum Teufel die beiden da sprachen.

»Mein Motto war schon immer: dann lieber gleich einen richtigen Spaziergang«, sagte der Farmer.

»Ja. Spazieren gehen tut Ihnen bestimmt gut.«

»Gut, dass Sie mich daran erinnern.« Jetzt klang der Farmer wirklich gereizt. Siobhan war allerdings nicht ganz klar, wie oder warum sie ihn gekränkt hatte.

»Also, weshalb ich eigentlich anrufe...«, sagte sie.

»Am besten schießen Sie gleich los, bevor ich meine Joggingschuhe anziehe.«

»Es handelt sich um eine Art Rätsel.«

»Meinen Sie ein Kreuzworträtsel?«

»Nein, Sir. Es geht um unsere Ermittlungen. Philippa Balfour hat wahrscheinlich an einem Rätselspiel teilgenommen. Deshalb bemühen wir uns nachzuvollziehen, was genau es damit auf sich hat.«

»Und was kann ich für Sie tun?« Er hatte sich inzwischen wieder einigermaßen beruhigt und klang sogar interessiert.

»Also, das Rätsel lautet: *A corny beginning, where the mason's dream ended.* Wir haben uns überlegt, ob mit *Mason* ein Freimaurer gemeint sein könnte.«

»Und dann hat Ihnen jemand erzählt, dass ich Freimaurer bin?«

»Ja.«

Der Farmer schwieg einen Moment. »Augenblick, bitte, ich muss mal kurz was zum Schreiben holen«, sagte er schließlich. Dann ließ er sie das Rätsel wiederholen und notierte sich den Wortlaut. »Schreibt sich *Mason* mit großem ›M‹ am Anfang?«

»Nein, Sir. Ist das denn von Bedeutung?«

»Ich weiß nicht genau. Normalerweise schreibt man es groß.«

»Also könnte *mason* hier z. B. auch Steinmetz oder Maurer bedeuten?«

»Moment mal, ich behaupte ja gar nicht, dass Sie sich irren. Ich muss nur mal drüber nachdenken. Können Sie mir eine halbe Stunde Zeit geben?«

»Natürlich.«

»Von wo rufen Sie eigentlich an, Siobhan, aus der St. Leonard's Street?«

»Ja, Sir.«

»Siobhan, den ›Sir‹ können Sie sich sparen.«

»Natürlich… Sir.« Sie lächelte. »Tut mir Leid, aber das ist so drin.«

Der Farmer klang schon wieder etwas munterer. »Also, ich lass mir die Sache durch den Kopf gehen, und dann melde ich mich bei Ihnen. Und – irgendwelche Neuigkeiten über das Mädchen?«

»Nein, aber wir tun unser Bestes, Sir.«

»Das glaub ich Ihnen aufs Wort. Und wie kommt Gill so zurecht?«

»Die ist ganz in ihrem Element.«

»Sie könnte es noch sehr weit bringen. Merken Sie sich das, Siobhan. Und Sie können von Gill Templer eine Menge lernen.«

»Natürlich, Sir. Wir telefonieren dann später.«

»Auf Wiederhören Siobhan.«

Sie legte den Hörer auf. »Er lässt es sich mal durch den Kopf gehen«, sagte sie zu Grant.

»Na, super. Und inzwischen läuft uns die Zeit weg.«

»Und Sie Schlaumeier, ist *Ihnen* inzwischen vielleicht was Besseres eingefallen?«

Er sah sie an, als ob er die Herausforderung ermessen wollte und hielt den Daumen in die Luft: »Erstens klingt dieser Halbsatz fast wie ein klassisches Zitat. Shakespeare oder so.« Er hielt ihr Daumen und Zeigefinger unter die Nase. »Zweitens, müssen wir uns fragen, ob *corny* hier in der Bedeutung von sentimental, abgedroschen gebraucht wird, oder ob es das Adjektiv zu *corn*, Getreide, ist und vielleicht damit etwas zu tun hat, wo das Getreide herkommt.«

»Sie meinen, wo man Getreide als Erstes angebaut hat?«

Er zuckte mit den Achseln. »Vielleicht ist auch das Getreidekorn als Samen gemeint, als Beginn des Lebens: Haben Sie schon mal den Ausdruck gehört ›to sow the corn of an idea‹, eine Idee zum Leben erwecken?«

Sie schüttelte den Kopf. Er hielt noch einen Finger in die Höhe.

»Drittens könnte *mason* ja auch Steinmetz bedeuten. Könnte es sich also um einen Grabstein handeln? An einem Grabstein enden ja schließlich alle unsere Träume. Vielleicht ist ein in Stein gemeißelter Getreidehalm gemeint.« Er schloss die erhobenen Finger zur Faust. »So weit bin ich bis jetzt gekommen.«

»Wenn es ein Grabstein ist, müssen wir rausfinden, auf was für einem Friedhof.« Siobhan nahm den Zettel in die Hand, auf dem sie das Rätsel notiert hatte. »Hier gibt es überhaupt keinen Hinweis auf einen Stadtplan oder eine Landkarte und auch keine Seitenzahl...«

Grant nickte. »Dieses Rätsel unterscheidet sich eben von den vorigen.« Er schien etwas anderes entdeckt zu haben. »Könnte *a corny beginning* auch *acorny* bedeuten, also das Adjektiv zu *acorn*, Eichel sein?«

Siobhan runzelte die Stirn. »Wohin würde uns das führen?«

»Eine Eiche... Eichenlaub, vielleicht. Ein Friedhof mit Eichel oder Eiche im Namen?«

Sie blies die Backen auf und ließ die Luft hörbar entweichen. »Und wo soll dieser Friedhof sein? Sollen wir vielleicht jedes Dorf und jede Stadt in Schottland danach absuchen?«

»Ich weiß ja auch nicht«, gab Grant zu und rieb sich die

Schläfen. Siobhan ließ den Zettel mit dem Rätsel wieder auf den Tisch gleiten.

»Werden die immer schwieriger?«, fragte sie. »Oder streikt mein Hirn?«

»Vielleicht sollten wir mal 'ne Pause einlegen«, sagte Grant. Er rutschte auf seinem Stuhl hin und her. »Oder sogar für heute ganz die Segel streichen.«

Siobhan sah auf die Uhr. Tatsächlich: Sie waren jetzt fast zehn Stunden auf den Beinen. Vormittags die völlig überflüssige Landpartie. Noch immer taten ihr von der Kraxelei die Beine weh. Was sie jetzt eigentlich brauchte, war ein ausgedehntes Bad mit diversen Essenzen und dazu ein Glas Chardonnay... In der Tat eine Versuchung. Andererseits wusste sie genau, dass ihr am nächsten Tag für die Lösung des Rätsels kaum noch Zeit bleiben würde, falls Quizmaster es mit seiner Frist wirklich so genau nahm. Wobei sie darüber nur Aufschluss erhalten konnte, wenn es ihr *nicht* gelang, das Rätsel innerhalb der festgesetzten Frist zu lösen. Das Risiko wollte sie lieber nicht eingehen.

Und der Besuch in der Balfour Bank... ob das ebenfalls reine Zeitverschwendung gewesen war? Ranald Marr und seine Miniatursoldaten... David Costellos diskreter Hinweis... und die verbogene Spielfigur in Costellos Wohnung. Sie überlegte, ob Costello ihr etwas über Marr hatte mitteilen wollen, doch ihr fiel beim besten Willen nicht ein was. Und natürlich konnte es auch sein, dass sie sich völlig auf dem Holzweg befand, dass Quizmaster sich bloß über sie lustig machte, dass Flips Verschwinden mit den merkwürdigen Rätseln rein gar nichts zu tun hatte... Vielleicht doch keine so schlechte Idee, mit den Mädels in die Kneipe zu gehen... Als ihr Telefon läutete, schnappte sie nach dem Hörer.

»Detective Clarke, Kriminalpolizei«, sagte sie in die Muschel.

»Detective Clarke, die Zentrale hier. Ich habe hier unten jemand, der Sie sprechen möchte.«

»Und wer?«

»Einen Mr. Gandalf.« Der Beamte sprach jetzt leiser. »Ziemlich merkwürdiger Typ – kommt mir vor, als habe er 1968 einen Sonnenstich erlitten und sich seitdem nicht mehr davon erholt.«

Siobhan ging nach unten. Gandalf hielt einen dunkelbraunen Filzhut in der Hand und streichelte die farbenprächtige Feder, die hinter dem Hutband steckte. Über dem Grateful-Dead-T-Shirt, das er schon im Laden angehabt hatte, trug er eine braune Lederweste. Seine hellblaue Kordhose hatte schon bessere Tage gesehen, ebenso die Strandschuhe an seinen Füßen.

»Hallo«, sagte Siobhan.

Er machte große Augen, als ob er sie noch nie gesehen hätte.

»Ich bin Siobhan Clarke«, sagte sie und streckte ihm die Hand entgegen. »Wir sind uns schon mal in Ihrem Laden begegnet.«

»Ach ja, richtig«, murmelte er. Er beäugte ihre Hand, machte aber keine Anstalten, sie zu schütteln, also ließ Siobhan den Arm wieder sinken.

»Was führt Sie hierher, Gandalf?«

»Ich hab Ihnen doch versprochen, dass ich versuche, was über diesen Quizmaster rauszufinden.«

»Ja, richtig«, sagte sie. »Möchten Sie nicht mit nach oben kommen? Ich könnte uns 'ne Tasse Kaffee organisieren.«

Er starrte auf die Tür, durch die er gerade hereingekommen war, und schüttelte langsam den Kopf. »Ich kann Polizeireviere nicht leiden«, sagte er dann ernst. »Kein gutes Karma.«

»Das mag sein«, pflichtete Siobhan ihm bei. »Sollen wir uns lieber im Freien unterhalten?« Sie blickte auf die Straße hinaus. Immer noch dichter Berufsverkehr…

»Nein, es gibt hier um die Ecke einen Laden. Ich kenn zufällig die Besitzer.«

»Gutes Karma?«, sagte Siobhan auf gut Glück.

»Ganz ausgezeichnet sogar«, sagte Gandalf und klang zum ersten Mal fast aufgekratzt.

»Aber hat der Laden nicht schon zu?«

Er schüttelte den Kopf. »Nein, die haben noch geöffnet, ich hab extra nachgesehen.«

»Also gut. Dann gedulden Sie sich bitte einen Augenblick.« Sie ging zu dem hemdsärmeligen Beamten hinüber, der hinter einer Glasscheibe an der Rezeption saß. »Würden Sie bitte Detective Hood oben im Büro anrufen und ihm sagen, dass ich ungefähr in zehn Minuten zurück bin.«

Der Beamte nickte.

»Na, dann gehen wir mal«, sagte Siobhan zu Gandalf. »Wie heißt denn der Laden eigentlich?«

»Nomadenzelt.«

Siobhan kannte das Geschäft. Eigentlich mehr ein Lager als ein Laden mit einem reichen Angebot an herrlichen Teppichen und kunsthandwerklichen Arbeiten. Sie hatte dort mal viel Geld für einen Kelim ausgegeben, weil sie sich den Teppich, den sie eigentlich wollte, gar nicht hatte leisten können. Viele der Sachen kamen aus Indien oder dem Iran. Als die beiden eintraten, winkte Gandalf dem Besitzer zu, der ebenfalls die Hand hob und sich dann wieder in irgendwelche Papiere vertiefte.

»Gutes Karma«, sagte Gandalf, und Siobhan erwiderte unwillkürlich sein erleichtertes Lächeln.

»Obwohl mein Dispokredit da sicherlich anderer Meinung wäre«, sagte sie.

»Ach, ist doch nur Geld«, sagte Gandalf und sah sie an, als ob er sie soeben in ein großes Geheimnis eingeweiht hätte.

Sie zuckte mit den Achseln. Sie wollte nun zum geschäftlichen Teil kommen. »Und was können Sie mir über Quizmaster berichten?«

»Nicht sehr viel – nur, dass er wahrscheinlich noch unter anderen Namen auftritt.«

»Zum Beispiel?«

»Questor, Quizling, Myster, Omnisent... Wie viele wollen Sie *noch* hören?«

»Was hat das zu bedeuten?«

»Es handelt sich um die Namen von Leuten, die im Internet sehr schwierige Aufgaben gestellt haben.«

»Sie meinen Spiele, die gerade aktuell sind?«

Er berührte mit der Hand einen Teppich neben sich an der Wand. »Dieses Muster können Sie jahrelang anschauen und werden es trotzdem nie ganz verstehen«, sagte er.

Siobhan wiederholte ihre Frage, und er schien aus einer mittleren Trance zu erwachen.

»Nein, es geht dabei um alte Sachen: zum Beispiel Zahlenmystik... oder Rollenspiele als Ritter oder Zauberlehrling und so was.« Er blickte sie an. »Wir reden hier über die *virtuelle* Welt. Und in der Welt kann Ihr Quizmaster sich beliebig viele Namen zulegen.«

»Ohne dass man ihn ausfindig machen kann?«

Gandalf zuckte mit den Achseln. »Na ja, wenn Sie die CIA oder das FBI um Amtshilfe bitten, vielleicht...«

Er stand verlegen vor ihr und trat von einem Fuß auf den anderen. »Und dann hab ich noch etwas erfahren.«

»Was denn?«

Er zog ein Stück Papier aus der Gesäßtasche und gab es Siobhan, die es auseinander faltete. Ein drei Jahre alter Zeitungsausschnitt. Der Bericht handelte von einem Studenten, der aus seinem Heimatort in Deutschland verschwunden war. Ferner war darin von einem einsamen Hügel im Norden Schottlands die Rede. Irgendwer hatte auf dieser Anhöhe eine Leiche gefunden, die dort wochen- oder gar monatelang unentdeckt gelegen haben musste. Allerdings hatte sich die Identifizierung als schwierig erwiesen, weil von dem Körper außer Haut und Knochen kaum noch etwas übrig gewesen war. Doch dann hatten die Eltern des deutschen Studenten auch Großbritannien in die Suche nach ihrem Sohn einbezogen, und sie waren schließlich zu der festen

Überzeugung gelangt, dass es sich bei der Leiche auf dem Hügel um ihren Sohn Jürgen handeln musste. Sechs, sieben Meter von der Leiche entfernt hatte man einen Revolver gefunden. Eine einzelne Kugel war in den Schädel des jungen Mannes eingedrungen. Die Polizei stufte den Fall als Selbstmord ein und erklärte die Lage der Waffe damit, dass vermutlich ein Schaf oder ein anderes Tier den Revolver verschleppt hatte. Nicht unplausibel, musste Siobhan einräumen. Doch die Eltern hatten darauf beharrt, dass ihr Sohn einem Mord zum Opfer gefallen sein musste. Die Waffe stammte nicht aus seinem Besitz, und ihre Herkunft ließ sich nicht mehr feststellen. Die entscheidende Frage hatte allerdings gelautet: Wieso hatte das Leben des Jungen ausgerechnet in den schottischen Highlands sein Ende gefunden? Allerdings schien niemand darauf eine Antwort zu wissen. Siobhan legte die Stirn in Falten und las abermals aufmerksam den letzten Absatz:

Angeblich war Jürgen ganz versessen auf Rollenspiele und konnte stundenlang im Internet surfen. Seine Eltern halten es für denkbar, dass ihr Sohn sich auf ein Spiel eingelassen hatte, das einen tragischen Ausgang genommen hat.

Siobhan hielt den Ausschnitt vor sich in die Luft. »Ist das alles, was Sie haben?«

Er nickte. »Nur diese eine Meldung.«

»Und wo haben Sie die her?«

»Von einem Beamten.« Er hob die Hand. »Und der möchte den Ausschnitt zurückhaben.«

»Wieso?«

»Weil er gerade an einem Buch über die Gefahren des E-Universums arbeitet. Außerdem würde er sich gerne mal mit Ihnen unterhalten.«

»Vielleicht später mal.« Siobhan legte das Papier wieder zusammen, machte aber keinerlei Anstalten, es zurückzugeben. »Ich muss diesen Bericht behalten, Gandalf. Ihr Freund kann ihn zurückhaben, sobald ich ihn nicht mehr brauche.«

Gandalf sah sie enttäuscht an, als ob sie sich nicht an ihren Teil der Vereinbarung gehalten hätte.

»Ich verspreche Ihnen, dass er den Bericht zurückbekommt, sobald der Fall aufgeklärt ist.«

»Könnten wir ihn nicht wenigstens fotokopieren?«

Siobhan seufzte. Sie hoffte inständig, in rund einer Stunde endlich in der Badewanne zu sitzen und statt des bis dahin favorisierten Weines vielleicht doch lieber einen Gin-Tonic zu schlürfen. »Na gut«, sagte sie. »Kommen Sie mit aufs Revier, dann ...«

»Es gibt hier im Laden ein Kopiergerät.« Er wies in die Ecke, in der der Besitzer saß.

»Okay, Sie haben gewonnen.«

Gandalf strahlte über das ganze Gesicht, als ob sie ihm mit diesen wenigen Worten eine unglaubliche Freude bereitet hätte.

Schließlich verabschiedete sich Siobhan von Gandalf und ging zurück zum Revier, wo Grant Hood gerade ein weiteres Blatt Papier zusammenknüllte und damit genau neben den Papierkorb zielte.

»Was ist denn los?«, fragte sie.

»Ich suche nach Anagrammen.«

»Und?«

»Na ja, wenn die Stadt Bauchory nicht dieses blöde ›h‹ hätte, wäre sie ein Anagramm von *a corny b.*«

Siobhan brach in Gelächter aus, schlug sich aber die Hand vor den Mund, als sie Grants Blick sah.

»Nein«, sagte er, »lachen Sie ruhig.«

»Oh, Grant, das tut mir Leid. Ich glaube, ich werde so langsam hysterisch.«

»Wieso schicken wir Quizmaster nicht einfach 'ne E-Mail und teilen ihm mit, dass wir mit unserem Latein am Ende sind?«

»Die Option sollten wir uns noch eine Weile offen halten.« Sie blickte ihm über die Schulter und sah, dass er versucht hatte, Anagramme für *mason's dream* auszutüfteln.

»Wieso machen wir nicht einfach Schluss für heute?«, fragte er.

»Ja, vielleicht.«

Er sah sie fragend an. »Oder haben Sie noch was?«

»Gandalf«, sagte sie nur und gab ihm die Zeitungsmeldung. Als sie ihn beobachtete, sah sie, dass er beim Lesen die Lippen bewegte. Hatte sie bis dahin noch gar nicht bemerkt...

»Interessant«, sagte er schließlich. »Wollen wir der Sache nachgehen?«

»Ich finde, das sollten wir, meinen Sie nicht?«

Er schüttelte den Kopf. »Ich würde den Bericht an Ihrer Stelle einfach an die Fahndungskommission weiterleiten. Wir haben mit diesem blöden Rätsel schon genug zu tun.«

»Sie meinen, ich soll die Meldung aus der Hand geben?« Sie sah ihn entgeistert an. »Das Material haben *wir* aufgetan, Grant. Und was ist, wenn sich daraus eine wichtige Spur ergibt?«

»Verdammt noch mal, Siobhan, was reden Sie denn da? Wir haben es hier mit einer *polizeilichen* Großfahndung zu tun, an der jede Menge Leute mitarbeiten. Das ist keine Privatveranstaltung. Wir können doch dieses Material nicht zurückhalten.«

»Ich möchte lediglich verhindern, dass sich andere Leute mit unseren Erfolgen brüsten.«

»Auch wenn davon abhängt, ob Flip Balfour noch lebend gefunden wird?«

Sie sah ihn nachdenklich an und verzog dann das Gesicht. »Ach, hören Sie doch auf.«

»Diesen ganzen Quatsch haben Sie doch bloß von John Rebus übernommen.«

Sie errötete. »Welchen Quatsch?«

»Dass sie am liebsten alles für sich behalten würden, als ob Sie ganz allein für die Fahndung verantwortlich wären.«

»Ach, Schwachsinn.«

»Sie wissen genau, was ich meine. Das sehe ich Ihnen doch an der Nasenspitze an.«

»Also, was nehmen Sie sich eigentlich heraus?«

Er erhob sich von seinem Stuhl und stand jetzt direkt vor ihr, keine dreißig Zentimeter von ihrem Gesicht entfernt. Außer ihnen beiden war niemand im Zimmer. »Sie haben mich sehr gut verstanden«, wiederholte er leise.

»Also, ich wollte den Bericht doch nur...«

»...für sich behalten wollten Sie ihn. Und wenn das nicht nach Rebus klingt, dann weiß ich auch nicht.«

»Wissen Sie, was Ihr Problem ist?«

»Werde ich vermutlich jeden Augenblick erfahren.«

»Sie sind ein Angsthase, und deshalb halten Sie sich immer ganz genau an die Vorschriften.«

»Siobhan, Sie sind Polizistin, verdammt, und keine Privatdetektivin!«

»Und Sie sind ein Angsthase. Scheuklappen auf und dann schön spuren!«

»Hasen tragen keine Scheuklappen«, zischte er.

»Müssen sie wohl, wenn ich Sie mir ansehe!«

»Na gut«, sagte er. Er schien sich ein wenig zu beruhigen und stand mit gesenktem Kopf vor ihr. »Na gut, ich halte mich also immer ganz genau an die Vorschriften, ja?«

»Also, ich wollte doch nur sagen...«

Plötzlich ergriff er sie an den Armen, riss sie an sich und suchte mit den Lippen ihren Mund. In der ersten Sekunde war Siobhan wie versteinert, dann konnte sie gerade noch den Kopf zur Seite biegen. Der Griff, mit dem er ihre Oberarme umklammert hielt, war unerbittlich wie ein Schraubstock. Und nach rückwärts gab es für sie ebenso wenig ein Entweichen, weil dort der Schreibtisch stand.

»Das nenn ich eine wirklich enge Arbeitsbeziehung«, sagte hinter ihnen eine Stimme. »So was gefällt mir.«

Grant ließ die Arme sinken, während Rebus in den Raum trat.

»Lassen Sie sich durch mich nicht stören«, erklärte er. »Auch wenn ich persönlich kein Anhänger dieser neuen Ermittlungstechniken bin, sehe ich durchaus die Vorzüge...«

»Wir haben bloß...« Grants Stimme erstarb. Siobhan war inzwischen um den Schreibtisch herumgegangen und hatte sich mit wackeligen Beinen auf ihrem Stuhl niedergelassen. Rebus kam näher.

»Brauchen Sie den noch?« Er meinte den Stuhl des Farmers. Grant schüttelte den Kopf, und Rebus schob das Möbel wieder zu seinem eigenen Schreibtisch. Unterwegs sah er die Autopsieberichte, die zusammengeschnürt auf Ellen Wylies Tisch lagen: Auswertung abgeschlossen, weitere Verwendung nicht vorgesehen. »Hat der Farmer schon was rausgefunden?«, fragte er.

»Nein, hat sich noch nicht wieder gemeldet«, sagte Siobhan und gab sich Mühe, ein Zittern in ihrer Stimme zu unterdrücken. »Eigentlich wollte ich ihn gerade anrufen.«

»Und dabei haben Sie zufällig Grants Mandeln mit dem Hörer verwechselt, was?«

»Sir«, sagte sie, so ruhig sie konnte, obwohl ihr Herz raste: »Ich möchte nicht, dass Sie die Situation falsch einschätzen...«

Rebus hob die Hand. »Geht mich doch gar nichts an, Siobhan. Sie haben völlig Recht. Reden wir nicht mehr darüber.«

»Doch, dazu gibt es sehr wohl etwas zu sagen.« Sie sprach jetzt lauter. Als sie in Grants Richtung blickte, sah sie, dass er sich halb abgewandt hatte und den Kopf so hielt, dass er sie nicht direkt anzuschauen brauchte.

Sie spürte natürlich sofort, dass er sie innerlich anflehte, den netten Jungen markierte, ohne dessen Hilfe sie die Quizmasterrätsel nie hätte lösen können. So ein Klugscheißer mit seinem Laptop, seinem Superhandy und seinem tollen Auto!

Am besten gleich eine ganze Flasche Gin, dachte Siobhan, oder noch besser 'ne ganze Kiste. Und scheiß auf das Bad.

»Ach?«, sagte Rebus und schien aufrichtig interessiert.

Wenn ich wollte, könnte ich deine Karriere jetzt und hier beenden, Grant. »Ach, schon gut«, sagte sie schließlich. Obwohl sie genau spürte, dass Rebus sie fixierte, starrte sie unbeirrt auf die Papiere vor sich auf dem Schreibtisch.

Rebus machte es sich auf seinem Stuhl bequem und erkundigte sich fröhlich: »Na, und was haben *Sie* zu vermelden Grant?«

»Was meinen Sie?« Grant hatte plötzlich einen tiefroten Kopf.

»Ich meine das neueste Rätsel, sind Sie damit schon weitergekommen?«

»Nein, eigentlich nicht, Sir.« Grant hatte sich an einen der Schreibtische gelehnt und hielt sich an der Kante fest.

»Und was gibt's bei Ihnen Neues?«, fragte Siobhan und rutschte auf ihrem Stuhl herum.

»Bei mir?« Rebus bearbeitete mit dem stumpfen Ende eines Kugelschreibers seine Fingerknöchel. »Also, ich habe heute offen gestanden rein gar nichts zu Stande gebracht.« Er warf den Stift vor sich auf den Schreibtisch. »Und deshalb würde ich Sie jetzt gerne auf einen Drink einladen.«

»Das wäre nicht Ihr erster heute, oder?«, fragte Siobhan.

Rebus sah sie aus zusammengekniffenen Augen an. »Stimmt. Heute wurde ein Freund von mir beerdigt. Deshalb hatte ich 'ne Art private Totenwache eingeplant. Falls mir dabei einer von Ihnen Gesellschaft leisten will, käme mir das sehr entgegen.«

»Ich muss unbedingt nach Hause«, sagte Siobhan.

»Also, ich weiß nicht...«

»Los, kommen Sie schon, Grant. Tut Ihnen sicher mal ganz gut.«

Grant sah Hilfe oder Erlaubnis suchend in Siobhans Richtung. »Okay, einen könnte ich vielleicht vertragen«, sagte er dann.

»Braver Junge«, sagte Rebus. »Und vergessen Sie nicht: nur einen.«

In der Zeit, die Rebus benötigte, um zwei Whisky und zwei Bier runterzukippen, schaffte es Grant gerade mal, ein Glas Bier zu trinken, und musste dann zu seinem Entsetzen feststellen, dass schon wieder ein frisches Lager vor ihm stand.

»Aber ich muss doch noch fahren«, jammerte er.

»Herrgott, Grant«, maulte Rebus, »können Sie nicht zur Abwechslung mal was anderes sagen?«

»Entschuldigung.«

»Und im Übrigen brauchen Sie sich bei mir auch nicht ständig zu entschuldigen, schon gar nicht dafür, dass Sie Siobhan abgeknutscht haben?«

»Ich weiß auch nicht mehr, wie das passiert ist.«

»Vielleicht müssen Sie das ja gar nicht analysieren.«

»Ich glaube, dieser Fall hat uns...« Er brach mitten im Satz ab, weil ein schwaches elektronisches Signal ertönte. »Ihres oder meins?«, fragte er und schob bereits die Hand in die Tasche. Doch der Anruf galt Rebus, der Grant mit dem Kopf signalisierte, dass er das Gespräch draußen entgegennehmen wollte.

»Hallo?« Eher schwache Straßenbeleuchtung und ziemlich kühle Luft. Taxis, die nach Kundschaft Ausschau hielten. Eine Frau stolperte über eine zerbrochene Gehsteigplatte und wäre fast gestürzt. Ein kahl rasierter junger Mann mit Nasenring half ihr, die Orangen wieder einzusammeln, die aus ihrer Einkaufstasche gepurzelt waren. Eine kleine Geste der Hilfsbereitschaft... doch Rebus hielt für alle Fälle die Augen offen, bis der Junge sich entfernt hatte.

»John? Hier spricht Jean. Arbeiten Sie noch?«

»Personenüberwachung«, entgegnete er.

»Ach so, soll ich lieber...?«

»Schon in Ordnung, Jean, war nur ein Scherz. Ich bin in der Kneipe.«

»Und wie war die Beerdigung?«

»Ich war nicht dort. Das heißt, ich war schon *dort*, aber ich konnte es nicht mit ansehen.«

»Und jetzt trinken Sie?«

»Bitte, kein Sorgentelefon.«

Sie lachte. »War nicht so gemeint. Ich sitze hier nur gerade mit einer Flasche Wein vor dem Fernseher...«

»Und?«

»Und, na ja, ich hätte gegen ein bisschen Gesellschaft nichts einzuwenden.«

Rebus wusste, dass er nicht mehr im Stande war, Auto zu fahren, dass er auch zu nichts anderem im Stande war, sollte es zu irgendetwas kommen. »Also, ich weiß nicht, Jean, Sie haben mich ja noch nie erlebt, nachdem ich was getrunken habe.«

»Wieso? Bringt der Alkohol in Ihnen den Mr. Hyde zum Vorschein?« Wieder lachte sie. »Das hatte ich alles schon mit meinem Mann. Ich glaube kaum, dass Sie mich in *der* Hinsicht noch überraschen können.« Sie gab sich Mühe, locker zu klingen, konnte allerdings eine gewisse Nervosität nicht verbergen. Entweder war es ihr unangenehm, sich durch ihre Einladung vorgewagt zu haben: Wer holt sich schon gerne eine Abfuhr? Oder es steckte noch was anderes dahinter...

»Ich könnte natürlich ein Taxi nehmen.« Er sah an sich herunter. Noch immer trug er den Beerdigungsanzug. Nur den Schlips hatte er inzwischen abgenommen und die beiden obersten Hemdknöpfe geöffnet. »Allerdings sollte ich mich vielleicht vorher noch zu Hause umziehen.«

»Wenn Sie möchten.«

Er blickte über die Straße. Auf der anderen Seite stand die Frau mit der Einkaufstüte jetzt an der Bushaltestelle. Ein ums andere Mal inspizierte sie den Inhalt ihrer Tüte, um sich davon zu überzeugen, dass noch alles da war. Großstadtleben: Die Leute waren so misstrauisch, hatten sich einen so dicken Panzer zugelegt, dass sie sogar hinter einem Akt der Hilfsbereitschaft noch eine böse Absicht vermuteten.

»Ich komme.«

In dem Lokal stand Grant vor seinem leeren Bierglas. Als Rebus näher kam, hob er sofort abwehrend die Hände.

»Also, ich muss jetzt los.«

»Ja, ich auch«, sagte Rebus.

Grant schien fast ein wenig enttäuscht. Offenbar hätte er es lieber gesehen, wenn Rebus weitergetrunken hätte und immer betrunkener geworden wäre. Rebus blickte auf das leere Glas und überlegte kurz, ob der Barmann es auf Grants Geheiß wohl in die Spüle gekippt hatte.

»Und – können Sie noch fahren?«, fragte Rebus.

»Kein Problem.«

»Umso besser.« Rebus klopfte Grant auf die Schulter. »Dann können Sie mich ja nach Portobello mitnehmen.«

Schon seit einer Stunde versuchte Siobhan vergeblich, sich die Ermittlungen und alles, was damit zusammenhing, aus dem Kopf zu schlagen. Das Bad hatte nichts genützt, und selbst der Gin verfehlte seine gewohnte Wirkung. Nicht einmal die Musik aus ihrer Stereoanlage, die Mutton Birds mit *Envy of Angels,* vermochte ihr die übliche wohlige Entspannung zu verschaffen. Pausenlos ging ihr das verdammte Rätsel durch den Kopf. Und etwa alle dreißig Sekunden – zum Beispiel jetzt gerade wieder – erschien vor ihrem geistigen Auge Grant, der ihre Arme umklammert hielt, während ausgerechnet John Rebus die ganze Szene beobachtete. Sie überlegte, was aus der Situation wohl geworden wäre, wenn Rebus sich nicht bemerkbar gemacht hätte. Außerdem fragte sie sich, wie lange er wohl schon in der Tür gestanden und ob er etwas von dem Streit mitbekommen hatte.

Sie sprang vom Sofa auf und lief ein weiteres Mal mit dem Glas in der Hand unruhig im Zimmer auf und ab. Nein, nein, nein… als ob die mechanische Wiederholung dieses einen Wortes alles ungeschehen machen konnte. Das war das Problem: Man konnte eben nichts ungeschehen machen.

»Blöde Kuh«, sagte sie laut, verfiel dann in eine Art Singsang und wiederholte die beiden Wörter so oft, bis sie jeden Sinn verloren.

BlödeKuhBlödeKuhBlödeKuh...
Nein nein nein nein nein nein nein...
The mason's dream...
Flip Balfour... Gandalf... Ranald Marr...
Grant Hood...
BlödeKuhBlödeKuhBlödeKuh...

Sie stand gerade am Fenster, als ein Song zu Ende ging. In der kurzen Pause, die folgte, hörte sie, wie ein Auto in ihre kleine Straße einbog, und wusste instinktiv, wer es war. Sie rannte zu ihrer Stehlampe hinüber und trat auf den Bodenschalter, sodass es in dem Raum schlagartig dunkel war. Allerdings brannte das Licht im Flur noch, doch sie konnte sich nicht vorstellen, dass es von der Straße aus zu sehen war. Sie traute sich kaum, sich zu bewegen, hatte Angst, einen verräterischen Schatten zu werfen. Das Auto hielt unten vor dem Haus. Auf der CD hatte ein neues Stück angefangen. Sie griff nach der Fernbedienung und schaltete den CD-Player aus. Jetzt konnte sie sogar den laufenden Motor des Wagens hören. Ihr Herz pochte.

Dann ging der Türsummer. Jemand wollte rein. Sie stand reglos da und hielt das Glas mit den Fingern so krampfhaft umschlossen, dass es schon fast wehtat. Sie wechselte die Hand. Wieder der Türsummer.

Nein nein nein nein nein...

Jetzt hör schon auf, Grant. Steig in deinen Alfa und fahr nach Hause. Und morgen tun wir einfach so, als ob das alles nie passiert wäre...

Dssss dssss dssss...

Sie fing leise an zu summen, eine ausgedachte Melodie, im Grunde nicht mal eine richtige Melodie, nur Laute, um den Lärm des Türsummers und das Rauschen in ihren Ohren zu übertönen.

Dann hörte sie, wie unten eine Wagentür ins Schloss fiel, und ihre Anspannung ließ ein wenig nach. Fast wäre ihr das

Glas aus der Hand gefallen, als plötzlich das Telefon zu läuten anfing.

Sie konnte es im Licht der Straßenbeleuchtung sehen – auf dem Boden neben dem Sofa. Noch ein paar Mal, dann musste sich der Anrufbeantworter einschalten. Zwei... drei... vier...

Vielleicht der Farmer!

»Hallo?« Sie ließ sich aufs Sofa fallen, presste den Hörer ans Ohr.

»Siobhan? Hier spricht Grant.«

»Wo sind Sie?«

»Ich habe gerade bei Ihnen geklingelt.«

»Offenbar ist die Klingel kaputt. Was kann ich für Sie tun?«

»Mich reinlassen zuerst mal...«

»Ich bin müde, Grant. Ich bin gerade dabei, ins Bett zu gehen.«

»Bloß fünf Minuten, Siobhan.«

»Nein, das möchte ich nicht.«

»Oh.« Das Schweigen stand jetzt wie eine dritte Person zwischen ihnen, ein riesiger humorloser Freund, der nur einem von ihnen willkommen war.

»Bitte fahren Sie nach Hause, Grant. Wir sehen uns morgen früh.«

»Und wenn es dann für Quizmaster zu spät ist?«

»Ach, sind Sie aus beruflichen Gründen hier?« Sie schob ihre freie Hand unter den Arm, mit dem sie das Telefon hielt.

»Nein, eigentlich nicht«, gab er zu.

»Hatte ich auch nicht erwartet. Hören Sie, Grant: Am besten, wir betrachten das von heute einfach als einen kleinen Anfall von Wahnsinn. Damit könnte ich leben.«

»Das war es aus Ihrer Sicht also?«

»Ja, was denn sonst?«

»Wovor haben Sie eigentlich Angst, Siobhan?«

»Was soll das nun wieder heißen?« Ihre Stimme klang plötzlich hart.

Ein kurzes Schweigen, dann gab er klein bei und sagte: »Nichts. Das sollte gar nichts heißen. Tut mir Leid.«
»Dann sehen wir uns also morgen im Büro.«
»Ja.«
»Gehen Sie schlafen. Morgen lösen wir das Rätsel bestimmt.«
»Wenn Sie meinen.«
»Ja. Gute Nacht, Grant.«
»Nacht, Shiv.«
Sie legte auf, nahm sich nicht mal die Zeit, ihm zu sagen, dass sie »Shiv« nicht ausstehen konnte: Schon die Mädchen in der Schule hatten sie so genannt. Auch ein Junge, mit dem sie während des Studiums zusammen gewesen war, hatte diesen Spitznamen gemocht. Er hatte ihr erzählt, dass »Shiv« ein Slangausdruck für »Messer« war. Siobhan: Sogar die Lehrer an ihrer Schule in England hatten Schwierigkeiten mit ihrem Namen gehabt. »Ssii-oban« hatten sie sie genannt, sodass sie sie ständig korrigieren musste.

Nacht, Shiv...

BlödeKuhBlödeKuh...

Sie hörte, wie sein Auto davonfuhr, beobachtete, wie die Decke und die gegenüberliegende Wand im Licht der Scheinwerfer kurz aufleuchteten. Und dann saß sie im Dunkeln und nippte an ihrem Drink, ohne etwas zu schmecken. Als das Telefon erneut läutete, fing sie laut an zu fluchen.
»Jetzt reicht's mir aber«, brüllte sie in die Muschel, »lassen Sie mich gefälligst in Ruhe, kapiert?«
»Na gut, wenn Sie es sagen.« Die Stimme des Farmers.
»Oh, verdammt, Sir, entschuldigen Sie vielmals.«
»Hatten Sie jemand anderes erwartet?«
»Nein, ich... aber um diese Uhrzeit...«
»Stimmt auch wieder. Ich habe mich ein bisschen umgehört. Es gibt da ein paar Leute, die sich in der Freimaurerei wesentlich besser auskennen als ich. Ich dachte, die könnten vielleicht helfen.«

Doch seine Stimme sagte alles. »Fehlanzeige?«

»Bisher leider ja. Allerdings habe ich einige meiner Freunde nicht erreicht, denen hab ich eine Nachricht hinterlassen. *Nil desperandum* – so sagt man doch, oder?«

Sie lächelte freudlos. »Ja, manche Leute behaupten das wenigstens.« Hoffnungslose Optimisten zum Beispiel.

»Sie können also morgen mit einem weiteren Anruf von mir rechnen. Wann läuft die Frist ab?«

»Am späten Vormittag.«

»Dann werde ich gleich morgen früh ein paar Anrufe tätigen.«

»Vielen Dank, Sir.«

»Es ist schön, wenn man wieder mal das Gefühl hat, gebraucht zu werden.« Er hielt inne. »Und Sie selbst, kommen Sie zurecht, Siobhan?«

»Ja, ich komm schon klar.«

»Darauf wette ich. Also, bis morgen dann.«

»Gute Nacht, Sir.«

Sie legte den Hörer auf. Ihr Glas war leer. *Diesen ganzen Quatsch haben Sie doch bloß von John Rebus übernommen.* Das hatte Grant gesagt, als sie sich gestritten hatten. Und jetzt saß sie mit einem leeren Glas in der Hand in der Dunkelheit und starrte aus dem Fenster.

»Nein, ich bin nicht wie Rebus«, sagte sie laut, nahm dann das Telefon und wählte seine Nummer. Doch bei ihm zu Hause meldete sich bloß der Anrufbeantworter. Aber er hatte ja ein Handy. Wahrscheinlich war er mal wieder auf Zechtour, ja, ganz sicher war er auf Zechtour. Wenn er Lust hatte, konnten sie sich ja noch irgendwo treffen, ein paar Spätlokale abklappern, all die schummrigen Kaschemmen, in denen er Zuflucht vor der Dunkelheit suchte.

Allerdings würde er vermutlich mit ihr über Grant reden wollen, über die Umarmung, in der er sie angetroffen zu haben meinte. Wenigstens würde das Thema die ganze Zeit im Raume stehen, egal, worüber sie sonst noch sprechen mochten.

So saß sie eine Weile grübelnd da und wählte dann trotzdem seine Handynummer. Wieder nur die Mailbox, und wieder hinterließ sie keine Nachricht. Natürlich gab es noch seinen blöden Piepser, aber sie wurde allmählich müde. Ein Becher Tee wäre vielleicht nicht schlecht... konnte sie ja mit ins Bett nehmen. Sie schaltete den Kocher ein und suchte nach Teebeuteln. Die Packung war leer. Im Schrank gab es nur noch ein paar kleine Beutel mit so Kräuterzeug: Kamille. Sie überlegte, ob die Tankstelle um die Ecke noch geöffnet hatte... oder vielleicht die Frittenbude in der Broughton Street. Ja, genau, das war's! Das war die Lösung all ihrer Probleme. Sie schlüpfte in ihre Schuhe, zog den Mantel an und vergewisserte sich, dass sie Schlüssel und Geld dabeihatte. Sie ging nach unten und zog die Eingangstür sorgfältig ins Schloss. Dann noch ein paar Stufen, und schon stand sie auf der nächtlichen Straße auf der Suche nach dem einzigen Verbündeten, auf den sie sich wirklich verlassen konnte, ganz gleich, was auch geschah.

Schokolade.

9

Kurz nach halb acht läutete das Telefon. Sie stolperte aus dem Bett und tappte ins Wohnzimmer. Sie hielt eine Hand gegen die Stirn gepresst, mit der anderen tastete sie nach dem Hörer.

»Hallo?«

»Guten Morgen, Siobhan. Hoffentlich habe ich Sie nicht geweckt.«

»Nein, ich mache gerade Frühstück.« Sie öffnete und schloss die Augen und zog merkwürdige Grimassen, um schneller wach zu werden. Der Farmer klang, als ob er schon seit Stunden auf den Beinen wäre.

»Also, ich möchte Sie nicht lange aufhalten, aber ich habe soeben etwas sehr Interessantes erfahren.«

»Von einem Ihrer Bekannten?«

»Ja, auch so ein Frühaufsteher. Der Mann schreibt gerade an einem Buch über den Templerorden und die Freimaurer. Deshalb hat er es sofort begriffen.«

Siobhan war jetzt in der Küche. Sie sah nach, ob Wasser im Kocher war, und schaltete das Gerät dann ein. Der Instantkaffee in dem Glas reichte vielleicht noch für drei oder vier Tassen. In den nächsten Tagen war ein Großeinkauf fällig. Schokoladenkrümel auf der Arbeitsfläche. Sie nahm sie mit dem Zeigefinger auf und schob sie sich in den Mund.

»*Was* begriffen?«, fragte sie.

Der Farmer fing an zu lachen. »Sie sind noch nicht ganz wach, oder?«

»Nur ein bisschen übermüdet.«

»Spät geworden gestern?«

»Zu viel Rolo gegessen wahrscheinlich. *Was* begriffen, Sir?«

»Was es mit dem Rätsel auf sich hat. Es bezieht sich auf die Rosslyn-Kapelle. Wissen Sie, wo die ist?«

»Ich bin noch vor gar nicht so langer Zeit dort gewesen.« Ein anderer Fall, in dem sie mit Rebus ermittelt hatte.

»Dann haben Sie es eventuell sogar mit eigenen Augen gesehen. Eines der Fenster muss mit Maisreliefs verziert sein.«

»Nein, das ist mir nicht aufgefallen.« Aber sie wurde allmählich wach.

»Obwohl Mais in Großbritannien noch unbekannt war, als die Kapelle gebaut wurde.«

»*A corny beginning*«, sagte sie.

»Richtig.«

»Und *the mason's dream*?«

»Sicher sind Ihnen in der Kapelle die beiden kunstvoll gearbeiteten Pfeiler aufgefallen: der Maurer- und der Lehrlingspfeiler. Die Legende will, dass der Maurermeister damals ins Ausland gereist ist, um einige berühmte Entwürfe zu studieren, die er sich beim Bau seiner Säule zum Vorbild nehmen wollte. Während der Meister unterwegs war, erschien die fertige Säule einem seiner Lehrjungen im Traum. Sofort machte sich der junge Mann an die Arbeit und schuf den Lehrlingspfeiler. Als der Meister nach Hause zurückkehrte, war er so von Neid zerfressen, dass er seinen Lehrjungen mit einem Holzhammer totschlug.«

»Das heißt also, dass der Traum des Maurers an dem Pfeiler des Lehrjungen zerschellt ist?«

»Ganz genau.«

Siobhan ließ sich die Einzelheiten noch einmal durch den Kopf gehen. »Ja, es passt alles«, sagte sie dann. »Vielen, vielen Dank, Sir.«

»Problem gelöst?«

»Noch nicht ganz. Ich muss jetzt los.«

»Melden Sie sich mal bei mir, Siobhan. Ich wüsste zu gerne, wie die Sache ausgeht.«

»Mach ich, Sir. Und nochmals vielen Dank.«

Sie fuhr sich mit beiden Händen durchs Haar. *A corny beginning where the mason's dream ended.* Also die Rosslyn-Kapelle in dem kleinen Dorf Roslin rund zehn Kilometer südlich von Edinburgh. Siobhan hielt das Telefon schon in der Hand, wollte gerade Grant anrufen... Doch dann legte sie es wieder weg, setzte sich stattdessen an den Computer und schickte Quizmaster eine E-Mail:

Der Lehrlingspfeiler in der Rosslyn-Kapelle.

Dann wartete sie. Sie machte sich einen schwachen Kaffee und spülte damit zwei Aspirin herunter. Anschließend ging sie ins Bad und stellte sich unter die Dusche. Während sie sich mit einem Badetuch das Haar abtrocknete, wanderte sie zurück ins Wohnzimmer. Immer noch keine Antwort von Quizmaster. Sie setzte sich aufs Sofa und kaute nachdenklich auf der Unterlippe. Den Ausflug zum Hart Fell hätten sie sich sparen können, der Name selbst hätte völlig genügt. Nicht mal mehr drei Stunden bis zum Ende der Frist. Ob Quizmaster erwartete, dass sie nach Roslin fuhr? Sie schickte ihm noch eine E-Mail:

Soll ich hier bleiben oder hinfahren?
Wieder wartete sie. Die zweite Tasse Kaffee war noch fader als die erste. Das Glas war jetzt ganz leer. Wenn sie noch etwas trinken wollte, blieb ihr nur der Kamillentee. Sie überlegte, ob Quizmaster womöglich gar nicht zu Hause war. Allerdings war sie sich sicher, dass er ständig einen Laptop und ein Handy dabeihatte. Gut möglich, dass er genau wie sie selbst permanent auf Empfang war. So einer wollte doch sofort Bescheid wissen, wenn er eine Mail bekam.

Aber was für ein Spiel trieb er mit ihr?

»Kann ich nicht riskieren«, sagte sie laut. Noch eine letzte Mail: *Ich fahre jetzt zu der Kapelle.* Dann ging sie nach nebenan, um sich anzuziehen.

Sie stieg in ihren Wagen und legte den Laptop auf den Beifahrersitz. Wieder dachte sie daran, Grant anzurufen, doch sie entschied sich abermals dagegen. Sie würde schon allein klarkommen, und vor seiner Kritik hatte sie auch keine Angst...

...wenn das nicht nach Rebus klingt, dann weiß ich auch nicht.

Das hatte Grant gesagt. Trotzdem machte sie sich jetzt allein auf den Weg nach Roslin. Keine Verstärkung. Außerdem hatte sie Quizmaster ausdrücklich über ihre Pläne informiert. Noch bevor sie oben auf dem Leith Walk angekommen war, hatte sie sich umentschieden. Sie steuerte Grants Wohnung an.

Es war gerade mal Viertel nach acht Uhr, als Rebus' Telefon läutete. Genau genommen sein Handy. Irgendwie hatte er es am Vorabend noch zum Aufladen in die Wand gestöpselt. Er kroch aus dem Bett und verfing sich mit den Füßen in den Kleidern auf dem Boden. Dann suchte er auf allen vieren nach dem Telefon und hielt es sich ans Ohr.

»Rebus«, sagte er. »Und ich hoffe, das ist kein Scherz.«
»Sie sind spät dran«, sagte die Stimme. Gill Templer.
»Wieso?«
»Spät dran für die große Geschichte.«

Immer noch auf allen vieren, lugte Rebus zum Bett hinüber. Von Jean keine Spur. Ob sie schon zur Arbeit gegangen war?

»Was für eine Geschichte?«

»Im Holyrood Park ist Ihre Anwesenheit erforderlich. Auf dem Arthur's Seat ist eine Leiche entdeckt worden.«

»Etwa *sie*?« Rebus stand plötzlich der kalte Schweiß auf der Stirn.

»Lässt sich im Augenblick noch nicht genau sagen.«

»Oh Gott.« Er starrte zur Decke hinauf. »Und wie ist sie zu Tode gekommen?«

»Die Leiche muss schon eine Weile dort liegen.«

»Sind Gates und Curt schon da?«

»Müssten jeden Augenblick hier sein.«

»Ich bin gleich da.«

»Tut mir Leid, dass ich Sie gestört habe. Sie sind nicht zufällig bei Jean?«

»Wie kommen Sie denn darauf?«

»Sagen wir mal: weibliche Intuition.«

»Wiederhören, Gill.«

»Wiederhören, John.«

Als er gerade auf »Beenden« drückte, ging die Tür auf, und Jean kam herein. Sie trug einen Bademantel und hielt ein Tablett in den Händen: mit Orangensaft und Toast und Kaffee.

»Mensch, du siehst ja umwerfend aus«, sagte sie.

Dann sah sie seinen Gesichtsausdruck, und ihr Lächeln erstarb. »Was ist denn los?«, fragte sie.

Er erzählte es ihr.

Grant gähnte. Die beiden hatten sich in einem Zeitungsladen jeder einen Becher Kaffee besorgt, doch er war immer noch nicht ganz wach. Ihm stand das Haar zu Berge, was ihm offenbar bewusst war, denn er versuchte immer wieder, es glatt zu streichen.

»Hab letzte Nacht kaum geschlafen«, sagte er und sah in

Siobhans Richtung. Sie starrte unbeirrt vor sich auf die Straße.

»Irgendwas Neues in der Zeitung?«

Vor ihm auf dem Schoß lag aufgeschlagen die neueste Ausgabe eines örtlichen Boulevardblattes, das er zusammen mit dem Kaffee gekauft hatte. »Nichts Besonderes.«

»Irgendwas über Philippa Balfour?«

»Glaub ich nicht. Scheint schon fast vergessen.« Plötzlich fiel ihm etwas ein, und er fing an, seine Taschen abzuklopfen.

»Was ist denn los?« Zuerst dachte sie, dass er vielleicht nach einem wichtigen Medikament suchte.

»Mein Handy. Hab ich wohl auf dem Tisch liegen lassen.«

»Wir haben ja meines.«

»Aber wir hängen an meinem Provider. Und was ist, wenn mich jemand anrufen will?«

»Muss halt 'ne Nachricht hinterlassen.«

»Wenn Sie meinen… Also wegen gestern Abend…«

»Tun wir einfach so, als wäre es nicht passiert«, sagte sie schnell.

»Ist es aber.«

»Es wäre mir aber lieber, wenn es nicht passiert wäre, okay?«

»Aber Sie haben sich doch immer beschwert, dass…«

»Thema beendet, Grant.« Sie sah ihn an. »Das ist mein Ernst. Entweder wir vergessen die Sache, oder ich gehe damit zu Gill Templer, liegt ganz bei Ihnen.«

Er wollte schon etwas entgegnen, überlegte es sich aber anders und verschränkte die Arme vor der Brust. Im Radio lief leise Virgin AM. Sie mochte den Sender, eine angenehme Art, den Tag zu beginnen. Doch Grant wollte lieber einen Nachrichtenkanal hören: Radio Scotland oder Radio Four.

»Mein Auto, meine Stereoanlage«, beschied sie ihn knapp.

Dann wollte er noch mal genau wissen, was der Farmer am Telefon gesagt hatte. Also erzählte sie es ihm und war froh, dass er endlich das Thema gewechselt hatte.

Grant nippte an seinem Kaffee, während sie ihm von dem

Gespräch berichtete. Er trug eine Sonnenbrille, obwohl die Sonne nicht schien. Eine Ray Ban mit einem Schildpattgestell.

»Klingt gut«, sagte er, als sie fertig war.

»Finde ich auch«, stimmte sie ihm zu.

»Fast *zu* einfach.«

Sie schnaubte. »Genau. So einfach, dass *wir* nicht draufgekommen sind.«

Er zuckte mit den Achseln. »Verlangt keine besondere Kombinationsgabe, das meine ich. Solche Sachen weiß man entweder per Zufall oder eben nicht.«

»Wie Sie schon gesagt haben: eine ganz andere Art Rätsel.«

»Was meinen Sie: Wie viele Freimaurer mag Philippa Balfour kennen?«

»Wieso?«

»Über solche Kontakte haben *Sie* doch rausgefunden, was es mit dem Rätsel auf sich hat. Aber wie wäre *Flip* vorgegangen?«

»Studiert sie nicht Kunstgeschichte?«

»Ja, richtig. Also kennt sie die Rosslyn-Kapelle vermutlich aus dem Studium?«

»Möglich.«

»Aber hat Quizmaster das gewusst?«

»Wie sollte er?«

»Kann doch sein, dass sie ihm erzählt hat, was sie studiert.«

»Ja, denkbar.«

»Sonst hätte sie doch mit dem Rätsel gar nichts anfangen können. Verstehen Sie, was ich meine?«

»Ja, ich glaube schon. Sie meinen, dass man für die Lösung dieses Rätsels eine andere Art von Wissen braucht als bei den ersten beiden Fragen.«

»Ja, genau. Allerdings gibt es noch eine Möglichkeit.«

»Und die wäre?«

»Quizmaster könnte unabhängig davon, ob sie ihm was von ihrem Studium erzählt hat, gewusst haben, dass Flip sich mit der Rosslyn-Kapelle auskennt.«

Siobhan begriff, worauf er hinauswollte. »Sie glauben, Quizmaster kennt sie persönlich, ist also mit ihr befreundet?«

Grant musterte sie über den Rand seiner Ray Ban hinweg. »Würde mich nicht überraschen, wenn Ranald Marr Freimaurer wäre, bei dem Beruf...«

»Mich auch nicht«, sagte Siobhan nachdenklich. »Vielleicht sollten wir ihn noch mal besuchen und einfach fragen.«

Sie bogen von der Hauptstraße ab und fuhren nach Roslin hinein. Siobhan parkte den Wagen direkt vor dem Souvenirladen neben der Kapelle. Die Tür war abgeschlossen.

»Der Laden öffnet erst um zehn«, sagte Grant, der ein Schild neben der Tür entdeckt hatte. »Wie lange haben wir denn Zeit?«

»Wenn wir bis zehn warten, läuft uns die Zeit davon.« Siobhan saß noch im Auto und sah nach, ob neue E-Mails eingegangen waren.

»Es *muss* doch jemand da sein.« Grant schlug ein paar Mal mit der Faust gegen die Tür. Siobhan stieg aus dem Wagen und inspizierte die Mauer, die um die Kapelle herumführte.

»Wie wär's denn mit Klettern?«, fragte sie Grant.

»Versuchen können wir's ja«, sagte er. »Aber wenn nun auch die Kapelle verrammelt ist?«

»Vielleicht ist ja wenigstens eine Putzfrau da.«

Er nickte nachdenklich. Doch dann wurde ein Riegel zurückgeschoben, und ein Mann erschien in der Tür.

»Wir haben noch geschlossen«, sagte er streng.

Siobhan zeigte ihm ihre Kennmarke. »Polizei, Sir. Ich fürchte, wir können nicht warten.«

Der Mann ging voraus und führte sie über einen Kiesweg zum Seiteneingang der Kapelle. Über dem Gebäude hatte man ein riesiges Schutzdach errichtet. Siobhan wusste noch von ihrem letzten Besuch, dass es mit dem Dach der Kapelle Probleme gab. Es musste erst völlig durchtrocknen, bevor man es reparieren konnte. Das Gotteshaus erschien im Innern wesentlich größer als von außen, was daran lag, dass

Wände und Decke so reich verziert waren. Obwohl die Decke an vielen Stellen durch hässliche dunkle Flecken und grünen Schimmel verunstaltet war, hinterließ sie einen überwältigenden Eindruck. Grant stand im Mittelgang und gaffte genauso ungläubig nach oben, wie Siobhan es bei ihrem ersten Besuch getan hatte.

»Einfach unglaublich«, sagte er leise, und seine Worte hallten von den Wänden wider. Überall Meisterwerke des Steinmetzhandwerks. Aber Siobhan wusste genau, wonach sie suchte, und ging schnurstracks zum *Apprentice Pillar*, dem Lehrlingspfeiler, hinüber. Er befand sich direkt neben einer Treppe, die in die Sakristei hinunterführte. Der Pfeiler war etwa drei Meter hoch und mit Reliefbändern verziert, die sich um ihn herumwanden.

»Ist es der hier?«, fragte Grant.

»Ja, genau der.«

»Und wonach suchen wir?«

»Das wissen wir erst, wenn wir es gefunden haben.« Siobhan ließ die Hände über die kühle Oberfläche des Pfeilers gleiten und ging dann in die Hocke. Unten am Sockel schlängelten sich ineinander verschlungene Drachen um den Pfeiler. Der Schwanz eines der Fabelwesen war so verdreht, dass er an einer Stelle eine kleine Mulde bildete. Siobhan schob ihren Zeigefinger und Daumen hinein und brachte ein Stück Papier zum Vorschein.

»Oh, verdammt«, sagte Grant.

Siobhan zog keine Handschuhe an, da sie wusste, dass Quizmaster ohnehin keine verwertbaren Spuren hinterließ. Dann faltete sie den mehrfach geknickten Zettel auseinander. Grant schaute ihr über die Schulter, sodass beide lesen konnten, was in Druckbuchstaben auf dem Papier stand:

Sie sind eine Suchende. Das nächste Ziel ist Hellbank. Weitere Anweisungen folgen.

»Das begreif ich nicht«, sagte Grant. »So ein Riesenaufwand und dann nur *das*?« Seine Stimme wurde lauter.

Siobhan überflog den Text abermals und drehte das Blatt dann um. Die Rückseite war leer. Grant stand hinter ihr und trat mit den Füßen Löcher in die Luft.

»Mieses Schwein!«, schimpfte er und zog sich dafür einen tadelnden Blick des Hausmeisters zu. »Offenbar findet der Typ es witzig, dass wir uns wie Deppen durch die Gegend schicken lassen!«

»Ja, ich glaube, dass es ihm auch darum geht«, sagte Siobhan leise.

Grant sah sie an. »Worum geht?«

»Na ja, um sein Vergnügen eben. Es macht ihm wahrscheinlich Spaß zu beobachten, wie wir uns abstrampeln.«

»Glauben Sie denn, dass der uns *sieht*?«

»Weiß ich nicht. Manchmal habe ich das Gefühl, dass er uns beobachtet.«

Grant starrte sie an und ging dann zu dem Hausmeister hinüber. »Wie heißen Sie?«

»William Eadie.«

Grant zog sein Notizbuch hervor. »Und wie lautet Ihre Adresse, Mr. Eadie?« Er notierte sie sich.

»Der Mann ist nicht Quizmaster«, sagte Siobhan.

»Wer?«, fragte Eadie mit bebender Stimme.

»Nicht so wichtig«, sagte Siobhan, fasste Grant am Arm und zog ihn mit sich fort. Sie gingen wieder zum Auto, und Siobhan fing an, eine E-Mail zu tippen:

Bin bereit für das Hellbank-Rätsel.

Sie drückte auf »Senden« und ließ sich auf ihrem Sitz zurücksinken.

»Und jetzt?«, fragte Grant. Siobhan zuckte mit den Schultern. Doch dann meldete der Laptop, dass eine Nachricht eingegangen war. Siobhan ging mit der Maus auf »Posteingang« und klickte die neue E-Mail an.

Ready to give up? That's a surer thing.

Grant atmete hörbar aus. »Ist das nun eine Frage, oder macht er sich über uns lustig?«

»Vielleicht beides.« Dann traf eine weitere Nachricht ein.
Hellbank bis heute Abend sechs Uhr.
Siobhan nickte. »Beides«, wiederholte sie.
»Sechs Uhr? Dann haben wir ja nur acht Stunden.«
»Am besten legen wir gleich los. Was könnten diese beiden merkwürdigen Sätze denn heißen: *Ready to give up?... That's a surer thing?* Will er wirklich wissen, ob wir bereit sind, *aufzugeben,* weil das *sicherer* ist? Oder sind die Sätze schon das Rätsel?«
»Kann ich mir nicht vorstellen.«
Sie sah ihn an. »Dann handelt es sich also Ihrer Ansicht nach noch nicht um das Rätsel?«
Er lächelte gezwungen. »Nein, so war das nicht gemeint. Zeigen Sie noch mal her.« Siobhan ließ den Text wieder auf dem Bildschirm erscheinen. »Wissen Sie, woran mich das erinnert?«
»Nein.«
»An ein Kreuzworträtsel. Das stimmt doch irgendwie grammatikalisch nicht. Im ersten Augenblick glaubt man, dass man genau versteht, was gemeint ist, doch dann ergeben die Wörter plötzlich keinen richtigen Sinn mehr.«
Siobhan nickte. »Sie meinen: zu *künstlich?*«
»Sagen wir mal, es handelt sich tatsächlich um ein Kreuzworträtsel...« Grant schürzte die Lippen. Zwischen seinen Augenbrauen erschien eine kleine vertikale Falte. »Wenn es eine Art Kreuzworträtsel wäre, könnte *give up* ›aufgeben‹ in einem eng umgrenzten Wortsinn bedeuten. Verstehen Sie?«
Er kramte in seinen Taschen und beförderte ein Notizbuch samt Kuli zu Tage. »Ich muss das geschrieben vor mir sehen«, sagte er und kopierte den Text in sein Büchlein. »Eigentlich eine klassisches Kreuzworträtselkonstruktion: Im ersten Teil erfährt man, was man zu tun hat, und im zweiten ist dann verklausuliert das eigentliche Rätsel enthalten.«
»Nur weiter so. Möglich, dass ich irgendwann begreife, worauf Sie hinauswollen.«

Er lächelte, ohne den Text vor sich auch nur eine Sekunde aus den Augen zu lassen. »Sagen wir mal, es wäre ein Anagramm. *Ready to give up... that's a surer.* Wenn man die Reihenfolge der Buchstaben in *that's a surer* zu Gunsten einer anderen *aufgibt,* erhält man ein oder mehrere Wörter, die auf eine ›Sache‹ – in dem Rätsel *thing* – verweisen.«

»Was für eine *Sache*?« Siobhan hatte das Gefühl, dass sie sich allmählich auf eine Kopfwehattacke einrichten konnte.

»Das müssen wir doch erst noch herausfinden.«

»*Falls* es sich um ein Anagramm handelt.«

»Richtig. Falls es sich um ein Anagramm handelt«, pflichtete Grant ihr bei.

»Und was hat das alles mit Hellbank zu tun, was immer Hellbank auch sein mag?«

»Keine Ahnung.«

»Und wenn es sich nun um ein Anagramm handelte – wäre das nicht zu simpel?«

»Nur wenn man weiß, wie Kreuzworträtsel funktionieren. Jeder andere würde den Text nämlich wörtlich nehmen und nichts davon begreifen.«

»Hm. Sie haben zwar gerade erklärt, wie so was funktioniert, aber ich blicke immer noch nicht richtig durch.«

»Umso besser für Sie, dass ich hier bin. So.« Er riss ein frisches Blatt Papier aus seinem Büchlein und gab es ihr. »Und jetzt versuchen Sie mal, *that's a surer* zu dechiffrieren.«

»Und aus den Buchstaben ein neues Wort zu bilden, das eine Sache bezeichnet?«

»Ein oder mehrere Wörter«, korrigierte Grant sie. »Sie haben elf Buchstaben, mit denen Sie spielen können.«

»Gibt es für so was denn keine Computerprogramme?«

»Schon möglich. Aber wir wollen doch nicht schummeln.«

»Wieso eigentlich nicht?«

Aber Grant hörte ihr gar nicht zu. Er hatte sich bereits in die Arbeit gestürzt.

»Ich war erst gestern hier oben«, sagte Rebus. Bill Pryde hatte sein Klemmbrett offenbar am Gayfield Square liegen lassen. Er atmete schwer, als die beiden jetzt bergan gingen. Ringsum uniformierte Beamte, die Rollen mit gestreiftem Plastikband bereithielten, um das Gelände gegebenenfalls abzusperren. Weiter unten parkten einige Autos neben der Straße: Journalisten, Fotografen und mindestens ein Fernsehteam. Die Nachricht hatte sich blitzschnell herumgesprochen und sofort die ganze Medienmaschinerie auf Touren gebracht.

»Können Sie uns schon etwas sagen, Inspektor Rebus?«, hatte Steve Holly gefragt, als Rebus aus dem Wagen gestiegen war.

»Nur, dass Sie mich nerven.«

Gerade erklärte ihm Pryde, dass eine Spaziergängerin die Leiche entdeckt hatte. »Zwischen ein paar Ginsterbüschen. Gar nicht mal besonders versteckt.«

Rebus schwieg. Zwei Leichen, die nie mehr aufgetaucht waren, dann zwei, die man im Wasser gefunden hatte. Und jetzt das hier: ein steiler Abhang. Passte nicht recht in das Schema.

»Und, ist es das Mädchen?«, fragte er.

»Nach dem Versace-T-Shirt zu urteilen würde ich sagen, Ja.«

Rebus blieb stehen, blickte umher. Ein Stück Natur mitten in Edinburgh. Der Arthur's Seat selbst war ein erloschener Vulkan, der von einem Vogelschutzgebiet und drei kleinen Seen eingerahmt wurde. »Ganz schön mühsam, eine Leiche hier heraufzuschleppen«, sagte er.

Pryde nickte. »Sieht eher so aus, als ob sie hier oben ermordet worden wäre.«

»Sie meinen, dass jemand sie hergelockt hat?«

»Oder mit ihr einen Spaziergang gemacht hat.«

Rebus schüttelte den Kopf. »Das Mädchen ist nicht der Typ für solche Spaziergänge.« Die beiden hatten sich wieder in Bewegung gesetzt und den Ort des Geschehens nun fast erreicht: eine Ansammlung gebückter Gestalten in weißen

Ganzkörper-Schutzanzügen. Rebus erkannte Professor Gates, dem die Anstrengung des Aufstiegs noch ins Gesicht geschrieben stand. Daneben Gill Templer, die schweigend zuhörte und sich umsah. Die Kriminaltechniker unternahmen bereits eine vorläufige Untersuchung des Terrains. Erst nach dem Abtransport der Leiche würde man das Gelände dann mit Unterstützung einiger Beamter Zentimeter für Zentimeter durchkämmen. Keine leichte Arbeit: Das Gras war ziemlich hoch und sehr dicht. Ein Polizeifotograf stellte gerade sein Objektiv ein.

»Ich glaube, näher sollten wir jetzt nicht herangehen«, sagte Pryde. Dann wies er einen Beamten an, noch zwei Schutzanzüge zu beschaffen. Als Rebus den Anzug über die Schuhe streifte, wehte und knatterte das Material in der steifen Brise.

»Ist Siobhan Clarke schon hier?«, fragte er.

»Wir haben versucht, sie und Grant Hood zu benachrichtigen«, sagte Pryde. »Bislang ohne Erfolg.«

»Tatsächlich?« Rebus musste ein Lächeln unterdrücken.

»Gibt es da etwas, das ich wissen sollte?«, fragte Pryde.

Rebus schüttelte den Kopf. »Kein schöner Ort zum Sterben«, sagte er.

»Gibt es denn dafür einen schönen?« Pryde zog den Reißverschluss zu, dann näherten sich die beiden Männer der Leiche.

»Erwürgt«, sagte Gill Templer zur Begrüßung.

»Das ist im Augenblick bestenfalls eine Vermutung«, stellte Gates richtig. »Morgen, John.«

Rebus nickte ihm zu. »Dr. Curt ist nicht da?«

»Hat sich krankgemeldet. Kommt ziemlich häufig vor in letzter Zeit.« Gates setzte die Unterhaltung fort, während er die Leiche inspizierte. Die Arme und Beine der Toten lagen merkwürdig verrenkt da. Offenbar hatte niemand die Leiche hinter den Ginsterbüschen gesehen, vermutete Rebus. Da das Gras an dieser Stelle ziemlich hoch war, musste man schon sehr nahe herantreten, um genau zu erkennen, was dort am

Boden lag. Selbst die Kleidung trug noch zur Tarnung bei: hellgrüne Armeehose, Khaki-T-Shirt, graues Jackett. Dieselben Kleider, die Flip am Tag ihres Verschwindens getragen hatte.

»Wissen die Eltern schon Bescheid?«, fragte er.

Gill nickte. »Sie wissen, dass wir eine Leiche gefunden haben.«

Rebus ging um sie herum, damit er besser sehen konnte. Das Gesicht der Toten war von ihm abgewandt. In den Haaren hatten sich Blätter verfangen, und eine Schnecke hatte dort eine schleimige Spur hinterlassen. Die Haut des Mädchens war helllila. Offenbar hatte Gates den Körper etwas bewegt. Rebus sah die bläulich verfärbten Körperpartien, in denen das Blut sich nach dem Ableben des Mädchens gestaut hatte. Lividität nannte man das im Fachjargon. Er hatte im Laufe der Jahre dutzende von Leichen gesehen. Doch der Anblick machte ihn jedes Mal aufs Neue depressiv, verlor nichts von seinem bedrückenden Charakter. Er fand es immer wieder schwierig zu akzeptieren, dass das Leben tatsächlich vollständig aus einem Organismus gewichen war. Er hatte schon Leute gesehen, die im Leichenschauhaus einen verstorbenen Angehörigen geschüttelt hatten, als ob sie ihn so ins Leben zurückholen könnten. Aber Philippa Balfour würde nicht zurückkommen.

»Die Finger sind angenagt«, sagte Gates mehr zu seinem Diktafon als zu den Umstehenden. »Wahrscheinlich Tiere.«

Wiesel oder Füchse vermutete Rebus. Doch von dieser Seite der Natur war in Tierfilmen im Fernsehen natürlich nie die Rede.

»Ziemlich ärgerlich, das«, sagte Gates. Rebus wusste sofort, was er meinte: Falls Philippa sich gegen ihren Mörder zur Wehr gesetzt hatte, wäre es hilfreich gewesen, wenn man unter ihren Fingernägeln Hautfetzen oder Blutspuren hätte nachweisen können.

»Was für eine Verschwendung«, sagte Pryde plötzlich. Rebus hatte den Eindruck, dass er nicht etwa Philippas Tod meinte, sondern den immensen Aufwand, den die Polizei seit dem Verschwinden des Mädchens betrieben hatte: die Kontrollen an Schiffsanlegern, auf Bahnhöfen und Flughäfen... und das alles in der Hoffnung, dass sie vielleicht, nur vielleicht, noch am Leben war. Dabei hatte sie die ganze Zeit hier hinter diesen Büschen gelegen, und jeden Tag waren mehr potenzielle Spuren oder Beweismittel verschwunden.

»Glück gehabt, dass wir sie wenigstens so schnell gefunden haben«, sagte Gates, vielleicht um Pryde zu trösten. Immerhin hatte man erst vor einigen Monaten in einem anderen Teil des Parks direkt neben einem belebten Spazierweg die Leiche einer anderen Frau gefunden. Doch die hatte dort schon über einen Monat gelegen. Und dann hatte sich erwiesen, dass die Frau einem »Familiendrama« zum Opfer gefallen war, wie es im Polizeijargon hieß, wenn ein Mensch von seinen eigenen Angehörigen ins Jenseits befördert wurde.

Weiter unten fuhr ein grauer Leichenwagen vor. Die Leiche würde nun in einem Plastiksack verstaut und zum Western General Hospital gebracht werden, wo Gates dann die Autopsie vornehmen konnte.

»Schleifspuren an den Fersen«, sagte Gates gerade in sein Diktafon. »Nicht sehr deutlich ausgeprägt. Die Lividität stimmt mit der Lage des Körpers überein. Das Mädchen muss also noch gelebt haben, als es hierher geschleppt wurde, oder noch nicht lange tot gewesen sein.«

Gill Templer blickte umher. »Wie weiträumig sollen wir das Gelände durchsuchen lassen?«

»Vielleicht im Umkreis von fünfzig, hundert Metern«, entgegnete Gates. Gill blickte in Rebus' Richtung, und er sah, dass sie nicht viel Hoffnung hatte. »Kaum eine Chance, noch herauszufinden, von wo der Mörder das Mädchen hinter die Ginsterbüsche gezogen hatte – wenn sie dabei nicht zufällig etwas verloren hatte.«

»Nichts in den Taschen?«, fragte Rebus.

Gates schüttelte den Kopf. »Aber Schmuck an den Händen und eine ziemlich teure Uhr.«

»Cartier«, ergänzte Gill.

»Na, dann können wir Raub ja wohl ausschließen«, murmelte Rebus, und Gates musste lächeln.

»Auch die Kleider sehen nicht so aus, als ob sie durcheinander gebracht worden wären«, sagte der Pathologe, »ein Sexualverbrechen dürfte also vermutlich ebenfalls auszuschließen sein.«

»So, so. Wird ja immer einfacher.« Rebus sah Gill an. »Den Fall lösen wir doch mit links.«

»Was glauben Sie, weshalb ich so strahle?«, entgegnete sie ernst.

Auf dem Revier in der St. Leonard's Street gab es kein anderes Thema, doch Siobhan war wie betäubt. Seit sie sich – wie vermutlich vor ihr Philippa – auf dieses Spiel mit Quizmaster eingelassen hatte, war ihr die verschwundene Studentin ans Herz gewachsen. Doch jetzt galt das Mädchen nicht mehr als vermisst, und die schlimmsten Befürchtungen hatten sich bewahrheitet.

»Das haben wir doch schon die ganze Zeit gewusst«, sagte Grant. »War doch nur eine Frage der Zeit, wann ihre Leiche gefunden wird.« Er warf sein Notizbuch vor sich auf den Schreibtisch. Drei oder vier Seiten waren ganz mit Anagrammen gefüllt. Dann setzte er sich und nahm mit dem Stift in der Hand ein frisches Blatt in Angriff. George Silvers und Ellen Wylie waren ebenfalls anwesend.

»Erst am letzten Wochenende bin ich mit den Kindern auf dem Arthur's Seat gewesen«, sagte Silvers.

Siobhan erkundigte sich danach, wer die Leiche gefunden hatte.

»Eine Spaziergängerin«, antwortete Wylie. »So weit ich weiß eine Frau mittleren Alters, die dort jeden Tag vorbeigeht.«

»Wird 'ne Weile dauern, bis sie die Gewohnheit wieder aufnimmt«, murmelte Silvers.

»Und hat Flip die ganze Zeit dort gelegen?« Siobhan sah befremdet zu Grant hinüber, der unbeirrt neue Buchstabenkombinationen ausprobierte. Vielleicht war es ja richtig, dass er einfach weiterarbeitete. Trotzdem konnte sie einen gewissen Widerwillen nicht unterdrücken. Wie konnte ihn die schreckliche Nachricht nur so wenig tangieren? Sogar George Silvers, wahrscheinlich ein Zyniker der Sonderklasse, wirkte einigermaßen schockiert.

»Auf dem Arthur's Seat«, wiederholte er. »Erst am letzten Wochenende.«

Dann beantwortete Wylie Siobhans Frage: »Jedenfalls ist die Hauptkommissarin dieser Meinung.« Während sie sprach, blickte sie vor sich auf den Schreibtisch und entfernte mit einem Finger imaginäre Staubkörner von dem Holz.

Es kränkte sie, dachte Siobhan... Sie braucht bloß das Wort »Hauptkommissarin« auszusprechen, und schon ist dieser Fernsehauftritt wieder da und die ganze Wut, die sich für sie damit verbindet.

Als eines der Telefone läutete, nahm Silvers das Gespräch entgegen.

»Nein, der ist nicht da«, sagte er. Dann: »Augenblick, ich frag mal nach.« Er legte die Hand über die Muschel. »Ellen, haben Sie 'ne Ahnung, wann Rebus wieder hier ist?«

Sie schüttelte langsam den Kopf. Plötzlich wusste Siobhan, wo er steckte: auf dem Arthur's Seat... während Wylie, die angeblich mit ihm zusammenarbeitete, hier auf dem Revier Däumchen drehte. Wahrscheinlich hatte Gill Templer ihn gebeten, dorthin zu kommen. Und natürlich war Rebus auf der Stelle losgerast und hatte Wylie einfach vergessen. Auch das war eine von Templer kalkulierte Kränkung, vermutete Siobhan. Ja, Gill wusste genau, wie Wylie sich jetzt fühlen musste.

»Nein, keine Ahnung«, sagte Silvers in das Telefon. Dann: »Augenblick, bitte.« Er hielt den Hörer in Siobhans Richtung.

»Eine Dame, die mit Ihnen sprechen möchte.«

Siobhan ging zu ihm hinüber und fragte tonlos: »Wer?« Doch Silvers reichte ihr nur achselzuckend das Telefon.

»Hallo, hier ist Detective Clarke?«

»Siobhan, hier spricht Jean Burchill.«

»Hi, Jean, was kann ich für Sie tun?«

»Hat man sie schon identifiziert?«

»Noch nicht hundertprozentig. Woher wissen Sie das überhaupt?«

»John hat es mir gesagt, und dann war er auch schon weg.«

Siobhan formte mit den Lippen ein stummes O. John Rebus und Jean Burchill... so, so. »Soll ich ihm ausrichten, dass Sie angerufen haben?«

»Ich hab's schon auf seinem Handy versucht.«

»Hat er vermutlich ausgeschaltet: Meistens möchte man am Tatort nicht gestört werden.«

»Oben auf dem Arthur's Seat, nicht wahr? Wir waren erst gestern früh dort.«

Siobhan sah in Silvers Richtung. Schien fast so, als ob jeder Zweite in den letzten Tagen auf dem Arthur' Seat gewesen war. Sie ließ den Blick zu Grant hinüberschweifen und sah, dass er wie gebannt auf seinen Notizblock starrte.

»Wissen Sie, wo genau auf dem Arthur' Seat?«, fragte Jean.

»Von Dunsapie Loch aus gesehen auf der anderen Straßenseite und dann noch ein Stück weiter östlich.«

Siobhan beobachtete Grant. Er sah sie an, stand dann von seinem Stuhl auf und nahm das Notizbuch vom Schreibtisch.

»Und wo ist das genau?« Eine rhetorische Frage. Jean versuchte lediglich, sich die Verhältnisse dort oben zu vergegenwärtigen. Grant hielt das Notizbuch vor sich in der Hand, doch er war noch zu weit entfernt, sodass Siobhan noch immer nichts Genaues erkennen konnte: Buchstabensalat und ein paar Wörter, die er eingekreist hatte. Siobhan verengte die Augen zu schmalen Schlitzen.

»Ach so«, sagte Jean plötzlich. »Jetzt weiß ich, wo das ist, was Sie meinen: Hellbank heißt die Stelle, glaube ich.«

»Hellbank?«, wiederholte Siobhan so laut, dass Grant sie hören musste, aber der war völlig weggetreten.

»Ein ziemlich steiler Hang«, sagte Jean, »was den Namen möglicherweise erklärt, obwohl in der volkstümlichen Überlieferung natürlich meist von Hexen und Teufelserscheinungen die Rede ist.«

»Ja«, sagte Siobhan gedehnt. »Also, Jean, ich muss jetzt Schluss machen.« Sie starrte die Wörter an, die Grant in seinem Notizbuch eingekreist hatte. Er hatte eine Lösung für das Anagramm gefunden. Aus *that's a surer* war *Arthurs' Seat* geworden.

Siobhan legte den Hörer auf die Gabel.

»Er wollte uns direkt zu ihr führen«, sagte Grant leise.

»Ja, vielleicht.«

»Was soll das heißen, vielleicht?«

»Wenn Sie Recht haben, hat er gewusst, dass Flip tot ist. Obwohl wir das nicht mit Sicherheit sagen können. Im Grunde genommen hat er uns doch zu diversen Orten geschickt, an den Flip ebenfalls gewesen ist.«

»Nur dass man sie an *dieser* Stelle tot aufgefunden hat. Und wer außer Quizmaster hat denn gewusst, dass sie dort ist?«

»Jemand könnte ihr gefolgt sein oder ihr dort sogar aufgelauert haben.«

»Das glauben Sie doch selbst nicht«, sagte Grant unbeeindruckt.

»Ich spiele doch nur den Advocatus Diaboli, Grant, verstehen Sie?«

»Er hat sie umgebracht.«

»Und wieso hat er sich dann auf das Spiel mit uns eingelassen?«

»Um uns hinters Licht zu führen.« Er hielt inne. »Nein, um *Sie* hinters Licht zu führen. Und vielleicht noch Schlimmeres.«

»Dann hätte er mich doch schon lange umgebracht.«
»Weshalb?«
»Weil es jetzt keinen Grund mehr gibt, wieso ich mich weiter auf das Spiel einlassen sollte. Schließlich bin ich genauso weit gekommen wie Flip.«

Er schüttelte nachdenklich den Kopf. »Und wenn er Ihnen jetzt die nächste Frage zumailt... Wie heißt noch mal die nächste Stufe?«

»Stricture.«

Er nickte. »Wenn er Ihnen das Rätsel zumailt, ist das dann für Sie keine Versuchung?«

»Nein«, sagte sie.

»Das glaube ich nicht.«

»Nach der heutigen Entdeckung würde ich jedenfalls ohne Begleitschutz nirgends mehr hingehen, und das weiß er ganz genau.« Dann fiel ihr etwas ein. »Striktur«, sagte sie.

»Was ist damit?«

»Er hat Flip doch noch eine E-Mail geschickt, als sie längst tot war. Wieso hätte er das tun sollen, wenn er sie selbst umgebracht hätte?«

»Weil er ein Psychopath ist.«

»Glaub ich nicht.«

»Dann schicken Sie ihm doch eine E-Mail, und fragen Sie ihn.«

»Ob er ein Psychopath ist?«

»Berichten Sie ihm, was wir wissen.«

»Der Bursche könnte doch einfach verschwinden. Machen wir uns nichts vor, Grant: Er könnte uns auf der Straße begegnen, und wir würden ihn nicht erkennen. Das Einzige, was wir haben, ist ein Name, und noch nicht mal der ist echt.«

Grant trommelte mit den Fingern auf die Schreibtischplatte. »Jedenfalls müssen wir was unternehmen. Er dürfte jeden Augenblick über Radio oder Fernsehen erfahren, dass man Flips Leiche gefunden hat. Sicher wartet er schon darauf, dass wir uns melden.«

»Da haben Sie Recht«, sagte sie. Der Laptop befand sich in ihrer Umhägetasche und war immer noch mit dem Handy verbunden. Sie nahm die beiden Geräte aus der Tasche und legte sie auf den Schreibtisch. Dann stöpselte sie den Computer und das Handy zum Aufladen in eine Steckerleiste, die am Boden montiert war.

Grant stellte währenddessen seine eigenen Überlegungen an. »Augenblick noch«, sagte er, »bevor wir weitermachen, müssen wir unser Vorgehen mit Hauptkommissarin Templer abstimmen.«

Sie sah ihn an. »Kommt da wieder der Bürokrat zum Vorschein?«

Er errötete zwar, nickte aber. »Wir können das unmöglich hinter ihrem Rücken machen.«

Silvers und Wylie, die die ganze Zeit genauso aufmerksam wie verständnislos gelauscht hatten, begriffen immerhin, dass es um eine wichtige Entscheidung ging.

»Ich bin Siobhans Meinung«, sagte Wylie. »Man soll das Eisen schmieden, so lange es heiß ist und so weiter.«

Silvers war anderer Auffassung. »Wenn Sie Gill Templer übergehen, können Sie sich auf einen Riesenanschiss gefasst machen.«

»Aber wir agieren doch gar nicht hinter ihrem Rücken«, behauptete Siobhan und sah Wylie an.

»Tun wir doch«, sagte Grant. »Wir haben es inzwischen mit einem Mord zu tun, Siobhan. Mit den Ratespielen ist es jetzt vorbei.« Er stützte sich mit beiden Händen auf ihren Schreibtisch. »Wenn Sie die E-Mail wirklich abschicken, müssen Sie von nun an ohne mich zurechtkommen.«

»Und wenn ich das vielleicht sogar möchte?«, entgegnete sie patzig und bedauerte augenblicklich, was sie gesagt hatte.

»Das nenn ich ein offenes Wort«, sagte Grant.

»Dafür bin ich ja auch immer«, sagte John Rebus von der Tür aus. Ellen Wylie richtete sich kerzengerade auf und verschränkte die Arme vor der Brust. »Da wir gerade dabei sind«, fuhr er fort, »tut mir Leid, Ellen, ich hätte Sie anrufen sollen.«

»Das macht doch nichts.« Allerdings zweifelte keiner der Anwesenden auch nur eine Sekunde daran, dass es Wylie *selbst* eine ganze Menge ausmachte.

Dann ließ Rebus sich die morgendlichen Ereignisse von Siobhan schildern, während Grant seine Kollegin hier und da mit einem Kommentar oder einer abweichenden Darstellung unterbrach. Als Siobhan fertig war, erwarteten alle eine Entscheidung von Rebus. Er strich mit dem Finger über die obere Kante des Laptopbildschirms.

»Ich an Ihrer Stelle würde alles, was Sie mir gerade berichtet haben, Hauptkommissarin Templer vortragen«, riet er schließlich.

Nach Siobhans Empfinden fühlte sich Grant in seiner Meinung nicht nur bestätigt, er schien vor lauter Blasiertheit aus allen Nähten zu platzen. Ellen Wylie wiederum machte ein Gesicht, als ob sie unbedingt Streit suchte – egal, mit wem und worüber. Nicht gerade die ideale Kombination für ein schlagkräftiges Ermittlerteam in einem Mordfall.

»Gut«, sagte Siobhan und trat den Teilrückzug an, »dann sprechen wir eben mit Hauptkommissarin Templer.« Und fügte, als sie Rebus nicken sah, noch hinzu: »Obwohl ich darauf wetten könnte, dass Sie selbst sich ganz anders verhalten hätten.«

»Ich?«, sagte er. »Ich wäre doch schon am ersten Rätsel gescheitert. Wissen Sie warum?«

»Nein, wieso?«

»Weil E-Mails für mich an schwarze Magie grenzen.«

Siobhan lächelte, doch zugleich erschien vor ihrem inneren Auge eine ganze Assoziationskette: schwarze Magie ... Särge, die in Zaubersprüchen von Hexen vorkamen ... Flips Tod an einem Berghang namens Hellbank.

Hexerei?

Sie waren zu sechst in dem rappelvollen Büro am Gayfield Square: Gill Templer und Bill Pryde; Rebus und Ellen Wylie; Siobhan und Grant. Templer saß als Einzige. Siobhan hatte sämtliche E-Mails ausgedruckt, und Templer sah die Texte schweigend durch. Schließlich blickte sie auf.

»Gibt es *irgendeine* Möglichkeit, diesen Quizmaster zu identifizieren?«

»Nicht, dass ich wüsste«, sagte Siobhan.

»Doch, das geht«, sagte Grant. »Ich meine, ich weiß zwar nicht wie, aber ich glaube, dass es geht. Nehmen Sie nur diese Viren, irgendwie schaffen es die Amerikaner doch immer, sie zurückzuverfolgen.«

Templer nickte. »Das stimmt.«

»Hat nicht die Metropolitan Police in London eine Abteilung für Computerfahndung?«, sagte Grant. »Möglich, dass die dort sogar Verbindungen zum FBI unterhalten.«

Templer musterte ihn. »Trauen Sie sich das zu, Grant?«

Er schüttelte den Kopf. »Ich interessiere mich zwar für Computer, aber das hier ist eine andere Liga. Aber ich würde natürlich mit denen zusammenarbeiten...«

»Wir werden sehen.« Templer blickte in Siobhans Richtung. »Dieser deutsche Student, von dem Sie mir erzählt haben...«

»Ja?«

»Ich wüsste gerne mehr über ihn.«

»Das dürfte nicht so schwierig sein.«

Templer sah Wylie an. »Würden Sie das übernehmen, Ellen?«

Wylie schien überrascht. »Na gut.«

»Dann wollen Sie uns also aufteilen?«, mischte sich jetzt Rebus ein.

»Wenn Ihnen kein Argument einfällt, das dagegen spricht, ja.«

»Jemand hat in Falls neben dem Wasserfall diese Puppe deponiert. Und jetzt haben wir Flips Leiche gefunden. Also wieder dasselbe Muster.«

»Allerdings war Ihr Sargschreiner anderer Meinung. Völlig andere Machart hat er gesagt, wenn ich mich recht erinnere.«

»Dann glauben Sie also, das ist alles nur Zufall?«

»Im Augenblick glaube ich überhaupt nichts. Und sollte irgendetwas auftauchen, das Ihre Theorie bestätigt, können Sie ja sofort wieder einsteigen. Allerdings haben wir es jetzt mit einem Mord zu tun, und das ändert alles.«

Rebus sah Ellen Wylie an. Sie war sauer: Dass sie sich jetzt, statt alte Autopsiebefunde zu sichten, mit dem rätselhaften Ableben eines Studenten beschäftigen sollte, schien sie zwar nicht zu begeistern. Trotzdem sah sie nicht ein, wieso sie sich auf Rebus' Seite schlagen sollte, dazu war sie viel zu sehr mit ihrem eigenen Groll beschäftigt.

»Na gut«, sagte Templer in das allgemeine Schweigen hinein. »Dann darf ich Sie zunächst bitten, sich wieder an die normale Ermittlungsarbeit zu machen...« Sie legte die Papiere zusammen und machte Anstalten, sie Siobhan zurückzugeben. »Haben Sie noch einen Augenblick Zeit?«

»Natürlich«, sagte Siobhan. Die Übrigen drängten sich aus dem Zimmer und waren froh über die frische und kühle Luft, die sie draußen empfing. Rebus lungerte allerdings vor Templers Tür herum. Er betrachtete die Papiere, die auf der anderen Seite des Raums an dem Informationsbrett hingen: Faxe, Fotos und sonstige Mitteilungen. Da der Fall der vermissten Philippa Balfour inzwischen zu einem Mordfall geworden war, war gerade jemand damit beschäftigt, die Aushänge abzunehmen. Ohnehin ließ das Tempo der Ermittlungen bereits spürbar nach, doch nicht etwa aus Betroffenheit oder aus Respekt vor der Toten, sondern weil sich die Umstände geändert hatten: Es gab keinen Grund mehr zur Eile, niemanden, dessen Leben auf dem Spiel stand.

In ihrem Büro erkundigte sich Templer bei Siobhan, ob sie den Pressejob nicht doch in Erwägung ziehen wolle.

»Vielen Dank«, entgegnete Siobhan. »Aber ich glaube nicht.«

Templer lehnte sich in ihrem Stuhl zurück. »Darf ich wissen, warum nicht?«

Siobhan blickte um sich, als ob sie an den nackten Wänden nach Gründen für ihre Entscheidung Ausschau hielte. »Mir fällt auf Anhieb kein Grund ein«, sagte sie achselzuckend. »Ich hab nur im Augenblick keine Lust dazu.«

»Möglich, dass ich keine Lust habe, Sie noch einmal zu fragen.«

»Verstehe ich. Vielleicht stecke ich einfach zu tief in unserem Fall drin. Ich würde gerne weiter bei den Ermittlungen dabei sein.«

»Okay«, sagte Templer gedehnt. »Dann wäre das ja geklärt.«

»Gut.« Siobhan griff nach der Türklinke und bemühte sich, Templers Worten nicht zu viel Bedeutung beizumessen.

»Ach, könnten Sie Grant bitte sagen, dass er mal vorbeischaut?«

Siobhan blieb kurz stehen, nickte dann, öffnete die Tür und verließ das Zimmer. Gleichzeitig steckte Rebus den Kopf um die Ecke.

»Haben Sie kurz Zeit, Gill?«

»Eigentlich nicht.«

Er kam trotzdem herein. »Hatte ganz vergessen, Ihnen das hier zu zeigen.«

»Vergessen?« Sie verzog das Gesicht zu einem ironischen Lächeln.

Er hielt drei Blatt Faxpapier in der Hand. »Ist aus Dublin gekommen.«

»Dublin?«

»Von einem Kollegen namens Declan Macmanus. Ich hatte mich bei ihm nach den Costellos erkundigt.«

Sie sah von den Papieren auf. »Gibt es dafür einen besonderen Grund?«

»Nur so ein Gefühl.«

»Aber wir haben doch schon Informationen über die Familie eingeholt.«

Er nickte. »Klar: Ein kurzes Telefonat, und dann heißt es, dass die fraglichen Personen nicht vorbestraft sind. Aber Sie wissen doch so gut wie ich: Das ist häufig erst der Anfang der Geschichte.«

Und bei den Costellos handelte es sich um eine längere Geschichte. Rebus wusste, dass Templer angebissen hatte. Als Grant Hood klopfte, bat sie ihn, in fünf Minuten wiederzukommen.

»Zehn wären noch besser«, sagte Rebus und zwinkerte dem jungen Mann zu. Dann legte er drei Aktenordner beiseite, die auf dem Besucherstuhl lagen, und machte es sich bequem.

Macmanus hatte ganze Arbeit geleistet. David Costello hatte es als Jugendlicher ziemlich wild getrieben. Laut Macmanus das Ergebnis von »zu viel Geld und zu wenig Zuwendung«. Wild hieß: schnelle Autos, Strafzettel wegen Geschwindigkeitsübertretung und mündliche Verwarnungen in Situationen, in denen andere Leute längst hinter Gittern gelandet wären. Aktenkundig waren ferner Schlägereien in Kneipen, zertrümmerte Fenster und Telefonzellen und zumindest zwei Fälle, in denen er an einem öffentlichen Ort seine Notdurft verrichtet hatte, am helllichten Nachmittag auf der O'Connell Bridge. Sogar Rebus war beeindruckt gewesen, als er das gelesen hatte. Der achtzehnjährige David hielt einen Rekord: Er hatte zur gleichen Zeit Lokalverbot im Stag's Head, J. Grogan's, Davie Byrnes, O'Donoghue's, Doheny and Nesbitt's und im Shelbourne, insgesamt elf Kneipen in Dublin. Außerdem hatte ihn im vergangenen Jahr eine Ex-Freundin bei der Polizei angezeigt, weil er sie angeblich vor einem Nachtclub am Liffey-Ufer ins Gesicht geschlagen hatte. Templer blickte auf, als sie das las.

»Das Mädchen war an dem Abend offenbar ziemlich blau. Jedenfalls konnte sie sich nicht mehr an den Namen des Clubs erinnern«, sagte Rebus. »Und dann hat sie die Anzeige zurückgezogen.«

»Glauben Sie, dass da Geld geflossen ist?«

Er zuckte mit den Achseln. »Lesen Sie weiter.«

Allerdings wies Macmanus in seinem Bericht darauf hin, dass David Costello eine Art Bekehrungserlebnis gehabt hatte. Und zwar auf einer Geburtstagsparty, als ein Freund versucht hatte, aus lauter Übermut zwischen zwei Dächern hin- und herzuspringen, und dabei nach unten auf die Straße gestürzt war.

Der Junge hatte den Unfall zwar überlebt, jedoch einen Hirnschaden und Verletzungen an der Wirbelsäule erlitten... Er vegetierte dahin und musste rund um die Uhr betreut werden. Rebus dachte an Davids Wohnung – die halbe Flasche Bell's... Nein, ein Trinker ist er nicht, hatte er bei seinem Besuch gedacht.

»Ziemlicher Schock in dem Alter«, hieß es in Macmanus' Bericht. »Jedenfalls war David nach dem Unfall auf der Stelle stocknüchtern, sonst wäre er womöglich vollends nach seinem alten Herrn geraten.«

Wie der Vater so der Sohn. Thomas Costello hatte es geschafft, acht Wagen zu Schrott zu fahren, ohne je den Führerschein zu verlieren. Seine Frau Theresa hatte zweimal die Polizei geholt, als ihr Mann zu Hause randaliert hatte. Die Beamten hatten sie in beiden Fällen bei verschlossener Tür im Bad angetroffen. Außerdem hatte sich Thomas bereits außen an der Tür mit einem Schnitzmesser zu schaffen gemacht. »Wollte die verdammte Tür doch bloß aufmachen«, hatte er den Beamten beim ersten Mal erklärt. »Ich habe befürchtet, dass sie sich was antut.«

»Das könnte dir so passen!«, hatte Theresa von innen gekreischt. (Am Rand des Faxes hatte Macmanus noch handschriftlich angemerkt, dass Theresa bereits zweimal eine Überdosis Tabletten genommen hatte und in Dublin allgemein bemitleidet wurde: eine hart arbeitende Frau mit einem arbeitsscheuen, prügelnden Ehemann, der ohne eigenes Zutun einfach nur immens reich war.)

Einmal hatte Thomas in einem Nachtclub einen Touristen

beschimpft und war an die frische Luft gesetzt worden. Einem Buchmacher hatte er damit gedroht, ihm den Penis abzuschneiden, nachdem der Mann sich erkundigt hatte, wann Mr. Costello endlich die riesigen Wettschulden zu begleichen gedenke, auf deren Rückzahlung der Buchmacher seit Monaten wartete.

Und so ging es in einem fort. Die zwei Zimmer im Caledonian erschienen jetzt absolut plausibel.

»Wirklich feine Familie«, stellte Templer fest.

»Beste Dubliner Gesellschaft.«

»Und das alles wird auch noch von der Polizei gedeckt.«

Rebus schnalzte tadelnd mit der Zunge. »Bei uns wäre so etwas ja völlig undenkbar.«

»Das will ich meinen«, sagte Templer mit einem sarkastischen Lächeln. »Und was halten Sie von all dem?«

»Na ja. Scheint so, als ob David Costello eine Seite hätte, von der wir bisher nichts gewusst haben. Und das gilt auch für seine Eltern. Sind die Herrschaften eigentlich noch in der Stadt?«

»Nein, sie sind vor ein paar Tagen nach Irland zurückgeflogen.«

»Aber sie kommen sicher wieder, oder?«

Sie nickte. »Nachdem wir Philippa jetzt gefunden haben.«

»Weiß David Costello denn schon Bescheid?«

»Davon gehe ich aus. Falls er es nicht direkt von Philippas Eltern erfahren hat, dann sicher aus den Medien.«

»Da wäre ich gern dabei gewesen«, murmelte Rebus.

»Sie können nicht *überall* sein.«

»Leider.«

»Gut, dann sprechen Sie also mit den Eltern, sobald sie wieder hier sind.«

»Und mit dem Freund des Mädchens?«

Sie nickte. »Aber fahren Sie kein schweres Geschütz auf, kommt nicht so gut an, wenn jemand gerade einen geliebten Menschen verloren hat.«

Er lächelte. »Immer die Medien im Hinterkopf, was, Gill?«

Sie sah ihn an. »Könnten Sie jetzt bitte Grant hereinschicken?«

»Wirklich ein anpassungsfähiger junger Mann. Augenblick.« Er machte die Tür auf. Draußen stand Grant und wippte auf den Zehen. Rebus sagte nichts, sondern zwinkerte ihm im Vorbeigehen bloß zu.

Zehn Minuten später schenkte sich Siobhan an der Kaffeemaschine gerade einen Kaffee ein, als Grant hereinkam.

»Was wollte Templer?«, fragte sie, unfähig, ihre Neugier im Zaum zu halten.

»Sie hat mir den Pressejob angeboten.«

Siobhan rührte weiter in ihrer Tasse. »Hab ich mir schon gedacht.«

»Dann bin ich bald im Fernsehen!«

»Toll.«

Er starrte sie an. »Etwas mehr Enthusiasmus hätte ich schon erwartet.«

»So, hätten Sie.« Sie sahen einander an. »Danke, dass Sie mir geholfen haben, die Rätsel zu lösen. Hätte ich ohne Sie nie geschafft.«

Erst jetzt schien er zu begreifen, dass es mit ihrer Zusammenarbeit wirklich zu Ende war. »Ach ... ja«, sagte er. »Hören Sie mal, Siobhan ...«

»Ja, bitte?«

»Diese Situation im Büro ... Tut mir wirklich Leid.«

Sie sah ihn mit einem verdrießlichen Lächeln an. »Angst, dass ich Sie verpetze?«

»Nein, nicht deswegen.«

Aber natürlich war das der Grund, und das wussten beide.

»Dann wissen Sie ja, was Sie am Wochenende zu tun haben: Haare schneiden lassen und einen neuen Anzug anschaffen«, sagte sie.

Er sah an seinem Jackett hinunter.

»Und vor der Kamera nur einfarbige Hemden, keine Streifen oder Karos. Ach, und Grant ...«

»Ja?«

Sie schob einen Finger unter seinen Schlips.

»Eine möglichst schlichte Krawatte. Comicfiguren sind einfach nicht witzig.«

»Genau dasselbe hat Hauptkommissarin Templer auch gesagt.« Er klang überrascht und schielte auf die kleinen Homer-Simpson-Köpfe, die seine Krawatte zierten.

Noch am selben Nachmittag hatte Grant Hood seinen ersten Fernsehauftritt. Er saß neben Gill Templer, die sich in einer kurzen Presseerklärung zur Entdeckung der Leiche äußerte. Ellen Wylie verfolgte das Geschehen auf einem der Fernsehbildschirme im Büro. Hood sollte an diesem Tag zwar noch nichts sagen, doch Ellen bemerkte, wie er sich zu Templer hinüberneigte und ihr etwas ins Ohr flüsterte, als die Reporter anfingen, ihre Fragen zu stellen und wie Templer zustimmend nickte. Bill Pryde saß auf der anderen Seite von Templer und übernahm es, die meisten der Fragen zu beantworten. Alle wollten wissen, ob es sich bei der Leiche tatsächlich um Philippa Balfour handelte; alle wollten etwas über die Todesursache erfahren.

»Wir können über die Identität der Leiche zurzeit noch nichts Abschließendes sagen«, erklärte Pryde und räusperte sich unablässig. Er wirkte nervös, und sein Hüsteln hing mit dieser Anspannung zusammen, wie Wylie nur zu gut wusste. Ihr selbst war es bei ihrem Auftritt nicht anders ergangen. Gill Templer blickte in Bill Prydes Richtung, und das schien Hood als Stichwort aufzufassen.

»Die Todesursache muss auch erst noch festgestellt werden«, sagte er, »für den späten Nachmittag ist eine pathologische Untersuchung angesetzt. Wie Sie wissen, haben wir für 19.00 Uhr heute Abend noch eine Pressekonferenz geplant und hoffen, Ihnen dann weitere Einzelheiten mitteilen zu können.«

»Aber Sie gehen doch davon aus, dass das Opfer durch

Fremdeinwirkung ums Leben gekommen ist?«, rief einer der Journalisten.

»Zum gegenwärtigen Zeitpunkt gehen wir davon aus, ja.«

Wylie schob sich das Ende ihres Kugelschreibers zwischen die Zähne und kaute darauf herum. Cool dieser Hood, das war schon mal klar. Offenbar hatte er sich völlig neu eingekleidet. Und die Haare hat er sich auch gewaschen, dachte sie.

»Mehr können wir Ihnen leider zurzeit nicht sagen«, beschied Hood die Presseleute, »wie Sie zweifellos verstehen werden. Falls eine Identifizierung erforderlich sein sollte, werden wir uns mit der Familie in Verbindung setzen und die erforderlichen Schritte einleiten.«

»Darf ich fragen, ob Philippa Balfours Eltern in Edinburgh erwartet werden?«

Hood warf dem Frager einen säuerlichen Blick zu. »Darauf möchte ich nicht eingehen.« Neben ihm nickte Gill Templer zustimmend und bekundete gleichermaßen ihren Unwillen.

»Ich würde gern von Inspektor Pryde wissen, ob die Vermisstenfahndung noch läuft?«

»Ja, die Fahndung wird weitergeführt«, sagte Pryde bestimmt und ließ sich in seinem Auftreten durch Hoods gelungene Darbietung anstecken. Wylie hätte den Fernseher am liebsten ausgeschaltet, doch sie war nicht die einzige Zuschauerin, deshalb trat sie in den Gang hinaus und ging zum Getränkeautomaten. Als sie zurückkam, war die Pressekonferenz gerade zu Ende. Jemand schaltete den Fernseher aus und erlöste sie so aus ihrer Not.

»Nicht schlecht, wie der Junge sich verkauft hat, was?«

Sie starrte den Beamten an, der die Frage gestellt hatte, konnte aber in seinem Gesicht keine Schadenfreude entdecken. »Ja«, sagte sie. »Hat er gut gemacht.«

»Jedenfalls besser als manch anderer«, sagte eine andere Stimme. Sie schaute sich um und sah drei Beamte vom Gayfield Square. Doch keiner von ihnen sah in ihre Richtung. Sie streckte die Hand nach ihrem Kaffee aus, traute sich aber nicht, den Becher zu nehmen, weil sie Angst hatte, jemand könnte ihr Zittern bemerken. Stattdessen richtete sie ihre Aufmerksamkeit auf die Notizen, die sich Siobhan im Zusammenhang mit dem deutschen Studenten gemacht hatte. Am besten fing sie gleich mit der Arbeit an und lenkte sich durch ein paar Telefonate ab.

Gleich, sobald sie die Worte *besser als manch anderer* aus ihrem Kopf verdrängt hatte.

Siobhan schickte wieder einmal eine E-Mail an Quizmaster. Sie hatte zwanzig Minuten daran herumgebastelt.

Hellbank gelöst. Flips Leiche dort entdeckt. Möchten Sie reden?
Seine Antwort ließ nicht lange auf sich warten.
Wie haben Sie das Rätsel gelöst?
Anagramm von Arthur's Seat. Hellbank Name des Hanges.
Haben SIE die Leiche entdeckt?
Nein. Haben SIE Flip getötet?
Nein.
Was das Spiel betrifft. Glauben Sie, dass jemand ihr geholfen hat?
Weiß ich nicht. Möchten Sie weitermachen?
Weitermachen?
Stricture wartet.
Sie starrte auf den Bildschirm. Bedeutete Flips Tod ihm so wenig?

Flip ist tot. Jemand hat sie bei Hellbank umgebracht. Sie müssen sich jetzt zu erkennen geben.
Er ließ sich mit der Antwort Zeit.
Ich kann Ihnen nicht helfen.
Ich glaube doch, Quizmaster.
Machen Sie bei Stricture mit. Vielleicht können wir uns dort treffen.

Sie dachte einen Augenblick nach. *Was ist das Ziel dieses Spiels? Wann ist es zu Ende?*

Sie erhielt keine Antwort. Sie spürte, dass jemand hinter ihr stand: Rebus.

»Und, was hat Ihr Liebling zu vermelden?«
»Mein Liebling?«
»Immerhin verbringen Sie 'ne Menge Zeit zusammen.«
»Das ist mein Job.«
»Stimmt. Also, was sagt er?«
»Er möchte, dass ich mit dem Spiel weitermache.«
»Sagen Sie ihm, er soll sich verpissen. Sie brauchen ihn nicht mehr.«
»Wirklich?«

Das Telefon läutete. Siobhan hob ab.

»Ja... in Ordnung... natürlich.« Sie sah Rebus an. Doch der ließ sich nicht verscheuchen. Als sie das Gespräch beendete, hob er erwartungsvoll eine Augenbraue.

»Die Hauptkommissarin«, erklärte sie. »Da Grant jetzt für die Presse zuständig ist, muss ich mich um die Computersachen kümmern.«

»Und das heißt?«

»Dass ich herausfinden muss, ob es eine Möglichkeit gibt, Quizmaster aufzuspüren. Was denken Sie: Kripo?«

»Ich glaube, die Deppen dort können nicht mal ›Modem‹ buchstabieren, geschweige denn, mit einem umgehen.«

»Aber sie haben Beziehungen zum Geheimdienst.«

Rebus zuckte bloß mit den Achseln.

»Und dann muss ich mich noch mal mit Flips Freunden und Angehörigen befassen.«

»Wieso?«

»Weil ich niemals ohne fremde Hilfe bis Hellbank gekommen wäre.«

Rebus nickte. »Und Sie glauben, dass es sich bei Flip genauso verhält.«

»Andernfalls hätte sie sich mit dem Londoner U-Bahn-Netz, mit Geografie, dem Schottischen, der Rosslyn-Kapelle und mit Kreuzworträtseln auskennen müssen.«

»Etwas viel auf einmal?«
»Finde ich schon.«

Rebus dachte nach. »Egal wer Quizmaster ist, er muss das alles ebenfalls gewusst haben.«

»Stimmt.«

»Außerdem muss er gewusst haben, dass Flip diese Rätsel wenigstens theoretisch alle hätte lösen können, oder?«

»Ich glaube, dass noch andere Spieler mit von der Partie waren. Nicht mehr, als ich eingestiegen bin, aber zu dem Zeitpunkt, als Flip sich eingeloggt hatte. Das heißt, die Beteiligten hätten nicht nur gegen die Uhr, sondern auch gegeneinander gespielt.«

»Quizmaster äußert sich dazu nicht?«

»Nein.«

»Ich frage mich wieso.«

Siobhan zuckte mit den Schultern. »Der hat sicher seine Gründe.«

Rebus stützte sich mit geballten Fäusten auf den Schreibtisch. »Scheint so, als ob ich mich geirrt hätte. Offenbar brauchen wir ihn doch noch.«

Sie sah ihn an. »›Wir‹?«

Er hob die Hände. »Ich meine doch nur, dass wir sonst mit den Ermittlungen nicht weiterkommen.«

»Gut. Wenn Sie mir nämlich wieder mit Ihrer üblichen Masche kommen...«

»Was soll das denn heißen?«

»Dass Sie blindlings nach allem greifen, was Sie zu fassen bekommen, und etwaige Erfolge dann für sich reklamieren.«

»Gott behüte, Siobhan!« Er hielt inne. »Aber wenn Sie noch mal mit Flips Freunden sprechen wollen...«

»Ja?«

»Wäre dann David Costello auch dabei?«

»Wir haben ihn doch schon vernommen. Er hat gesagt, dass er von dem Spiel nichts gewusst hat.«

»Trotzdem wollen Sie noch mal mit ihm reden, richtig?«

Über ihr Gesicht huschte der Anflug eines Lächelns. »Bin ich so leicht zu durchschauen?«

»Was ich sagen will: Vielleicht könnte ich ja mitkommen. Ich müsste ihn nämlich auch noch ein paar Dinge fragen.«

»Und was?«

»Darf ich Sie auf einen Kaffee einladen, dann erzähl ich es Ihnen.«

In Begleitung eines Freundes der Familie erschien John Balfour an diesem Abend zur offiziellen Identifizierung seiner Tochter. Seine Frau wartete derweil auf ihn im Fond eines von Ranald Marr gesteuerten Jaguar der Balfour Bank. Statt auf dem Parkplatz zu warten, hatte Marr es vorgezogen, mit dem Wagen in den umliegenden Straßen umherzufahren. Zwanzig Minuten später fuhr er wieder vor, weil Bill Pryde, der John Balfour auf dessen schwerem Gang in den Identifizierungsraum begleitete, gesagt hatte, dass der Vorgang etwa so viel Zeit in Anspruch nehmen würde.

Einige entschlossene Reporter waren ebenfalls erschienen, doch kein einziger Fotograf: Einen Rest von Berufsethos hatte die schottische Presse sich also bewahrt. Im Übrigen beabsichtigte keiner der Journalisten, die Hinterbliebenen mit Fragen zu behelligen. Es ging ihnen lediglich darum, etwas von der Atmosphäre mitzubekommen, um diese später in ihre Berichte einfließen zu lassen. Als alles vorbei war, gab Pryde Rebus per Handy Bescheid.

»Jetzt wissen wir's«, sagte Rebus zu den anderen. Er befand sich mit Siobhan, Ellen Wylie und Donald Devlin in der Oxford Bar. Grant Hood hatte die Einladung auf einen Drink mit der Begründung ausgeschlagen, dass er noch einen Crashkurs in Sachen Medien zu absolvieren habe: Namen und Gesichter. In der Hoffnung, dass die Obduktion bis dahin beendet sein und erste Ergebnisse vorliegen würden, hatte man die Besprechung auf 21.00 Uhr verlegt.

»Oh, mein Gott«, sagte Devlin. Er hatte die Jacke ausgezogen und schob die Fäuste in die geräumigen Taschen seiner Strickjacke. »Was für eine schreckliche Geschichte.«

»Tut mir Leid, dass ich zu spät komme«, sagte Jean Burchill und ließ ihren Mantel noch im Gehen von den Schultern gleiten. Rebus erhob sich, nahm ihr den Mantel ab und fragte sie, was sie trinken wollte.

»Ich würde gerne eine Runde ausgeben«, sagte sie, doch er schüttelte den Kopf.

»Ich habe euch alle hierher gebeten. Also geht wenigstens die erste Runde auf mich.«

Die kleine Gruppe belegte den oberen Tisch im Hinterzimmer. In dem Lokal war kaum etwas los, und der Fernseher in der gegenüberliegenden Ecke sorgte dafür, dass niemand ihre Gespräche verfolgen konnte.

»Ist das hier eine Art Ratsversammlung?«, fragte Jean, als Rebus weggegangen war.

»Eher eine Totenwache«, sagte Wylie.

»Dann ist sie es also?«, fragte Jean. Das Schweigen der anderen war Antwort genug.

»Sie beschäftigen sich doch mit Hexerei und solchen Dingen, nicht wahr?«, erkundigte sich Siobhan bei Jean.

»Mit Glaubenssystemen«, verbesserte Jean sie. »Ja, aber Hexerei fällt auch darunter.«

»Ich meine wegen der Särge, und weil man Flips Leiche an einer Stelle entdeckt hat, die Hellbank heißt... Sie haben selbst gesagt, dass der Name des Ortes vielleicht mit Hexerei zu tun hat.«

Jean nickte. »Schon möglich, dass der Name Hellbank einen solchen Hintergrund hat.«

»Und die kleinen Särge auf dem Arthur's Seat, haben die auch was mit Hexerei zu tun?«

Jean sah Donald Devlin an, der das Gespräch aufmerksam verfolgte. Sie war sich noch nicht ganz schlüssig, was sie sagen sollte, als er zu sprechen anfing.

»Ich bezweifle sehr, dass die Särge vom Arthur's Seat irgendetwas mit Hexerei zu tun haben. Aber Sie vertreten hier eine interessante Hypothese: nämlich, dass wir trotz all unserer

Aufgeklärtheit immer wieder gerne auf solchen Hokuspokus zurückgreifen.« Er sah Siobhan lächelnd an. »Ich bin allerdings außerordentlich erstaunt, dass selbst Sie als Polizeibeamtin an solche Dinge glauben.«

»Davon kann keine Rede sein«, kanzelte Siobhan ihn ab.

»Dann handelt es sich also nur um einen Strohhalm, an den Sie sich klammern?«

Als Rebus mit Jeans Limonensaftsoda zurückkam, fiel ihm auf, dass am Tisch betretenes Schweigen herrschte.

»Na gut«, sagte Wylie ungeduldig, »da wir jetzt vollzählig sind...«

»Da wir jetzt vollzählig sind«, nahm Rebus ihren Satz auf und hob das Glas: »Zum Wohl.«

Er wartete, bis alle die Gläser erhoben hatten, bevor er trank. Schottland: einen Toast verweigern – ausgeschlossen.

»Also gut«, sagte er und setzte sein Glas wieder ab, »wir haben es hier mit einem Mordfall zu tun, und ich wüsste gern, wo wir mit unseren Ermittlungen stehen.«

»Sind dazu nicht die offiziellen Lagebesprechungen am Morgen da?«

Er sah Wylie an. »Dann ist das, was wir hier machen, eben eine inoffizielle Besprechung.«

»Mit Alkohol als Stimmungsverstärker?«

»Für klug platzierte Anreize habe ich schon immer eine Schwäche gehabt.« Immerhin gelang es ihm, ihr ein Lächeln zu entlocken. »Gut. Und jetzt zum Stand der Ermittlungen: Also, zunächst haben wir mal Burke und Hare – um in der chronologischen Abfolge zu bleiben –, und dann sind da diese kleinen Särge auf dem Arthur's Seat.« Er blickte in Jeans Richtung und bemerkte zum ersten Mal, dass sie sich von einem Nachbartisch einen Stuhl herübergezogen und sich neben Siobhan gesetzt hatte, obwohl auf der Bank neben Devlin noch ein Platz frei war. »Außerdem haben wir, ob zufällig oder nicht, eine Reihe ähnlicher Särge, die allesamt an Orten aufgetaucht sind, an denen Frauen entweder verschwunden sind oder aber tot aufgefunden wurden. Ein solcher Sarg ist kurz nach Philippa Balfours Verschwinden in Falls entdeckt worden. Später wird sie dann tot auf dem Arthur's Seat gefunden, dem Fundort der ursprünglichen Särge.«

»Aber ziemlich weit von Falls entfernt«, fühlte sich Siobhan zu sagen gedrängt. »Ich meine, die anderen Särge, von denen Sie sprechen, sind wenigstens in der Nähe des Tat- oder Unglücksortes entdeckt worden.«

»Außerdem ist der Sarg aus Falls handwerklich anders gearbeitet als die Übrigen«, fügte Ellen Wylie hinzu.

»Bestreitet ja niemand«, unterbrach Rebus sie. »Ich möchte nur wissen, ob ich hier der Einzige bin, der es für möglich hält, dass diese Dinge irgendwie miteinander in Verbindung stehen.«

Alle sahen sich an. Niemand sagte ein Wort, bis Ellen Wylie ihre Bloody Mary erhob, deren rote Oberfläche genau inspizierte und dann von dem deutschen Studenten anfing. »Phantasyrituale, Zauberei und Rollenspiele, und dann endet so ein junger Bursche tot auf einem Hügel im schottischen Hochland.«

»Genau.«

»Allerdings lässt sich die Geschichte nur schwerlich mit ihren verschwundenen beziehungsweise ertrunkenen Frauen unter einen Hut bringen«, fuhr Wylie fort.

Devlin schien ihre Argumentation zu überzeugen. »Diese Wasserleichen sind zum damaligen Zeitpunkt überhaupt nicht als verdächtige Todesfälle eingestuft worden«, sagte er. »Und nach der Beschäftigung mit den pathologischen Befunden ist für mich auch ausgemacht, dass diese Einschätzung keiner Revision bedarf.« Er hatte die Hände aus den Taschen genommen und sie in Höhe der Knie auf seine abgewetzte graue Hose gelegt.

»Schön«, sagte Rebus, »dann bin ich hier wohl der Einzige, der eine solche Möglichkeit wenigstens von ferne in Betracht zieht.«

Diesmal hielt selbst Wylie den Mund. Rebus trank einen großen Schluck Bier. »Vielen Dank für Ihren einhelligen Vertrauensbeweis«, sagte er.

»Weshalb sind wir eigentlich hier?« Wylie legte die Hände auf den Tisch. »Ist es Ihr Ziel, uns als Team zusammenzubringen?«

»Ich behaupte lediglich, dass die fraglichen Details Elemente *einer* Geschichte sein könnten.«

»Von Burke und Hare bis hin zu Quizmasters Schatzsuche?«

»Ja.« Doch plötzlich schien Rebus selbst nicht mehr recht an seine eigene Theorie zu glauben. »Verdammt, ich weiß nicht...« Er strich sich mit der Hand über den Kopf.

»Also, dann besten Dank für die Einladung...« Ellen Wylies Glas war leer. Sie griff nach ihrer Tasche, die neben ihr auf der Bank lag, und stand auf.

»Ellen...«

Sie sah ihn an. »Schwerer Tag morgen, John. Jetzt haben wir es nämlich mit einem Mordfall zu tun.«

»Offiziell handelt es sich erst dann um einen Mordfall, wenn der zuständige Pathologe das bestätigt«, musste Devlin unbedingt noch loswerden. Wylie schien nahe daran, ihm etwas zu erwidern, bedachte ihn dann aber nur mit einem unterkühlten Lächeln. Dann drängte sie sich zwischen zwei Stühlen hindurch, wünschte allgemein einen schönen Abend, und weg war sie.

»Es *muss* zwischen diesen Dingen eine Verbindung geben«, sagte Rebus leise wie zu sich selbst. »Nur komme ich einfach nicht darauf, was es sein könnte.«

»Manchmal kommt man nicht weiter, wenn man sich allzu sehr in eine Theorie verbeißt«, meldete sich Devlin wieder zu Wort. »Das ist weder den Ermittlungen noch dem eigenen Befinden zuträglich.«

Rebus gab sich redlich Mühe, den Mann ebenso kühl anzuschauen, wie es Ellen Wylie gerade getan hatte. »Ich glaube, die nächste Runde geht auf Ihre Kosten«, sagte er.

Devlin sah auf die Uhr. »Ich fürchte, ich kann nicht länger bleiben.« Anscheinend bereitete es ihm Schmerzen, sich vom Tisch zu erheben. »Ich gehe wohl recht in der Annahme, dass keine der jungen Damen in meine Richtung fährt?«

»Doch – ich kann Sie mit nach Hause nehmen«, sagte Siobhan schließlich.

Als er den Blick sah, mit dem sie Jean bedachte, fühlte sich Rebus nicht mehr ganz so verlassen: Sie wollte die zwei lediglich allein lassen, das war alles.

»Aber zuerst muss ich noch eine Runde zahlen«, verkündete Siobhan.

»Vielleicht beim nächsten Mal«, sagte Rebus und zwinkerte ihr zu. Er saß mit Jean schweigend da, bis die beiden gegangen waren, und wollte gerade etwas sagen, als Devlin wieder angeschlurft kam.

»Gehe ich recht in der Annahme«, sagte er, »dass meine Dienste fortan nicht mehr gebraucht werden?« Rebus nickte. »Würden Sie dann bitte Sorge dafür tragen, dass die Akten zurückgeschickt werden?«

»Detective Wylie wird sich gleich morgen früh darum kümmern«, versprach Rebus.

»Dann meinen besten Dank.« Devlins Lächeln galt Jean. »War mir ein Vergnügen, Sie kennen zu lernen.«

»Ganz meinerseits«, sagte sie.

»Möglich, dass ich Sie mal in Ihrem Museum aufsuche. Wäre mir eine große Ehre, wenn Sie mir dort das eine oder andere zeigen könnten...«

»Aber gern.«

Devlin machte eine knappe Verbeugung und ging zurück in Richtung Treppe.

»Hoffentlich nicht«, murmelte sie, als er weg war.

»Und warum nicht?«

»Der Typ ist mir nicht ganz geheuer.«

Rebus sah Devlin hinterher, als ob er sich durch einen letzten Blick auf den alten Herrn davon überzeugen wollte, dass

Jean mit ihrer Einschätzung Recht hatte. »Du bist nicht die Erste, die das sagt.« Dann blickte er ihr in die Augen. »Aber keine Sorge, bei mir bist du absolut sicher.«

»Oh, das ist aber schade«, sagte sie und sah ihn über ihr Glas hinweg mit funkelnden Augen an.

Sie lagen noch im Bett, als sie das Ergebnis erfuhren. Rebus nahm den Anruf entgegen. Er saß nackt auf der Bettkante und war sich unangenehm des Anblicks bewusst, den er Jean bot: zwei Speckringe in der Mitte und an Armen und Schultern mehr Fett als Muskeln. Der einzige Trost: von vorne hätte er noch schlimmer ausgesehen.

»Erwürgt«, sagte er zu ihr und schlüpfte wieder unter die Laken.

»Dann ist es also schnell gegangen?«

»Ja. Ein Hämatom direkt an der Halsschlagader. Wahrscheinlich hat das Mädchen zuerst das Bewusstsein verloren, und dann hat er sie erwürgt.«

»Und wieso hat er das so gemacht?«

»Weil es leichter ist, jemanden zu töten, der keinen Widerstand leistet.«

»Du kennst dich wirklich gut aus. Schon mal jemanden umgebracht, John?«

»Hat aber niemand mitbekommen.«

»Das ist eine Lüge, nicht wahr?«

Er sah sie an und nickte. Sie lehnte sich zu ihm herüber und küsste seine Schulter.

»Du möchtest nicht darüber sprechen, das ist schon in Ordnung.«

Er umschlang sie mit den Armen und küsste ihr Haar. In dem Zimmer gab es einen Standspiegel, in dem man sich von oben bis unten sehen konnte. Doch der Spiegel war umgedreht. Rebus überlegte, ob das Absicht war, wollte aber nicht fragen.

»Und wo genau verläuft die Halsschlagader?«, fragte sie.

Er legte sich einen Finger an den Hals. »Wenn du hier auf diese Stelle drückst, bin ich nach einigen Sekunden bewusstlos.«

Sie betastete ihren Hals, bis sie die Ader gefunden hatte. »Interessant«, sagte sie. »Ist das allgemein bekannt?«

»Was?«

»Wo sich diese Ader befindet und was sie bewirkt?«

»Ich glaube nicht, nein. Worauf willst du hinaus?«

»Ich meine nur: Dann muss der Täter sich damit ausgekannt haben.«

»Die meisten Polizisten kennen den Trick«, sagte er. »Wird kaum noch praktiziert, aus nahe liegenden Gründen. Aber früher haben wir renitente Gefangene manchmal auf diese Weise gefügig gemacht. Wir haben das Dreifingersalut genannt.«

Sie lächelte. »Wie bitte?«

»Ach, das kommt aus der Serie *Star Trek*. Du kennst doch sicher Spock?« Er kniff sie zwischen die Schulterblätter. Sie machte sich los, verpasste ihm einen Klaps auf die Brust und ließ die Hand dann dort liegen. Rebus musste an seine Armeeausbildung denken, an die Angriffstechniken, die er dort erlernt hatte, einschließlich der Methode, die Halsschlagader zu blockieren.

»Aber Ärzte kennen sich natürlich damit aus?«, fragte Jean.

»Vermutlich jeder, der eine medizinische Ausbildung hat.«

Sie machte ein nachdenkliches Gesicht.

»Wieso?«, fragte er schließlich.

»Ach, mir ist nur eine Zeitungsmeldung eingefallen. Studiert nicht einer von Philippas Freunden Medizin, ich meine einer der Jungen, mit denen sie an dem Abend verabredet war?«

10

Der Mann hieß Albert Winfield – seine Freunde nannten in »Albie«. Er schien überrascht, dass die Polizei ihn nochmals vernehmen wollte, tauchte jedoch am nächsten Morgen zur vereinbarten Zeit auf dem Revier in der St. Leonard's Street auf. Rebus und Siobhan ließen ihn eine volle Viertelstunde warten, während sie andere Arbeiten erledigten, und sorgten dann dafür, dass der Mann von zwei stämmigen Beamten in das Vernehmungszimmer geführt wurde, wo sie ihn abermals fünfzehn Minuten sich selbst überließen. Vor der Tür sahen Siobhan und Rebus einander an und nickten sich zu. Dann stürmte Rebus in das Zimmer.

»Vielen Dank, dass Sie vorbeigekommen sind, Mr. Winfield«, bellte er. Der junge Mann wäre fast von seinem Stuhl aufgesprungen. Das Fenster war fest verschlossen, die Luft zum Schneiden. Drei Stühle: zwei auf der einen Seite des schmalen Tisches, einer auf der anderen. Winfield hatte also die ganze Zeit die beiden leeren Stühle vor sich gehabt. Eine der Schmalseiten des Tisches war gegen die Wand gerückt, wo Tonbandgeräte und ein Videorekorder befestigt waren. Der Tisch selbst war mit Namen voll gekritzelt, die davon zeugten, dass sich in diesem Raum Leute namens Shug, Jazz und Bomber gelangweilt hatten. An der Wand ein mit Kuli übermaltes »Bitte nicht Rauchen«-Schild und oben knapp unterhalb der Decke eine Videokamera, mit der sich die Geschehnisse in dem Raum festhalten ließen, falls jemand das für geboten hielt.

Rebus bemühte sich, die Stuhlbeine möglichst geräuschvoll am Boden entlangzuziehen, als er Winfield gegenüber Platz nahm. Vorher hatte er bereits einen mächtigen unbeschrifteten Ordner auf den Tisch geknallt. Winfield war wie betäubt. Er konnte ja nicht ahnen, dass sich in der Mappe lediglich ein Stapel Papier befand, den Rebus aus einem Kopierer entwendet hatte.

Rebus legte die Hand auf den Ordner und sah Winfield lächelnd an.

»Muss ein furchtbarer Schock für Sie gewesen sein.« Eine leise, besänftigende, ja besorgte Stimme. Siobhan nahm neben ihrem rüpelhaften Kollegen Platz. »Ich bin übrigens Detective Clarke. Und das ist Inspektor Rebus.«

»Was?«, sagte der junge Mann. Schweißperlen standen auf seiner Stirn. Sein sonst kurzes braunes Haar war vorne in die Stirn gekämmt. Seine Haut war von Akne gezeichnet.

»Ich meine die Nachricht, dass Flip einem Mord zum Opfer gefallen ist«, fuhr Siobhan fort. »Muss ein Schock für Sie gewesen sein.«

»Ja, schrecklich.« Er hatte einen englischen Akzent, aber Rebus wusste, dass der Junge Schotte war. Allerdings hatten die Jahre an einer Privatschule südlich der Grenze sämtliche Spuren seiner Herkunft ausgelöscht. Der Vater war bis vor drei Jahren als Geschäftsmann in Hongkong ansässig und von der Mutter geschieden, die in Perthshire lebte.

»Dann haben Sie Philippa also gut gekannt?«

Winfield sah bloß Siobhan an. »Kann man so sagen. Obwohl sie eigentlich mit Camille befreundet war.«

»Camille ist Ihre Freundin, nicht wahr?«, fragte Siobhan.

»Eine Ausländerin, oder so was?«, bellte Rebus.

»Nein...« Der junge Mann sah Rebus flüchtig an. »Nein, sie kommt aus Staffordshire.«

»Sag ich doch, Ausländerin.«

Siobhan sah Rebus an, weil sie offenbar Angst hatte, dass er seine Rolle überreizen könnte. Doch als Winfield gerade auf den Tisch starrte, zwinkerte Rebus ihr beruhigend zu.

»Ziemlich heiß hier, Albert, finden Sie nicht?« Siobhan hielt kurz inne. »Oder haben Sie was dagegen, wenn ich Sie Albert nenne?«

»Nein, das ist völlig in Ordnung.« Wieder blickte er sie an, doch zugleich musste er immer wieder zu ihrem Nachbarn hinsehen.

»Soll ich ein Fenster aufmachen?«

»Oh, ja – sehr gerne.«

Siobhan sah Rebus an, der seinen Stuhl so laut wie möglich zurückschob. Die schmalen Fenster waren ziemlich weit oben angebracht. Rebus stellte sich auf die Zehenspitzen und öffnete eines davon einen Spaltbreit. Er spürte sofort eine kühle Brise.

»Besser so?«, fragte Siobhan.

»Ja, danke.«

Rebus blieb links von Winfield stehen. Er verschränkte die Arme vor der Brust und lehnte sich direkt unterhalb der Kamera an die Wand.

»Nur noch ein paar Fragen«, sagte Siobhan.

»Ja, bitte.« Winfield nickte begeistert.

»Dann würden Sie also sagen, dass Sie Flip nicht besonders gut gekannt haben?«

»Wir sind manchmal zusammen weggegangen, in der Gruppe, meine ich. Zum Essen und so...«

»Waren Sie schon mal in Flips Wohnung?«

»Ein-, zweimal. Und sie auch bei mir.«

»Sie wohnen in der Nähe des botanischen Gartens?«

»Ja, richtig.«

»Hübsche Gegend.«

»Die Wohnung gehört meinem Vater.«

»Wohnt er dort?«

»Nein, er... also, er hat sie für mich gekauft.«

Siobhan sah Rebus an.

»Manchen gibt's der Herr im Schlaf«, murmelte er, die Arme noch immer vor der Brust verschränkt.

»Was kann ich denn dafür, dass mein Vater Geld hat?«, beschwerte sich Winfield.

»Gar nichts«, beruhigte ihn Siobhan.

»Und dieser Freund von Flip, was ist mit dem?«, fragte Rebus.

Winfield starrte auf Rebus' Schuhe. »David? Was soll mit ihm sein?«

Rebus beugte sich vor und winkte mit der Hand in Winfields Richtung. »Hier bin ich, junger Mann.« Dann richtete er sich wieder auf. Winfield hielt seinem Blick ganze drei Sekunden stand.

»Ich wüsste gerne, ob er ein Freund von Ihnen ist«, sagte Rebus.

»Hm. Es ist gerade ein bisschen schwierig... beziehungsweise es war immer ein bisschen schwierig... Die beiden haben sich ständig getrennt und wieder versöhnt...«

»Und Sie waren auf Flips Seite?«, erkundigte sich Siobhan.

»Musste ich doch, wegen Camille und so...«

»Sie sagen, die beiden hätten sich immer wieder getrennt. An wem hat das denn gelegen?«

»Ich glaube, das war einfach eine Kollision zweier starker Persönlichkeiten. Sie wissen ja: Gegensätze ziehen sich an. Manchmal ist es eben auch umgekehrt.«

»Ich bin leider nicht in den Genuss einer Universitätsausbildung gekommen, Mr. Winfield«, sagte Rebus. »Könnten Sie mir das vielleicht näher erläutern?«

»Ich meine, dass sie einander in vielerlei Hinsicht sehr ähnlich waren, und dass ihre Beziehung gerade deshalb so schwierig war.«

»Haben sie sich viel gestritten?«

»Das Problem war, dass in solchen Situationen keiner der beiden nachgeben konnte. Beide wollten unbedingt Recht behalten.«

»Ist es bei diesen Streitigkeiten manchmal zu Handgreiflichkeiten gekommen?«

»Nein.«

»Aber David ist doch ein ziemlich jähzorniger Typ, oder?«, fragte Rebus unbeirrt.

»Nicht mehr als jeder andere auch.«

Rebus war mit wenigen Schritten neben Winfield am Tisch. Er beugte sich vor, stand dem jungen Mann im Licht. »Haben Sie je erlebt, wie er ausgerastet ist?«

»Nein, kann ich nicht sagen.«

»Nein?«

Siobhan räusperte sich, um Rebus zu signalisieren, dass er sich verrannt hatte. »Albert«, sagte sie mit einschmeichelnder Stimme, »haben Sie gewusst, dass Flip Rätselspiele am Computer spielt?«

»Nein«, sagte er und schien überrascht.

»Und Sie selbst, spielen Sie manchmal solche Spiele?«

»Also, im ersten Jahr an der Uni habe ich Doom gespielt... und manchmal im Studentenclub geflippert.«

»Am Computer?«

»Nein, an einem Flipperautomaten.«

»Philippa hat per E-Mail an einem Rätselspiel teilgenommen.« Siobhan entfaltete ein Blatt Papier und schob es über den Tisch. »Sagen Ihnen diese Rätselaufgaben etwas?«

Er las mit gerunzelter Stirn und atmete dann hörbar aus. »Absolut gar nichts.«

»Sie studieren doch Medizin, nicht wahr?«, schaltete sich Rebus wieder ein.

»Ja, richtig, im dritten Jahr.«

»Ist bestimmt viel Arbeit, was?«, sagte Siobhan und zog das Blatt Papier wieder zu sich herüber.

»Das können Sie mir glauben«, sagte Winfield lachend.

»Glauben wir gerne«, sagte Rebus. »Wir haben beruflich ja ständig mit Ärzten zu tun.« Obwohl es auch bei uns Leute gibt, hätte er noch anfügen können, die den Umgang mit Medizinern tunlichst meiden...

»Dann wissen Sie natürlich, was es mit der Halsschlagader auf sich hat«, sagte Siobhan.

»Ich weiß, wo sie sich befindet«, entgegnete Winfield und sah sie erstaunt an.

»Und was sie bewirkt?«

»Sie befindet sich seitlich im Hals. Eigentlich gibt es sogar zwei davon.«

»Und sie versorgt das Gehirn mit Blut«, sagte Siobhan.

»Ich hab extra im Lexikon nachgeschaut«, sagte Rebus. »Der medizinische Name der Ader – Arteria carotis – leitet sich aus dem Griechischen her und bedeutet Schlaf. Wissen Sie warum?«

»Weil eine Abschnürung der Arteria carotis augenblicklich zur Bewusstlosigkeit führt.«

Rebus nickte. »Ganz recht, zu einer tiefen Bewusstlosigkeit. Und wenn die Blutzufuhr längere Zeit unterbrochen ist?«

»Oh Gott, ist sie daran gestorben?«

Siobhan schüttelte den Kopf. »Wir glauben, dass der Täter sie zunächst bewusstlos gemacht und dann erwürgt hat.«

Es folgte ein langes Schweigen, und Winfield blickte immer wieder unruhig von einem zum anderen. Dann stand er halb von seinem Stuhl auf und hielt sich an der Tischkante fest.

»Um Himmels willen, Sie glauben doch nicht etwa...? Oh, mein Gott: Sie meinen, dass *ich* das gewesen bin?«

»Setzen Sie sich«, fuhr Rebus ihn an. In Wahrheit hatte Winfield sich kaum erhoben. Seine Knie schienen ihm den Dienst zu versagen.

»Wir wissen doch, dass Sie es nicht gewesen sind«, sagte Siobhan bestimmt. Der Student ließ sich wieder auf seinen Stuhl fallen und wäre fast nach hinten umgekippt.

»Wir wissen, dass Sie es nicht gewesen sind, weil Sie ein Alibi haben: Sie waren doch an dem Abend mit den anderen in dem Lokal und haben auf Flip gewartet.«

»Das stimmt«, sagte er, »das stimmt.«

»Dann haben Sie ja nichts zu befürchten«, sagte Rebus und trat ein wenig vom Tisch zurück. »Es sei denn, Sie verschweigen uns etwas.«

»Nein, ich... also ich...«

»Gibt es in Ihrem Freundeskreis sonst noch jemanden, der sich für Spiele interessiert, Albert?«, fragte Siobhan.

»Nein, niemand. Also, Rist hat ein paar Computerspiele, Tomb Raider und so was. Aber das hat doch jeder.«

»Wahrscheinlich«, räumte Siobhan ein. »Und studiert aus Ihrem Kreis sonst noch jemand Medizin?«

Winfield schüttelte den Kopf, aber Siobhan sah, dass ihm etwas eingefallen war. »Es gibt da eine Claire«, sagte er. »Claire Benzie. Ich bin ihr nur ein- oder zweimal auf Partys begegnet, aber sie war mit Flip befreundet, schon seit der Schule, glaube ich.«

»Und sie studiert Medizin?«

»Ja.«

»Aber Sie kennen sie nicht richtig?«

»Sie ist erst im zweiten Jahr und hat einen anderen Schwerpunkt als ich. Ach ja, stimmt...« Er sah zuerst Siobhan und dann Rebus an. »Sie möchte ausgerechnet Pathologin werden...«

»Ja, ich kenne Claire«, sagte Dr. Curt und geleitete die beiden durch einen der Korridore. Sie befanden sich in einem Gebäude der Medizinischen Fakultät auf der Rückseite der McEwan Hall. Rebus war schon öfter hier gewesen: Curt und Gates, die beide an der Universität lehrten, hatten hier ihre Diensträume. Die Hörsäle allerdings kannte er nicht. Jetzt führte Curt sie in den Teil des Gebäudes, wo sich die Seminarräume befanden. Rebus erkundigte sich nach seinem Befinden. »Magenprobleme«, entgegnete der Pathologe. »Sehr angenehmes Mädchen«, sagte er dann, »und eine gute Studentin. Ich hoffe, sie bleibt uns erhalten.«

»Wie meinen Sie das?«

»Sie ist erst im zweiten Jahr und könnte es sich noch anders überlegen.«

»Entscheiden sich viele Frauen für den Beruf der Pathologin?«, fragte Siobhan.

»Nicht allzu viele, nein, jedenfalls nicht hier bei uns.«

»Eine merkwürdige Berufswahl, oder?«, sagte Rebus. »Ich meine, wenn man noch so jung ist.«

»Finde ich nicht«, sagte Curt nachdenklich. »Ich hab schon

im Biologieunterricht gerne Frösche seziert.« Er schenkte den beiden ein strahlendes Lächeln. »Außerdem behandle ich lieber die Verstorbenen als die Lebenden: keine unangenehmen Diagnosen, keine erwartungsvollen Angehörigen, keine juristischen Probleme wegen Fahrlässigkeit...« Er blieb vor einer Doppeltür stehen und blickte durch eine Glasscheibe. »Ja, hier.«

Der Hörsaal war ebenso klein wie altmodisch eingerichtet: holzgetäfelte Wände, halbkreisförmige Holzbänke, die steil anstiegen. Curt sah auf die Uhr. »Nur noch ein oder zwei Minuten.«

Rebus spähte in den Raum. Jemand, den er nicht kannte, stand vor ein paar Dutzend Studenten und erklärte ihnen etwas. Der Dozent hatte diverse Diagramme an die Wandtafel gezeichnet, stand auf einem Podest und putzte sich die Kreide von den Fingern.

»Und wo ist die Leiche?«, fragte Rebus.

»Die sparen wir uns für die Praktika auf.«

»Nutzen Sie das Western General Hospital noch immer als Ausweichquartier?«

»Ja, leider. Am ärgerlichsten ist der Verkehr.«

Der Obduktionsraum im städtischen Leichenschauhaus war nämlich außer Betrieb. Aus Angst, dass sich über das veraltete Belüftungssystem Hepatitiserreger verbreiten könnten. Und Geld für eine neue Anlage war nicht in Sicht, was bedeutete, dass ein Großteil der pathologischen Arbeiten in einem städtischen Krankenhaus durchgeführt wurden.

»Der menschliche Körper ist eine faszinierende Maschine«, sagte Curt. »Besonders deutlich wird das allerdings erst nach dem Tod. Der normale Chirurg muss sich auf einen bestimmten Teil des Körpers beschränken, wir Pathologen hingegen können unserer Neugier freien Lauf lassen.«

Auf Siobhans Gesicht war zu erkennen, dass sie diesen gut gelaunten Bemerkungen wenig abgewinnen konnte. »Ziemlich altes Gebäude«, sagte sie.

»So alt nun auch wieder nicht im Verhältnis zur gesamten Universität. Die Medizinische Fakultät hatte früher ihren Sitz im Old College.«

»Dorthin hat man damals auch Burkes Leiche gebracht, nicht wahr?«, sagte Rebus.

»Ja. Nachdem man ihn vom Galgen genommen hatte. Das Old College war nämlich durch einen Tunnel mit der Außenwelt verbunden. Und durch diesen Tunnel wurden die Leichen angeliefert, manchmal sogar mitten in der Nacht.« Er sah Siobhan an. »Die Resurrektionisten.«

»Guter Name für 'ne Band.«

Er quittierte ihre Schnodderigkeit mit einem finsteren Blick. »Leichenräuber«, sagte er.

»Und dann hat man Burke noch die Haut abgezogen«, sagte Rebus.

»Sie kennen sich ja gut aus.«

»Erst seit kurzem. Gibt es den Tunnel eigentlich noch?«

»Teilweise.«

»Den würde ich mir gern mal anschauen.«

»Dann ist Devlin Ihr Mann.«

»Ach, tatsächlich?«

»Der hat sich intensiv mit den Anfangsjahren der Fakultät beschäftigt. Hat sogar im Selbstverlag ein paar durchaus informative Abhandlungen über das Thema publiziert.«

»Das wusste ich gar nicht. Mir war nur bekannt, dass er einiges über Burke und Hare weiß. Außerdem hat laut seiner Theorie Dr. Kennet Lovell die Särge auf dem Arthur's Seat deponiert.«

»Sie meinen die Kisten, von denen neulich in der Zeitung die Rede war?« Auf Curts Stirn erschienen ein paar Falten. »Lovell? Wer weiß? Vielleicht hat Devlin sogar Recht.« Er verstummte und machte ein nachdenkliches Gesicht. »Eigentlich komisch, dass Sie diesen Lovell erwähnen.«

»Warum?«

»Weil Claire mir erst kürzlich erzählt hat, dass sie mit ihm verwandt ist.« In dem Raum hinter der Tür wurde es jetzt unruhig. »Ah, Dr. Easton ist fertig. Die Studenten müssen alle hier vorbeikommen. Am besten wir treten ein wenig zur Seite, damit sie uns nicht über den Haufen rennen.«

»Sind die denn alle so eifrig?«, fragte Siobhan.

»Eifrig, wenn es darum geht, an die frische Luft zu kommen, ja.«

Die meisten Studenten nahmen keine Notiz von den drei Besuchern. Die wenigen, die das dennoch taten, schienen Curt zu erkennen und grüßten ihn lächelnd. Als der Raum sich schließlich zu drei Vierteln geleert hatte, stellte Curt sich auf die Zehenspitzen.

»Claire? Hätten Sie mal kurz Zeit?«

Das Mädchen war groß gewachsen und sehr dünn, hatte kurzes blondes Haar und eine lange gerade Nase. Ihre Augen standen schräg, fast ein wenig fernöstlich. Sie trug zwei Mappen unter dem Arm und hielt ein Mobiltelefon in der Hand. Auf dem Weg aus dem Hörsaal hatte sie aufmerksam das Display studiert, vielleicht weil sie eine Nachricht erwartete. Sie kam lächelnd zu ihnen hinüber.

»Hallo, Dr. Curt.« Ihre Stimme klang fast fröhlich.

»Claire, diese beiden Polizeibeamten möchten Sie gerne sprechen.«

»Ist es wegen Flip?« Ihr Gesicht war plötzlich todernst, jede Freude daraus gewichen, und selbst ihre Stimme klang ganz hohl.

Siobhan nickte langsam. »Nur ein paar kurze Fragen.«

»Ich ertappe mich immer wieder bei der Vorstellung, dass es sich um eine Verwechslung handeln muss, dass sie es gar nicht gewesen ist...« Sie sah den Pathologen an. »Haben Sie...?«

Curt schüttelte nur leicht den Kopf, doch offenbar um zu signalisieren, dass er ihre Frage nicht beantworten wollte. Rebus und Siobhan wussten, dass Curt einer der beiden Pathologen gewesen war, die Philippa Balfour obduziert hatten. Der andere war Professor Gates gewesen.

Und Claire Benzie wusste das ebenfalls. Ihr Blick war noch immer auf Dr. Curt gerichtet. »Haben Sie je einen Menschen... Sie wissen schon... jemanden, den Sie persönlich kannten...?«

Curt blickte in Rebus' Richtung, und Rebus wusste, dass der Pathologe an Conor Leary dachte.

»Dazu kann man Sie nicht zwingen«, sagte Curt zu seiner Studentin. »Falls so etwas mal passiert, kann man die Autopsie aus persönlichen Gründen ablehnen.«

»Dann sind uns solche menschlichen Regungen also gestattet?«

»Ab und zu, ja.« Wieder huschte ein flüchtiges Lächeln über ihr Gesicht.

»Und was kann ich für Sie tun?«, fragte sie Siobhan.

»Sie wissen vermutlich bereits, dass Flip unserer Auffassung nach einem Mord zum Opfer gefallen ist.«

»Ja, das habe ich heute Morgen in den Nachrichten gehört.«

»Wir brauchen Ihre Hilfe, um uns in einigen Punkten Klarheit zu verschaffen.«

»Sie können das gerne in meinem Büro machen«, sagte Curt.

Als sie nun je zu zweit nebeneinander wieder durch den Korridor gingen, nahm Rebus Claire Benzie von hinten in Augenschein. Sie hielt die beiden Mappen vorne vor den Bauch gepresst und sprach mit Dr. Curt über das Thema der Lehrveranstaltung. Siobhan sah Rebus von der Seite an und überlegte, worüber er nachdenken mochte. Doch er schüttelte bloß den Kopf: nicht so wichtig. Allerdings fand er Claire Benzie ziemlich interessant. Obwohl sie erst kurz zuvor vom Tod ihrer Freundin erfahren hatte, war sie in eine Vorlesung gegangen, über die sie sich jetzt angeregt mit einem ihrer Dozenten unterhielt, während zwei Polizisten direkt hinter ihr hergingen.

Eine Erklärung: Verdrängung. Sie schob den Gedanken an Flip einfach beiseite und stürzte sich in ihre Alltagsroutine.

Beschäftigte sich beinahe zwanghaft, um nicht in Tränen auszubrechen.

Eine andere Möglichkeit: Sie war die Selbstbeherrschung in Person und ließ Flips Tod erst gar nicht an sich heran.

Rebus wusste, welche Version er persönlich bevorzugte, obwohl er nicht zu sagen vermochte, ob es sich dabei auch um die zutreffende handelte.

Dr. Curt und Professor Gates hatten ein gemeinsames Sekretariat. Dorthin führte Curt seine Besucher. Auf der Stirnseite des Zimmers befanden sich direkt nebeneinander zwei Türen: Curts und Gates' Büros. Curt öffnete eine der beiden und führte seine Gäste in sein Arbeitszimmer.

»Ich habe noch ein paar Dinge zu erledigen«, sagte er dann. »Machen Sie einfach die Tür hinter sich zu, wenn Sie fertig sind.«

»Danke«, sagte Rebus.

Doch nachdem er die drei hergeführt hatte, war Curt plötzlich unschlüssig, ob er seine Studentin einfach mit den beiden Polizisten allein lassen konnte.

»Alles in Ordnung, Dr. Curt«, beruhigte ihn Claire, als ob sie seine Gedanken erraten hatte. Curt nickte und entfernte sich. Ein voll gestopfter schlecht belüfteter Raum. Darin ein zum Bersten voller Bücherschrank mit Glastüren, der eine ganze Wand einnahm. Auf den übrigen freien Flächen waren ebenfalls Bücher und Papiere aufgetürmt. Rebus vermutete zwar auf dem Schreibtisch irgendwo einen Computer, konnte aber ein solches Gerät nirgends entdecken: nur Papiere, Ordner, Mappen, Fachzeitschriften, leere Kuverts…

»Scheint nicht viel wegzuschmeißen«, sagte Claire Benzie. »Komisch, wenn man sich vorstellt, was er mit den Leichen anstellt, die auf seinen Tisch kommen.«

Siobhan fand die Bemerkung überhaupt nicht komisch.

»Um Gottes willen, Entschuldigung«, sagte Claire und legte sich erschrocken die Hand auf den Mund. »Da sehen Sie mal zu was für einer Taktlosigkeit dieses Studium führt.«

Rebus dachte an die Autopsien, die er selbst gesehen hatte: Eingeweide, die in Eimern landeten, abgetrennte Organe, die auf eine Waage gelegt wurden...

Siobhan lehnte sich rückwärts gegen den Schreibtisch. Claire ließ sich auf den Besucherstuhl fallen, der an ein Esszimmermöbel aus den Siebzigerjahren erinnerte. Rebus hatte die Alternative, entweder mitten im Zimmer stehen zu bleiben oder sich auf Curts Stuhl zu setzen. Er entschied sich für die zweite Möglichkeit.

»So«, sagte Claire und legte ihre Mappen neben sich auf den Boden, »was möchten Sie denn wissen?«

»Sie sind mit Flip zur Schule gegangen?«

»Ja, ein paar Jahre.«

Die beiden hatten bereits das Protokoll durchgesehen, das von Claire Benzies erster Vernehmung angefertigt worden war. Zwei Kollegen vom Gayfield Square hatten mit ihr gesprochen, ihr allerdings kaum etwas entlockt.

»Und dann haben Sie einander aus den Augen verloren?«

»Mehr oder weniger. Hier und da mal ein Brief oder eine E-Mail. Und dann hat sie mit Kunstgeschichte angefangen, und ich habe hier in Edinburgh einen Studienplatz bekommen.«

»Und dann haben Sie sich wieder bei ihr gemeldet?«

Claire nickte. Sie hatte auf dem Stuhl einen Fuß unter sich geklemmt und spielte mit einem Armband an ihrem linken Handgelenk. »Genau. Ich hab ihr 'ne E-Mail geschickt, und dann haben wir uns verabredet.«

»Haben Sie sich danach häufig getroffen?«

»Nein, nicht sehr häufig. Verschiedene Studiengänge, unterschiedliches Arbeitspensum.«

»Unterschiedliche Freunde?«, fragte Rebus.

»Ja, überwiegend schon«, pflichtete Claire ihm bei.

»Haben Sie sonst noch Kontakt zu ehemaligen Mitschülerinnen?«

»Ja, ein oder zwei.«

»Und Flip?«

»Nein, die nicht.«

»Wissen Sie, wie sie David Costello kennen gelernt hat?« Rebus kannte die Antwort bereits, die beiden waren sich bei einem Abendessen begegnet, wollte aber gerne wissen, wie gut Claire Costello kannte.

»Ich glaube, sie hat irgendwas von einer Party erzählt...«

»Mochten Sie ihn gleich?«

»David?« Sie dachte nach. »Arroganter Typ, sehr von sich eingenommen.«

Beinahe wäre Rebus rausgerutscht: *Also genau das Gegenteil von Ihnen?* Doch er blickte nur in Siobhans Richtung, die gerade das Blatt mit den Rätseln aus der Jackentasche zog.

»Claire«, sagte sie, »hat Flip eine Schwäche für Spiele gehabt?«

»Spiele?«

»Rollenspiele... Computerspiele... vielleicht irgendwas im Internet?«

Claire ließ sich mit der Antwort Zeit. Rebus wurde unruhig. Schließlich konnte man sich in einer solchen Denkpause alles Mögliche zusammenreimen...

»Wir hatten an der Schule einen Dungeous-&-Dragons-Club.«

»Und da waren Sie beide Mitglied?«

»Bis wir entdeckt haben, dass das eine reine Jungenkiste ist.« Sie verzog die Nase. »Dabei fällt mir ein, David war wohl in der Schule auch in so einem Club.«

Siobhan reichte ihr das Blatt. »Haben Sie diese Rätsel schon mal gesehen?«

»Welche Rätsel?«

»Ein Spiel, bei dem Flip mitgemacht hat. Warum lächeln Sie?«

»*Seven fins high*... ja, da war sie super stolz.«

Siobhan machte große Augen. »Wie bitte?«

»Sie ist vor einiger Zeit mal in einer Kneipe ganz aufgeregt zu mir gekommen... Mensch, ich hab völlig vergessen, wo das war. Vielleicht im Barcelona.« Sie sah Siobhan an. »Das ist eine Bar in der Buccleuch Street.«

Siobhan nickte. »Und?«

»Sie hat... also sie hat bloß gelacht... und dann hat sie das hier gesagt.« Claire zeigte auf das Blatt. »*Seven fins high is king*. Und dann hat sie mich gefragt, ob ich weiß, was das heißt. Ich hab gesagt, dass ich keinen blassen Schimmer habe. ›Das ist Victoria Line‹, hat sie gesagt und schien wahnsinnig stolz zu sein.«

»Und sonst hat sie nichts gesagt?«

»Hab ich doch gerade...«

»Nein, ich meine, dass es sich bei dem Text um ein Rätsel handelt.«

Claire schüttelte den Kopf. »Also, ich habe gedacht... eigentlich weiß ich gar nicht, was ich gedacht habe.«

»War sonst noch jemand dabei?«

»An der Bar, nein. Ich hatte gerade ein paar Drinks besorgt, als sie auf mich zugestürzt kam.«

»Glauben Sie, dass sie sonst noch mit jemand darüber gesprochen hat?«

»Nicht so weit ich weiß.«

»Und zu den anderen Fragen hat sie sich nicht geäußert?« Siobhan zeigte auf das Blatt. Sie war ungemein erleichtert. Immerhin bedeutete *Seven fins*, dass sie dieselben Rätsel gelöst hatte wie Flip. Sie hatte nämlich schon befürchtet, dass Quizmaster für sie ganz neue Fragen ausgebrütet hatte. Jetzt fühlte sie sich Flip mehr verbunden denn je.

»Hat das Spiel denn was mit ihrem Tod zu tun?«, fragte Claire.

»Das wissen wir noch nicht«, entgegnete Rebus.

»Und, gibt es schon einen Verdächtigen, eine Spur?«

»Spuren haben wir reichlich«, versicherte ihr Rebus eilends. »Sie haben eben gesagt, dass Sie David Costello arrogant finden. Hat er sich in Ihrer Gegenwart je zu mehr hinreißen lassen?«

»Wie meinen Sie das?«

»Wir haben erfahren, dass es zwischen Flip und ihm manchmal mächtig gekracht hat.«

»Ach, Flip wusste sich schon zu wehren.« Dann verstummte sie plötzlich und starrte in die Ferne. Nicht zum ersten Mal in seinem Leben hätte Rebus zu gerne über die Fähigkeit verfügt, Gedanken zu lesen. »Sie wurde erwürgt, oder?«

»Ja.«

»In meinen gerichtsmedizinischen Seminaren habe ich gelernt, dass sich das niemand so einfach gefallen lässt. Vielmehr beißen, kratzen und treten die Opfer wie wahnsinnig um sich.«

»Aber nicht, wenn sie schon bewusstlos sind«, sagte Rebus leise.

Claire schloss einen Moment die Augen. Als sie sie wieder öffnete, waren sie tränenbenetzt.

»Druck auf die Halsschlagader«, erklärte Rebus.

»Also ein Hämatom vor Eintritt des Todes?« Claire wusste sofort Bescheid. Siobhan nickte zur Bestätigung.

»Kommt mir vor, als ob wir erst gestern zusammen zur Schule gegangen wären...«

»Das war in Edinburgh, nicht wahr?«, fragte Rebus und wartete, bis Claire nickte. Die beiden Kollegen, die die erste Vernehmung durchgeführt hatten, hatten sich vor allem für Flip interessiert und kaum nach Claires eigenem Werdegang gefragt. »Und Ihre Eltern wohnen auch hier in der Stadt?«

»Inzwischen schon. Aber damals haben wir in Causland gewohnt.«

Rebus legte die Stirn in Falten. »Causland?« Er kannte den Namen irgendwoher.

»Ein Dorf, vielleicht nur ein Weiler. Ungefähr zwei Kilometer von Falls entfernt.«

Rebus umklammerte mit den Händen die Armlehnen von Dr. Curts Stuhl. »Dann kennen Sie Falls?«

»Ja, von früher.«

»Und auch das Anwesen der Balfours?«

Sie nickte. »Eine Zeit lang war ich dort fast öfter als in meinem Elternhaus.«

»Und dann sind Ihre Eltern weggezogen?«

»Ja.«

»Warum?«

»Mein Vater...« Sie hielt inne. »Es hatte mit seinem Beruf zu tun.« Rebus und Siobhan sahen einander an: Eigentlich hatte Claire etwas anderes sagen wollen.

»Sind Sie je mit Flip bei dem Wasserfall gewesen?«, fragte Rebus beiläufig.

»Was, den kennen Sie?«

Er nickte. »Ja, ich bin ein paar Mal dort gewesen.«

Sie lächelte, und ihr Blick verlor sich in der Ferne. »Wir haben dort früher oft Märchenland gespielt. Wenn wir damals schon geahnt hätten...«

Sie brach in Tränen aus, und Siobhan versuchte sie zu trösten. Rebus ging ins Vorzimmer und bat die Sekretärin um ein Glas Wasser. Als er damit zurückkam, hatte Claire sich schon wieder gefangen. Siobhan hockte neben dem Stuhl des Mädchens und hatte ihr die Hand auf die Schulter gelegt. Rebus reichte ihr das Glas. Claire wischte sich mit einem Tempo die Nase ab.

»Danke«, sagte sie. Es klang wie »Uhnke«.

»Sie haben uns sehr geholfen«, sagte Siobhan. Obwohl er diese Meinung nicht teilte, nickte Rebus zustimmend. »Ihre Aussage war enorm hilfreich, Claire.«

»Wirklich?«

Jetzt war es an Siobhan zu nicken. »Vielleicht melden wir uns noch mal bei Ihnen, falls es Ihnen recht ist.«

»Sicher, gern.«

Siobhan gab Claire ihre Karte. »Wenn Sie mich nicht im Büro erwischen, können Sie mich immer über den Piepser erreichen.«

»Okay.« Claire schob das Kärtchen in eine ihrer Mappen. »Geht es wieder?«

Claire nickte, stand von ihrem Stuhl auf und presste sich die Mappen gegen die Brust. »Ich hab jetzt gleich noch eine Veranstaltung«, sagte sie. »Die möchte ich nicht verpassen.«

»Dr. Curt hat uns erzählt, dass Sie mit Kennet Lovell verwandt sind?«

Sie sah ihn an. »Ja, mütterlicherseits.« Sie hielt inne, als ob sie eine weitere Frage erwartet hätte, doch Rebus fiel keine ein.

»Nochmals vielen Dank«, sagte Siobhan.

Dann ging die junge Frau zur Tür, die Rebus für sie öffnete. »Noch eine letzte Frage, Claire?«

Sie blieb neben ihm stehen und starrte ihm ins Gesicht. »Ja?«, sagte sie.

»Sie haben uns doch erzählt, dass Sie sich in Falls früher mal gut ausgekannt haben.« Rebus wartete, bis sie nickte. »Heißt das, dass Sie in letzter Zeit nicht mehr dort gewesen sind?«

»Kann sein, dass ich mal durchgefahren bin.«

Er nickte zufrieden. Sie wandte sich schon zum Gehen. »Aber Sie kennen doch bestimmt Beverly Dodds?«, schob er noch nach.

»Wen?«

»Ich vermute mal, das Armband, das Sie tragen, ist von ihr.«

Claire hob den Arm. »Meinen Sie das hier?« Der Schmuck hatte große Ähnlichkeit mit dem Armband, das Jean gekauft hatte: polierte Steine, die in der Mitte ein Loch hatten und auf einer Schnur aufgereiht waren. »Das hat Flip mir mal geschenkt. Sie hat was von ›positiver Magie‹ gesagt.« Sie schaute ihn achselzuckend an. »Nicht, dass ich an so was glaube...«

Rebus sah ihr nach, als sie aus dem Zimmer ging, dann schloss er die Tür. »Was denken Sie?«, fragte er und drehte sich um.

»Ich weiß nicht recht«, gestand Siobhan.

»Ein bisschen viel Theater, oder?«

»Die Tränen waren aber echt.«

»Wie man es von einer guten Schauspielerin erwartet.«

Siobhan setzte sich auf Claires Stuhl. »Wenn in dem Mädchen eine Mörderin steckt, dann ist die allerdings verdammt tief vergraben.«

»*Seven fins high*. Nehmen wir mal an, Flip hat ihr davon an der Bar überhaupt nichts erzählt, weil Claire nämlich längst wusste, was es bedeutet.«

»Weil sie Quizmaster ist?« Siobhan schüttelte den Kopf.

»Oder weil sie selbst bei dem Spiel mitgemacht hat«, sagte Rebus.

»Warum hätte sie uns dann überhaupt davon erzählen sollen?«

»Weil...« Aber Rebus fiel auf diese Frage auch keine gescheite Antwort ein.

»Ich sag Ihnen mal, was mir komisch vorkommt.«

»Die Sache mit ihrem Vater?«, fragte Rebus.

Siobhan nickte. »Sie hat uns irgendwas verschwiegen.«

»Wieso sind ihre Eltern wohl weggezogen?«

Siobhan überlegte, fand aber keine passende Antwort.

»Möglich, dass wir über ihre ehemalige Schule was herausbekommen«, sagte Rebus. Als Siobhan nach nebenan ging, um bei der Sekretärin ein Telefonbuch zu organisieren, wählte Rebus Bev Dodds' Nummer. Sie meldete sich nach dem sechsten Läuten.

»Hier spricht Inspektor Rebus«, sagte er.

»Inspektor, ich bin im Augenblick ziemlich beschäftigt...«

Er hörte im Hintergrund Stimmen. Touristen, vermutete er, die überlegten, was sie kaufen wollten. »Ich habe Sie, glaube ich, noch gar nicht danach gefragt, ob Sie Philippa Balfour gekannt haben?«, sagte er.

»Wirklich nicht?«

»Was dagegen, wenn ich das jetzt nachhole?«

»Nein, ganz und gar nicht.« Sie hielt kurz inne. »Die Antwort lautet: Nein.«

»Dann sind Sie ihr also nie begegnet?«

»Nein, niemals. Wieso fragen Sie?«

»Eine Freundin von ihr trägt ein Armband, das sie angeblich von Flip bekommen hat. Das Stück erinnert mich an Ihre Arbeiten.«

»Durchaus möglich.«

»Aber Sie haben dieses Armband nicht an Philippa verkauft?«

»Wenn das Stück wirklich von mir ist, hat sie es wahrscheinlich in einem Laden gekauft. Es gibt zum Beispiel in Haddington einen Kunsthandwerkladen, der meine Sachen im Angebot hat, und dann noch einen in Edinburgh.«

»Wie heißt der Laden in Edinburgh?«

»Wiccan Crafts. In der Jeffrey Street, falls Sie das interessiert. Aber ich muss jetzt leider...« Doch Rebus hatte bereits eingehängt. Dann kam Siobhan zurück. Sie hatte die Nummer von Flips ehemaliger Schule bereits ausfindig gemacht. Rebus führte das Telefonat und schaltete den Lautsprecher ein, damit Siobhan mithören konnte. Zu der Zeit als Flip und Claire an der Schule gewesen waren, hatte die heutige Direktorin dort unterrichtet.

»Arme, arme Philippa, was für eine furchtbare Nachricht. Ich mag gar nicht daran denken, was die Eltern durchmachen«, sagte die Frau.

»Ich bin sicher, dass sie jede denkbare Unterstützung haben«, versuchte Rebus sie zu trösten und dabei so aufrichtig wie möglich zu klingen.

Am anderen Ende der Leitung ein langer Seufzer.

»Aber eigentlich rufe ich wegen Claire an.«

»Claire?«

»Claire Benzie. Wir stellen die verschiedensten Nachforschungen an, um uns ein möglichst genaues Bild von Philippa zu machen. Ich glaube, die beiden waren früher mal gut befreundet, oder?«

»Ja, sogar ziemlich gut.«

»Wenn ich recht informiert bin, haben beide Familien auch ziemlich nahe beieinander gewohnt?«

»Ja, am East Lothian Way.«

Rebus hatte eine Eingebung. »Und wie sind die Mädchen morgens zur Schule gekommen?«

»Oh, Claires Vater hat sie meist hergefahren. Entweder er oder Philippas Mutter. Eine feine Frau, sie tut mir ja so ...«

»Dann hat Claires Vater also in Edinburgh gearbeitet?«

»Oh ja. Als Anwalt, glaube ich.«

»War das auch der Grund, weshalb die Familie damals weggezogen ist? Wegen dem Beruf des Vaters?«

»Meine Güte, nein. Ich glaube, sie mussten das Haus verkaufen.«

»Wieso verkaufen?«

»Also, ich möchte ja keinen Klatsch verbreiten, aber er ist ja schon tot, deshalb kann ich es ja sagen.«

»Wir behandeln jede Information streng vertraulich«, sagte Rebus und sah Siobhan an.

»Na ja, der arme Mann hat sich meines Wissens auf spekulative Finanzgeschäfte eingelassen und dabei alles verloren: sein Geld ... sein Haus ... alles. Ich glaube, er war immer schon so ein bisschen eine Spielernatur und offenbar war er dieses Mal zu weit gegangen.«

»Und wie ist er gestorben?«

»Ich glaube, das haben Sie schon erahnt. Er hat sich kurze Zeit später am Meer in einem Hotel eingemietet und dort eine Überdosis Tabletten genommen. Ist ja auch ein jäher Absturz, von einer florierenden Kanzlei direkt in den Bankrott.«

»Ja, das stimmt«, pflichtete Rebus ihr bei. »Vielen Dank für Ihre Auskunft.«

»Bitte. Ich muss jetzt auch Schluss machen. Wir haben gleich Konferenz.« Aus ihrem Ton schloss Rebus, dass ihr die Veranstaltung nicht besonders wichtig war. »Wie schrecklich:

zwei Familien, die durch eine solche Tragödie auseinander gerissen werden.«

»Wiederhören«, sagte Rebus und legte auf. Er sah Siobhan an.

»Spekulative Finanzgeschäfte?«, wiederholte sie.

»Und auf wen hätte er dabei mehr vertrauen sollen als auf den Vater der besten Freundin seiner Tochter?«

Siobhan nickte. »John Balfour steht gerade im Begriff, seine Tochter zu Grabe zu tragen«, erinnerte sie ihn.

»Dann müssen wir eben mit jemand anderem von der Bank sprechen.«

Siobhan lächelte. »Und ich weiß auch schon, mit wem.«

Ranald Marr hielt sich zurzeit auf Junipers auf, dem Anwesen der Balfours, also fuhren die zwei nach Falls hinaus. Siobhan bat Rebus, einen kurzen Zwischenstopp an dem Wasserfall einzulegen. Ein Touristenpaar hatte dieselbe Idee gehabt. Der Mann machte gerade ein Foto von seiner Frau. Dann fragte er Rebus, ob der ein Bild von ihm und seiner Frau machen könne. Er hatte einen Edinburgher Akzent.

»Und was führt Sie hierher?«, fragte Rebus und spielte den Ahnungslosen.

»Vermutlich dasselbe wie Sie«, sagte der Mann und posierte neben seiner Frau. »Und achten Sie darauf, dass der kleine Wasserfall ins Bild kommt.«

»Sie sind also wegen des Sarges hier?«, fragte Rebus und spähte durch den Sucher.

»Na ja, das Mädchen ist ja sowieso tot.«

»Ja, schrecklich«, sagte Rebus.

»Sind wir auch richtig im Bild?«, fragte der Mann besorgt.

»Absolut«, entgegnete Rebus und drückte auf den Auslöser. Doch in Wahrheit hatte er das Objektiv auf den Himmel und die Bäume gerichtet.

»Noch ein Tipp«, sagte der Mann und nahm seine Kamera

wieder entgegen. Er wies mit dem Kopf zu einem der Bäume hinüber. »Die Frau dort drüben hat den Sarg gefunden.«

Rebus folgte dem Blick des Mannes. An einem Baum hing ein Werbeschild für Bev Dodd's Töpferei. Auf einer handgezeichneten Karte war der Weg zu ihrem Haus vermerkt. »Töpferwaren, Tee und Kaffee.« Offenbar hatte sie ihre geschäftlichen Aktivitäten ausgeweitet.

»Hat sie Ihnen den Sarg gezeigt?«, fragte Rebus und kannte die Antwort bereits. Der Sarg aus Falls befand sich zusammen mit den übrigen Kisten auf dem Revier in der St. Leonard's Street in sicherer Verwahrung. Dort hatte die Töpferin auch bereits ein rundes Dutzend Nachrichten für Rebus hinterlassen, doch da er genau wusste, was sie wollte, hatte er kein einziges Mal zurückgerufen.

Der Tourist schüttelte enttäuscht den Kopf. »Nein, den hat die Polizei immer noch beschlagnahmt.«

Rebus nickte. »Und was schauen Sie sich als Nächstes an?«

»Ich hatte gedacht, dass wir noch kurz nach Junipers rüberfahren«, sagte die Frau. »Vorausgesetzt, dass wir es überhaupt finden. Hat schon 'ne halbe Stunde gedauert, bis wir den Wasserfall hier gefunden haben.« Sie sah Siobhan an. »Und mit Straßenschildern haben die es hier draußen nicht so.«

»Ich kann Ihnen sagen, wo Junipers liegt«, sagte Rebus mit Bestimmtheit. »Sie fahren den Weg dort zurück und dann nach links durch den Ort. Hinter dem Ortsschild sehen Sie eine Siedlung namens Meadowside. Wenn Sie in die Siedlung hineinfahren, sehen Sie Junipers bereits auf der anderen Seite.«

Der Mann strahlte. »Wunderbar, danke.«

»Keine Ursache«, entgegnete Rebus. Dann verabschiedeten sich die Touristen und hatten es plötzlich eilig weiterzukommen.

Siobhan sah Rebus verschwörerisch an. »Total falsche Wegbeschreibung?«

»Die können von Glück sagen, wenn ihnen in Meadowside

nicht die Reifen vom Auto abmontiert werden.« Er grinste sie an. »Meine gute Tat für heute.«

Als sie wieder im Wagen saßen, sah Rebus Siobhan an. »Wie wollen wir denn nun vorgehen?«

»Zuerst wüsste ich gerne, ob Marr Freimaurer ist.«

Rebus nickte. »Das mache ich schon.«

»Und dann kommen wir direkt auf Hugo Benzie zu sprechen.«

Rebus nickte noch immer. »Und wer von uns stellt die Fragen?«

Siobhan ließ sich auf dem Sitz zurücksinken. »Sollten wir am besten der Situation überlassen, je nachdem, wen von uns beiden Marr sympathischer findet.« Rebus sah sie an. »Oder sind Sie anderer Meinung?«, fragte sie.

Er schüttelte den Kopf. »Nein, ganz und gar nicht.«

»Was denn?«

»Der Satz, den Sie da eben gesagt haben, der könnte von mir sein.«

Sie sah ihn an und hielt seinem Blick stand. »Ist das nun ein Kompliment oder eine Kritik?«

Auf Rebus' Gesicht erschien ein breites Lächeln. »Genau das versuche ich gerade rauszufinden«, sagte er und ließ den Wagen an.

An der Toreinfahrt von Junipers waren zwei Beamte in Uniform postiert, darunter auch Nicola Campbell, die Beamtin, mit der Rebus bereits bei seinem ersten Besuch zu tun gehabt hatte. Ein einsamer Reporter hatte seinen Wagen auf der anderen Straßenseite auf dem Randstreifen abgestellt. Der Mann trank einen Schluck aus seiner Thermoskanne, beobachtete, wie Rebus und Siobhan vor dem Tor anhielten, und beschäftigte sich dann wieder mit seinem Kreuzworträtsel. Rebus kurbelte das Fenster herunter.

»Telefonüberwachung eingestellt?«, fragte er.

»Klar. Ist ja keine Entführung«, entgegnete Campbell.

»Und wo steckt Grips?«

»Den haben sie wieder in die Zentrale beordert: Die brauchen ihn dort.«

»Erstaunlich: weit und breit nur ein einziger Aasgeier.« Rebus meinte den Reporter. »Und was ist mit Sensationstouristen?«

»Nur ein paar.«

»Möglich, dass später noch ein paar von der Sorte aufkreuzen. Und wer ist jetzt oben?« Rebus deutete mit der Hand Richtung Haus.

»Hauptkommissarin Templer, Detective Hood.«

»Die planen wahrscheinlich gerade die nächste Pressekonferenz«, vermutete Siobhan.

»Und wer ist sonst noch da?«, fragte Rebus.

»Die Eltern«, sagte Campbell, »einige Hausangestellte, jemand vom Bestattungsinstitut und ein Freund des Hauses.«

Rebus nickte. Er sah Siobhan an. »Haben wir eigentlich schon mit dem Personal gesprochen? Manchmal sehen und hören die Leute Sachen…« Campbell öffnete das Tor.

»Sergeant Dickie hat die Leute vernommen«, sagte Siobhan.

»Dickie?« Rebus legte den Gang ein und fuhr langsam durch das Tor. »Der faule Sack?«

Sie sah ihn an. »Wenn Sie könnten, würden Sie am liebsten alles allein machen, was?«

»Ja, weil ich Angst habe, dass die anderen es nicht können.«

»Vielen Dank auch.«

Er drehte den Kopf in ihre Richtung. »Natürlich gibt es Ausnahmen«, sagte er.

Vor dem Haus parkten vier Autos. Die beiden passierten die Stelle, an der Jacqueline Balfour Rebus vor einigen Tagen entgegengestolpert war, weil sie ihn für den Entführer ihrer Tochter gehalten hatte.

»Grants Alfa«, sagte Siobhan.

»Der darf die Chefin chauffieren.« Rebus vermutete, dass der schwarze Volvo S40 dem Bestattungsunternehmen gehörte. Blieben noch ein bronzefarbener Maserati und ein grüner Aston Martin DB7. Er vermochte sich nicht darüber klar zu werden, welcher der beiden Wagen Ranald Marr beziehungsweise den Balfours gehörte, und sagte das.

»Der Aston gehört John Balfour«, erwiderte Siobhan. Er sah sie an.

»Ist das bloß eine Vermutung?«, fragte er.

Sie schüttelte den Kopf. »Nein, steht in den Unterlagen.«

»Wahrscheinlich kennen Sie sogar seine Schuhgröße.«

Eine Bedienstete öffnete ihnen die Tür. Die beiden zeigten der Frau ihre Ausweise und wurden in die Eingangshalle geführt. Dann entfernte sich die Bedienstete wortlos. Rebus hatte bis dahin noch nie jemanden gesehen, der buchstäblich auf Zehenspitzen ging. Im Haus herrschte absolute Stille.

»Kommt mir vor, als ob wir in die Fernsehserie ›Cluedo‹ geraten wären«, murmelte Siobhan und musterte die Holztäfelung und die Familienporträts der Balfours. Am Fuß der Treppe stand sogar eine Rüstung. Auf einem Tisch neben der Rüstung lag ein Stapel ungeöffnete Post. Und dann ging die Tür wieder auf, durch die die Bedienstete entschwunden war. Eine groß gewachsene, wie es schien durchsetzungsfähige Frau mittleren Alters trat den beiden entgegen. Sie sah Rebus und Siobhan streng an.

»Ich bin Mr. Balfours persönliche Assistentin«, sagte sie mit kaum vernehmbarer Stimme.

»Eigentlich wollten wir Mr. Marr sprechen.«

Sie nickte nur knapp. »Sie werden verstehen, dass es im Augenblick äußerst schwierig ist ...«

»Soll das heißen, dass er nicht mit uns sprechen will?«

»Das ist keine Frage von ›nicht wollen‹.« Sie erschien ungehalten.

Rebus nickte langsam. »Na gut, dann muss ich Hauptkommissarin Templer davon in Kenntnis setzen, dass Mr. Marr unsere Ermittlungen im Mordfall Philippa Balfour behindert. Wenn Sie mir bitte den Weg zeigen könnten ...«

Sie starrte ihn wütend an, doch Rebus ließ sich durch ihren Blick überhaupt nicht aus der Ruhe bringen.

»Einen Moment, bitte«, sagte sie schließlich. Dabei erhaschte Rebus erstmals einen kurzen Blick auf ihre Zähne. Er beschied sie mit einem höflichen »Dankeschön«, während sie bereits den Rückzug antrat.

»Eindrucksvoll«, sagte Siobhan.

»Sie oder ich?«

»Der Schlagabtausch zwischen Ihnen beiden.«

Er nickte. »Noch zwei Minuten, und ich hätte mir die Rüstung dort drüben geschnappt.«

Siobhan ging zu dem Tisch hinüber und sah die Post durch.

»Ich hab gedacht, dass unsere Leute die Post aufmachen«, sagte Rebus, »falls eine Lösegeldforderung dabei ist.«

»Haben sie wahrscheinlich auch«, entgegnete Siobhan und inspizierte die Poststempel. »Aber die Sachen hier sind alle von gestern und heute.«

»Der Postbote hat aber gut zu tun.« Etliche der Umschläge waren postkartengroß und schwarz umrandet. »Man kann nur hoffen, dass die Assistentin die Post öffnet.«

Siobhan nickte. Erfahrungsgemäß gab es nämlich immer ein paar sensationskranke Wirrköpfe, die beim Tod eines Prominenten völlig ausrasteten. Und von außen war nicht zu erkennen, wer der Absender einer solchen Beileidskarte war. »Eigentlich sollten *wir* die Post zuerst durchsehen.«

»Das ist wahr.« Nicht auszuschließen, dass auch der Mörder so ein Wirrkopf war.

Dann ging die Tür wieder auf. Diesmal kam Ranald Marr auf sie zu. Er trug einen schwarzen Anzug samt passender Krawatte und ein weißes Hemd und schien über die Störung unangenehm überrascht.

»Worum geht es diesmal?«, fragte er Siobhan.

»Mr. Marr?« Rebus streckte ihm die Hand entgegen. »Inspektor Rebus. Ich möchte Ihnen sagen, wie außerordentlich Leid es mir tut, dass wir hier einfach so eindringen.«

Marr akzeptierte sowohl die Entschuldigung als auch Rebus' Hand. Rebus selbst war den Freimaurern zwar nie beigetreten, doch sein Vater hatte ihm vor vielen, vielen Jahren an einem feuchtfröhlichen Abend mal gezeigt, wie Freimaurer sich die Hand geben.

»Solange es schnell geht«, sagte Marr und versuchte sich die Situation gleich zu Nutze zu machen.

»Können wir uns irgendwo unterhalten?«

»Da entlang.« Marr führte sie in einen der beiden Gänge, die in die Eingangshalle mündeten. Rebus sah Siobhan an und nickte ihr zur Beantwortung ihrer Frage unmerklich zu. Ja, Marr war Freimaurer. Sie schürzte die Lippen und machte ein nachdenkliches Gesicht.

Dann öffnete Marr eine Tür, und sie traten in ein – mit einem mächtigen Billardtisch ausgestattetes – großes Zimmer, dessen eine Wand ganz von einem Bücherregal eingenommen wurde. Als Marr das Licht anmachte, sah man, dass in dem Raum wie auch im übrigen Haus zum Zeichen der Trauer die Vorhänge zugezogen waren. Der grüne Billardtisch aber war beleuchtet. An einer Wand standen zwei Sessel und dazwischen ein kleiner Tisch. Darauf ein Silbertablett und eine Karaffe Whisky und einige Kristallgläser. Marr setzte sich in einen der Sessel und goss sich einen Whisky ein. Dann hob er das Glas und sah die beiden Polizisten an, die den Kopf schüttelten. Wieder hob er das Glas.

»Auf Philippa, Gott schenke ihrer Seele ewige Ruhe.« Dann nahm er einen großen Schluck. Rebus hatte bereits bei der Begrüßung den Whisky in Marrs Atem gerochen und wusste, dass der Mann schon vorher getrunken hatte. Wahrscheinlich hatte er auch den Trinkspruch schon öfter ausgebracht. Wären die beiden Männer allein gewesen, hätten sie sich vermutlich kurz über ihre Heimatlogen austauschen müssen – was für Rebus hätte peinlich werden können. Doch zum Glück war Siobhan ja dabei, also konnte ihm nichts passieren. Er setzte eine rote Kugel in Bewegung, die auf der anderen Seite des Tisches gegen die Bande prallte. »So«, sagte Marr, »und was wollen Sie diesmal von mir?«

»Hugo Benzie«, sagte Rebus.

Der Name kam für Marr völlig überraschend. Er hob die Augenbrauen und nahm einen weiteren Schluck.

»Sie haben ihn doch gekannt?«, vermutete Rebus.

»Nicht sehr gut. Seine Tochter ist mit Philippa zur Schule gegangen.«

»War er ein Kunde Ihrer Bank?«

»Sie wissen, dass ich über Bankangelegenheiten nicht sprechen kann. Damit würde ich gegen meine Schweigepflicht verstoßen.«

»Aber Sie sind doch kein Arzt«, sagte Rebus. »Sie verwahren doch bloß das Geld anderer Leute.«

Marrs Augen verengten sich. »Wenn es so einfach wäre.«

»Wieso? Wollen Sie damit sagen, dass Sie das Geld Ihrer Kunden auch mal falsch anlegen?«

Marr sprang aus dem Sessel auf. »Was zum Teufel hat das mit Philippas Ermordung zu tun?«

»Beantworten Sie nur meine Frage: Hatte Hugo Benzie Geld bei Ihnen angelegt?«

»Nicht bei uns, sondern *durch* uns.«

»Sie haben ihn beraten?«

Marr goss sich wieder einen Schluck Whisky nach. Rebus sah Siobhan an. Sie kannte ihre Rolle in diesem Spiel, verhielt sich völlig ruhig und stand auf der anderen Seite des Tisches im Halbdunkeln.

»Dann haben Sie ihn also beraten?«, fragte Rebus abermals.

»Wir haben ihm geraten, keine Risiken einzugehen.«

»Aber er hat nicht auf Sie gehört?«

»Was ist schon ein Leben ohne Risiko: Das war Hugos Philosophie. Er hat einen hohen Einsatz gewagt... und verloren.«

»Hat er die Balfour Bank für sein Malheur verantwortlich gemacht?«

Marr schüttelte den Kopf. »Glaube ich nicht. Der arme Kerl hat sich einfach selbst aus dem Verkehr gezogen.«
»Und seine Frau und seine Tochter?«
»Was ist mit denen?«
»Haben die zwei die Bank für irgendetwas verantwortlich gemacht?«
Wieder schüttelte er den Kopf. »Sie haben ja gewusst, was für ein Mann er ist.« Er stellte sein Glas auf den Rand des Billardtisches. »Aber was hat das ...?« Dann schien ihm ein Licht aufzugehen. »Ach so, Sie suchen noch immer nach einem Motiv, und Sie glauben, dass ein toter Mann sich aus dem Grab erhoben hat, um sich an der Balfour Bank zu rächen?«
Rebus ließ wieder eine Kugel über den Tisch rollen. »Soll schon merkwürdigere Dinge gegeben haben.«
Dann trat Siobhan vor und reichte Marr das Blatt Papier. »Wissen Sie noch, dass wir über Rätselspiele gesprochen haben?«
»Ja.«
»Dieses Rätsel hier.« Sie zeigte auf die Aufgabe, in der nach der Rosslyn-Kapelle gefragt wurde. »Was sagt Ihnen das?«
Er kniff die Augen zusammen und dachte angestrengt nach. »Überhaupt nichts«, sagte er und reichte ihr das Blatt zurück.
»Darf ich fragen, ob Sie Mitglied einer Freimaurerloge sind, Mr. Marr?«
Marr sah sie wütend an. Dann wanderte sein Blick in Rebus' Richtung. »Diese Frage werde ich nicht beantworten.«
»Verstehen Sie: Jemand hat Philippa diese Rätselaufgabe gestellt – und später mir. Und weil die Wörter ›a mason's dream‹ darin vorkommen, habe ich mich bei einem Freimaurer danach erkundigt, was damit gemeint sein könnte.«
»Und was ist damit gemeint?«
»Das ist jetzt unwichtig. Mich interessiert lediglich, ob Philippa sich bei der Lösung des Rätsels ebenfalls in diesen Kreisen umgehört hat.«

»Ich habe Ihnen doch bereits gesagt: Ich habe von alledem nichts gewusst.«

»Wäre doch denkbar, dass sie mal etwas in ein Gespräch hat einfließen lassen...?«

»Nein, hat sie nicht.«

»Gab es noch weitere Freimaurer in Flips Bekanntenkreis, Mr. Marr?«, fragte Rebus.

»Das weiß ich nicht. Ich glaube, ich habe Ihnen jetzt wirklich genug Zeit gewidmet – und das ausgerechnet heute.«

»Ja, Sir«, sagte Rebus. »Danke, dass Sie unsere Fragen beantwortet haben.« Wieder streckte er ihm die Hand entgegen, doch diesmal würdigte sie Marr nicht einmal eines Blickes. Er ging vielmehr schweigend zur Tür, öffnete sie und trat in den Gang hinaus. Rebus und Siobhan folgten ihm wieder durch den Korridor. Vorn in der Eingangshalle standen Templer und Hood. Marr ging wortlos an ihnen vorüber und verschwand durch eine Tür.

»Was zum Teufel machen Sie denn hier?«, fragte Templer leise.

»Wir sind hier, weil wir einen Mörder suchen«, entgegnete Rebus. »Und Sie?«

»Erstklassiger Auftritt gestern in der Pressekonferenz«, sagte Siobhan zu Hood.

»Danke.«

»Ja, Grant hat sich glänzend verkauft«, sagte Templer und blickte Siobhan an. »Hätte gar nicht besser laufen können.«

»Finde ich auch«, sagte Siobhan lächelnd.

Sie traten aus dem Haus und stiegen in ihre jeweiligen Autos. Templers Abschiedsgruß: »Ich wünsche, dass Sie mir Ihre Anwesenheit hier in einem Bericht begründen. Und John? Der Arzt wartet...«

»Der Arzt?«, fragte Siobhan und legte den Sicherheitsgurt an.

»Ach, nichts«, sagte Rebus und ließ den Wagen an.

»Scheint so, als ob sie uns beide auf dem Kieker hätte.«

Rebus sah sie an. »Gill wollte Sie zu ihrer engsten Mitarbeiterin machen, Siobhan, und Sie haben das abgelehnt.«

»Aber ich konnte das Angebot einfach nicht annehmen.« Sie hielt inne. »Klingt ziemlich dämlich, ich weiß, aber ich glaube, dass sie eifersüchtig ist.«

»Auf Sie?«

Siobhan schüttelte den Kopf. »Auf *Sie*.«

»Auf mich?« Rebus lachte. »Wieso denn das?«

»Weil Sie sich nicht an die Regeln halten, während sie keine andere Wahl hat. Weil Sie es trotz Ihrer merkwürdigen Art immer wieder schaffen, die Leute für sich arbeiten zu lassen, selbst wenn die anderen mit dem, was Sie wollen, nicht mal einverstanden sind.«

»Offenbar bin ich besser, als ich dachte.«

Sie sah ihn spöttisch an. »Oh, ich glaube, dass Sie sehr wohl wissen, wie gut Sie sind. Beziehungsweise, Sie glauben das zu wissen.«

Er erwiderte ihren Blick. »Darin verbirgt sich doch irgendwo eine Beleidigung. Ich weiß nur noch nicht genau, wo.«

Siobhan ließ sich auf dem Sitz zurücksinken. »Und was jetzt?«

»Zurück nach Edinburgh.«

»Und dann?«

Rebus lenkte den Wagen nachdenklich über den Zufahrtsweg Richtung Tor. »Komisch«, sagte er. »Mir ist es vorhin fast so vorgekommen, als ob Marr sein eigenes Kind verloren hätte…«

»Wollen Sie damit sagen…?«

»Sind sich die beiden äußerlich ähnlich? Ich kann so was immer schlecht beurteilen.«

Siobhan biss sich auf die Unterlippe und dachte nach. »Für mich sehen reiche Leute alle gleich aus«, sagte sie dann. »Glauben Sie, dass Marr eine Affäre mit Mrs. Balfour gehabt hat?«

Rebus zuckte mit den Achseln. »Ohne Bluttest schwer nachzuweisen.« Er sah sie an. »Ich glaube, wir sollten Gates und Curt für alle Fälle bitten, eine Gewebeprobe zu verwahren.«

»Und Claire Benzie?«

Rebus winkte der Kollegin Campbell zu. »Wir müssen Claire im Auge behalten, aber wir sollten sie nicht verprellen.«

»Wieso?«

»Weil wir vielleicht in ein paar Jahren wieder mit ihr zu tun haben, und zwar als Pathologin. Gut möglich, dass ich dann schon nicht mehr dabei bin, aber Sie, und Sie wollen doch kein...«

»Böses Blut?«

»Böses Blut«, pflichtete Rebus ihr bei und nickte langsam.

Siobhan machte ein nachdenkliches Gesicht. »Wie man es auch dreht und wendet«, sagte sie dann, »hat das Mädchen wirklich jeden Grund, auf die Balfours stinksauer zu sein.«

»Und wieso war sie dann immer noch mit Flip befreundet?«

»Denkbar, dass das nur gespielt war.« Unterwegs auf der Landstraße hielt Siobhan Ausschau nach dem Touristenpaar, konnte die Leute jedoch nirgends entdecken. »Ob wir mal in Meadowside nachsehen, was aus den beiden geworden ist?«

Rebus schüttelte den Kopf. Sie fuhren schweigend dahin, bis Falls hinter ihnen lag.

»Marr ist Freimaurer«, sagte Siobhan schließlich. »Und er hat eine Schwäche für Spiele.«

»Dann soll *er* jetzt plötzlich Quizmaster sein und nicht mehr Claire Benzie?«

»Ist allemal realistischer als die Annahme, dass er Flips Vater ist.«

»Wenn Sie meinen.« Rebus dachte an Hugo Benzie. Bevor er mit Siobhan nach Falls rausgefahren war, hatte er mit einem befreundeten Anwalt telefoniert und sich nach dem Mann erkundigt. Benzie war auf Erbrechtsfragen und Treuhandgeschäfte spezialisiert gewesen, ein stiller hoch professioneller Anwalt, der in Edinburgh an einer großen Kanzlei beteiligt gewesen war. Seine Spielleidenschaft war nur wenigen bekannt und seiner Arbeit niemals abträglich gewesen. Es ging das Gerücht, dass er, durch Berichte im Wirtschaftsteil seiner bevorzugten Tageszeitung und Tipps im Bekanntenkreis angeregt, Geld in Start-up-Firmen im Fernen Osten gesteckt hatte. Falls das der Wahrheit entsprach, konnte man der Balfour Bank tatsächlich keinen Vorwurf machen. Wahrscheinlich hatte das Institut Benzies Geld lediglich gemäß seinen Anweisungen weitergeleitet und ihn später darüber informiert, dass sein Spieleinsatz im Yangtse versickert war. Aber Benzie hatte nicht nur sein gesamtes Geld verloren, schließlich war er ja ein gut verdienender Anwalt, sondern offenbar etwas noch viel Wichtigeres: den Glauben an sich selbst. Und als er dieses Selbstvertrauen einmal eingebüßt hatte, war ihm Selbstmord zunächst als Möglichkeit und dann immer mehr als unausweichliche Notwendigkeit erschienen. Rebus kannte das. Auch er hatte sich schon ein-, zweimal an diesem Punkt befunden, mit einer Flasche Whisky als einziger Gesellschaft. Er wusste, dass er nicht von einem hohen Gebäude oder einer Brücke springen konnte, da er unter Höhenangst litt, und zwar seit er während seiner Armeezeit einmal aus einem Helikopter hatte springen müssen. Ein warmes Bad und dann – ratsch – mit einer Rasierklinge die Pulsadern aufschneiden ... Daran störte ihn wiederum die Vorstellung des Gemetzels, mit dem es derjenige zu tun bekommen würde, der ihn hinterher fand. Alkohol und Tabletten – das waren die Drogen, auf die letzten Endes immer wieder alles hinauslief. Nicht zu Hause, sondern in einem anonymen Hotelzimmer, wo ihn später ein dienstbarer Geist entdecken und in ihm nur einen Fremden sehen würde, der sein Leben in diesem Zimmer beendet hatte.

Müßige Gedanken. Aber an Benzies Stelle, mit Frau und Tochter, hätte er es vermutlich doch nicht über sich gebracht, eine zerstörte Familie zurückzulassen. Und jetzt wollte Claire Pathologin werden, das heißt einen Beruf einschlagen, in dem sie es Tag für Tag in klimatisierten fensterlosen Räumen mit

Leichen zu tun haben würde. Ob sie in jeder Leiche, die auf ihren Tisch kam, ihren Vater sehen würde?

»Ich gäb was dafür, wenn ich wüsste, woran Sie gerade ...«

»Lohnt nicht«, entgegnete Rebus und starrte vor sich auf die Straße.

»Kopf hoch«, sagte Hi-Ho Silvers, »es ist doch Freitagnachmittag.«

»Na und?«

Er sah Ellen Wylie an. »Sie haben doch sicher gleich 'ne Verabredung.«

»Eine Verabredung?«

»Na, Sie wissen schon, erst Essen, dann ein bisschen tanzen gehen und dann zurück zu ihm in die Wohnung.« Er ließ die Hüften kreisen.

Wylie verzog das Gesicht. »Danke, mir ist schon schlecht.«

Die Überreste ihres Sandwichs lagen noch neben ihr auf dem Schreibtisch: Tunfisch-Mayonnaise mit süßem Mais. Allerdings hatte der Tunfisch etwas komisch geschmeckt, und in ihrem Magen rumorte es gewaltig. Nicht, dass Silvers etwas davon bemerkte.

»Was macht die Liebe, Ellen?«

»Bevor ich völlig verzweifelt bin, sag ich Ihnen Bescheid.«

»Freitag- und Samstagabend sieht es allerdings schlecht aus: Da lasse ich mich im Allgemeinen volllaufen.«

»Werde ich mir merken, George.«

»Und sonntagnachmittags natürlich auch.«

»Klar.« Wylie fand, dass Mrs. Silvers über dieses Arrangement nur froh sein konnte.

»Es sei denn, wir müssen mal wieder Überstunden schieben.« Silvers Themenwechsel war rasant. »Was glauben Sie, wie stehen die Chancen?«

»Kommt darauf an.« Sie wusste nur zu gut, wovon diese Entscheidung abhing: nämlich von der Stimmungsmache der Medien, die die Polizeiführung zwingen konnte, möglichst schnell ein Ergebnis zu präsentieren. Oder von John Balfour, der erneut jemanden um einen Gefallen bat und dabei ganz gehörig Druck ausübte. Wenn es ein schweres Verbrechen aufzuklären galt, hatten sie früher in der Regel sieben Tage die Woche Zwölfstundenschichten geschoben, aber natürlich gegen angemessene Bezahlung. Doch neuerdings hatten die Politiker dem öffentlichen Dienst nicht nur den Geldhahn zugedreht, sondern auch noch die Zahl der Stellen zusammengestrichen. Tatsächlich hatte Wylie kaum je so viele glückliche Polizisten gesehen wie an dem Tag, als die Staats- und Regierungschefs des Commonwealth in Edinburgh getagt hatten. Hinterher hatten die Mitarbeiter der Polizei nämlich einen satten Überstundenzuschlag erhalten. Doch das lag nun schon einige Jahre zurück. Trotzdem gab es bis heute Kollegen, zu denen auch Silvers gehörte, die geradezu in Verzückung gerieten, wenn die Rede auf den damaligen Commonwealthgipfel kam. Als Silvers schließlich achselzuckend abzog, in Gedanken wahrscheinlich immer noch bei bezahlten Überstunden, befasste sich Wylie wieder mit dem Schicksal des deutschen Studenten Jürgen Becker. Sie musste an Boris Becker denken, der früher mal ihr Lieblingstennisspieler gewesen war, und stellte müßige Betrachtungen darüber an, ob der Student vielleicht mit dem Tennisstar verwandt gewesen war. Ziemlich unwahrscheinlich: Ein berühmter Verwandter hätte die Medien schon damals genauso ausrasten lassen, wie es jetzt bei Philippa Balfour der Fall war.

Aber wo standen sie eigentlich mit den Ermittlungen? Im Grunde genommen waren sie nicht einen Millimeter weiter als an dem Tag, da der Vater des Mädchens eine Vermisstenanzeige aufgegeben hatte. Mochte Rebus auch noch so viele Ideen haben, nichts von alledem fügte sich zu einem Ganzen. Bisweilen kam es ihr vor, als ob er wahllos irgendwelche Möglichkeiten wie Früchte von einem Baum oder Strauch pflückte und dann erwartete, dass die anderen das Zeug einfach so schluckten. Einmal hatte sie bisher mit ihm zusammengearbeitet. Damals hatte man, kurz bevor das Queensbury House dem neuen schottischen Parlament hatte weichen müssen, bei Bauarbeiten in dem alten Gebäude eine Leiche entdeckt. Doch die Ermittlungen waren im Sande verlaufen. Und Rebus hatte sie, Ellen Wylie, am Ende einfach fallen lassen und sich geweigert, noch mal mit ihr über die ganze Geschichte zu sprechen. Und zu einem Verfahren war es auch nicht gekommen.

Trotzdem gehörte sie lieber zu Rebus' Team, als ganz allein dazustehen. Von Gill Templer hatte sie ohnehin nichts mehr zu erwarten, egal, was Rebus sagte. Außerdem wusste sie sehr gut, dass sie gravierende Fehler gemacht hatte. Sie war schlicht zu ehrgeizig gewesen, hatte Templer unaufhörlich genervt. Auch eine Art Faulheit: sich auf Biegen und Brechen vorzudrängen, immer wieder auf sich aufmerksam zu machen, damit man hinterher umso schneller befördert wurde. Und sie war sich auch darüber im Klaren, dass Templer sie genau deshalb gedemütigt hatte, weil sie das durchschaut hatte. Gill Templer selbst war jedenfalls nicht auf diese Weise nach oben gekommen, sondern hatte wie wahnsinnig geschuftet und sich hartnäckig gegen das niemals offen ausgesprochene Vorurteil zur Wehr gesetzt, dass Frauen für polizeiliche Führungsaufgaben nicht geeignet seien.

Doch das Vorurteil schien unausrottbar.

Wylie wusste, dass sie besser kleine Brötchen gebacken und den Mund gehalten hätte. So ging Siobhan Clarke vor, die zwar nie die Ellbogen benutzte, aber trotzdem ganz genau wusste, was sie wollte. Für Wylie war sie deshalb eine Rivalin. Templer hatte schon immer eine Schwäche für Siobhan gehabt, was Ellen Wylie umso mehr motiviert hatte, ihren Aufstiegswillen zu bekunden. Und jetzt war sie wieder ganz auf sich gestellt und konnte sich mit dieser beschissenen Jürgen-Becker-Geschichte herumärgern. Und das an einem Freitagnachmittag. War doch ohnehin kein Mensch zu erreichen, der ihre Fragen hätte beantworten können. Nichts als Zeitverschwendung. Zeitverschwendung war das.

Grant Hood war damit beschäftigt, eine weitere Pressekonferenz vorzubereiten. Inzwischen wusste er, welcher Name zu welchem Gesicht gehörte, und hatte auch schon mit den »alten Hasen« Kontakt aufgenommen, also den wichtigsten Gerichtsreportern der Stadt.

»Übrigens, Grant«, hatte Hauptkommissarin Templer ihm anvertraut, »es gibt da ein paar Journalisten, die für unsere Anliegen ein besonders offenes Ohr haben. Diese Leute sind uns sehr gewogen. Sie bringen in ihren Blättern Meldungen, die uns nützlich erscheinen, und halten Nachrichten zurück, die unsere Ermittlungsarbeit erschweren könnten. In allen diesen Fällen ist eine solide Vertrauensbasis bereits vorhanden, dennoch handelt es sich natürlich um ein Geschäft, das auf Gegenseitigkeit beruht. Das heißt, dass wir diese Leute mit Informationen füttern, und zwar möglichst eine Stunde früher als die anderen.«

»Die anderen, Ma'am?«

»Ja, die Konkurrenz. Wenn man vor der Presse steht, kommen einem diese Medienleute wie eine homogene Masse vor, doch davon kann gar keine Rede sein. Manchmal arbeiten sie zusammen und schicken einen Kollegen los, damit er eine undankbare Recherche übernimmt. Hinterher muss er dann sein Wissen an die Meute weitergeben. Dabei kommt irgendwann jeder an die Reihe.«

Grant nickte.

»Doch dann ist es zwischen denen plötzlich wieder ein einziges Hauen und Stechen. Am schlimmsten sind die Schreiberlinge, die nicht zum inneren Zirkel gehören. Die kennen häufig gar keine Skrupel und schieben sogar Bares rüber, wenn sie sich davon was versprechen. Die lassen nichts unversucht, um Sie für sich einzunehmen. Wenn nicht mit Bargeld, dann mit Einladungen in Nobelrestaurants. Und natürlich sind diese Reporter verdammt clever und schmieren Ihnen jede Menge Honig um den Bart. Und plötzlich denken Sie: Ach, so schlimm sind die Jungs doch gar nicht. Doch ehe Sie sich's versehen, gibt es ein böses Erwachen, weil Sie sich schon verplappert haben, ohne es selbst zu merken. Und natürlich kann es passieren, dass Sie in einer schwachen Stunde was ausplaudern, um sich bei Ihren Freunden von der Presse ein bisschen aufzuspielen. Aber ganz egal, was Sie bei solchen Gelegenheiten von sich geben, auf eines können Sie sich verlassen: Schon am nächsten Tag werden Sie jedes Wort, das Sie gesagt haben, unter Verweis auf ›Polizeikreise‹ oder einen ›Gewährsmann bei der Polizei‹ in der Zeitung wiederfinden. Sofern Ihre Freunde von der Presse es gut mit Ihnen meinen. Doch falls Sie sich mal eine Blöße geben, ziehen die Ihnen die Daumenschrauben an. Dann wollen sie plötzlich alles ganz genau von Ihnen wissen oder setzen Sie sogar unter Druck.« Sie berührte ihn mit der Hand. »Mehr brauche ich wohl nicht zu sagen.«

»Nein, Ma'am. Vielen Dank, Ma'am.«

»Niemand hat was dagegen, wenn Sie sich mit der Journaille glänzend verstehen, auf die Meinungsmacher sollten Sie sogar ausdrücklich zugehen, aber vergessen Sie nie, auf welcher Seite Sie stehen… beziehungsweise, dass es in dem Spiel zwei Seiten gibt. Okay?«

Er nickte. Dann hatte sie ihm eine Liste mit den Namen der »Meinungsmacher« ausgehändigt.

In den anschließenden Schnupperbegegnungen mit wichtigen Presseleuten hatte er sich strikt an Kaffee und Orangensaft gehalten und war froh gewesen, dass die meisten Journalisten es ihm gleichtaten.

»Manche von den ›älteren Kollegen‹ stehen auf Whisky und Gin«, hatte ein jüngerer Reporter zu ihm gesagt, »aber wir nicht.«

Danach war Hood dann mit einem der angesehensten »älteren Kollegen« zusammengetroffen. Der Mann hatte nichts weiter verlangt als ein Glas Wasser. »Die jüngeren Kollegen bechern ganz schön, aber ich vertrage einfach nichts mehr. Und was ist Ihr Lieblingstropfen, Detective Hood?«

»Wir sind doch unter uns, Mr. Gillies. Nennen Sie mich doch einfach Grant.«

»Gut. Aber dann müssen Sie mich Allan nennen…«

Natürlich hatte Templer ihren neuen Pressesprecher durch ihre warnenden Worte auch ein wenig eingeschüchtert. Deshalb kam sich Grant bei den diversen Kennenlernbegegnungen anfangs reichlich steif und unbeholfen vor. Eines kam ihm allerdings sehr entgegen: Templer hatte dafür gesorgt, dass er, zumindest für die Dauer der Ermittlungen, in der Zentrale in der Fettes Avenue über ein eigenes Büro verfügen konnte. Sie hatte das für »klüger« gehalten und darauf verwiesen, dass er den Journalisten schließlich täglich Rede und Antwort stehen müsse und es dank dieser Regelung leichter sei, sie von der eigentlichen Aufklärungsarbeit fern zu halten. Wenn die Reporter nämlich täglich in der St. Leonhard's Street oder am Gayfield Square aufgekreuzt wären, um sich dort über den letzten Stand der Ermittlungen zu informieren, hätten sie allerlei mitbekommen, was weder für ihre Ohren noch Augen bestimmt war.

»Einleuchtendes Argument«, hatte er gesagt und genickt.

»Das gilt übrigens auch für Telefonate«, hatte Templer weiter ausgeführt. »Telefonieren Sie mit Journalisten nur von Ihrem Büro aus, und zwar bei geschlossener Tür. Nur so lässt sich verhindern, dass unerwünschte Dinge nach außen dringen. Sollte ein Reporter Sie zum falschen Zeitpunkt per Telefon erwischen, sagen Sie einfach, dass Sie später zurückrufen.«

Wieder nickte Hood.

Wenn er so an das Gespräch zurückdachte, kam er sich wie einer dieser Nickhunde vor, die man in manchen Autos hinten auf der Ablage bewundern kann. Er versuchte diese eher peinliche Vorstellung zu verscheuchen und konzentrierte sich wieder auf den Text vor sich auf dem Bildschirm. Er arbeitete nämlich gerade an einer Presseerklärung, die er allerdings vor der Freigabe noch Bill Pryde, Gill Templer und dem Vize

Carswell vorlegen musste, damit sie gegebenenfalls Änderungswünsche anmelden konnten.

Der Vizechef der Loathian and Borders Police Carswell residierte in demselben Gebäude auf einer anderen Etage. Er hatte bereits bei Grant vorbeigeschaut und ihm viel Glück gewünscht. Als Carswell gehört hatte, dass Hood nur einfacher Detective war, hatte er nur bedächtig genickt und ihn prüfend gemustert.

»Hm. Wenn Sie keinen Mist bauen, werde ich mal sehen, was ich für Sie tun kann«, hatte er gesagt.

Also offenbar eine Beförderung. Hood wusste, dass Carswell so etwas durchdrücken konnte. Der Vize hatte nämlich schon einen anderen jungen Kollegen unter seine Fittiche genommen: Inspektor Derek Linford. Doch es gab da ein Problem: Sowohl Linford als auch Carswell standen mit John Rebus auf Kriegsfuß, also musste Hood außerordentlich vorsichtig vorgehen. Einmal war er schon zu Rebus auf Distanz gegangen, als der ihn vor einigen Tagen mit den übrigen Kollegen auf einen Drink eingeladen hatte. Allerdings war Hood sich schmerzlich bewusst, dass er erst vor wenigen Tagen ganz allein mit Rebus eine Kneipe besucht hatte. Sollte Carswell davon etwas erfahren, konnte das die Zusammenarbeit erheblich belasten. Ihm fiel wieder ein, was Templer gesagt hatte: *Doch falls Sie sich mal eine Blöße geben, ziehen die Ihnen die Daumenschrauben an...* Und noch ein Bild schoss ihm plötzlich durch den Kopf: sein Umarmungsversuch bei Siobhan. Von nun an musste er vorsichtig sein, sorgfältig abwägen, mit wem er sprach und was er sagte, genau überlegen, mit wem er seine Zeit verbrachte, und was er tat.

Darauf bedacht sein, dass er sich keine Feinde machte.

Wieder klopfte es an der Tür. Eine Mitarbeiterin in Zivil. »Ist gerade für Sie gekommen«, sagte sie und reichte ihm eine Tragetasche. Dann lächelte sie und entfernte sich wieder. Er öffnete die Tüte und fand darin eine Flasche: José Cuervo Gold. Und beiliegend ein Kärtchen:

Alles Gute in Ihrer neuen Position. Wir sind wie schläfrige Kinder, die täglich von Ihnen eine Gutenachtgeschichte erwarten.
  Ihre neuen Freunde von der vierten Gewalt

Grant lächelte. Er glaubte in dem Schreiben Allan Gillies Handschrift zu erkennen. Und dann fiel ihm plötzlich ein, dass er Gillies auf dessen Frage nach seinem – Hoods – Lieblingstropfen gar keine Antwort gegeben hatte, und trotzdem hatte Gillies die richtige Wahl getroffen. Das war nicht nur Intuition: Jemand musste geplaudert haben. Das Lächeln erstarb auf Grants Gesicht. Der Tequila war nicht nur ein Geschenk, sondern zugleich eine Demonstration von Stärke. Und dann schrillte sein Handy. Er kramte es aus der Tasche hervor.

»Hallo?«

»Detective Hood?«

»Am Apparat.«

»Ich wollte mich Ihnen nur kurz vorstellen. Scheint so, als ob ich versehentlich nicht auf Ihrer Einladungsliste vermerkt bin.«

»Mit wem spreche ich?«

»Ich heiße Steve Holly. Sie haben meinen Namen bestimmt schon in der Zeitung gelesen.«

»Ja, richtig.« Aber dieser Holly gehörte definitiv nicht zu den Namen, die Templer ihm besonders ans Herz gelegt hatte. Ihre knappe Charakterisierung: »ein Arschloch«.

»Natürlich werden wir uns in Zukunft ständig über den Weg laufen, aber ich hab trotzdem gedacht, dass ich mich mal kurz bei Ihnen melde. Haben Sie die Flasche übrigens schon bekommen?«

Als Grant schwieg, fing Holly an zu lachen.

»Macht er jedes Mal, der alte Allan. Kommt sich offenbar besonders schlau vor. Aber Sie und ich, wir wissen natürlich, dass die Nummer auch nicht mehr ganz frisch ist.«

»Wirklich?«

»Nicht mein Niveau, wie Ihnen nicht entgangen sein dürfte.«

»Entgangen sein?«, sagte Grant und legte die Stirn in Falten.

»Denken Sie darüber nach, Detective Hood.« Und dann war die Leitung tot.

Grant starrte auf sein Handy, und dann dämmerte es ihm. Er hatte den anderen Journalisten, mit denen er bisher gesprochen hatte, lediglich seine Telefon-, seine Fax- und seine Funkrufnummer gegeben. Als er jetzt noch einmal angestrengt nachdachte, fiel ihm keiner ein, dem er seine Mobilnummer gegeben hatte. Auch dazu hatte Templer bereits das Notwendige gesagt:

»Sicher werden Sie in der Medienmeute schon sehr bald ein paar Gestalten entdecken, die Ihnen besonders sympathisch sind. Und das sind selbstverständlich bei jedem Pressesprecher andere Personen. Diesen ›Auserwählten‹ können Sie natürlich Ihre Handynummer geben, sozusagen als Vertrauensbeweis. Aber damit hat es sich dann auch, weil Sie sonst keine ruhige Minute mehr haben werden... Und wie sollen im Übrigen Ihre Kollegen Sie erreichen, wenn Sie ständig Gott und die Welt in der Leitung haben? Vergessen Sie nie: Unsere Seite und die andere Seite, Grant, wir und sie...«

Und jetzt hatte einer von »denen« ihn schon auf dem Handy angerufen. Also blieb ihm keine andere Wahl, er musste sich eine neue Nummer zulegen.

Und was den Tequila betraf, würde er die Flasche zu der Pressekonferenz mitschleppen. Und dann würde er sie Allan Gillies zurückgeben und ihm sagen, dass er seinen Alkoholkonsum vor kurzem völlig eingestellt hatte.

Was ja nicht mal gelogen war. Auf Erfolgskurs bleiben konnte er nämlich nur, wenn er wirklich einiges in seinem Leben änderte.

Aber Grant fühlte sich der Situation gewachsen.

Das Großraumbüro in der St. Leonard's Street begann sich zu leeren. Die Beamten, die nicht für die Ermittlungen im Mordfall Balfour eingeteilt waren, stempelten sich aus und verabschiedeten sich ins Wochenende. Einige hatten sich freiwillig gemeldet, um am Samstag bei Bedarf eine Schicht zu übernehmen, andere hielten sich in Bereitschaft, um sich sofort in die Ermittlungen einzuschalten, falls an den folgenden Tagen etwas Gravierendes passieren sollte. Doch für die meisten begann das Wochenende. Sie eilten beschwingt durch die Korridore und stimmten die Refrains von alten Popsongs an. In der Stadt hatte es zuletzt keine besonderen Vorkommnisse gegeben. Ein paar mittlere Familiendramen, ein, zwei Drogenrazzien. Die Beamten des Drogendezernats schlichen etwas bedrückt herum. Sie waren nämlich nach Gracemount ausgerückt und hatten dort ein Haus gestürmt, in dem schon seit längerem rund um die Uhr im Obergeschoss ein Fenster mit Silberfolie verhängt war. Sie waren in das Haus eingedrungen, um die Rauschgifthöhle auszuheben, hatten jedoch lediglich das frisch renovierte Zimmer eines Jugendlichen vorgefunden, dessen Mutter eine silberne Decke als Vorhang aufgehängt hatte, weil sie das besonders schick fand.

»Wenn die BBC doch nur endlich die verdammte *Changing Rooms*-Serie absetzen würde«, hatte einer von ihnen gemurmelt.

Es gab noch ein paar weitere Zwischenfälle, vereinzelte Sachen, die keine große Polizeipräsenz erforderten. Siobhan sah auf die Uhr. Sie hatte schon früher in der Zentrale angerufen und sich dort nach einem Computerfahnder erkundigt. Claverhouse hatte sie kaum zu Wort kommen lassen und nur gesagt: »Wir haben schon jemanden darauf angesetzt. Ich schick ihn euch vorbei.« Und jetzt wartete sie. Sie hatte inzwischen noch mal bei Claverhouse angerufen, ihn aber nicht erwischt. Wahrscheinlich war er gerade auf dem Weg nach Hause oder in die Kneipe. Möglich, dass er erst am Montag jemanden vorbeischickte. Sie beschloss, sich noch zehn Minuten zu gedulden. Schließlich hatte sie ja auch noch so was wie ein eigenes Leben. Zum Beispiel konnte sie am Samstag zum Fußball gehen, wenn sie Lust hatte, allerdings musste der FC Hibernian auswärts antreten. Und am Sonntag konnte sie einen Ausflug machen und sich all die Sachen anschauen, die sie schon so lange hatte sehen wollen: die Schlösser in Linlithgow und Falkland und vielleicht noch Traquair Castle. Außerdem war sie am Samstagabend zu einem Geburtstagsfest bei einem Freund eingeladen, den sie schon seit Monaten nicht mehr gesehen hatte. Eigentlich hatte sie zwar keine Lust, aber sie konnte es sich ja nochmal überlegen...

»Sind Sie Detective Clarke?«

Der Mann trug eine Aktentasche, die er auf den Boden stellte. Im allerersten Augenblick dachte sie, dass er ihr was verkaufen wollte. Sie richtete sich auf ihrem Stuhl auf und sah, dass er eine ziemliche Wampe mit sich herumtrug. Kurzes Haar, das am Hinterkopf etwas abstand. Er stellte sich als Eric Bain vor.

»Hab schon von Ihnen gehört«, sagte Siobhan. »Man nennt sie Grips, oder?«

»Manche nennen mich so, aber mir ist ehrlich gestanden Eric lieber.«

»Na gut, Eric. Machen Sie es sich doch bequem.«

Bain zog sich einen Stuhl heran. Als er saß, spannte sich sein hellblaues Hemd über dem Bauch, sodass zwischen den Knöpfen blassrosa Fleischwülste zu erkennen waren.

»So«, sagte er, »worum geht es?«

Siobhan erklärte es ihm, während Bain ihr aufmerksam zuhörte und sie permanent ansah. Ihr fiel auf, dass er etwas kurzatmig war, und sie fragte sich, ob er in der Aktentasche ein Inhaliergerät mitgebracht haben mochte.

Sie bemühte sich, ihm in die Augen zu sehen, versuchte sich zu entspannen, fühlte sich aber durch Bains schiere körperliche Präsenz und Nähe irritiert. Seine Wurstfinger waren unberingt, und die Uhr an seinem Handgelenk hatte zu viele

Knöpfe. Unter dem Kinn hatte er bei der morgendlichen Rasur ein paar Stoppeln übersehen.

Während sie ihm die Lage schilderte, saß er schweigend da. Am Ende bat er sie, ihm die E-Mails zu zeigen.

»Auf dem Bildschirm oder als Ausdruck?«

»Ist egal.«

Sie kramte die Blätter aus ihrer Schultertasche. Dann zog Bain seinen Stuhl noch näher heran, um die Papiere auf dem Schreibtisch auszubreiten und sie dort in chronologischer Reihenfolge anzuordnen.

»Das sind nur die Rätsel«, sagte er.

»Richtig.«

»Ich brauche alle vollständigen Mails.«

Also fuhr Siobhan den Laptop hoch und verband ihn mit ihrem Handy. »Soll ich mal nachsehen, ob neue Nachrichten gekommen sind?«

»Warum nicht?«, sagte er.

Quizmaster hatte zwei Mails geschickt.

Spielzeit läuft aus. Möchten Sie weitermachen?

Eine Stunde später hatte er dann folgende Nachricht gemailt:

Kommunikation oder Sendeschluss?

»Jedenfalls liebt sie eine klare Sprache«, sagte Bain. Siobhan sah ihn konsterniert an. »Sie sprechen ständig nur von ›ihm‹«, sagte er. »Könnte sein, dass wir auf neue Gedanken kommen, wenn ich ...«

»Okay«, sagte sie und nickte. »Wie Sie meinen.«

»Möchten Sie eine Antwort schicken?«

Sie schüttelte spontan den Kopf, doch dann sah sie Bain fragend an. »Ich weiß nicht recht, was ich schreiben soll.«

»Wenigstens kommen wir ihr leichter auf die Spur, wenn sie sich nicht völlig aus dem Netz verabschiedet.«

Siobhan sah Bain an, tippte eine Antwort – *Muss noch darüber nachdenken* – und drückte dann auf »Senden«. »Ob das reicht?«, fragte sie.

»Eine Bedingung erfüllt es jedenfalls«, sagte Bain. »Handelt sich zweifellos um ›Kommunikation‹.« Er lächelte. »Und jetzt geben Sie mir bitte noch die anderen Mails.«

Sie schloss den Computer an einen Drucker an und stellte fest, dass das Papier ausgegangen war. »Mist«, schimpfte sie. Doch der Vorratsschrank war abgeschlossen, und sie wusste beim besten Willen nicht, wo sie den Schlüssel hätte suchen sollen. Dann fiel ihr wieder die Mappe ein, die Rebus am Vortag zur Vernehmung des Medizinstudenten Albie mitgeschleppt hatte. Er hatte einen ganzen Stapel Papier aus dem Fotokopierer hineingetan, um den Studenten durch die dicke Akte einzuschüchtern. Siobhan ging zu Rebus' Schreibtisch und zog an diversen Schubladen. Bingo. Die Mappe war noch da. Zwei Minuten später waren auch die restlichen Mails vollständig ausgedruckt. Bain schob die Blätter so zurecht, dass sie alle auf Siobhans Schreibtisch Platz fanden und fast dessen gesamte Fläche bedeckten.

»Sehen Sie die Sachen da unten«, sagte er und zeigte auf ein schwarz umrandetes Feld in der unteren Hälfte eines Blattes. »Haben Sie wahrscheinlich noch nie registriert, oder?«

Siobhan bestätigte seine Vermutung. In dem Feld waren unter der Überschrift »Headers« mehr als zehn Zeilen mit Zustellvermerken und Kürzeln zu sehen: *Return-Path*, hieß es dort, *Message-ID* und *X-Mailer*... Die Begriffe sagten ihr absolut nichts.

Bain befeuchtete seine Lippen. »*Das* sind die pikanten Details.«

»Reichen diese Daten aus, um Quizmaster zu identifizieren?«

»Nein, nicht ganz, aber es ist wenigstens ein Anfang.«

»Und wieso haben nicht alle Mails einen solchen Zustellvermerk?«, fragte Siobhan.

»Das ist das Problem«, sagte Bain. »Wenn eine Mail keinen Briefkopf hat, heißt das, dass der Absender denselben Provider benutzt wie Sie.«

»Aber...«

Bain nickte. »Quizmaster greift auf mehrere Anbieter zurück.«

»Das heißt, dass er verschiedene Provider nutzt?«

»Das ist ganz normal. Ich habe zum Beispiel einen Freund, der keinen Bock hat, für den Internetzugang zu zahlen. Solange es die kostenlosen Dienste noch nicht gab, hat er deshalb jeden Monat den Provider gewechselt. Alle vier Wochen ein anderes ›Schnupper‹-Angebot. Sobald die Frist abgelaufen war, hat er einfach gekündigt und sich den nächsten Anbieter gesucht. Auf diese Weise war er ein ganzes Jahr kostenlos im Netz unterwegs. Quizmaster hat dieses Prinzip nur auf die Spitze getrieben.« Bain fuhr mit dem Finger an den Zustellvermerken entlang und hielt dann neben einer Zeile inne. »Das hier ist der Provider. Sehen Sie das? Drei verschiedene.«

»Damit man ihm nicht so leicht auf die Schliche kommt?«

»Genau. Aber er muss irgendwo...« Er sah den merkwürdigen Ausdruck auf Siobhans Gesicht. »Was ist denn?«, fragte er.

»Haben Sie nicht gerade ›er‹ gesagt?«

»Echt?«

»Können wir es nicht dabei belassen?«

Bain dachte einen Moment nach. »Okay«, sagte er dann. »Also, wie gesagt: Er – oder *sie* – muss bei jedem dieser Provider ein Konto eingerichtet haben. Wenigstens nehme ich das an. Normalerweise verlangen die Anbieter nämlich selbst bei einem Schnupperangebot wenigstens ein paar Angaben: Kreditkarten- oder Kontonummer und so was.«

»Damit sie sofort an die Kohle herankommen, wenn es mit der Schnupperei vorbei ist?«

Bain nickte. »Jeder hinterlässt Spuren«, sagte er leise und starrte auf die Blätter vor sich auf dem Schreibtisch. »Obwohl die meisten glauben, dass ihnen das nicht passiert.«

»Es ist wie bei der Spurensicherung: Ein Haar, einen Hautpartikel oder so was findet man immer.«

»Genau.« Wieder lächelte Bain.

»Dann müssen wir seine persönlichen Daten also bei den Providern abfragen?«

»Falls die überhaupt mit uns sprechen.«

»Es geht hier immerhin um Mord«, sagte Siobhan. »Die müssen mit uns kooperieren.«

Er sah sie an. »Es gibt gewisse Kanäle, Siobhan.«

»Kanäle?«

»Ja, in London beim Nachrichtendienst existiert eine Abteilung für Netzwerkfahndung, die auf Hightechkriminalität spezialisiert ist. Die Kollegen bemühen sich zum Beispiel, Leute aufzuspüren, die im Internet nach Kinderpornografie und solchen Sachen suchen. Sie können sich nicht vorstellen, was es alles gibt: Festplatten, die in anderen Festplatten versteckt sind, Bildschirmschoner, hinter denen sich pornografische Bilder verbergen...«

»Und diese Netzwerkfahndung müssen wir um Erlaubnis bitten?«

Bain schüttelte den Kopf. »Nein, die müssen uns *helfen*.« Er sah auf die Uhr. »Aber heute können wir da leider nichts mehr machen.«

»Wieso?«

»Weil auch in London heute Freitag ist.« Er sah sie an. »Darf ich Sie auf einen Drink einladen?«

Einerseits wollte sie ja nicht und hatte sogar ein paar gute Ausreden parat. Andererseits konnte sie auch nicht gut Nein sagen, und so landeten sie in Maltings auf der anderen Straßenseite. Als sie dort an der Bar standen, stellte er seine Aktentasche wieder neben sich auf den Boden.

»Was haben Sie eigentlich in der Tasche?«, fragte sie.

»Was glauben Sie?«

Sie zuckte mit den Achseln. »Laptop, Handy, technische Geräte, Disketten... Keine Ahnung.«

»Genau den Eindruck soll das Teil erwecken.« Er wuchtete die Tasche auf die Bar und wollte sie schon öffnen, überlegte es sich aber wieder anders und schüttelte den Kopf. »Nein«, sagte er. »Da müssen wir uns noch etwas besser kennen.« Dann stellte er die Tasche erneut neben sich auf den Boden.

»Haben Sie etwa Geheimnisse vor mir?«, fragte Siobhan. »Fängt ja gut an – und so was nennt man dann Kollegialität.«

Beide lächelten, als die Getränke serviert wurden: eine Flasche Becks für sie und ein frisch gezapftes Ale für ihn. Alle Tische waren besetzt.

»Und wie ist es so in der St. Leonard's Street?«, wollte Bain wissen.

»Wie auf jedem Revier, nehm ich mal an.«

»Aber nicht jedes Revier hat einen John Rebus.«

Sie sah ihn an. »Wie meinen Sie das?«

Er zuckte mit den Achseln. »Claverhouse hat gesagt, dass sie Rebus' Schülerin sind.«

»Schülerin!« Trotz der lauten Musik blickten einige Köpfe in ihre Richtung. »So eine Frechheit!«

»Regen Sie sich nicht auf«, sagte Bain. »Claverhouse hat das nur so gesagt.«

»Dann richten Sie Claverhouse bitte aus, dass er mich mal…«

Bain fing an zu lachen.

»Was ist daran so witzig?«, fragte sie. Doch dann fing sie selbst an zu lachen.

Nach zwei weiteren Getränken ließ Bain verlauten, dass er hungrig sei, und ob man sich nicht bei Howie's nach einem freien Tisch umsehen könnte. Einerseits wollte sie ja nicht – hatte nach dem Bier gar keinen Hunger mehr –, andererseits konnte sie auch nicht gut Nein sagen.

Obwohl es schon spät war, saß Jean Burchill noch im Museum an ihrem Schreibtisch. Seit Professor Devlin Dr. Kennet Lovell erwähnt hatte, war Jean von dem Thema fasziniert. Deshalb hatte sie selbst einige Recherchen angestellt, um sich Klarheit darüber zu verschaffen, ob die Theorie des alten Pathologen Hand und Fuß hatte oder nicht. Sie wusste zwar, dass sie sich die Sache hätte leichter machen können, wenn sie direkt zu Devlin gegangen wäre, doch irgendetwas hinderte sie daran. Es kam ihr vor, als ob der Mann noch immer nach Formaldehyd roch, und sein Händedruck erinnerte sie an das kalte tote Fleisch, das er so oft berührt hatte. Sie selbst hatte wenn, dann nur mit Leuten zu tun, die schon lange tot waren, und das auch nur in Form von Verweisen in Büchern oder in Zusammenhang mit Grabbeigaben bei Ausgrabungen. Deshalb war sie völlig entsetzt gewesen, als sie nach dem Tod ihres Mannes den pathologischen Befund gelesen hatte. Der Verfasser des Berichtes hatte nämlich nur so in den Details geschwelgt und konnte sich gar nicht genug über die Abnormalitäten der aufgeschwollenen und überforderten Leber auslassen. Ja, »überfordert« hatte es dort wörtlich geheißen. Alkoholismus ließ sich also für einen Pathologen sehr leicht feststellen.

Sie dachte an John Rebus' Trinkerei. Allerdings hatte der völlig andere Trinkgewohnheiten als Bill, der beim Frühstück kaum einen Bissen heruntergebracht hatte und danach sofort in die Garage gerast war, wo er seinen Nachschub deponiert hatte. Ein paar Schnäpse mussten es schon sein, damit er überhaupt fahrtüchtig gewesen war. Im Laufe der Zeit hatte sie immer neue Beweise gefunden: leere Bourbonflaschen im Keller und ganz hinten im obersten Regal seines Schrankes. Doch sie hatte nie etwas gesagt. Bill war auch weiterhin der geblieben, der alle unterhielt, »grundsolide und zuverlässig«, ein »total lustiger Kerl«, bis er wegen der Krankheit nicht mehr hatte arbeiten können und sogar ins Krankenhaus eingewiesen worden war.

Ein heimlicher Trinker dieser Art war Rebus ihrem Eindruck nach nicht. Er trank nun mal sehr gerne. Wenn er es allein tat, dann vor allem, weil er nicht sehr viele Freunde hatte. Als sie Bill mal nach den Gründen seines übermäßigen Alkoholkonsums gefragt hatte, war er unfähig gewesen, ihr darauf eine Antwort zu geben. Doch John Rebus hatte solche Antworten ganz gewiss, auch wenn er nicht unbedingt bereit war, damit ohne weiteres herauszurücken. Ein Grund war sicher, dass er die Probleme und Fragen, die ihm pausenlos im Kopf herumgingen, einfach wegspülen wollte.

Aber deshalb war er natürlich auch kein attraktiverer Trinker als Bill. Andererseits hatte sie Rebus ja noch nie betrunken erlebt. Nach ihrem Empfinden trank er so viel, weil er abends nicht einschlafen konnte. Und wenn er sein Quantum erreicht hatte, ließ er sich einfach in die Bewusstlosigkeit fallen, egal, wo er gerade war. Jedenfalls stellte sie sich das so vor.

Als ihr Telefon läutete, ließ sie es ein paar Mal klingeln, bevor sie sich meldete.

»Jean?« Rebus' Stimme.

»Hallo, John.«

»Du bist heute aber lange im Büro.«

»Ach, ich wollte nur noch was nachsehen.«

»Eigentlich wollte ich dich fragen, ob du...«

»Heute Abend nicht, John. Ich hab noch so viel zu tun.« Sie kniff sich mit dem Zeigefinger in den Nasenrücken.

»Wie du meinst.« Er vermochte seine Enttäuschung nicht ganz zu verbergen.

»Und am Wochenende? Hast du da schon was vor?«

»Darüber wollte ich auch mit dir reden...«

»Worüber?«

»Morgen Abend spielt Lou Reed im Playhouse. Ich habe zwei Karten.«

»Lou Reed?«

»Kann total gut werden, aber auch grauenhaft. Allerdings gibt es nur eine Möglichkeit, das herauszufinden.«

»Von dem hab ich schon seit Jahren nichts mehr gehört.«

»Singen kann er wahrscheinlich immer noch nicht.«

»Ja, wahrscheinlich. Na gut, lass uns das machen.«

»Und wo sollen wir uns treffen?«

»Ich muss morgen früh noch ein paar Einkäufe erledigen... Wie wär's zum Mittagessen?«

»Wunderbar.«

»Ich hab sonst nichts vor, wollen wir das Wochenende zusammen verbringen?«

»Oh ja, das wäre schön.«

»Ja, finde ich auch. Ich muss zum Einkaufen sowieso in die Stadt – lass uns doch einfach einen Tisch im Café St. Honoré reservieren.«

»Ist das das neben der Oxford Bar?«

»Ganz genau«, sagte sie lächelnd. Sie selbst orientierte sich in Edinburgh vor allem an den Restaurants, er an den Kneipen.

»Gut, dann rufe ich dort an und lass was reservieren.«

»Sagen wir um eins. Und falls du keinen Tisch mehr bekommst, sag mir bitte kurz Bescheid.«

»Die finden schon einen Platz für uns. Der Küchenchef ist nämlich Stammkunde im Ox.«

Dann fragte sie ihn, wie es mit den Ermittlungen vorwärts ging. Doch er hatte nicht viel Neues zu berichten, bis er sich an etwas erinnerte.

»Du weißt doch, dass Professor Devlin sich für diesen Anatomen interessiert?«

»Du meinst Kennet Lovell?«

»Genau. Ich habe heute eine Medizinstudentin vernommen, die mit Philippa befreundet war. Stell dir vor: Sie ist mit ihm verwandt.«

»Tatsächlich?« Jean bemühte sich, neutral zu klingen. »Und hat sie etwa auch seinen Nachnamen?«

»Nein: Sie heißt Claire Benzie. Die Verwandtschaft geht über die Mutter.«

Dann plauderten sie noch ein paar Minuten über dies und das. Als Jean schließlich aufgelegt hatte, blickte sie um sich. Im Grunde genommen war ihr »Büro« nur ein kleiner abgeteilter Raum, dessen ganze Ausstattung aus einem Schreibtisch, einem Stuhl, einem Aktenschrank und einem Bücherregal bestand. Sie hatte ein paar Postkarten an die Tür geheftet, darunter auch eine aus dem Museumsshop: die Särge von Arthur's Seat. Das Sekretariat war direkt vor ihrer Tür in einem größeren Zimmer untergebracht, doch die anderen Mitarbeiter waren längst nach Hause gegangen. Nur die Reinigungskräfte und ein Wachmann waren noch irgendwo im Gebäude unterwegs. Jean war abends schon öfters allein durch das Museum gegangen und hatte bisher nie Angst gehabt. Das alte Museum mit den ausgestopften Tieren hatte sogar fast beruhigend auf sie gewirkt. Sie wusste, dass das Restaurant im obersten Stock brechend voll sein musste, schließlich war Freitagabend. Aber das Lokal hatte einen eigenen Aufzug, und es gab dort jemanden, der an der Lifttür dafür sorgte, dass die Gäste sich nicht in die Museumsräume verirrten.

Ihr fiel wieder ihre erste Begegnung mit Siobhan ein, die gesagt hatte, dass sie mal einen »ziemlich unerfreulichen Abend« in dem Restaurant verbracht hatte. Das Essen konnte, trotz der gesalzenen Preise, wohl nicht der Grund dafür gewesen sein. Nach 22.00 Uhr war es in dem Restaurant sogar preiswerter. Mal sehen, ob später noch ein Platz frei war. Sie fühlte ihren Bauch. Und morgen Mittag schon wieder essen gehen... Am besten, sie ließ das Essen heute Abend ausfallen. Außerdem wusste sie nicht einmal, ob sie überhaupt bis zehn Uhr im Büro bleiben würde. Wenigstens hatten ihre Recherchen bisher kaum etwas Neues über das Leben von Kennet Lovell ans Licht gebracht.

Kennet: Anfangs hatte sie gedacht, dass der Name falsch geschrieben sei, doch dann war sie immer wieder auf dieselbe Schreibweise gestoßen. Kennet, nicht Kenneth. 1807 in Coylton, Ayrshire, geboren. Das hieß, dass er zu der Zeit, als Burke hingerichtet worden war, gerade mal einundzwanzig gewesen war. Seine Eltern bewirtschafteten einen Hof, auf dem Robert Burns' Vater eine Zeit lang gearbeitet hatte. Seine Bildung verdankte Lovell dem Dorfgeistlichen Reverend Kirkpatrick, der ihn privat unterrichtet hatte.

Vorn im Sekretariat gab es einen Wasserkocher. Jean stand auf und trat aus ihrem Zimmer. Ließ die Tür offen, sodass sie einen langen Schatten warf. Das Licht nebenan machte sie erst gar nicht an. Schaltete den Kocher ein und spülte unter dem Wasserhahn eine Tasse aus. Teebeutel, Milchpulver. Sie lehnte sich im Halbdunkeln gegen die Arbeitsplatte, die Arme vor der Brust verschränkt. Durch die Tür sah sie die Fotokopien auf ihrem Schreibtisch, das gesamte Material, das sie bisher über Dr. Kennet Lovell zusammengetragen hatte, der bei der Obduktion eines Mörders assistiert, dabei geholfen hatte, William Burke die Haut abzuziehen. Die Voruntersuchung der Leiche hatte ein Dr. Monro vorgenommen, in Anwesenheit ausgewählter Zuschauer, darunter auch der eines Phrenologen und eines Bildhauers sowie der des Philosophen Sir William Hamilton und des Chirurgen Robert Liston. Im Anschluss daran war Burke im völlig überfüllten Anatomiehörsaal der Universität öffentlich obduziert worden: wissensdurstige Studenten, die den Seziertisch umdrängten, aber auch sensationsgeile Gaffer, während viele Leute, die keine Eintrittskarte mehr bekommen hatten, von außen gegen die Tür hämmerten und sich ein heftiges Gerangel mit der Polizei lieferten.

So viel hatte sie bisher aus Büchern über Burke und Hare und über die Geschichte der Medizin in Schottland in Erfahrung gebracht. Dabei hatten sich der Edinburgh Room in der Zentralbibliothek, aber auch ein Kontakt in der Nationalbibliothek wieder mal als äußerst hilfreich erwiesen. In beiden Institutionen hatte man ihr freundlicherweise wichtige historische Abhandlungen fotokopiert. Und dann war sie noch in der Surgeon's Hall gewesen und hatte sich dort in der Bibliothek und in den Computerdateien umgesehen. Rebus hatte sie von diesen Aktivitäten nichts erzählt. Und sie wusste auch genau warum: weil sie besorgt war. Sie hatte nämlich das Gefühl, dass Rebus sich mit den Särgen von Arthur's Seat verspekuliert hatte und von der Idee nicht wieder loskam, weil er unbedingt Ergebnisse brauchte. In diesem Punkt hatte Professor Devlin jedenfalls Recht: Man durfte sich in nichts hineinsteigern. Die Burke-Lovell-Affäre war Geschichte, im Vergleich zu dem Mordfall Philippa Balfour sogar Prähistorie. Ob der Mörder etwas über die Särge vom Arthur's Seat gewusst hatte oder nicht, schien völlig belanglos. Es ließ sich ohnehin nicht entscheiden. Sie stellte ihre Recherchen zum eigenen Vergnügen an, wollte nicht, dass John da irgendetwas hineininterpretierte. Er hatte schon genug Probleme.

Sie hörte draußen auf dem Gang ein Geräusch. Doch dann schaltete der Wasserkocher sich aus, und sie dachte nicht mehr daran. Goss Wasser in die Tasse, tauchte den Teebeutel ein paar Mal hinein und warf ihn dann in den Mülleimer. Ging mit der Tasse wieder in ihr Büro und ließ die Tür offen.

Kennet Lovell war im Dezember 1822 im Alter von gerade mal fünfzehn Jahren nach Edinburgh gekommen. Natürlich wusste sie nicht, ob er per Postkutsche gereist oder zu Fuß gegangen war. Nicht ungewöhnlich in jenen Tagen, dass jemand eine solche Strecke zu Fuß zurückgelegt hatte, besonders wenn das Geld knapp war. Ein Historiker, der über Burke und Hare gearbeitet hatte, stellte in seinem Buch die Vermutung an, dass Reverend Kirkpatrick für Lovells Reisekosten aufgekommen war und ihm sogar ein Empfehlungsschreiben mitgegeben hatte, und zwar an einen Dr. Knox, mit dem er befreundet war. Knox war damals gerade erst nach Schottland zurückgekehrt, nachdem er zuvor als Militärarzt in Waterloo gearbeitet und in Afrika und in Paris Studien getrieben hatte. Jedenfalls war Lovell während seines ersten Jahres in Edinburgh bei diesem Mann untergekommen. Doch dann hatte er angefangen zu studieren, und die beiden hatten sich offenbar entfremdet. Jedenfalls hatte sich Lovell irgendwo im West Port eine Wohnung gesucht...

Jean trank von ihrem Tee und blätterte in den Fotokopien:

nirgends eine Fußnote oder ein Verweis, nichts, woraus sich auf die Herkunft dieser Behauptungen schließen ließe. Da sie sich von Berufs wegen mit volkstümlichen religiösen und magischen Vorstellungen beschäftigte, wusste sie, wie schwierig es war, den Weizen der historischen Tatsachen von der Spreu der Gerüchte zu trennen. Es kam häufig genug vor, dass solche Gerüchte und Irrtümer sich durch die Literatur immer weiter verbreiteten. Deswegen ärgerte es sie, dass sie den Wahrheitsgehalt ihrer Texte nicht überprüfen konnte, also zunächst mal für bare Münze nehmen musste, was sie dort an Behauptungen vorfand. Im Fall Burke/Hare hatten sich gleich mehrere zeitgenössische »Experten« dazu gedrängt gefühlt, ihre einzig richtige Sicht der Dinge an die Nachwelt zu überliefern.

Aber deshalb musste sie das noch lange nicht glauben.

Und was noch frustrierender war: Kennet Lovell spielte in der Burke-Hare-Geschichte nur eine Nebenrolle und tauchte lediglich in der einen grausigen Obduktionsszene auf. In der Edinburgher Medizingeschichte war seine Rolle sogar noch unbedeutender. Seine Biografie war lückenhaft. Jeans umfangreiche Lektüre verschaffte ihr lediglich die Erkenntnis, dass Lovell nach dem Studium Dozent und gleichzeitig Praktiker gewesen war. Er hatte Burkes Obduktion als Zuschauer beigewohnt. Drei Jahre später war er in Afrika gewesen, wo er die Anwendung seiner dort dringend benötigten medizinischen Kenntnisse mit christlicher Missionsarbeit verbunden hatte. Wie lange er dort geblieben war, ging aus den Unterlagen nicht hervor. 1848/49 war er wieder in Edinburgh aufgetaucht und hatte in der Neustadt eine Praxis eröffnet, die hauptsächlich von der dort ansässigen wohlhabenden Klientel frequentiert wurde. Einer der Biografen äußerte die Vermutung, dass Reverend Kirkpatrick seinem ehemaligen Schüler einen Großteil seines Vermögens vermacht hatte. Offenbar hatte sich Lovell nämlich »bei diesem Gentleman dank einer regen Korrespondenz über die Jahre in guter Erinnerung gehalten«. Natürlich hätte Jean die Briefe gern eingesehen, doch die Bücher, die ihr vorlagen, zitierten alle nicht daraus. Sie beschloss, den Versuch zu unternehmen, die verschollene Korrespondenz aufzuspüren, und machte sich eine entsprechende Notiz. Möglich, dass die Briefe in Lovells heimatlicher Kirchengemeinde in Ayrshire verwahrt wurden oder aber, dass jemand in der Surgeon's Hall ihr weiterhelfen konnte. Obwohl es auch gut sein konnte, dass die Schreiben nicht wieder auftauchten. Entweder weil sie bereits unmittelbar nach Lovells Tod verschwunden waren oder aber sich inzwischen in Übersee befanden. Seit Mitte des 19. Jahrhunderts hatte eine wahre Flut historischer Dokumente den Weg in Sammlungen jenseits des Atlantiks gefunden, vor allem nach Kanada und in die USA... Da es sich in vielen Fällen um Privatsammlungen handelte, waren sie der Öffentlichkeit nicht zugänglich.

Jean hatte schon so manche interessante Spur verloren, weil sich der Verbleib eines Briefs oder Dokuments nicht mehr hatte aufklären lassen. Dann fiel ihr plötzlich wieder Professor Devlin ein und sein angeblich von Lovell gebauter Esstisch. Von Lovell, der laut Devlin in seiner Freizeit geschreinert hatte... Wieder blätterte sie in den Papieren, obwohl sie genau wusste, dass dort von einem solchen Hobby nirgends die Rede war. Also musste Devlin entweder von einem Buch oder einer sonstigen Quelle Kenntnis haben, die ihr bisher entgangen war, oder aber er setzte bloß Märchen in die Welt. Auch das kannte sie zur Genüge: Leute, die »einfach wussten«, dass eine alte Preziose, die sich zufällig in ihrem Besitz befand, früher mal Bonnie Prinz Charlie oder Sir Walter Scott gehört hatte. Wenn es außer Devlins Behauptung keinen Beleg dafür gab, dass Lovell gerne geschreinert hatte, war die gesamte Theorie hinfällig, derzufolge er die Särge auf dem Arthur's Seat deponiert hatte. Sie lehnte sich auf dem Stuhl zurück und war verärgert über sich selbst. Sie war die ganze Zeit von einer Voraussetzung ausgegangen, die sich ohne weiteres als falsch erweisen konnte. Lovell war 1832 aus Edinburgh verschwunden, und die Jungen hatten die Höhle mit den Särgen zufällig im Juni 1836 entdeckt. Konnten die Kisten dort wirklich so lange unentdeckt geblieben sein?

Sie klaubte ein Polaroid vom Schreibtisch auf, das sie in der Surgeon's Hall gemacht hatte – ein Porträt von Lovell. Der Mann hatte auf dem Bild nichts von einem Menschen, der in Afrika durch die Hölle gegangen war. Seine Haut erschien blass und weich, das Gesicht jugendlich. Jean hatte den Namen des Künstlers auf der Rückseite vermerkt. Wieder stand sie auf, ging aus ihrem Zimmer, öffnete die Tür zum Büro des Chefkurators und machte dort das Licht an. Es gab in dem Zimmer ein ganzes Regal mit Nachschlagewerken. Sie fand sofort den richtigen Band und schlug die Seite mit dem Namen des Malers auf: »J. Scott Jauncey, 1825–1835, in Edinburgh tätig, vornehmlich als Landschaftsmaler, gelegentlich aber auch als Porträtist«, las sie. Danach hatte er viele Jahre auf dem europäischen Kontinent verbracht und sich schließlich in Hove niedergelassen. Folglich musste Lovell während seiner frühen Edinburgher Jahre für das Porträt gesessen haben, also noch bevor er selbst auf Reisen gegangen war. Jean überlegte, ob ein Porträt damals wirklich so ein Luxus gewesen war, wie sie glaubte, dass sich also nur begüterte Leute ein solches Bild hatten leisten können. Dann fiel ihr wieder Reverend Kirkpatrick ein. Möglich, dass das Porträt auf seinen Wunsch hin entstanden war, weil sich der Geistliche in seiner Gemeinde in Ayrshire unbedingt an einem Bild seines Ziehsohnes ergötzen wollte.

Vielleicht gab es im Archiv der Surgeons' Hall auch Aufzeichnungen über den Verbleib des Bildes vor dessen Übernahme in die dortige Sammlung.

»Montag«, sagte sie laut. Das hatte bis Montag Zeit. Jetzt war erst mal das Wochenende an der Reihe... und das Lou-Reed-Konzert, das es zu überstehen galt.

Als sie im Büro des Chefkurators das Licht ausmachte,

hörte sie wieder ein Geräusch, diesmal viel näher. Die Tür zum Sekretariat wurde aufgestoßen, und sämtliche Lichter gingen an. Jean trat unwillkürlich einen Schritt zurück, bevor sie begriff, dass es sich bloß um die Putzfrau handelte.

»Mein Gott, haben Sie mich erschreckt«, sagte sie und legte sich die Hand auf die Brust.

Die Putzfrau lächelte, legte einen Müllsack auf den Boden und verschwand wieder im Gang, um ihren Staubsauger nachzuholen.

»Was dagegen, wenn ich schon mal anfange?«, fragte sie.

»Überhaupt nicht«, sagte Jean. »Ich bin sowieso fertig.«

Als sie dann ihren Schreibtisch aufräumte, wurde ihr plötzlich bewusst, dass ihr das Herz immer noch bis zum Hals schlug und dass ihre Hände zitterten. Sie war schon oft spätabends durch das Museum gegangen, doch einen derartigen Schrecken hatte sie noch nie bekommen. Von dem Polaroid starrte ihr Kennet Lovells Porträt entgegen. Eigenartig: Aber Jauncey hatte den jungen Arzt nicht besonders vorteilhaft dargestellt. Trotz Lovells Jugend wirkten seine Augen auf dem Bild irgendwie kalt, der Mund verkniffen und das Gesicht berechnend.

»Geht es jetzt direkt nach Hause?«, fragte die Putzfrau, die gerade hereinkam, um den Papierkorb auszuleeren.

»Möglich, dass ich mir noch eine Flasche Wein besorge…«

»Was uns nicht umbringt, macht uns stark«, sagte die Frau.

»Stimmt wohl«, entgegnete Jean, während sie vor ihrem inneren Auge plötzlich ihren Mann vor sich sah. Dann fiel ihr etwas ein, und sie ging noch einmal zu ihrem Schreibtisch zurück. Sie griff sich einen Stift und fügte ihren bisherigen Notizen noch einen Namen hinzu.

Claire Benzie.

11

»Mein Gott, war das laut«, sagte Rebus. Sie standen vor dem Playhouse auf dem Gehsteig, und der Himmel, der vor dem Konzert noch hell geleuchtet hatte, war jetzt dunkel.

»Also gehst du auch nicht oft in solche Konzerte?«, fragte sie. Auch ihr dröhnten die Ohren. Sie wusste, dass sie noch immer zu laut sprach.

»Schon 'ne Weile her«, sagte er. Das Konzert hatte ein bunt gemischtes Publikum angezogen: Teenager, alte Punks und natürlich Leute in Rebus' Alter, vielleicht sogar noch ein bisschen älter. Reed hatte viele neue Sachen gespielt, die Rebus nicht kannte, nur hier und da einen seiner Klassiker. Das letzte Mal war Rebus bei einem UB40-Auftritt im Playhouse gewesen, ungefähr zu der Zeit, als ihr zweites Album rausgekommen war. Er mochte gar nicht daran denken, wie lange das schon wieder her war.

»Gehen wir noch was trinken?«, fragte Jean. Sie hatten den ganzen Nachmittag und Abend gepichelt: Wein zum Mittagessen, dann ein schnelles Bier im Ox. Anschließend ein langer Spaziergang nach Dean Village und am Water of Leith entlang. Bis hinunter nach Leith – und gelegentlich eine Pause auf einer Parkbank am Wegesrand. Der Gesprächsstoff war ihnen keine Sekunde ausgegangen. Sie hatten ein frühes Abendessen in Erwägung gezogen, sich dann aber eingestanden, dass sie noch von ihrem Besuch im Café St. Honoré satt waren. Also waren sie den Leith Walk bis zum Playhouse hinaufspaziert. Weil sie etwas zu früh dran waren, hatten sie sich im Conan Doyle noch einen genehmigt und dann noch einen an der Bar im Playhouse selbst.

Irgendwann war Rebus rausgerutscht: »Dabei hätte ich darauf gewettet, dass du nichts trinkst.« Eine Bemerkung, die er sofort bereut hatte. Doch Jean hatte bloß mit den Schultern gezuckt.

»Du meinst wegen Bill? Das ist zu einfach gedacht. Na ja, mag sein, dass manche Leute unter solchen Umständen selbst zu trinken anfangen oder sich schwören, nie mehr einen Tropfen anzurühren. Aber schuld ist nicht der Alkohol, sondern derjenige, der ihn trinkt. Deshalb habe ich während meiner Jahre mit Bill durchaus mal einen getrunken, obwohl er Alkoholiker war. Ich habe ihm nie Vorhaltungen gemacht. Aber ich habe auch nicht aufgehört zu trinken, weil mir Alkohol nicht so viel bedeutet.« Sie hielt inne. »Und was ist mit dir?«

»Mit mir?« Rebus hob ebenfalls die Schultern. »Ich trinke bloß, damit ich umgänglicher werde.«

»Und ab dem wie vielten Glas tritt die Wirkung ein?«

Sie hatten beide über ihre Frage gelacht und das Thema dann auf sich beruhen lassen. Inzwischen war es kurz nach elf am Samstagabend, und auf der Straße wurde es alkoholbedingt immer lauter.

»Und was jetzt?«, fragte Jean. Rebus sah umständlich auf die Uhr. Natürlich fielen ihm auf Anhieb mehrere Kneipen ein, doch musste Jean ja nicht unbedingt wissen, wo er sich überall herumtrieb.

»Kann man dir noch etwas Musik zumuten?«

Sie zuckte mit den Achseln. »Was denn für welche?«

»Akustische Gitarre. Allerdings kann man dort nicht sitzen.«

Sie dachte nach. »Liegt das Lokal auf dem Weg zu deiner Wohnung?«

Er nickte. »Du weißt ja, dass es dort aussieht wie auf einer Müllhalde.«

»Ja, weiß ich.« Sie sah ihm in die Augen. »Und – willst du mich nicht fragen?«

»Dann möchtest du also über Nacht bleiben?«

»Ich möchte, dass du mich darum bittest.«

»Es gibt aber nur eine Matratze auf dem Fußboden.«

Sie lachte und drückte ihm die Hand. »Machst du das absichtlich?«

»Was?«

»Mich hinhalten.«

»Nein, es ist nur ...« Er zuckte mit den Achseln. »Also, ich möchte bloß nicht, dass du ...«

Sie unterbrach ihn mit einem Kuss. »Keine Sorge«, sagte sie.

Er berührte ihren Arm und legte ihr die Hand auf die Schulter. »Gehen wir trotzdem vorher noch was trinken?«

»Ja, gern. Wo ist denn dieses Lokal?«

»Gleich an den Brücken. Heißt Royal Oak, der Laden.«

»Gut, dann zeig ihn mir.«

Sie gingen Hand in Hand, und Rebus gab sich Mühe, sich nicht zu genieren. Immer wieder erwischte er sich dabei, wie er Passanten beäugte oder nach bekannten Gesichtern Ausschau hielt: Kollegen oder stadtbekannten Kriminellen. Dabei wusste er nicht mal genau, welche der beiden er am meisten fürchtete.

»Kannst du dich eigentlich *überhaupt* nicht entspannen?«, fragte Jean irgendwann.

»Dabei habe ich gedacht, dass ich wenigstens ganz gut so tue, als ob.«

»Ist mir schon im Konzert aufgefallen, dass du ständig an was anderes gedacht hast.«

»Bringt der Job mit sich.«

»Nein, das nehme ich dir nicht ab. Gill kann zum Beispiel sehr gut abschalten und die meisten deiner Kollegen sicher auch.«

»Vielleicht nicht so viele, wie du glaubst.« Er dachte an Siobhan, stellte sich vor, wie sie zu Hause saß und den Laptop anstarrte, sah Ellen Wylie vor sich, die irgendwo ihre Wut in sich hineinfraß, und Grant Hood, dessen ganzes Bett mit Papieren übersät war, während er verzweifelt versuchte, sich immer neue Namen und Gesichter einzuprägen. Und der Farmer, was der wohl gerade machte? In seiner blitzeblanken Wohnung irgendwelche Flächen mit dem Staubtuch bearbeiten? Natürlich gab es einige – Hi-Ho Silvers, Joe Dickie –, die erst gar nicht in die Gänge kamen, wenn sie zur Arbeit erschienen, es aber trotzdem verstanden, abends wieder abzuschalten. Andere, zum Beispiel Bill Pryde und Bobby Hogan, arbeiteten zwar hart, hängten ihren Job aber abends im Büro an den Haken und brachten das Kunststück fertig, ihr Berufs- und Privatleben strikt zu trennen.

Und dann war da noch Rebus selbst, der nun schon so lange ganz in seinem Job aufging und sich damit die Auseinandersetzung mit einigen sehr persönlichen Wahrheiten ersparte.

Jean unterbrach ihn mit einer Frage in seiner Grübelei. »Gibt es auf dem Weg zu dir einen Laden, der jetzt noch offen hat?«

»Nicht nur einen. Wieso?«

»Das Frühstück: Eine innere Stimme sagt mir, dass es in deinem Kühlschrank ziemlich trostlos aussieht.«

Montag früh saß Ellen Wylie wieder an ihrem eigenen Schreibtisch im »West End«, wie das Revier in der Torphichen Street im Kollegenkreis genannt wurde. Sie war zu der Überzeugung gelangt, dass sie angesichts der allgemeinen Platznot ihr Arbeitspensum dort noch am ehesten erledigen konnte. Ein paar Messerstechereien, ein Raubüberfall, drei Familiendramen und ein Fall von Brandstiftung, das waren die Themen, mit denen ihre Kollegen beschäftigt waren. Wann immer einer von ihnen an ihrem Schreibtisch vorbeikam, musste sie was zu der Balfour-Geschichte sagen. Am meisten Angst hatte sie davor, dass Reynolds und Shug Davidson – ein Furcht erregendes Duo – wegen ihres Fernsehauftritts voller Häme über sie herfallen würden, doch die beiden taten nichts dergleichen. Vielleicht hatten sie einfach Mitleid mit ihr, doch das wahrscheinlichere Motiv war Solidarität. Selbst in einer kleinen Großstadt wie Edinburgh rivalisierten nämlich die verschiedenen Reviere miteinander. Wenn Detective Ellen Wylie angelegentlich der Ermittlungen im Mordfall Philippa

Balfour eine Tracht Prügel bezog, dann fühlte sich das gesamte »West End« gedeckelt.

»Reumütig heimgekehrt?«, fragte Shug Davidson.

Sie schüttelte den Kopf. »Ich gehe einer Spur nach. Das kann ich hier genauso gut.«

»Aber hier bist du doch von der großen Treibjagd völlig abgeschnitten.«

»Der was?«

Er lächelte. »Dem großen Ding, der Superfahndung, dem *Zentrum des Universums*.«

»Dafür bin ich mitten im West End«, sagte sie. »Das reicht mir völlig.« Was ihr von Davidson ein Zwinkern und von Reynolds eine Runde Applaus einbrachte. Sie lächelte: Sie war wieder zu Hause.

Das ganze Wochenende hatte sie sich darüber geärgert, wie man sie übergangen und aus dem Pressejob herausgedrängt und in jene zwielichtige Zone abgeschoben hatte, in der Inspektor John Rebus arbeitete. Und dann auch noch dieser Fall: ein Jahre zurückliegender Selbstmord eines jungen Touristen. Noch ein Affront.

Also hatte sie einen Entschluss gefasst: Wenn man sie dort nicht haben wollte, würde sie sich in der St. Leonard's Street eben nicht mehr blicken lassen. Herzlich willkommen im heimischen West End. Auf dem Weg zur Arbeit hatte sie noch schnell ihre Notizen zusammengeklaubt. Sie lagen vor ihr auf dem Schreibtisch, den sie im Übrigen nicht mit einem halben Dutzend Kollegen zu teilen brauchte. Auch das Telefon läutete nicht pausenlos, und weit und breit kein Bill Pryde, der in der St. Leonard's Street ständig nikotinkaugummikauend mit seinem komischen Klemmbrett an ihr vorbeigerannt war. Hier fühlte sie sich sicher, und hier traute sie sich auch das klare Urteil zu, dass sie ihre Kräfte wieder mal auf eine völlig sinnlose Recherche verschwendete.

Allerdings musste sie Gill Templer noch beweisen, dass sie mit dieser Vermutung richtig lag.

Also hatte sie einfach losgelegt und zunächst mal das Polizeirevier in Fort William angerufen und dort mit einem sehr hilfsbereiten Sergeant Donald Maclay gesprochen, der sich noch gut an den Fall erinnern konnte.

»Ja, das war oben auf dem Ben Dorchory«, hatte er gesagt. »Die Leiche muss schon einige Monate dort gelegen haben. Ziemlich weitab vom Schuss, wenn ich das trotz der unglücklichen Umstände mal so sagen darf. Dann ist eines Tages zufällig ein junger Bursche dort vorbeigekommen. Gut möglich, dass die Leiche sonst noch jahrelang unentdeckt geblieben wäre. Wir haben sofort die üblichen Ermittlungen eingeleitet. Weder ein Ausweisdokument noch sonst etwas in den Taschen.«

»Nicht mal Geld?«

»Wenigstens haben wir nichts gefunden. Mit den Etiketten an den Kleidern – Jacke, Hemd und so weiter – konnten wir auch nichts anfangen. Schließlich haben wir noch alle Pensionen und Hotels in der Umgebung angerufen und die Vermisstenkartei überprüft.«

»Und was war mit der Waffe?«

»Was soll damit gewesen sein?«

»Fingerabdrücke?«

»Nach so langer Zeit? Nein, haben wir nicht gefunden.«

»Aber haben Sie überhaupt danach gesucht?«

»Ja, ja …«

Wylie schrieb fleißig mit, kürzte die meisten Wörter ab.

»Und wie sieht es mit Schmauchspuren aus?«

»Wie bitte?«

»Auf der Haut. Die Kugel ist doch in seinen Kopf eingedrungen.«

»Ja, richtig. Der Pathologe hat aber an der Kopfhaut weder Verbrennungen noch andere verwertbare Spuren festgestellt.«

»Ist das nicht ein bisschen merkwürdig?«

»Nicht, wenn ein Schuss den halben Kopf wegpustet und alle möglichen Viecher an der Leiche herumnagen.«

Wylie hörte auf zu schreiben. »Verstehe«, sagte sie.

»Von einer Leiche kann man in diesem Fall ohnehin kaum sprechen, eher von einer Vogelscheuche. Die Haut war zäh wie Pergament. Auf dem Hügel dort geht ein teuflischer Wind.«

»Also haben Sie einen Mord von vornherein ausgeschlossen?«

»Wir haben uns am Obduktionsbefund orientiert.«

»Wäre es möglich, dass Sie mir die Akte zukommen lassen?«

»Wenn Sie einen schriftlichen Antrag stellen, kein Problem.«

»Danke.« Sie spielte nachdenklich mit dem Kuli. »Wie weit lag die Waffe noch mal von der Leiche entfernt?«

»Vielleicht sechs, sieben Meter.«

»Und Sie glauben, dass ein Tier sie verschleppt hat?«

»Ja. Entweder ein Tier, oder es war eine Art Reflex. Wenn man sich eine Kugel in den Kopf schießt, gibt es natürlich einen kräftigen Rückschlag.«

»Hm. Das stimmt schon.« Sie hielt kurz inne. »Und sonst?«

»Also, zum Schluss haben wir noch versucht, das Gesicht per Computer zu rekonstruieren und haben das Phantombild dann veröffentlicht.«

»Und?«

»Hat nicht viel gebracht. Wir waren von Anfang an der Meinung, dass er viel älter sein muss, ungefähr Anfang vierzig, und so sah er auf dem Bild auch aus. Keine Ahnung, wie die Deutschen davon erfahren haben.«

»Sie meinen die Eltern?«

»Richtig. Der Sohn der Leute war damals schon seit fast einem Jahr verschwunden… Dann kam dieser Anruf aus Hamburg, mit dem wir nichts Rechtes anzufangen wussten. Kurz darauf sind die beiden dann mit einem Übersetzer hier auf dem Revier erschienen. Also haben wir ihnen die Kleider gezeigt, und sie haben ein paar Sachen wiedererkannt: die Jacke und die Armbanduhr.«

»Sie klingen nicht sehr überzeugt.«

»Bin ich ehrlich gestanden auch nicht. Die beiden haben ihren Sohn doch damals mindestens schon ein Jahr lang gesucht. Die waren fix und fertig. Und diese Jacke war ein völlig beliebiger grüner Fummel. Und die Uhr war auch so ein Nullachtfünfzehn-Modell.«

»Dann meinen Sie also, die Eltern haben sich das alles bloß eingeredet, weil sie es unbedingt glauben *wollten*?«

»Ja, sie wollten unbedingt, dass der Tote ihr Sohn ist, obwohl der erst zwanzig gewesen war. Sogar die medizinischen Experten waren sich einig, dass der Tote mindestens doppelt so alt gewesen sein musste. Und dann hat die verdammte Presse plötzlich angefangen, die Version der Eltern zu verbreiten.«

»Und woher kommt diese Geschichte mit dem Rollenspiel im Internet?«

»Augenblick mal.« Sie hörte, wie Maclay den Hörer weglegte und jemandem etwas erklärte. »Direkt hinter den Fischkörben gibt es eine Hütte, dort finden Sie Alys Bootsverleih…« Wylie versuchte sich Fort William vorzustellen: ein beschauliches Fischerdorf; vor der Küste ein paar Inseln: Fischer und Touristen; am Himmel Möwen und in der Luft scharfer Tanggeruch.

»'tschuldigung«, sagte Maclay.

»Viel zu tun?«

»Ach ja, hier ist immer was los«, entgegnete er lachend. Wylie wäre zu gern dort an der Küste auf dem Revier gewesen. Hätte gern noch ein wenig mit ihm geplaudert und wäre dann an den Fischkörben vorbei in den Hafen geschlendert… »Wo waren wir stehen geblieben?«, fragte er.

»Rollenspiele im Internet.«

»Davon haben wir erst erfahren, als es in der Zeitung stand. Ein Reporter hatte sich die Eltern gekrallt.«

Wylie starrte auf die Fotokopie vor sich auf dem Schreibtisch. Die Schlagzeile: »War Highland-Leiche in Internetspiel verwickelt?« Der Name des Reporters: Steve Holly.

In einem Artikel hatte Holly damals von dem zwanzig Jahre alten Jürgen Becker aus einem Vorort von Hamburg berichtet, der noch bei seinen Eltern gewohnt und in der Hansestadt Psychologie studiert hatte. Angeblich war der junge Mann brennend an Rollenspielen interessiert gewesen und hatte einer Gruppe angehört, mit der er im Internet gegen Mannschaften anderer Universitäten angetreten war. Einige Kommilitonen hatten ausgesagt, dass Jürgen in der Woche vor seinem Verschwinden »ängstlich und bedrückt« gewirkt hätte. Abgereist war Jürgen nach Auskunft der Eltern mit einem Rucksack, in dem er seinen Pass, frische Wäsche, eine Kamera und einen Discman sowie ein Dutzend CDs verwahrt hatte.

Die Eltern waren Akademiker, er Architekt, sie Lehrbeauftragte, die aus dem Berufsleben ausgestiegen waren, um sich ganz der Suche nach ihrem Sohn zu widmen. Im letzten Absatz des Artikels hieß es fett gedruckt: »Jetzt wissen die trauernden Eltern endlich, dass sie ihren Sohn gefunden haben. Doch die Fragen bleiben: Warum fand Jürgen ausgerechnet in der Einsamkeit der schottischen Highlands einen so tragischen Tod? Wer war bei ihm? Wer ist der Besitzer der Waffe, und wer hat sie dazu verwendet, dem Leben des Studenten ein Ende zu bereiten?«

»Und der Rucksack mit Jürgens Sachen ist nie aufgetaucht?«, fragte Wylie.

»Nein, nie. Aber warum sollte er, wenn der Tote gar nicht Jürgen Becker war?«

Sie lächelte. »Sie haben mir sehr geholfen, Sergeant Maclay.«

»Wenn Sie einen schriftlichen Antrag stellen, leite ich die Akte unverzüglich an Sie weiter.«

»Vielen Dank, das mache ich.« Sie hielt kurz inne. »Es gibt hier in Edinburgh einen Kollegen, der heißt auch Maclay… arbeitet, glaube ich, auf dem Revier in Craigmillar.«

»Ach ja, das ist mein Cousin. Ich hab ihn bisher nur ein

paar Mal auf Hochzeiten und Beerdigungen getroffen. Craigmillar muss so ein Nobelvorort sein, oder?«

»Hat er das gesagt?«

»Hm. Hat er mir einen Bären aufgebunden?«

»Am besten, Sie kommen mal nach Edinburgh und verschaffen sich selbst einen Eindruck.«

Als sie den Hörer auflegte, lachte Wylie, und Shug Davidson wollte natürlich unbedingt wissen, warum. Er kam sofort angetapert. Das Büro im West End war nicht besonders groß: vier Schreibtische, einige begehbare Schränke, in denen sie die Akten verwahrten. Davidson griff sich die Fotokopie des Artikels, der auf Wylies Schreibtisch lag, und überflog den Bericht.

»Das hat sich Holly vermutlich aus den Fingern gesogen«, sagte er.

»Kennst du ihn?«

»Hab schon ein paar Mal Ärger mit ihm gehabt. Der Typ versteht sich darauf, Geschichten aufzublasen.«

Sie nahm ihm die Fotokopie aus der Hand. Tatsächlich wimmelte es in dem Artikel, dort, wo es um die Internetrollenspiele ging, nur so von vagen Formulierungen wie: »wohl...«, »höchstwahrscheinlich« und »wie zu erfahren war...«

»Ich muss mit ihm sprechen«, sagte sie und griff wieder nach dem Telefon. »Hast du zufällig seine Nummer?«

»Nein, aber er arbeitet im Edinburgher Büro seiner Zeitung.« Davidson ging wieder zu seinem Schreibtisch. »Findest du im Branchenverzeichnis unter ›Leprakolonien‹.«

Steve Holly war noch unterwegs zur Arbeit, als sein Handy klingelte. Er wohnte in der Neustadt, nur drei Straßen von der Wohnung des »tragischen Mordopfers« entfernt, wie er erst vor wenigen Tagen geschrieben hatte. Nicht dass er in puncto Wohnung in derselben Liga spielte wie Philippa Balfour. Er wohnte ganz oben in einem unrenovierten Mietshaus, von denen es in der Neustadt nur noch wenige gab. Außerdem hatte seine Straße einen weniger klangvollen Namen als jene, in der Flips Wohnung sich befand. Doch auch sein Domizil hatte erheblich an Wert gewonnen. Vor vier Jahren hatte er beschlossen, sich in diesem Teil der Stadt niederzulassen. Aber schon damals waren die Immobilien dort unbezahlbar gewesen, bis er auf die Idee verfallen war, die Todesanzeigen in den Morgen- und Abendblättern der Stadt zu lesen. Wann immer er dabei auf eine Neustadt-Anschrift stieß, hinterließ er dort im Briefkasten ein als »Dringend« deklariertes Kuvert, das »An den Eigentümer« der fraglichen Wohnung gerichtet war. In dem Umschlag befand sich lediglich ein knappes Anschreiben. Darin stellte er sich als ein junger Mann vor, der in einer der umliegenden Straßen aufgewachsen war. Doch dann sei seine Familie aus dem Viertel weggezogen und habe seither nichts als Pech gehabt. Inzwischen seien seine Eltern verstorben, behauptete er weiter, deshalb wolle er unbedingt in die Straße zurückkehren, mit der er so schöne Erinnerungen verbände. Falls der Besitzer einen Verkauf der Wohnung erwäge...

Und der Trick hatte tatsächlich funktioniert. In einem der Häuser war eine pflegebedürftige alte Dame gestorben. Ihre nächste lebende Verwandte war eine Nichte, die Hollys Brief gelesen und ihn noch am selben Nachmittag angerufen hatte. Er hatte sich die Wohnung sofort angesehen: drei Zimmer, ein bisschen muffig und dunkel, aber solche Dinge ließen sich beheben. Hätte sich fast in den Fuß geschossen, als die Nichte wissen wollte, in welchem Haus er früher mal gewohnt hatte, doch dann gelang es ihm, ihr ein Lügenmärchen aufzutischen, dem sie Glauben schenkte. Schließlich sein Angebot: Warum einem Makler eine dicke Provision in den Rachen werfen, wenn man sich intern auf einen fairen Preis einigen konnte? Dann brauchte man auf die Dienste solcher Mittelsmänner doch gar nicht erst zurückgreifen.

Die Nichte war in den Borders im Süden Schottlands zu Hause und hatte offenbar keinen Schimmer von den Edinburgher Immobilienpreisen. Sie hatte ihm aus dem Nachlass der verstorbenen alten Dame sogar noch einen Großteil der Möbel geschenkt, für die er sich wortreich bedankt und die er dann gleich am ersten Wochenende nach seinem Einzug auf den Sperrmüll gebracht hatte.

Falls er die Bude jetzt verkaufte, konnte er einen satten Gewinn von hundert Riesen einstreichen, ein ganz hübsches Sümmchen. Erst vor einer halben Stunde hatte er daran gedacht, es bei den Balfours mit einer ähnlichen Nummer zu versuchen... Doch dann sagte ihm sein Gefühl, dass die Leute ganz genau wussten, wie viel sie für Flips Wohnung verlangen konnten. Er hielt in der Dundas Street auf halber Höhe an und nahm das Telefongespräch entgegen.

»Hier spricht Steve Holly.«

»Mr. Holly, Detective Wylie am Apparat, Lothian and Borders Police.«

Wylie? Er versuchte sie einzuordnen. Ach, natürlich – diese grandiose Pressekonferenz! »Ja, Detective Wylie, und was kann ich an diesem schönen Morgen für Sie tun?«

»Es geht um einen Artikel, den Sie vor etwa drei Jahren geschrieben haben... die Sache mit dem deutschen Studenten.«

»Sie meinen den Studenten mit dem superlangen Arm, die Leiche mit dem Revolver?«, fragte er grinsend. Er stand direkt vor einer kleinen Kunstgalerie und spähte neugierig durch das Schaufenster. Ihn interessierten vor allem die Preise, weniger die Bilder.

»Genau den, ja.«

»Haben Sie etwa den Mörder gefasst?«

»Nein.«

»Was dann?«

Sie zögerte. Er war plötzlich ganz Ohr. »Möglich, dass wir da auf etwas gestoßen sind.«

»Und auf was?«

»Das kann ich Ihnen im Augenblick leider nicht...«

»Okay, okay. Vielleicht lassen Sie sich mal was Neues einfallen. Ihr wollt immer nur nehmen, aber nichts geben.«

»Und bei Ihnen ist das anders, oder wie...?«

Er wandte den Blick von dem Schaufenster ab und sah gerade noch einen grünen Aston, der an der Ampel losfuhr. Viele von den Kisten gab es nicht. Konnte sich eigentlich nur um den trauernden Vater handeln. »Was hat das denn mit Philippa Balfour zu tun?«, fragte er.

Schweigen am anderen Ende. »Wie bitte?«

»Keine besonders gute Antwort, Detective Wylie. Als ich Sie zuletzt gesehen habe, waren Sie mit dem Fall Philippa Balfour befasst. Wollen Sie mir etwa weismachen, dass man Sie inzwischen mit Nachforschungen in einer Sache beauftragt hat, die nicht mal in die Zuständigkeit der Lothian and Borders Police fällt?«

»Ich...«

»Dazu können Sie wahrscheinlich im Augenblick nichts sagen, richtig? Ich hingegen kann sagen, was ich will.«

»Sie meinen, so wie Sie Schauermärchen über Internetspiele erfunden haben?«

»Das habe ich nicht erfunden. Das haben die Eltern mir erzählt.«

»Dass der junge Mann sich für Rollenspiele interessiert hat, das vielleicht, aber auch, dass er auf Grund dessen nach Schottland gefahren ist?«

»Diese Annahme wurde durch das Beweismaterial gestützt.«

»Nur dass für einen Fantasy-Hintergrund kein einziger Beweis vorgelegen hat.«

»Die Highlands und dieser ganze keltische Mythenquatsch... das ist doch genau der Ort, an dem jemand wie dieser Jürgen landen könnte. Jemand schickt ihn auf die Suche nach dem Heiligen Gral: nur dass am Ziel schon ein Revolver auf ihn wartet.«

»Ja, ich hab Ihren Artikel gelesen.«

»Und die Sache hängt mit der Flip-Balfour-Geschichte zusammen, aber Sie wollen mir nicht sagen wie?« Holly fuhr sich mit der Zunge genüsslich über die Lippen. Er amüsierte sich prächtig.

»Stimmt«, sagte Wylie.

»Muss ziemlich verletzend gewesen sein.« Seine Stimme klang beinahe besorgt.

»Was?«

»Als Ihre Chefin Ihnen den Pressejob einfach wieder weggenommen hat. War doch echt nicht Ihre Schuld. Wir Reporter benehmen uns manchmal wie die wilden Tiere. Man hätte Sie besser vorbereiten müssen. Mein Gott, Gill Templer hat doch seit Urzeiten mit der Presse zu tun... Wenn jemand sich damit auskennt, dann sie.«

Wieder Schweigen in der Leitung. Dann fuhr Holly leise fort: »Und wem geben sie dann den Job? Ausgerechnet Detective Grant Hood, diesem aufgeblasenen kleinen Scheißer. Klar ist das verletzend. Und *Sie* dürfen sich mit einem Jahre zurückliegenden Fall aus der tiefsten schottischen Provinz beschäftigen. Und dann muss auch ein Reporter, also jemand von der Gegenseite, daherkommen und Ihnen erklären, was gespielt wird.«

Er dachte schon, dass sie eingehängt hatte, doch dann hörte er ein Seufzen.

Mensch, du bist super, Stevie Boy, jubelte er innerlich. Eines Tages wirst du in einem vornehmen Viertel wohnen, und die Leute werden mit offenem Mund die Kunstwerke anstarren, die bei dir an der Wand hängen...

»Detective Wylie?«, sagte er.

»Ja, bitte?«

»Ich wollte Ihnen nicht zu nahe treten. Aber wir könnten uns doch mal treffen. Möglich, dass ich Ihnen helfen kann.«

»Und wie?«

»Das kann ich Ihnen nur im persönlichen Gespräch sagen.«

»Nein.« Ihre Stimme hatte plötzlich wieder diesen harten Klang. »Sagen Sie es jetzt.«

»Nun ja...« Holly blinzelte in die Sonne. »Die Geschichte, an der Sie gerade arbeiten, die ist doch vertraulich, nicht wahr?« Er holte tief Luft. »Sie müssen nicht antworten. Wir wissen doch beide Bescheid. Aber sagen wir mal... dass ein Journalist von der Sache Wind bekommt. Auf wen würde dann sofort der Verdacht fallen, geplaudert zu haben?«

»Auf wen denn?«

»Auf den Pressesprecher natürlich: Detective Grant Hood. Schließlich ist der Mann für die Medienkontakte zuständig. Und wenn dieser Journalist nun auch noch verlauten ließe, dass die undichte Stelle ganz in der Nähe des Pressesprechers zu vermuten sein müsste... 'tschuldigung, klingt in Ihren Ohren vermutlich verdammt kleinkariert. Und Sie möchten sicher nicht, dass Detective Hoods frisch gestärktes Hemd Flecken abbekommt, oder dass Hauptkommissarin Templer unter Beschuss gerät. Ich habe nur die Angewohnheit, Gedanken, die mir zufällig durch den Kopf gehen, auch zu Ende zu denken. Verstehen Sie, was ich meine?«

»Ja.«

»Wie gesagt: Wir könnten uns doch einfach mal treffen. Ich bin zum Beispiel heute den ganzen Vormittag verfügbar. Über den Highland-Jungen kann ich Ihnen zwar auch nichts Neues mehr sagen, aber es gibt ja noch andere Themen.«

Rebus stand schon eine geschlagene halbe Minute vor Ellen Wylies Schreibtisch, bevor sie auf ihn aufmerksam wurde. Sie starrte auf die Papiere vor sich, schien sie aber gar nicht zu sehen. Dann ging Shug Davidson an Rebus vorbei, klopfte ihm auf die Schulter und sagte »Morgen, John«, und Wylie blickte auf.

»War das Wochenende so schlimm?«, fragte Rebus.

»Was machen Sie denn hier?«

»Ich habe Sie gesucht. Obwohl ich mich langsam frage, wieso ich mir das antue.«

Sie rang um Fassung, strich sich mit der Hand über den

Kopf und murmelte etwas, das sich als Entschuldigung deuten ließ.

»Hab ich also doch Recht mit meiner Vermutung. Das Wochenende.«

Dann kam Davidson mit einigen Papieren in der Hand wieder des Wegs. »Vor zehn Minuten war sie noch guter Dinge.« Er hielt inne. »War das etwa dieser Wichser Holly?«

»Nein«, sagte Wylie.

»Ich wette, dass doch«, erklärte Davidson und schob ab.

»Steve Holly?«, fragte Rebus.

Wylie zeigte auf den Zeitungsartikel. »Ich musste ihn was fragen.«

Rebus nickte. »Vor dem sollten Sie sich hüten, Ellen.«

»Ich werde schon mit ihm fertig, keine Sorge.«

Er stand immer noch nachdenklich nickend da. »Klar. Würden Sie mir einen Gefallen tun?«

»Kommt darauf an.«

»Ich hab das Gefühl, die Sache mit dem deutschen Studenten passt Ihnen irgendwie nicht ... Arbeiten Sie deswegen wieder hier im West End?«

»Nein, ich hatte nur gehofft, dass ich hier ungestörter arbeiten kann.« Sie ließ den Kuli auf den Schreibtisch fallen. »Aber da hab ich mich wohl getäuscht.«

»Eigentlich wollte ich Ihnen nur eine kleine Abwechslung bieten. Ich habe da nämlich noch eine Vernehmung, und da wollte ich Sie fragen ...«

»Und wen wollen Sie vernehmen?«

»David Costello und seinen Vater.«

»Und wie kommen Sie auf mich?«

»Ich dachte, das hätten wir schon geklärt.«

»Ist das eine Art Mitleidsbonus?«

Rebus holte tief Luft. »Meine Güte, Ellen, manchmal machen Sie es einem verdammt schwer.«

Sie sah auf die Uhr. »Ich habe um halb elf einen Termin.«

»Ich auch: beim Arzt. Aber die Vernehmung wird nicht

lange dauern.« Er hielt inne. »Na gut. Wenn Sie nicht wollen...«

»Okay«, sagte sie und ließ die Schultern hängen. »Vielleicht haben Sie ja Recht.«

Rebus war sich plötzlich nicht mehr sicher, ob Wylie die ideale Besetzung war. Aber jetzt war es zu spät. Es schien so, als ob sie ihren Kampfgeist eingebüßt hätte. Er glaubte, den Grund zu kennen, wusste aber zugleich, dass er nicht allzu viel für sie tun konnte.

»Schön«, sagte er.

Reynold und Davidson hockten auf einem Schreibtisch neben der Tür und beobachteten die Szene. »Siehst du, Shug«, sagte Reynolds, »das nenne ich ein Powerteam!«

Ellen Wylie erhob sich mit letzter Kraft aus ihrem Stuhl.

Unterwegs im Auto erklärte er ihr, worum es ging. Sie fragte nicht viel, schien sich mehr für die Fußgänger draußen auf dem Gehsteig zu interessieren. Rebus stellte den Wagen auf dem Hotelparkplatz ab und ging ins Caledonian, Wylie ein paar Schritte hinter ihm.

Das »Caley« war eine Edinburgher Institution, ein wuchtiges Backsteingebäude am Ende der Princes Street. Rebus hatte keine Ahnung, was ein Zimmer dort kostete. Er hatte ein einziges Mal in dem Restaurant gegessen, und zwar mit seiner Frau und einem mit ihr befreundeten Paar, das seine Flitterwochen in der Stadt verbrachte. Die Freunde hatten darauf bestanden, Rhona und Rebus einzuladen, und den fälligen Betrag gleich auf die Hotelrechnung setzen lassen, deshalb hatte Rebus die Summe nie erfahren. Im Übrigen hatte er sich den ganzen Abend unwohl gefühlt. Er hatte nämlich gerade einen Fall bearbeitet, dessen Aufklärung ihm auf den Nägeln brannte. Rhona wusste das und schloss ihn von der Unterhaltung aus, indem sie vor allem über Dinge sprach, die sie zusammen mit den Freunden erlebt hatte. Die Flitterwöchner hatten zwischen den Gängen Händchen gehalten und gelegentlich sogar während des Essens. Rebus und Rhona hatten wie Fremde nebeneinander gesessen, im Grunde genommen war ihre Ehe schon damals am Ende gewesen...

»So leben also die besseren Leute«, sagte er zu Wylie, während die Rezeptionistin die Costellos telefonisch über den Besuch in Kenntnis setzte. Rebus hatte vorher versucht, David Costello in dessen Wohnung anzurufen, aber niemanden erreicht. Deshalb hatte er sich bei den Kollegen umgehört und erfahren, dass die Eltern am Sonntagabend wieder in Edinburgh waren, und dass der Sohn den Montag mit ihnen verbringen wollte.

»Kann mich nicht erinnern, dass ich schon mal hier gewesen bin«, sagte Wylie. »Trotz allem ist es nur ein Hotel.«

»Über diese Feststellung würde man sich hier bestimmt freuen.«

»Ist doch wahr.«

Rebus hatte das Gefühl, dass sie nicht genau wusste, was sie sagte. Sie war zerstreut und gab nur banales Zeug von sich.

Die Rezeptionistin sah die beiden lächelnd an. »Mr. Costello erwartet Sie.« Sie nannte ihnen die Zimmernummer und deutete zu den Aufzügen hinüber. Sofort erschien ein livrierter Page, erkannte jedoch mit einem Blick, dass es für ihn bei diesen Gästen nichts zu tun gab. Dann schwebte der Lift aufwärts, und Rebus gab sich aufrichtig Mühe, sich den Song »Bell Boy« aus dem Kopf zu schlagen. Doch zugleich brüllte und kreischte Keith Moon in seinem Gehirn.

»Was pfeifen Sie denn da?«, fragte Wylie.

»Mozart«, log Rebus. Sie nickte, als ob sie die Melodie erst jetzt wiedererkannt hätte.

Von einem Zimmer konnte nicht die Rede sein, vielmehr handelte es sich um eine Suite, die durch eine Tür mit der Nachbarsuite verbunden war. Rebus erhaschte einen Blick auf Theresa Costello, bevor ihr Mann die Verbindungstür schloss. Der kleine Salon bot alles, was man brauchte: Sofa, Sessel, Tisch und Fernseher... Außerdem gab es noch ein kleines Entree, von dem aus je eine Tür ins Schlafzimmer und ins Bad führte. Rebus roch Seife und Shampoo und dazwischen irgendwo die für Hotels typische abgestandene Luft. Auf dem Tisch stand ein Korb mit Früchten. David Costello saß auf einem Stuhl und aß gerade einen Apfel. Er war frisch rasiert, doch sein glattes Haar war ungewaschen und fettig. Sein graues T-Shirt und die schwarze Jeans sahen neu aus. Die Bänder an den Turnschuhen waren – absichtlich oder zufällig – offen.

Thomas Costello war kleiner, als Rebus ihn sich vorgestellt hatte, und bewegte sich fast wie ein Boxer. Sein mauvefarbenes Hemd stand am Hals offen, und seine Hose wurde von hellrosa Trägern gehalten.

»Kommen Sie doch herein«, sagte er. »Bitte setzen Sie sich.« Er deutete auf das Sofa. Doch Rebus entschied sich für den Sessel, während Wylie stehen blieb. Also musste der Vater selbst auf dem Sofa Platz nehmen, wo er die Arme seitlich auf die Rücklehne legte. Doch schon eine Sekunde später klatschte er in die Hände und fragte, was er Rebus und Wylie zu trinken anbieten könne.

»Gar nichts, Mr. Costello«, sagte Rebus.

»Sind Sie sicher?« Costello sah Ellen Wylie an, die langsam nickte.

»Na, dann.« Der Vater breitete die Arme wieder aus und legte sie auf die Rücklehne. »Was können wir für Sie tun?«

»Tut mir Leid, dass wir Sie ausgerechnet in dieser Situation behelligen, Mr. Costello.« Rebus blickte zu David hinüber, den das Geschehen so wenig zu interessieren schien wie Wylie.

»Keine Ursache, Inspektor. Sie üben ja nur Ihren Beruf aus, und wir möchten natürlich alle gern dabei helfen, den kranken Widerling zu überführen, der Philippa das angetan hat.« Costello ballte die Fäuste und brachte zum Ausdruck, dass er sich den Mörder am liebsten höchstpersönlich zur Brust nehmen würde. Sein Gesicht war fast breiter als lang, das Haar kurz geschnitten und aus der Stirn gekämmt. Er kniff die Augenlider zusammen, deshalb vermutete Rebus, dass er Kontaktlinsen trug und in der ständigen Furcht lebte, sie könnten ihm herausfallen.

»Umso besser, Mr. Costello. Wir haben nur noch ein paar Fragen.«

»Was dagegen, wenn ich so lange hier im Zimmer bleibe?«, fragte der Vater.

»Überhaupt nicht. Wer weiß, vielleicht können Sie uns sogar behilflich sein.«

»Gut, dann bitte.« Er drehte den Kopf zur Seite. »Davey! Hörst du zu?«

David Costello nickte und biss krachend in den Apfel.

»Die Bühne gehört Ihnen, Inspektor«, sagte der Vater.

»Gut, dann wollen wir mal. Zunächst möchte ich David ein paar Dinge fragen.« Rebus zog umständlich sein Notizbuch aus der Tasche, obwohl er genau wusste, was er fragen wollte, und auch keine Notwendigkeit sah, sich Notizen zu machen. Doch bisweilen konnte so ein Notizbuch wahre Wunder wirken. Offenbar nahmen die Leute Fragen, die man sich aufgeschrieben hatte, irgendwie ernster: Wer sich etwas eigens notiert hatte, war auf alle Fälle gut vorbereitet. Außerdem überlegten sich die meisten unter solchen Umständen genauer, was sie sagten, oder sie wurden nervös und verplapperten sich.

»Sind Sie sicher, dass Sie sich nicht setzen möchten?«, fragte der Vater Wylie und klopfte neben sich auf das Sofa.

»Nein, danke«, erwiderte sie kühl.

Dieser kurze Dialog hatte den Bann gebrochen: Wenigstens schien das Notizbuch David Costello nicht im Geringsten zu beeindrucken.

»Schießen Sie los«, sagte er zu Rebus.

Rebus nahm sein Ziel ins Visier und feuerte. »David, wir haben ja mit Ihnen bereits über das Internetspiel gesprochen, an dem Flip sich unserer Auffassung nach beteiligt hat...«

»Ja.«

»Und Sie haben gesagt, dass Sie nichts davon wissen und mit Computerspielen und solchen Dingen nichts im Sinn haben.«

»Richtig.«

»Doch jetzt erfahren wir, dass Sie als Schüler auf diesem Gebiet eine richtige Kanone waren.«

»Oh ja, daran kann ich mich noch gut erinnern«, fiel ihm Thomas Costello ins Wort. »Du und deine Kumpels, ihr habt doch Tag und Nacht oben in deinem Zimmer vor dem Computer gehockt.« Er sah Rebus an. »Die *ganze* Nacht, Inspektor. Stellen Sie sich das mal vor.«

»Soll sogar erwachsene Männer geben, die so was machen«, sagte Rebus. »Wer kann schon widerstehen, wenn ein paar Mal ein gutes Blatt kommt und der Einsatz sich lohnt?«

Costello sah ihn lächelnd an und nickte: Zocker unter sich.

»Und wer hat Ihnen erzählt, dass ich am Computer mal 'ne ›Kanone‹ gewesen bin?«, fragte David.

»Hab ich gehört«, sagte Rebus achselzuckend.

»Stimmt aber nicht. Meine Fantasy-Manie hat nämlich höchstens einen Monat gedauert.«

»Flip hat als Schülerin angeblich ebenfalls gern bei solchen Spielen mitgemacht. Haben Sie das gewusst?«

»Glaube ich nicht.«

»Davon hat sie Ihnen doch bestimmt erzählt... Sie haben doch alle beide mal eine Schwäche für solche Spiele gehabt.«

»Aber nicht mehr zu der Zeit, als wir uns kennen gelernt haben. Ich kann mich nicht erinnern, dass wir je über so was gesprochen hätten.«

Rebus starrte David Costello in die Augen. Sie lagen tief in den Höhlen und waren rot geädert.

»Und woher soll Flips Freundin Claire dann davon wissen?«

Der junge Mann schnaubte wütend. »Dann haben Sie das also von *Claire*, der dummen Kuh?«

Thomas Costello schnalzte tadelnd mit der Zunge.

»Ist doch wahr«, schimpfte sein Sohn. »Ständig hat sie versucht, uns auseinander zu bringen, und die verständnisvolle Freundin gespielt.«

»Claire mochte Sie nicht?«

David dachte einen Augenblick nach. »Ich glaube eher, sie konnte es nicht ertragen, Flip glücklich zu sehen. Aber als ich mich mal Flip gegenüber in diesem Sinne geäußert habe, hat sie mich bloß ausgelacht. Flip hat das nicht so gesehen. Zwischen Flips und Claires Familie ist mal was vorgefallen. Ich glaube, Flip hat sich deswegen schuldig gefühlt. Was Claire betraf, war sie völlig blind.«

»Und wieso haben Sie das nicht früher gesagt?«

David sah ihn an und fing an zu lachen. »Weil Claire Flip nicht umgebracht hat.«

»Nein?«

»Herrgott, glauben Sie etwa...« Er schüttelte den Kopf. »Also: Wenn ich sage, dass Claire gemein war, dann meine ich natürlich... mit Worten.« Er hielt inne. »Bei diesem Computerspiel war das allerdings auch nicht anders – ist es das, was Sie denken?«

»Wir sind für alles offen«, sagte Rebus.

»Verdammt noch mal, Davey«, sagte der Vater. »Falls du diesen beiden Polizisten etwas zu sagen hast, dann tu es gefälligst.«

»Ich heiße *David*!«, zischte der junge Mann. Sein Vater sah ihn zornig an, sagte aber nichts. »Trotzdem glaube ich nicht, dass Claire es gewesen ist«, fuhr David fort und sah Rebus dabei an.

»Und Flips Mutter?«, fragte Rebus wie zufällig. »Wie kamen Sie mit der so zurecht?«

»Gut.«

Rebus saß schweigend da und ließ den jungen Mann ein wenig schmoren. Dann wiederholte er Davids Auskunft, diesmal mit einem Fragezeichen am Ende.

»Sie wissen doch, wie Mütter sind, wenn es um ihre Töchter geht«, sagte David schließlich. »Ständig in Sorge und so weiter.«

»Die wissen schon, warum, was?«, sagte Thomas Costello und zwinkerte Rebus zu, der Ellen Wylie ansah und sich fragte, ob wenigstens dieser Ausspruch seine Kollegin irgendwie berührte. Doch sie starrte bloß aus dem Fenster.

»Die Sache ist die, David«, sagte Rebus leise, »wir haben Grund zu der Annahme, dass es auch zwischen Ihnen und Flips Mutter Spannungen gegeben hat.«

»Wieso das denn?«, fragte Thomas Costello.

»Vielleicht kann David das beantworten«, erwiderte Rebus.

»Und – David?«, sagte Costello zu seinem Sohn.

»Keine Ahnung, was er meint.«

»Ich spreche davon«, sagte Rebus und gab vor, etwas in seinen Notizen nachzusehen, »dass Sie laut Mrs. Balfour versucht haben, Flip gegen ihre Eltern aufzubringen.«

»Da müssen Sie die Dame missverstanden haben«, sagte Thomas Costello. Wieder ballte er die Fäuste.

»Glaube ich nicht, Sir.«

»Vergessen Sie nicht die seelische Belastung, unter der die Frau steht. Offenbar weiß sie nicht mehr ganz, was sie sagt.«

»Doch, doch. Ich glaube sogar, dass sie das ganz genau weiß.« Rebus sah immer noch David an.

»Es stimmt«, sagte er schließlich. Er hatte den Apfel in seiner Hand völlig vergessen. Das weiße Fruchtfleisch fing schon an, sich bräunlich zu verfärben. Sein Vater sah ihn fragend an. »Jacqueline war der Meinung, dass ich Flip etwas einrede.«

»Was denn?«

»Dass sie eine unglückliche Kindheit gehabt hat. Dass sie sich auf ihre Erinnerung nicht verlassen kann.«

»Und – war das wirklich so?«, frage Rebus.

»Es geht hier nicht um mich, sondern um Flip«, sagte David. »Sie hat ständig geträumt, dass sie im Londoner Haus ihrer Eltern die Treppe rauf- und runterrennt, weil etwas hinter ihr her ist. Das ging fast zwei Wochen jede Nacht so.«

»Und was haben Sie dagegen getan?«

»Ich hab mir ein paar Psychologiebücher besorgt und darin gelesen. Und dann hab ich gesagt, dass diese Träume womöglich was mit verdrängten Erinnerungen zu tun haben.«

»Ich begreife den Jungen nicht mehr«, sagte Thomas Costello. Sein Sohn sah ihm ins Gesicht.

»Hättest du nicht gedacht, dass das mal passieren würde, was?« Die beiden starrten einander an. Rebus hatte das Gefühl, dass er David verstand: Neben einem Mann wie Thomas Costello aufzuwachsen, war gewiss nicht einfach gewesen. Vielleicht erklärte das Davids jugendliche Eskapaden...

»Aber sie hat nie gesagt, was das für Erinnerungen gewesen sein könnten?«, fragte Rebus.

David schüttelte den Kopf. »Wahrscheinlich war alles ganz harmlos. Schließlich können Träume alles Mögliche bedeuten.«

»Aber Flip hat geglaubt, dass mehr dahinter steckt?«

»Eine Zeit lang schon.«

»Hat sie mit ihrer Mutter darüber gesprochen?«

David nickte. »Und die hat mir dann die Schuld gegeben.«

»Diese blöde Frau«, zischte Thomas Costello. Er rieb sich die Stirn. »Aber sie hat ja einiges durchgemacht, einiges durchgemacht...«

»Das war lange vor Flips Verschwinden«, erinnerte ihn Rebus.

»Davon spreche ich nicht: Ich meine die Balfour Bank«, knurrte Costello. Die Wut auf seinen Sohn war noch immer nicht abgeklungen.

Rebus hob die Augenbrauen. »Wie meinen Sie das?«

»Dublin ist voll von Finanzleuten. Da hört man natürlich so manches.«

»Über die Balfour Bank?«

»Ich weiß selbst nicht genau, worum es geht: unsichere Kredite, Liquiditätsengpässe... solche Sachen.«

»Soll das heißen, dass die Balfour Bank Probleme hat?«

Costello schüttelte den Kopf. »Ich habe nur gehört, dass es dahin kommen könnte, wenn der Vorstand das Steuer nicht bald herumreißt. Die Sache ist doch die, dass im Finanzbereich alles auf Vertrauen beruht. Gelegentlich reichen ein paar wilde Gerüchte schon aus, um immensen Schaden anzurichten.«

Rebus hatte das Gefühl, dass Costello über diese Dinge nicht hatte sprechen wollen, aber wegen der Beschuldigungen, die Jacqueline Balfour gegen seinen Sohn erhoben hatte, seine Meinung geändert hatte. Er machte sich die erste Notiz der Vernehmung: »Balfour Bank überprüfen«.

Eigentlich hatte er vorgehabt, die Exzesse anzusprechen, für die Vater und Sohn Costello früher in Dublin berühmt gewesen waren. Doch David schien sich inzwischen gefangen zu haben, seine wilden Jahre lagen offenbar hinter ihm. Und was den Vater betraf, so waren die Symptome eines aufbrausenden Temperaments nicht zu übersehen. Allerdings konnte Rebus auf eine weitere Demonstration dieses Jähzorns gut verzichten.

Rebus und die Costellos saßen einander stumm gegenüber, während Wylie aus dem Fenster starrte.

»Reicht das fürs Erste, Inspektor?«, fragte Costello schließlich, kramte demonstrativ eine goldene Uhr aus der Hosentasche und ließ sie auf- und zuschnappen.

»Ja, glaub ich schon«, erwiderte Rebus. »Wissen Sie, wann die Beerdigung stattfindet?«

»Am Mittwoch«, sagte Costello.

Wenn es sich um einen Mord handelte, wurde die Bestattung des Opfers meist so lange wie möglich hinausgezögert, für den Fall, dass noch neues Beweismaterial ans Licht kommen sollte. Rebus vermutete, dass Beziehungen den Ausschlag gegeben hatten: John Balfour hatte wieder einmal seinen Willen durchgesetzt.

»Eine Erdbestattung?«

Costello nickte. Erdbestattung war gut, schließlich ließ sich eine verbrannte Leiche nicht mehr exhumieren, sollte sich das doch noch als notwendig erweisen...

»Gut«, sagte er, »es sei denn, einer von Ihnen möchte seinen bisherigen Ausführungen noch etwas hinzufügen...«

Das war offenbar nicht der Fall. Rebus stand auf.

»Gehen wir, Detective Wylie«, sagte er. Sie sah ihn an, als ob er sie geweckt hätte.

Costello bestand darauf, sie zur Tür zu begleiten, und reichte ihnen beiden dann die Hand. David blieb auf seinem Stuhl sitzen. Er führte gerade wieder den Apfel zum Mund, als Rebus sich draußen verabschiedete.

Dann fiel die Tür fast lautlos ins Schloss. Rebus blieb noch kurz stehen, konnte aber beim besten Willen nicht hören, was innen gesprochen wurde. Dann bemerkte er, dass die nächste Tür einen Spaltbreit offen stand und Theresa Costello auf den Gang hinausspähte.

»Alles in Ordnung?«, fragte sie Wylie.

»Alles in Ordnung«, entgegnete Wylie.

Als Rebus die Tür erreicht hatte, war sie bereits wieder geschlossen. Er überlegte, ob Theresa Costello sich tatsächlich so eingesperrt fühlte, wie es ausgesehen hatte...

Im Lift erbot er sich, Wylie unterwegs abzusetzen.

»Nicht nötig«, sagte sie. »Ich gehe zu Fuß.«

»Sicher?« Sie nickte, und er sah auf die Uhr. »Ihr Termin um halb elf?«, vermutete er.

»Genau«, sagte sie mit kaum vernehmbarer Stimme.

»Herzlichen Dank für Ihre große Unterstützung.«

Sie blinzelte und sah ihn an, als ob sie gar nicht wusste, wovon er sprach. Unten in der Halle blieb er stehen und sah zu, wie sie durch die Drehtür entschwand. Einige Sekunden später folgte er ihr auf die Straße. Sie überquerte fast im Laufschritt die Princes Street und hielt ihre Tasche vorne gegen den Körper gepresst. Dann eilte sie seitlich an Frazer's Store vorbei Richtung Charlotte Square, wo sich die Zentrale der

Balfour Bank befand. Er überlegte, wo sie hinwollte, in die George Street oder vielleicht in die Queen Street? Hinunter in die Neustadt? Wenn er es wirklich wissen wollte, musste er ihr folgen. Obwohl sie sich für seine Neugier wahrscheinlich herzlich bedanken würde.

»Ach, zum Teufel«, murmelte er und wollte schon die Straße überqueren. Doch er musste an der Ampel warten und sah sie erst wieder, als er den Charlotte Square erreichte: Sie war drüben auf der anderen Seite und schien es sehr eilig zu haben. Als er schließlich in der George Street stand, war sie nirgends mehr zu sehen. Er musste grinsen: toller Detektiv. Er ging noch bis zur Castle Street und dann auf der anderen Straßenseite zurück. Wahrscheinlich steckte sie in einem der Läden oder Cafés. Zum Teufel damit. Er ging zu seinem Saab hinüber, der noch auf dem Hotelparkplatz stand, schloss die Fahrertür auf und fuhr davon.

Manche Leute sind von einem Dämon besessen. Nach seinem Empfinden gehörte Ellen Wylie auch dazu. Auf seine Menschenkenntnis konnte er sich verlassen, das hatte die Erfahrung immer wieder gezeigt.

Wieder in der St. Leonard's Street, rief er einen Bekannten an, der im Wirtschaftsteil einer Sonntagszeitung arbeitete.

»Wie solide ist Balfour?«, fragte er ohne Einleitung.

»Ich nehme an, du meinst die Bank?«

»Richtig.«

»Und was hast du gehört?«

»Dass es in Dublin Gerüchte gibt.«

Der Journalist kicherte. »Ach, Gerüchte, was wäre die Welt nur ohne sie?«

»Dann ist das bloß leeres Geschwätz?«

»Habe ich nicht gesagt. Auf dem Papier steht Balfour zwar noch genauso gut da wie eh und je. Aber Zahlen lassen sich natürlich schönen.«

»Und?«

»Zumindest hat die Bank ihre Gewinnerwartung für das

erste Halbjahr nach unten korrigiert; nicht so krass, dass die Großaktionäre schon Bammel bekämen, aber bei der Balfour Bank gibt es einen lockeren Verbund kleinerer Aktionäre. Und diese Leute haben meist keine besonders guten Nerven.«

»Also, was ist Sache, Terry?«

»Die Bank ist zwar nicht direkt in ihrem Bestand bedroht, allerdings lässt sich eine feindliche Übernahme nicht mehr ganz ausschließen. Falls sich die Bilanz Ende des Jahres noch genauso unvorteilhaft liest, könnten ein, zwei rituelle Enthauptungen fällig sein.«

Rebus blickte nachdenklich vor sich auf den Schreibtisch. »Und, wen trifft es?«

»Ranald Marr, würde ich meinen, und sei es auch nur, damit Balfour beweisen kann, dass er noch über die heutzutage nötige Härte verfügt.«

»Kein Platz für alte Freundschaften?«

»Ach, da war nie wirklich eine.«

»Danke, Terry. An der Bar des Ox erwartet dich beim nächsten Mal ein großer Gin-Tonic.«

»Könnte 'ne Weile dauern.«

»Hast du aufgehört zu trinken?«

»Ja, auf ärztliches Anraten. So langsam werden wir der Reihe nach aus dem Verkehr gezogen, John.«

Rebus bedauerte Terry einen Moment lang und dachte an seinen eigenen Arzttermin, den er gerade mal wieder versäumte, weil er mit Terry telefonierte. Als er den Hörer aufgelegt hatte, kritzelte er den Namen Marr auf seinen Notizblock und kreiste ihn mit dem Kuli ein. Ranald Marr, mit seinem Maserati und den Zinnsoldaten. *Als ob Marr sein eigenes Kind verloren hätte...* Rebus war davon inzwischen nicht mehr ganz so überzeugt. Er überlegte, ob Marr wusste, dass sein Job in Gefahr war, ob er ahnte, dass die Kleinaktionäre ein Opfer verlangen würden, weil sie Angst hatten, dass ihre Ersparnisse andernfalls einen Schnupfen bekommen könnten...

Dann sah er Thomas Costello vor sich, der in seinem ganzen Leben nie hatte arbeiten müssen. Wie mochte sich so jemand fühlen? Rebus konnte es sich beim besten Willen nicht vorstellen. Seine Eltern waren zeitlebens arm gewesen, sie hatten nicht mal ein eigenes Haus besessen. Sein Vater hatte gerade mal vierhundert Pfund hinterlassen, die sich Rebus mit seinem Bruder geteilt hatte. Für die Bestattungskosten war eine Versicherung aufgekommen. Als er damals im Büro des Bankfilialleiters seinen Anteil an der Summe in die Tasche geschoben hatte, war ihm bewusst geworden, dass die Hälfte der lebenslangen Ersparnisse seiner Eltern dem entsprach, was er in einer Woche verdiente.

Inzwischen hatte er selbst Geld auf der Bank: Er machte wenig aus seinem Monatsgehalt. Die Wohnung war abbezahlt, und weder Rhona noch Samantha schienen je etwas von ihm zu wollen. Essen und trinken und dann noch die Garagenmiete für den Saab. Er machte nie Urlaub und leistete sich höchstens pro Woche ein paar LPs oder CDs. Vor einigen Monaten hatte er mal die Idee gehabt, sich eine ganz tolle Stereoanlage anzuschaffen, doch dann hatte ihm der Händler erklärt, dass er zurzeit nichts dergleichen vorrätig hätte. Der Mann hatte ihm zwar versprochen, ihn telefonisch zu benachrichtigen, falls wieder eine Lieferung eintreffen sollte. Doch er hatte sich nie mehr gemeldet. Auch die Lou-Reed-Karten hatten sein Budget nicht sonderlich belastet: Jean hatte darauf bestanden, für ihr Ticket selbst aufzukommen... und ihm obendrein am nächsten Morgen noch das Frühstück gemacht.

»Na, spielen Sie in dem Film *The Laughing Policeman* mit?«, rief Siobhan, die auf der anderen Seite des Raumes neben Grips aus der Fettes Avenue an ihrem Schreibtisch saß. Erst jetzt bemerkte Rebus, dass er über das ganze Gesicht grinste. Er stand auf und ging zu den beiden hinüber.

»Ich ziehe die Bemerkung zurück«, sagte Siobhan eilig und hob zum Zeichen der Unterwerfung beide Hände.

»Hallo, Grips«, sagte Rebus.

»Der Mann heißt Bain«, korrigierte ihn Siobhan. »Und er möchte Eric genannt werden.«

Rebus ließ sich dadurch nicht beirren. »Sieht ja hier aus wie auf dem Raumschiff *Enterprise*.« Er betrachtete die Ansammlung von Computern und Kabeln: zwei Laptops, zwei PCs. Er wusste, dass einer der Laptops Siobhan gehörte, der andere Flip Balfour. »Sagen Sie mal«, erkundigte er sich, »was wissen wir eigentlich über Philippas Kindheit in London?«

Sie rümpfte die Nase und dachte nach. »Nicht viel. Wieso?«

»Weil ihr Freund sagt, dass sie eine Zeit lang ständig so einen merkwürdigen Albtraum gehabt hat. In dem Traum rennt sie im Londoner Haus ihrer Eltern pausenlos die Treppe rauf und runter, weil etwas hinter ihr her ist.«

»Und das war ganz bestimmt in dem Londoner Haus?«

»Wie meinen Sie das?«

Sie zuckte mit den Achseln. »Also, ich fand es auf dem Balfourschen Landsitz Junipers schon gespenstisch genug: Kettenhemden und verstaubte alte Billardzimmer... Stellen Sie sich mal vor, Sie wachsen in so einer Umgebung auf.«

»Trotzdem hat David Costello das Londoner Haus genannt.«

»Vielleicht eine Art Übertragung?«, gab Bain zu bedenken. Die beiden sahen ihn an. »Nur so eine Idee«, sagte er.

»Dann hat sie also in Wahrheit Angst vor Junipers gehabt?«, fragte Rebus.

»Am besten wir machen eine spiritistische Sitzung und fragen sie persönlich.« Dann erst bemerkte Siobhan, was sie gesagt hatte, und machte einige peinliche Verrenkungen. »Das war enorm geschmacklos, tut mir Leid.«

»Hab schon Schlimmeres gehört«, sagte Rebus. Was der Wahrheit entsprach. Zum Beispiel hatte ein Beamter am Fundort von Philippa Balfours Leiche zu einem Kollegen gesagt: »Hellbank. Bei dieser Bank hatte sie wohl nicht so tolle Konditionen.«

»Ist das nicht ein bisschen wie bei Hitchcock?«, fragte Bain jetzt. »*Marnie* und so...«

Rebus fiel plötzlich wieder der Gedichtband in Costellos Wohnung ein: *Ich träume von Alfred Hitchcock.*
Nicht weil du schlecht bist, musst du sterben,/
nein, sterben musst du einzig, weil du da bist.
»Gut möglich, dass Sie Recht haben«, sagte er.

Siobhan sah ihn fragend an. »Sollen wir trotzdem etwas über Flips Londoner Jahre in Erfahrung bringen?«

Zuerst nickte er, dann schüttelte er den Kopf. »Nein«, sagte er. »Sie haben Recht, das ist zu weit hergeholt.«

Als er dann wegging, sah Siobhan Bain an. »Obwohl das gerade seine Spezialität ist«, murmelte sie. »Je absurder etwas erscheint, umso spannender findet er das.«

Bain lächelte. Er hatte seine – bislang ungeöffnete – Aktentasche wieder bei sich. Am vergangenen Freitagabend hatten sich die beiden nach dem Essen sofort verabschiedet. Samstag früh war Siobhan in ihren Wagen gestiegen und zum Auswärtsspiel des FC Hibernian gefahren. Keine Lust, jemanden mitzunehmen. Nur schnell zusammengerafft, was sie für eine Übernachtung brauchte. Und dann hatte sie sich eine Pension gesucht. Nachmittags hatten die Hibs gewonnen. Anschließend ein kleines Besichtigungsprogramm und dann zu Abend gegessen. Sie hatte ihren Walkman mitgenommen, außerdem ein halbes Dutzend Kassetten und ein paar Taschenbücher und den Laptop zu Hause gelassen. Ein Wochenende ohne Quizmaster: Genau das brauchte sie jetzt. Obwohl er ihr nicht aus dem Kopf ging, und sie sich ständig fragte, ob er schon wieder eine E-Mail geschickt hatte. Im Übrigen hatte sie es so eingerichtet, dass sie am Sonntagabend erst spät nach Hause gekommen war, und dann noch die Wäsche erledigt.

Jetzt stand der Laptop vor ihr auf dem Schreibtisch. Sie hatte fast Angst, das Gerät zu berühren, Angst, ihrer brennenden Neugier nachzugeben ...

»Schönes Wochenende?«

»Ach, nicht schlecht. Und Sie?«

»Ruhig. Unser Abendessen am Freitag war eigentlich schon der Höhepunkt.«

Sie nahm das Kompliment lächelnd zur Kenntnis. »Und was machen wir jetzt? Die Computerfahndung in London einschalten?«

»Nein, das läuft über die Zentrale. Die leiten unsere Anfrage weiter.«

»Können wir das nicht ohne die machen?«

»Nein, würde nur Ärger geben.«

Siobhan dachte an Claverhouse: Schon möglich, dass Bain Recht hatte. »Na, gut, dann los«, sagte sie.

Bain griff nach dem Telefon und führte ein langes Gespräch mit Inspektor Claverhouse in der Zentrale. Siobhan ließ die Finger über die Tastatur des Laptops gleiten. Das Gerät war schon mit ihrem Handy verbunden. Am Freitagabend hatte sie zu Hause auf dem Anrufbeantworter eine Nachricht vorgefunden: eine Angestellte des Mobilnetzbetreibers, die ihr mitteilte, dass ihre Onlinegebühren drastisch gestiegen waren. Keine Überraschung. Bain war immer noch am Telefon mit Claverhouse. Also beschloss sie, schon mal ins Netz zu gehen, um nicht bloß dumm herumzusitzen.

Quizmaster hatte drei Nachrichten geschickt. Die erste am Freitagabend etwa zu der Zeit, als sie nach Hause gekommen war:

Meine Geduld geht zu Ende. Die Suche ist für Sie nur noch kurze Zeit möglich. Unverzügliche Antwort erforderlich.

Die zweite war am Samstagnachmittag eingegangen:

Siobhan? Ich bin enttäuscht von Ihnen. Bisher waren Ihre Zeiten ausgezeichnet. Das Spiel ist aus.

Vorbei oder nicht, am Sonntag um Punkt Mitternacht hatte er abermals Verbindung aufgenommen:

Versuchen Sie die ganze Zeit, mich aufzuspüren, ist es das? Noch an einer persönlichen Begegnung interessiert?

Bain beendete das Gespräch und legte den Hörer auf. Er starrte auf den Bildschirm.

»Scheint so, als ob Sie ihn ziemlich nervös gemacht haben«, sagte er.

»Neuer Provider?«, fragte Siobhan. Bain überprüfte die Zustellvermerke und nickte.

»Neuer Name, alles neu. Wahrscheinlich dämmert ihm allmählich, dass er nicht völlig unauffindbar ist.«

»Und wieso hört er dann nicht einfach auf?«

»Keine Ahnung.«

»Glauben Sie wirklich, dass das Spiel aus ist?«

»Lässt sich nur auf einem Weg herausfinden…«

Also fing Siobhan an, die Tastatur zu bearbeiten:

War am Wochenende verreist, das ist alles. Ermittlungen machen gute Fortschritte. Weiterhin an Treffen interessiert.

Sie drückte auf »Senden«. Dann gingen sie einen Kaffee trinken. Als sie zurückkamen, fanden sie keine Antwort vor.

»Ob er schmollt?«, fragte Siobhan.

»Oder er hat seinen Rechner mal kurz im Stich gelassen.«

Sie sah ihn an. »Ist Ihr Schlafzimmer eigentlich auch so eine Computerhöhle?«

»Haben Sie es etwa auf eine Einladung in mein Schlafzimmer abgesehen?«

Sie lächelte. »Nein, war nur eine Frage. Soll doch Leute geben, die Tag und Nacht vor dem Bildschirm hocken.«

»Richtig. Nur dass ich nicht zu der Sorte gehöre. Ich bin bloß in drei Chat-Rooms Stammgast, und hier und da surfe ich vielleicht ein Stündchen im Netz, wenn ich gerade nichts Besseres vorhabe.«

»Und worüber unterhält man sich in diesen Chat-Rooms?«

»Ach, technisches Zeug.« Er zog seinen Stuhl näher an den Schreibtisch. »Okay. Wenn wir sowieso warten müssen, können wir uns auch Miss Balfours gelöschte Dateien anschauen.« Er sah den erstaunten Ausdruck auf ihrem Gesicht. »Sie wissen doch, dass man gelöschte Dateien wiederherstellen kann?«

»Klar. Wir haben doch schon Flips ganze Korrespondenz durchgesehen.«

»Auch alle alten E-Mails?«

Siobhan gab zu, dass sie sich darum noch nicht gekümmert hatte. Beziehungsweise Grant hatte nicht gewusst, dass das überhaupt ging.

Bain seufzte und machte sich dann an Flips PC an die Arbeit. Er brauchte nicht lange. Schon nach ungefähr einer Minute erschien auf dem Monitor eine Liste gelöschter Mails von und an Flip.

»Wie weit reichen die zurück?«, fragte Siobhan.

»Etwas über zwei Jahre. Wann hat sie sich den Computer eigentlich zugelegt?«

»Ein Geschenk zum achtzehnten Geburtstag.«

»Nicht schlecht.«

Siobhan nickte. »'ne schicke Wohnung hat sie auch noch bekommen.«

Bain sah sie an und schüttelte langsam den Kopf. »Unfassbar. Ich hab damals, glaube ich, eine Armbanduhr und eine Kamera gekriegt«, sagte er.

»Ist das die Uhr?« Siobhan zeigte auf sein Handgelenk.

Doch Bain war schon wieder am Computer beschäftigt. »Also reichen die E-Mails bis zur Anschaffung des Laptops zurück.« Er klickte die Mail mit dem frühesten Datum an, doch auf dem Monitor erschien ein Kasten, in dem es hieß, dass sie sich nicht öffnen ließ.

»Muss ich erst konvertieren«, sagte er. »Scheint so, als ob die Festplatte die Mail komprimiert hat.«

Siobhan versuchte zu verfolgen, wie er im Einzelnen vorging, doch er war zu schnell. Binnen kürzester Zeit erschien auf dem Bildschirm die erste E-Mail, die Flip mit dem Gerät gesendet hatte. Sie war an das Büro ihres Vaters gerichtet:

Nur ein Test. Hoffe, du bekommst die Mail. Der PC ist super! Bis heute Abend. Flip

»Müssen wir die alle lesen?«, fragte Bain.

»Ich fürchte, ja«, entgegnete Siobhan. »Müssen Sie die alle einzeln konvertieren?«

»Nicht unbedingt. Wenn Sie mir einen Tee besorgen – mit Milch, ohne Zucker –, dann schau ich mal, was ich tun kann.«

Als sie mit zwei Bechern zurückkam, ließ er gerade ein paar Mails ausdrucken. »Das erleichtert die Sache«, sagte er. »Während Sie die lesen, kann ich schon mal den nächsten Schub vorbereiten.«

Siobhan ging chronologisch vor und entdeckte sehr bald, dass diese Mails wesentlich interessanter waren als jene Klatschgeschichten, die Flip mit ihren Freundinnen ausgetauscht hatte.

»Schauen Sie sich das mal an«, sagte sie zu Bain.

Er las den Absender. »Von der Balfour Bank«, sagte er. »Ein gewisser RAM.«

»Ich wette, das ist Ranald Marr.« Siobhan nahm das Blatt wieder an sich.

Flip, großartig, dass du jetzt ebenfalls in der virtuellen Welt zu Hause bist! Ich hoffe, du hast damit eine Menge Spaß. Außerdem ist das Internet ein wunderbares Rechercemedium und wird dir hoffentlich das Studium erleichtern... Ja, es stimmt, dass du Nachrichten löschen kannst – dadurch gewinnst du neuen Speicherplatz, und dein Computer kann wieder schneller arbeiten. Aber vergiss nicht, dass man gelöschte Dateien wiederherstellen kann, sofern du nicht bestimmte Maßnahmen ergreifst. Wenn du etwas definitiv löschen willst, musst du folgendermaßen vorgehen...

Dann erklärte der Verfasser der E-Mail den Vorgang im Detail. Am Ende unterzeichnete er mit dem Kürzel R. Bain fuhr mit dem Finger am Bildschirmrand von oben nach unten.

»Das erklärt die großen Lücken«, sagte er. »Nachdem sie von dem Absender der Nachricht erfahren hat, wie man Mails vollständig löscht, hat sie es sich anscheinend zur Gewohnheit gemacht.«

»Das erklärt aber auch, wieso die Korrespondenz zwischen ihr und Quizmaster unauffindbar ist.« Siobhan sah nochmals die Ausdrucke durch. »Nicht mal ihr ursprüngliches Schreiben an RAM ist erhalten.«

»Und auch sonst keins.«

Siobhan rieb sich die Schläfen. »Aber wieso war es ihr so wichtig, alles zu löschen?«

»Weiß ich nicht. Sehr ungewöhnlich, würde ich sagen.«

»Rutschen Sie mal ein Stück zur Seite«, sagte Siobhan und schob ihren Stuhl vor den Computer. Dann schrieb sie eine kurze E-Mail an RAM in der Balfour Bank.

Detective Clarke hier. Bitte unbedingt sofort melden.

Sie fügte noch die Telefonnummer des Reviers an, schickte die Mail los, nahm dann den Hörer ab und rief in der Bank an.

»Mr. Marrs Büro, bitte.« Sie wurde mit Marrs Sekretärin verbunden. »Ist Mr. Marr zu sprechen?«, fragte sie und sah Bain an, der gerade einen Schluck von seinem Tee trank. »Vielleicht können Sie mir helfen. Hier spricht Detective Clarke von der Lothian and Borders Police in der St. Leonard's Street. Ich habe eben eine E-Mail an Mr. Marr geschickt und wollte mich nur vergewissern, dass sie angekommen ist. Es scheint so, als ob wir hier ein technisches Problem hätten.« Sie saß schweigend da, während die Sekretärin ihre Nachforschungen anstellte.

»Oh, noch nicht da? Könnten Sie mir sagen, wo ich ihn erreiche?« Wieder hörte sie schweigend zu. »Es ist wirklich sehr dringend.« Sie hob die Augenbrauen. »Prestonfield House? Das ist gar nicht weit von hier. Würden Sie ihm bitte ausrichten, ob er nach der Sitzung kurz in der St. Leonard's Street vorbeischauen könnte? Dauert nur fünf Minuten. Das dürfte ihm weniger Umstände bereiten, als wenn wir an seinem Arbeitsplatz aufkreuzen...« Wieder lauschte sie in den Hörer. »Danke. Und die E-Mail ist jetzt angekommen? Vielen Dank.«

Sie legte den Hörer wieder auf, und Bain, der seinen Becher inzwischen geleert und in den Müll befördert hatte, applaudierte ihr stumm.

Vierzig Minuten später erschien Marr auf dem Revier.

Siobhan ließ ihn von einem Beamten nach oben ins Großraumbüro führen. Rebus war zwar nicht mehr da, doch abgesehen davon herrschte Hochbetrieb. Der Beamte begleitete Marr zu Siobhans Schreibtisch. Sie nickte und bat den Bankier, Platz zu nehmen. Marr blickte um sich: Sämtliche Stühle waren besetzt. Neugierige Augen inspizierten ihn, da die übrigen Beamten nicht wussten, wer er war. In seinem schnieken Nadelstreifenanzug, dem blütenweißen Hemd und der zitronengelben Krawatte erinnerte er mehr an einen gut bezahlten Anwalt als an die Besucher, an die man auf dem Revier sonst gewöhnt war.

Bain stand auf und schob seinen Stuhl auf die andere Seite des Schreibtischs, damit Marr sich setzen konnte.

»Mein Fahrer parkt im absoluten Halteverbot«, sagte Marr und sah demonstrativ auf die Uhr.

»Dauert nicht lange, Sir«, sagte Siobhan. »Erkennen Sie das Gerät hier?« Sie zeigte auf den Computer.

»Was?«

»Philippas Laptop.«

»Tatsächlich? Nein, kenne ich nicht.«

»Verstehe. Aber zumindest haben Sie einander E-Mails geschickt.«

»Was?«

»RAM: das ist doch *Ihr* Kürzel, nicht wahr?«

»Und wenn schon?«

Bain trat vor und reichte Marr ein Blatt Papier. »Dann haben Sie ihr also das hier geschickt«, sagte er. »Sieht ganz so aus, als ob Ms. Balfour Ihren Rat befolgt hätte.«

Marr sah von dem Blatt auf und blickte Siobhan an. Bains Auskunft kam ihr äußerst ungelegen, was Marr nicht entgangen war.

Großer Fehler, Eric!, hätte sie am liebsten geschrien. Denn jetzt wusste Marr, dass Flip bis auf diese eine Mail ihre gesamte elektronische Korrespondenz mit Marr gelöscht hatte. Andernfalls hätte Siobhan ihn ein bisschen zappeln und in dem Glauben lassen können, dass sie noch weitere Mails in petto hatte. Nur um festzustellen, wie er darauf reagierte.

»Na und?«, sagte Marr, nachdem er das Schreiben gelesen hatte.

»Etwas merkwürdig«, sagte Siobhan, »dass es Ihnen in der allerersten Mail, die Sie Philippa geschickt haben, so wichtig war, das Mädchen darüber aufzuklären, wie man E-Mails vollständig löscht.«

»Philippa war nun mal auf Diskretion bedacht«, erwiderte Marr. »Sie wollte nicht, dass Unbefugte Einblick in ihr Privatleben erhalten. Deshalb wollte sie sofort von mir wissen, wie man solche Nachrichten löscht. Dieses Schreiben ist meine Antwort. Es war ihr einfach unangenehm, sich vorzustellen, dass jemand ihre Mails lesen könnte.«

»Und wieso?«

Marr hob seine elegant gewandeten Schultern. »Wir spielen doch alle je nach den Umständen ganz unterschiedliche Rollen. Die Person, die an eine betagte Verwandte schreibt, ist nicht dieselbe, die einer engen Freundin etwas mitzuteilen hat. Wenn ich zum Beispiel jemandem eine Mail schicke, mit dem ich in meiner Freizeit große Schlachten nachspiele, dann braucht meine Sekretärin das nicht unbedingt zu lesen. Der Mann, für den sie arbeitet, würde ihr nämlich in einem solchen Schreiben plötzlich als völlig andere Person entgegentreten.«

Siobhan nickte. »Kann ich verstehen.«

»Überdies ist in meinem Beruf Vertraulichkeit, sogar absolute Diskretion, wenn Sie so wollen, unabdingbar. Schließlich haben wir von morgens bis abends mit Geschäftsgeheimnissen zu tun. Deshalb vernichten wir nicht mehr benötigte Unterlagen, löschen E-Mails und so fort, um unsere Kunden und uns selbst zu schützen. Als Flip damals von der Löschfunktion gesprochen hat, habe ich mich eventuell ein wenig zu sehr von diesen Sicherheitsstandards leiten lassen.« Er unterbrach sich und sah Siobhan und Bain abwechselnd an. »War das alles, was Sie wissen wollten?«

»Worüber haben Sie sich sonst noch per Mail ausgetauscht?«

»Unsere Korrespondenz hat nicht lange gedauert. Flip unternahm die ersten Gehversuche, was Internet und E-Mail anbelangt. Sie hatte meine E-Mail-Adresse und wusste, dass ich mich mit diesen Dingen recht gut auskenne. Anfangs hatte sie eine Menge Fragen, aber sie hat sehr rasch gelernt.«

»Mal sehen: Vielleicht finden wir ja auf der Festplatte doch noch einige rekonstruierbare Mails«, log Siobhan munter darauf los. »Wissen Sie noch ungefähr, wann Sie ihr das letzte Mal eine E-Mail geschrieben oder von ihr eine bekommen haben?«

»Das dürfte mindestens ein Jahr her sein.« Marr machte Anstalten aufzustehen. »War das alles? Ich bin wirklich sehr in Eile...«

»Wenn Sie Flip nicht genau erklärt hätten, wie sie Nachrichten auf der Festplatte ein für alle Mal löschen kann, hätten wir ihn vielleicht schon.«

»Wen?«

»Quizmaster.«

»Sie meinen den Menschen, mit dem Flip dieses Rätselspiel gemacht hat? Glauben Sie immer noch, dass die Geschichte mit Philippas Tod zusammenhängt?«

»Das versuchen wir ja gerade herauszufinden.«

Marr war unterdessen aufgestanden und strich sich das Jackett glatt. »Ist es technisch möglich, diesen Menschen, diesen Quizmaster auch gegen seinen Willen aufzuspüren?«

Siobhan sah Bain an, der – diesmal – sofort schaltete.

»Oh ja«, sagte er zuversichtlich. »Kann ein bisschen dauern, aber den finden wir. Der Bursche hat so viele Spuren hinterlassen, den erwischen wir auf jeden Fall.«

Marr sah die beiden jungen Polizisten abwechselnd an. »Das ist gut«, sagte er dann lächelnd. »Falls ich noch etwas für Sie tun kann...«

»Sie haben uns bereits sehr geholfen. Mr. Marr«, erwiderte

Siobhan, ohne ihren Blick von Marr abzuwenden. »Ein Beamter wird sie hinausbegleiten...«

Als Marr gegangen war, zog Bain seinen Stuhl wieder auf Siobhans Schreibtischseite und nahm neben ihr Platz.

»Glauben Sie, dass er es ist?«, fragte er leise.

Sie nickte und betrachtete nachdenklich die Tür, durch die Marr gerade entschwunden war. Dann ließ sie die Schultern fallen, kniff die Augen zusammen und massierte sie mit den Fäusten. »Obwohl ich nicht mal einen Grund dafür nennen könnte.«

»Und beweisen können Sie es erst recht nicht.«

Sie nickte, noch immer mit geschlossenen Augen.

»Also nur so eine Ahnung?«, fragte er.

Sie öffnete die Augen. »Natürlich weiß ich, dass man sich auf so etwas nicht verlassen kann.«

»Da bin ich aber froh.« Er sah sie lächelnd an. »Wäre nicht schlecht, wenn wir was Konkretes in die Hände bekämen, wie?«

Dann läutete das Telefon. Da Siobhan noch immer völlig abwesend war, nahm Bain den Anruf entgegen. Ein Ermittler namens Black von der Netzwerkfahndung. Er wollte wissen, ob er mit dem richtigen Ansprechpartner verbunden war. Als Bain das bejahte, wollte Black von ihm wissen, ob er sich mit Computern auskenne.

»Ja, ganz gut.«

»Gut. Haben Sie den PC vor sich?« Bain bestätigte das und Black erklärte ihm, was er wollte. Fünf Minuten später legte Bain den Hörer auf die Gabel, blies die Backen auf und ließ die Luft dann hörbar entweichen.

»Keine Ahnung, woran das liegt«, sagte er, »aber wenn ich mit den Typen vom Geheimdienst zu tun habe, komm ich mir hinterher jedes Mal wie ein fünfjähriges Kind vor, das gerade seinen ersten Schultag hat.«

»Klang nicht schlecht, wie Sie argumentiert haben«, versicherte ihm Siobhan. »Was wollen die denn?«

»Kopien sämtlicher Mails zwischen Ihnen und Quizmaster, dazu detaillierte Auskünfte über Philippa Balfours Providerkonto und Benutzernamen und dieselben Angaben auch von Ihnen.«

»Nur dass ich die ganze Zeit Grant Hoods Rechner benutzt habe«, sagte Siobhan und zeigte auf den Laptop.

»Dann halt seine Daten.« Er hielt inne. »Black hat gefragt, ob wir schon einen Verdacht gegen eine bestimmte Person hegten.«

»Aber Sie haben nichts gesagt?«

Er schüttelte den Kopf. »Wir können ihm natürlich Marrs Namen zukommen lassen. Oder sogar die E-Mail-Adresse.«

»Ob ihm das weiterhilft?«

»Möglich. Wissen Sie was: Die Amis können schon per Satellit E-Mails mitlesen. Und zwar sämtliche Mails auf der ganzen Welt...« Sie sah ihn ungläubig an, und er lachte. »Keine Ahnung, ob unsere Netzwerkfahnder über ähnliche Möglichkeiten verfügen, aber man weiß ja nie.«

Siobhan saß nachdenklich auf ihrem Stuhl. »Okay, dann geben Sie denen halt, was wir haben. Ranald Marrs Daten inklusive.«

Der Laptop meldete, dass eine neue Nachricht eingetroffen war. Siobhan ging online. Quizmaster.

Nach Lösung von Stricture persönliche Begegnung möglich. Einverstanden?

»Ooh«, sagte Bain, »er fragt sogar höflich an.«

Dann geht das Spiel also weiter?, tippte Siobhan zurück.

Ausnahmeregelung.

Wieder tippte sie: *Es gibt Fragen, auf die ich sofort eine Antwort brauche.*

Die prompte Entgegnung: *Fragen Sie.*

Also stellte sie ihre Fragen: *War außer Flip noch jemand an dem Spiel beteiligt?*

Sie warteten rund eine Minute auf die Antwort.

Ja.

Sie sah Bain an. »Bislang hat er immer das Gegenteil behauptet.«

»Dann hat er entweder bisher gelogen, oder er lügt jetzt. Aber vermutlich hätten Sie sich die Frage gespart, wenn Sie ihm seine bisherige Auskunft abgenommen hätten.«

Wie viele?, tippte Siobhan.

Drei.

Und die Teilnehmer haben gegeneinander gespielt? Waren sie sich darüber im Klaren?

Ja, waren sie.

Dann haben sie also gewusst, gegen wen sie spielen?

Eine Dreißigsekundenpause. *Absolut nicht.*

»Sagt er die Wahrheit, oder lügt er?«, fragte Siobhan Bain.

»Da fällt mir ein: Ob Mr. Marr schon wieder an seinem Schreibtisch sitzt?«

»Durchaus möglich, dass so ein hohes Tier sogar im Auto Zugang zum Internet hat. So einer muss doch der Konkurrenz in dem großen Spiel immer um ein paar Züge voraus sein.« Sie lächelte über die zufällige Mehrdeutigkeit des Satzes.

»Am besten, ich rufe einfach sein Büro an.« Bain hatte den Hörer schon in der Hand. Siobhan nannte ihm die Nummer der Bank.

»Bitte Mr. Marrs Büro«, sagte Bain in die Muschel. Dann: »Spreche ich mit Mr. Marrs Assistentin? Hier ist Detective Bain, Lothian Police. Könnte ich bitte Mr. Marr persönlich sprechen?« Er sah Siobhan an. »Ach so, Sie erwarten ihn jeden Augenblick zurück? Danke sehr.« Dann noch eine Eingebung: »Oh, können wir ihn vielleicht in seinem Wagen erreichen? Ich meine per E-Mail?« Er hörte aufmerksam zu. »Nein, schon gut, danke. Ich rufe später noch mal an.« Dann legte er auf. »Kein E-Mail-Empfang im Auto.«

»Behauptet seine Sekretärin«, sagte Siobhan leise.

Bain nickte.

»Heutzutage kann man doch sogar schon per Telefon ins

Internet«, sagte sie. Dazu braucht man bloß so ein WAP-Handy, wie Grant eins hat, dachte sie. Aus heiterem Himmel fiel ihr plötzlich der Morgen im Elephant House wieder ein. Grant, der an einem ihm schon bekannten Kreuzworträtsel herumdokterte, um die Frau am Nachbartisch zu beeindrucken. Sie schrieb eine neue E-Mail:

Können Sie mir sagen, wer die Leute waren? Wissen Sie, um wen es sich handelt? Die Antwort erfolgte prompt:

Nein.

Können Sie es nicht sagen, oder wissen Sie es nicht?

»*Beides. Stricture wartet.*

Noch eine letzte Frage, Master: Wieso haben Sie Flip ausgewählt?

Sie ist genauso zu mir gekommen wie Sie.

Aber wie ist sie auf Sie gestoßen?

Stricture-Aufgabe folgt.

»Ich glaube, dem reicht es jetzt«, sagte Bain. »Nicht daran gewöhnt, dass seine Sklaven dumme Fragen stellen.«

Siobhan zog erst in Erwägung, einen weiteren Versuch zu starten, nickte dann aber Bain zustimmend zu.

»Glaube kaum, dass ich es mit Grant Hood aufnehmen kann«, fuhr Bain fort. Sie sah ihn fragend an. »Ich meine als Rätselfuzzi«, erklärte er.

»Abwarten.«

»Bis es so weit ist, kann ich Black ja schon mal die Sachen hier rüberschießen.«

»Tun Sie das, Mann«, sagte Siobhan lächelnd. Wieder fiel Grant ihr ein. Ohne ihn wäre sie nie so weit gekommen. Doch seit seiner Beförderung hatte er nichts mehr von sich hören lassen. Nicht mal nachgefragt, ob noch ein Rätsel eingegangen war... Erstaunlich, dass er offenbar wie auf Knopfdruck total umschalten konnte. Der Grant, den sie im Fernsehen gesehen hatte, hatte nichts mehr mit dem jungen Mann gemein, der mitten in der Nacht in ihrem Wohnzimmer auf und ab marschiert war und auf dem Hart Fell völlig die Fassung verloren hatte. Sie wusste, welche Version sie persönlich bevorzugte, und glaubte nicht, dass das nur Neid auf Grants Job war. Und plötzlich konnte sie sogar Gill Templer verstehen. Gill hatte einfach Angst, Angst vor der Verantwortung in ihrem neuen Job und teilte deshalb so aus. Dabei bekamen vor allem die besonders Ehrgeizigen und Selbstbewussten ihrer Untergebenen ihr Fett weg, weil es um Gills eigenes Selbstbewusstsein wohl nicht zum Besten bestellt war. Siobhan hoffte, betete, dass es sich dabei lediglich um einen vorübergehenden Zustand handelte.

Hoffentlich hat Grant noch ein bisschen Zeit für seine alte Sparringspartnerin, dachte sie, falls sich Quizmaster tatsächlich mit Striktur melden sollte. Was seine neue Beschützerin davon halten würde, war ihr völlig schnuppe.

Grant Hood hatte sich den ganzen Morgen mit der Presse herumgeschlagen und an der Presseerklärung des Tages herumgefeilt, die am Nachmittag vor den versammelten Medien verlesen werden sollte und, anders als sein erster Versuch, hoffentlich Carswells und Gill Templers Zustimmung finden würde. Außerdem musste er sich mehrmals telefonisch mit dem Vater des Mordopfers auseinander setzen, der wütend darüber war, dass die Bevölkerung in den Medien nicht stärker zur Mithilfe aufgerufen wurde.

»Und was ist mit *Crimewatch*?«, hatte Balfour gefragt. Insgeheim fand Grant *Crimewatch* eine tolle Idee, also hatte er das BBC-Büro in Edinburgh angerufen, wo man ihm eine Glasgower Nummer genannt hatte. Glasgow wiederum hatte ihm eine Londoner Nummer gegeben, und die dortige Zentrale hatte ihn zu einem Redakteur durchgestellt, der ihn darauf hinwies, dass die vorerst letzte *Crimewatch*-Staffel gerade erst gelaufen und die Sendung in den kommenden Monaten nicht im Programm war. Und das in einem Ton, aus dem Grant schließen konnte, dass jeder halbwegs professionelle Pressesprecher darüber längst informiert war.

»Ach, richtig, vielen Dank«, sagte Grant und legte auf.

Auf das Mittagessen hatte er verzichtet, und zum Frühstück hatte er auch bloß ein Schinkenbrötchen aus der Kantine verdrückt, und zwar vor ungefähr sechs Stunden. Er war sich darüber im Klaren, dass er sich auf dünnem Eis bewegte, sich keinen Fehler erlauben konnte. Mochten Carswell und Templer auch in vielen Punkten einer Meinung sein, frei von Differenzen war ihr Verhältnis keinesfalls, sodass er quasi zwischen ihnen in der Schwebe hing und aufpassen musste, dass er nicht abstürzte. Carswell hatte zwar das letzte Wort, aber Grants unmittelbare Vorgesetzte war Gill Templer, und die konnte ihn ohne weiteres wieder ins berufliche Nirwana stoßen. Also hatte er vor allem darauf zu achten, dass er ihr dafür weder Motiv noch Gelegenheit bot.

Er wusste, dass er die Situation bislang recht gut gemeistert hatte, freilich um den Preis, dass ihm kaum noch Zeit zum Essen, Schlafen und Entspannen blieb.

Auf der Habenseite wiederum konnte er verbuchen, dass der Fall auch außerhalb Schottlands hohe Wellen geschlagen hatte: nicht nur in den Londoner Medien, sondern auch in New York, Sydney, Singapur und Toronto. Die internationalen Presseagenturen erwarteten von der Edinburgher Polizei eine detaillierte Unterrichtung über den Stand der Ermittlungen. Angeblich waren sogar schon Korrespondenten auf dem Weg nach Edinburgh – und ob Detective Hood sich bitte für ein kurzes Fernsehinterview zur Verfügung stellen könne?

Hood konnte die Nachfrage positiv bescheiden. Im Übrigen machte er sich genaue Angaben zu jedem einzelnen Journalisten samt Telefonnummer und Zeitdifferenz.

»Hat ja wenig Sinn, wenn ich Ihnen mitten in der Nacht was zufaxe«, hatte er zu einem Redakteur in Neuseeland gesagt.

»Eine E-Mail wär mir lieber, Mann.«

Also hatte Grant sich auch das notiert. Und dann fiel ihm

plötzlich ein, dass Siobhan noch seinen Laptop hatte. Sollte er das Gerät nun zurückverlangen oder sich gleich einen stärkeren neuen Rechner zulegen? Und ein Internetauftritt wäre auch nicht schlecht. Ja, wieso sollte man den Stand der Ermittlungen nicht auf einer eigenen Website präsentieren? Glänzende Idee. Musste er Carswell unbedingt in einem Memo vorschlagen – nicht vergessen: Kopie an Templer.

Falls er jemals dazu kommen sollte...

Siobhan und sein Laptop: Schon seit Tagen hatte er nicht mehr an sie gedacht. Seine Verknalltheit hatte nicht lange angehalten. Gut, dass zwischen ihnen nichts weiter passiert war. Sein neuer Job hätte ohnehin bloß einen Keil zwischen sie getrieben. Und den Kuss konnte er ja einfach so lange leugnen, bis er selbst nicht mehr an diesen Spuk glaubte. Rebus war der einzige Zeuge, doch wenn sie es beide abstritten, ihn der Lüge bezichtigten, dann würde selbst Rebus das Ganze schon irgendwann vergessen.

Im Augenblick wusste Grant nur zweierlei: dass er den Pressejob unbedingt behalten wollte und dass er seine Sache gut machte.

Um diese Erkenntnis gebührend zu feiern, gönnte er sich die sechste Tasse Kaffee des Tages und nickte auf den Gängen und im Treppenhaus wildfremden Menschen zu. Sie schienen zu wissen, wer er war und waren sichtlich darauf aus, ihn persönlich kennen zu lernen und von ihm gekannt zu werden. Als er die Tür zu seinem Büro aufstieß, läutete schon wieder das Telefon. Sein Büro war kaum größer als ein Wandschrank; nicht mal ein Fenster gab es dort. Trotzdem war es sein Reich. Er machte es sich in seinem Stuhl bequem und griff nach dem Hörer.

»Detective Hood.«

»Sie klingen ja richtig aufgekratzt.«

»Mit wem spreche ich, bitte?«

»Steve Holly. Erinnern Sie sich noch an mich?«

»Natürlich, Steve. Was kann ich für Sie tun?« Seine Stimme klang plötzlich deutlich reservierter.

»Also... Grant«, fing Holly höhnisch an. »Ich sitze da gerade über einem Artikel und wollte mich bloß vergewissern, dass ich keine Falschmeldung in die Welt setze.«

»Ja?« Grant beugte sich auf seinem Stuhl ein wenig nach vorn und war plötzlich gar nicht mehr aufgekratzt.

»Frauen, die spurlos verschwunden sind, und zwar in den verschiedensten Gegenden Schottlands... Puppen, die ausgerechnet dort auftauchen, wo man die Frauen zuletzt gesehen hat... Ratespiele per E-Mail... tote Studenten auf abgelegenen Hügeln. Kommt Ihnen das bekannt vor?«

Grant hätte am liebsten den Telefonhörer erwürgt. Der Schreibtisch, die Wände... alles hinter einem Schleier. Er schloss die Augen, versuchte, den Kopf wieder klar zu bekommen.

»Als Reporter bekommt man bei einem solchen Fall doch alles Mögliche zu hören«, sagte er mit gespielter Nonchalance.

»Meines Wissens haben Sie sogar höchstpersönlich ein paar von diesen E-Mail-Rätseln gelöst, Grant. Was glauben Sie? Haben die Rätsel etwas mit dem Mord zu tun?«

»Ich habe Ihnen dazu nichts zu sagen, Mr. Holly. Hören Sie: Was immer Sie da zu wissen glauben... Ich hoffe, Sie sind sich darüber im Klaren, dass solche Meldungen – ob richtig oder falsch – unseren Ermittlungen schweren Schaden zufügen können, besonders in einem so entscheidenden Stadium.«

»Ach, dann befinden sich die Ermittlungen also in einem entscheidenden Stadium? Wusste ich noch gar nicht...«

»Ich wollte bloß sagen...«

»Jetzt hören Sie mir mal gut zu, Grant: Sie sitzen jetzt ziemlich in der Scheiße, verzeihen Sie meine Wortwahl. Deswegen sollten Sie mir lieber alles en detail erzählen.«

»Ich wüsste nicht warum.«

»Sind Sie sich da so sicher? Sie haben einen hübschen Job

seit ein paar Tagen, würde mir echt Leid tun, wenn das alles den Bach runtergeht.«

»Eine innere Stimme sagt mir, dass Sie sich nichts sehnlicher wünschen, Holly.«

Aus dem Hörer drang höhnisches Gelächter. »Zuerst Steve, dann Mr. Holly und jetzt Holly. Als Nächstes fangen Sie noch an, mich unflätig zu beschimpfen, Grant.«

»Von wem haben Sie das eigentlich?«

»So ein Riesending lässt sich nicht unter Verschluss halten.«

»Und wer hat den Deckel angehoben?«

»Hier ein Wort, da ein Wort, Sie wissen doch, wie das ist.« Holly hielt kurz inne. »Ach, war mir in der Sekunde völlig entfallen, dass Sie ja gerade *nicht* wissen, wie das ist. Ich vergesse immer noch, dass Sie Ihren Job erst seit fünf kümmerlichen Minuten bekleiden, aber trotzdem meinen, dass Sie sich über Leute wie mich hinwegsetzen können.«

»Ich weiß nicht, was ...«

»Diese kleinen Vieraugengespräche: nur Sie und Ihre Lieblinge. Können Sie vergessen, Grant. Sie sollten lieber Leute wie *mich* im Auge behalten, und zwar im doppelten Wortsinn.«

»Danke für den Hinweis. Und wann geht die Geschichte in Satz?«

»Wollen Sie eine EV gegen uns erwirken?« Als Grant schwieg, fing Holly wieder an zu lachen. »Sie kennen ja noch nicht mal den Jargon«, krähte Holly. Doch Grant begriff schnell.

»Sie meinen eine einstweilige Verfügung«, sagte er aufs Geratewohl und wusste, dass er Recht hatte. »Also«, sagte er und fasste sich an die Nase, »offiziell ist uns nichts davon bekannt, dass die Dinge, die Sie erwähnt haben, irgendetwas mit dem Mordfall Philippa Balfour zu tun haben.«

»Trotzdem eine Meldung wert.«

»Aber möglicherweise dem Fahndungserfolg abträglich.«

»Dann gehen Sie doch juristisch gegen mich vor.«

»Wenn jemand mir auf so eine miese Tour kommt, dann vergesse ich das nie.«

»Da sind Sie nicht der Einzige.«

Grant wollte schon einhängen, doch Holly war ihm zuvorgekommen. Er stand auf und trat wütend gegen den Schreibtisch... dann ein zweites Mal... gegen den Abfalleimer, gegen die Aktentasche (die er sich erst am vergangenen Samstag angeschafft hatte), gegen den Aktenschrank. Dann lehnte er den Kopf gegen die Wand.

Das muss ich Carswell melden... und natürlich Gill Templer!!

Templer zuerst. Befehlskette. Und dann war es an *ihr*, den Vize zu informieren, der seinerseits den Chef von der Katastrophe in Kenntnis setzen musste. Der halbe Nachmittag war schon vorbei... Grant überlegte, wie lange er noch warten konnte. Möglich, dass Holly direkt bei Templer oder Carswell anrief. Wenn Grant die Sache bis abends vor sich herschob, saß er nur noch tiefer in der Tinte. Vielleicht ließ sich ja noch eine einstweilige Verfügung erwirken, wenn er unverzüglich handelte.

Er nahm den Hörer ab, kniff die Augen zusammen und schickte ein stummes Stoßgebet zum Himmel.

Dann wählte er die Nummer.

Es war spätnachmittags, und Rebus starrte die Särge jetzt schon gut fünf Minuten an. Hier und da nahm er einen davon in die Hand, studierte die Machart und verglich das fragliche Stück mit den anderen. Seine neueste Idee: Man musste einen forensischen Anthropologen hinzuziehen. Die Werkzeuge, die bei der Herstellung der Särge Verwendung gefunden hatten, mussten winzige Furchen und Einkerbungen hinterlassen haben, Merkmale also, die ein Experte in Augenschein nehmen und analysieren konnte. Wenn sämtliche Stücke mit denselben Werkzeugen bearbeitet worden waren, ließ sich das womöglich ebenfalls nachweisen. Vielleicht entdeckte man aber auch Fasern oder Fingerabdrücke... Die Stofffetzen... Möglich, dass man auch damit irgendwie weiterkommen konnte. Er legte die Liste der Opfer vor sich auf den Schreibtisch: 1972 ... '77 ... '82 und '95. Das erste Opfer – Caroline Farmer – war mit Abstand am jüngsten gewesen. Die übrigen Frauen waren Ende zwanzig oder in den Dreißigern gewesen, hatten also in der Blüte ihres Lebens gestanden. Ertrunken oder einfach verschollen. Ohne Leiche ließ sich natürlich kein Verbrechen nachweisen. Und bei einer Wasserleiche? Die Pathologen konnten zwar sagen, ob ein Mensch tot oder lebendig ins Wasser gelangt war, aber sonst... Wenn man zum Beispiel jemanden bewusstlos schlug und ihn hinterher ins Wasser stieß: Selbst wenn es zu einer Verhandlung kam, konnte der Anwalt des Beklagten die Sache immer noch als Totschlag hinstellen. Rebus musste an den Feuerwehrmann denken, der ihm mal die perfekte Mordmethode verraten hatte: Das Opfer daheim in der Küche betrunken machen und dann die Fritteuse aufheizen.

Einfach und clever.

Rebus war sich noch immer nicht darüber im Klaren, wie clever sein Gegenspieler war. Fife, Nairn, Glasgow und Perth – ziemlich großes Einzugsgebiet. Offenbar jemand, der viel unterwegs war. Er dachte an Quizmaster und die Spritztouren, die Siobhan bisher unternommen hatte. Ließ sich zwischen Quizmaster und dem Menschen, der die Särge fabriziert hatte, eine Verbindung herstellen? Er machte sich einen Vermerk, kritzelte zuerst »forensischer Pathologe« auf den Notizblock, danach »Täterprofil«. Es gab Psychologen, die darauf spezialisiert waren, aus der Vorgehensweise eines Täters Rückschlüsse auf seinen Charakter zu ziehen. Rebus hatte davon nie sehr viel gehalten, aber es kam ihm allmählich so vor, als ob er mit nackten Fäusten gegen eine verriegelte schwere Eisentür trommelte, die er ohne fremde Hilfe niemals würde aufbrechen können.

Vor wenigen Minuten war Gill Templer draußen vor der Glastür durch den Gang gestürmt. Anscheinend hatte sie Rebus nicht gesehen. Doch jetzt kam sie mit wutverzerrtem Gesicht direkt auf ihn zu.

»Ich dachte, ich hätte mich deutlich genug ausgedrückt«, zischte sie.

»Wieso?«, fragte er arglos.

Sie zeigte auf die Särge. »Habe ich Ihnen nicht gesagt, dass die Dinger reine Zeitverschwendung sind?« Ihre Stimme bebte vor Zorn. Ihr Körper war starr.

»Mein Gott, Gill, was ist denn los?«

Sie sagte nichts, sondern wischte mit einer energischen Armbewegung sämtliche Särge von seinem Schreibtisch. Rebus rappelte sich aus seinem Stuhl hoch, sammelte die kleinen Kisten wieder ein und hielt Ausschau nach etwaigen Schäden. Als er sich umdrehte, war Gill bereits wieder Richtung Tür unterwegs, blieb dann jedoch abrupt stehen und drehte sich halb nach ihm um.

»Das werden Sie morgen schon sehen«, sagte sie und stürmte durch die Tür.

Rebus blickte im Zimmer umher. Hi-Ho Silvers und ein Mitarbeiter in Zivil hatten erstaunt ihr Gespräch unterbrochen.

»Die ist völlig überfordert«, ließ Silvers verlauten.

»Was meint sie denn mit *morgen*?«, fragte Rebus, doch Silvers sah ihn nur achselzuckend an.

»Völlig überfordert«, wiederholte er.

Vielleicht hatte er Recht.

Rebus setzte sich wieder an seinen Schreibtisch und dachte über Silvers' Formulierung nach: Es gab verschiedene Arten von »Überforderung«. Eines wusste er allerdings ganz genau, dass er selbst im Augenblick völlig überfordert war.

Jean Burchill hatte sich fast den ganzen Tag darum bemüht, die Korrespondenz zwischen Kennet Lovell und Reverend Kirkpatrick aufzuspüren. Sie hatte mit Leuten in Alloway und Ayr gesprochen, dem Gemeindepfarrer, einem Lokalhistoriker, einem Kirkpatrick-Nachkommen. Sie hatte über eine Stunde mit der Mitchell-Bibliothek in Glasgow telefoniert. Sie war vom Museum aus zur nahe gelegenen Nationalbibliothek hinübergegangen und von dort aus zur Faculty of Advocates, dem schottischen Anwaltsverein. Auf dem Rückweg war sie die Chambers Street entlanggegangen und hatte noch in der Surgeons' Hall vorbeigeschaut. In dem Museum hatte sie lange das Porträt betrachtet, das J. Scott Jauncey von Kennet Lovell gemalt hatte. Lovell war als junger Mann auffallend attraktiv gewesen. Häufig hinterließ der Porträtist ja unauffällige Hinweise auf den Charakter der dargestellten Person: Beruf, Vorlieben, Familie... Doch hier handelte es sich um ein einfaches Brustbild. Der schlichte schwarze Hintergrund kontrastierte mit den leuchtenden Gelb- und Rosatönen, in denen Lovells Gesicht gehalten war. Auf den übrigen Porträts, die in der Surgeons' Hall hingen, hatten die dargestellten Koryphäen meist ein Fachbuch oder ein Blatt Papier oder einen Federkiel vor sich liegen. Auf einigen der Bilder standen sie vor einem Bücherschrank oder waren zusammen mit einschlägigen Gegenständen dargestellt: einem Schädel oder Oberschenkelknochen oder einer anatomischen Zeichnung. Deshalb fühlte Jean sich durch die auffallende Schlichtheit des Lovell-Porträts irgendwie beunruhigt. Entweder hatte dem Maler die Ausführung des Bildes wenig Freude gemacht, oder aber Lovell hatte größtmögliche Diskretion verlangt. Sie dachte an Reverend Kirkpatrick, stellte sich vor, dass er das Honorar des Künstlers bezahlt und dann als Gegenleistung dieses langweilige Bild erhalten hatte. Sie überlegte, ob es sich um ein idealisiertes Porträt handelte, sozusagen eine großformatige Postkarte, die Lovell lediglich zu Werbezwecken verwendet hatte. Der junge Mann auf dem Bildnis war kaum älter als zwanzig und hatte bereits bei der Burke-Obduktion assistiert. Einer zeitgenössischen Quelle zufolge war dabei »das Blut in Strömen geflossen. Am Ende der Anatomiestunde erinnerte der Hörsaal an ein Schlachthaus, und der Seziertisch und der Fußboden waren mit Blut besudelt.« Als Jean diese Schilderung zum ersten Mal gelesen hatte, war ihr beinahe übel geworden. Da wäre sie doch fast lieber eines von Burkes Opfern gewesen: erst mit Alkohol betäubt und dann erstickt. Wieder starrte Jean in Kennet Lovells Augen. Die schwarzen Pupillen schienen trotz des Grauens, das sie gesehen hatten, geheimnisvoll zu leuchten.

Oder vielleicht gerade *deswegen*?, schoss es ihr durch den Kopf.

Da der zuständige Kurator auf ihre Fragen keine Antworten wusste, hatte sie um ein Gespräch mit dem Dekan des Colleges ersucht. Doch Major Bruce Cawdor, der sie überaus leutselig und hilfsbereit empfing, hatte dem, was Jean schon wusste, auch nicht viel hinzuzufügen.

»Sieht ganz so aus, als ob wir keine schriftlichen Aufzeichnungen darüber haben, wie das Lovell-Porträt in den Besitz des Colleges gelangt ist«, eröffnete er ihr in seinem Büro. »Ich würde meinen, es handelt sich um ein Geschenk, dessen Sinn es war, die Erbschaftssteuer zu vermindern.«

Er war eine distinguierte Erscheinung: Klein, aber gut gekleidet, mit gesunder Gesichtsfarbe. Er hatte ihr Tee angeboten, genau genommen Darjeeling, wobei jede Tasse mit einem eigenen silbernen Tee-Ei serviert wurde.

»Im Übrigen würde mich noch Lovells Korrespondenz interessieren.«

»Das ergeht uns hier nicht anders.«

»Das heißt, Sie haben *gar nichts*?« Sie war überrascht.

Der Dekan schüttelte den Kopf. »Entweder war dieser Dr. Lovell außerordentlich schreibfaul, oder seine Briefe sind verloren gegangen oder aber in einer unbekannten Sammlung gelandet.« Er seufzte. »Sehr bedauerlich. Wir wissen zum Beispiel kaum etwas über seine Zeit in Afrika.«

»Über seine Edinburgher Jahre allerdings auch nicht, wie mir scheint.«

»Er liegt hier begraben. Doch dürfte sein Grab für Sie wohl nicht sonderlich von Interesse sein...?«

»Wo befindet es sich?«

»Auf dem Calton-Friedhof. Er liegt nicht weit von David Hume entfernt.«

»Möglich, dass ich dort mal vorbeischaue.«

»Tut mir Leid, dass ich Ihnen nicht mehr zu bieten habe.« Dann fiel ihm etwas ein, und er strahlte über das ganze Gesicht. »Donald Devlin soll einen Tisch besitzen, den Lovell gemacht hat.«

»Ja, ich weiß: Obwohl von einer Vorliebe für die Tischlerei in der Literatur nirgends die Rede ist.«

»Ich bin sicher, dass das irgendwo erwähnt ist. Ich glaube sogar, ich habe da mal was gelesen...« Aber so sehr er sich auch bemühte, Major Cawdor konnte sich nicht erinnern, was oder wo das genau gewesen war.

Abends saß sie dann mit John Rebus in ihrem Haus in Portobello. Sie hatten sich in einem Chinarestaurant etwas zu essen mitgenommen, und Jean trank dazu kalten Chardonnay und Rebus Flaschenbier. Die Stereoanlage lief: Nick Drake, Janis Ian, *Meddle* von Pink Floyd. Er war in Gedanken versunken, doch sie konnte ihm daraus kaum einen Vorwurf machen. Nach dem Essen machten sie einen Spaziergang auf der Promenade. Halbwüchsige mit ihren Skateboards, das Outfit ganz amerikanisch, doch mit unverkennbarem Porty-Akzent und einem Wortschatz, der einem die Tränen in die Augen treiben konnte. Der einzige geöffnete Frittenladen verströmte jenen Fett-Essig-Geruch, der beiden schon seit Kindertagen vertraut war. Sie gingen schweigend nebeneinander her, genau wie die meisten anderen Paare, denen sie begegneten. Schweigen hatte in Edinburgh eine lange Tradition. Man behielt seine Gefühle und Angelegenheiten für sich. Manche Leute führten das auf jene Spielart des Protestantismus zurück, den zum Beispiel der Reformator John Knox verkörperte. Jean hatte schon gelegentlich gehört, wie Auswärtige die Stadt als »Fort Knox« bezeichneten. Sie selbst führte die Edinburgher Mentalität allerdings auf die Geografie zurück, auf die finster dräuenden Felsen und die dunklen Wolken und den von der Nordsee her durch die schluchtartigen Straßen fegenden Wind. Fast an jeder Biegung fühlte man sich von der großartigen Umgebung überwältigt, beinahe erschlagen. Sie brauchte bloß von Portobello aus in die Stadt fahren, und schon fühlte sie das Verletzende und das Verletzte dieses Ortes.

Auch John Rebus dachte gerade an Edinburgh. Falls er seine Wohnung aufgab, wohin sollte er dann ziehen? Kannte er überhaupt einen Bezirk, dem er vor den übrigen den Vorzug gab? Portobello war okay, ziemlich entspannte Veranstaltung. Oder sollte er sich irgendwo im Süden oder Westen der Stadt auf dem Land niederlassen? Einige seiner Kollegen fuhren jeden Tag den weiten Weg von Falkirk und Linlithgow nach Edinburgh zur Arbeit. Ein solches Pendlerdasein lockte ihn eigentlich nicht. Aber Portobello, das wäre schon in Ordnung. Das einzige Problem: Als sie so auf der Promenade dahinspazierten, wanderte sein Blick immer wieder zum Strand hinunter, als ob er dort einen kleinen Holzsarg zu sehen erwartete, so wie jenes Kistchen, das in Nairn angespült worden war. Es war egal, wo er sich niederließ, von seinen Obsessionen würde er ohnehin nicht loskommen, und zwar nirgends. Im Augenblick musste er zum Beispiel pausenlos an diesen Sarg aus Falls denken. Dass die Kiste ihr Dasein nicht demselben Menschen verdankte wie die übrigen vier Särge, dafür hatte Rebus nur das Wort des Sargschreiners. Aber wenn der Mörder *wirklich* schlau war, hatte er genau das bedacht und seine Arbeitsmethoden und Werkzeuge absichtlich gewechselt, um die Polizei...

Oh verdammt, schon wieder die alte Leier, schon wieder die alte Endlosnummer in seinem Schädel. Er setzte sich auf die niedrige Mauer, die die Promenade vom Strand trennte, und Jean erkundigte sich, ob ihm etwas fehle.

»Nur ein bisschen Kopfweh«, sagte er.

»Ist das nicht ein weibliches Vorrecht?« Sie lächelte, doch er spürte, dass sie sich unbehaglich fühlte.

»Ich fahre jetzt lieber nach Hause«, sagte er. »Ich bin heute Abend keine gute Gesellschaft.«

»Möchtest du darüber reden?« Er sah sie von der Seite an, bis er ihrem Blick begegnete. Plötzlich fing sie an zu lachen. »Entschuldigung, was für eine Frage. Du bist ein schottischer Mann, und natürlich willst du nicht darüber reden.«

»Das ist es nicht, Jean. Es ist bloß …« Er hob die Schultern. »Vielleicht wäre eine Therapie nicht so schlecht.«

Er war bemüht, witzig zu klingen, also bedrängte sie ihn nicht weiter.

»Komm, gehen wir zurück«, sagte sie. »Verdammt kalt hier.«

Unterwegs hakte sie sich bei ihm ein.

12

Als Colin Carswell, der Vizechef der Lothian and Borders Police, an diesem grauen Dienstagvormittag am Gayfield Square auf dem Revier eintraf, wollte er Blut sehen.

John Balfour hatte ihn angebrüllt, und Balfours Anwalt hatte ihm, wenn auch in einem professionellen, höflichen Ton, ein paar Dinge unmissverständlich klar gemacht. Carswell war tief getroffen und brauchte unbedingt jemanden, an dem er seine Wut auslassen konnte. Der oberste Direktor der Lothian Police hielt sich bedeckt und durfte wegen seiner exponierten Stellung auf gar keinen Fall in die Schusslinie geraten. Diesen Schlamassel, dessen Details ihm erst am Vorabend zu Ohren gekommen waren, musste Carswell deshalb wohl oder übel alleine auslöffeln. Obwohl es der Aufgabe gleichkam, ein mit Granatsplittern und Glasscherben übersätes Gelände mithilfe eines Kehrblechs und einer Pinzette wieder in Ordnung zu bringen.

Selbst bei der Staatsanwaltschaft hatten sich die besten Köpfe mit dem Problem befasst (nicht ohne Carswell darüber zu informieren, dass ihnen die Sache ziemlich schnurz war) und dann völlig unverblümt kundgetan, dass sie kaum eine Chance sahen, die Zeitung an der Veröffentlichung des Artikels zu hindern. Schließlich gab es nicht einen Beweis dafür, dass die Puppen oder der deutsche Student irgendetwas mit dem Mordfall Balfour zu tun hatten. Die meisten leitenden Ermittler waren sich sogar darin einig, dass ein solcher Zusammenhang – gelinde gesagt – höchst unwahrscheinlich war. Also würde sich auch kaum ein Richter der Auffassung anschließen, dass die von Holly geplante Veröffentlichung der erwähnten Details die Ermittlungsarbeit beeinträchtigen könnte.

Balfour und sein Anwalt wollten wissen, weshalb die Polizei es nicht für nötig erachtet hatte, sie über die Puppen, den deutschen Studenten und das Internetspiel zu informieren.

Der Chef der Lothian Police wollte von Carswell wissen, was dieser unter den gegebenen Umständen zu tun gedenke.

Und Carswell selbst wollte Blut sehen.

Der von Carswells Adlatus Inspektor Derek Linford gesteuerte Dienstwagen kam vor der Polizeistation zum Stehen, wo sich bereits zahlreiche Beamte eingefunden hatten. Sämtliche Polizeimitarbeiter, die mit dem Mordfall Philippa Balfour zu tun hatten, Polizeibeamte und Zivilfahnder, ja, sogar die Kriminaltechniker aus Howdenhall, waren dringend »ersucht« worden, an diesem Morgen auf dem Revier zu erscheinen. Infolgedessen herrschte in dem großen Besprechungsraum dichtes Gedränge, und die Luft war zum Schneiden. Draußen erholte sich der Morgen erst allmählich von den Graupelschauern der vergangenen Nacht, und auf dem Pflaster, auf dem Carswell in seinen lederbesohlten Schuhen wütend dem Eingang zustrebte, haftete noch immer ein Film kalter Feuchtigkeit.

»Da kommt er ja«, sagte jemand. Linford, der Carswell den

Wagenschlag aufgehalten hatte, schlug gerade die Tür zu und ging dann leicht hinkend wieder um den Wagen herum auf die Fahrerseite. Sofort setzte allgemeines Geraschel ein, und die Anwesenden legten die Boulevardzeitungen – alles dieselben, alle auf denselben Seiten aufgeschlagen –, zusammen und ließen sie diskret verschwinden. Dann betrat Hauptkommissarin Templer, die mit ihrem Outfit auf jede Trauerfeier gepasst hätte und dunkle Ringe unter den Augen hatte, als Erste den Raum. Sie flüsterte Chefinspektor Bill Pryde etwas ins Ohr. Der nickte bloß, riss ein Stück Papier von einem Notizblock und wickelte darin den Kaugummi ein, auf dem er bereits seit einer halben Stunde herumkaute. Als dann Carswell persönlich hereinstürmte, kam plötzlich Bewegung in die Versammlung, da die Beamten, ohne dass es ihnen selbst bewusst wurde, nochmals ihre Haltung korrigierten oder ihre Kleidung auf auffällige Flecken hin absuchten.

»Sind wir vollzählig?«, rief Carswell. Kein »Guten Morgen«, kein »Danke, dass Sie gekommen sind«, kein einziges freundliches Wort. Templer nannte die Namen einiger Beamter, die wegen harmloser Erkrankungen nicht erschienen waren. Carswell nickte, schien sich für Templers Aufzählung allerdings nicht zu interessieren und ließ sie nicht mal ausreden.

»Wir haben einen Maulwurf in unseren Reihen«, brüllte er so laut, dass es noch draußen auf dem Korridor zu verstehen war. Dann nickte er langsam und versuchte, jedem der Anwesenden ins Gesicht zu blicken. Als er bemerkte, dass weiter hinten im Raum noch Leute standen, die er nicht direkt sehen konnte, ging er durch die Gasse zwischen den Schreibtischen hindurch. Die Beamten mussten zur Seite treten, damit er ohne Körperkontakt zwischen ihnen hindurchschreiten konnte.

»Ein Maulwurf ist ein hässliches kleines Tier. Und dazu noch blind. Manche haben große raffgierige Schaufeln. Außerdem scheuen sie das Licht.« In seinen Mundwinkeln waren Speichelfäden zu erkennen. »Wenn ich in meinem Garten einen Maulwurf entdecke, vergifte ich ihn. Vielleicht denkt der eine oder andere von Ihnen, dass Maulwürfe nun mal von Natur aus so sind. Dass sie nicht wissen, dass sie jemandes Garten verwüsten, also einen Ort der Ordnung und der Ruhe. Sie wissen nicht, dass sie alles *hässlich* machen. Trotzdem tun sie es, ob sie es nun wollen oder nicht. Und deshalb muss man sie vernichten.« Er hielt inne und versuchte die Anwesenden durch sein Schweigen einzuschüchtern, während er durch die Gasse zurückging. Auch Derek Linford war inzwischen unbemerkt in den Raum getreten. Er stand neben der Tür und hielt Ausschau nach John Rebus, mit dem ihn seit kurzem eine herzliche wechselseitige Abneigung verband.

Linfords Anwesenheit schien Carswell noch zu beflügeln. Er machte auf dem Absatz kehrt und sah wieder seine Untergebenen an.

»Vielleicht war es ein Versehen. Jeder von uns sagt mal was Unbedachtes, kann man nicht ändern. Aber verdammt noch mal: *So* detaillierte Informationen, das kann kein Zufall sein!« Wieder eine Kunstpause. »Vielleicht war es Erpressung.« Dann ein Achselzucken. »Ein Kerl wie Steve Holly... so jemand steht auf der Leiter der Evolution unter einem Maulwurf. Tümpel, würde ich mal sagen. Abschaum.« Er machte eine wegwerfende Handbewegung. »Der Kerl meint, dass er uns was anhängen kann, doch da täuscht er sich. Das Spiel ist nämlich noch längst nicht vorbei, das wissen wir alle. Und zwar, weil wir ein *Team* sind. So arbeiten wir nun mal. Wem das nicht passt, der kann sich ja in den Streifendienst zurückversetzen lassen. So einfach ist das. Meine Damen und Herren.« Er senkte die Stimme. »Denken Sie bitte an das Opfer, denken Sie an die Eltern. Denken Sie an all den Kummer, den diese Menschen jetzt zusätzlich auszustehen haben. Für *diese* Menschen schuften wir uns hier kaputt, nicht für die Zeitungsleser oder die Schmierfinken, die die Öffentlichkeit täglich mit der üblichen Ration Grausamkeit füttern.

Vielleicht hat jemand von Ihnen an meiner Person oder an den Kollegen etwas auszusetzen, aber warum müssen Sie denn diesen Menschen, den Eltern und Freunden, die Philippa Balfour morgen auf ihrem letzten Weg begleiten werden, so etwas antun?« Er ließ die Frage im Raum stehen, blickte in die betretenen Gesichter ringsum. Holte tief Luft und fuhr dann mit lauter Stimme fort:

»Ich werde herausbekommen, wer das getan hat. Darauf können Sie sich verlassen. Und glauben Sie nicht, dass Mr. Steven Holly sich schützend vor Sie stellt. Der interessiert sich nämlich einen feuchten Dreck für Sie. Falls Sie sich entscheiden, in Deckung zu bleiben, müssen Sie dem Kerl in Zukunft immer neue Geschichten liefern, immer mehr und mehr und mehr... Und er wird dafür sorgen, dass Ihnen die Welt, in der Sie bisher zu Hause waren, verschlossen bleibt. Sie sind jetzt ein anderer Mensch. Beziehungsweise ein Maulwurf. *Sein* Maulwurf. Und er wird Ihnen keine Ruhe lassen, er wird Sie immer wieder daran erinnern.«

Er sah Gill Templer an. Sie stand mit verschränkten Armen an der Wand und ließ den Blick im Raum umherschweifen.

»Vielleicht fühlen Sie sich durch meine Worte an die Vorhaltungen eines Schuldirektors erinnert, der sich darüber beschwert, dass ein Schüler eine Scheibe eingeworfen oder den Fahrradschuppen mit Graffiti beschmiert hat.« Er schüttelte den Kopf. »Ich möchte nur ganz deutlich machen, worum es hier geht. Nicht jede Indiskretion mag gleich ein Menschenleben kosten, aber man sollte sich sehr gut überlegen, was man sagt, und zu wem. Wenn sich die Person, der wir diese Situation verdanken, freiwillig melden möchte, umso besser, entweder jetzt gleich oder später. Ich bleibe ungefähr noch eine Stunde hier im Haus, und ich bin jederzeit in meinem Büro zu erreichen. Und vergessen Sie nicht, was es für Sie selbst bedeutet, wenn Sie schweigen. Sie gehören unter diesen Umständen nicht mehr zu uns, Sie stehen auf der anderen Seite und machen sich zum Werkzeug eines schmierigen

Journalisten. So lange, wie er es will.« Es folgte ein endlos scheinendes Schweigen: Niemand hustete, niemand räusperte sich. Carswell schob die Hände in die Taschen, senkte den Kopf und schien seine Schuhe zu inspizieren. »Hauptkommissarin Templer?«, sagte er dann.

Gill Templer trat vor, und die Anspannung wich ein wenig von der Versammlung.

»Kein Grund in Ferienstimmung auszubrechen!«, rief sie. »Einer unserer Kollegen hat Interna an die Presse weitergegeben, und es geht jetzt vor allem um Schadensbegrenzung. Keiner von Ihnen spricht mit einem Journalisten, ohne sich vorher mit mir abzustimmen, verstanden?« Einige der Anwesenden taten murmelnd ihre Zustimmung kund.

Obwohl Templer weitersprach, hörte Rebus ihr nicht zu. Auch Carswell hatte er eigentlich nicht zuhören wollen, aber es war schwer gewesen, sich dessen Worten zu entziehen. Ein wirklich beeindruckender Auftritt. Sogar mit dem Bild des Maulwurfs war Carswell geschickt umgegangen, er hatte es so benutzt, dass es fast nicht lächerlich gewirkt hatte.

Rebus' Interesse hatte während Carswells Auftritt aber hauptsächlich den Kollegen gegolten: Gill und Bill Pryde standen so weit entfernt, dass ihr Unbehagen für ihn kaum noch spürbar war. Bills große Chance, sich hervorzutun. Gills erster spektakulärer Fall in ihrer neuen Position. Nur dass die beiden sich das vermutlich etwas anders vorgestellt hatten.

Nicht ganz so weit weg dann Siobhan, die dem Vize aufmerksam zuhörte und genau registrierte, was und wie er es sagte. Sie war wirklich enorm lernwillig. Dann Grant Hood: noch jemand, der alles zu verlieren hatte. Die Verzweiflung stand ihm ins Gesicht geschrieben. Er hatte die Arme schützend vor der Brust verschränkt, stand da wie ein geprügelter Hund. Rebus wusste, dass Grant ganz schön in der Tinte saß. Bei einem solchen Desaster geriet natürlich zunächst mal der Pressesprecher unter Beschuss. Schließlich war er für den Kontakt mit den Medien zuständig: ein unbedachtes Wort;

ein bisschen Gerede nach einem guten Essen und ein paar Gläsern Wein. Aber selbst wenn er persönlich nichts dafür konnte, ein guter Pressesprecher hätte trotzdem Mittel und Wege gefunden, die von Gill angesprochene Politik der »Schadensbegrenzung« ins Werk zu setzen. Mit mehr Erfahrung hätte er zum Beispiel gewusst, wie er sich so einen Journalisten gefügig machen konnte, selbst wenn er dafür einen Preis hätte entrichten müssen: zum Beispiel das Versprechen, dem Reporter bei nächster Gelegenheit...

Rebus überlegte, wie groß der Schaden sein mochte. Quizmaster wusste jetzt also schwarz auf weiß, was er vermutlich die ganze Zeit schon geahnt hatte: dass er es nicht nur mit Siobhan zu tun hatte, und dass sie ihre Kollegen auf dem Laufenden hielt. Obwohl sich von ihrem Gesicht nichts ablesen ließ, zweifelte Rebus nicht daran, dass sie schon überlegte, wie sie weiter vorgehen, wie sie die nächste Nachricht an Quizmaster formulieren sollte, falls der das Spiel überhaupt fortsetzen wollte... Dass Holly über die Särge vom Arthur's Seat Bescheid wusste, ärgerte Rebus nur deswegen, weil Jean in dem Artikel namentlich erwähnt und als »Sachverständige des örtlichen Museums« bezeichnet wurde. Ihm fiel ein, dass sich Holly hartnäckig an Jeans Fersen geheftet und sie immer wieder telefonisch behelligt hatte. Ob sie vielleicht versehentlich etwas gesagt hatte? Eigentlich konnte er es sich nicht vorstellen.

Rebus wusste genau, wem sie das alles zu verdanken hatten: Ellen Wylie, die nur ein paar Meter von ihm entfernt stand und ihn an einen ausgewrungenen Waschlappen erinnerte. Nicht mal richtig gekämmt hatte sie sich. In ihren Augen die nackte Verzweiflung. Während Carswells Rede hatte sie ständig zu Boden gestarrt und war selbst dann nicht aus ihrer Betäubung erwacht, als er mit seinen Ausführungen fertig war. Auch jetzt noch stand sie mit niedergeschlagenen Augen da und versuchte krampfhaft, sich aus ihrer Befangenheit zu befreien. Rebus wusste, dass sie am Vortag vormittags mit Holly telefoniert hatte, und zwar wegen dieses deutschen

Studenten. Hinterher war sie wie benommen gewesen. Rebus hatte gedacht, dass sie wieder mal beleidigt war, weil man ihr diese Geschichte aufs Auge gedrückt hatte. Inzwischen war er klüger. Nach dem Besuch im Caledonian Hotel hatte sie sich mit Holly getroffen, entweder in seinem Büro oder in einem Lokal in der Nähe.

Er hatte sie durchschaut.

Möglich, dass Shug Davidson ebenfalls was bemerkt hatte. Möglich, dass Wylies Kollegen im West End sich daran erinnerten, wie anders sie nach dem Telefonat plötzlich gewesen war. Aber Rebus wusste auch, dass die anderen Ellen niemals verpfeifen würden. So was tat man einfach nicht, nicht bei einer Kollegin.

Wylie war schon seit Tagen völlig aufgelöst. Dabei hatte er sie extra in die Sargermittlungen einbezogen, weil er ihr helfen wollte. Aber vielleicht hatte sie ja wirklich Recht, vielleicht hatte er sie tatsächlich wie einen Sozialfall behandelt, wie eine erfolglose Kollegin, die für ihn die Drecksarbeit machen konnte, während er hinterher den Ruhm einheimsen wollte?

Vielleicht hatte er sich von unlauteren Motiven leiten lassen.

Wylie hatte sich wahrscheinlich bloß rächen wollen; an Gill Templer, weil die sie öffentlich gedemütigt hatte; an Siobhan, weil Templer solche Stücke auf sie hielt; an Grant Hood, dem neuen Wunderknaben, der genau dort reüssiert hatte, wo sie selbst gescheitert war. Und an Rebus, der ständig an irgendwelchen Schrauben drehte und ihr den Rest gab.

Aus seiner Sicht hatte sie nur zwei Möglichkeiten gehabt: Sich entweder endlich Luft zu machen, oder aber irgendwann vor Wut und Enttäuschung zu explodieren. Wenn er neulich abends mit ihr was trinken gegangen wäre... vielleicht hätte sie ihm dann ihr Herz ausgeschüttet. Vielleicht hatte sie ihn ja genau deswegen gefragt. Doch er war auf ihren Wunsch nicht eingegangen, hatte sich lieber allein in eine Kneipe verkrümelt.

Na prima, John. Und dann sah er im Geist plötzlich ein Bild vor sich: einen alten Bluesbarden mit dem »Ellen Wylie's Blues«. John Lee Hooker oder B. B. King... Rebus war ganz hin und weg, schaffte es aber gerade noch, sich rechtzeitig zu bremsen. Beinahe hätte er sich vollkommen in der Musik in seinem Kopf verloren.

Doch dann las Carswell eine Namensliste vor, und Rebus hörte plötzlich seinen eigenen Namen. Detective Hood... Detective Clarke... Sergeant Wylie... die Särge; der deutsche Student: Die von Carswell aufgezählten Beamten hatten diese Spuren verfolgt, und jetzt wollte der Vize sie sprechen. Neugierige Gesichter sahen ihn an. Carswell ließ verlauten, dass er die betreffenden Kollegen in wenigen Minuten im Zimmer des Chefs erwartete, also im Büro des Revierleiters, das dieser aus gegebenem Anlass zur Verfügung gestellt hatte.

Rebus versuchte im Hinausgehen Bill Prydes Blick zu erhaschen, doch da Carswell sich bereits entfernt hatte, tastete Bill seine Taschen nach der unvermeidlichen Kaugummipackung ab und hielt gleichzeitig nach seinem Klemmbrett Ausschau. Rebus bildete das Schlusslicht der lethargischen Prozession: direkt vor ihm ging Hood, davor Wylie und Siobhan. Templer und Carswell an der Spitze. Derek Linford stand vor dem Büro des Revierleiters, machte ihnen die Tür auf und trat dann zurück. Er musterte Rebus verächtlich, doch der quittierte den Blick bloß mit einem Lächeln. Die beiden starrten einander feindselig an, bis Gill Templer der Situation ein Ende bereitete, indem sie die Tür schloss.

Carswell zog seinen Stuhl näher an den Schreibtisch. »Sie haben ja alle meine kleine Rede gehört«, sagte er. »Ich möchte Ihnen deshalb eine Wiederholung ersparen. Wenn es in unserem Team eine undichte Stelle gibt, dann muss einer von Ihnen geplaudert haben. Andernfalls wüsste dieser Holly nicht so viel.« Er verstummte und würdigte die übrigen Anwesenden erstmals überhaupt eines Blickes.

»Sir«, sagte Grant Hood, trat einen halben Schritt vor und

legte die Hände auf dem Rücken zusammen, »als Pressesprecher wäre es meine Aufgabe gewesen, die Geschichte möglichst aus den Schlagzeilen zu halten. Ich möchte mich deshalb hier in aller Form dafür entschuldigen.«

»Schon gut, mein Junge. Das haben Sie doch gestern Abend schon gesagt. Im Augenblick will ich nichts weiter als ein Geständnis.«

»Mit Verlaub, Sir«, sagte Siobhan Clarke. »Wir sind keine Kriminellen. Wir hatten doch gar keine andere Wahl, als Fragen zu stellen, unsere Fühler auszustrecken. Da reicht es doch vollkommen, wenn dieser Steve Holly zwei und zwei zusammenzählt.«

Carswell starrte sie stumm an und sagte dann: »Hauptkommissarin Templer?«

»Das ist nicht die Art, wie Steve Holly arbeitet«, fing Templer an, »jedenfalls nicht, wenn er es irgendwie vermeiden kann. Dieser Kerl ist alles andere als eine große Leuchte, aber dafür umso verschlagener und rücksichtsloser.« Als sie Gill so sprechen hörte, wusste Siobhan sofort, dass ihre Vorgesetzten diese Überlegungen auch schon angestellt hatten. »Ich kenne ein paar andere Reporter, denen ich ohne weiteres zutrauen würde, dass sie sich einen Reim auf die Dinge machen, die bereits durchgesickert sind, aber ganz gewiss nicht Holly.«

»Aber er hat damals doch über den deutschen Studenten einen Artikel geschrieben.«

»Was hat das denn mit Philippa Balfours Internetspielen zu tun?«, sagte Templer. Auch diese Überlegung war den Herrschaften also anscheinend nicht neu.

»Wir haben eine lange Nacht hinter uns«, sagte Carswell, »das können Sie mir glauben. Aber wie man es auch dreht oder wendet: Am Ende läuft es auf Sie vier hinaus.«

»Aber es waren doch *noch* zwei Personen an den Nachforschungen beteiligt«, ließ Grant Hood verlauten. »Eine Ausstellungsleiterin aus dem Nationalmuseum und ein pensionierter Pathologe...«

Rebus legte Hood die Hand auf den Arm, um ihn zum Schweigen zu bringen. »Ich war's«, sagte er. Sämtliche Köpfe drehten sich in seine Richtung. »Es könnte zumindest sein, dass ich daran schuld bin.«

Er gab sich Mühe, möglichst nicht in Ellen Wylies Richtung zu schauen, spürte jedoch, dass ihre Augen sich buchstäblich in ihn hineinbrannten.

»Ganz am Anfang der Ermittlungen war ich draußen in Falls und habe dort mit einer gewissen Bev Doods gesprochen. Das ist die Frau, die den Sarg neben dem Wasserfall entdeckt hat. Steve Holly hatte anscheinend schon vor mir dort herumgeschnüffelt, und sie hat ihm die Geschichte erzählt...«

»Ja, und?«

»Und da ist mir rausgerutscht, dass es noch mehr solche Särge gibt – ich meine, ihr gegenüber.« Er sah die Situation wieder genau vor sich, nur dass Jean die unglückliche Bemerkung gemacht hatte. »Wenn ich Bev Dodds richtig einschätze, hat sie es Holly gleich erzählt, und der dürfte sofort Lunte gerochen haben. Ich bin nämlich mit Jean Burchill dort gewesen, der Ausstellungsleiterin, von der Grant gerade gesprochen hat. Deshalb ist Holly wahrscheinlich auf die Idee gekommen, dass die Geschichte was mit den Särgen vom Arthur's Seat zu tun hat.«

Carswell musterte ihn mit einem kalten Blick. »Und das Ratespiel im Internet?«

Rebus schüttelte den Kopf. »Dafür habe ich auch keine Erklärung, aber von der Sache haben mehrere Leute gewusst. Wir haben zum Beispiel Philippa Balfours Freunden die Rätsel vorgelegt und sie gefragt, ob das Mädchen sie um Hilfe gebeten hat. Das kann Holly von jedem der jungen Leute erfahren haben.«

Carswell sah ihn immer noch an. »Dann übernehmen Sie also die Verantwortung?«

»Ich sage nur, dass die Geschichte möglicherweise auf meinen Fehler zurückzuführen ist. Also auf diese unbedachte Äußerung...« Er sah die anderen an. »Tut mir schrecklich Leid, dass ich uns in diese Situation gebracht habe.« Er vermied es, Wylie ins Gesicht zu sehen, blickte stattdessen auf ihr wirres Haar.

»Sir«, sagte Siobhan Clarke. »Was Inspektor Rebus da soeben zugegeben hat, trifft auf jeden von uns zu. Ich bin sicher, dass auch ich hier und da etwas mehr gesagt habe, als ich vielleicht hätte sagen sollen...«

Carswell brachte sie durch eine unwillige Handbewegung zum Schweigen.

»Inspektor Rebus«, sagte er, »hiermit suspendiere ich Sie bis auf weiteres vom Dienst.«

»Aber das können Sie doch nicht machen«, stieß Ellen Wylie hervor.

»Halten Sie den Mund, Wylie«, zischte Gill Templer.

»Inspektor Rebus dürfte wissen, was das zu bedeuten hat«, sagte Carswell.

Rebus nickte. »Einer muss ja den Kopf hinhalten.« Er hielt inne. »Damit die Moral der Truppe nicht leidet.«

»So ist es«, sagte Carswell und nickte. »Sonst wird die Zusammenarbeit durch Misstrauen vergiftet. Und das wollen wir doch alle vermeiden, nicht wahr?«

»Ganz recht, Sir«, sagte Grant Hood in das allgemeine Schweigen hinein.

»Sie können jetzt nach Hause gehen, Inspektor Rebus«, sagte Carswell. »Dort verfassen Sie dann bitte einen detaillierten Bericht über die Vorgänge. Wir unterhalten uns später noch.«

»Gut, Sir«, sagte Rebus, drehte sich um und machte die Tür auf. Draußen stand Linford und zog schadenfroh einen Mundwinkel nach oben. Rebus zweifelte keine Sekunde daran, dass der Mann gelauscht hatte. Und dann hatte er plötzlich das dumpfe Gefühl, dass Carswell und Linford vermutlich versuchen würden, ihn in diesem Fall in einem besonders schlechten Licht erscheinen zu lassen.

Er hatte ihnen gerade einen prächtigen Vorwand dafür geliefert, ihn ein für alle Mal kaltzustellen.

Seine Wohnung war jetzt so weit hergerichtet, dass er sie zum Verkauf anbieten konnte, deshalb rief er die Maklerin an, um sie davon in Kenntnis zu setzen.

»Wäre es Ihnen recht, wenn ich für donnerstags abends und sonntags nachmittags Besichtigungstermine vereinbare?«, fragte sie.

»Ja, in Ordnung.« Er saß in seinem Sessel und schaute aus dem Fenster. »Lässt es sich so einrichten, dass ich dabei nicht anwesend sein muss?«

»Sie möchten, dass jemand anderes den Interessenten die Wohnung zeigt?«

»Ja.«

»Wir haben da ein paar Leute an der Hand, die das gegen ein geringes Entgelt übernehmen.«

»Gut.« Er wollte nicht dabei sein, wenn fremde Leute in seiner Wohnung die Türen öffneten, Dinge prüfend anfassten... Außerdem hielt er sich für einen miserablen Verkäufer.

»Ein Foto haben wir ja bereits«, sagte die Maklerin. »Die Anzeige könnte also frühestens am nächsten Donnerstag in der Immobilienzeitung erscheinen.«

»Nicht mehr diese Woche?«

»Ich fürchte, nein...«

Nach dem Telefonat trat er in die Diele hinaus. Neue Lichtschalter und Steckdosen. Viel heller als vorher, aber das war ja auch der Sinn eines frischen Anstrichs. Außerdem hatte er die Bude endlich mal wieder entrümpelt. War dreimal zu dem Müllplatz an der Old Dalkeith Road gefahren und hatte dort diverse Sachen abgeliefert: einen alten Garderobenständer, den er mal irgendwo geerbt hatte; Kartons mit alten Illustrierten und Zeitungen; einen alten Elektroheizer; aus Samanthas ehemaligem Zimmer die Kommode, an der noch die Pop-Star-Stickers aus den Achtzigern pappten... Auch die Teppichböden lagen wieder an ihrem Platz. Hatte ein Zechkumpan aus Swany's Bar übernommen und sogar gefragt, ob er sie an den Rändern wieder festnageln sollte. Rebus hatte darin allerdings keinen rechten Sinn gesehen.

»Der neue Besitzer schmeißt das Zeug doch sowieso raus.«

»Warum hast du eigentlich die Böden nicht abschleifen lassen, John? Hätte sich toll gemacht.«

Rebus hatte seine Habseligkeiten so weit reduziert, dass sie sich leicht in einem Einzimmerappartement unterbringen ließen und natürlich erst recht in den drei Zimmern, die er bislang bewohnte. Und er wusste immer noch nicht, wo er selbst unterkommen würde. Er kannte die Situation auf dem Wohnungsmarkt in Edinburgh. Wenn seine Wohnung in der Arden Street am nächsten Donnerstag in der Immobilienzeitung angeboten wurde, konnte sie schon übernächste Woche verkauft sein. Es war also durchaus denkbar, dass er in zwei Wochen auf der Straße stand.

Und dazu noch seinen Job los war.

Eigentlich hatte er ja ein paar Anrufe erwartet, und tatsächlich läutete irgendwann das Telefon: Gill Templer.

Ihre Eröffnung: »Sie Vollidiot.«

»Hallo, Gill.«

»Hätten Sie doch nur die Schnauze gehalten.«

»Ja, vielleicht.«

»Immer der große Märtyrer, was, John?« Sie klang wütend, müde und stand merklich unter Druck. Er konnte das nur zu gut verstehen.

»Aber ich habe doch bloß die Wahrheit gesagt«, erklärte er.

»*Das* wär allerdings mal was völlig Neues, nur dass ich es Ihnen nicht abnehme.«

»Nein?«

»Ach, hören Sie doch auf, John. Ellen Wylie stand das schlechte Gewissen doch ins Gesicht geschrieben.«

»Dann meinen Sie also, dass ich Ellen decken wollte?«

»Na ja, als Gralsritter Sir Galahad habe ich Sie bisher eigentlich nicht kennen gelernt. Sie werden schon Ihre Gründe gehabt haben. Und wenn Sie Carswell nur eins auswischen wollten. Sie wissen ja, dass er Sie nicht leiden kann.«

Rebus wollte ihr nicht gerne Recht geben. Deshalb wechselte er einfach das Thema. »Und wie läuft's sonst so?«, fragte er.

Ihre Wut war wie weggefegt. »In der Presseabteilung geht es natürlich drunter und drüber. Ich helfe dort ein bisschen aus.«

Dass Gill mit Arbeit eingedeckt war, bezweifelte Rebus keine Sekunde. Natürlich verlangten jetzt auch die anderen Zeitungen und Medien detaillierte Informationen.

»Und wie geht es Ihnen? Was haben Sie jetzt vor?«, fragte sie.

»Damit habe ich mich noch gar nicht beschäftigt.«

»Also dann...«

»Ich möchte Sie nicht länger aufhalten, Gill. Danke für den Anruf.«

»Wiederhören, John.«

Als er das Telefon gerade weglegte, läutete es schon wieder. Diesmal war es Grant Hood.

»Ich wollte mich nur dafür bedanken, dass Sie uns aus der Schusslinie gebracht haben.«

»Aber Sie waren doch gar nicht unter Beschuss, Grant.«

»Oh doch, das können Sie mir glauben.«

»Ich höre, dass Sie sehr beschäftigt sind.«

»Woher...?« Grant hielt inne. »Ach so, Gill Templer hat sich bei Ihnen gemeldet.«

»Hilft Sie Ihnen tatsächlich nur ein bisschen aus, oder hat sie schon wieder alles an sich gerissen?«

»Kann ich noch nicht abschließend beurteilen.«

»Sie ist nicht zufällig bei Ihnen im Zimmer?«

»Nein, sie ist in ihrem Büro. Nach der Besprechung mit Carswell hatte ich den Eindruck, dass sie von allen am meisten erleichtert war.«

»Vielleicht, weil sie am meisten zu verlieren hat, Grant. Das mag Ihnen im Augenblick vielleicht nicht einleuchten, aber so ist es.«

»Wahrscheinlich haben Sie Recht.« Trotzdem schien Hood sein eigenes berufliches Überleben für das wichtigste Ergebnis der überraschenden Entwicklung zu halten.

»Na, dann kümmern Sie sich mal wieder um Ihren Job, Grant. Und danke, dass Sie sich die Zeit genommen haben anzurufen.«

»Ja, bis dann.«

»Wenigstens brauchen Sie sich jetzt nicht mehr über mich zu ärgern.«

Rebus legte das Telefon beiseite, starrte es aber immer noch erwartungsvoll an. Doch es rief niemand mehr an. Er ging in die Küche, um sich eine Tasse Tee zu machen. Dabei stellte er fest, dass ihm die Teebeutel und die Milch ausgegangen waren. Also ging er ohne Jackett nach unten und kaufte nebenan im Lebensmittelgeschäft außer Milch und Tee noch etwas Schinken, ein paar Brötchen und Senf. Als er zurückkam, machte sich unten am Hauseingang gerade eine Frau an seiner Klingel zu schaffen.

»Los, mach schon auf, ich weiß doch, dass du da bist.«

»Hallo, Siobhan.«

Sie drehte sich um. »Mensch, haben Sie mir einen Schrecken eingejagt.« Sie umfasste mit der Hand ihre Kehle. Rebus schob den Arm an ihr vorbei und schloss die Tür auf.

»Weil ich Sie überrascht habe, oder weil Sie gedacht haben, dass ich mit aufgeschnittenen Pulsadern oben in der Wohnung sitze?« Er hielt ihr die Tür auf.

»Was? Nein, daran habe ich überhaupt nicht gedacht.« Doch sie errötete leicht.

»Davor brauchen Sie auch wirklich keine Angst zu haben: Sollte ich mich nämlich je um die Ecke bringen, so würde ich mich vorher richtig besaufen und dann Tabletten nehmen. Und wenn ich ›richtig besaufen‹ sage, dann meine ich zwei oder drei Tage lang, sodass Sie ausreichend vorgewarnt wären.«

Er ging vor ihr die Treppe hinauf, öffnete die Tür zu seiner Wohnung.

»Aber Sie haben ausgesprochenes Glück«, sagte er. »Ich bin nämlich nicht nur nicht tot, ich kann Ihnen sogar Tee und Brötchen mit Schinken und Senf anbieten.«

»Nur Tee, bitte«, sagte sie, nachdem sie endlich ihre Fassung zurückgewonnen hatte. »Sieht ja toll aus hier in der Diele.«

»Schauen Sie sich ruhig ein bisschen um. An neugierige Besucher muss ich mich sowieso gewöhnen.«

»Dann wollen Sie die Wohnung also wirklich verkaufen?«

»Ja, die Anzeige erscheint nächste Woche.«

Sie steckte den Kopf durch die halb geöffnete Schlafzimmertür. »Sogar ein Dimmer«, sagte sie und drehte an dem Schalter.

Rebus ging in die Küche, setzte Wasser auf und nahm zwei saubere Tassen aus dem Schrank. Eine davon trug die Aufschrift »World's Greatest Dad«. Er sah die Tasse zum ersten Mal, konnte eigentlich nur einer der Elektriker dagelassen haben. Er beschloss, Siobhan darin ihren Tee zu servieren, für sich selbst reservierte er die größere Tasse mit den Mohnblüten und dem angeschlagenen Rand.

»Und wieso haben Sie das Wohnzimmer nicht streichen lassen?«, fragte sie und kam zu ihm in die Küche.

»Ist doch erst vor gar nicht so langer Zeit gemacht worden.«

Sie nickte. Offenbar hatte er noch was auf dem Herzen, aber sie wollte ihn nicht bedrängen.

»Zwischen Grant und Ihnen alles beim Alten?«, fragte er.

»Was soll das heißen? Zwischen Grant und mir ist nie was gewesen. Und damit Ende der Debatte.«

Er nahm die Milch aus dem Kühlschrank. »Passen Sie bloß auf, dass Ihnen da nicht noch mal dasselbe passiert.«

»Wie bitte?«

»Dass ein Typ sich wie eine Klette an Sie hängt. Ein alter

Verehrer von Ihnen hat mich nämlich den ganzen Vormittag mit Blicken durchbohrt.«

»Ach Gott, Sie meinen Derek Linford.« Sie dachte kurz nach. »Hat der nicht furchtbar ausgesehen?«

»Tut er das nicht immer?« Rebus legte je einen Teebeutel in die beiden Tassen. »Und was führt Sie her: Wollten Sie bloß nach mir sehen oder sich dafür bedanken, dass ich die Rolle des Sündenbocks übernommen habe?«

»*Dafür* werde ich mich bei Ihnen bestimmt nicht bedanken. Sie haben dieses merkwürdige Geständnis doch freiwillig abgelegt. Und Sie werden schon Ihre Gründe dafür gehabt haben.« Sie verstummte.

»Nur weiter!«, ermunterte er sie.

»Sie hatten doch bestimmt irgendwelche Hintergedanken dabei.«

»Nein, ausnahmsweise nicht.«

»Und was sollte das Ganze dann?«

»Es ging am schnellsten so und war am einfachsten. Hätte ich nur eine Sekunde nachgedacht, dann hätte ich vielleicht die Klappe gehalten.« Er goss Wasser und Milch in die Tassen und reichte ihr eine davon. Siobhan betrachtete den Beutel, der oben auf der Flüssigkeit schwamm. »Können Sie mit dem Löffel rausnehmen, wenn der Tee stark genug ist«, schlug er vor.

»Lecker.«

»Und Sie möchten wirklich kein Schinkenbrötchen?«

Sie schüttelte den Kopf. »Aber deshalb können Sie sich ja...«

»Vielleicht später«, sagte er und ging voraus ins Wohnzimmer. »Und im Basislager alles ruhig?«

»Sagen Sie über Carswell, was Sie wollen, aber Leute motivieren, das kann er. Alle glauben, dass er Sie durch seinen Appell dazu gebracht hat, Ihre Schuld einzugestehen.«

»Und jetzt arbeiten die Kollegen härter denn je, wie?« Er sah sie an, und sie nickte. »Ein ganzer Trupp glücklicher

Gärtner, die von keinem bösen Maulwurf mehr gestört werden.«

Siobhan grinste. »Ziemlich abgedroschen, was er da von sich gegeben hat, oder?« Sie blickte im Zimmer umher. »Und wo bleiben Sie, wenn die Wohnung verkauft ist?«

»Haben Sie zufällig noch ein Zimmer frei?«

»Kommt darauf an, für wie lange.«

»War nur ein Scherz, Siobhan. Ich komme schon zurecht.« Er trank einen Schluck von seinem Tee. »Und was genau führt Sie nun her?«

»Sie meinen, außer Ihrem Wohlergehen?«

»Daran habe ich gleich nicht geglaubt.«

Sie stellte ihre Tasse auf den Fußboden. »Ich hab wieder eine Mail bekommen.«

»Quizmaster?« Sie nickte. »Und was hat er diesmal geschrieben?«

Sie zog ein paar Blätter aus der Tasche, faltete sie auseinander und reichte sie ihm. Ihre Finger berührten sich, als er die Papiere entgegennahm. Auf dem ersten Blatt eine E-Mail von Siobhan:

Warte immer noch auf Stricture.

»Diese Mail habe ich gleich heute Morgen geschickt«, sagte sie. »Ich hatte gehofft, dass er vielleicht noch nichts davon gehört hat.«

Rebus überflog das zweite Blatt. Eine Nachricht von Quizmaster.

Ich bin enttäuscht von Ihnen, Siobhan. Jetzt spiele ich nicht mehr mit.
Dann Siobhan:
Glauben Sie nicht alles, was Sie lesen. Ich möchte immer noch weiterspielen.
Quizmaster:
Und dann Ihre Vorgesetzten über alles informieren?
Siobhan:

Diesmal nur Sie und ich. Das ist ein Versprechen.
Quizmaster:
Wie soll ich Ihnen denn noch trauen?
Siobhan:
Habe ich Ihnen etwa nicht vertraut? Im Übrigen wissen Sie genau, wo Sie mich finden können. Während ich über Sie nicht das Geringste weiß.

»Danach hat er mich eine Weile warten lassen. Der Text auf dem dritten Blatt ist vor ungefähr« – sie sah auf die Uhr – »vierzig Minuten eingegangen.«

»Und dann sind Sie direkt hierher gekommen?«

Sie zuckte mit den Achseln. »Mehr oder weniger.«

»Und Sie haben Grips nichts davon erzählt?«

»Der wird von der Kripo gerade dringend für einen anderen Fall gebraucht.«

»Und auch sonst niemandem?« Sie schüttelte den Kopf. »Und wie komme ich dann zu der Ehre?«

»Jetzt, da ich hier bin, weiß ich das inzwischen selbst nicht mehr genau«, sagte sie.

»Unser großer Rätselexperte ist doch Grant.«

»Ich glaube, der rätselt im Augenblick vor allem darüber, wie er seinen Job behalten kann.«

Rebus nickte bedächtig und las noch einmal den Text auf dem dritten Blatt:

Add Camus to ME Smith, they're boxing, where the sun don't shine, and Frank Finley's the referee.

»Na«, sagte er, »jetzt haben Sie mir den Text gezeigt…« Er machte Anstalten, ihr die Blätter zurückzugeben, »allerdings verstehe ich leider nur Bahnhof.«

»Tatsächlich?«

Er nickte. »Frank Finley war, glaube ich, ein Schauspieler, der lebt noch, meine ich. Ich glaube, er hat im Fernsehen Casanova dargestellt, und dann hat er in einem Film *Barbed Wire and Bouquets* oder so ähnlich mitgespielt.«

»*Bouquets of Barbed Wire?*«

»Auch möglich.« Er überflog das Rätsel ein letztes Mal. »Camus ist ein französischer Schriftsteller. Ich dachte immer, dass man seinen Namen wie ›Came as‹ ausspricht, bis ich das mal im Radio oder im Fernsehen gehört habe.«

»Aber im Boxsport kennen Sie sich doch gut aus.«

»Marciano, Dempsey, Cassius Clay, bevor er sich Ali genannt hat...« Er sah sie achselzuckend an.

»*Where the sun don't shine*«, sagte Siobhan. »Ist das nicht ein amerikanischer Ausdruck?«

»Ja: *Wo die Sonne nie scheint,* bedeutet schlicht gesagt im Arsch«, bestätigte Rebus. »Glauben Sie etwa plötzlich, dass Quizmaster Amerikaner ist?«

Sie lächelte freudlos.

»Nehmen Sie meinen Rat an, Siobhan. Leiten Sie das Zeug an die Kollegen vom Geheimdienst weiter oder an irgendwen, der diesem Arschloch auf die Spur kommen kann. Oder mailen Sie dem Kerl einfach, dass er sie mal gerne haben kann.« Er hielt inne. »Haben Sie nicht gesagt, dass er weiß, wo er Sie finden kann?«

Sie nickte. »Er kennt meinen Namen und weiß, dass ich bei der Lothian Police in Edinburgh arbeite.«

»Aber Ihre Adresse hat er nicht, oder Ihre Telefonnummer?« Sie schüttelte den Kopf, und Rebus nickte zufrieden. Er musste an die zahllosen Zettel mit Telefonnummern denken, die Steve Holly in seinem Büro an die Wand gespickt hatte.

»Lassen Sie ihn einfach sausen«, sagte er leise.

»Würden Sie das tun?«

»Jedenfalls lege ich es Ihnen dringend ans Herz.«

»Also wollen Sie mir nicht helfen?«

Er sah sie an. »Wie denn?«

»Sich vielleicht die Frage notieren oder ein bisschen recherchieren?«

Er lachte. »Wollen Sie, dass ich noch mehr Ärger mit Carswell bekomme?«

Sie blickte auf die Papiere auf ihren Knien. »Sie haben ja Recht«, sagte sie. »Hätte ich mir besser überlegen sollen. Besten Dank auch für den Tee.«

»Trinken Sie ihn doch wenigstens aus.« Doch sie stand bereits.

»Ich muss unbedingt los. Auf dem Revier wartet noch jede Menge Arbeit.«

»Leiten Sie den Text nun weiter oder nicht?«

Sie fixierte ihn. »Sie wissen, wie viel Ihr Rat mir bedeutet.«

»Heißt das ja oder nein?«

»Werten Sie es als ein eindeutiges Vielleicht.«

Er war jetzt ebenfalls aufgestanden. »Danke, dass Sie gekommen sind, Siobhan.«

Sie wandte sich zum Gehen. »Linford hat es auf Sie abgesehen, oder? Er und Carswell, richtig?«

»Machen Sie sich deshalb keine Sorgen.«

»Aber Linford wird immer einflussreicher. Warten Sie nur ab, der ist bald Chefinspektor.«

»Und wenn ich nun auch immer einflussreicher werde?«

Sie sah ihn an, verzichtete jedoch auf eine Entgegnung. Er ging mit ihr in die Diele hinaus, öffnete ihr die Tür.

Auf der Treppe drehte sie sich noch mal um. »Wissen Sie, was Ellen Wylie nach dem Treffen mit Carswell gesagt hat?«

»Nein, was?«

»Gar nichts.« Sie sah ihn wieder an, eine Hand auf dem Geländer. »Komisch, finden Sie nicht? Eigentlich hätte ich ja einen langatmigen Monolog über Ihren Märtyrerkomplex erwartet.«

Rebus machte die Tür zu, blieb noch kurz in der Diele stehen und lauschte Siobhans Schritten, die unten im Treppenhaus immer leiser wurden. Dann trat er im Wohnzimmer ans Fenster, stellte sich auf die Zehenspitzen und verrenkte den Kopf, weil er sehen wollte, wie sie das Haus verließ. Die Tür fiel krachend hinter ihr ins Schloss. Sie war mit einer Bitte zu ihm gekommen, und er hatte sie abgewiesen. Wie konnte er ihr bloß beibringen, dass es ihm nur darum ging, sie nicht zu verletzen, wie so viele andere Menschen, mit denen er in der Vergangenheit persönlich zu tun gehabt hatte? Wie sollte er ihr nur vermitteln, dass sie nicht aus seinen, sondern aus ihren eigenen Erfahrungen lernen musste, und dass sie dadurch nicht nur beruflich, sondern auch menschlich weiterkommen würde?

Er drehte sich um, sah im Zimmer umher. Auch wenn die Gespenster nur mehr schwache Schemen waren, spüren konnte er sie noch immer: Menschen, die er verletzt hatte, von denen er verletzt worden war, Menschen, die einen qualvollen, einen unnötigen Tod gestorben waren. Aber das alles war jetzt bald vorbei. Schon in ein paar Wochen würde dieser Abschnitt hinter ihm liegen. Er wusste, dass Ellen Wylie weder anrufen noch ihn persönlich besuchen würde. Sie kannten einander gut genug, um einzusehen, dass so eine Begegnung sowieso keinen Sinn hatte. Möglich, dass sie sich in Zukunft irgendwann mal zusammensetzen und über alles reden konnten. Oder aber das Mädchen würde nie mehr ein einziges Wort mit ihm sprechen. Er hatte sie um ihren großen Augenblick gebracht, und sie hatte bloß daneben gestanden und es geschehen lassen. Noch eine Niederlage statt des erhofften Triumphes. Er überlegte, ob sie sich von Steve Holly auch in Zukunft gängeln lassen würde, versuchte sich vorzustellen, wie viel Macht er über sie haben mochte.

Dann ging er in die Küche und kippte den restlichen Tee aus seiner eigenen und Siobhans Tasse in die Spüle. Er goss sich einen Fingerbreit Malt in ein sauberes Glas und holte eine Flasche IPA aus dem Schrank. Dann setzte er sich im Wohnzimmer in seinen Sessel, kramte einen Stift und sein Notizbuch hervor und schrieb Quizmasters neuestes Rätsel auf, oder das, was ihm davon in Erinnerung geblieben war…

Jean Burchill hatte vormittags mehrere Besprechungen gehabt, unter anderem eine erhitzte Debatte über Budgetfragen, die so kontrovers verlaufen war, dass ein Ausstellungsleiter aus dem Raum gestürmt war und die Tür hinter sich zugeknallt hatte. Eine von Jeans Kolleginnen war sogar in Tränen ausgebrochen.

Mittags saß sie dann völlig erschöpft mit Kopfweh in ihrem schlecht belüfteten Büro. Steve Holly hatte schon wieder zwei Nachrichten für sie hinterlassen. Sie wusste, dass das Telefon jeden Augenblick erneut läuten konnte. Also beschloss sie, ihr Sandwich nicht an ihrem Schreibtisch zu essen, wie sie es sonst häufig tat. Vielmehr ging sie aus dem Haus und schwamm in der Masse der Angestellten mit, die ihrer Gefangenschaft für die Dauer eines kurzen Aufenthaltes in einer nahe gelegenen Bäckerei oder Pizzeria entronnen waren. Sie wusste, dass die Schotten wegen ihrer Essgewohnheiten bei den Herz- und Zahnerkrankungen einen traurigen Spitzenplatz einnahmen, weil sie pausenlos gesättigte Fettsäuren, Salz und Zucker zu sich nahmen. Was brachte die Leute in diesem Land nur dazu, sich vor allem von industriell gefertigten Lebensmitteln zu ernähren: Schokolade, Chips, Limonade? Vielleicht das Klima? Oder war die Ursache im Charakter der Schotten zu suchen? Jean beschloss, sich dem Trend zu widersetzen, und kaufte etwas Obst und einen Karton Orangensaft. Dann lief sie parallel zu den Brücken Richtung Innenstadt. Ringsum billige Textilläden und Selbstbedienungsrestaurants. Vor der Ampel an der Tronkirche stauten sich Busse und Lastwagen. In einem Hauseingang saßen ein paar Bettler und betrachteten die Parade der vorbeiziehenden Beine. Jean blieb an der Ampel stehen, blickte nach links und rechts in die High Street und versuchte sich die Straße in jenen längst vergangenen Tagen vorzustellen, als es die Princes Street noch gar nicht gegeben hatte: Marktschreier, die ihre Waren anpriesen, dämmrige Hinterhöfe, in denen Geschäfte abgewickelt wurden, das Zollhaus mit dem Tor, das abends verrammelt wurde und die Stadt von der Außenwelt abschnitt... Sie überlegte, ob ein Mensch, der hier um 1770 gelebt hatte, die Gegend noch wiedererkennen würde. Die elektrischen Lichter und die Autos würde so jemand gewiss mit offenem Mund bestaunen, aber die Atmosphäre insgesamt...?

Auf der North Bridge blieb sie wieder stehen und blickte in östlicher Richtung auf die Parlamentsbaustelle, wo nichts vorwärts ging. Der *Scotsman* residierte nun schon seit einiger Zeit in seiner prachtvollen neuen Zentrale in der Holyrood Road, direkt gegenüber dem Parlament. Sie war dort erst unlängst auf einem Empfang gewesen und hatte von dem großen Balkon auf der Rückseite des Gebäudes aus die unglaublich beeindruckenden Salisbury Crags bewundert. Ein Stück hinter ihr wurde das alte *Scotsman*-Gebäude gerade entkernt: noch ein Hotel. Am Übergang der North Bridge in die Princes Street stand verstaubt und ungenutzt die alte Hauptpost, über deren Zukunft offiziell noch nicht entschieden war, es schien aber, wie zu hören war, ebenfalls auf ein Hotel hinauszulaufen. Sie ging rechter Hand über den Waterloo Place, biss in ihren zweiten Apfel und gab sich Mühe, nicht an Schokoriegel und Chips zu denken. Sie hatte ein Ziel: den Calton-Friedhof. Als sie durch das schmiedeeiserne Tor trat, sah sie bereits den als Märtyrerdenkmal bekannten Obelisken, der dem Andenken der »Freunde des Volkes« gewidmet war: fünf Männern, die es 1793 gewagt hatten, sich für eine Parlamentsreform einzusetzen. Und das zu einer Zeit, als nicht mal vierzig Bürger der Stadt das Wahlrecht besaßen. Die fünf waren wegen Volksaufhetzung verurteilt und in die Verbannung nach Australien geschickt worden. Jean betrachtete den Apfel in ihrer Hand. Gerade erst hatte sie von der Frucht einen kleinen Aufkleber entfernt, auf dem als Herkunftsland Neuseeland ausgewiesen war. Sie dachte an die fünf Sträflinge und das Leben, das sie auf der anderen Seite des Globus erwartet haben mochte. Zumindest hatte die Französische Revolution im damaligen Schottland keine Nachahmung gefunden, und genau diesem Ziel hatte die Bestrafung der fünf Männer ja gedient.

Jean fiel wieder jener kommunistische Führer und Denker ein – ob es Marx selbst gewesen war? –, der prophezeit hatte, dass die Revolution in Westeuropa von Schottland ihren Ausgang nehmen würde. Auch so ein Traum...

Jean wusste nicht viel über David Hume, doch dann stand sie plötzlich vor seinem Grabmal und trank von ihrem Orangensaft. Philosoph und Essayist... Ein Freund hatte ihr mal erzählt, dass Humes wesentliche Leistung darin bestanden hatte, John Lockes Philosophie verständlich zu machen, aber Jean hatte von John Locke genauso wenig Ahnung.

Auf dem Friedhof lagen noch weitere bedeutende Persönlichkeiten begraben: Blackwood und Constable, wichtige Verleger und einer der Anführer jener »Abspaltung«, die zur Gründung der *Free Church of Scotland* geführt hatte. Ein Stück weiter östlich direkt außerhalb der Umfassungsmauer stand ein mit Zinnen gekrönter kleiner Turm: die Überreste des alten Calton-Gefängnisses. Jean kannte Zeichnungen, auf denen das Gebäude vom Calton Hill aus zu sehen war: Von dort oben hatten Freunde und Angehörige den Gefangenen unten im Gefängnis früher Neuigkeiten und Grüße zugebrüllt. Als sie die Augen schloss, schaffte sie es beinahe, den Verkehrslärm aus ihrem Bewusstsein auszublenden. Und dann meinte sie im Geiste fast die Schreie zu hören, die damals über den Waterloo Place gegellt waren.

Als sie die Augen wieder öffnete, sah sie direkt vor sich, wonach sie gesucht hatte: das Grab von Dr. Kennet Lovell. Der verwitterte und von einer schwarzen Schicht überzogene Grabstein war in die östliche Begrenzungsmauer des Friedhofs eingelassen. An den Ecken waren Stücke herausgebrochen, sodass der Stein an manchen Stellen heller wirkte. Eine kleine Platte nur wenig über dem Boden. »Dr. Kennet Anderson Lovell«, las Jean, »ein hervorragender Arzt und Bürger dieser Stadt«. Er war 1863 im Alter von sechsundfünfzig Jahren verstorben. Auf der Grabstelle wuchs Unkraut, das die Inschrift zum Teil verdeckte. Jean ließ sich in die Hocke nieder und zog das Grünzeug beiseite. Dabei stieß sie auf ein gebrauchtes Kondom, das sie mit einem großen Blatt zur Seite schob. Es war bekannt, dass sich auf dem Friedhof abends Paare trafen. Jean versuchte sich vorzustellen, wie die Leute – an diese Wand gelehnt – kopulierten und dabei auf den Knochen von Dr. Lovell herumtrampelten. Wie Lovell das wohl fand? Und dann erschien plötzlich vor ihrem geistigen Auge das Bild eines anderen Paares: sie selbst und John Rebus. Eigentlich überhaupt nicht ihr Typ. Die Männer, mit denen sie in der Vergangenheit zu tun gehabt hatte, waren meist Uni-Leute gewesen. Außerdem noch eine kurze Affäre mit einem verheirateten Bildhauer. Er war mit ihr oft auf Friedhöfen gewesen, seine Lieblingsorte. Durchaus möglich, dass John Rebus ebenfalls eine Schwäche für Friedhöfe hatte. Am Anfang ihrer Bekanntschaft war er für sie eine Herausforderung, eine Art Kuriosität gewesen. Und selbst jetzt kostete es sie noch einige Mühe, in ihm nicht so etwas wie ein Ausstellungsstück zu sehen. Er hatte so viele Geheimnisse und verbarg so viel von sich vor der Welt. Sie wusste, dass sie noch eine Menge Arbeit vor sich hatte.

Nachdem sie das Gestrüpp beiseite gezogen hatte, sah sie auf dem Grabstein, dass Lovell immerhin dreimal verheiratet gewesen war und dass seine Frauen allesamt vor ihm gestorben waren. Kinder waren nicht erwähnt… Sie überlegte, ob etwaige Nachkommen womöglich woanders bestattet waren. Oder er hatte keine Kinder gehabt? Aber hatte John nicht was von einer Nachfahrin gesagt? Als sie die Daten genauer inspizierte, sah sie, dass die Frauen jung gestorben waren. Vielleicht waren sie ja im Kindbett gestorben.

Seine erste Frau: Beatrice, *geb.* Alexander. 29 Jahre alt.

Seine zweite Frau: Alice, *geb.* Baxter. 33 Jahre alt.

Seine dritte Frau: Patricia, *geb.* Addison. 26 Jahre alt.

Und dann noch die Inschrift: *Heimgegangen/Wir sehen uns wieder/Im süßen Himmelreiche.*

Muss ein schönes Wiedersehen gewesen sein für Lovell und

seine drei Frauen, dachte Jean. Sie hatte zwar einen Stift in der Tasche, aber kein Papier. Deshalb sah sie sich auf dem Friedhof um und entdeckte ein zerrissenes altes Kuvert. Sie wischte den Schmutz und den Staub von dem Papier ab und notierte sich die Daten.

Siobhan saß wieder an ihrem Schreibtisch und war gerade damit beschäftigt, aus den Buchstaben in »Camus« und »ME Smith« Anagramme zu bilden, als Eric Bain hereinkam.

»Na, wie geht's?«, fragte er.

»Ich lebe noch.«

»Ach. Na, dann.« Er stellte seine Aktentasche auf den Boden, richtete sich wieder auf und blickte um sich. »Haben sich schon die Kollegen vom Geheimdienst gemeldet?«

»Nicht dass ich wüsste.« Sie strich gerade ein paar Buchstaben aus. Zwischen dem M und dem E gab es kein Leerzeichen. Ob das Absicht war, damit man die Buchstaben als »me« las? Ob Quizmaster damit sagen wollte, dass er Smith hieß? Und war ME nicht außerdem eine medizinische Abkürzung? Sie wusste zwar nicht genau, wofür die Buchstaben standen... aber sie konnte sich noch erinnern, dass die Presse die fragliche Krankheit als »Yuppie-Grippe« bezeichnet hatte. Bain stand neben dem Faxgerät und überflog einige Blätter, die die Maschine ausgeworfen hatte.

»Schon die Faxe durchgesehen?«, fragte er und sortierte zwei Blätter aus, während er die übrigen wieder neben das Gerät legte.

Siobhan blickte auf. »Was gibt's denn?«

Er überflog das Schreiben noch einmal, während er zu ihrem Schreibtisch zurückging. »Einfach unglaublich«, flüsterte er. »Fragen Sie mich nicht, wie die das angestellt haben, aber sie haben es tatsächlich geschafft.«

»Was?«

»Die Typen vom Geheimdienst haben schon eins der E-Mail-Konten identifiziert.«

Als Siobhan aufsprang und nach dem Fax griff, stürzte ihr Stuhl nach hinten um. Bain überließ ihr die Papiere und fragte:

»Wer ist Claire Benzie?«

»Sie sind zwar nicht verhaftet, Claire«, sagte Siobhan, »aber Sie haben natürlich das Recht, einen juristischen Beistand einzuschalten, falls Sie das möchten. Außerdem möchte ich Sie um die Genehmigung bitten, Ihre Aussage auf Tonband aufzuzeichnen.«

»Klingt ziemlich ernst«, sagte Claire Benzie. Siobhan und Bain hatten sie in ihrer Wohnung in Bruntsfield abgeholt und in die St. Leonard's Street gebracht. Claire war sofort mitgekommen, ohne weitere Fragen zu stellen. Sie trug eine Jeans und einen hellrosa Rollkragenpullover. Sie war ungeschminkt. So saß sie mit verschränkten Armen im Vernehmungszimmer, während Bain die beiden Aufnahmegeräte mit Tonbandspulen bestückte.

»Eins der Bänder ist für Sie, okay?«, sagte Siobhan.

Benzie hob gleichgültig die Schultern.

Bain sagte: »Los geht's« und schaltete beide Bänder ein. Dann nahm er in dem Stuhl neben Siobhan Platz. Siobhan nannte ihren eigenen und Bains Namen, Dienstgrad und den Zeitpunkt und Ort der Vernehmung.

»Wenn Sie uns jetzt bitte Ihren vollen Namen nennen würden, Claire«, sagte sie.

Claire Benzie leistete der Bitte Folge und nannte außerdem noch ihre Adresse in Bruntsfield. Siobhan lehnte sich auf ihrem Stuhl zurück, sammelte sich kurz und beugte sich dann wieder vor, sodass ihre Ellbogen auf der Kante des schmalen Schreibtischs ausruhten.

»Claire, erinnern Sie sich noch an unser erstes Gespräch in Dr. Curts Büro? Bei der Unterredung war noch einer meiner Kollegen dabei. Wissen Sie das noch?«

»Ja, ich erinnere mich.«

»Ich habe Sie gefragt, ob Sie etwas von dem Spiel wissen, an dem Philippa Balfour sich beteiligt hat.«
»Sie wird morgen beerdigt.«
Siobhan nickte. »Wissen Sie das noch?«
»*Seven fins high is king*«, sagte Benzie. »Habe ich Ihnen doch selbst erzählt.«
»Richtig. Sie haben gesagt, dass Philippa in einem Lokal zu Ihnen gekommen ist...«
»Ja.«
»...und Ihnen erklärt hat, was die Worte bedeuten.«
»Ja.«
»Aber Sie selbst haben von dem Spiel nichts gewusst?«
»Nein. Ich hatte keine Ahnung, bis Flip mir davon erzählt hat.«
Siobhan ließ sich wieder auf ihrem Stuhl zurücksinken und verschränkte die Arme vor der Brust, sodass sie jetzt fast wie ein Spiegelbild Benzies dasaß. »Und wie kommt es dann, dass der Absender dieser Rätsel Ihre E-Mail-Adresse verwendet hat?«
Benzie starrte sie an. Siobhan starrte zurück. Eric Bain kratzte sich mit dem Daumen an der Nase.
»Ich sage nichts mehr ohne einen Anwalt«, erklärte Benzie.
Siobhan nickte langsam. »Vernehmung um 15.12 Uhr beendet.« Bain schaltete die Aufnahmegeräte aus, und Siobhan erkundigte sich bei Claire, ob sie jemand Bestimmten im Auge habe.
»Ja, den Rechtsbeistand unserer Familie«, sagte die Studentin.
»Und wer ist das?«
»Mein Vater.« Als sie Siobhans überraschtes Gesicht sah, zog Benzie die Mundwinkel nach oben. »Ich meine natürlich meinen Stiefvater, Detective Clarke. Keine Sorge, ich habe nicht die Absicht, mich juristisch von Geistern vertreten zu lassen.«

Die Neuigkeit hatte sich rasch herumgesprochen, und so herrschte draußen auf dem Gang dichtes Gedränge, als Siobhan aus dem Vernehmungszimmer trat und die vor der Tür wartende uniformierte Beamtin sie ablöste. Neugieriges Getuschel – geflüsterte Fragen:

»Und?«

»Hat sie es wirklich getan?«

»Was sagt sie denn?«

»Ist sie es gewesen?«

Siobhan ignorierte die neugierigen Kollegen und sah nur Gill Templer an. »Sie verlangt einen Anwalt, und sie hat sogar zufällig einen in der Familie.«

»Oh, wie praktisch.«

Siobhan nickte, bahnte sich ihren Weg in das Großraumbüro nebenan und zog den Stecker des erstbesten freien Telefons aus der Wand.

»Außerdem möchte sie was trinken, vorzugsweise Diät-Cola.«

Templer blickte um sich und fixierte dann George Silvers. »Verstanden, George?«

»Ja, Ma'am.« Trotzdem machte Silvers keine Anstalten zu gehen, bis Gill ihn durch eine unmissverständliche Handbewegung verscheuchte.

»Und sonst?« Gill stand jetzt mitten im Gang direkt vor Siobhan.

»Sonst«, sagte Siobhan, »muss sie uns noch einiges erklären. Was aber nicht heißt, dass sie die Mörderin ist.«

»Aber schlecht wär's nicht«, sagte jemand.

Siobhan musste daran denken, was Rebus über Claire Benzie gesagt hatte. Sie blickte Gill Templer ins Auge. »Falls das Mädchen tatsächlich Pathologin wird«, sagte sie, »kann es uns passieren, dass wir in zwei, drei Jahren mit ihr zusammenarbeiten müssen. Deshalb sollten wir etwas behutsam mit ihr umgehen.« Sie erinnerte sich zwar nicht mehr genau an den Wortlaut, wusste aber, dass Rebus sich in diesem Sinne geäußert hatte. Templer sah sie prüfend an und nickte dann langsam.

»Detective Clarke hat da einen sehr wichtigen Punkt angesprochen«, sagte sie zu den Umstehenden. Dann trat sie beiseite, um Siobhan vorbeizulassen, und murmelte so etwas wie: »Erstklassige Arbeit, Siobhan«, als sie kurz Schulter an Schulter standen.

Im Vernehmungszimmer stöpselte Siobhan das Telefon in die Wand und sagte zu Claire: »Bitte eine neun vorwählen.«

»Ich habe sie nicht umgebracht«, sagte die Studentin leise.

»Dann wird alles sich zum Guten wenden. Wir wollen nur wissen, was passiert ist.«

Claire nickte und hob den Hörer ab. Siobhan gab Bain ein Zeichen, und die beiden traten aus dem Zimmer und überließen es der uniformierten Beamtin, dort nach dem Rechten zu sehen. Das Gedränge auf dem Gang hatte sich zwar inzwischen aufgelöst, doch dafür wurde nebenan im Großraumbüro laut und erregt debattiert.

»Angenommen, sie ist es nicht gewesen.« Siobhan sprach so leise, dass nur Bain sie verstehen konnte.

»Okay«, sagte er.

»Wie konnte Quizmaster dann ihr E-Mail-Konto benutzen?«

Bain schüttelte den Kopf. »Weiß ich nicht. Ich nehme zwar an, dass das möglich ist, trotzdem kommt es mir sehr merkwürdig vor.«

Siobhan sah ihn an. »Dann glauben Sie also, dass sie es getan hat?«

Er hob unschlüssig die Schultern. »Ich wüsste zu gerne, wer hinter den anderen Konten steckt.«

»Haben die Leute vom Geheimdienst gesagt, wie lange sie brauchen?«

»Entweder bis heute spätnachmittags oder sonst bis morgen.«

Ein Kollege ging an ihnen vorbei, klopfte den beiden auf

die Schulter, hielt die Daumen in die Luft und stürmte dann weiter durch den Gang.

»Scheint so, als ob die anderen glauben, dass wir die Sache geknackt hätten«, sagte Bain.

»Schön wär's.«

»Ein Motiv hatte sie wenigstens, das haben Sie doch selbst gesagt.«

Siobhan nickte. Sie dachte an das *Stricture*-Rätsel, versuchte sich vorzustellen, dass eine Frau dahinter steckte. Denkbar war das, klar. Schließlich konnte sich in der virtuellen Welt jeder Mensch eine beliebige Identität zulegen, jedes Alter wählen, oder als Mann oder Frau auftreten. Die Zeitungen waren voll von Berichten über Pädophile mittleren Alters, die sich, als Kinder oder Jugendliche getarnt, Zugang zu den entsprechenden Chat-Rooms verschafft hatten. Das Netz verdankte seine Attraktivität ja gerade dem Umstand, dass man sich darin völlig anonym bewegen konnte. Sie dachte an Claire Benzie, an die lange sorgfältige Planung, die ein solches Projekt erfordert hätte, an die Wut, die seit dem Selbstmord ihres Vaters in ihr gegärt haben mochte. Möglich, dass sie am Anfang den Kontakt zu Flip in bester Absicht wieder aufgenommen hatte, doch dann hatte vielleicht der Hass in ihr die Oberhand gewonnen: der Hass auf Flips unbeschwertes Dasein, der Hass auf ihre Freunde mit den schnellen Autos, der Hass auf die Bars und die Nachtclubs und die Essenseinladungen, auf den ganzen Lebensstil dieser jungen Leute, die noch nie wirklich gelitten, noch nie in ihrem ganzen Leben etwas verloren hatten, das sich nicht mit Geld wiederbeschaffen ließ.

»Ich weiß es nicht«, sagte sie und fuhr sich so heftig mit den Fingern durch die Haare, dass ihre Kopfhaut wehtat. »Ich weiß es beim besten Willen nicht.«

»Umso besser«, sagte Bain. »Haben wir doch schon in der Grundausbildung gelernt, dass wir unvoreingenommen in Vernehmungen gehen sollen.«

Sie lächelte müde, drückte seine Hand. »Danke, Eric.«
»Wird schon werden«, sagte er. Sie hoffte, dass er Recht behalten würde.

Man hätte fast meinen können, dass die Zentralbibliothek für Rebus genau der richtige Ort war. Wenigstens machten viele der Benutzer, die sich an diesem Tag dort eingefunden hatten, einen ziemlich heimatlosen, müden Eindruck; Leute, die auf dem Arbeitsmarkt offenbar zu nichts Rechtem mehr zu gebrauchen waren. Einige hatten sich zum Schlafen die bequemeren Stühle ausgesucht, und die aufgeschlagenen Bücher auf ihrem Schoß waren lediglich Attrappen. Direkt neben den Telefonbüchern, von denen eines aufgeklappt vor ihm lag, saß an einem Tisch ein alter Mann mit zahnlosem, offen stehendem Mund, und ging mit dem Finger aufmerksam jede einzelne Spalte von oben bis unten durch. Rebus erkundigte sich bei einer Mitarbeiterin des Hauses nach dem Mann.

»Ach, der kommt schon seit Jahren. Liest nie was anderes«, erhielt er als Antwort.

»Dann wäre er doch genau richtig bei der Telefonauskunft.«

»Oder man hat ihn dort vor die Tür gesetzt.«

Rebus musste anerkennen, dass die Auskunft ziemlich plausibel klang, und er beschäftigte sich wieder mit seinen eigenen Recherchen. Bislang hatte er Folgendes klären können: Albert Camus war ein französischer Autor und Denker, der Romane wie *La Chute* und *La Peste* geschrieben hatte. Er hatte den Nobelpreis erhalten und war mit sechsundvierzig Jahren durch einen Unfall ums Leben gekommen. Obwohl die Bibliothekarin extra noch mal für ihn nachgesehen hatte, war ihr ein weiterer namhafter Camus nicht untergekommen.

»Es sei denn, Sie meinen einen Straßennamen.«

»Wie bitte?«

»Einen Straßennamen in Edinburgh.«

Und dann hatte sich herausgestellt, dass es in der Stadt nicht nur eine Camus Road gab, sondern außerdem noch eine Avenue, einen Park und einen Platz, die sich mit dem Namen des Dichters schmückten. Niemand konnte ihm genau sagen, ob sie wirklich nach dem französischen Autor benannt waren, aber Rebus hielt das für ziemlich wahrscheinlich. Dann suchte er noch im Telefonbuch, das der alte Mann gerade nicht benutzte, nach dem Namen Camus, fand aber keinen Eintrag. Er machte eine kurze Pause vor der Bibliothek und überlegte, ob er nach Hause gehen und seinen Wagen holen sollte, um zur Camus Road zu fahren, doch dann kam gerade ein Taxi vorbei, und er hielt es an. Die Camus Road und der gleichnamige Park und Platz lagen in einer ruhigen Wohngegend ein kleines Stück abseits der Comiston Road in Fairmilehead. Der Taxifahrer schien überrascht, als Rebus ihn dort bat, direkt zur George-IV.-Bridge zurückzufahren. Am Greyfriars-Friedhof geriet das Taxi dann in einen Stau, und Rebus bezahlte und stieg aus. Er spazierte schnurstracks ins Sandy Bell's, wo die nachmittägliche Stammkundschaft noch unter sich war. Ein Bier und einen Kurzen. Da der Barmann ihn kannte, gab er ein paar Geschichten zum Besten. Er erzählte zum Beispiel, dass das Lokal bestimmt die Hälfte seiner Kundschaft verlieren würde, sobald das Krankenhaus nach Petty France verlegt worden war. Aber nicht etwa wegen der Ärzte und Schwestern – nein, sondern weil dann nicht mehr so viele Patienten kämen.

»Die kreuzen hier im Schlafanzug und in Pantoffeln auf. Kein Witz: Direkt von der Station kommen die zu uns rüber. Ein Typ hatte sogar noch die Schläuche an den Armen.«

Rebus lächelte und leerte beide Gläser, die vor ihm standen. Gleich um die Ecke lag der Eingang zum Greyfriars-Friedhof, also beschloss er, der Anlage einen Besuch abzustatten. Vermutlich waren die protestantischen Märtyrer aus den Religionskämpfen des 17. Jahrhunderts, die dort bestattet lagen, gar nicht glücklich darüber, dass der Ort seinen Ruhm in erster Linie einem kleinen Skye-Terrier namens »Greyfriars Bobby« verdankte. Mitte des 19. Jahrhunderts hatte dieser Hund angeblich vierzehn Jahre lang täglich am Grab seines verstorbenen Herrn Wache gehalten. Es gab abendliche Führungen auf dem Friedhof, und der Legende zufolge konnte es dem Besucher dort passieren, dass eine eiskalte Hand ihn plötzlich an der Schulter fasste. Rebus fiel wieder ein, dass seine Exfrau Rhona unbedingt in der zum Greyfriars-Friedhof gehörigen Kirche hatte heiraten wollen. Einige Gräber hier wurden von merkwürdigem Eisengestänge überspannt, so genannten Sargtresoren, die die Verstorbenen Mitte des 19. Jahrhunderts vor den damals aktiven Leichenräubern hatten schützen sollen. Offenbar hatte sich in Edinburgh das Geschäft mit der Grausamkeit schon von jeher großer Beliebtheit erfreut, eine Barbarei, die sich nur notdürftig hinter einer Fassade der Wohlanständigkeit und der strikten Gesetzestreue verborgen hatte.

Stricture... Er überlegte, in welcher Beziehung das Wort zu dem Rätsel stehen mochte. Soweit er sich erinnerte, bedeutete es Fessel oder etwas Derartiges, doch ganz sicher war er sich nicht. Er verließ den Friedhof und lief Richtung George-IV.-Bridge und dann zurück zur Zentralbibliothek. Die Bibliothekarin, die er bereits kannte, hatte immer noch Dienst.

»Wörterbücher?«, fragte er. Sie wies zu dem gewünschten Regal hinüber.

»Mit den Nachforschungen, um die Sie mich gebeten hatten, bin ich schon fertig«, sagte sie. »Wir haben zwar einige Bücher von einem Mark Smith in unseren Beständen, aber nichts von einem M. E. Smith.«

»Vielen Dank.« Er hatte sich schon beinahe wieder abgewandt.

»Und dann habe ich noch alles für Sie ausdrucken lassen, was wir von Camus auf Lager haben.«

Sie reichte ihm das Blatt. »Sehr schön. Herzlichen Dank.«

Sie sah ihn lächelnd an. Offenbar kannte sie so viel Dankbarkeit überhaupt nicht. Doch dann roch sie den Alkohol in seinem Atem, und ihr Blick wurde gleich etwas skeptischer.

Auf dem Weg zum Regal bemerkte Rebus, dass der Tisch neben den Telefonbüchern frei war. Offenbar hatte der alte Mann für heute Schluss gemacht. Ob er wirklich von neun Uhr früh bis nachmittags um fünf hier an dem Tisch saß? Dann zog er das erstbeste Wörterbuch aus dem Regal und sah unter »Stricture« nach. Tatsächlich: Bindung, Verengung, Verschluss. »Bindung« klang für ihn nach Bandagierung, nach Mumien oder nach einer Fessel.

Hinter ihm räusperte sich jemand. Als er sich umdrehte, stand die Bibliothekarin vor ihm.

»Schluss für heute?«, fragte Rebus.

»Noch nicht ganz.« Sie wies zu ihrem Schreibtisch hinüber, wo jetzt ein Kollege von ihr saß und freundlich zu ihnen herüberblickte. »Mein Kollege, Kenny. Er glaubt zu wissen, wer dieser Mr. Smith ist.«

»Mr. was?« Rebus sah Kenny an: ein junger Bursche um die zwanzig mit einer Art Nickelbrille und einem schwarzen T-Shirt.

»M. E. Smith«, sagte die Bibliothekarin. Also ging Rebus zu Kenny hinüber und nickte ihm zur Begrüßung zu.

»Das ist ein Sänger«, sagte Kenny ohne weitere Einführung. »Wenigstens, wenn es sich um den M. E. Smith handelt, den ich meine: Mark E. Smith. Kann sein, dass nicht jeder die Beschreibung ›Sänger‹ akzeptieren würde.«

Die Bibliothekarin saß jetzt wieder auf der anderen Seite des Schreibtischs. »Nie von ihm gehört, muss ich zugeben«, sagte sie.

»Könntest ruhig deinen Horizont mal ein bisschen erweitern, Bridget«, sagte Kenny. Dann sah er Rebus an, und wunderte sich, dass der mit weit aufgerissenen Augen vor ihm stand.

»Der Sänger von The Fall?«, sagte Rebus leise, als ob er mit sich selbst redete.

»Kennen Sie die?« Kenny schien überrascht, dass jemand in Rebus' Alter die Gruppe kannte.

»Habe ich vor zwanzig Jahren mal in Abbeyhill in einem Club gesehen.«

»Ziemlich laut, was?«, sagte Kenny.

Rebus nickte gedankenverloren. Dann sprach Bridget genau das aus, was er dachte:

»Komisch«, sagte sie. Dann wies sie auf das Blatt in Rebus' Hand. »Camus' Roman *La Chute* heißt auf Englisch ›The Fall‹. Wir haben sogar ein Exemplar in unserer Belletristikabteilung. Wenn Sie...«

Claire Benzies Stiefvater entpuppte sich als Jack McCoist, einer der fähigsten Strafverteidiger der Stadt. Er bat um die Erlaubnis, vor Beginn des Verhörs zehn Minuten mit Claire allein sprechen zu dürfen. Dann trat Siobhan wieder in das Vernehmungszimmer, diesmal gemeinsam mit Gill Templer, die Eric Bain zu dessen sichtlicher Verärgerung abgelöst hatte.

Claires Coladose war leer. McCoist hatte eine Tasse mit lauwarmem Tee vor sich stehen.

»Ich glaube nicht, dass eine Tonbandaufzeichnung erforderlich ist«, ließ McCoist verlauten. »Am besten wir sprechen ganz offen über alles und sehen einfach, wohin uns das führt. Einverstanden?«

Er sah Gill Templer an, die zögernd nickte.

»Bitte, Detective Clarke«, sagte Templer.

Siobhan versuchte, mit Claire in Blickkontakt zu treten, doch die spielte mit ihrer Coladose und ließ sie zwischen den Handflächen hin- und herrollen.

»Claire«, sagte sie, »Sie wissen ja über diese Rätsel Bescheid, die Flip per E-Mail bekommen hat. Unsere Nachforschungen haben nun ergeben, dass wenigstens eine der Mails von Ihrem Computer aus verschickt worden ist.«

McCoist hatte einen Din-A4-Block vor sich liegen und bereits mehrere Seiten in einer völlig unleserlichen Krakelschrift voll geschrieben, die fast an einen Geheimcode erinnerte. Eben begann er eine neue Seite.

»Darf ich fragen, wie Sie in den Besitz dieser E-Mails gelangt sind?«

»Na ja, Besitz ist nicht ganz das richtige Wort. Jemand, der sich Quizmaster nennt, hat Flip Balfour eine Nachricht geschickt, die bei mir gelandet ist.«

»Wie das?«, fragte McCoist, ohne aufzublicken. Siobhan konnte nichts weiter von ihm sehen als seine dunkelblaunadelgestriften Schultern und sein bereits deutlich gelichtetes schwarzes Haar, das den nackten Schädel nur mehr notdürftig bedeckte.

»Also, ich habe Ms Balfours Computer überprüft, weil ich mir davon Aufschluss über ihren Verbleib erhofft habe.«

»Das war aber doch bereits *nach* ihrem Verschwinden?« Er blickte auf: dicke schwarze Brillenränder und ein Mund, der, wenn McCoist nicht gerade sprach, an zwei misstrauische dünne Striche erinnerte.

»Ja«, räumte Siobhan ein.

»Und die Mail ist nachweislich vom Computer meiner Mandantin aus gesendet worden?«

»Ja, sie ist zumindest über das Konto abgerechnet worden, das Claire bei ihrem Provider unterhält.« Siobhan bemerkte, dass Claire zum ersten Mal aufblickte. Der Grund: Die Wortwahl ihres Stiefvaters, der sie als »meine Mandantin« bezeichnet hatte. Claire sah McCoist aufmerksam an. Wahrscheinlich hatte sie ihn bis dahin noch nie von seiner professionellen Seite erlebt.

»Sie meinen bei ihrem Internetdienstanbieter?«

Siobhan nickte. McCoist wollte ihr anscheinend zu verstehen geben, dass ihm der Jargon vertraut war.

»Gibt es noch weitere Nachrichten dieser Art?«

»Ja.«

»Ebenfalls mit Claires Absender?«

»Das wissen wir noch nicht.« Siobhan hatte sich entschlossen, ihm nichts davon zu sagen, dass mehrere Provider im Spiel waren.

»Sehr gut.« McCoist machte mit seinem Stift auf dem Blatt einen dicken Punkt und lehnte sich nachdenklich zurück.

»Darf ich Claire jetzt ein paar Fragen stellen?«, fragte Siobhan.

McCoist sah sie über den Rand seiner Brille hinweg an. »Meine Mandantin würde lieber zuerst eine kurze Erklärung abgeben.«

Claire zog aus der Tasche ihrer Jeans ein Blatt hervor, das offensichtlich von dem Block auf dem Tisch abgerissen war. Die Schrift stimmte nicht mit McCoists Gekrakel überein, doch offenbar hatte der Anwalt an einigen Stellen Streichungen vorgenommen.

Claire räusperte sich. »Ungefähr vierzehn Tage vor Flips Verschwinden habe ich ihr meinen Laptop geliehen. Sie musste eine Seminararbeit schreiben, und ich habe gedacht, dass ihr der Computer die Arbeit erleichtern könnte. Ich wusste, dass sie selbst keinen Laptop hat. Danach habe ich keine Gelegenheit mehr gehabt, das Gerät zurückzuverlangen. Im Übrigen wollte ich ihre Eltern erst nach dem Begräbnis darum bitten, mir den Computer zurückzugeben, der sich noch in Flips Wohnung befinden muss.«

»Ist dieser Laptop Ihr einziger Computer, Claire?«, unterbrach Siobhan sie.

Claire schüttelte den Kopf. »Nein, aber er hat denselben Internetzugang wie mein PC.«

Siobhan fixierte sie. Noch immer vermied es das Mädchen sie anzusehen. »Wir haben in Philippa Balfours Wohnung keinen Laptop gefunden«, sagte sie.

Endlich Blickkontakt. »Und wo ist er dann geblieben?«, fragte Claire.

»Ich nehme an, dass Sie den Kaufbeleg oder eine Quittung verwahrt haben?«

McCoist reagierte äußerst ungehalten. »Wollen Sie meine Tochter etwa der Lüge bezichtigen?« Das Mädchen war plötzlich nicht mehr nur seine Mandantin...

»Ich meine nur, dass Claire uns das alles wohl auch etwas früher hätte mitteilen können.«

»Aber ich wusste doch nicht, dass...« fing Claire an.

»Hauptkommissarin Templer«, erklärte McCoist überheblich, »eigentlich hätte ich nicht gedacht, dass es bei der Lothian and Borders Police üblich ist, potentiellen Zeugen Unaufrichtigkeit zu unterstellen.«

»Nur dass Ihre Stieftochter im Moment eher zum Kreis der Verdächtigen als zu dem der Zeugen zählt«, parierte Templer diese Bemerkung.

»Und worauf gründet sich dieser Verdacht? Etwa darauf, dass sie *möglicherweise* über das Internet ein Ratespiel veranstaltet hat? Seit wann verstößt so etwas gegen das Gesetz?«

Gill Templer war im ersten Augenblick um eine Antwort verlegen. Sie blickte Hilfe suchend zu Siobhan hinüber, die das Gefühl hatte, dass sie wenigstens einige der Gedanken ihrer Vorgesetzten lesen konnte: *Der Mann hat völlig Recht... Wir wissen doch überhaupt nicht, ob Quizmaster was mit dem Mord zu tun hat... Sind doch alles bloß Mutmaßungen, die im Übrigen auf Ihrem Mist gewachsen sind... vergessen Sie das nicht...*

McCoist spürte sofort, dass der Blickwechsel zwischen den beiden Polizistinnen etwas zu bedeuten hatte. Also beschloss er, bei seiner Strategie zu bleiben.

»Ich kann mir nicht vorstellen, dass Sie die Chuzpe besitzen, die Staatsanwaltschaft mit diesen dürftigen Ermittlungsergebnissen zu behelligen. Man würde Sie dort doch auslachen, Hauptkommissarin Templer.« Dabei betonte er ausdrücklich ihren Dienstgrad. Offenbar wusste er, dass sie diesen Rang erst seit kurzem bekleidete, sich also gewissermaßen erst noch bewähren musste.

Doch Gill hatte sich inzwischen wieder im Griff. »Wir erwarten von Claire lediglich ein paar klare Antworten, Mr. McCoist. Ihre Geschichte klingt nämlich ziemlich dünn, und sonst bliebe uns keine andere Wahl, als weitere Nachforschungen anzustellen.«

McCoist schien nachzudenken. Siobhan stellte unterdessen eine kurze Zwischenbilanz auf: Ein Motiv hatte Claire Benzie – da sie offenbar glaubte, dass die Balfour Bank für den Selbstmord ihres Vaters mitverantwortlich war. Das Rätselspiel hatte ihr die Möglichkeit verschafft, Flip auf den Arthur's Seat zu locken. Und jetzt war ihr plötzlich die Geschichte mit dem ausgeliehenen Laptop eingefallen, der praktischerweise auch noch unauffindbar war... Als Nächstes ließ Siobhan Revue passieren, was einen Verdacht gegen Ranald Marr begründen könnte, der Flip dazu aufgefordert hatte, sämtliche E-Mails ein für alle Mal zu löschen. Ranald Marr mit seinen Zinnsoldaten, der zweite Mann in der Bank nach Balfour. Aber ihr war nicht klar, was für einen Vorteil sich Marr von Flips Tod erhoffen konnte.

»Claire«, sagte sie leise, »wenn Sie früher auf Besuch in Junipers waren, haben Sie da Ranald Marr kennen gelernt?«

»Ich verstehe nicht, was das...«

Doch Claire fiel ihrem Stiefvater ins Wort. »Ranald Marr, ja, natürlich. Allerdings habe ich nie ganz begriffen, was sie an ihm gefunden hat.«

»Wer?«

»Flip. Sie war damals total in Ranald verknallt. Eine Art Teenagerschwärmerei.«

»Und umgekehrt? War da mehr als nur diese Schwärmerei?«

»Kommen wir nicht immer weiter vom Thema ab?«, fragte McCoist.

Claire sah Siobhan lächelnd an. »Das war erst später«, sagte sie.

»Wie viel später?«

»Ich habe den Eindruck, dass sie ihn bis zu ihrem Verschwinden ziemlich häufig gesehen hat...«

»Was ist denn hier los?«, fragte Rebus.

Bain, der an einem der Schreibtische arbeitete, blickte auf. »Claire Benzie wird gerade vernommen.«

»Wieso das?« Rebus beugte sich nach unten und zog eine Schreibtischschublade heraus.

»Entschuldigung«, sagte Bain, »ist das Ihr ...?«

Er wollte schon aufstehen, doch Rebus hielt ihn davon ab. »Ich bin doch sowieso vom Dienst suspendiert, haben Sie das vergessen? Halten Sie den Platz ruhig für mich warm.« Er machte die Lade wieder zu, hatte offenbar nicht gefunden, was er suchte. »Also, was macht Benzie hier?«

»Die Kollegen vom Geheimdienst haben die E-Mails gecheckt ...«

Rebus pfiff durch die Zähne. »Und hat Claire Benzie was damit zu tun?«

»Wenigstens eine der Mails ist über ihr Konto gelaufen.«

Rebus dachte kurz nach. »Das will allerdings noch nichts besagen.«

»Richtig. Siobhan ist ebenfalls skeptisch.«

»Ist sie bei Benzie?« Bain nickte. »Und was machen Sie dann hier draußen?«

»Gill Templer.«

»Ach so«, sagte Rebus und verzichtete auf weitere Nachfragen.

Dann kam Gill Templer in den Raum gestürmt. »Ich möchte, dass augenblicklich zwei Leute losfahren und Ranald Marr zum Verhör hierher bringen. Wer übernimmt das?«

Sofort meldeten sich zwei Freiwillige: Hi-Ho Silvers und Tommy Fleming. Ein paar von den anderen Beamten steckten die Köpfe zusammen und sprachen tuschelnd darüber, wer hinter dem Namen stecken und was der Mann mit Claire Benzie und Quizmaster zu tun haben mochte. Als Gill sich umdrehte, stand Siobhan hinter ihr.

»Wirklich gute Arbeit.«

»Finden Sie?«, sagte Siobhan. »Ich bin mir da nicht ganz so sicher.«

»Was soll das heißen?«

»Wenn ich mit dem Mädchen spreche, kommt es mir so

vor, als ob ich genau die Fragen an sie richte, die sie hören will. Fast so, als ob *sie* die Vernehmung steuert.«

»Ist mir gar nicht aufgefallen.« Gill berührte Siobhan an der Schulter. »Ruhen Sie sich erst mal etwas aus. Diesen Ranald Marr kann auch einer von den Kollegen verhören.« Sie sah im Raum umher. »Die Übrigen können mit der Arbeit fortfahren.« Dann begegnete sie John Rebus' Blick. »Was zum Teufel machen Sie denn hier?«

Rebus öffnete eine zweite Schublade und kramte eine Packung Zigaretten daraus hervor.

»Ach, ich wollte nur ein paar persönliche Dinge abholen.«

Gill verzog missmutig den Mund und stolzierte aus dem Zimmer. Draußen im Gang warteten bereits McCoist und Claire. Die drei sprachen kurz miteinander. Dann kam Siobhan zu Rebus hinüber.

»Was zum Teufel machen Sie denn hier?«

»Sie sehen ganz schön mitgenommen aus.«

»Immer noch der alte Charmeur.«

»Hat die Chefin nicht gesagt, dass Sie eine Pause machen sollen? Das passt gut, weil ich Sie sowieso auf einen Kaffee oder so was einladen wollte. Während Sie arme kleine Mädchen in die Mangel genommen haben, habe ich mich nämlich um die wichtigen Dinge gekümmert...«

Siobhan ließ es bei einem Orangensaft bewenden und spielte unentwegt mit ihrem Handy: Bain hatte strikteste Anweisung, sie sofort zu informieren, falls es etwas Neues gab.

»Ich muss unbedingt wieder ins Büro«, sagte sie nicht zum ersten Mal. Dann inspizierte sie erneut das Display ihres Handys und prüfte, ob der Akku noch voll war, oder ob jemand eine Nachricht auf der Mailbox hinterlassen hatte.

»Schon was gegessen?«, fragte Rebus. Als sie den Kopf schüttelte, besorgte er an der Bar eine Portion heiße Scampi, die Siobhan gerade in sich hineinschlang, als sie ihn sagen hörte:

»Und da ist bei mir der Groschen gefallen.«

»Welcher Groschen?«

»Herrgott, Siobhan: aufwachen!«

»John, ich habe das Gefühl, dass mein Kopf gleich platzt. Ganz im Ernst.«

»Wenn ich Sie eben recht verstanden habe, halten Sie Claire Benzie für unschuldig. Und jetzt behauptet das Mädchen auch noch, dass Flip Balfour mit Ranald Marr im Bett war.«

»Glauben Sie das?«

Er zündete sich noch eine Zigarette an und wedelte den Rauch mit der Hand beiseite. »Mir steht eine Meinung nicht zu, ich bin vom Dienst suspendiert.«

Sie sah ihn genervt an und hob das Glas.

»Bei dem Gespräch wäre ich gerne dabei«, sagte Rebus.

»Welchem Gespräch?«

»Wenn John Balfour von seinem guten alten Freund wissen will, wieso die Polizei hinter ihm her ist.«

»Glauben Sie, dass Marr ihm eine ehrliche Antwort gibt?«

»Selbst wenn er ihn belügt, wird Balfour schon bald wissen, was los ist. Wird bestimmt sehr interessant, das Begräbnis morgen.« Er blies den Rauch Richtung Decke. »Gehen Sie hin?«

»Weiß ich noch nicht. Templer und Carswell und noch ein paar Kollegen, die gehen sicher hin.«

»Ist vielleicht auch besser so, falls es eine Schlägerei gibt.«

Sie sah auf die Uhr. »Ich muss jetzt unbedingt gehen. Mal sehen, was Marr gesagt hat.«

»Aber Sie sollten doch eine Pause machen.«

»Hab ich schon.«

»Rufen Sie doch auf dem Revier an, wenn Sie es nicht mehr aushalten.«

»Ja, gute Idee.« Dann erst fiel ihr auf, dass an ihrem Handy immer noch das Verbindungskabel baumelte, das ihr den Zugang zum Internet ermöglicht hätte, falls sie den Laptop nicht auf dem Revier zurückgelassen hätte. Sie sah zuerst zerstreut das Kabel und dann Rebus an. »Was haben Sie da vorhin gesagt?«

»Worüber denn?«

»Über *Stricture*.«

Auf Rebus' Gesicht erschien ein breites Grinsen. »Schön, dass Sie wieder bei uns sind. Ich habe gesagt, dass ich den ganzen Nachmittag in der Bibliothek war und dort den ersten Teil des Rätsels gelöst habe.«

»So schnell?«

»Sie haben es hier mit einem hoch qualifizierten Mann zu tun, Siobhan. Also, wollen Sie es jetzt hören?«

»Klar.« Sie bemerkte, dass sein Glas fast leer war. »Soll ich Ihnen noch...?«

»Jetzt hören Sie mir erst mal zu.« Er zog sie auf ihren Platz zurück. Das Lokal war vielleicht halb voll, und die meisten Gäste sahen aus wie Studenten. Rebus vermutete, dass er der älteste Besucher war. Hätte er an der Theke gestanden, wäre er glatt als Besitzer des Etablissements durchgegangen. Neben Siobhan sah er wahrscheinlich wie ein abgetakelter Chef aus, der seine Sekretärin betrunken machen wollte.

»Ich bin ganz Ohr«, sagte sie.

»Es gibt von Albert Camus ein Buch«, fing er an, »dessen Titel auf Englisch *The Fall* lautet.« Er zog ein Taschenbuch aus der Manteltasche, legte es auf den Tisch und tippte mit dem Finger darauf. Das Buch stammte nicht aus der Bibliothek, er hatte es auf dem Weg in die St. Leonard's Street in Thin's Bookshop erworben. »Mark E. Smith ist der Sänger der Band The Fall.«

Auf Siobhans Stirn erschien eine Falte. »Ich glaube, von denen hatte ich sogar mal eine Single.«

»Also«, fuhr Rebus fort, »haben wir es mit dem Buch und der gleichnamigen Band *The Fall* zu tun. Und was ergibt zweimal The Fall...?«

»Falls?«, sagte Siobhan. Rebus nickte. Sie nahm das Buch

in die Hand, betrachtete die Titelseite und las dann den Klappentext. »Glauben Sie, dass Quizmaster Falls als Treffpunkt vorschlagen möchte?«

»Ich glaube, es bezieht sich auf den zweiten Teil des Rätsels.«

»Und was hat es damit auf sich: mit dem Boxkampf und Frank Finlay?«

Rebus hob unschlüssig die Schultern. »Anders als die Simple Minds habe ich kein Wunder versprochen.«

»Das stimmt...« Sie hielt kurz inne und sah ihn dann wieder an. »Hatten Sie nicht gesagt, dass Sie das Rätsel gar nicht interessiert?«

»Ich werde doch noch meine Meinung ändern dürfen.«

»Und wieso?«

»Haben Sie schon mal in Ihrer Wohnung der Farbe an den Wänden beim Trocknen zugesehen?«

»Wenigstens habe ich schon Situationen erlebt, in denen ich das gar nicht so schlecht gefunden hätte.«

»Dann wissen Sie ja, was ich meine.«

Sie nickte und blätterte in dem Buch. Dann legte sie die Stirn in Falten, hörte auf zu nicken und sah ihn an. »Also, ehrlich gesagt habe ich nicht den geringsten Schimmer, wovon Sie sprechen.«

»Gut, das heißt, dass Sie dazulernen.«

»Und was, bitte?«

»Sie haben soeben John Rebus' persönliche Variante des Existenzialismus kennen gelernt.« Er hob den Zeigefinger. »Übrigens ein Wort, das ich erst seit heute kenne, und das verdanke ich Ihnen.«

»Und was bedeutet es?«

»Ich habe nicht behauptet, dass ich Ihnen das erklären kann, aber ich vermute, dass es was mit dem Entschluss zu tun hat, der Farbe *nicht* beim Trocknen zuzuschauen...«

Dann gingen sie zurück aufs Revier, wo es nichts Neues zu vermelden gab. Die Ermittler dort liefen wie eingesperrte

Tiere auf und ab. Sie brauchten einen Durchbruch. Sie brauchten eine Pause. Ja, auf der Toilette war es sogar zwischen zwei Beamten, die selbst nicht mehr genau wussten, wie das angefangen hatte, fast zu Handgreiflichkeiten gekommen. Rebus sah, wie Siobhan von Gruppe zu Gruppe ging und sich genau über den neuesten Stand der Ermittlungen informierte. Es war mit Händen zu greifen, wie schwer es ihr fiel, den Überblick zu behalten: bei all den Theorien und Phantasien, die sie außerdem noch im Kopf hatte. Auch sie brauchte einen Durchbruch und eine Pause. Rebus ging zu ihr hinüber. Ihre Augen glänzten. Er fasste sie am Arm, führte sie nach draußen. Anfangs sträubte sie sich.

»Wann haben Sie eigentlich zuletzt was gegessen?«, fragte er.

»Sie haben mir doch vorhin selbst diese Scampi serviert.«

»Ich meine, was Richtiges.«

»Jetzt reden Sie schon wie meine Mutter.«

Die beiden spazierten zu einem indischen Restaurant in der Nicolson Street. Das Lokal lag im ersten Stock und war nur spärlich besetzt. Offenbar hatte sich der Dienstag mittlerweile als neuer Montag etabliert: in den Lokalen abends gähnende Leere. Schließlich begann das Wochenende neuerdings schon am Donnerstag mit der Entscheidung, wie man den Wochenlohn unter die Leute zu bringen gedachte, und endete am Montag nach der Arbeit mit einem Bier. Am Dienstag empfahl es sich dann, direkt nach Hause zu gehen und das bisschen Bargeld, das vom Wochenende übrig war, wenigstens noch für einen Tag zusammenzuhalten.

»Sie kennen Falls besser als ich«, sagte sie. »Was gibt es dort für markante Punkte?«

»Na ja, den Wasserfall, den haben Sie ja schon gesehen, und dann Junipers, wo Sie auch schon waren.« Er zuckte mit den Achseln. »Das wäre eigentlich alles.«

»Und dann gibt es doch noch diese Siedlung, oder?«

Er nickte. »Meadowside – und außerhalb des Ortes die

Tankstelle. Und natürlich Bev Dodds' Häuschen und rund ein Dutzend weitere Häuser. Aber nicht mal eine Kirche oder ein Postamt.«

»Und einen Boxring auch nicht?«

Rebus schüttelte den Kopf. »Und keine Bouquets und keinen Stacheldraht und auch kein Frank-Finlay-Haus.«

Siobhan stocherte lustlos in ihrem Essen herum. Doch das bekümmerte Rebus nicht: Schließlich hatte sie bereits einen gemischten Tandoori-Vorspeisenteller und den Großteil ihres Biryani-Gerichts verdrückt. Sie zog ihr Handy aus der Tasche und versuchte auf dem Revier anzurufen. Nach mehreren vergeblichen Versuchen meldete sich endlich jemand.

»Eric? Hier spricht Siobhan. Wie ist die Lage? Marr schon da? Und was sagt er?« Sie hörte aufmerksam zu und sah dann Rebus an. »Wirklich?« Ihre Stimme klang fast ein wenig schrill. »Das war ziemlich dumm, oder?«

Zuerst dachte Rebus: Selbstmord. Er machte mit der Hand eine Bewegung, als ob er sich die Gurgel durchschneiden wollte, doch sie schüttelte den Kopf.

»Okay, Eric. Vielen Dank. Dann bis später.« Sie beendete den Anruf und verstaute das Handy nachdenklich wieder in ihrer Handtasche.

»Los, sagen Sie schon«, drängte Rebus.

Sie führte eine Gabel Biryani zum Mund. »Hat Carswell Sie nicht vom Dienst suspendiert? Schon vergessen?«

»Wenn Sie jetzt nicht sofort sagen, was los ist, kann ich für nichts mehr garantieren.«

Sie legte die Gabel mit dem unberührten Essen lächelnd wieder auf dem Teller ab. Der Kellner machte Anstalten, an den Tisch zu treten und das Geschirr abzuräumen, doch Rebus hielt ihn durch ein Handzeichen davon ab.

»Na gut. Als die beiden Kollegen Mr. Marr in seinem Haus in The Grange abholen wollten, war er nicht mehr da«, sagte Siobhan.

»Und?«

»Offenbar ist er abgehauen, weil er gewusst hat, dass die Polizei im Anmarsch ist. Gill Templer hat nämlich bei Carswell angerufen und ihn darüber informiert, dass sie zwei Beamte losgeschickt hat, die Marr zum Verhör abholen sollen. Und der hat natürlich nichts Eiligeres zu tun, als Mr. Marr ›aus reiner Höflichkeit‹ von dieser Entscheidung in Kenntnis zu setzen.«

Sie nahm den Wasserkrug und goss die letzten Tropfen in ihr Glas. Derselbe Kellner unternahm einen weiteren Versuch und wollte die Karaffe gegen eine neue austauschen, doch Rebus gebot ihm abermals Einhalt.

»Dann ist Marr also weg?«

Siobhan nickte. »Sieht so aus. Seine Frau hat ausgesagt, dass er den Anruf entgegengenommen hat und mitsamt dem Maserati verschwunden war, als sie zwei Minuten später nach ihm sehen wollte.«

»Wieso nehmen Sie nicht eine von den Servietten mit?«, sagte Rebus. »Carswell wäre Ihnen sicher dankbar, wenn Sie ihm das Eigelb aus dem Gesicht wischen.«

»Wenn er das dem Boss verklickert, dürfte er allerdings einiges zu hören bekommen«, pflichtete Siobhan ihm bei. Dann sah sie, wie Rebus' Gesicht sich zu einem Grinsen verzog. »Das kommt Ihnen sehr gelegen, was?«, riet sie.

»Seine Prioritäten werden sich jetzt ein wenig verschieben.«

»Weil er zunächst mal seinen eigenen Arsch aus der Schusslinie bringen muss und ihm wenig Zeit bleibt, Ihnen in den Hintern zu treten?«

»Außerordentlich treffend formuliert.«

»Wozu war ich auf dem College?«

»Und was passiert jetzt wegen Marr?« Rebus nickte dem Kellner zu, der zögernd näher kam, weil er nicht wusste, ob man ihn abermals verscheuchen wollte. »Zwei Kaffee«, sagte Rebus. Der Mann machte eine knappe Verbeugung und entfernte sich wieder.

»Keine Ahnung«, gestand Siobhan.

»Am Abend vor dem Begräbnis, das könnte heikel werden.«

»Verfolgungsjagd... Straßenblockade... und dann die Festnahme...« Siobhan versuchte sich die Situation auszumalen. »Trauernde Eltern, die sich fragen, weshalb ihr bester Freund plötzlich verhaftet wird...«

»Wenn Carswell klug ist, unternimmt er nichts mehr vor der Beerdigung. Wer weiß? Vielleicht kreuzt Marr dort sogar auf.«

»Um seiner heimlichen Geliebten ein zärtliches Lebewohl zu sagen?«

»Richtig. Falls Claire Benzie die Wahrheit gesagt hat.«

»Weshalb sollte er sonst abgehauen sein?«

Rebus sah sie an. »Das wissen Sie doch ganz genau.«

»Sie meinen, weil er sie umgebracht hat?«

»Ich war bislang der Meinung, dass Sie ihn verdächtigen.«

Sie saß nachdenklich da. »Nur dass sich inzwischen die Voraussetzungen völlig verändert haben. Ich kann mir beim besten Willen nicht vorstellen, dass Quizmaster einfach so verschwinden würde.«

»Und wenn Quizmaster Flip Balfour gar nicht umgebracht hat?«

Siobhan nickte. »Sage ich doch. Ich hatte bisher Marr im Verdacht, Quizmaster zu sein.«

»Sie glauben also, dass jemand anderes sie ermordet hat?«

Der Kellner brachte den Kaffee und die unvermeidlichen Minzplätzchen. Siobhan tunkte ihres in die heiße Flüssigkeit und schob es dann rasch in den Mund. Obwohl Rebus ihn nicht darum gebeten hatte, brachte der Kellner zusammen mit dem Kaffee auch die Rechnung.

»Fifty-fifty?«, fragte Siobhan. Rebus nickte und zog drei Fünfpfundnoten aus der Tasche.

Draußen fragte er sie: »Und wie kommen Sie nach Hause?«

»Mein Wagen steht unten vor dem Revier auf dem Parkplatz. Soll ich Sie nach Hause fahren?«

»Nein, es ist so ein schöner Abend, da gehe ich gern zu Fuß«, sagte er und sah zu den Wolken hinauf. »Aber versprechen Sie mir bitte, dass Sie *wirklich* nach Hause fahren und sich ausruhen...«

»Großes Ehrenwort, Mami.«

»Und da Sie jetzt sowieso glauben, dass Quizmaster Flip nicht umgebracht hat...«

»Ja?«

»...können Sie auch dieses Internetspiel einstellen.«

Sie sah ihn erstaunt an, gab ihm dann aber Recht. Doch er spürte sofort, dass es ihr damit nicht ernst war. Das Spiel war ihr *ureigener* Anteil an den Ermittlungen. Sie konnte es unmöglich einfach auf sich beruhen lassen. Er wusste, dass er genauso reagiert hätte.

Nachdem sie sich unten vor dem Restaurant verabschiedet hatten, spazierte Rebus heimwärts. Zu Hause angekommen, rief er bei Jean an, die sich aber nicht meldete. Ob sie wieder den ganzen Abend im Museum hockte? Aber dort war sie auch nicht zu erreichen. Er stand vor seinem Esstisch und überflog die Notizen, die er sich gemacht hatte. An der Wand hingen ein paar Blätter mit Angaben zu den vier Frauen: Jesperson, Gibbs, Gearing und Farmer. Rebus stellte sich zum x-ten Mal dieselbe Frage: Warum hatte der Mörder diese Särge hinterlassen? Okay, die Kisten waren sein »Markenzeichen«, aber niemand hatte dieses Markenzeichen verstanden. Ja, es hatte sogar knappe dreißig Jahre gedauert, bis überhaupt jemand kapiert hatte, was es mit den Särgen auf sich hatte. Falls der Täter darauf aus gewesen war, dass man ihn mit seinen Verbrechen identifizierte, hätte er dann nicht weitere Morde begehen oder es mal mit einer anderen Methode versuchen müssen, zum Beispiel mit einem Bekennerschreiben an die Medien oder die Polizei? Falls es sich aber gar nicht um ein Markenzeichen handelte, was für ein Motiv hatte der Mensch dann gehabt? Rebus sah in den Särgen inzwischen kleine Andenken, die nur in den Augen desjenigen etwas zu bedeuten hatten, der sie dort deponiert hatte. Und konnte man über die Särge vom Arthur's Seat nicht genau dasselbe sagen? Wieso hatte sich auch zu diesen Särgen nie jemand bekannt? Weil die Särge für ihren Schöpfer nach deren Entdeckung jede Bedeutung verloren hatten. Sie waren lediglich Andenken gewesen und sollten gar nicht gefunden oder mit den von Burke und Hare begangenen Morden in Zusammenhang gebracht werden.

Es musste eine Verbindung zwischen den neueren Särgen und den historischen Exemplaren geben, die in Jeans Museum verwahrt wurden. Rebus hatte zwar gewisse Bedenken, den Sarg aus Falls einfach mit auf die Liste zu setzen, aber auch da gab es einen Zusammenhang – der vielleicht nicht *so* eng sein mochte, aber trotzdem existierte.

Auf dem Anrufbeantworter hatte Rebus lediglich eine Nachricht der Maklerin vorgefunden. Die Frau hatte ein pensioniertes Ehepaar aufgetan, das bereit war, gegen Bezahlung etwaige Interessenten durch die Wohnung zu führen, sodass er sich wenigstens diese Mühe sparen konnte. Und natürlich musste er seine kleine Collage vorher noch abhängen und ein bisschen für Ordnung sorgen.

Wieder wählte er Jeans Nummer, doch sie war anscheinend immer noch nicht zu Hause. Er legte ein Steve-Earle-Album auf: *The Hard Way*. Einen anderen Weg kannte er gar nicht...

»Sie können von Glück sagen, dass ich meinen Namen behalten habe«, sagte Jan Benzie. Jean hatte ihr gerade erzählt, dass sie sämtliche im Telefonbuch aufgelisteten Benzies angerufen hatte. »Ich bin nämlich inzwischen mit Jack McCoist verheiratet.«

Die beiden saßen im Wohnzimmer des dreistöckigen Stadthauses im Westen der Stadt unweit des Palmerston Place. Jan Benzie war eine groß gewachsene hagere Frau. Sie trug ein knielanges schwarzes Kleid mit einer funkelnden Brosche direkt oberhalb der rechten Brust. Auch der Raum bestach durch seine Eleganz: Antiquitäten und polierte Flächen, dicke Mauern und Böden, die jedes Geräusch verschluckten.

»Danke, dass Sie so kurzfristig Zeit für mich gefunden haben.«

»Allerdings habe ich dem, was ich Ihnen bereits am Telefon erzählt habe, eigentlich nichts mehr hinzuzufügen.« Jan Benzie wirkte zerstreut, als ob sie in Gedanken ganz woanders war. Vielleicht war das auch der Grund, weshalb sie sich auf die Verabredung überhaupt eingelassen hatte. »Ein äußerst merkwürdiger Tag heute, Ms. Burchill«, sagte sie.

»Ach ja?«

Doch Jan Benzie zuckte bloß mit einer Schulter und wiederholte die Frage, ob sie Jean etwas zu trinken anbieten könne.

»Ich möchte Sie nicht lange aufhalten… Sie haben doch gesagt, dass Sie mit Patricia Lovell verwandt sind, nicht wahr?«

»Ururgroßmutter oder so was.«

»Sie ist bereits in jungen Jahren verstorben, oder?«

»Vermutlich wissen Sie mehr über sie als ich. Ich wusste ja nicht mal, dass sie auf dem Old-Calton-Friedhof beerdigt ist.«

»Wie viele Kinder hatte sie?«

»Nur die eine Tochter.«

»Wissen Sie, ob sie im Kindbett gestorben ist?«

»Keine Ahnung.« Jan Benzie lachte über die Absurdität der Frage.

»Entschuldigen Sie bitte«, sagte Jean, »ich weiß, das klingt alles etwas makaber.«

»Ein bisschen schon, zugegebenermaßen. Ich habe doch richtig verstanden, dass Sie sich mit Kennet Lovell befassen?«

Jean nickte. »Befinden sich zufällig noch irgendwelche Papiere von ihm im Familienbesitz?«

Jan Benzie schüttelte den Kopf. »Nein.«

»Und Sie haben auch keine Verwandten, die womöglich…?«

»Das glaube ich nicht, nein.« Sie betastete mit der Hand vorsichtig die Oberfläche des Beistelltischs, der neben ihrem Sessel stand, nahm ihre Zigarettenpackung und schüttelte eine Zigarette heraus. »Möchten Sie…?«

Jean schüttelte den Kopf und sah zu, wie Jan Benzie mit einem schlanken goldenen Feuerzeug ihre Zigarette anzündete. Sie schien alles, was sie tat, in Zeitlupe zu machen. Jean fühlte sich fast in einen Film versetzt, der zu langsam abgespult wurde.

»Ich versuche herauszufinden, ob wenigstens Teile des Briefwechsels zwischen Dr. Lovell und seinem Wohltäter die Zeiten überdauert haben.«

»Ich habe bisher von der Existenz eines solchen Menschen nicht einmal Kenntnis gehabt.«

»Ein Geistlicher aus Ayrshire.«

»Tatsächlich?«, sagte Jan Benzie, doch Jean spürte, dass sie an dem Thema nicht wirklich interessiert war. Im Augenblick bedeutete ihr die Zigarette, die sie zwischen den Fingern hielt, unendlich viel mehr als alles andere auf der Welt.

Jean beschloss, noch einen Versuch zu unternehmen. »In der Surgeon's Hall hängt ein Porträt von Dr. Lovell. Ich nehme an, dass der erwähnte Geistliche diese Arbeit in Auftrag gegeben hat.«

»Tatsächlich?«

»Haben Sie das Bild schon mal gesehen?«

»Nein, da müsste ich lügen.«

»Dr. Lovell hatte mehrere Frauen. Wussten Sie das?«

»Drei, glaube ich, nicht wahr? In Anbetracht der damaligen Verhältnisse gar nicht mal so viele.« Benzie machte ein nachdenkliches Gesicht. »Ich habe ja auch schon den zweiten... wer kann schon sagen, ob es dabei bleibt?« Sie betrachtete die Asche vorn an ihrer Zigarette. »Mein erster hat sich nämlich umgebracht, wissen Sie.«

»Nein, das wusste ich nicht.«

»Woher sollten Sie auch?« Sie hielt inne. »Allerdings ist kaum damit zu rechnen, dass Jack das Gleiche tut.«

Jean war nicht sicher, was Jan Benzie genau meinte, doch ihrem Blick nach zu urteilen schien sie eine Reaktion von Jan zu erwarten. »Würde wahrscheinlich Misstrauen erregen, wenn Sie auch noch Ihren zweiten Ehemann verlieren«, sagte Jean.

»Aber ein Kennet Lovell, der kann gleich drei Frauen verlieren...?«

Genau das hatte Jean auch gedacht.

Jan Benzie stand auf und trat ans Fenster. Jean sah sich wieder in dem Zimmer um: all die kostbaren Objekte, die Gemälde, die gerahmten Fotos, die Kerzenleuchter und die Kristallaschenbecher... Doch plötzlich hatte sie das sichere Empfinden, dass Benzie nichts von alledem gehörte. Diese Dinge hatte Jack McCoist mit in die Ehe gebracht.

»Gut«, sagte sie, »ich verabschiede mich jetzt lieber. Und danke nochmals.«

»Keine Ursache«, sagte Benzie. »Hoffentlich finden Sie, wonach Sie suchen.«

Plötzlich erklangen unten in der Halle Stimmen, und die Eingangstür fiel ins Schloss. Dann kamen die Stimmen die Treppe herauf.

»Claire und mein Mann«, sagte Jan, setzte sich wieder in ihren Sessel und nahm dort eine Pose ein wie das Modell eines Malers. Die Tür flog auf, und Claire Benzie stürmte ins Zimmer. Jean konnte zwischen Tochter und Mutter keine äußere Ähnlichkeit entdecken, aber das mochte auch an dem ungestümen Auftritt des jungen Mädchens liegen, ihrer überschäumenden Energie.

»Es ist scheißegal«, sagte sie. »Sollen sie mich doch einsperren und den Schlüssel von mir aus wegwerfen!« Sie rannte bereits nervös im Zimmer hin und her, als McCoist hereinkam. Der Mann bewegte sich genauso langsam wie seine Frau, doch in seinem Fall schien schlichte Erschöpfung die Ursache zu sein.

»Claire, ich versuche dir doch bloß zu erklären...« Er beugte sich zu seiner Frau hinunter, um ihr die Wange zu küssen. »Wir haben gerade eine äußerst unerfreuliche Situation hinter uns«, berichtete er. »Diese Kripoleute haben sich wie blutrünstige

Moskitos auf Claire gestürzt. Siehst du *irgendeine* Möglichkeit, deine Tochter endlich zur Vernunft zu bringen, Liebling?« Als er sich wieder aufrichtete und die fremde Besucherin erblickte, verstummte er. Jean stand von ihrem Platz auf.

»Ich gehe jetzt lieber«, sagte sie.

»Wer ist *das* denn?«, knurrte Claire.

»Das ist Ms. Burchill. Sie ist Ausstellungsleiterin im Museum«, erklärte Jan. »Wir haben uns über Kennet Lovell unterhalten.«

»Um Gottes willen, die jetzt auch noch!« Claire warf den Kopf zurück und ließ sich auf eines der beiden Sofas fallen.

»Ja, ich stelle Nachforschungen über sein Leben an«, sagte Jean zu McCoist, der vor der Hausbar stand und sich einen Whisky einschenkte.

»Um diese Tageszeit?«, sagte er bloß.

»Sein Porträt hängt in irgendeiner Halle«, sagte Jan Benzie zu ihrer Tochter. »Hast du das gewusst?«

»Natürlich weiß ich das! Das Bild hängt im Museum in der Surgeon's Hall.« Sie sah Jean an. »Arbeiten Sie dort?«

»Nein, genau genommen...«

»Ist mir auch egal, wo Sie arbeiten, mich interessiert nur, dass Sie sich möglichst schnell verpissen. Ich bin nämlich gerade stundenlang von der Polizei verhört worden und...«

»Ich verbiete dir, in meinem Haus in diesem Ton mit einem Gast zu sprechen!«, schrie Jan Benzie und sprang aus ihrem Sessel auf. »Jack, bitte...«

»Also, ich glaube, es ist...« Jeans Worte wurden von dem dreifachen Gezeter übertönt, das jetzt ausbrach. Sie bewegte sich rückwärts Richtung Tür.

»Du hast kein Recht...!«

»Mein Gott, du tust ja so, als ob sie *dich* gerade verhört hätten!«

»Das rechtfertigt noch lange nicht...«

»Nur *einen* Drink in Ruhe – ist das vielleicht zu viel verlangt?«

Die drei schienen nicht zu bemerken, wie Jean die Tür öffnete und dann hinter sich zumachte. Sie ging auf Zehenspitzen die dick mit einem Läufer gepolsterten Stufen hinunter, öffnete so leise wie möglich die Eingangstür und floh auf die Straße hinaus, wo sie schließlich einen Seufzer der Erleichterung ausstieß. Schon im Weggehen blickte sie noch einmal zu dem Wohnzimmerfenster hinauf, konnte aber nichts erkennen. Die Häuser hier in der Gegend hatten so dicke Mauern, dass sie sich auch als Gummizellen geeignet hätten, und es wollte Jean fast so vorkommen, als ob sie soeben aus einer solchen geflohen war.

Claire Benzies Wutanfall war wirklich sehenswert gewesen.

13

Am Mittwochmorgen gab es von Ranald Marr noch immer kein Lebenszeichen. Seine Frau Dorothy hatte auf Junipers, dem Landsitz der Balfours, angerufen und mit John Balfours persönlicher Assistentin gesprochen. Doch diese erinnerte sie nur unmissverständlich daran, dass Mr. und Mrs. Balfour gerade damit beschäftigt seien, das Begräbnis ihrer Tochter vorzubereiten, und dass sie die beiden vor diesem traurigen Anlass gewiss nicht mehr stören werde.

»Die Balfours haben nämlich ihre Tochter verloren, falls Ihnen das entgangen sein sollte«, erklärte sie von oben herab.

»Und ich habe meinen Ehemann verloren, verdammte Scheiße, Sie blöde Zicke!«, giftete Dorothy Marr zurück und war äußerst erstaunt darüber, dass sie wohl zum ersten Mal in ihrem gesamten Erwachsenenleben ein unflätiges Wort in den Mund genommen hatte. Doch für eine Entschuldigung war es schon zu spät: Die Assistentin hatte bereits den Hörer aufgeknallt und sämtliche Bediensteten im Hause Balfour angewiesen, von Mrs. Marr keine weiteren Anrufe mehr entgegenzunehmen.

Junipers war voller Menschen: Immer mehr Verwandte und Freunde fanden sich ein. Einige, die von weither gereist waren, hatten bereits in der vergangenen Nacht dort geschlafen und irrten nun auf der Suche nach einer Art Frühstück durch die verwinkelten Gänge. Mrs. Dolan, die Köchin, hatte entschieden, dass sich an einem solchen Tag ein warmes Frühstück nicht geziemte. Deswegen konnten die Gäste, anders als sonst, nicht einfach dem Duft frisch gebratener Würste, Eier und Speck folgen oder dem würzigen Kedgeree-Aroma. Im Esszimmer waren auf einem Büfetttisch diverse Müslipackungen und Gläser mit hausgemachter Konfitüre aufgereiht. Ihre Schwarze Johannisbeer-Apfel-Marmelade hatte Mrs. Dolan davon freilich ausgenommen, weil Flip für diese Spezialität schon seit Kindertagen eine ganz besondere Schwäche gehabt hatte. Deshalb hatte die Wirtschafterin das Glas gar nicht erst aus der Speisekammer geholt. Die letzte Person, die davon gekostet hatte, war Flip selbst gewesen, und zwar während einer ihrer in letzter Zeit seltenen Aufenthalte im Haus ihrer Eltern.

Während Mrs. Dolan ihrer Tochter Catriona das alles unter Tränen berichtete, reichte ihr diese ein frisches Papiertaschentuch. Einer der Gäste, der den Auftrag erhalten hatte, auszukundschaften, ob es in der Küche Kaffee und kalte Milch gab, schob den Kopf zur Tür herein, zog ihn aber rasch wieder zurück, weil es ihm offensichtlich peinlich war, die unverwüstliche Mrs. Dolan in diesem traurigen Zustand zu sehen.

John Balfour hielt sich währenddessen mit seiner Frau in der Bibliothek auf und erklärte, dass er auf dem Friedhof keine »dieser blöden Polizeideppen« zu sehen wünsche.

»Aber John, die Leute haben sich doch solche Mühe gegeben«, erwiderte seine Frau, »und sie haben ausdrücklich um die Erlaubnis gebeten, an der Trauerfeier teilzunehmen. Außerdem haben sie darauf gewiss so viel Anspruch wie…« Ihre Stimme erstarb.

»Wie wer?« Aus seiner Stimme war unversehens jede Gereiztheit verschwunden, dafür klang sie umso kühler.

»Ach«, sagte seine Frau, »wie alle diese Leute, die wir überhaupt nicht kennen.«

»Du meinst die Leute, die *ich* kenne? Du bist Ihnen doch schon oft genug auf Partys und bei öffentlichen Anlässen begegnet, Jackie, um Gottes willen, diese Menschen wollen ihre Anteilnahme bekunden.«

Seine Frau nickte schweigend. Die beiden hatten im Anschluss an das Begräbnis zu einem Mittagsbüfett auf Junipers geladen, aber nicht nur die engere Verwandtschaft, sondern auch etliche wichtige Geschäftspartner und Bekannte des Hausherrn, insgesamt fast siebzig Leute. Jacqueline hatte ursprünglich nur an einen kleinen Kreis von Freunden und Verwandten gedacht, etwa so viele, wie sich bequem im Esszimmer platzieren ließen. Doch stattdessen hatte John Balfour auf dem Rasen hinter dem Haus ein Partyzelt aufbauen lassen und für die Bewirtung der Gäste einen Edinburgher Partyservice engagiert, der gewiss ebenfalls Kunde der Bank war. Die Betreiberin des Unternehmens war bereits eingetroffen und überwachte auf der Rückseite des Hauses das Entladen der Tische, der Tischwäsche, des Geschirrs und des Bestecks, das von einer nicht enden wollenden Karawane kleiner Lieferwagen angeliefert wurde. Aber wenigstens einen kleinen Sieg hatte Jacqueline errungen und durchgesetzt, dass auch Flips Freunde zum Kreis der Geladenen gehörten. Obwohl auch das mit einigen Peinlichkeiten verbunden war: Denn was blieb ihr anderes übrig, als auch David Costello und seine Eltern einzuladen, obwohl sie mit David lediglich eine herzliche Abneigung verband? Deshalb hoffte sie, dass die Costellos erst gar nicht erscheinen, beziehungsweise nicht lange bleiben würden.

»Dann hat die ganze Geschichte wenigstens *irgendeinen* Sinn«, fuhr John dröhnend fort und schien völlig vergessen zu haben, dass sich Jacqueline noch im Zimmer befand. »So ein

Empfang bindet die Leute an unser Haus und macht es ihnen schwerer, ihre Geschäftsverbindungen zur Balfour Bank abzubrechen...«

Jacqueline erhob sich unsicher aus ihrem Sessel.

»Wir begraben heute Vormittag unsere Tochter, John! Das hat mit deinen verdammten *Geschäften* nichts zu tun! Flip ist doch nicht Bestandteil einer kommerziellen Transaktion!«

Balfour sah zur Tür hinüber und vergewisserte sich, dass sie geschlossen war. »Kannst du denn nicht leiser sprechen?! Ich meine doch nur... Also, ich wollte doch nur...« Er ließ sich unvermittelt auf das Sofa fallen, vergrub das Gesicht in den Händen. »Du hast völlig Recht, ich... Gott steh mir bei.«

Seine Frau setzte sich neben ihn auf das Sofa, nahm seine Hände und zog sie sanft nach unten. »Gottes Beistand brauchen wir jetzt beide, John«, sagte sie.

Steve Holly hatte seinen Chef in der Glasgower Chefredaktion davon überzeugt, dass er so früh wie möglich am Schauplatz des Geschehens aufkreuzen müsse. Weiterhin hatte er ihm, im Bewusstsein des in Schottland weit verbreiteten geografischen Analphabetismus, eingeredet, dass Falls wesentlich weiter von Edinburgh entfernt war, als das tatsächlich der Fall war, und dass sich das Greywalls Hotel deswegen als ideale Übernachtungsmöglichkeit anbot. Dabei hatte er sicherheitshalber nicht erwähnt, dass sich das Greywalls in Gullane befand, also etwa eine halbe Autostunde von Edinburgh entfernt, beziehungsweise dass Gullane überhaupt nicht an der Strecke zwischen Falls und Edinburgh lag. Aber was zählte das schon? Wenigstens hatte er ein Doppelzimmer in einem Hotel, und zwar für sich und seine Freundin Gina, die eigentlich gar nicht seine Freundin war, sondern in den vergangenen Monaten nur gelegentlich mal einen Abend oder eine Nacht mit ihm verbracht hatte. Und Gina hatte die Idee ganz toll gefunden, allerdings Angst gehabt, dass sie am nächsten Morgen zu spät zur Arbeit kommen würde, deshalb hatte Steve sicherheitshalber auch noch ein Taxi für sie organisiert. Und er wusste auch schon, wie er das mit dem Fahrpreis drehen konnte. Er brauchte ja bloß zu behaupten, dass sein Auto unterwegs liegen geblieben und ihm deshalb gar nichts anderes übrig geblieben sei, als mit dem Taxi in die Stadt zurückzufahren...

Nach einem fabelhaften Abendessen und einem Spaziergang durch den, von einem gewissen Jekyll angelegten, Garten hatten Steve und Gina sich in ihrem riesigen Bett riesig amüsiert und dann so tief geschlafen, dass sie erst wieder aufgewacht waren, als Ginas Taxi bereits unten wartete. Also hatte Steve sich das Frühstück allein reingeschoben, was sowieso ganz in seinem Sinne war. Doch dann die erste Enttäuschung: das Zeitungsangebot... lauter seriöse Blätter. Also hatte er auf dem Weg nach Falls in Gullane angehalten und sich dort die Boulevardzeitungen der Konkurrenz besorgt, den ganzen Stapel neben sich auf den Beifahrersitz gelegt und dann während der Fahrt darin herumgeblättert, während ihm auf der Gegenfahrbahn wild hupende und blinkende Autos entgegengekommen waren, weil er nämlich immer mal wieder auf die Gegenspur geraten war.

»Arschloch«, schrie er aus dem Fenster und zeigte den entgegenkommenden Schaframmlern und Bauerntrotteln den Mittelfinger, während er gleichzeitig sein Handy hervorkramte, um sich nochmals zu vergewissern, dass Tony, der Fotograf, schon alle notwendigen Vorbereitungen für das Friedhofsfoto getroffen hatte. Er wusste, dass Tony in letzter Zeit schon ein paar Mal diese Bev, die »ausgerastete Tontaube«, wie Steve sie neuerdings gerne nannte, in Falls besucht hatte. Und er hatte das Gefühl, dass Tony sich bei der Braut gute Chancen ausrechnete. Deshalb hatte er ihm den schlichten Rat erteilt:»Nicht ganz dicht, die Alte, Kumpel. Wenn du mit der bumst, musst du aufpassen, dass du nicht am nächsten Morgen deinen alten Schwanz abgeschnitten neben dir im Bett wiederfindest.« Was Tony mit einem Lachen quittiert und dann gesagt hatte, dass er Bev lediglich dazu überreden wolle, für ein paar »Kunstfotos« zu posieren. Und als Tony sich jetzt am anderen Ende der Leitung meldete, sagte Steve, wie seit neuestem üblich, zur Begrüßung:

»Und? Hast du sie schon auf deiner Töpferscheibe, Kumpel?«

Dann brüllte er, wie schon seit langem üblich, vor Lachen über seinen eigenen Witz und sah zufällig im Rückspiegel, dass ein Polizeiwagen mit zuckendem Blaulicht hinter ihm herfuhr. Keinen Schimmer, wie lange er die schon am Hals hatte.

»Ich rufe gleich noch mal an, Tony«, sagte er, trat auf die Bremse und fuhr links ran. »Und sieh zu, dass du pünktlich in der Kirche erscheinst.«

»Morgen, die Herren«, sagte er und stieg aus dem Auto.

»Wir wünschen Ihnen auch einen guten Morgen, Mr. Holly«, sagte einer der Beamten.

Und in dem Augenblick fiel Steve Holly ein, dass er auf der Beliebtheitsskala der Lothian und Borders Police gewiss keinen Spitzenplatz für sich reklamieren konnte.

Zehn Minuten später war er wieder unterwegs. Allerdings fuhren die Bullen jetzt hinter ihm her, um »weitere Verstöße gegen die Straßenverkehrsordnung« zu verhindern, wie sie sich ausgedrückt hatten. Als das Handy schrillte, wollte Holly den Anruf zunächst einfach ignorieren, doch dann sah er, dass es die Redaktion in Glasgow war, deshalb gab er den Polizisten ein Zeichen, fuhr wieder links ran und nahm das Gespräch entgegen, während die beiden Beamten mit zuckendem Blaulicht zehn Meter hinter ihm hielten.

»Ja, bitte?«, sagte er.

»Sie halten sich wohl für besonders schlau, Stevie, was?«

Sein Chef.

»Nein, im Moment eher nicht«, sagte Steve Holly.

»Ein Freund von mir spielt in Gullane Golf. Das liegt ja praktisch *in* Edinburgh, Sie kleiner Scheißer. Und das Gleiche gilt für Falls. Sollten Sie also geplant haben, Ihren kleinen Ausflug über die Spesenrechnung laufen zu lassen, so können Sie sich die Idee getrost in den Arsch schieben.«

»Kein Problem.«

»Wo sind Sie im Augenblick eigentlich?«

Er blickte um sich und sah nichts als von niedrigen Natursteinmauern eingefasste Felder. In der Ferne tuckerte ein Traktor.

»Also, ich bin schon auf dem Friedhof und warte darauf, dass Tony endlich aufkreuzt. In ein paar Minuten fahr ich nach Junipers, und dann geht's von dort aus wieder Richtung Kirche.«

»So, so. Könnten Sie das noch mal wiederholen?«

»Wiederholen?«

»*Ja, die freche Lüge, die Sie mir da gerade aufgetischt haben!*«

Holly fuhr sich mit der Zunge über die Lippen. »Ich fürchte, ich kann Ihnen nicht ganz folgen.« Was wurde hier eigentlich gespielt? Ob die Zeitung einen Spürsender in seinen Wagen hatte einbauen lassen?

»Tony hat vor kaum fünf Minuten den Bildredakteur angerufen. Den Bildredakteur, der zufällig direkt neben meinem Schreibtisch stand. Raten Sie mal, von wo aus Ihr Fotograf sich gemeldet hat?«

Holly schwieg.

»Los, sagen Sie schon.«

»Vom Friedhof?«, sagte Holly.

»Ist das Ihre endgültige Antwort? Oder möchten Sie für alle Fälle noch mal einen Freund anrufen?«

Holly spürte, wie er plötzlich wütend wurde. Angriff ist die beste Verteidigung, hieß es nicht so? »Also, jetzt hören Sie mir mal zu«, zischte er. »Ich habe gerade für Ihr Dreckblatt die Story des Jahres an Land gezogen und die gesamte Konkurrenz ziemlich alt aussehen lassen. Und da meinen Sie, dass Sie *so* mit mir umspringen können? Wissen Sie was? Sie und Ihre blöde Zeitung können mich mal. Lassen Sie doch sonst wen über die Beerdigung berichten. Suchen Sie sich doch einen anderen, der so gut über sämtliche Details Bescheid weiß wie ich. In der Zwischenzeit könnte ich zum Beispiel mit der Konkurrenz telefonieren, und zwar auf eigene Rechnung. Wäre Ihnen das lieber, Sie dreckiger kleiner Gauner? Und wenn es Sie interessiert, wieso ich noch nicht auf dem Friedhof bin, kann ich es Ihnen gerne sagen: Weil mich nämlich die Bullen angehalten haben. Und die sind offenbar ganz wild auf mich, seit ich mich in meinen Artikeln über sie ausgelassen habe. Jedenfalls kleben sie geradezu an meiner Stoßstange. Soll ich Ihnen das Kennzeichen des Streifenwagens nennen? Augenblick mal, wenn Sie wollen, können Sie sogar persönlich mit denen sprechen.«

Holly verstummte und atmete schwer in die Muschel.

»Das war wohl eine echte Premiere«, sagte die Stimme aus Glasgow schließlich, »sollte ich mir vielleicht in meinen Grabstein einmeißeln lassen. Ich habe das verdammte Gefühl, dass Steve Holly zum allerersten Mal die Wahrheit gesagt haben könnte.« Dann folgte eine kurze Pause und dann ein Kichern. »Scheint so, als ob wir die Herrschaften an ihrer empfindlichsten Stelle getroffen hätten, was?«

Wir... Steve Holly wusste, dass er fürs Erste gerettet war.

»Die Typen lassen mich keine Sekunde aus den Augen. Die warten nur darauf, dass ich mal kurz die Hand vom Steuer nehme und mir die Nase kratze.«

»Dann fahren Sie im Augenblick also gar nicht?«

»Nein, ich stehe hier mit eingeschaltetem Blinker auf dem Randstreifen. Und bei allem Respekt: Das Gespräch mit Ihnen hat mich jetzt schon wieder fünf Minuten gekostet... Obwohl ich unsere kleinen Geplänkel natürlich von ganzem Herzen liebe.«

Wieder ein Kichern am anderen Ende. »Ach, verdammt: Hier und da muss man seinem Herzen einfach Luft machen, ist doch wahr. Hören Sie: Reichen Sie die Hotelrechnung an die Buchhaltung weiter, okay?«

»Wie Sie meinen, Chef.«

»Und jetzt setzen Sie Ihren Hintern schleunigst wieder in Bewegung.«

»Verstanden, Chef. Das ist die reine Wahrheit. Ende.« Holly beendete das Gespräch, atmete schwer aus und tat wie ihm geheißen: Er setzte seinen Hintern wieder in Bewegung...

Das Dorf Falls selbst hatte weder eine Kirche noch einen Friedhof, doch ein Stück abseits der Straße zwischen Falls und Causland gab es eine kleine kaum benutzte Kirche, die man treffender als Kapelle bezeichnet hätte. Die Familie hatte diesen Ort ausgewählt und alles organisiert, doch die Freunde von Flip, die zu der Trauerfeier erschienen waren, hatten das Gefühl, dass die Stille und Abgeschiedenheit des Ortes eigentlich nicht so recht zu Flips Persönlichkeit passen wollten. Sie waren sich ziemlich sicher, dass das Mädchen einen belebteren Friedhof in der Stadt vorgezogen hätte, einen Ort, wo die Leute ihre Hunde laufen ließen und sonntags spazieren gingen, und wo abends im Schutz der Dunkelheit Partys gefeiert wurden und Liebespaare sich trafen.

Der Friedhof neben dem kleinen Gotteshaus war einfach zu hübsch und überschaubar, die Gräber zu alt und gepflegt, und Flip selbst hätte gewiss wild wuchernden Bodenranken und Moosen, Wildrosen und langem Gras den Vorzug gegeben. Doch dann wurde ihnen schmerzlich bewusst, dass ihre Freundin sich für solche Dinge jetzt kaum noch interessieren dürfte, weil sie tot und das Thema damit erledigt war. Und in diesem Augenblick erwachten sie vielleicht zum ersten Mal aus der Starre des ersten Schocks und empfanden echte Trauer über den Verlust eines so lange vor der Zeit gestorbenen Menschen.

Wegen des großen Andrangs konnte die Kirche nicht alle Trauergäste fassen. Deswegen hatte man die Türen offen gelassen, damit der kurze Gottesdienst auch im Freien zu verstehen war. Das Wetter war kühl und der Boden nass vom Tau.

In den Bäumen schimpften ein paar Vögel und taten ihre Empörung über die unerhörte Störung kund. Die Hauptstraße wurde von Autos gesäumt, und der Leichenwagen war bereits unauffällig wieder Richtung Edinburgh abgefahren. Neben einigen Luxuslimousinen der Marken Rolls-Royce, Mercedes oder Jaguar standen gelangweilt livrierte Chauffeure herum.

Offiziell waren die Balfours Mitglied einer Edinburgher Kirchengemeinde. Der dortige Geistliche hatte sich überreden lassen, den Trauergottesdienst zu halten, obwohl er die Familie höchstens an Weihnachten zu Gesicht bekam, und auch das schon seit zwei oder drei Jahren nicht mehr. Da er ein gründlicher Mensch war, hatte er den Predigttext mit den Eltern durchgesprochen und sich dabei einen Eindruck von Flips Persönlichkeit und Leben verschafft. Die massive Medienpräsenz war ihm gar nicht geheuer. Er kannte Kameras nur von Hochzeiten und Taufen. Deshalb erschien auf seinem Gesicht ein strahlendes Lächeln, als er plötzlich ein Objektiv auf sich gerichtet sah. Nach einer Schrecksekunde wurde ihm bewusst, wie deplatziert diese Reaktion bei einer Beerdigung erscheinen musste. Die Leute, mit denen er es hier zu tun hatte, waren keine nelkenbewehrten Angehörige eines Brautpaars, sondern ausgebuffte Journalisten, denen das feierliche Geschehen sichtlich egal war und die vor allem daran interessiert waren, ihre Kameras möglichst günstig zu positionieren. Obwohl der Friedhof von der Straße aus gut einsehbar war, würde es weder Fotos von der Grablegung noch von den Eltern vor der offen Grabstätte geben. Foto- und Fernsehaufnahmen durften lediglich von dem Augenblick gemacht werden, da der Sarg durch den Mittelgang der Kirche ins Freie getragen wurde.

Unmittelbar im Anschluss an die Trauerfeier konnten die Sensationsmedien die Angehörigen und Trauergäste allerdings schon wieder wie Freiwild nach Lust und Laune ablichten.

»Parasiten«, zischte ein langjähriger Balfours-Kunde aufgebracht. Natürlich wusste der Mann ganz genau, dass er am folgenden Morgen, in der Hoffnung, sich auf einem der Fotos selbst zu entdecken, nichts Eiligeres zu tun haben würde, als sämtliche Boulevardblätter der Stadt zu kaufen.

Da die Trauergäste in den Kirchenbänken und den Seitengängen schon dicht gedrängt standen, hatten sich die anwesenden Kriminalbeamten mit Plätzen hinten in der Kirche unweit der Tür begnügt. Colin Carswell, der Vizechef der Lothian Police, hatte die Hände vor dem Körper zusammengelegt und stand mit leicht geneigtem Kopf da. Direkt hinter ihm Hauptkommissarin Gill Templer und Chefinspektor Bill Pryde. Auch im Freien waren Beamte im Einsatz, die unauffällig den Friedhof und das Gelände im Umkreis des Gotteshauses im Auge behielten. Noch immer war Flips Mörder irgendwo dort draußen, und das Gleiche galt für Ranald Marr, sofern beide Personen nicht identisch waren. John Balfour, der neben seiner Frau in der ersten Reihe stand, verrenkte sich unentwegt den Kopf und starrte jedem neu Eintretenden ins Gesicht, als ob er noch jemanden erwarte. Nur wer mit den Verhältnissen in der Balfour Bank vertraut war, konnte sich denken, nach wem der Vater des ermordeten Mädchens Ausschau hielt.

John Rebus stand an der Kirchhofsmauer. Er trug seinen guten Anzug und einen langen grünen Regenmantel und hatte den Kragen hochgeschlagen. Immer wieder ließ er den Blick über die trostlose Landschaft ringsum schweifen: weithin kahle Hügel, auf den wie hingetupft Schafe weideten; eintönige gelbe Ginsterbüsche. In dem Aushang neben dem Friedhofstor hatte er gelesen, dass das Gebäude aus dem siebzehnten Jahrhundert stammte, und dass die örtlichen Bauern die für den Bau nötigen Arbeits- und Geldleistungen erbracht hatten. Angeblich hatte der Denkmalschutz innerhalb der niedrigen Umfassungsmauer ein Templergrab entdeckt. Deshalb vermuteten die Experten, dass sich auf dem Gelände schon eine ältere Kapelle mit Friedhof befunden hatte.

»Der Grabstein, der früher das Rittergrab geschmückt hat«, so der Text in dem Aushang, »wird heute im Schottischen Nationalmuseum verwahrt.«

Rebus hatte an Jean gedacht, die an einem Ort wie diesem gewisse Dinge bemerkt hätte, die ihm gar nicht auffielen: beredte Zeugnisse der Vergangenheit. Doch dann war, mit ernstem Gesicht und die Hände tief in den Manteltaschen vergraben, Gill neben ihm aufgetaucht und hatte gefragt, was er hier zu suchen habe.

»Ich möchte dem Mädchen die letzte Ehre erweisen.«

Carswell drehte den Kopf ein wenig zur Seite und beobachtete ihn aus den Augenwinkeln.

»Oder ist das verboten?«, fragte er und ließ sie stehen.

Siobhan stand etwa fünfzig Meter von ihm entfernt, hatte ihm bisher jedoch nur einmal kurz mit der behandschuhten Hand zugewinkt. Sie blickte zu den Hügeln hinauf, als ob sie den Mörder dort jeden Augenblick zu sehen erwarte. Rebus teilte diese Hoffnung nicht. Dann war der Gottesdienst zu Ende. Der Sarg wurde ins Freie getragen, und die Kameras traten kurz in Aktion. Die Journalisten von der schreibenden Zunft verfolgten aufmerksam das Geschehen. Manche von ihnen versuchten sich die Details einfach einzuprägen, andere sprachen leise in ihre Handys. Rebus dachte zerstreut darüber nach, welchen Netzbetreiber die Leute benutzen mochten: Sein eigenes Gerät hatte hier keinen Empfang.

Dann wurden die Fernsehkameras, die den feierlichen Auszug der Sargträger aus der Kirche dokumentiert hatten, wieder ausgeschaltet. Auf beiden Seiten der Friedhofsmauer absolute Stille, die nur durch das Knirschen der Füße auf dem Kies und gelegentliches Schluchzen unterbrochen wurde.

John Balfour hatte den Arm um seine Frau gelegt. Ein paar von Flips Studentenfreunden hielten einander ebenfalls umschlungen und versuchten sich gegenseitig zu trösten. Rebus kannte einige der Gesichter: Tristram und Tina, Albert und Camille... Von Claire Benzie keine Spur. Er sah auch ein paar von Flips Nachbarn, darunter Professor Devlin, der sich bereits bei ihm erkundigt hatte, ob es im Zusammenhang mit den Särgen etwas Neues gab. Rebus hatte bloß den Kopf geschüttelt, und Devlin hatte gefragt, wie es ihm so gehe.

»Macht sich da eine gewisse Frustration bemerkbar?«, hatte der alte Mann gefragt.

»So ist es eben manchmal.«

Devlin hatte ihn skeptisch gemustert. »Für einen Pragmatiker hätte ich Sie nun wirklich nicht gehalten, Inspektor.«

»Mein Pessimismus hat mich noch immer getröstet«, hatte Rebus erwidert und war weggegangen.

Jetzt stand er da und beobachtete den Trauerzug. Ein paar Politiker hatten sich ebenfalls in die Prozession eingereiht, darunter die Abgeordnete Seona Grieve, die dem neuen schottischen Parlament angehörte. David Costello trat vor seinen Eltern aus der Kirche, sah blinzelnd in das Tageslicht, zog eine Sonnenbrille aus der Brusttasche und setzte sie auf.

Das Abbild des Täters im Auge des Opfers...

Jeder, der David Costello anschaute, sah in den Gläsern der Sonnenbrille nur das eigene Spiegelbild. Ob Costello genau das bezweckte? Hinter ihm schritten seine Eltern, die so distanziert miteinander umgingen, als ob sie entfernte Bekannte wären. Als die Menge sich etwas verlief, stand David plötzlich neben Professor Devlin, der dem jungen Mann zur Begrüßung die Hand entgegenstreckte. Doch der sah geistesabwesend durch ihn hindurch, bis der alte Herr die Hand zurückzog und den Studenten am Arm tätschelte.

Doch dann geschah etwas. Ein Wagen fuhr vor, die Tür fiel ins Schloss, und ein leger gekleideter Mann in einem Pullover mit V-Ausschnitt und einer grauen Hose kam die Straße entlanggerannt und lief durch das Friedhofstor. Rebus erkannte in dem unrasierten Mann mit den roten Augen Ranald Marr. Rebus vermutete sofort, dass Marr die Nacht in seinem Maserati verbracht hatte, und sah, wie Steve Holly ein ungläubiges Gesicht machte, weil er nicht wusste, was da vor sich ging.

Die Spitze des Trauerzuges hatte gerade das offene Grab erreicht, als Ranald Marr dort eintraf und vor John und Jacqueline Balfour stehen blieb. Balfour nahm den Arm von der Schulter seiner Frau, und dann hielten die beiden Männer einander sekundenlang umschlungen. Templer und Pryde sahen Colin Carswell an, der die Handflächen beschwichtigend bodenwärts richtete: Nur nichts überstürzen, signalisierte er. Nur nichts überstürzen.

Rebus hatte den Eindruck, dass keiner der Journalisten Carswells Geste gesehen hatte. Die Presseleute waren zu sehr damit beschäftigt, aus der merkwürdigen Störung der Zeremonie schlau zu werden. Und dann sah er, wie Siobhan in das Grab hinunterstarrte und unruhig auf den Sarg blickte, als ob sie dort unten etwas entdeckt hätte. Dann drehte sie sich unvermittelt um und ging zwischen den Grabsteinen hindurch, den Blick zu Boden gerichtet, als ob sie dort etwas suchte, das sie verloren hatte.

»Denn ich bin die Auferstehung und das Leben«, sagte der Geistliche feierlich. Marr stand jetzt neben John Balfour und starrte unverwandt auf den Sarg. Ein Stück weiter seitlich ging Siobhan noch immer zwischen den Gräbern umher. Rebus hatte den Eindruck, dass die Reporter sie nicht sehen konnten, da ihnen der Blick durch die Trauergemeinde versperrt war. Vor einem niedrigen Grabstein ließ sie sich in die Hocke nieder und schien die Inschrift zu lesen. Dann richtete sie sich wieder auf und ging weiter, allerdings deutlich langsamer als zuvor, als ob sie gefunden hätte, wonach sie suchte. Dann drehte sie sich um und sah, dass Rebus sie beobachtete. Über ihr Gesicht huschte ein Lächeln, das er irgendwie alles andere als beruhigend fand. Dann ging sie weiter, um das Ende des Trauerzuges herum, bis er sie nicht mehr sehen konnte.

Carswell flüsterte Gill Templer etwas zu: Anweisungen, wie mit Marr zu verfahren sei. Rebus nahm an, dass man Marr auf dem Friedhof nicht weiter behelligen, ihm allerdings außerhalb des Geländes sofort eine Eskorte verpassen würde. Möglich, dass man ihn auf Junipers verhörte. Wahrscheinlicher war jedoch, dass Marr das Partyzelt und das Büfett gar nicht zu Gesicht bekommen und sich in einem Vernehmungszimmer am Gayfield Square mit einer Tasse Beuteltee würde begnügen müssen.

»Asche zu Asche ...«

Rebus konnte nichts daran ändern: Die ersten Takte des Bowie-Songs schossen ihm durch den Kopf.

Einige Journalisten begannen schon aufzubrechen, entweder zurück in die Stadt oder hinüber nach Junipers, wo sie die geladenen Gäste begutachten konnten. Rebus schob die Hände in die Taschen seines Regenmantels und ging langsam innen an der Friedhofsmauer entlang. Erde regnete auf Philippa Balfours Sarg herab, der letzte Regen, der das polierte Holz je benetzen würde. Philippas Mutter stieß einen Schrei aus, der in den Himmel stieg und vom Wind in die Hügel hinausgetragen wurde.

Dann stand Rebus vor einem kleinen Grabstein. Der Mann, der hier beerdigt lag, hatte von 1876 bis 1937 gelebt, war also gerade mal einundsechzig Jahre alt geworden. Wenigstens waren ihm Hitlers barbarischste Untaten erspart geblieben, und vielleicht war er auch zu alt gewesen, um im Ersten Weltkrieg gekämpft zu haben. Ein Zimmerer, der vermutlich vor allem für die Bauern in der Umgebung gearbeitet hatte. Rebus musste an den Sargschreiner denken. Dann studierte er wieder den Namen auf dem Grabstein – Francis Campbell Finlay – und musste unwillkürlich lächeln. Als Siobhans Blick auf den Sarg gefallen war, in dem Flip Balfours sterbliche Überreste jetzt ruhten, war ihr offenbar zunächst das Wort »Box« und dann »boxing« durch den Kopf geschossen. Dann hatte sie in das Grab hinuntergeschaut und plötzlich die Eingebung gehabt, dass sie in eine dunkle Gruft blickte, *where the sun didn't shine,* wo niemals die Sonne schien. Offenbar hatte Quizmaster das Ziel verfolgt, Siobhan mit seinem Rätsel genau an diesen Ort zu locken, wenngleich ihr die Lösung erst im Angesicht des Grabes eingefallen war. Danach hatte sie dann nach Frank Finlay Ausschau gehalten und ihn tatsächlich gefunden. Rebus überlegte, was sie sonst noch entdeckt haben mochte, als sie vor dem Grabstein gehockt hatte. Er blickte sich um und sah, dass sich der Friedhof allmählich leerte. Die Chauffeure traten ihre Zigaretten aus und rissen bereits die ersten Wagenschläge auf. Er konnte Siobhan nirgends entdecken, doch Carswell stand bereits neben Ranald Marr, und die beiden Männer unterhielten sich. Wobei das Gespräch in erster Linie darin bestand, dass Carswell das Wort führte und Marr nur immer wieder resigniert nickte. Dann streckte Carswell dem Freund der Familie Balfour die Hand entgegen, und Marr ließ seinen Autoschlüssel hineinfallen.

Rebus war der Letzte, der das Gelände verließ. Einige der Limousinen wendeten gerade auf der engen Straße. Ein Traktor mit Anhänger musste warten. Rebus erkannte den Fahrer nicht wieder. Siobhan stand auf dem Seitenstreifen und hatte die Arme auf das Dach ihres Autos gestützt; sie schien es nicht sonderlich eilig zu haben. Rebus ging über die Straße und nickte ihr zu.

»Habe ich mir schon gedacht, dass Sie hier auftauchen würden«, sagte sie nur. Rebus stützte sich mit einem Arm auf das Autodach. »Und haben Sie einen Anschiss gekriegt?«

»Ich habe Gill gesagt, dass der Besuch einer Beerdigung nicht verboten ist.«

»Und haben Sie Marrs Auftritt gesehen?«

Rebus nickte. »Und was geschieht jetzt mit ihm?«

»Carswell fährt ihn nach Junipers. Marr möchte kurz mit Balfour sprechen und ihm ein paar Dinge erklären.«

»Was für Dinge?«

»Das werden wir erst etwas später erfahren.«

»Klingt nicht gerade, als ob er einen Mord gestehen will.«

»Nein«, sagte sie.

»Also, ich habe nachgedacht...« Rebus verstummte mitten im Satz.

Sie wandte ihre Augen von dem Spektakel ab, das Carswell veranstaltete, der gerade versuchte, den Maserati auf der engen Straße zu wenden. »Ja?«

»Das *Stricture*-Rätsel. Ist Ihnen dazu schon was Neues eingefallen?« Er überlegte, ob *Stricture* im Sinne von *confinement*, Einengung, gemeint sein könnte. Und wo herrschte größere Enge als in einem Sarg?

Sie sah ihn erstaunt an und schüttelte den Kopf. »Nein, Ihnen?«

»Ich habe mir überlegt, dass ›boxing‹ vielleicht damit zu tun hat, dass man Sachen in einer Box, einer Kiste verstaut.«

»Hm.« Sie machte ein nachdenkliches Gesicht. »Möglich.«

»Soll ich mir über die Lösung des Rätsels noch weiter den Kopf zerbrechen?«

»Schaden kann's nicht.« Der Maserati raste die Straße entlang, weil Carswell nicht mit dem Gaspedal zurechtkam.

»Stimmt.« Rebus blickte sie an.

»Fahren Sie auch nach Junipers?«

Sie schüttelte den Kopf. »Nein, aufs Revier.«

»Viel zu tun, was?«

Sie nahm die Arme vom Dach des Wagens und schob die rechte Hand in die Tasche ihrer schwarzen Barbourjacke. »Ja, viel zu tun«, pflichtete sie ihm bei.

Rebus bemerkte, dass sie den Autoschlüssel in der linken Hand hielt. Er versuchte zu erraten, was sich in ihrer rechten Jackentasche verbergen mochte.

»Und seien Sie nicht leichtsinnig« sagte er.

»Okay, wir sehen uns auf der Ranch.«

»Da bin ich doch unerwünscht, schon vergessen?«

Sie zog die Hand aus der Tasche und öffnete die Fahrertür. »Ach so, richtig«, sagte sie und stieg ein. Er beugte sich zu ihr hinab und sah sie durchs Fenster an. Sie lächelte knapp, und das war es auch schon. Rebus trat einen Schritt zurück, und dann setzte der Wagen sich in Bewegung, und die Reifen drehten durch, bis sie auf dem Asphalt schließlich Halt fanden.

Sie hatte sich genauso verhalten, wie er es getan hätte, das heißt, einfach für sich behalten, was sie gefunden hatte. Rebus trabte zu seinem Auto hinüber und fuhr hinter ihr her.

Als er in Falls an Bev Dodds' Haus vorbeikam, verlangsamte er das Tempo ein wenig. Er hatte eigentlich erwartet, sie auf der Beerdigung zu sehen. Ein paar Schaulustige hatten sich ja eingefunden. Allerdings waren die Gaffer bloß bis zu den Streifenwagen gekommen, die in beiden Fahrtrichtungen an der Straße postiert waren. Außerdem gab es, anders als an einem normalen Mittwoch, im ganzen Ort kaum einen Parkplatz. Bev Dodds hatte das provisorische Hinweisschild, mit dem sie früher Kunden in ihre Werkstatt gelockt hatte, seit kurzem durch ein auffälligeres und professionelleres ersetzt. Rebus gab wieder Gas, bis er weiter vorne Siobhans Wagen sah. Noch immer verwahrte er die Särge in der untersten Schublade seines Schreibtischs in der St. Leonard's Street. Und er wusste nur zu gut, dass Dodds die Kiste, die sie neben dem Wasserfall gefunden hatte, unbedingt zurückhaben wollte. Vielleicht konnte er sich zur Abwechslung ja mal von der großzügigen Seite zeigen und das Ding nachmittags auf dem Revier abholen und ihr am Donnerstag oder Freitag vorbeibringen. Außerdem, kein schlechter Vorwand, um noch mal in der St. Leonard's Street vorbeizuschauen beziehungsweise Siobhan auszuhorchen, falls er sie dort überhaupt antreffen würde.

Dann fiel ihm ein, dass er noch eine halbe Flasche Whisky unter seinem Sitz verstaut hatte. Einen Drink konnte er in der Tat vertragen, das war doch völlig normal nach einer Beerdigung. Im Alkohol ließ sich wenigstens vorübergehend der Gedanke an die Unausweichlichkeit des Todes ertränken. »Verlockend«, murmelte er und schob eine Kassette in das Fach. Ziemlich frühe Alex-Harvey-Aufnahme: *The Faith Healer*. Der frühe Alex Harvey und der späte Alex Harvey waren allerdings ziemlich identisch. Er überlegte, welchen Anteil der Alkohol am frühen Hinscheiden des Glasgower Sängers gehabt haben mochte. Wenn er im Geist all die Leute Revue passieren ließ, die der Alkohol ins Grab gebracht hatte, kam er an kein Ende mehr...

»Sie glauben, dass ich sie umgebracht habe, stimmt's?«

Sie befanden sich zu dritt im Vernehmungsraum. Auf den Gängen eine fast unheimliche Stille: Flüstern, leise Schritte, und kaum fing ein Telefon an zu läuten, riss auch schon einer der Beamten den Hörer von der Gabel. Gill Templer, Bill Pryde und Ranald Marr.

»Wir wollen doch keine voreiligen Schlüsse ziehen, Mr. Marr«, sagte Gill.

»Tun Sie nicht genau das?«

»Wir möchten Ihnen nur ein paar Fragen stellen, Sir«, sagte Bill Pryde.

Marr quittierte die Bemerkung mit einem abschätzigen Schnauben.

»Seit wann kennen Sie Philippa Balfour, Mr. Marr?«

Marr sah Gill Templer an. »Seit ihrer Geburt. Ich bin ihr Taufpate.«

Gill machte sich eine kurze Notiz. »Und seit wann bestand zwischen Ihnen beiden ein – sagen wir mal – erotisches Interesse?«

»Wie kommen Sie denn auf *die* Idee?«

»Warum sind Sie so überstürzt aus Ihrem Haus geflohen, Mr. Marr?«

»Die letzten Wochen waren außerordentlich belastend... Hören Sie.« Marr rutschte unruhig auf seinem Stuhl hin und her. »Sollte ich nicht doch lieber einen Anwalt einschalten?«

»Das liegt ganz bei Ihnen, wie wir Ihnen bereits gesagt haben.«

Marr dachte kurz nach, zuckte dann mit den Schultern und erklärte dann: »Also gut, fahren Sie fort.«

»Hatten Sie ein Verhältnis mit Philippa Balfour?«

»Was für ein Verhältnis?«

Bill Prydes Stimme erinnerte jetzt an einen grollenden Bären. »Ein Verhältnis, das den Vater des Mädchens dazu veranlasst hätte, Sie an den Eiern aufzuhängen.«

»Ich glaube, ich weiß, worauf Sie hinauswollen.« Marr schien zu überlegen, wie er die Frage genau beantworten sollte. »Ich werde Ihnen Folgendes sagen: Ich habe mit John Balfour gesprochen, und er hat auf das, was ich ihm mitzuteilen hatte, außerordentlich fair reagiert. Im Übrigen besteht zwischen dem Inhalt des Gespräches, das ich mit John geführt habe, und der Ermordung Philippa Balfours nicht die geringste Verbindung. Das war's.« Er ließ sich in seinem Stuhl zurücksinken.

»Das eigene Patenkind vögeln...«, sagte Bill Pryde verächtlich.

»Inspektor Pryde!«, rief Gill Templer ihn zur Ordnung. Dann zu Marr: »Ich möchte mich für die Entgleisung meines Kollegen entschuldigen.«

»Akzeptiert.«

»Es fällt ihm nur etwas schwerer als mir, seinen Widerwillen und seine Verachtung zu verbergen.«

Auf Marrs Gesicht erschien der Anflug eines Lächelns.

»Und ob etwas mit dem Verbrechen, um das es hier geht, in ›Verbindung‹ steht oder nicht, das zu beurteilen, müssen Sie schon uns überlassen, Sir.«

Obwohl Marr leicht errötete, fiel er auf Gill Templers Schachzug nicht herein. Er zuckte vielmehr mit den Achseln und verschränkte die Arme vor der Brust, um zu signalisieren, dass das Gespräch aus seiner Sicht beendet war.

»Kommen Sie mal einen Augenblick mit, Inspektor?«, fragte Gill und wies mit dem Kopf in Richtung Tür. Die beiden verließen den Raum, und zwei Beamte in Uniform traten in das Zimmer, um auf Marr aufzupassen. Als auf dem Gang noch weitere Beamte erschienen, schob Gill ihren Kollegen

Pryde kurzerhand auf die Damentoilette und blieb mit dem Rücken zur Tür stehen, um allzu neugierige Kolleginnen fern zu halten.

»Und?«, sagte sie.

»Hübsch hier«, ließ Pryde verlauten und sah sich in dem Raum um. Dann trat er ans Waschbecken, klappte den Müllbehälter heraus, spuckte seinen Riesenkaugummi hinein und kramte sofort zwei neue Stangen aus der Packung.

»Die zwei haben was ausgekungelt«, sagte er schließlich, während er sich im Spiegel bewunderte.

»Das stimmt«, pflichtete Gill ihm bei. »Wir hätten ihn gleich aufs Revier bringen sollen.«

»Wieder so ein Carswell-Schwachsinn«, sagte Pryde.

Gill nickte. »Glauben Sie, dass er Balfour reinen Wein eingeschenkt hat?«

»Ich vermute, dass er sich was zurechtgelegt hat. Der Mann hat doch die ganze letzte Nacht Zeit gehabt, sich was auszudenken: ›John, es ist einfach passiert, aber es ist schon so lange her, und außerdem war es nur das eine Mal... Es tut mir aufrichtig Leid. Kommt doch in jeder Ehe vor.‹«

Über Gills Gesicht huschte ein Lächeln. Pryde schien aus Erfahrung zu sprechen.

»Trotzdem hat Balfour ihn nicht an den Eiern aufgehängt, um es mal mit Ihren Worten zu sagen.«

Pryde schüttelte nachdenklich den Kopf. »Je mehr ich über John Balfour erfahre, desto weniger mag ich den Mann. Seine Bank geht den Bach runter, und der Mann bewirtet eine Stunde nach der Beerdigung seiner Tochter in seinem Privathaus sämtliche Großkunden. Und dann kommt sein bester Freund daher und teilt ihm mit, dass er es mit seiner Tochter getrieben hat, und was macht dieser Balfour? Er heckt mit dem Typen einen Deal aus.«

»Sie meinen, die beiden haben vereinbart, die ganze Affäre unter den Teppich zu kehren?«

Jetzt war Pryde mit dem Nicken an der Reihe. »Was bleibt

denen denn anderes übrig? Stellen Sie sich mal den Skandal vor. Und die Folge: Rücktritte, öffentliche Vorwürfe und der Zusammenbruch des Geldhauses. Für diese Leute zählt doch nur eins: Kohle, Kohle und nochmals Kohle.«

»Dann glauben Sie also, dass wir bei Marr auf Granit beißen?«

Pryde sah sie an. »Es sei denn, wir klopfen ihm tüchtig auf die Finger.«

»Ich weiß nicht, ob Mr. Carswell davon begeistert wäre.«

»Bei allem Respekt, Hauptkommissarin Templer: Carswell würde doch nicht mal seinen eigenen Arsch finden. Es sei denn, jemand hält ihm ein Schild unter die Nase, auf dem schwarz auf weiß vermerkt ist: ›Bitte hier hineinkriechen.‹«

»Eine solche Ausdrucksweise kann ich nicht gutheißen« sagte Gill und bemühte sich, ernst zu bleiben. Wieder wollte jemand von außen die Tür aufdrücken. Gill rief, dass sie nicht gestört werden wollte.

»Aber ich muss mal ganz dringend!«, rief eine Frauenstimme.

»Ich auch«, sagte Bill Pryde und zwinkerte Gill zu. »Aber ich sollte mein Glück lieber auf der Herrentoilette versuchen, auch wenn es dort lange nicht so schön ist.« Als Gill nickte und die Tür langsam öffnete, ließ er den Blick noch einmal sehnsüchtig durch den Raum schweifen. »Obwohl ich die Herrlichkeit hier gewiss nie vergessen werde, das können Sie mir glauben. Selbst als Mann könnte man sich an diesen Luxus gewöhnen...«

Im Vernehmungszimmer blickte ihnen Ranald Marr mit der Selbstgefälligkeit eines Mannes entgegen, der genau weiß, dass er schon bald wieder hinter dem Lenkrad seines Maserati sitzen wird. Gill fand diese Blasiertheit ziemlich deplatziert. Also beschloss sie, ihre letzte Karte auszuspielen.

»Ihre Affäre mit Flip ging eine ganze Weile, oder?«

»Ach Gott, fangen Sie schon wieder damit an«, sagte Marr und verdrehte die Augen.

»Und so geheim war sie auch nicht. Philippa hat ihrer Freundin Claire Benzie alles genau erzählt.«

»Ach, dann steckt also Claire Benzie dahinter? Jetzt wird mir einiges klar. Diese junge Dame würde doch alles tun, um die Bank zu schädigen.«

Gill schüttelte den Kopf. »Glaube ich nicht, sonst hätte sie dieses Wissen ja schon viel früher gegen Sie verwenden können: Ein Anruf bei John Balfour, und alles wäre aufgeflogen. Aber das Mädchen hat nichts dergleichen getan, Mr. Marr. Woraus ich schließe, dass Claire durchaus ein paar Grundsätze hat.«

»Oder sie hat bloß auf den richtigen Augenblick gewartet.«

»Möglich.«

»Das heißt also: Claires Wort gegen meines?«

»Es kommt noch hinzu, dass Sie es ziemlich eilig hatten, Flip zu erklären, wie man eine E-Mail definitiv löscht.«

»Das habe ich Ihren Leuten doch auch schon erklärt.«

»Richtig. Nur dass uns zu dem Zeitpunkt der Grund Ihres Verhaltens noch nicht bekannt war.«

Marr versuchte Gill durch einen herablassenden Blick zu verunsichern, was gründlich schief ging. Natürlich konnte er nicht wissen, dass Gill im Laufe ihrer Karriere als Polizeibeamtin schon über ein Dutzend Mörder verhört hatte. Es war nicht das erste Mal, dass ein Verdächtiger sie hasserfüllt oder abweisend anstarrte, sogar Verrückte waren ihr schon untergekommen. Schließlich blickte Marr zu Boden und ließ resigniert die Schultern hängen.

»Also«, sagte er, »da wäre noch etwas...«

»Wir sind ganz Ohr, Mr. Marr«, sagte Bill Pryde, der aufrecht wie ein Kirchenältester in seinem Stuhl saß.

»Ich... ich habe nicht die ganze Wahrheit über das Spiel gesagt, an dem Flip beteiligt war.«

»Sie haben bislang noch kein einziges Mal die Wahrheit gesagt«, fiel Pryde ihm ins Wort, doch Gill besänftigte ihren empörten Kollegen durch einen Blick. Obwohl das gar nicht nötig gewesen wäre, weil Marr Pryde ohnehin nicht zugehört hatte.

»Ich habe nicht gewusst, dass es dabei um ein *Spiel* geht«, sagte er, »wenigstens zu Anfang nicht. Ich dachte, es sei nur eine simple Frage, ein Kreuzworträtsel oder so was.«

»Dann hat sie Sie also bei einem der Rätsel um Ihre Hilfe gebeten?«

Marr nickte. »Ja, bei dem Rätsel, in dem von *The mason's dream* die Rede ist, dem Traum des Maurers. Sie hat offenbar geglaubt, dass ich das sofort verstehe.«

»Und was hat Flip zu dieser Annahme verleitet?«

Er lächelte versonnen. »Sie hat mich völlig überschätzt. Sie war... Also, Sie haben ja keine Ahnung, was für ein Mensch Flip gewesen ist. Ich weiß: Sie haben in ihr auf den ersten Blick bloß ein verwöhntes junges Ding aus reichem Haus gesehen, ein junges Mädchen, das seine Studienzeit damit verbringt, sich ein paar Bilder anzuschauen, und anschließend jemand heiratet, der noch mehr Geld hat, als sie selbst.« Er schüttelte den Kopf. »Aber so war Flip überhaupt nicht. Beziehungsweise, das war vielleicht eine Seite von ihr, aber sie war eine sehr vielschichtige Persönlichkeit und jederzeit gut für eine Überraschung. Zum Beispiel dieses Rätselspiel. Zuerst war ich einigermaßen überrascht, als ich davon hörte, aber dann... So war Flip nun einmal. Sie konnte sich brennend für Sachen interessieren, eine richtige Leidenschaft für etwas entwickeln... Zum Beispiel ist sie jahrelang einmal in der Woche allein in den Zoo gegangen. Stellen Sie sich das mal vor: beinahe *jede* Woche, und ich habe das erst vor wenigen Monaten durch Zufall erfahren. Ich kam gerade aus einer Sitzung im Posthouse Hotel, da ist sie aus dem Zoo gekommen, der praktisch nebenan liegt. Verstehen Sie?«

Obwohl Gill Zweifel hatte, ob sie das tat, nickte sie. »Und weiter?«, fragte sie. Doch anscheinend hatte sie durch ihre Frage die Magie des Augenblicks zerstört und Marr auf den

Boden der Tatsachen zurückgeholt. Wenigstens hielt er kurz inne und fuhr dann deutlich nüchterner fort.

»Sie war...« Er öffnete den Mund und schloss ihn dann wieder, ohne etwas zu sagen. Dann schüttelte er den Kopf. »Ich möchte jetzt nach Hause, ich bin müde. Ich muss auch mit Dorothy reden.«

»Sind Sie denn fahrtüchtig?«, fragte Gill.

»Absolut.« Er holte tief Luft. Als er sie wieder ansah, standen Tränen in seinen Augen. »Mein Gott«, sagte er, »was habe ich da nur für ein Durcheinander angerichtet? Trotzdem würde ich es wieder tun, immer wieder und wieder, wenn ich nur noch einen dieser Augenblicke mit ihr erleben könnte.«

»Proben Sie hier schon mal Ihren häuslichen Auftritt?«, sagte Pryde kühl. Erst jetzt begriff Gill, dass nur sie sich durch Marrs Geschichte hatte einlullen lassen. Pryde legte offenbar sogar Wert darauf, das nochmals zu unterstreichen. Wenigstens erschien vor seinem Mund eine Kaugummiblase, die er mit einem deutlich hörbaren Plopp zerplatzen ließ.

»Mein Gott«, sagte Marr fast ehrfürchtig, »ich kann nur beten und hoffen, dass ich niemals so dickfellig werde wie Sie.«

»Wer hat denn hier jahrelang die Tochter seines besten Freundes gevögelt? Verglichen mit mir könnten Sie doch leicht als echtes Krokoleder durchgehen, Mr. Marr.«

Diesmal musste Gill ihren Kollegen am Arm nehmen und aus dem Vernehmungszimmer führen.

Rebus schlich wie Banquos Geist durch die Räume in der St. Leonard's Street. Die Ermittler waren sich weithin einig, dass entweder Marr etwas zu verbergen hatte oder Claire Benzie, einer von beiden. Nur *was*?

»Ohne Fleiß kein Preis«, murmelte Rebus, obwohl niemand in Hörweite war. Die Särge befanden sich noch in seiner Schublade, außerdem einige Unterlagen und ein gebrauchter Plastikbecher, den irgendeiner dort deponiert hatte, der zu faul gewesen war, nach einem Mülleimer zu suchen. Rebus ließ sich auf den Stuhl des Farmers sinken, holte die Särge aus der Lade und legte sie vor sich auf den Schreibtisch. Dabei schob er andere Papiere beiseite, um sich Platz zu schaffen. Er hatte das Gefühl, dass ihm ein Mörder durch die Lappen ging. Eine zweite Chance würde er wohl nur bekommen, wenn irgendwo ein neues Opfer auftauchte, aber konnte er das wirklich wollen? Das Beweismaterial, das er mit nach Hause genommen hatte, also die Notizen, die dort an der Wand hingen – wenn er ganz aufrichtig war, musste er sich eingestehen, dass das eigentlich kein Beweismaterial war. Genau genommen handelte es sich bei seinen Ermittlungsergebnissen bislang bestenfalls um ein Sammelsurium an Zufallsfunden und Spekulationen, ein zartes Gebilde, das der leichteste Windstoß zu zerreißen drohte. Vielleicht war Betty-Anne Jesperson mit ihrem heimlichen Geliebten durchgebrannt, Hazel Gibbs am Ufer des White Cart Water betrunken ins Straucheln geraten, ins Wasser gestürzt und ertrunken. Paula Gearing war womöglich im Verborgenen depressiv gewesen und aus eigenem Antrieb ins Meer hinausgegangen. Und die Schülerin Caroline Farmer? Warum sollte das Mädchen eigentlich nicht in einer englischen Großstadt ein neues Leben angefangen haben, weit entfernt von der Teenagertristesse eines schottischen Provinzkaffs?

Und die Särge, die man gefunden hatte? Rebus wusste ja nicht einmal, ob sämtliche Kisten von ein und derselben Person stammten, er konnte sich in diesem Punkt einzig auf die Aussage des Sargschreiners stützen. Und mit den Obduktionsbefunden ließ sich nie und nimmer auch nur das geringste Verbrechen beweisen... wenn man mal den Sarg außer Betracht ließ, den die Töpferin in Falls gefunden hatte. Wieder eine Ausnahme von der Regel: Flip Balfour war in der Reihe der Frauen die erste Tote, die eindeutig durch die Hand eines Angreifers gestorben war.

Er stützte das Kinn in die Hände, weil er Angst hatte, dass sein Kopf jeden Augenblick explodieren würde. Zu viele Gespenster, zu viele Wenn und Aber. Zu viel Kummer, zu viele Schmerzen, zu viele Verlust- und Schuldgefühle. Früher war er in ähnlichen Situationen mit seinen Problemen abends zu Conor Leary gegangen. Doch jetzt gab es niemanden mehr, an den er sich wenden konnte...

Als er bei Jean im Büro anrief, hob ein Mann den Hörer ab.

»Tut mir Leid«, sagte er, »Jean ist in letzter Zeit sehr beschäftigt.«

»Gibt es bei Ihnen im Museum denn im Augenblick so viel zu tun?«

»Ach, gar nicht mal so sehr. Aber Jean unternimmt zurzeit wieder einen ihrer kleinen Geheimtrips.«

»Ach?«

Der Mann lachte. »Nicht mit dem Bus oder so was. Sie stellt manchmal neben der Arbeit weitere Nachforschungen an. Wenn sie sich dann in was verbissen hat, könnte hier im Haus glatt eine Bombe hochgehen und Jean würde nichts davon merken.«

Rebus lächelte: Es klang fast so, als ob der Mann *ihn* hätte charakterisieren wollen. Allerdings hatte Jean nichts davon gesagt, dass sie neben ihrem Job noch was anderes zu tun hatte. Obwohl ihn das natürlich nichts anging...

»Und womit beschäftigt sie sich gerade?«, fragte er.

»Hm. Augenblick mal... Burke und Hare, Dr. Knox... die Epoche.«

»Die Resurrektionisten?«

»Komischer Name, was? Eigentlich heißt ›resurrectio‹ auf Lateinisch doch ›Auferstehung‹. Aber wieder zum Leben erweckt haben diese Leichenräuber ihre Opfer ja nun wahrlich nicht, wenigstens nicht im christlichen Wortverständnis.«

»Das stimmt.« Der Mann ging Rebus mit seiner Art irgendwie auf den Wecker. Er ärgerte sich darüber, dass der Mensch am anderen Ende der Leitung von Diskretion offenbar noch nie was gehört hatte. Der Typ hatte es bislang noch nicht mal für nötig befunden, sich danach zu erkundigen, mit wem er überhaupt verbunden war. Sollte Steve Holly den mal zufällig am Telefon erwischen, würde er ihm gewiss alles über Jean mitteilen, was den Journalisten interessierte, einschließlich ihrer Privatadresse und -telefonnummer.

»Obwohl sie sich offenbar in erster Linie für den Arzt interessiert, der Burke damals obduziert hat. Wie heißt er noch mal?«

Rebus musste an das Porträt in der Surgeon's Hall denken. »Kennet Lovell?«, sagte er.

»Ganz genau.« Der Mann schien erstaunt, dass Rebus so gut informiert war. »Arbeiten Sie mit Jean zusammen? Soll ich ihr vielleicht was ausrichten?«

»Sie wissen nicht zufällig, wo sie steckt?«

»Nein, das sagt sie mir nicht immer.«

Ist auch besser so, hätte Rebus am liebsten gesagt. Er beschränkte sich jedoch auf die Aussage, dass er später noch mal anrufen werde, und hängte ein. Devlin hatte Jean von Kennet Lovell erzählt und ihr auch seine Vermutung erläutert, dass Lovell die Särge auf dem Arthur's Seat deponiert hatte. Offenbar ging sie dieser Spur nach. Trotzdem wunderte er sich, wieso sie das nicht erwähnt hatte.

Er starrte auf den Schreibtisch gegenüber, an dem noch vor wenigen Tagen Ellen Wylie gesessen hatte. Die Aktenstapel, durch die sie sich hindurchgearbeitet hatte, waren noch nicht weggeräumt. Rebus kniff die Augen zusammen und stand von seinem Stuhl auf. Dann ging er um beide Schreibtische herum und machte sich daran, einen der Stapel abzutragen.

Ganz unten entdeckte er zwei Obduktionsberichte, die damals von den zuständigen Pathologen über Hazel Gibbs und Paul Gearing verfasst worden waren. Hätte er eigentlich längst zurückschicken sollen. Professor Devlin hatte nämlich während des Treffens im Hinterzimmer des Ox eigens darauf hingewiesen, dass er sich gegenüber den Absendern zur Rückgabe verpflichtet hatte. War ja auch in Ordnung so. Hier in der St. Leonard's Street hatte doch sowieso niemand was von den Unterlagen, es bestand sogar die Gefahr, dass sie unter dem Papierberg, den der Mordfall Philippa Balfour hervorgebracht hatte, endgültig verschütt gingen.

Rebus legte sie auf seinen eigenen Schreibtisch und verfrachtete alle sonstigen Papiere von dort auf den Nachbarschreibtisch. Bis auf den Sarg aus Falls, den er in einer Haddow's-Tragetasche verstaut hatte, befanden sich die Kisten nun wieder in seiner Schreibtischschublade. Dann ging er zum Fotokopierer und besorgte sich dort ein DIN-A4-Blatt, weil wieder mal auf dem ganzen Revier nirgends sonst Papier aufzutreiben war. Er nahm einen Stift und schrieb: KÖNNTE BITTE JEMAND DIESE AKTEN MÖGLICHST BIS FREITAG AN DIE ANGEGEBENEN ADRESSEN SENDEN? DANKE, J. R.

Als er sich so im Raum umblickte, fiel ihm plötzlich auf, dass Siobhan nirgends zu sehen war, dabei war sie doch vor ihm auf den Parkplatz eingebogen.

»Hat gesagt, dass sie zum Gayfield Square rüberfährt«, sagte ein Kollege.

»Wann?«

»Vor fünf Minuten.«

Also während er mit diesem Museumsheini am Telefon gequatscht hatte.

»Danke«, sagte er und rannte nach draußen zu seinem Wagen.

Da Gayfield Square auf einem Schleichweg nicht zu erreichen war, genehmigte sich Rebus auf der Fahrt dorthin an etlichen Ampeln und Kreuzungen gewisse Freiheiten. Auf dem dortigen Parkplatz konnte er Siobhans Wagen allerdings auch nirgends entdecken. Aber als er dann in die Station hineinplatzte, stand sie direkt vor ihm und unterhielt sich gerade mit Grant Hood, der offenbar schon wieder einen neuen Anzug trug und verdächtig sonnengebräunt aussah.

»Na, in der Sonne gewesen, Grant?«, sagte Rebus. »Dabei hab ich gedacht, Ihr Büro in der Zentrale sei fensterlos.«

Grant strich sich verlegen mit der Hand über die Wange.

»Kann schon sein, dass ich ein paar Strahlen abbekommen habe.« Dann tat er so, als ob er auf der anderen Seite des Raumes jemanden suchte. »Entschuldigung, ich muss leider...« Und weg war er.

»Macht mir allmählich Sorgen, unser Grant«, sagte Rebus.

»Was meinen Sie: aus der Tube oder Sonnenstudio?«

Rebus schüttelte unschlüssig den Kopf. Als Grant bemerkte, dass die beiden ihn beobachteten, fing er sofort eine Unterhaltung an und tat so, als ob er endlich die Leute gefunden hatte, nach denen er gesucht hatte. Rebus setzte sich auf einen Schreibtisch.

»Irgendwas Neues?«, fragte er.

»Ranald Marr ist wieder auf freiem Fuß. Hat lediglich gestanden, dass Flip mit dem Freimaurerrätsel zu ihm gekommen ist.«

»Und wie hat er begründet, dass er uns zunächst belogen hat...?«

Sie zuckte mit den Achseln. »Ich war nicht dabei, also kann ich auch nichts dazu sagen.« Sie wirkte nervös.

»Wieso setzen Sie sich nicht?« Sie schüttelte den Kopf. »Sehr beschäftigt?«, fragte er.

»Ja, ziemlich.«

»Und womit?«

»Was?«

Er wiederholte die Frage, und sie sah ihn fragend an. »Verzeihen Sie«, sagte sie. »Aber dafür, dass Sie vom Dienst suspendiert sind, verbringen Sie verdammt viel Zeit im Büro.«

»Hab nur was vergessen.« Dabei fiel ihm ein, dass er wirklich was vergessen hatte: und zwar den Sarg aus Falls, der sich immer noch in der Tragetasche in der St. Leonard's Street befand. »Und Sie, Siobhan, haben Sie nicht was vergessen?«

»Zum Beispiel?«

»Den Kollegen mitzuteilen, was Sie rausgefunden haben.«

»Nein, glaube ich nicht.«

»Also, haben Sie an Francis Finlays Grab was rausgefunden?«

»John...« Sie wich seinem Blick aus. »Sie sind mit der Angelegenheit nicht mehr befasst.«

»Schon möglich. Aber Sie sind nicht mehr ganz bei Verstand, wie es scheint.«

»Sie haben kein Recht, so mit mir zu sprechen.« Noch immer vermied sie es, ihn anzusehen.

»Da bin ich ganz anderer Meinung.«

»Und haben Sie dafür eine Begründung?«

»Inspektor Rebus!« Die Stimme der Autorität: Colin Carswell, der zwanzig Meter entfernt in der Tür stand. »Wenn Sie einen Augenblick Zeit hätten...«

Rebus sah Siobhan an. »Fortsetzung folgt«, sagte er. Dann stand er auf und verließ den Raum. Carswell erwartete ihn bereits in Gill Templers voll gestopftem Büro. Gill war ebenfalls anwesend und stand mit verschränkten Armen mitten im Zimmer. Carswell machte es sich gerade hinter dem Schreibtisch bequem und warf einen angewiderten Blick auf den Krempel, der sich seit seinem letzten Besuch angesammelt hatte.

»Was können wir für Sie tun, Inspektor Rebus?«, fragte er.

»Ich bin hier, weil ich etwas vergessen hatte.«

»Ach, etwa die Tatsache, dass Sie vom Dienst suspendiert sind?«, sagte Carswell mit einem schmallippigen Lächeln.

»Der war nicht schlecht, Sir«, entgegnete Rebus kühl.

»John«, mischte sich Gill jetzt ein. »Eigentlich sollten Sie zu Hause sein.«

Er nickte. »Ich halte es einfach zu Hause nicht aus, während sich hier die Ereignisse überschlagen.« Er ließ Carswell keine Sekunde aus den Augen. »So wie diese grandiose Idee, Marr rechtzeitig davon in Kenntnis zu setzen, dass ein Streifenwagen unterwegs ist, um ihn abzuholen. Noch brillanter finde ich allerdings, dass Sie ihm vor dem Verhör zehn Minuten Zeit eingeräumt haben, damit er seine Aussage mit John Balfour abstimmen kann. Großartige Entscheidung, Sir.«

»Fordern Sie mich zum Duell heraus, Rebus?«, fragte Carswell.

»Nennen Sie mir Zeit und Ort.«

»John...« Wieder schaltete Gill sich ein. »Ich glaube kaum, dass uns das weiterführt, oder?«

Carswell schnaubte verächtlich. Rebus sah Gill an.

»Siobhan hat sich da auf eine ganz gefährliche Sache eingelassen. Ich glaube, sie hat wieder Kontakt zu Quizmaster aufgenommen. Möglich, dass sie ihn sogar treffen will.«

»Woher wissen Sie das?«

»Nennen wir es eine qualifizierte Vermutung.« Er blickte in Carswells Richtung. »Und Sie können sich die Mühe sparen, sich über meine nicht vorhandene Intelligenz lustig zu machen, weil ich Ihnen nämlich voll und ganz zustimme. Nur dass ich mir meiner Sache in *diesem* Fall verdammt sicher bin.«

»Hat er ihr wieder eine Aufgabe gestellt?« Gill hatte angebissen.

»Ja, heute Morgen auf dem Friedhof.«

Sie kniff die Augen zusammen. »Meinen Sie, er war einer von den Trauergästen?«

»Ach, das weiß ich nicht. Die Nachricht hätte er jederzeit hinterlegen können. Aber die Sache ist die: Siobhan hat ihn um ein Treffen ersucht.«

»Und?«

»Und jetzt steht sie vorne im Büro herum und wartet ab, bis es so weit ist.«

Gill nickte nachdenklich. »Aber wenn er ihr eine neue Aufgabe gestellt hätte, wäre sie doch damit beschäftigt, sie zu lösen.«

»Jetzt machen Sie mal halblang«, mischte Carswell sich ein. »Das sind doch alles nur Mutmaßungen. Oder haben Sie gesehen, wie Siobhan ein Kuvert mit einem neuen Rätsel entgegengenommen hat?«

»Die Lösung des vorletzten Rätsels hat uns zu einem bestimmten Grab auf dem Friedhof geführt. Und heute früh hat sie direkt vor diesem Grab gehockt und den Grabstein inspiziert...«

»Na und?«

»Ich glaube, jemand hatte für sie dort eine Nachricht hinterlegt.«

»Aber Sie haben nicht *gesehen*, dass sie dort wirklich was gefunden hat?«

»Nein, sie hat vor dem Grabstein gehockt...«

»Aber gesehen haben Sie nichts?«

Da sie eine weitere Auseinandersetzung fürchtete, schaltete Gill sich wieder ein. »Wieso lassen wir sie nicht einfach hereinkommen und fragen sie selbst?«

Rebus nickte. »Ich hole sie.« Er hielt inne. »Wenn Sie es gestatten, Sir.«

Carswell seufzte. »Los, machen Sie schon.«

Doch im Büro war von Siobhan nichts mehr zu sehen. Rebus rannte durch die Gänge und fragte überall nach ihr. Am Getränkeautomaten sagte jemand, dass sie dort gerade vorbeigekommen sei. Rebus rannte wieder los und stürzte ins Freie. Doch weder von Siobhan noch von ihrem Auto die geringste Spur. Er überlegte, ob sie den Wagen vielleicht ein Stück abseits geparkt hatte, sah nach links und rechts. In der einen Richtung der verkehrsreiche Leith Walk, in der anderen die engen Straßen der östlichen Neustadt. Siobhans Wohnung lag zwar nur fünf Minuten entfernt in der Neustadt, doch Rebus beschloss, wieder hineinzugehen.

»Sie ist weg«, sagte er zu Gill. Dann bemerkte er – noch immer schwer keuchend –, dass auch Carswell nicht mehr da war. »Und wo ist der Vize?«

»Auf dem Weg in die Zentrale. Der Chef wollte ihn sprechen, glaube ich.«

»Gill, wir müssen Siobhan unbedingt finden. Schicken Sie sofort ein paar Leute los.« Er wies mit dem Kopf Richtung Tür. »Die Kollegen nebenan haben doch sowieso nichts zu tun.«

»Ja, John. Wir finden sie schon, keine Sorge. Vielleicht weiß Grips ja, wo sie steckt?« Sie nahm den Hörer ab. »Fangen wir mit ihm an.«

Aber Eric Bain war genauso unauffindbar wie Siobhan. Es war zwar bekannt, dass er irgendwo in der Zentrale unterwegs war, aber niemand wusste Näheres. Rebus versuchte unterdessen, Siobhan zu Hause und auf ihrem Handy zu erreichen. In ihrer Wohnung meldete sich lediglich der Anrufbeantworter, und unter ihrer Handynummer verkündete eine Stimme, dass das Gerät zurzeit in Betrieb sei. Als er fünf Minuten später wieder anrief, erhielt er dieselbe Auskunft. Inzwischen war er zu Fuß in der Straße unterwegs, in der Siobhan wohnte, deshalb benutzte er sein Handy. Er klingelte an ihrer Tür, aber niemand öffnete. Er überquerte die Straße und starrte so lange zu ihrem Fenster hinauf, bis einige Passanten stehen blieben und ebenfalls neugierig nach oben schauten, weil sie nicht begriffen, was es dort zu sehen gab. Auch Siobhans Wagen war weder in ihrer eigenen noch in einer der umliegenden Straßen abgestellt.

Außerdem hatte Gill Siobhan auf dem Pager eine Nachricht hinterlassen und sie dringend um einen Rückruf gebeten, doch selbst damit hatte Rebus sich nicht begnügt, also hatte sie zum Schluss sämtliche Streifenwagen angewiesen, nach Siobhans Auto Ausschau zu halten.

Als er jetzt unten vor dem Haus stand, in dem sie wohnte, wurde Rebus schlagartig bewusst, dass sie *überall* sein konnte, nicht nur innerhalb der Stadtgrenzen. Hatte Quizmaster sie nicht zum Hart Fell gelotst und zur Rosslyn-Kapelle? Völlig unmöglich zu sagen, welchen Ort er für eine persönliche Begegnung wählen würde. Je abgelegener, desto gefährlicher für Siobhan, so viel war schon mal klar. Rebus hätte sich ohrfeigen mögen: Warum hatte er sie bloß nicht mit in diese Besprechung geschleppt und sie einfach abhauen lassen...? Wieder wählte er ihre Mobilfunknummer: immer noch besetzt. Niemand führte so lange Telefongespräche per Handy: viel zu teuer. Dann begriff er plötzlich – natürlich: Sie hatte ihr Mobiltelefon mit Grant Hoods Laptop verbunden, um Quizmaster mitzuteilen, dass sie unterwegs war.

Einen Parkplatz hatte Siobhan bereits befunden. Zwei Stunden noch bis zu dem von Quizmaster vorgeschlagenen Zeitpunkt. Unwahrscheinlich, dass jemand sie bis dahin entdecken würde. Allerdings ließ sich aus der Nachricht, die Gill Templer ihr per Funkruf geschickt hatte, zweierlei schließen: Erstens hatte Rebus Gill in alles eingeweiht und zweitens würde sie – Siobhan – später einiges erklären müssen, falls sie Gills Anweisung weiterhin ignorierte.

Erklären? Dabei blickte sie selbst kaum mehr durch. Sie wusste nur, dass das Spiel – obwohl ihr klar war, dass es *nicht* nur ein Spiel, sondern etwas möglicherweise viel Gefährlicheres war – sie in seinen Bann geschlagen hatte. Quizmaster, wer immer das auch sein mochte, hatte sie in seinen Bann geschlagen, und zwar in einem solchen Ausmaß, dass sie kaum noch an was anderes denken konnte. Tatsächlich fehlten ihr die gewohnten kleinen Ratespiele, wenn es nach ihr gegangen wäre, hätte es immer so weitergehen können. Doch vor allem wollte sie *alles* wissen, was es über Quizmaster und das Spiel zu wissen gab. *Stricture* hatte einen mächtigen Eindruck auf sie gemacht, weil Quizmaster erraten haben musste, dass sie bei dem Begräbnis anwesend sein würde und ihr erst an Flips Grab die Augen aufgehen konnten. *Stricture*, in der Tat... eingeengt in eine schmale Holzkiste... Aber sie hatte das Gefühl, dass das Wort auf sie selbst auch zutraf, wenn auch in einem anderen Sinne: Sie fühlte sich durch das Spiel buchstäblich in Fesseln geschlagen und wollte unbedingt, koste es, was es wolle, herausfinden, wer sich das alles ausgedacht hatte. Zugleich fühlte sie sich von der Situation fast erdrückt. Ob Quizmaster bei der Beerdigung zugegen gewesen war? Ob er, oder *sie* (ihr fiel wieder ein, dass Bain ihren Mangel an Unvoreingenommenheit moniert hatte), Zeuge gewesen war, wie Siobhan den Zettel an sich genommen hatte? Vielleicht... Der Gedanke ließ sie erschaudern. Allerdings war die Beerdigung in sämtlichen Medien groß angekündigt worden. Durchaus möglich, dass Quizmaster auf diese Weise davon erfahren hatte. Außerdem gab es im näheren Umkreis von Junipers nur diesen einen Friedhof; und da hatte es nahe gelegen, anzunehmen, dass man Flip dort bestatten würde.

Nur dass nichts von alledem wirklich erklärte, weshalb Siobhan sich so verhielt, wie sie es tat, und sich allein einer solchen Gefahr aussetzte. Sie unternahm im Grunde genommen genau einen jener Alleingänge, die sie Rebus so oft vorgehalten hatte. Vielleicht verdankte sie den entscheidenden Anstoß aber auch Grant, jenem Grant, der sich in seinen eleganten Anzügen und mit seiner künstlichen Sonnenbräune als echter »Gruppenspieler« gezeigt und die Polizei als Pressesprecher glänzend verkauft hatte.

Genau auf *dieses* Spiel wollte sie sich aber unter gar keinen Umständen einlassen.

Natürlich hatte sie sich auch früher schon hier und da kleinere Freiheiten genommen, doch damit hatte es dann auch sein Bewenden gehabt. Mitunter ein kleiner Verstoß gegen die Vorschriften, nichts Gravierendes, nichts wirklich Karriereschädigendes, und dann war sie jedes Mal wieder ins Glied zurückgekehrt. Nein, sie war, anders als Rebus, keine geborene Außenseiterin, trotzdem fühlte sie sich auf seiner Seite des Zaunes deutlich wohler, wollte nicht so werden wie Grant oder Derek Linford, die ständig nur taktierten und sich bei den Vorgesetzten, Leuten wie Colin Carswell, anbiederten.

Eine Zeit lang hatte sie gehofft, sich Gill Templer zum Vorbild nehmen zu können, doch inzwischen war Gill genau wie all die anderen. Sie kannte auch bloß ihre eigenen Interessen und sonst nichts. Gill hatte sich schon fast auf das Niveau eines Carswell begeben und gelernt, ihre Gefühle sorgfältig unter Verschluss zu halten.

Sollte diese Art der Selbstverleugnung eine unverzichtbare Voraussetzung des beruflichen Erfolgs sein, dann wollte Siobhan lieber darauf verzichten. Das war ihr auch schon klar gewesen, als Gill sich damals bei dem Essen im Hadrian's in allerlei Andeutungen ergangen hatte.

Möglich, dass sie sich hier draußen genau das beweisen wollte: dass sie allein zurechtkam. Vielleicht ging es ihr in Wahrheit nicht mal so sehr um das Spiel oder um Quizmaster, sondern einzig um sich selbst.

Sie setzte sich im Auto so, dass sie den Laptop direkt vor sich hatte. Das Gerät war schon online, seit Siobhan in den Wagen gestiegen war. Keine neuen Nachrichten, also fing sie selbst an zu tippen:

Erscheine zur vereinbarten Zeit am vereinbarten Ort. Siobhan.

Sie klickte auf »Senden«.

Dann fuhr sie den Laptop herunter, zog das Verbindungskabel aus dem Computer und schaltete das Handy aus. Die Batterie musste sowieso mal wieder aufgeladen werden. Sie verstaute beides unter dem Beifahrersitz und sorgte dafür, dass die Geräte von außen nicht zu sehen waren: Sie musste die Leute ja nicht gerade dazu animieren, den Wagen aufzubrechen. Dann stieg sie aus und vergewisserte sich, dass alle Türen abgeschlossen waren und das kleine rote Kontrolllämpchen der Alarmanlage ordnungsgemäß blinkte.

Noch knapp zwei Stunden bis zu dem Treffen; blieb ihr also noch etwas Zeit, die es totzuschlagen galt.

Jean Burchill hatte mehrmals versucht, Professor Devlin anzurufen, ihn allerdings nicht erreicht. Deshalb verfasste sie schließlich ein kurzes Schreiben, in dem sie ihn bat, sich bei ihr zu melden, und beschloss, es persönlich bei ihm vorbeizubringen. Im Taxi dachte sie darüber nach, wieso sie es so eilig hatte, und es wurde ihr klar, dass sie einfach keine Lust mehr hatte, sich noch länger mit diesem Kennet Lovell zu beschäftigen. Tagsüber raubte der Mann ihr bloß ihre Zeit, und vergangene Nacht hatte sie sogar von ihm geträumt: hatte gesehen, wie er an Leichen herumschnippelte und unter dem Fleisch sorgfältig gehobelte Bretter zum Vorschein brachte, während ihre Arbeitskollegen zugeschaut und applaudiert hatten und die Vorführung sich in eine Art Bühnenshow verwandelte.

Wenn sie mit ihrer Lovell-Recherche vorwärts kommen wollte, brauchte sie unbedingt einen Beweis dafür, dass der Mann sich wirklich als Amateurtischler betätigt hatte. Ohne einen solchen Beleg war sie mit ihrem Latein am Ende. Nachdem sie das Taxi bezahlt hatte, stand sie mit dem Zettel in der Hand unten vor dem Mietshaus, in dem der Professor wohnte. Doch sie konnte nirgends einen Briefkasten entdecken. Anscheinend hatten die Wohnungen alle einen eigenen Briefschlitz, und der Briefträger musste morgens so lange auf diverse Klingelknöpfe drücken, bis ihn jemand hereinließ. Natürlich konnte sie ihre Nachricht auch unter der Tür durchschieben, allerdings befürchtete sie, dass das Schreiben dort zwischen irgendwelche Werbesendungen geraten würde. Also betrachtete sie die Klingelreihen. Professor Devlin war dort als »D. Devlin« aufgeführt. Mal sehen, vielleicht war er sogar zu Hause. Sie drückte auf die Klingel. Als niemand reagierte, inspizierte sie die übrigen Klingelknöpfe und überlegte, wo sie läuten sollte. Dann knackte die Sprechanlage.

»Hallo?«

»Dr. Devlin? Hier spricht Jean Burchill vom Nationalmuseum. Ich würde gerne kurz mit Ihnen...«

»Miss Burchill? Was für eine Überraschung.«

»Ich habe schon mehrmals bei Ihnen angerufen...«

Doch dann hörte sie, wie der Türöffner surrte.

Devlin erwartete sie bereits vor seiner Wohnung. Er trug ein weißes Hemd und hatte die Ärmel aufgerollt. Seine Hose wurde am Bauch von breiten Trägern gehalten.

»Na so was«, sagte er und reichte ihr die Hand.

»Tut mir Leid, dass ich Sie störe.«

»Keine Ursache, junge Frau. Kommen Sie doch herein. Ich fürchte, Sie werden an meiner Haushaltsführung einiges auszusetzen finden.« Er führte sie in das mit Schachteln und Büchern voll gestopfte Wohnzimmer.

»Ich bin gerade damit beschäftigt, hier mal die Spreu vom Weizen zu trennen«, erklärte er.

Als sie den Deckel von einer der Schachteln nahm, sah sie, dass er darin alte chirurgische Instrumente verwahrte. »Das wollen Sie doch wohl nicht wegwerfen? Vielleicht kann das Museum ja was damit anfangen...«

Er nickte. »Ich habe bereits mit dem Leiter von Surgeon's Hall gesprochen. Er glaubt, dass man dort eventuell für das eine oder andere Stück Verwendung hat.«

»Major Cawdor?«

Devlin hob die Augenbrauen. »Ach, Sie kennen ihn?«

»Ich habe wegen des Kennet-Lovell-Porträts mit ihm gesprochen.«

»Dann finden Sie meine Theorie also gar nicht so abwegig?«

»Ich habe sie mal etwas weiterverfolgt.«

»Wunderbar.« Devlin schlug die Hände zusammen. »Und was ist dabei herausgekommen?«

»Nicht sehr viel. Deshalb bin ich eigentlich hier. Ich habe nämlich in der Literatur nirgends einen Hinweis darauf entdecken können, dass Lovell sich als Amateurschreiner betätigt hat.«

»Aber das muss irgendwo erwähnt sein. Ich habe es doch vor vielen Jahren mit eigenen Augen gelesen.«

»Und wo?«

»In irgendeiner Monografie oder Dissertation... Kann ich nicht mehr genau sagen. Oder vielleicht in einer Diplomarbeit?«

Jean nickte bedächtig. Falls es sich um eine Diplomarbeit handelte, dann hatte allerdings nur die Universität selbst ein Exemplar davon verwahrt. Wissenschaftliche Bibliotheken nahmen solche Arbeiten nicht in ihre Bestände auf. »Daran hätte ich natürlich denken können«, räumte sie ein.

»Aber eine bemerkenswerte Persönlichkeit, dieser Lovell, finden Sie nicht?«, fragte Devlin.

»Im Gegensatz zu seinen Ehefrauen hat er wenigstens das Leben voll ausgekostet.«

»Dann sind Sie also an seinem Grab gewesen?« Er lächelte über die Unsinnigkeit der Frage. »Natürlich sind Sie das. Und da haben Sie gesehen, dass er dreimal verheiratet war. Was ist Ihnen dazu eingefallen?«

»Zunächst gar nichts, aber als ich später noch einmal darüber nachgedacht habe...«

»Sind Sie auf die Idee gekommen, dass Lovell das Ableben der Damen womöglich ein wenig beschleunigt hat?« Wieder lächelte er. »Der Gedanke liegt sehr nahe, nicht wahr?«

Jean hatte plötzlich einen merkwürdig säuerlichen Geruch in der Nase. Es roch in dem Zimmer nach altem Schweiß. Auf Devlins Stirn standen Schweißperlen, und seine Brillengläser waren ganz verschmiert. Sie war erstaunt, dass er durch die Gläser überhaupt noch etwas sehen konnte.

»In der Tat dürfte kaum jemand so viele Möglichkeiten haben, einen Mord zu vertuschen, wie ein Anatom«, sagte er.

»Glauben Sie wirklich, dass er die Frauen umgebracht hat?«

Er schüttelte den Kopf. »Das lässt sich nach so langer Zeit natürlich nicht mehr mit Bestimmtheit sagen. Es ist lediglich eine Mutmaßung.«

»Aber weshalb hätte er das tun sollen?«

Devlin zuckte mit den Schultern und straffte seine Hosenträger vor dem Körper. »Weil er die Macht dazu hatte. Was meinen Sie?«

»Also, ich habe mir überlegt... Er hat ja bereits in sehr jungen Jahren bei Burkes Obduzierung assistiert. Vielleicht hat ihn das überfordert. Und vielleicht hat es ihn auch deshalb nach Afrika verschlagen...«

»Und nur Gott allein weiß, was für Schreckensbilder er dort gesehen hat«, führte Devlin ihren Gedanken weiter.

»Wenn wir wenigstens noch seine Korrespondenz hätten.«

»Ach, Sie meinen die Briefe, die er mit Reverend Kirkpatrick ausgetauscht hat?«

»Sie wissen nicht zufällig, wo die geblieben sein könnten?«

»Dem Vergessen anheim gefallen, nehme ich an. Von irgendeinem Nachkommen des geistlichen Herrn dem Scheiterhaufen überantwortet...«

»Ganz ähnlich so, wie Sie hier die Sachen ausmisten.«

Devlin musterte das Chaos ringsum. »So ist es«, sagte er. »Ich versuche, das auszuwählen, auf Grund dessen die Geschichte einmal meine bescheidenen Leistungen bewerten wird.«

Jean nahm ein Foto in die Hand. Auf dem Bild war eine festlich gekleidete Frau mittleren Alters zu sehen.

»Ihre Frau, nehme ich an?«, sagte sie.

»Ja, meine liebe Anne. Sie ist im Sommer 1972 gestorben, eines natürlichen Todes, das können Sie mir glauben.«

Jean sah ihn an. »Weshalb betonen Sie das so?«

Devlins Lächeln verschwand. »Sie hat mir alles bedeutet... ja, mehr als das...« Wieder schlug er die Hände zusammen. »Mein Gott, wo bin ich nur mit meinen Gedanken, nicht einmal etwas zu trinken habe ich Ihnen angeboten. Möchten Sie vielleicht einen Tee?«

»Tee wäre wunderbar.«

»Allerdings müssen Sie mit einem bescheidenen Beutelaufguss vorlieb nehmen. Damit kann ich keine Wunder vollbringen.« Das Lächeln auf seinem Gesicht wirkte irgendwie versteinert.

»Und könnte ich danach vielleicht Kennet Lovells Tisch sehen?«

»Aber natürlich. Der steht drüben im Esszimmer. Ich habe ihn mal bei einem sehr renommierten Händler erworben. Ich muss zugeben, dass die Provenienz nicht eindeutig geklärt ist, wie man so sagt... Trotzdem habe ich mich gern zum Kauf überreden lassen.« Er hatte die Brille abgenommen und polierte die Gläser mit dem Taschentuch. Als er sie wieder aufsetzte, erschienen seine Augen wie hinter Vergrößerungsgläsern. »Also, Tee«, wiederholte er, trat in den Gang hinaus, und sie folgte ihm.

»Wohnen Sie schon lange hier?«, fragte sie.

»Schon seit Annes Tod. An dem Haus hingen einfach zu viele Erinnerungen.«

»Also dreißig Jahre?«

»Ja, beinahe.« Er war jetzt in der Küche beschäftigt. »Dauert nicht lange«, sagte er.

»Gut.« Sie lenkte ihre Schritte wieder Richtung Wohnzimmer. Dann war seine Frau also im Sommer '72 gestorben... Jean kam an einer offenen Tür vorbei: das Esszimmer. Der Tisch nahm fast den gesamten Raum ein. Obenauf ein vollständig zusammengesetztes Puzzle... nein, ein Puzzleteil fehlte noch. Edinburgh – eine Luftaufnahme. Der Tisch selbst war überaus schlicht. Sie ging in das Zimmer, inspizierte die polierte Tischfläche. Die Beine waren fast ein wenig klobig, völlig ohne Verzierungen. Ein reiner Gebrauchsgegenstand, dachte sie. Die Arbeit an dem fast fertigen Puzzle musste viele, viele Stunden... ja, Tage in Anspruch genommen haben. Sie ging in die Knie und hielt nach dem fehlenden Puzzleteil Ausschau. Ach, da war es ja, fast ganz hinter einem der Tischbeine versteckt. Als sie sich bückte, um danach zu greifen, sah sie, dass der Tisch auf der Unterseite mit einem Geheimfach ausgestattet war. Wo die beiden Ausziehplatten in der Mitte zusammenstießen, war zur Stabilisierung noch ein Element eingefügt, das einen mit einer Klappe verschlossenen Hohlraum bildete. Ähnliche Vorrichtungen hatte sie schon öfter gesehen, doch im 19. Jahrhundert war so etwas eigentlich nicht üblich gewesen. Sie überlegte, ob der Händler Professor Devlin womöglich einen Tisch aufgeschwatzt hatte, der erst lange nach Lovells Tod entstanden war. Sie kroch so weit unter den Tisch, dass sie das Fach öffnen konnte. Doch die Klappe ließ sich nicht bewegen, und sie wollte schon fast aufgeben, als die kleine Tür plötzlich mit einem Klicken aufsprang und den Blick auf das Innere des Kästchens freigab.

Ein Hobel, ein Winkeleisen und verschiedene Holzbeitel. Eine kleine Säge und ein paar Nägel.

Schreinerwerkzeuge.

Als sie wieder aufblickte, stand Professor Devlin in der Tür.

»Ah, da ist ja das fehlende Teil«, sagte er nur ...

Ellen Wylie hatte schon gehört, dass Ranald Marr plötzlich auf der Beerdigung aufgekreuzt war, und wie John Balfour ihn umarmt hatte. Auch im West End war bereits bekannt, dass die Kollegen Marr zwar zum Verhör in die St. Leonard's Street gebracht, dann aber wieder auf freien Fuß gesetzt hatten.

»Die Sache stinkt«, hatte Shug Davidson gesagt. »Da ist doch irgendein Drahtzieher hinter den Kulissen.«

Nicht mal angesehen hatte er sie dabei, aber das war auch gar nicht nötig. Er wusste Bescheid, und sie wusste Bescheid. Hatte sie nicht selbst noch vor kurzem geglaubt, dass sie die Fäden in der Hand hielt, an dem Tag, als sie sich auf das Treffen mit Steve Holly eingelassen hatte? Doch dann hatte sich schnell gezeigt, dass Holly der Puppenspieler war und sie die Marionette. Carswells Appell an die Truppe war wie ein glühendes Messer in sie gefahren, hatte nicht nur ihre Haut angeritzt, sondern ihren ganzen Körper in einen einzigen Schmerz verwandelt. Als sie und ihre drei Kollegen zu Carswell ins Büro beordert worden waren, hatte sie schon gehofft, dass ihr Schweigen sie verraten würde. Doch dann war Rebus vorgetreten, hatte alles auf sich genommen und sie in einem grauenhaften Zustand zurückgelassen.

Shug Davidson wusste das, und obwohl Shug ihr als Kollege und Kamerad durchaus gewogen war, war er eben auch mit Rebus befreundet. Die beiden kannten einander schon eine halbe Ewigkeit. Und jedes Mal, wenn Davidson jetzt eine Bemerkung machte, vermutete Wylie hinter seinen Worten irgendeine Doppeldeutigkeit. Sie konnte sich auf nichts mehr konzentrieren, und ihr Heimatrevier, das ihr noch vor kurzem wie eine Zuflucht vorgekommen war, erschien ihr plötzlich abweisend und fremd.

Deshalb hatte sie den kleinen Ausflug in die St. Leonard's Street unternommen, dort in dem großen Arbeitsraum aber kaum eine Menschenseele angetroffen. An der Garderobe hing ein dunkler Anzug, woraus sie schloss, dass wenigstens einer der Kollegen die Beerdigung besucht und sich hinterher auf dem Revier wieder umgezogen hatte. Sie vermutete, dass es sich dabei um Rebus handelte, war sich allerdings nicht ganz sicher. An seinem Schreibtisch lehnte seitlich eine Plastiktüte, in der sich einer der Särge befand. Mein Gott, war das eine Arbeit gewesen, und dann alles für die Katz. Auf dem Schreibtisch die ordentlich gestapelten Autopsieberichte und obenauf Rebus' schriftliche Bitte, die Befunde an die Absender zurückzuschicken. Wylie legte das Blatt beiseite und setzte sich in Rebus' Stuhl. Fast mechanisch öffnete sie den Bindfaden, mit dem die Akten zusammengeschnürt waren. Dann öffnete sie die erste Mappe und fing an zu lesen.

Eigentlich hatte sie das Material ja schon einmal durchgeackert. Nur dass bei der ersten Durchsicht vor allem Professor Devlin die Berichte studiert und ihr lediglich berichtet hatte, was ihm besonders aufgefallen war. Eine ziemliche Quälerei war das gewesen, aber auch nicht uninteressant. Wenigstens hatte zu dem Zeitpunkt noch die Aussicht bestanden, dass zwischen all den getippten Seiten ein Verbrechen verborgen war. Irgendwie hatte es sogar Spaß gemacht: Das Gefühl, in einer Grauzone tätig zu sein, irgendwo im Grenzbereich zwischen reiner Spekulation und polizeilicher Ermittlungsarbeit. Und Rebus, der von allen Furien gehetzt schien, hatte nachdenklich auf seinem Stift herumgekaut, die Stirn in Falten gelegt, seine müden Glieder gestreckt oder den Kopf kreisen lassen. Ihm eilte der Ruf eines einsamen Wolfes voraus, trotzdem hatte er bereitwillig Aufgaben an sie delegiert und sie ständig über alles auf dem Laufenden gehalten. Sie hatte ihm vorgehalten, dass er sie bloß aus Mitleid mit ins Boot genommen habe, obwohl sie das selbst nicht geglaubt hatte. Gut, er hatte nun mal diesen Märtyrerkomplex... aber solange er selbst damit zurechtkam und auch sonst niemand darunter zu leiden hatte...

Als sie jetzt die Seiten überflog, wurde ihr endlich bewusst, was sie eigentlich in die St. Leonard's Street geführt hatte: Sie wollte sich bei ihm entschuldigen... Und dann blickte sie auf, und er stand keine vier Meter von ihr entfernt und beobachtete sie.

»Wie lange beobachten Sie mich schon?«, fragte sie und ließ einen Stapel Blätter auf den Schreibtisch fallen.

»Was machen Sie denn hier?«

»Nichts.« Sie nahm die Blätter wieder in die Hand. »Ich wollte bloß... Keine Ahnung. Ach ja: Ich wollte die Akten noch mal durchsehen, bevor sie endgültig wieder in der Versenkung verschwinden. Wie war die Beerdigung?«

»Eine Beerdigung ist eine Beerdigung, ganz gleich, wer dabei unter die Erde gebracht wird.«

»Die Geschichte mit Ranald Marr habe ich schon gehört.«

Er nickte und lief im Zimmer umher.

»Was haben Sie denn?«, fragte sie.

»Ich hatte gehofft, Siobhan hier anzutreffen.« Er ging zu Siobhans Schreibtisch hinüber, weil er dort einen Hinweis zu finden hoffte, *irgendwas*.

»Ich bin Ihretwegen hier«, sagte Ellen Wylie.

»Ach?« Er drehte sich in ihre Richtung. »Wieso das denn?«

»Vielleicht, weil ich mich bedanken möchte.«

Ihre Blicke trafen sich, und sie verstanden einander wortlos.

»Machen Sie sich deshalb keine Gedanken, Ellen«, sagte Rebus schließlich. »Ganz im Ernst.«

»Aber ich habe Ihnen viel Ärger eingehandelt.«

»Nein, haben Sie nicht. Das war ich schon selbst. Wer weiß, vielleicht habe ich sogar für Sie alles nur noch schlimmer gemacht. Hätte ich geschwiegen, wäre es Ihnen wahrscheinlich leichter gefallen zu sprechen.«

»Kann sein«, räumte sie ein. »Aber ich hätte ja trotzdem was sagen können.«

»Aber genau das habe ich Ihnen erschwert, und deshalb möchte ich mich entschuldigen.«

Sie unterdrückte ein Lächeln. »Augenblick mal, Sie stellen ja die Dinge schon wieder auf den Kopf. Ich muss mich bei Ihnen entschuldigen.«

»Sie haben völlig Recht. Ich kann einfach nichts dagegen machen.« Obwohl er alles durchsuchte, fand er weder auf noch in Siobhans Schreibtisch etwas, was ihm weitergeholfen hätte.

»Und was soll ich jetzt tun?«, fragte sie. »Mit Gill Templer sprechen?«

Er nickte. »Wenn Sie das wollen. Aber Sie können natürlich genauso gut gar nichts sagen.«

»Damit Sie weiterhin die Prügel beziehen?«

»Wer weiß, vielleicht macht mir das ja sogar Spaß.« Das Telefon läutete, und er schnappte nach dem Hörer. »Hallo?« Dann entspannte sich sein Gesicht. »Nein, der ist im Augenblick nicht da. Kann ich was...? Er hängte wieder ein. »Jemand, der Silvers sprechen wollte. Keine Nachricht...«

»Erwarten Sie einen Anruf?«

Er strich sich mit der Hand über die Bartstoppeln.

»Siobhan ist verschwunden.«

»Wie meinen Sie das?«

Also erzählte er ihr, was los war. Er war gerade fertig, als auf einem anderen Schreibtisch schon wieder ein Telefon zu läuten anfing. Rebus stand auf und nahm ab. Dann griff er sich einen Stift und ein Stück Papier und notierte etwas.

»Ja... ja«, sagte er. »Ich lege ihm einen Zettel auf den

Schreibtisch. Aber ich habe keine Ahnung, wann er wiederkommt.« Während er telefonierte, vertiefte Ellen Wylie sich erneut in die Obduktionsberichte. Als er auflegte, sah er, wie sie sich tief über eine Akte beugte, als ob sie etwas zu entziffern suchte.

»Der alte Hi-Ho ist heute offenbar sehr begehrt«, sagte er und legte die Nachricht auf Silvers Schreibtisch. »Was machen Sie denn da?«

Sie zeigte unten auf die Seite. »Können Sie die Unterschrift lesen?«

»Welche denn?« Unten auf der Seite waren zwei Unterschriften zu sehen. Und das Datum: Montag, 26. April 1982, Hazel Gibbs, das Glasgower »Mordopfer«. Sie war in der Nacht von Freitag auf Samstag ums Leben gekommen…

Unterhalb des Namenszuges stand in Schreibmaschinenschrift: »Stellvertretender Pathologe«. Die zweite Unterschrift, die der »Chefpathologe der Stadt Glasgow« auf dem Blatt hinterlassen hatte, war genauso schwer zu entziffern.

»Vollkommen unleserlich«, murmelte Rebus und inspizierte nochmals das Gekritzel. »Eigentlich müssten die Namen doch vorne auf dem Deckblatt vermerkt sein.«

»Das ist ja das Komische«, sagte Wylie. »Das Deckblatt fehlt.« Sie blätterte bis zum Anfang der Akte zurück, um sich abermals zu vergewissern. Rebus ging um den Schreibtisch herum, sodass er jetzt neben ihr stand. Dann beugte er sich etwas tiefer hinunter.

»Ob die Seiten durcheinander geraten sind?«, fragte er.

»Kann sein.« Sie fing wieder an zu blättern. »Sieht allerdings nicht danach aus.«

»Hat das Blatt schon gefehlt, als die Akten hier eingetroffen sind?«

»Weiß ich nicht. Wenigstens hat Professor Devlin nichts davon gesagt.«

»Ich glaube, Evan Stewart müsste zu der Zeit in Glasgow Chefpathologe gewesen sein.«

Wylie blätterte wieder bis zum Ende des Textes und studierte die Unterschriften. »Ja«, sagte sie. »Könnte hinkommen. Aber mir geht es eigentlich mehr um den zweiten Namen.«

»Wieso?«

»Hm. Vielleicht bilde ich mir das ja nur ein, aber wenn man die Augen zusammenkneift und genau hinsieht, könnte man das Gekritzel fast als ›Donald Devlin‹ deuten.«

»Was?« Rebus starrte auf das Blatt, blinzelte, starrte wieder auf das Blatt. »Tatsächlich. Aber Devlin war doch damals schon in Edinburgh.« Dann verstummte er. *Stellvertretender Pathologe*, hieß es dort. »Sie haben den Bericht doch schon mal durchgesehen, nicht wahr?«

»Das hat Devlin gemacht. Ich habe ihm doch bloß assistiert. Schon vergessen?«

Rebus massierte mit einer Hand die Verspannungen in seinem Nacken. »Kapier ich nicht«, sagte er. »Wieso sollte Devlin uns verschweigen...?« Er griff nach dem Telefon, drückte die 9 und dann eine Nummer im Ortsnetz. »Professor Gates, bitte. Es ist dringend. Hier spricht Inspektor Rebus.« Eine Pause, während die Sekretärin ihn durchstellte. »Sandy, ja, ich weiß, dass ich es *jedes Mal* sehr eilig habe, aber diesmal dürfte es der Wahrheit verdammt nahe kommen. Laut unserer Unterlagen müsste Donald Devlin im April zweiundachtzig in Glasgow bei einer Obduktion assistiert haben. Könnte das sein?« Er lauschte wieder. »Nein, Sandy, zweiundachtzig. Ja, im April.« Er nickte, sah Wylie an und wiederholte laut, was Gates ihm erzählte: »So, so... Personalengpass in Glasgow... zu wenig qualifizierte Mitarbeiter... Dann haben Sie also damals hier in Edinburgh erstmals als Chefpathologe gewirkt. Ah ja, Sandy... wollen Sie damit sagen, dass Devlin im April zweiundachtzig tatsächlich in Glasgow gewesen ist? Danke, ich melde mich später noch mal.« Er knallte den Hörer auf. »Tatsächlich, Donald Devlin ist damals in Glasgow gewesen.«

»Das verstehe ich nicht«, sagte Wylie. »Und wieso hat er davon nichts gesagt?«

Rebus blätterte den Bericht aus Nairn durch. Nein, an der Autopsie dort war Donald Devlin nicht beteiligt gewesen. Trotzdem...

»Er wollte halt nicht, dass wir es erfahren«, gab er Wylie schließlich zur Antwort. »Kann sein, dass er deswegen auch das Deckblatt entfernt hat.«

»Aber *wieso*?«

Rebus dachte nach. Merkwürdig, dass Devlin damals im Ox extra noch mal ins hintere Zimmer gekommen war, um sicherzustellen, dass die Obduktionsberichte wirklich wieder den Weg zurück in ihre staubigen Aktenschränke fanden... Und der aus Balsaholz gefertigte Glasgower Sarg, der viel plumper gearbeitet war als die übrigen: fast als ob der Mensch, der ihn gebaut hatte, ohne die üblichen Materialien und Werkzeuge hatte auskommen müssen. Und dann noch Devlins gesteigertes Interesse an Dr. Kennet Lovell und den Särgen vom Arthur's Seat...

Jean!

»Ich hab ein ungutes Gefühl«, sagte Ellen Wylie.

»Ich habe schon immer viel auf weibliche Intuition gegeben.« Obwohl das genaue Gegenteil der Fall war: Alle Frauen hatten sich in Devlins Gegenwart unwohl gefühlt...

»Nehmen wir Ihren oder meinen Wagen?«, fragte er.

Jean erhob sich. Donald Devlin stand immer noch in der Tür, die blauen Augen so kalt wie die Nordsee, die Pupillen so klein wie schwarze Stecknadelköpfe.

»Ihre Werkzeuge, Professor Devlin, nehme ich an?«, sagte sie.

»Kennet Lovell gehören sie jedenfalls nicht, meine Liebe.«

Jean schluckte. »Ich glaube, ich sollte jetzt gehen.«

»Ich fürchte, das kann ich nicht zulassen.«

»Und wieso nicht?«

»Weil ich glaube, dass Sie Bescheid wissen.«

»Worüber denn?« Sie blickte um sich, konnte aber nichts entdecken, was ihr weitergeholfen hätte...

»Darüber, dass *ich* die kleinen Särge an ihren späteren Fundorten deponiert habe«, sagte der alte Mann. »Das steht Ihnen doch ins Gesicht geschrieben. Mir können Sie nichts vormachen.«

»Zum ersten Mal passierte es kurz nach dem Tod Ihrer Frau, nicht wahr? Damals haben Sie das arme Mädchen in Dunfermline umgebracht.«

Er hob einen Finger. »Falsch: Ich habe nur etwas über ihr Verschwinden gelesen, und dann bin ich hingefahren und habe den Sarg dort zum Gedenken an das Mädchen deponiert, als *Memento mori* sozusagen... Dann waren da noch die anderen... Gott allein weiß, was diesen Frauen widerfahren ist.« Sie bemerkte, dass er einen Schritt weiter in den Raum hineintrat. »Wissen Sie, es hat eine Weile gedauert, bis meine Trauer in Wut umgeschlagen ist.« Auf seinen feuchten, bebenden Lippen erschien ein Lächeln. »Anne hat monatelang gelitten, bevor ihr das Leben... *genommen*... wurde. Das war so ungerecht: kein Motiv, niemand, den man dafür hätte haftbar machen können. Und all diese Leichen, die ich unter dem Messer gehabt hatte, und dann noch die, die nach Annes Tod hinzugekommen sind. Irgendwann wollte ich, dass auch sie zu leiden haben.« Er ließ die Hände sanft über die Tischkante gleiten. »War ein großer Fehler, dass ich Kennet Lovell erwähnt habe. Eine gute Historikerin wie Sie, Miss Burchill, konnte es sich natürlich nicht entgehen lassen, meine Behauptungen zu überprüfen. Und natürlich mussten Sie dabei auf Parallelen zwischen Gegenwart und Vergangenheit stoßen. Und *Sie* waren die Einzige, der aufgefallen ist, dass es zwischen diesen Särgen eine Verbindung geben muss, obwohl sich das alles über so viele Jahre hingezogen hat.«

Während Devlin sprach, bemühte Jean sich unter Aufbietung all ihrer Energie, ruhig weiterzuatmen. Nun hatte sie das

Gefühl, dass sie es wagen konnte, die Tischkante loszulassen, an der sie sich bis dahin festgehalten hatte. »Ich verstehe Sie nicht«, sagte sie. »Sie haben sich doch an den Ermittlungen beteiligt...«

»Ganz und gar nicht, ich habe sie behindert, wo es nur ging. Wer hätte einer solchen Versuchung schon widerstehen können? Schließlich habe ich gegen mich *selbst* ermittelt und war Zeuge, wie andere das Gleiche getan haben...«

»Haben *Sie* Philippa Balfour umgebracht?«

Devlin machte ein angewidertes Gesicht. »Ach, das ist doch Unsinn.«

»Und der Sarg in Falls... haben Sie den dort deponiert?«

»Natürlich nicht«, fuhr er sie an.

»Das heißt, dass Sie zuletzt vor fünf Jahren...«, sie suchte nach den passenden Worten, »... aktiv geworden sind?«

Inzwischen war er einen Schritt näher gekommen. Ihr war, als ob sie Musik hörte, doch dann begriff sie, dass *er* es war, der vor sich hinsummte.

»Kennen Sie die Melodie?«, fragte er. In seinen Mundwinkeln stand weißer Schaum. »›Swing Low, Sweet Chariot‹, ein altes Kirchenlied. Der Organist hat es bei Annes Beerdigung gespielt.« Er ließ den Kopf ein wenig sinken und lächelte. »Vielleicht wird man dieses Lied schon bald auch für Sie spielen, Miss Burchill. Nur dass Sie selbst das nicht mehr erleben werden.«

Sie tauchte nach unten weg, schob eine Hand in das Geheimfach und versuchte einen der scharfen Holzbeitel an sich zu bringen. Doch Devlin hatte sie bereits an den Haaren und zog sie wieder hoch. Sie schrie, tastete verzweifelt nach den Werkzeugen. Dann hielt ihre Hand plötzlich einen kühlen Holzgriff umklammert. Sie hatte das Gefühl, dass ihre Kopfhaut lichterloh brannte. Als sie zu Boden ging, rammte sie Devlin den Beitel unten ins Bein. Doch der zeigte keinerlei Reaktion. Wieder stach sie zu, doch der alte Mann schleppte sie völlig ungerührt weiter Richtung Tür. Sie schaffte es irgendwie, halb auf die Beine zu kommen und sich der Kraft zu überlassen, mit der er an ihr zog. Devlin verlor das Gleichgewicht: Sie krachten beide gegen den Türrahmen und torkelten in den Gang hinaus. Den Beitel hatte sie inzwischen verloren. Sie hockte auf allen vieren am Boden, als der erste Schlag sie traf. Vor ihren Augen erschienen weiß zuckende Blitze, und das Teppichmuster erinnerte an wild tanzende Fragezeichen.

Wie lachhaft, dass ausgerechnet mir so was passieren muss, dachte sie...

Sie wusste, sie musste unbedingt wieder auf die Beine kommen, sich zur Wehr setzen. Devlin war schließlich ein alter Mann... Wieder ein Schlag, der ihr fast das Bewusstsein raubte. Dann sah sie vielleicht drei Meter entfernt vor der Eingangstür den Holzbeitel. Devlin hatte sie an den Beinen gefasst, mühte sich, sie Richtung Wohnzimmer zu schleppen. Wie ein Schraubstock hielt er ihre Knöchel umklammert. Oh Gott, dachte sie. Oh Gott, oh Gott... Sie schlug verzweifelt mit den Armen um sich, suchte einen Halt oder irgendeinen Gegenstand, den sie als Waffe verwenden konnte... Wieder fing sie an zu kreischen. Das Blut dröhnte in ihren Ohren. Sie wusste nicht einmal genau, ob sie überhaupt einen Ton herausbrachte. Einer von Devlins Hosenträgern hatte sich selbstständig gemacht, sein Hemd hing aus der Hose.

Nein, nicht so... nicht auf diese Weise...

Das würde John mir nie verzeihen.

In den beiden Außenbezirken Canonmills und Inverleith Patrouille zu fahren, war ein ziemlich angenehmer Job: keine heruntergekommenen Wohnanlagen, dafür umso mehr bürgerlicher Wohlstand. Die beiden Beamten im Streifenwagen machten regelmäßig einen Zwischenstopp am Eingang zum botanischen Garten, der hier an den Inverleith Park grenzte. Der Arboretum Place war eine breite verkehrsarme Straße: ideal für die Pause, die die Beamten in der Mitte ihrer Schicht einlegten. Für die Thermoskanne Tee war Police Constable Anthony Thompson zuständig, während sein Kollege Kenny Milland die Schokoladenplätzchen beisteuerte: entweder Jacob's Orange Club oder, wie heute, Tunnock's-Caramel-Waffeln.

»Phantastisch«, sagte Thompson, obwohl seine Zähne das genaue Gegenteil bekundeten: Sobald er etwas Süßes aß, verspürte er in einem Backenzahn einen dumpfen Schmerz. Aber er war schon seit der WM '94 nicht mehr beim Zahnarzt gewesen, deshalb traute er sich gar nicht mehr hin.

Milland trank seinen Tee mit, Thompson ohne Zucker. Also hatte Milland stets ein paar Tütchen und einen Löffel dabei. Auf die Tütchen war der Name einer Burger-Kette aufgedruckt, bei der Millands älterer Sohn angestellt war. War vielleicht nicht der ideale Job, aber wenigstens mit gewissen Annehmlichkeiten verbunden. Außerdem sah es ganz danach aus, als ob Jason demnächst in eine deutlich bessere Position aufsteigen konnte.

Thompson liebte amerikanische Polizeifilme, alles, von *Dirty Harry* bis *Seven*, und wenn die zwei ihre Pause machten, stellte er sich manchmal vor, dass sie in der flirrenden Hitze Kaliforniens vor einem Doughnutstand hielten, während das Funkgerät zu krächzen anfing und die Zentrale einen Einsatzbefehl durchgab. Also mussten sie ihren Kaffee Kaffee sein lassen und mit quietschenden Reifen hinter ein paar Bankräubern oder Killern herrasen...

In Edinburgh stand so etwas freilich kaum zu erwarten. Ein paar Kneipenschießereien, hier und da mal jugendliche Autoknacker (einer davon der Sohn eines Freundes) und eine Leiche in einem Container, das waren in Anthony Thompsons nunmehr zwanzigjährigem Berufsleben so in etwa die Höhepunkte gewesen. Und als sich jetzt tatsächlich die Zentrale über Funk meldete und ein Autokennzeichen sowie eine genaue Beschreibung des zugehörigen Wagens und der Fahrerin durchgab, war Antony Thompson zunächst völlig baff.

»Hey, Kenny, ist das nicht die Kiste da drüben?«

Milland drehte sich um und betrachtete einen Wagen, der direkt neben ihnen stand. »Keine Ahnung«, sagte er. »Hab nicht genau hingehört, Tony.« Dann biss er wieder in sein Plätzchen. Doch Thompson hatte sich schon das Mikro geschnappt und bat die Zentrale, das Kennzeichen noch mal durchzugeben. Dann öffnete er seine Tür, ging um den Streifenwagen herum und inspizierte das Kennzeichen des Autos, das neben ihnen geparkt war.

»Wir stehen direkt neben der verdammten Kiste«, sagte er zu seinem Partner. Dann griff er sich wieder das Mikro.

Die Durchsage wurde sofort an Gill Templer weitergeleitet, die augenblicklich ein halbes Dutzend Fahnder der Sonderkommission Balfour losschickte und dann mit Thompson sprach.

»Was meinen Sie, Thompson: Ist sie im botanischen Garten oder im Inverleith Park?«

»Sie hat 'ne geheime Verabredung, sagen Sie?«

»Das glauben wir wenigstens.«

»Na ja: Der Park besteht ja eigentlich nur aus dieser großen, ebenen Grünfläche. Nicht so einfach, sich dort unbeobachtet zu treffen. Der botanische Garten ist viel verwinkelter, da findet man leichter ein Plätzchen, wo man ungestört reden kann.«

»Dann tippen Sie also auf den botanischen Garten?«

»Obwohl die gleich zumachen... also vielleicht doch nicht.«

Gill Templer atmete hörbar aus. »Vielen Dank, Sie haben uns sehr geholfen.«

»Also, der botanische Garten ist ziemlich groß, Ma'am. Warum schicken Sie Ihre Leute nicht gleich dorthin? – Da sind jetzt bestimmt noch Angestellte, die bei der Suche helfen können. In der Zwischenzeit könnten mein Partner und ich uns den Park vornehmen.«

Gill dachte kurz über den Vorschlag nach. Sie wollte Quizmaster auf keinen Fall irritieren... und Siobhan natürlich auch nicht. Vielmehr wollte sie die beiden so schnell wie möglich und unbeschadet am Gayfield Square sehen. Die Ermittler, die schon unterwegs waren, konnten, wenigstens aus der Entfernung, als Zivilisten durchgehen, uniformierte Beamte natürlich nicht.

»Nein«, sagte sie, »wir machen das so: Wir fangen mit dem botanischen Garten an. Und Sie bleiben, wo Sie sind, falls Detectiv Clarke zu ihrem Auto zurückkehren sollte...«

Im Streifenwagen quittierte Milland diese Auskunft mit einem resignierten Achselzucken. »Wenigstens hast du es versucht, Tony.« Er schob sich das restliche Plätzchen in den Mund und verschloss dann die Packung.

Thompson saß schweigend da. Sein großer Augenblick hatte sich so schnell wieder verflüchtigt, wie er gekommen war.

»Sieht ganz so aus, als ob wir hier noch 'ne Weile ausharren müssen«, sagte sein Partner und hielt ihm die Tasse unter die Nase. »Ist da noch Tee in der Thermoskanne...?«

Auf der Karte des Du-Thé-Cafés war das Getränk nicht als Tee ausgewiesen, sondern als »Kräuter Aufguss«: schwarze Johannisbeere und Ginseng genau genommen. Siobhan fand den Geschmack in Ordnung, obwohl sie fast einen Schuss Milch in die dampfende Flüssigkeit getan hätte, um das würzige Aroma ein wenig zu mildern. Kräutertee und ein kleines Stück Karottenkuchen. Sie hatte in dem Zeitschriftenladen nebenan eine Frühausgabe der Abendzeitung gekauft. Auf Seite drei war ein Foto von Flips Sarg abgedruckt, den die Träger auf den Schultern aus der Kirche brachten. Dann noch einige kleinere Fotos der Eltern und ein paar Bilder irgendwelcher Promis, die Siobhan auf der Beerdigung gar nicht zu Gesicht bekommen hatte.

Sie hatte bereits einen Spaziergang durch den botanischen Garten hinter sich. Eigentlich hatte sie gar nicht vorgehabt, den ganzen Weg zu Fuß zu gehen, bis sie plötzlich den östlichen Ausgang und dahinter die Inverleith Row vor sich gesehen hatte. Rechterhand Läden und Cafés... Noch blieb ihr etwas Zeit... Sie hatte schon daran gedacht, ihren Wagen zu holen, es sich dann aber anders überlegt. Schließlich hatte sie keine Ahnung, wie es dort, wo sie verabredet war, mit den Parkmöglichkeiten aussah. Dann fiel ihr wieder ein, dass sie das Handy ja noch unter dem Beifahrersitz verstaut hatte. Doch dazu war es jetzt sowieso zu spät: Wenn sie durch den botanischen Garten wieder zu ihrem Auto ging und sich dann zu Fuß oder mit dem Wagen wieder hierher begab, konnte sie auf gar keinen Fall mehr pünktlich zu der Verabredung erscheinen. Und sie wusste schließlich nicht, wie lange Quizmaster sich gedulden würde.

Nachdem sie sich entschieden hatte, ließ sie die Zeitung in dem Café auf dem Tisch liegen und ging am Eingang des botanischen Gartens vorbei die Inverleith Row entlang. In Goldenacre bog sie kurz vor dem Rugbyplatz nach rechts ab und folgte einem Weg, der zusehends schmaler wurde. Als sie abermals um eine Ecke bog und sich dem Tor des Warriston-Friedhofs näherte, brach bereits die Dämmerung herein.

Obwohl sie bei Donald Devlin Sturm läuteten, öffnete niemand. Also drückte Rebus wahllos auf irgendwelche Klingelknöpfe, bis jemand sich über die Sprechanlage meldete. Rebus gab sich als Polizist zu erkennen, und dann wurde endlich die Tür aufgemacht. Die beiden stürmten die Treppe hinauf, Ellen Wylie direkt hinter Rebus her. Sie überholte ihn unterwegs sogar und stand als Erste vor Devlins Tür, schlug und trat gegen das Holz, klingelte und klapperte wie wild mit der Briefschlitzklappe.

»Sieht nicht gut aus«, sagte sie.

Nachdem Rebus kurz verschnauft hatte, ging er vor dem

Briefschlitz in die Knie und sah durch die Klappe. »Professor Devlin?«, rief er. »Hier ist John Rebus. Ich muss unbedingt mit Ihnen reden.« Unten auf dem Treppenabsatz wurde eine Tür geöffnet, und ein Gesicht blickte zu ihnen hinauf.

»Alles in Ordnung«, beruhigte Wylie den nervösen Nachbarn. »Wir sind von der Polizei.«

»Psst«, sagte Rebus und presste das Ohr an den Briefschlitz.

»Was ist denn?«, flüsterte Wylie.

»Ich höre was...« Klang fast wie eine Katze, die leise miaute. »Devlin hat doch keine Haustiere, oder?«

»Nicht dass ich wüsste.«

Wieder spähte Rebus durch den Briefschlitz. Drinnen auf dem Gang war nichts zu erkennen. Die Wohnzimmertür am hinteren Ende des Korridors stand einige Zentimeter weit auf. Offenbar waren die Vorhänge zugezogen, deswegen konnte er nichts Genaues erkennen. Dann wurden seine Augen plötzlich immer größer.

»Jesus Maria«, sagte er und stand auf. Er ging einen Schritt zurück und trat mit ganzer Kraft gegen die Tür, dann noch einmal. Das Holz verbog sich zwar, gab aber nicht nach. Er warf sich mit der Schulter gegen die Tür. Vergeblich.

»Was ist denn?«, fragte Wylie.

»Da ist jemand in der Wohnung.«

Er wollte gerade aufs Neue gegen die Tür anrennen, als Ellen Wylie ihm Einhalt gebot. »Zusammen«, sagte sie. Und das taten sie dann auch. Sie zählte bis drei, und dann warfen sie sich gleichzeitig gegen die Tür. Beim ersten Mal krachte und knirschte der Rahmen bloß. Beim zweiten Mal zerbarst er, und die Tür flog auf. Wylie wurde von ihrem eigenen Schwung zu Boden geworfen und landete auf allen vieren. Als sie den Kopf hob, erblickte sie, was schon Rebus gesehen hatte. Fast auf Höhe des Fußbodens klammerte sich eine Hand an die Wohnzimmertür und versuchte sie aufzuziehen.

Rebus stürmte vorwärts, schob sich durch den Spalt in das Wohnzimmer. Am Boden lag Jean, das Gesicht blut- und schleimverschmiert, das Haar schweißnass und ebenfalls blutgetränkt. Eines ihrer Augen war völlig zugeschwollen. Aus ihrem Mund rann rosafarbener Speichel.

»O Gott«, sagte Rebus, ließ sich vor ihr auf die Knie nieder und versuchte den äußerlich sichtbaren Schaden abzuschätzen. Er wollte sie nicht berühren, hatte Angst, dass sie Knochenbrüche davongetragen hatte. Er wollte ihr keinesfalls noch mehr Schmerzen zufügen, als sie ohnehin schon auszustehen hatte.

Auch Wylie war jetzt im Zimmer, versuchte sich einen Überblick über die Situation zu verschaffen. Fast schien es, als ob die Hälfte von Devlins gesamter Habe auf dem Boden verstreut lag. Eine breite Blutspur, wo Jean Burchill mühsam entlanggekrochen war.

»Rufen Sie einen Krankenwagen«, sagte Rebus mit bebender Stimme. Dann: »Jean, was hat der Kerl mit dir gemacht?« Er sah, wie ihr unverletztes Auge sich mit Tränen füllte.

Wylie griff nach ihrem Handy. Während sie noch sprach, hörte sie plötzlich draußen auf dem Gang ein Geräusch: Ob der nervöse Nachbar hinter ihnen herspionierte? Sie steckte den Kopf durch die Tür, konnte aber nichts sehen. Dann nannte sie die Adresse und wies nochmals darauf hin, dass es sich um einen Notfall handelte, bevor sie das Gespräch beendete. Rebus hatte ein Ohr ganz nahe an Jeans Mund gebracht. Offenbar wollte sie ihm etwas sagen. Ihre Lippen waren angeschwollen, und ihre Zähne schienen derangiert.

Rebus sah Wylie mit großen Augen an. »Sie will wissen, ob wir ihn erwischt haben.«

Wylie kapierte sofort, was gemeint war, hechtete zum Fenster und zog die Vorhänge zur Seite. Unten überquerte Donald Devlin gerade die Straße. Er zog ein Bein nach und hielt seine blutende linke Hand gegen den Bauch gepresst.

»Dreckskerl!«, kreischte Wylie und stürmte zur Tür.

»Nein!«, brüllte Rebus. Er rappelte sich auf. »Der gehört mir.«

Als er – zwei Stufen auf einmal nehmend – die Treppe hinunterrannte, begriff er plötzlich, dass Devlin sich in einem der anderen Zimmer versteckt und abgewartet hatte, bis sie im Wohnzimmer beschäftigt waren. Dann erst war er aus der Wohnung geflohen. Sah ganz so aus, als ob sie ihn gestört hatten. Rebus mochte gar nicht daran denken, was mit Jean passiert wäre, wenn Ellen Wylie und er nicht...

Als er unten ankam, war von Devlin weit und breit nichts mehr zu sehen, doch die leuchtenden Blutspritzer auf dem Pflaster wiesen Rebus den Weg. Dann sah er plötzlich, wie der alte Mann die Howe Street Richtung St. Stephen Street überquerte. Rebus konnte den Abstand zwar verringern, doch dann knickte er auf dem holprigen Pflaster mit dem Fuß um. Devlins hohes Alter schien unter den gegebenen Umständen nicht viel zu besagen: Schließlich hatte er nichts mehr zu verlieren. Rebus hatte so etwas schon öfter erlebt. Und tatsächlich verlieh der Adrenalinstoß der Angst dem Professor ungeahnte Kräfte...

Noch immer markierten Blutstropfen den Fluchtweg des alten Pathologen. Rebus lief jetzt langsamer, versuchte den verstauchten Fuß so wenig wie möglich zu belasten und sah im Geist immer wieder Jeans Gesicht vor sich. Er tippte eine Abfolge von Nummern in sein Handy, machte dabei einen Fehler und musste wieder von vorn anfangen. Als am anderen Ende jemand abhob, forderte er Verstärkung an.

»Ich bleibe in der Leitung«, sagte er. Auf diese Weise konnte er sofort Bescheid geben, falls Devlin plötzlich in ein Taxi oder einen Bus steigen sollte.

Weiter vorne sah er jetzt wieder Devlin, doch dann bog der Mann um die Ecke in die Kerr Street. Als Rebus dort ankam, war von dem Professor nichts mehr zu sehen. Weiter vorne die Deanhaugh Street und der Raeburn Place, wo es von Fußgängern und Fahrzeugen nur so wimmelte: der abendliche Berufsverkehr. Zwischen all den Passanten war es schwierig, die Spur zu verfolgen. Rebus überquerte an der Ampel die Straße und stand dann an der Brücke, die das Bett des Water of Leth überspannte. Es gab mehrere Möglichkeiten, wohin Devlin geflüchtet sein konnte, und auch von der Spur war nichts mehr zu sehen. Ob er am Hamilton Place wieder umgekehrt war? Als Rebus sich mit einem Arm auf das Geländer stützte, um sein Fußgelenk zu entlasten, blickte er auf den träge dahinfließenden Fluss hinunter.

Und sah, wie Devlin dort unten auf dem Fußweg flussabwärts Richtung Leith rannte.

Rebus gab seine Position per Telefon durch. Genau in dem Augenblick drehte Devlin sich um und sah ihn. Zuerst beschleunigte der alte Mann seinen Schritt, doch dann wurde er plötzlich immer langsamer. Ja, schließlich blieb er sogar stehen, und die anderen Spaziergänger machten einen großen Bogen um ihn. Ein Mann erkundigte sich besorgt, doch Devlin lehnte seine Hilfe ab. Er drehte sich um und beobachtete Rebus, der zum Ende der Brücke ging und dann die Stufen hinunter. Devlin stand immer noch reglos da. Wieder gab Rebus seine Position durch und schob dann das Telefon in die Tasche, weil er beide Hände freihaben wollte.

Als er sich Devlin näherte, sah er die Kratzspuren in dessen Gesicht, und konstatierte beeindruckt, dass Jean den alten Mann fast so schlimm zugerichtet hatte wie er sie. Devlin inspizierte gerade seine blutverschmierte Hand, als Rebus etwa zwei Meter vor ihm stehen blieb.

»Der Biss eines Menschen kann ziemlich gefährlich sein, wissen Sie«, sagte Devlin. »Doch bei Miss Burchill brauchte ich mir wegen einer Hepatitis- oder HIV-Infektion natürlich keine Sorgen zu machen.« Er blickte auf. »Als ich Sie da oben auf der Brücke habe stehen sehen, ist mir plötzlich eingefallen: Die haben ja gar nichts gegen dich in der Hand.«

»Wie meinen Sie das?«

»Keine Beweise.«

»Na, der Mordversuch an Jean dürfte fürs Erste reichen.« Rebus zog das Telefon aus der Tasche.

»Wen rufen Sie an?«, fragte Devlin.

»Wollen Sie denn keinen Notarzt?« Rebus hielt das Telefon in der erhobenen Hand und kam einen Schritt näher.

»Ach, die paar Stiche«, murmelte Devlin und inspizierte wieder die Wunde. Seine Schläfen waren schweißüberströmt. Er atmete schwer und rasselnd.

»Wenigstens zum Serienmörder dürfte es bei Ihnen nicht mehr ganz reichen, Professor.«

»Das ist in der Tat schon eine Weile her«, pflichtete Devlin ihm bei.

»War Betty-Anne Jesperson Ihr letztes Opfer?«

»Mit der kleinen Philippa habe ich jedenfalls nichts zu tun, falls Sie das meinen.«

»Hat jemand Ihnen die Idee gestohlen?«

»Na ja, war ja gar nicht meine eigene.«

»Gibt es etwa *noch* mehr?«

»Noch mehr *was*?«

»Opfer, von denen wir noch nichts wissen.«

Devlins Grinsen ließ einige der Wunden in seinem Gesicht wieder aufplatzen. »Sind vier denn nicht genug?«

»Das können nur Sie mir sagen.«

»Mir hat es jedenfalls gereicht. Kein bestimmtes Schema, verstehen Sie. Zwei von den Leichen sind überhaupt nie gefunden worden.«

»Bloß die Särge.«

»Die vermutlich nie jemand mit den Leichen in Verbindung gebracht hätte.«

Rebus nickte nachdenklich, sagte aber nichts.

»Sind Sie mir wegen der Autopsie auf die Schliche gekommen?«, fragte Devlin schließlich. Rebus nickte wieder. »Ich habe gleich gewusst, dass das eine Schwachstelle ist.«

»Wenn Sie uns von Anfang an gesagt hätten, dass Sie damals in Glasgow bei der Obduktion dabei gewesen waren, hätten wir uns sicher nichts dabei gedacht.«

»Aber zu dem Zeitpunkt konnte ich doch nicht wissen, auf

welche Zusammenhänge Sie noch stoßen würden. Und als mir dann klar wurde, dass sie gar nichts gegen mich in der Hand haben, war es schon zu spät. Ich konnte doch nicht gut sagen: ›Oh, ich habe zufällig doch an einer der Obduktionen mitgewirkt.‹ Nicht, nachdem wir die Berichte bereits durchgesehen hatten.«

Er fuhr sich mit den Fingern durchs Gesicht und bemerkte, dass die Wunden immer noch bluteten. Rebus trat noch etwas näher mit dem Telefon an ihn heran.

»Soll ich einen Notarzt rufen?«, fragte er.

Devlin schüttelte den Kopf. »Alles zu seiner Zeit.« Eine Frau mittleren Alters blieb kurz stehen und sah Devlin mit weit aufgerissenen Augen an. »Nur ein kleiner Sturz von der Treppe«, versuchte er sie zu beruhigen. »Der Notarzt ist schon unterwegs.«

Die Frau ging mit raschen Schritten weiter.

»Ich glaube, ich habe jetzt genug gesagt, finden Sie nicht, Inspektor Rebus?«

»Das können Sie selbst am besten beurteilen, Sir.«

»Hoffentlich bekommt Detective Wylie keine Schwierigkeiten.«

»Wieso das?«

»Weil sie mich nicht genauer beobachtet hat, als wir die Autopsiebefunde durchgesehen haben.«

»Ich glaube nicht, dass Detective Wylie diejenige ist, die in Schwierigkeiten steckt.«

»Aber worauf stützen sich denn Ihre Verdächtigungen, Inspektor? Lediglich auf unbestätigte Vermutungen. Die Aussage einer Frau steht gegen meine. Für den Kampf mit Miss Burchill wird mir schon noch eine plausible Erklärung einfallen.« Wieder inspizierte er seine Hand. »Man könnte fast den Eindruck haben, als ob ich hier das Opfer wäre. Mal ehrlich: Was haben Sie denn sonst gegen mich in der Hand? Oder glauben Sie, dass die zwei ertrunkenen und die zwei vermissten Frauen *irgendwas* beweisen?«

»Vielleicht nicht. Aber dafür haben wir ja das hier«, sagte Rebus. Er zeigte mit dem Kopf auf das Telefon, das er noch immer in der erhobenen Hand hielt. »Die Leitung stand schon, als ich es aus der Tasche genommen habe. Die ganze Zeit waren wir über mein Handy mit der polizeilichen Kommunikationszentrale in Leith verbunden.« Er hielt sich das Telefon ans Ohr. Dann blickte er über die Schulter zurück und sah, dass auf der Treppe, die von der Brücke nach unten führte, bereits ein paar uniformierte Beamte unterwegs waren. »Haben Sie alles aufgezeichnet?«, fragte er den Beamten am anderen Ende der Leitung. Dann sah er Devlin an und fing an zu lächeln.

»Wissen Sie, wir zeichnen jedes Gespräch auf.«

Devlins Gesicht war wie versteinert, er ließ die Schultern kraftlos hängen. Dann drehte er sich plötzlich um und wollte weglaufen. Doch Rebus hatte ihn schon an der Schulter gepackt. Devlin versuchte sich freizukämpfen. Dabei geriet er ins Rutschen, stürzte in den Fluss und riss dabei Rebus mit sich. Das Wasser war an der Stelle ziemlich flach, und Rebus spürte, wie er mit der Schulter gegen einen Stein prallte. Als er wieder aufstehen wollte, versank er mit den Füßen bis zu den Knöcheln im Schlamm. Er hielt Devlin immer noch fest. Dann tauchte dessen Glatzkopf ohne Brille aus den Fluten auf, und Rebus sah plötzlich wieder das Monster vor sich, das Jean zusammengeschlagen hatte. Er umfasste mit der freien Hand von hinten den Hals des Professors und drückte dessen Kopf wieder unter Wasser. Der Mann schlug wie besessen mit den Armen um sich, Finger klammerten sich an Rebus' Arm, griffen verzweifelt nach seinem Revers.

Rebus war plötzlich so ruhig wie selten zuvor. Mochte das glucksende, leise dahinplätschernde Wasser auch eiskalt sein, er empfand es als die reine Wohltat. Auf der Brücke standen Leute, die nach unten starrten. Ein paar Meter entfernt wateten Polizeibeamte durch das Wasser, und neben einer zerklüfteten dunklen Wolke stand blassgelb die Sonne am Himmel. Unglaublich, die reinigende Kraft des Wassers. Sogar seinen verstauchten Knöchel spürte er nicht mehr... und auch sonst schien alles in Ordnung. Jean würde sich bald wieder erholen und er selbst genauso. Und dann würde er aus der Arden Street wegziehen und sich was Neues suchen, irgendwo, wo niemand ihn kannte... am Wasser vielleicht.

Jemand zerrte von hinten an seinem Arm: einer der Beamten in Uniform.

»Lassen Sie ihn los!«

Dieser Satz brach den Bann. Rebus lockerte seinen Griff und Donald Devlin erschien prustend, würgend und wasserspeiend wieder an der Oberfläche...

Jean Burchill wurde gerade in den Notarztwagen geladen, als Rebus' Telefon zu läuten anfing. Einer der hellgrün gekleideten Sanitäter hatte ihm eröffnet, dass bei Jean eine Verletzung des Nackens oder der Wirbelsäule nicht auszuschließen sei. Deshalb hatten die Pfleger sie auf der Trage festgeschnallt und ihren Kopf mit einer Halskrause ruhig gestellt.

Rebus sah Jean besorgt an und versuchte zu begreifen, was das bedeuten konnte.

»Sollten Sie das Gespräch nicht entgegennehmen?«, fragte der Sanitäter.

»Was?«

»Ihr Handy.«

Rebus hielt sich das Gerät ans Ohr. Bei der Rangelei mit Devlin war sein Mobiltelefon auf den Fußweg gefallen. Es sah zwar ganz schön mitgenommen aus, aber wenigstens funktionierte es noch. »Hallo?«

»Inspektor Rebus?«

»Ja.«

»Hier spricht Eric Bain.«

»Ja?«

»Irgendwas nicht in Ordnung?«

»Das kann man wohl sagen.« Als die Trage hinten in den

Rettungswagen geschoben wurde, sah Rebus an seinen völlig durchnässten Kleidern herab. »Was ist mit Siobhan?«

»Deshalb rufe ich ja an.«

»Was ist passiert?«

»Nichts. Nur kann ich sie nicht erreichen. Sie ist angeblich im botanischen Garten. Gill Templer hat ein halbes Dutzend Fahnder losgeschickt, die nach ihr suchen.«

»Und?«

»Es gibt Neuigkeiten über Quizmaster.«

»Und die wollen Sie unbedingt loswerden?«

»Kann schon sein, ja.«

»Ich weiß nicht, ob *ich* dafür die richtige Adresse bin, Bain, ich bin hier ziemlich unabkömmlich.«

»Ach so.«

Rebus war inzwischen in den Rettungswagen gestiegen und saß neben der Trage. Jean hatte die Augen zugemacht, doch als er ihre Hand nahm, erwiderte sie den Druck.

»Wie bitte?«, fragte er, weil er Bain nicht richtig verstanden hatte.

»Und wen soll ich *sonst* anrufen?«, wiederholte Bain.

»Keine Ahnung.« Rebus seufzte. »Na gut, dann sagen Sie schon, was los ist.«

»Die Leute vom Geheimdienst haben sich gerade gemeldet«, sagte Bain. »Eine der E-Mail-Adressen, die Quizmaster verwendet hat, lässt sich bis zu Philippa Balfours Account zurückverfolgen.«

Rebus begriff nicht: Wollte Bain damit sagen, dass Flip Balfour selbst Quizmaster gewesen war?

»Klingt in meinen Ohren absolut plausibel«, sagte Bain. »Wenn man Claire Benzies Account noch dazurechnet.«

»Ich kann Ihnen nicht ganz folgen.« Jeans Augenlider flatterten.

»Wenn Benzie Philippa Balfour ihren Laptop geliehen hat, dann haben wir es jetzt mit *zwei* Computern zu tun, auf die Quizmaster allem Anschein nach Zugriff gehabt hat.«

»Ja, und?«

»Und wenn wir Mrs. Balfour selbst von dem Verdacht ausnehmen...«

»Muss es sich um jemanden handeln, der Zugang zu beiden Computern hatte.«

Ein kurzes Schweigen am anderen Ende, dann Bain: »Sieht ganz danach aus, als ob David Costello wieder mit von der Partie wäre, oder wie sehen Sie das?«

»Keine Ahnung.« Rebus hatte Mühe, sich zu konzentrieren. Er fuhr sich mit dem Handrücken über die schweißnasse Stirn.

»Wir könnten ihn noch mal befragen...«

»Siobhan ist also gerade unterwegs, um Quizmaster zu treffen«, sagte Rebus. Er dachte kurz nach. »Haben Sie nicht was davon gesagt, dass sie sich im botanischen Garten aufhält?«

»Ja.«

»Und woher wissen Sie das?«

»Weil sie ihr Auto direkt vor dem Eingang abgestellt hat.«

Wieder dachte Rebus kurz nach: Siobhan wusste natürlich, dass man sie suchen würde. Den Wagen direkt am Eingang zu parken, wäre viel zu auffällig gewesen... So was Dummes würde sie nie machen.

»Und wenn sie nun gar nicht dort ist?«, sagte er. »Wenn sie ihn ganz woanders trifft?«

»Aber wo denn?«

»Vielleicht sollten wir's mal in Costellos Wohnung versuchen...« Er sah Jean an. »Hören Sie, Bain, ich kann Ihnen leider nicht helfen... nicht im Augenblick.«

Jean öffnete das unverletzte Auge. Sie flüsterte etwas.

»Moment, Bain«, sagte Rebus. Dann beugte er sich zu Jean hinunter.

»... in Ordnung«, verstand er bloß.

Offenbar wollte sie ihm sagen, dass ihr Zustand nicht so schlimm war und er sich jetzt um Siobhan kümmern sollte. Rebus drehte den Kopf zur Seite und sah Ellen Wylie an, die draußen auf der Straße stand und darauf wartete, dass die Türen von außen zugemacht wurden. Sie signalisierte ihm durch ein Nicken, dass sie bei Jean bleiben würde.

»Bain?«, sagte er in das Handy. »Wir treffen uns vor Costellos Wohnung.«

Als Rebus bei Costello eintraf, war Bain schon die Wendeltreppe nach oben gestiegen und wartete vor der Tür.

»Er scheint nicht da zu sein«, sagte Bain und bückte sich, um durch den Briefschlitz zu spähen. Rebus erschauderte bei dem Gedanken an den Anblick, der sich ihm in Devlins Wohnung geboten hatte. Bain erhob sich wieder. »Sieht so aus, als ob ... Um Gottes willen, was ist denn mit *Ihnen* los, Mann?«

»Schwimmunterricht, konnte mich allerdings vorher nicht mehr umziehen.« Rebus sah zuerst die Tür und dann Bain an. »Machen wir das zusammen?«, sagte er.

Bain blickte ihn fragend an. »Ist das nicht verboten?«

»Für Siobhan«, entgegnete Rebus ohne weitere Erklärung.

Bei drei sprengten sie gemeinsam die Tür aus dem Rahmen.

In der Wohnung wusste Bain sofort, wonach er suchen musste: nach einem Computer. Er entdeckte sogar zwei im Schlafzimmer, beide Laptops.

»Einer davon gehört Claire Benzie«, vermutete Bain, »und der andere entweder Costello selbst oder einer dritten Person.«

Auf einem der beiden Computer lief der Bildschirmschoner. Bain hockte sich vor das Gerät und wählte sich bei Costellos Provider ein. Dann rief er den E-Mail-Ordner auf.

»Es mit einem Passwort zu versuchen, würde zu lange dauern«, sagte er mehr zu sich selbst als zu Rebus. »Das heißt, wir können nur die alten Mails lesen.« Doch es gab weder Sendungen an noch von Siobhan. »Sieht so aus, als ob er alles sofort löscht«, sagte Bain.

»Oder aber wir sind auf dem Holzweg.« Rebus sah sich in

dem Zimmer um: das Bett ungemacht, auf dem Boden Bücher verstreut. Auf dem Schreibtisch neben dem Computer Exzerpte und Notizen für eine Seminararbeit. Eine Schublade in der Kommode war weit herausgezogen: Davor auf dem Boden Socken, Hosen und T-Shirts. Die oberste Lade war zu. Rebus ging humpelnd zu der Kommode hinüber, zog die Lade vorsichtig heraus: Straßenkarten und Reiseführer, und ein Buch über den Arthur's Seat. Eine Postkarte, auf der die Rosslyn-Kapelle abgebildet war und noch ein Reiseführer.

»*Doch* kein Holzweg«, bemerkte er nur. Bain stand auf und kam neugierig zu ihm herüber.

»Alles, was so ein Quizmaster braucht.« Bain wollte schon in die Lade greifen, doch Rebus klopfte ihm auf die Finger. »Nicht anfassen.« Als er die Lade weiter herausziehen wollte, wurde sie innen durch etwas blockiert. Er zog einen Kugelschreiber aus der Brusttasche und drückte den Gegenstand ein wenig nach unten: ein Exemplar von *Edinburgh A–Z*.

»Da ist sogar noch die Seite über den botanischen Garten aufgeschlagen«, sagte Bain und klang erleichtert. Falls David Costello sich wirklich dort aufhielt, mussten die Kollegen ihn längst gestellt haben.

Doch Rebus hegte da so seine Zweifel. Er studierte die Einträge weiter unten auf der Seite. Dann blickte er zu Costellos Bett hinüber. Postkarten mit Abbildungen alter Grabsteine, ein kleines gerahmtes Foto, auf dem Costello und Flip Balfour zu sehen waren. Auf dem Foto ragte ein Grabstein seitlich ins Bild. Hatten die beiden sich nicht bei einer Essenseinladung kennen gelernt, am nächsten Morgen dann zusammen gefrühstückt und anschließend auf dem Warriston-Friedhof einen Spaziergang gemacht? Das hatte ihm Costello erzählt. Der Warriston-Friedhof lag direkt gegenüber vom botanischen Garten. Auf derselben Seite im *A–Z*.

»Ich weiß, wo er steckt«, sagte Rebus leise. »Ich weiß, wo Siobhan ihn trifft. Los, kommen Sie.« Er rannte humpelnd aus dem Zimmer und tastete im Laufen nach seinem Handy. Die Beamten, die gerade den botanischen Garten durchkämmten, konnten in zwei Minuten auf dem Friedhof sein...

»Hallo, David.«
Er trug noch immer denselben Anzug wie auf der Beerdigung, und auch die Sonnenbrille. Er grinste, als sie auf ihn zuging. Er saß einfach da und ließ die Beine von der Mauer baumeln. Dann rutschte er herunter und stand plötzlich direkt vor ihr.
»Sie haben es sicher schon geahnt, was?«, sagte er.
»Ja, mehr oder weniger.«
Er sah auf die Uhr. »Sie sind früh dran.«
»Sie noch früher.«
»Ich wollte mich nur davon überzeugen, dass Sie nicht gelogen haben.«
»Ich habe Ihnen doch geschrieben, dass ich allein komme.«
»Und da wären Sie also.« Er blickte wieder auf dem Friedhof umher.
»Jedenfalls kein Mangel an Fluchtwegen«, sagte Siobhan und wunderte sich, wie ruhig sie war. »Haben Sie sich deshalb für diesen Ort entschieden?«
»Hier ist mir zum ersten Mal bewusst geworden, dass ich Flip liebe.«
»So sehr, dass Sie sie gleich umbringen mussten?«
Er sah sie todernst an. »Ich habe doch damals nicht gewusst, dass so etwas passieren würde.«
»Nein?«
Er schüttelte den Kopf. »Nicht bis zu dem Augenblick, als ich ihr die Hände um den Hals gelegt habe, und selbst da habe ich es noch nicht richtig gewusst.«
Sie holte tief Luft. »Aber getan haben Sie es.«
Er nickte. »Ja, das ist wohl so.« Er sah sie an. »Das wollten Sie doch hören, oder?«
»Ich wollte Quizmaster kennen lernen.«

Er öffnete die Arme. »Zu Ihren Diensten.«

»Und außerdem wollte ich wissen, warum.«

»Warum?« Er formte mit den Lippen ein O. »Wie viele Gründe soll ich Ihnen nennen? Flips grauenhafte Freunde? Ihr snobistisches Getue? Ihre Art, mich unentwegt zu reizen, ständig Streit anzufangen, immer wieder Schluss zu machen, damit sie es genießen konnte, wenn ich wieder angekrochen kam?«

»Sie hätten doch gehen können.«

»Aber ich habe sie doch *geliebt*.« Dann fing er an zu lachen, als ob er erst jetzt seine eigene Dummheit begriff. »Mein Gott, wie oft habe ich ihr das gesagt, und wissen Sie, was sie darauf geantwortet hat?«

»Nein.«

»Dass ich nicht der Einzige bin.«

»Ranald Marr?«

»Genau, der alte Sack. Schon seit ihrer Schulzeit, und es war immer noch nicht vorbei, als *wir* zusammen waren!« Er hielt inne, schluckte. »Reichen Ihnen diese Motive, Siobhan?«

»Ihre Wut auf Marr haben Sie abreagiert, indem Sie seinen Zinnsoldaten demoliert haben... Aber Flip... Flip mussten Sie *umbringen*?« Sie war ganz ruhig, fast ein wenig benommen. »Das scheint mir nicht gerade fair.«

»Sie verstehen das sowieso nicht.«

Sie sah ihn an. »Doch, ich glaube schon, David. Sie sind schlicht und einfach ein Feigling. Sie haben gesagt, dass Sie vorher nicht wussten, dass Sie Flip an dem Abend umbringen würden, aber das ist gelogen. Sie hatten es schon die ganze Zeit geplant... Als Sie kaum eine Stunde, nachdem Sie das Mädchen umgebracht hatten, mit Flips besorgten Freunden sprachen, waren Sie die Ruhe selbst. Doch, Sie haben *genau* gewusst, was Sie tun, David. Schließlich waren Sie Quizmaster.« Sie hielt inne. Er starrte auf einen imaginären Punkt in der Ferne, saugte begierig jedes ihrer Worte auf. »Eines verstehe ich allerdings nicht... Wieso haben Sie Flip eine Nachricht geschickt, als sie bereits tot war?«

Er lächelte. »An dem Tag in meiner Wohnung, als Sie an Flips Computer gearbeitet haben und Rebus versucht hat, mich auszuquetschen, da hat er gesagt, dass ich der einzige Verdächtige sei.«

»Dann haben Sie also versucht, uns auf diese Weise von Ihrer Spur abzulenken?«

»Eigentlich wollte ich nur diese eine Mail schicken, aber als Sie dann geantwortet haben, konnte ich einfach nicht widerstehen. Ich war von diesem Spiel genauso fasziniert wie Sie, Siobhan.« Seine Augen leuchteten. »Ist das nicht erstaunlich?«

Er schien von ihr eine Antwort zu erwarten, deshalb nickte sie langsam. »Haben Sie die Absicht, mich umzubringen, David?«

Er schüttelte heftig den Kopf, irritiert über diese Vermutung. »Sie kennen die Antwort darauf genau«, fauchte er. »Sonst wären Sie doch gar nicht erst gekommen.« Er ging zu einem niedrigen Grabstein hinüber und lehnte sich dagegen. »Ohne den Professor wäre das möglicherweise alles gar nicht passiert«, sagte er.

Siobhan glaubte zunächst, dass sie sich verhört hatte. »Welchen Professor?«

»Donald Devlin. Als er mich danach zum ersten Mal gesehen hat, hat er gleich vermutet, dass ich es gewesen bin. Deshalb hat er auch die Geschichte von dem jungen Mann erfunden, den er unten vor dem Haus gesehen haben wollte. Er wollte mich schützen.«

»Und aus welchem Grund, David?«, Komisch, Costellos richtigen Namen auszusprechen. Am liebsten hätte sie ihn Quizmaster genannt.

»Wahrscheinlich, weil wir schon öfter über die Möglichkeit gesprochen hatten, einen Mord zu begehen, ohne dafür bestraft zu werden.«

»Professor Devlin?«

Er sah sie an. »Oh ja, er hat selbst schon Menschen getötet, wissen Sie nicht? Hat der alte Knabe mir so gut wie gestanden. Er hat mich regelrecht dazu animiert, ihm nachzueifern. Ein erstklassiger Lehrer, das müssen Sie zugeben.« Er ließ die Hand über den Grabstein gleiten. »Wir haben manchmal im Treppenhaus lange miteinander gesprochen. Er wollte alles über mich wissen: über meine frühe Jugend, meine wilden Jahre. Einmal bin ich sogar bei ihm in der Wohnung gewesen. Da hat er mir einige alte Zeitungsberichte über Leute gezeigt, die einfach verschwunden oder ertrunken sind. Und dann hatte er noch so einen Artikel über einen deutschen Studenten...«

»Und *das* hat Sie auf die Idee gebracht?«

»Kann schon sein.« Er zuckte mit den Achseln. »Wer weiß schon, wo Ideen herkommen?« Er hielt inne. »Ich habe Flip bei der Lösung der Aufgaben geholfen, wissen Sie. Hat sie, glaube ich, mächtig beeindruckt. Allein hätte sie doch nie erraten, was alle diese Rätsel zu bedeuten haben. Und so habe ich ihr ein bisschen unter die Arme gegriffen.« Er lachte. »Flip hat von Computern nie viel verstanden. Ich habe sie einfach Flipside genannt und ihr dann die erste Mail geschickt.«

»Später haben Sie Flip dann in ihrer Wohnung aufgesucht und ihr erzählt, dass sie das *Hellbank*-Rätsel gelöst hätten...«

Costello dachte kurz zurück und nickte dann. »Aber zuerst musste ich ihr versprechen, dass ich sie hinterher zurückfahre, sonst wäre sie gar nicht erst mitgekommen. Sie hatte kurz zuvor mal wieder Schluss gemacht, und zwar endgültig. Deshalb hatte sie meine Sachen auf einem Stuhl zusammengelegt. Und dann hat sie noch gesagt, dass sie mit ihren blöden Freunden was trinken geht, sobald wir vom Arthur's Seat zurück sind.« Er kniff kurz die Augen zu, öffnete sie dann blinzelnd wieder und sah Siobhan an. »Wenn man erst einmal so weit ist, gibt es kein Zurück mehr...« Er zuckte mit den Schultern.

»Dann hat es *Stricture* also gar nicht gegeben?«

Er schüttelte langsam den Kopf. »Die Aufgabe war allein für Sie bestimmt, Siobhan...«

»Ich weiß zwar nicht, warum Sie immer wieder zu Flip zurückgekehrt sind, David, oder was Sie mit dem Spiel beweisen wollten, aber eines weiß ich genau: Sie haben sie nie geliebt. Sie wollten lediglich Macht über Flip ausüben.« Dann nickte sie, um ihrer Feststellung Nachdruck zu verleihen.

»Es soll Leute geben, die es mögen, wenn andere Macht über sie ausüben, Siobhan.« Er starrte ihr direkt in die Augen. »Sie etwa nicht?«

Sie dachte kurz nach – oder besser: versuchte nachzudenken. Öffnete den Mund und wollte was sagen, wurde aber durch ein Geräusch unterbrochen. Costellos Kopf fuhr herum: zwei Männer, die näher kamen. Und fünfzig Meter hinter ihnen zwei weitere Gestalten. Er drehte sich langsam wieder in Siobhans Richtung.

»Ich bin enttäuscht von Ihnen.«

Sie schüttelte den Kopf. »Damit hab ich nichts zu tun.«

Er stieß sich von dem Grabstein ab und rannte zu der Friedhofsmauer, suchte oben mit den Händen einen Halt und bemühte sich verzweifelt, ein Bein hinaufzuschwingen. Die Polizisten kamen jetzt im Laufschritt näher, einer brüllte: »Halten Sie ihn fest!« Siobhan stand wie angewurzelt da und beobachtete das Geschehen. Quizmaster... Sie hatte ihm ihr Wort gegeben... Dann fand Costellos Fuß einen Mauervorsprung, und er stemmte sich hinauf...

Siobhan warf sich gegen die Mauer, umklammerte mit beiden Händen das andere Bein und zog daran. Costello versuchte, sie wegzutreten, doch sie ließ nicht los, fasste ihn sogar mit einer Hand an seinem Jackett und wollte ihn von der Mauer herunterziehen. Dann stürzten sie beide rücklings zu Boden. Costello stieß einen wütenden Schrei aus. Seine Sonnenbrille schien in Zeitlupe an ihr vorbeizuschweben, und dann prallte Siobhan auf dem Boden auf. Costello landete mit seinem ganzen Gewicht auf ihr, sodass ihr die Luft wegblieb. Ihr Kopf wurde gegen das Gras gepresst. Doch Costello war schon wieder auf den Beinen und rannte los. Die zwei Polizisten, die nach ihm griffen, drückten ihn mit aller Macht wieder zu Boden. Irgendwie gelang es ihm, den Kopf zu drehen und Siobhan anzuschauen; die beiden waren nur ein, zwei Meter voneinander entfernt. Sein Gesicht war hassverzerrt, und er spuckte in ihre Richtung. Sein Speichel traf sie am Kinn und blieb dort hängen. Doch sie hatte plötzlich nicht einmal mehr die Kraft, seine Spucke abzuwischen.

Jean schlief, doch der Arzt hatte Rebus bereits versichert, dass sie wieder völlig gesund werden würde: lediglich Schnittwunden und Blutergüsse – nichts, was die Zeit nicht heilen könnte.
»Da habe ich so meine Zweifel«, entgegnete Rebus.
Ellen Wylie saß neben Jeans Bett. Rebus ging zu ihr hinüber und blieb neben ihr stehen. »Ich wollte mich bei Ihnen bedanken«, sagte er.
»Wofür?«
»Zum Beispiel dafür, dass Sie mir geholfen haben, Devlins Tür aufzusprengen. Hätte ich allein nie geschafft.«
Sie zuckte bloß mit den Achseln. »Und wie geht's Ihrem Knöchel?«, fragte sie.
»Die Schwellung entwickelt sich prächtig, danke.«
»Dann fallen Sie also in den nächsten ein, zwei Wochen aus«, sagte sie.
»Vielleicht auch länger, wenn ich Wasser aus dem Water of Leith geschluckt habe.«
»Ich habe gehört, dass Devlin davon auch einen kräftigen Schluck abbekommen hat.« Sie sah ihn an. »Wissen Sie schon, wie Sie das erklären wollen?«
Er lächelte. »Heißt das, dass Sie zu meinen Gunsten Lügen verbreiten würden?«
»Müssen Sie bloß sagen.«
Er nickte langsam. »Das Problem ist nur, dass ein Dutzend Zeugen das Gegenteil behaupten könnten.«
»Aber ob sie das auch tun?«
»Mal abwarten«, sagte Rebus.

Er humpelte in die Ambulanz hinüber, wo Siobhan sich gerade eine kleine Kopfwunde nähen ließ. Eric Bain war auch da. Die Unterhaltung verstummte, als Rebus hereinkam.

»Eric hat mir gerade erzählt«, sagte Siobhan dann, »wie Sie herausgefunden haben, wo ich stecke.« Rebus nickte. »Und wie Sie sich Zutritt zu David Costellos Wohnung verschafft haben.«

Rebus formte die Lippen zu einem O.

»Mister Brutalo«, sagte sie, »einfach so die Wohnungstür eines Verdächtigen einzutreten, ohne richterliche Genehmigung oder Durchsuchungsbefehl.«

»Aber ich war doch vom Dienst suspendiert«, verteidigte sich Rebus. »Ich habe ja offiziell gar nicht in meiner Funktion als Polizeibeamter gehandelt.«

»Das ist ja *noch* schlimmer.« Sie sah Bain an. »Eric, Sie müssen sich unbedingt was einfallen lassen, um ihn zu decken.«

»Aber die Tür war doch schon offen, als wir dort eingetroffen sind. Einbrecher oder so was, vermute ich«, rezitierte Bain seinen Part.

Siobhan nickte und sah ihn lächelnd an. Dann drückte sie ihm die Hand.

Donald Devlin lag unter Polizeibewachung in einem Einzelzimmer im Western-General-Hospital. Er war im Fluss halb ertrunken und befand sich nach Auskunft der Ärzte zurzeit in einem komatösen Zustand.

»Wollen hoffen, dass er daraus nicht mehr erwacht«, hatte Colin Carswell, der Vizechef der Lothian Police nur gesagt. »Damit wir uns die Kosten für einen Strafprozess sparen können.«

Zu Rebus hatte Carswell kein einziges Wort gesagt. Gill riet ihm, sich deswegen nicht zu grämen. »Er ignoriert Sie, weil er es hasst, sich bei jemandem zu entschuldigen.«

Rebus nickte. »Ich hatte gerade ein Gespräch mit einem Arzt«, sagte er.

Sie sah ihn an. »Ja, und?«

»Wie wär's, wenn Sie das als medizinische Untersuchung gelten ließen?«

David Costello wurde währenddessen im Gayfield Square verhört. Rebus ließ sich dort nicht blicken. Bestimmt hatten die Kollegen schon ein paar Flaschen Whisky und reichlich Dosenbier aufgetischt, und der Lärm, den sie veranstalteten, war gewiss auch im Vernehmungsraum zu hören. Plötzlich fiel ihm ein, wie er Donald Devlin am Anfang gefragt hatte, ob er seinem jungen Nachbarn einen Mord zutraute: *Das wäre ihm nicht intellektuell genug.* Trotzdem hatte Costello einen Weg gefunden, und Devlin hatte ihn, der alte Mann den jüngeren, sogar gedeckt...

Als Rebus nach Hause kam, unternahm er einen kleinen Rundgang durch seine Wohnung. Diese Zimmer, so wurde ihm plötzlich klar, waren der einzige Fixpunkt in seinem Leben. Sämtliche Fälle, die er bearbeitet, alle Gespenster, mit denen er sich herumgeschlagen hatte... alles hatte er hier in diesem Sessel mit sich ausgemacht und dabei aus dem Fenster gestarrt. Er hatte im Bestiarium seines Geistes stets einen Platz für alle diese Dinge gefunden, und dort waren sie noch immer verwahrt.

Falls er *das* hier aufgab, was würde ihm dann noch bleiben? Weder ein unverrückbares Zentrum seiner Welt noch ein Käfig für seine Dämonen...

Morgen würde er die Maklerin anrufen und ihr sagen, dass er doch nicht verkaufen wollte.

Morgen.

Heute Abend musste er erst einmal ein paar neue Gespenster in Käfige sperren...

14

Sonntagnachmittag. Die grelle Sonne stand tief über dem Horizont. Die Schatten fast unwirklich lang und zu einer elastischen Geometrie gestreckt. Bäume, die sich im Wind bogen, Wolken, die wie gut geölte Maschinen dahinzogen. Falls und seine Partnerstadt Angoisse – »Angst« ... Rebus fuhr an dem Schild vorbei, sah Jean an, die schweigend neben ihm saß. Die ganze Woche war sie still gewesen und hatte sich viel Zeit gelassen, bis sie das Telefon abgehoben oder die Tür aufgemacht hatte. *Nichts, was die Zeit nicht heilen könnte,* hatte der Arzt gesagt ...

Rebus hatte ihr die Wahl gelassen, doch sie hatte sich dafür entschieden mitzufahren. Sie parkten neben einem frisch polierten BMW. Im Rinnstein war noch Seifenschaum zu erkennen. Rebus zog die Handbremse an und sah dann zu Jean hinüber.

»Dauert nur 'ne Minute. Willst du hier solange warten?«

Sie dachte kurz nach und nickte dann. Hinter ihm auf dem Rücksitz lag der Sarg. Er hatte ihn in eine Zeitung gewickelt, auf der vorne eine Schlagzeile von Steve Holly prangte. Er nahm den Sarg, stieg dann aus dem Wagen und ließ die Tür offen. Klopfte an die Tür des kleinen Hauses.

Bev Dodds öffnete. Auf ihrem Gesicht ein eingefrorenes professionelles Lächeln. Um den Eindruck ländlicher Idylle zu vervollständigen, trug sie eine rüschenbesetzte Schürze.

»Tut mir Leid, ausnahmsweise kein Tourist«, sagte Rebus. Ihr Lächeln erstarb. »Ihre Tee- und Gebäckangebote scheinen ja auf große Resonanz zu stoßen.«

»Was kann ich für Sie tun?«

Er hielt ihr das Päckchen entgegen. »Ich dachte, dass Sie das hier vielleicht zurückhaben wollen. Es ist doch Ihrer, oder?«

Sie wickelte das Kistchen aus. »Oh, danke«, sagte sie.

»Ist es nun Ihrer, oder nicht?«

Sie vermied es, ihn anzusehen. »Wenn sich der Besitzer eines Fundstücks nicht meldet, darf es der Finder doch behalten, oder nicht?«

Doch Rebus schüttelte den Kopf. »Was ich meine, ist, dass Sie die Kiste selbst hergestellt haben, Miss Dodds. Dieses neue Schild dort drüben...« Er wies mit dem Kopf in die fragliche Richtung. »Ich wüsste zu gerne, wer das Schild geschnitzt hat. Ich wette, Sie selbst. Schönes Stück Holz. Ich nehme mal an, dass Sie die nötigen Werkzeuge besitzen.«

»Was wollen Sie?« Ihre Stimme klang plötzlich eiskalt.

»Als ich mit Jean Burchill hier gewesen bin – die übrigens dort drüben im Wagen sitzt, und es geht ihr ziemlich gut, danke der Nachfrage –, also als ich mit ihr hier gewesen bin, haben Sie gesagt, dass Sie häufig in das Museum gehen.«

»Ja, und?« Sie starrte ihm über die Schulter, senkte den Blick jedoch wieder, als Jean sie direkt ansah.

»Trotzdem wussten Sie angeblich nichts über die Särge vom Arthur's Seat.« Rebus machte ein ungläubiges Gesicht. »Eigentlich hätte ich ja sofort schalten müssen.« Er sah sie an, doch sie schwieg. Er sah, wie sie errötete, wie sie den Sarg zwischen den Händen drehte und wendete. »Die Kiste hat das Geschäft ja ganz schön belebt«, sagte er. »Wissen Sie was...?«

In ihren Augen standen jetzt Tränen. Sie hob den Kopf und sah ihn an. »Nein«, sagte sie mit brüchiger Stimme.

Er zeigte mit dem Finger auf sie. »Sie können von Glück sagen, dass ich Sie nicht früher durchschaut habe. Sonst hätte ich vielleicht gegenüber Donald Devlin das eine oder andere Wort fallen lassen. Und dann würden Sie jetzt womöglich genauso zugerichtet sein wie Jean dort drüben, wenn nicht gar noch schlimmer.«

Er drehte sich um, ging zum Wagen zurück. Unterwegs hob er das »Töpferei«-Schild aus der Aufhängung und warf es auf die Straße. Sie stand immer noch in der Tür, als er den Motor startete. Ein paar Tagesausflügler kamen gerade auf dem Gehsteig daher. Rebus wusste genau, wohin die Leute wollten. Er schlug das Lenkrad so stark ein, dass er mit einem Vorder- und einem Hinterreifen direkt über das Schild fuhr.

Auf dem Rückweg nach Edinburgh fragte Jean, ob er die Absicht hatte, mit ihr nach Portobello zu fahren. Er nickte und fragte, ob ihr das recht sei.

»Ja, natürlich«, sagte sie. »Jemand muss mir dabei helfen, diesen Spiegel aus dem Schlafzimmer zu tragen.« Er sah sie an. »Nur bis die schlimmsten Wunden verheilt sind«, sagte sie leise.

Er nickte verständnisvoll. »Weißt du, was ich brauche, Jean?«

Sie drehte sich in seine Richtung. »Nein, was denn?«

Er schüttelte langsam den Kopf. »Ich hatte gehofft, dass du mir das sagen kannst…«

In Edinburgh kreist alles um
sexuelle Repression und Hysterie.

Philip Kerr, *The Unnatural History Museum*

Nachwort

Zunächst meinen herzlichen Dank an Mogwai, deren »Stanley Kubrick«-Maxisingle ständig im Hintergrund gelaufen ist, während ich an der letzten Fassung dieses Buches gearbeitet habe.

Bei der Gedichtsammlung in David Costellos Wohnung handelt es sich um *I Dream of Alfred Hitchcock* von James Robertson, und das Gedicht, aus dem Rebus zitiert, trägt den Titel »Shower Scene«.

Nachdem ich die Erstfassung des Buches beendet hatte, habe ich festgestellt, dass das Museum of Scotland 1999 die beiden amerikanischen Wissenschaftler Dr. Allen Simpson und Dr. Sam Menefee von der Universität Virginia beauftragt hat, die Herkunft der Särge vom Arthur's Seat zu erforschen. Nach ihrer Auffassung spricht am meisten dafür, dass ein Schuhmacher, der mit den Mördern Burke und Hare bekannt war, die Särge gemacht hat, und zwar mithilfe eines Schustermessers und Messingbeschlägen, die aus Schuhspangen hergestellt worden waren. Ausschlaggebend hierfür war wohl das Motiv, den Mordopfern wenigstens nachträglich ein symbolisches christliches Begräbnis zu verschaffen, da ein sezierter Leichnam am Jüngsten Tage nicht wieder auferstehen kann.

Puppenspiel ist natürlich reine Fiktion, also ein Phantasieprodukt. Dr. Kennet Lovell existiert lediglich zwischen den Deckeln dieses Buches.

Im Juni 1996 wurde nahe dem Gipfel des Ben Alder die Leiche eines Mannes gefunden. Er war durch Schüsse ums Leben gekommen. Er hieß Emmanuell Caillet und war der Sohn eines französischen Bankiers. Was ihn nach Schottland geführt hatte, konnte nie geklärt werden. Der Polizeibericht, der sich auf Autopsiebefunde und Beweismittel stützte, die man am Fundort der Leiche entdeckt hatte, gelangte zu der Schlussfolgerung, dass der junge Mann Selbstmord begangen haben musste. Trotzdem gibt es in dem Fall so viele Ungereimtheiten und unbeantwortete Fragen, dass die Eltern des Toten von der Stimmigkeit dieses Untersuchungsergebnisses bis heute nicht überzeugt sind…